Das Dörfchen Christianssund steht unter Schock: Die renommierte Literaturkritikerin Ingegerd Clausen wurde ermordet, im Haus ihrer Familie. Kommissar Flemming und sein Team finden keinerlei Beweise. Doch als Clausens Tochter Kamille sich für eine Reality-Show im Fernsehen bewirbt, wittert Flemming eine Chance. Vielleicht ergibt sich durch die Öffentlichkeit eine Spur? Er schleust seinen Freund Dan Sommerdahl in die Show ein, um vor laufender Kamera heimlich Ermittlungen anzustellen. Als die Kandidaten auf dem als »Seufzerinsel« bekannten Eiland untergebracht werden, stößt Sommerdahl dort auf ein schreckliches Geheimnis, und die Show droht völlig aus dem Ruder zu laufen.

Anna Grue, 1957 in Nykøbing geboren, ist eine der erfolgreichsten skandinavischen Krimi-Autorinnen. Nach einigen Stationen bei bekannten dänischen Zeitungen und Zeitschriften widmet sie sich seit 2007 ausschließlich dem Schreiben von Büchern. Ihre Serie um den kahlen Detektiv Dan Sommerdahl steht regelmäßig auf der dänischen Bestsellerliste. Anna Grue lebt mit ihren drei Kindern und ihrem Mann in der Nähe von Kopenhagen.

Ulrich Sonnenberg arbeitete als Buchhändler und bei einem großen deutschen Verlag. Seit 2004 lebt er als freier Übersetzer und Herausgeber in Frankfurt am Main. 2013 erhielt er gemeinsam mit Peter Urban-Halle den Dänischen Übersetzerpreis.

Die Kunst zu sterben

Aus dem Dänischen
von Ulrich Sonnenberg

Berlin Verlag Taschenbuch

Mehr über unsere Bücher und Autoren:
www.berlinverlag.de

ISBN 978-3-8333-0972-4
Februar 2016
Berlin Verlag in der Piper Verlag GmbH,
München und Berlin
Die Originalausgabe erschien 2014 unter dem Titel
Kunsten at dø
bei Politikens Forlag, Kopenhagen
© Anna Grue 2009
© Deutsche Erstausgabe by Atrium Verlag AG, Zürich 2014
Alle Rechte vorbehalten
Umschlaggestaltung: ZERO Werbeagentur, München,
unter Verwendung eines Motivs von
Plainpicture/Jochen Leisinger und FinePic®, München
Druck und Bindung: CPI books GmbH, Leck
Printed in Germany

Für Jesper,
den Vormann meines Lebens

PERSONENGALERIE

Die Familie Sommerdahl
Dan: kahlköpfiger Werber mit Hang zu Verbrechen
Marianne: seine Frau, praktische Ärztin
Laura: achtzehn Jahre alt, Gymnasiastin
Rasmus: zweiundzwanzig Jahre alt, versucht, an der Filmhochschule unterzukommen

Die Polizei von Christianssund
Flemming Torp: Polizeikommissar, hat eine Freundin namens Ursula
Frank Janssen: Ermittler
Pia Waage: Ermittlerin
Kjeld Hanegaard: Hauptkommissar
Knud Traneby: Leiter der Spurensicherung
Svend Giersing: Rechtsmediziner

Die Familie des Opfers
Ingegerd Clausen: pensionierte Literaturkritikerin
Jørn Clausen: Dichterkönig
Kamille Schwerin: ihre gemeinsame Tochter, Bildhauerin
Lorenz Birch: Kamilles Ehemann, Millionär, Mäzen, Machtmensch

»Mörderjagd«
Mahmoud Hadim: Produktionsleiter
Lilly Larsen: Krimiautorin mit Schoßhund
Kirstine Nyland: arbeitslose Schauspielerin
Tim Kiilberg: freigestellter Fernsehreporter ohne Bezüge
Kristian Ludvigsen: konservativer Politiker auf dem Weg nach oben
Jackie S: wurde in diesem Jahr bei *X Factor* Achte oder Neunte
Gunnar Forsell: junger Modeschöpfer mit Ambitionen
Gitte Sandlauw: alternde Expertin für Umgangsformen
Mads Krogsgaard: Bauer mit einem Händchen fürs Schafemelken
Jane Krogsgaard: seine ökologisch orientierte Ehefrau

VORGESCHICHTE

AUGUST

1

Viertel vor zwei. Höchste Zeit, zu verschwinden. Kamille konnte jeden Moment nach Hause kommen, und Ingegerd hatte absolut keine Lust, noch einmal erwischt zu werden. Die kleinen donnerstäglichen Rundgänge im Haus der Tochter sollten möglichst geheim bleiben. Als sie zum ersten Mal entdeckt worden war, hatte sie gesagt, es handele sich um ein Missverständnis. *Ich dachte, ich sollte heute die Blumen gießen, Schatz.* Beim zweiten Mal war es ein wenig peinlich gewesen. *Bitte entschuldige, Schatz, mein Gedächtnis ist auch nicht mehr, was es mal war.* Aber ein drittes Mal? Es hieße, das Schicksal herausfordern.

Ingegerd war sich sicher, dass Kamille dann die Schlösser auswechseln lassen würde. Und man hätte es ihr nicht einmal verdenken können. Im Grunde war es eine Schande, die eigene Tochter auszuspionieren. Erbärmlich. Ingegerd hasste sich dafür. Die naheliegendste Lösung wäre natürlich gewesen, sofort damit aufzuhören und das zu tun, was sie ihrem Mann gegenüber immer zu tun behauptete. *Ich gehe ein bisschen Rad fahren, Jørn. Soll ich was vom Netto mitbringen? Oder vom Bäcker?*

Doch so entschieden ihre Vorsätze auch waren, sobald sie ihre Wohnung verlassen hatte, waren sie oft genug vergessen. Dann landete sie vor Kamilles rot lackierter Haustür, an der eine perfekt getrimmte Buchsbaumkugel Wache hielt und sie wie ein riesiger dunkelgrüner Augapfel anglotzte. Sie klingelte. Redete sich ein, dass sie wieder gehen würde, wenn niemand reagierte. Nach Hause zu Jørn. Ingegerd versuchte wirklich zu widerstehen, aber vergeblich. Den Schlüssel ins Schloss, Klinke gedrückt, Tür auf; ein letzter Blick auf das Buchsbaum-Auge, bevor sie lautlos die Tür hinter sich schloss und im dunklen Eingangsbereich stehen blieb. Sie nahm den vertrauten Geruch des Hauses wahr, während sie die vier Ziffern eintippte, mit denen die Alarmanlage abgeschaltet wurde.

Donnerstags unterrichtete Kamille an einem Gymnasium in Kopenhagen. Und Ingegerd nutzte die Gelegenheit, sich ungestört in dem hellen, ordentlichen Heim aufzuhalten, das den Mittelpunkt des Lebens ihrer Tochter und ihres Schwiegersohns bildete. Eines Lebens, von dem Ingegerd sich von jeher ausgeschlossen fühlte. Sicher, man sah sich, so war es nicht, aber dennoch … Ingegerd hatte es im Grunde aufgegeben, wissen zu wollen, was an ihrem Verhältnis nicht stimmte. Eng war es jedenfalls nicht, aber so verhielt es sich vermutlich bei vielen Müttern und Töchtern. Daran lag es nicht. Oder nicht nur. Kamille und sie waren so verschieden, dass man nicht vermutete, sie seien Mutter und Tochter. Hätte Kamille nicht diese langen, seitlich gebogenen Finger geerbt, würde Ingegerd tatsächlich den Verdacht hegen, es könnte auf der Entbindungsstation zu einer Verwechslung gekommen sein. Ihrem Vater ähnelte sie schon mehr. Das Misanthropische hatte sie von ihm, jedenfalls bildete Ingegerd sich das ein. Ebenso die Haarfarbe. Hin und wieder zweifelte Ingegerd, ob sie ihr einziges Kind überhaupt mochte. Ein Gedanke, den sie mit aller Macht zu verdrängen suchte, der sich aber langsam und stetig in ihr Bewusstsein bohrte. Schwer zu ertragen. Es war eine Sache, dass sie ihren Mann satthatte, aber eine ganze andere, dass sie allmählich die Liebe zu ihrer erwachsenen Tochter verlor.

Ingegerd kannte durchaus auch Kamilles andere, die entgegenkommende, charmante Seite. Die zeigte sich allerdings eher bei offiziellen Anlässen, bei Empfängen, Vernissagen und Einladungen zum Abendessen. Andere Menschen bewunderten Kamille, hielten sie für eine gute Gesellschafterin, und gewisse ältere Kunstprofessoren eiferten geradezu um ihre Gunst. In Wahrheit war sie wohl nur gegenüber Ingegerd so distanziert. Kamille lud ihre Eltern häufig zu derartigen Veranstaltungen ein. Ingegerd versuchte dann, sich über die Aufmerksamkeit zu freuen, das gute Essen zu genießen und sich einzubilden, sie seien aus Freundlichkeit, ja vielleicht sogar aus einer Art von Liebe eingeladen worden. Tief in ihrem Inneren wusste sie jedoch genau, dass sie nur als glamouröse Staffage dienten. In Kamilles und Lorenz' Kreisen war Jørn Clausen als einer der hervorragendsten Lyriker seiner Generation bekannt, und Ingegerds Ruf als scharfe und engagierte Literaturkritikerin bei Dänemarks größter Tageszeitung war noch nicht verblasst, obwohl sie bereits vor mehreren Jahren in Rente gegangen war. Die beiden hoben ganz einfach das Niveau bei gesellschaftlichen Ereignissen.

Die geselligen Anlässe verbesserten das Verhältnis zwischen Kamille und Ingegerd indes nicht. Im Gegenteil. Ingegerd fiel es unglaublich schwer, ihre Verwirrung zu verbergen, wenn Kamilles Gesicht sich innerhalb einer Viertelsekunde – der Zeit, die es brauchte, um den Blick von dem Gesicht eines einflussreichen Museumsdirektors auf das Gesicht ihrer Mutter zu richten – von zuvorkommender Nähe in eine ausdruckslose Maske verwandelte. Jedes Mal riss eine weitere Faser in dem Band, das sie eigentlich verbinden sollte. Jedes Mal wuchs in Ingegerd das Gefühl, ihre Tochter sei eine Fremde. Und jedes Mal zerriss sie der Kummer.

Vor knapp einem Jahr hatte Kamille ihr eines Tages plötzlich einen Schlüssel zu ihrem Haus gegeben. Ob die Mutter so nett sein und die Post aus dem Briefkasten nehmen könne, während sie und Lorenz für ein paar Wochen nach Los Angeles reisten? *Ich erwarte ein Paket, das vom Postamt geholt werden muss, bevor es zurückgeschickt wird. Auf dem Schreibtisch liegt eine Vollmacht.* Und wenn sie bei der Gelegenheit auch die Blumen gießen würde? Dann wäre sie ihr sehr dankbar. Ingegerd hatte selbstverständlich zugestimmt. Man ist doch ein hilfsbereiter Mensch, eine liebevolle Mutter. Sie hatte es in keiner Weise bereut. Denn dort, in Kamilles leerem Zuhause, empfand sie endlich – zum ersten Mal wieder, seit die Tochter klein war – eine Art Nähe. Ingegerd lief in Strümpfen über den kalten Fußboden, hob hier ein Kissen, rückte dort ein schief hängendes Bild zurecht und blätterte im Atelier in Kamilles Skizzenbüchern, während ihre Füße eiskalt wurden. Bereits beim zweiten Besuch nahm sie sich Hausschuhe mit, und von da an lagen immer ein Paar Slipper in einer ihrer Fahrradtaschen; ein physisches Zeugnis, dass sie trotz guter Absichten nicht im Sinn hatte, die heimlichen Besuche im Haus ihrer Tochter aufzugeben.

Sie fand es großartig, in Kamilles Atelier umherzugehen und die fertigen und halb fertigen Werke ihrer Tochter zu begutachten. Zum ersten Mal konnte sie sich ihre Kunst ansehen, ohne dabei scharf beobachtet zu werden. Wenn ihr danach war, konnte sie vor einer Skulptur stehen bleiben und sie eine ganze Stunde lang betrachten. Es gab niemanden, der ihr eine Meinung abnötigte und danach beleidigt war, weil sie gesagt hatte, was schließlich gesagt sein musste.

Unglücklicherweise erlaubte Ingegerd Clausens unbestechliche Rezensentenseele ihr nicht zu lügen. Nicht einmal ihrer Tochter gegenüber. Sie brachte es nicht fertig, begeistert über die kühl kalkulierten Skulpturen aus Gips, Stahl, Draht, Glas- und Spiegelstücken zu jubeln. Egal, aus welchem Winkel man sie ansah, das eigene Spiegelbild wurde zu einem Teil des Werkes, Seite an Seite mit einigen stark vergrößerten Details aus Kamilles eigener Physiognomie – eine riesige Brustwarze hier oder der Ausschnitt eines Ohres dort. Ingegerd gewöhnte sich nie daran, wie sie sich in den Skulpturen auf geradezu beunruhigende Weise mit ihrer Tochter vermischte. Es erschien ihr falsch, zumal wenn sie an die Distanz dachte, die in der Realität zwischen ihnen herrschte. So gesehen wirkte die Vermischung quälend intim und aufdringlich. Ingegerd hatte die Werke ihrer Tochter nie gemocht, doch durch die vielen Stunden, die sie allein mit ihnen verbracht hatte, war sie inzwischen vielleicht ein klein wenig immuner geworden. Auf ihren donnerstäglichen Runden konnte sie die Entstehung jeder einzelnen Skulptur verfolgen und sich langsam an sie gewöhnen; so überwand sie ihr Unbehagen und reagierte entspannter, wenn Kamille sie öffentlich präsentierte.

Das Atelier war ebenso aufgeräumt wie der Rest des Hauses. In hübschen, handgefertigten Schachteln lagen Spiegelreste, Zeichenkohle, Papier und andere Kleinigkeiten ordentlich aufgereiht in den Designerregalen. In der untersten Regalreihe standen glänzende viereckige Stahlbehälter, die sorgsam mit Deckeln verschlossen waren. In ihnen bewahrte die Künstlerin Gipspulver und einige größere Maschinen auf, die mit ihren unpraktischen Kabeln und klobigen Formen nicht einfach herumliegen sollten. Kamilles Arbeitstisch bestand aus einer drei Quadratmeter großen lackierten Holzfaserplatte, auf der nicht ein einziges Stück Papier an der falschen Stelle lag. Die Skizzen in einem Stapel, die Texte in einem anderen. Der Fußboden – ein auf Hochglanz polierter Betonboden, der wie feinstes Marmor schimmerte – war stets sorgfältig gefegt und geputzt. Sämtliche Spuren der täglichen Arbeit mit Gips, Draht und Lötzinn waren wie weggeblasen, wenn Kamille Feierabend machte. Pünktlich um fünf schenkte sie sich das erste von drei Gläsern Rotwein am Tag ein und begann, das Abendessen vorzubereiten. Pünktlich, präzise, ordentlich – es war fast schon neurotisch. Von wem hatte sie das bloß? Jedenfalls nicht von ihren Eltern, dachte Ingegerd. Ihre Wohnung glich der des Maulwurfs aus *Der Wind in den Weiden*, alles voller Möbel, Geschirr, Vasen und Kisten, Bücher und Fotos. Und einer reichlichen Menge Staub.

Außer den großen Oberlichtern gab es keine Fenster in dem hohen Raum. Eine Tür führte direkt in den atriumartigen Garten, in dem Kamille stand, wenn sie mit dem Schweißbrenner oder dem Winkelschleifer arbeitete, eine zweite Tür führte in den Eingangsbereich. Wenn man mit seiner Arbeit allein sein wollte, war dies der perfekte Ort. Ingegerd dachte an ihre eigene Arbeitsecke daheim im Wohnzimmer und erlaubte sich, zutiefst neidisch zu sein. Hier kriegte es ja niemand mit. Hätte sie solch einen Raum nur für sich, so abgesondert, so privat, so … Wer weiß? Vielleicht hätte sie den Roman geschrieben, von dem sie immer geträumt hatte? Vielleicht auch nicht. Aber sie hätte zumindest die Möglichkeit gehabt, ungestört zu arbeiten.

Es stand nur nie zur Diskussion. Sicherlich hatte Ingegerd in der Familie das Geld verdient, doch ein richtiges Arbeitszimmer mit einer Tür, die sich schließlich ließ, brauchte Jørn, der große Dichter. Jeder verstand, dass seine Kunst Ruhe erforderte, während ihre Arbeit eigentlich überall erledigt werden konnte. Diese paar Kritiken, so schwer konnte das nicht sein.

Ingegerd spürte, wie sehr die in vielen Jahren angestaute Frustration an ihr zehrte. Sie riss sich zusammen, bevor die Wut sie übermannte. Es dauerte Tage, um diese Wut wieder unter Kontrolle zu bekommen. Sie musste jetzt gehen; nach Hause zu Jørn, in ihre stickige Dreizimmerwohnung. Sie machte eine letzte Runde, ließ den Blick über die blanken Oberflächen wandern, überprüfte, ob alles so aussah wie vor ein paar Stunden, als sie gekommen war. Als sie sich ganz sicher fühlte, ging sie zur Haustür, wo ihre Schuhe standen.

Plötzlich hörte sie den Kies in der Einfahrt knirschen. Konnte das schon Kamille sein, die nach Hause kam? Die Angst ließ ihre Muskeln erstarren, ein paar Sekunden stand sie wie gelähmt da, mit der Jacke über dem einen und der Tasche unter dem anderen Arm, halb über ihre Schuhe gebeugt. Einen Augenblick später setzte sie sich in Bewegung. Sie griff ihre Schuhe, drehte sich um und lief die kurze Treppe zum Atelier hinunter. Ihr Blick war starr auf die Tür gerichtet. Konnte sie es schaffen, diese Tür zu erreichen, bevor Kamille die Haustür öffnete? Konnte sie sie wieder zuwerfen, bevor ihre Tochter das Haus betrat? Würde der Lärm sie verraten? Und wenn es gelang, was dann? Wie würde sie aus dem Atriumgarten wieder herauskommen? Sollte sie über die Mauer zum Nachbarn klettern? Was, wenn sie dabei einen Schuh verlor? Ihre Tasche? Oder die Jacke?

Die Entfernung zwischen den beiden Türen des Ateliers betrug knapp acht Meter, und Ingegerd Clausen lief die Strecke, so schnell sie nur konnte. Und doch nicht schnell genug.

2

Die alte Dame war noch am Leben, als die Polizei eintraf. Sie lag halb auf der Seite, einen Arm auf dem Fußboden ausgestreckt, die Handfläche nach oben, mit leicht gekrümmten Fingern: die Hand einer Bettlerin. Das gestreifte Sommerkleid war hochgerutscht und entblößte die nackten Oberschenkel mit den deutlich sichtbaren Krampfadern, ein ausgelatschter roter Lederslipper war ihr vom Fuß gerutscht. Unter ihr hatte sich eine Pfütze aus Urin ausgebreitet, der scharfe Geruch stand in der Luft. Das dichte, dunkle Stirnhaar warf einen scharfen Schatten auf ihr Gesicht. Allerdings wirkte das Haar ein wenig zu dicht. Etwas zu dunkel. Und der Schatten ein bisschen zu scharf, der Winkel nicht korrekt, als hätte sie jemand skalpiert. Die Erklärung erwies sich als simpel: Durch den Sturz war ihre Perücke verrutscht. Noch ein unwürdiges Detail der Umstände um Ingegerd Clausens Tod.

Diese Beschreibung hörte Polizeikommissar Flemming Torp später von den zwei Streifenpolizisten, die sie gefunden und den Krankenwagen gerufen hatten. Man brachte Ingegerd Clausen noch mit Blaulicht ins Krankenhaus, allerdings vergeblich. Ihre Tochter hielt ihre Hand, als sie eine halbe Stunde später aus dem Leben schied, ohne noch einmal das Bewusstsein erlangt zu haben. Wäre sie auf der Stelle tot gewesen, hätte die Polizei die Möglichkeit gehabt, ihre Leiche zu fotografieren, den Abstand zur Wand und zu den Türen zu messen, festzuhalten, wie ihr Körper im Verhältnis zu dem riesigen Chaos im Raum lag. Nun konnte man sich lediglich auf die Zeugenaussagen der Polizeibeamten und der Sanitäter stützen.

Möglicherweise reicht das ja, dachte Flemming Torp. Er stand auf der Schwelle zum großen Ateliers, das durch die Oberlichter in das warme Licht der Abendsonne getaucht wurde. Er ließ den Blick über den unmöglichsten Tatort schweifen, den man sich vorstellen konnte. Was einmal eine Reihe fast fertiger Skulpturen gewesen war, hatte sich in Tausende Bruchstücke verwandelt. Überall lagen Gipsstücke, Glasscherben, Draht, verbogenes Metall, Papierschnipsel und zerfledderte Skizzenbücher in einer Schicht aus pulverisiertem Gips. Sollte es Spuren des Täters geben, würden sie weit schwerer als gewöhnlich zu finden sein.

Von der Zerstörungswut war nur dieser Raum betroffen, alle anderen Zimmer des Hauses sahen einwandfrei aus, geradezu klinisch sauber. Ein rascher Rundgang hatte gezeigt, dass sich offensichtlich alles an seinem Platz befand. Die drei Flachbildschirmfernseher ebenso wie die B&O-Anlage und die Computer in den beiden Arbeitszimmern. Flemming hätte sich gern ein wenig im Atelier umgesehen, aber er wusste, dass er es nicht betreten durfte, bis die Spurensicherung es freigab.

Er beschloss, die Wartezeit zu nutzen, um die Tochter des Opfers zu vernehmen – die Künstlerin, deren Skulpturen jemand komplett zerstört hatte. Kamille Schwerin, so hieß es, sitze in Tränen aufgelöst am Bett ihrer toten Mutter im Krankenhaus. Nur ungern wollte Flemming sie darum bitten, das Krankenhaus zu verlassen, lieber machte er sich auf den Weg und redete dort mit ihr. Er hinterließ eine Nachricht für den Leiter der Spurensicherung und zog sich an der Haustür gerade die blauen Plastiküberzieher von den Schuhen, als sein Handy klingelte. Er überlegte, ob er den Anruf sofort annehmen oder zuerst das Schuhprojekt zu Ende bringen sollte. Für den Bruchteil einer Sekunde nahm der Ermittlungsleiter dieselbe Stellung ein wie das Opfer, als es den Kies in der Einfahrt knirschen hörte. Allerdings würde keiner der beiden es je erfahren.

Flemming entschied sich, zog das Plastikfutteral von seinem zweiten Schuh und fischte erst dann das Telefon aus der Jackentasche. »Torp.«

»Hanegaard.«

Der Hauptkommissar. Was jetzt? »Ja, hallo«, sagte Flemming laut.

»Wie geht's?«

»Ich bin an einem Tatort, vielleicht können wir uns morgen unterhalten?«

»Ich will dich nicht länger als unbedingt nötig stören, Flemming«, erwiderte sein Chef ein wenig pikiert. »Ich rufe lediglich an, um sicherzugehen, dass du weißt, in wessen Haus du dich befindest.«

»Hier wohnt Kamille Schwerin, eine Bildhauerin. Sie ist die Tochter des Opfers.«

»Und ihr Mann?«

»Ist verreist. In die USA, soweit ich weiß.«

»Aber du weißt nicht, um wen es sich handelt?«

»Schwerin ... Sollte da etwas bei mir klingeln?«

»Er heißt nicht Schwerin. Du bist im Haus von Lorenz Birch.«

»*Dem* Lorenz Birch?« Flemming ließ den Blick mit erwachtem Interesse durch das geschmackvoll eingerichtete Entree schweifen, in dem sich eine stattliche Treppe hinauf zum ersten Stock wand – beleuchtet von einem beeindruckenden modernen Kronleuchter, der haargenau so aussah wie eine verkleinerte Ausgabe der Riesenkugeln im Foyer der Kopenhagener Oper. Vielleicht hatte ihn sogar derselbe Künstler entworfen?

»Bist du noch da, Flemming?«

»Ja, ja.« Er räusperte sich. »Das erklärt einiges«, fügte er dann hinzu.

»Was meinst du?«

»Du solltest dieses Haus mal sehen.«

»Der Mann ist Multimillionär. Was hast du erwartet?«

»Gar nichts habe ich erwartet. Ich wusste ja nicht, dass es sich um sein Haus handelt.«

Hanegaard stieß ein Geräusch aus, das irgendwo zwischen Husten und Lachen zu lokalisieren war. »Dachte nur, du solltest es wissen.«

»Danke.« Flemming öffnete die Haustür und sah sich ein letztes Mal um. Der kugelrunde Kronleuchter glitzerte im Abendlicht eines strahlend schönen Augusttages.

Er stieg ins Auto und blieb einen Moment still sitzen. Lorenz Birch. Sieh einer an. Flemming hatte gewusst, dass der einflussreiche Birch in Christianssund wohnte, gesehen hatte er ihn allerdings noch nie. Das Anwesen lag im ältesten Villenviertel der Stadt, in dem sich ausschließlich palastartige Kästen aneinanderreihten. Sie zogen sich den Hügel hinauf bis zum Wald, Christianssunds höchstem Punkt. Sämtliche Gärten waren hier terrassenförmig angelegt, weil es so steil war. Sie gaben dem Viertel einen südländischen Flair. Von jedem der wohlgepflegten Häuser hatte man eine grandiose Aussicht auf das Stadtzentrum, den Hafen und den Fjord. Natürlich wohnte Lorenz Birch hier im Viertel. Das hätte Flemming auch getan, würde er über finanzielle Mittel in dieser Größenordnung verfügen. Einen hübscheren Ort gab es in ganz Dänemark nicht. Jedenfalls nicht, wenn man in einer Stadt wohnen wollte.

Lorenz Birch, so viel wusste Flemming, hatte sein Vermögen mit einer Firma gemacht, die … Flemming erinnerte sich nicht mehr genau, um was es sich handelte – vielleicht Steckdosen oder Klettverschlüsse. Nicht sonderlich beeindruckende Alltagsgegenstände jedenfalls. Höchst beeindruckend war dagegen der Ertrag. Lorenz Birch hatte eine schwindelerregende Menge Geld verdient, als er seine Firma vor einigen Jahren an einen japanischen Konzern verkaufte. Theoretisch hätte er sich im Alter von noch nicht einmal fünfzig Jahren zurücklehnen und sein Dasein als ungewöhnlich wohlhabender Frührentner genießen können.

Ein derartiges Leben konnte er sich allerdings überhaupt nicht vorstellen. Lorenz Birch hatte schon immer ein glühendes Interesse an den Künsten gehabt, an Theater, Musik, Film, Literatur. Und vor allem begeisterte er sich für die bildende Kunst. Als er Vorsitzender eines ambitionierten internationalen Kunstförderungsprojekts wurde, war in der dänischen Kunstwelt niemand überrascht. Birch war wie geschaffen für diese Aufgabe, er saß in mehreren Museumsvorständen – vom Tate Modern bis zu Louisiana –, er war Ehrenprofessor an drei europäischen Universitäten, und erst kürzlich war ein Museumsflügel in Jütland nach ihm benannt worden, nachdem er den Neubau mit einer stattlichen Summe gefördert hatte. Die verantwortungsvollen Aufgaben zogen weitere Verpflichtungen nach sich, und Lorenz Birch wurde im Laufe weniger Jahre zu einer der wichtigsten Persönlichkeiten der europäischen Kunstszene.

Nun war seine Schwiegermutter tot in seinem Haus aufgefunden worden, inmitten der systematischsten Verwüstung, die Flemming seit Langem gesehen hatte. Vermutlich saß Birch bereits in einem Flugzeug auf dem Weg nach Dänemark. Flemming wusste nichts über die Ehe von Kamille Schwerin und Lorenz Birch, abgesehen davon, dass sie sechzehn Jahre hielt. Wenn sie auch nur eine einigermaßen intakte Beziehung hatten, war es vollkommen normal, dass sie eine derartige Situation gemeinsam bewältigten.

Flemming sah auf die Uhr. Schon nach sieben. Zu seiner Verabredung kam er nicht mehr rechtzeitig, dieser Tatsache konnte er ebenso gut in die Augen sehen. Er schrieb eine SMS: »Liebste Urs! Ich schaff es heute Abend leider nicht. Arbeit. XXX – Flemming«

Die Antwort kam nach einer halben Minute: »Schon okay. Liebe dich. Kuss – Urs«

Er lächelte, als er den Wagen anließ.

Vom Tatort zum Krankenhaus waren es nur einige Kilometer, aber er hatte das Gefühl, in eine andere Welt zu geraten. Je weiter der Wagen den Hügel hinabfuhr, desto kleiner und neuer wurden die Häuser zu beiden Seiten der Straße. Von den weiß verputzten Palästen der 1890er Jahre über solide zweistöckige Häuser aus roten Backsteinen aus den Zwanzigern bis hin zu den demütigen, gelb geklinkerten Reihenhäusern aus den Sechzigern und den braunen Ziegelhäusern der Siebzigerjahre, deren Giebelspitzen mit Holz verkleidet waren.

Schließlich wurden die Einfamilienhäuser von mehrstöckigen Gebäuden abgelöst, das letzte Stück bis zum Krankenhaus fuhr Flemming durch eines der trostlosesten Neubaugebiete in Christianssund. Hier trugen die Straßen Blumennamen, und ein Großteil der Bewohner wurde von der Öffentlichen Hand alimentiert. Die Behörden teilten ihnen das Geld für Lebensmittel zu und bezahlten die Miete, sie entschieden, ob ein Besuch beim Zahnarzt nötig war oder nicht, kümmerten sich um vernachlässigte Kinder und verwahrloste Haustiere, schlichteten häusliche Krawalle, verhafteten kleine Dealer und Autodiebe. Flemming wollte gar nicht wissen, wie viel Zeit er hier schon verbracht hatte. Immer mit dem Gefühl, einer hoffnungslosen Aufgabe nachzugehen. Denn sosehr sich Sozialbehörden, Schulen und Polizei auch bemühten, nur ein verschwindend kleiner Teil der Menschen in Violparken kam aus der Armut heraus.

Und hinter all diesem Elend lag das Krankenhaus von Christianssund, ein viereckiger, wenig charmanter, drei Stockwerke hoher Backsteinkasten. Im Laufe der Zeit hatten eine höhere Bettenzahl und neue Untersuchungsmethoden Erweiterungen notwendig gemacht, sodass das Krankenhaus inzwischen aus mehreren kleinen und großen Gebäuden bestand, die durch eine aufwendige Parkanlage mit gepflasterten Wegen verbunden waren.

Auf die Beschilderung hatte man indes weniger Wert gelegt. Flemming suchte einige Minuten nach dem richtigen Gebäude. Schließlich gab er es auf und stellte den Wagen auf einem Parkplatz direkt vor dem Haupteingang ab. Die Höchstparkdauer betrug eine Stunde. Er legte das Schild POLIZEI an die Windschutzscheibe und ging zum Informationsschalter im Eingangsbereich. Ein junger Bursche mit kurz geschnittenen roten Haaren erklärte ihm den Weg, und schon kurz darauf stand er vor der Tür des Zimmers, das man Kamille Schwerin und ihrer toten Mutter zur Verfügung gestellt hatte. Auf sein Klopfen steckte Polizeiassistentin Pia Waage den Kopf zur Tür heraus.

»Ich habe gerade mit Giersing geredet«, sagte sie leise und drückte sich durch den Türspalt. »Er geht davon aus, dass er uns die vorläufigen Untersuchungsergebnisse morgen Nachmittag mitteilen kann.«

»Gut.« Der Rechtsmediziner Svend Giersing, eine Koryphäe seines Fachs, hatte sich eigentlich zurückgezogen, um sich nur noch der Forschung zu widmen. Bei lokalen Tötungsdelikten übernahm er jedoch die Obduktion, so war es mit der Polizei von Christianssund vereinbart. »Und sonst?«

Pia zuckte die Achseln. »Der Pastor ist gerade gegangen.«

Flemming schob die Tür auf. »Kommissar Flemming Torp, Polizei Christianssund«, stellte er sich vor. »Mein Beileid.«

»Danke.« Eine groß gewachsene Frau erhob sich und schüttelte seine ausgestreckte Hand. Die Augenpartie und die Nasenlöcher waren gerötet und ein wenig geschwollen, doch ihre Augen waren klar, und die Stimme klang gefasst. »Kamille Schwerin. Aber das wissen Sie sicher schon.«

Er nickte. Als die Tür zum Flur sich hinter ihm geschlossen hatte, lag das kleine Zimmer im Halbdunkel. Die Gardinen hatte man zugezogen, sämtliche Lampen gelöscht. Nur drei große weiße Kerzen warfen einen weichen Schimmer über den kleinen, eingefallenen Körper im Bett. Ingegerd Clausens Hände waren gefaltet. Irgendjemand hatte ein Spitzentaschentuch um den Stiel einer roten Rose gewickelt und sie zwischen ihre verblüffend langen, schlanken Finger gesteckt. Ihre dunkle Perücke saß wieder wie vorgesehen und bedeckte die Wunde an der Kopfhaut.

Erst jetzt fiel sein Blick auf eine dritte Person im Zimmer. In der dunkelsten Ecke des Raumes saß ein älterer, bärtiger Mann zusammengesunken auf einem gepolsterten Stuhl. Als Flemming auf ihn zuging, gab Jørn Clausen ihm die Hand, ohne aufzustehen. Er sagte nichts und wandte den Blick ab. Das Hemd, das er anhatte, war schief zugeknöpft.

Flemming richtete seine Aufmerksamkeit wieder auf Kamille. »Können wir uns unterhalten? Es wird nicht lange dauern.«

Sie nickte. »Gehen wir vor die Tür.«

Als Flemming und Kamille das Zimmer verließen, schlüpfte Pia sofort wieder hinein. Man konnte die Angehörigen schlecht daran hindern, bei der Leiche zu bleiben, wenn der Tod während eines Krankenhausaufenthalts eingetreten war. Doch sie durften nicht mit der Toten allein gelassen werden. Das würde Flemming nicht zulassen. Nicht, solange die Todesursache ungeklärt war. Ein Vertreter der Polizei hatte sich ständig in dem kleinen Raum aufzuhalten.

Sie gingen hinaus in die Parkanlage, in der es noch immer warm und mild war.

»Es ist so schwer zu begreifen«, begann Kamille und setzte sich auf eine Bank unter einen Vogelbeerbaum, dessen Zweige sich unter der Last der feuerroten, reifen Beeren bogen. »Ich habe noch gestern mit ihr gesprochen … und jetzt …«

»Weshalb war Ihre Mutter denn heute bei Ihnen?« Flemming zog eine Packung Papiertaschentücher aus der Jackentasche und reichte sie ihr.

Kamille versuchte, ihre Stimme unter Kontrolle zu bringen. »Keine Ahnung«, murmelte sie in das Taschentuch.

»Hatte sie einen eigenen Schlüssel?«

Ein Nicken.

»Hielt sie sich öfter bei Ihnen auf, wenn Sie nicht zu Hause waren?«

Kamille putzte sich die Nase und richtete sich auf. »Nein, ganz bestimmt nicht.« Sie warf das benutzte Papiertaschentuch in den Abfalleimer neben der Bank. »Ich habe ihr erst vor knapp einem Jahr einen Schlüssel gegeben, damit sie die Blumen gießen konnte.«

»Haben Sie keine Haushaltshilfe?«

»Eine Putzfrau. Jette. Sie kommt an zwei Vormittagen in der Woche. Montag und Donnerstag. Den Rest schaffe ich allein.«

»Und Jette konnte die Blumen nicht gießen?«

Kamille sah einen Moment verwirrt aus. Dann verzog sie den Mund zu einem schiefen Lächeln. »Ach so, entschuldigen Sie, ich bin ein bisschen … Nein, das war ja der Grund, Jette befand sich auf irgendeiner Pauschalreise.«

»Hat Ihre Mutter den Schlüssel danach behalten?«

»Ja, warum nicht? Eigentlich ist es doch vernünftig, wenn jemand einen Zweitschlüssel hat.«

»Aber sie benutzte ihn nicht?«

»Sie ist einmal da gewesen, ohne dass wir es verabredet hatten. Sie war vollkommen durcheinander und unglücklich. In den letzten Jahren ist sie ein bisschen ...« Kamille machte eine flatternde Bewegung mit ihren langen, schmalen Händen. »Bisweilen konnte sie ziemlich konfus sein.«

»Es würde Sie also nicht überraschen, wenn es sich heute ähnlich abgespielt hätte? Dass Ihre Mutter irrtümlich zu Ihnen ins Haus gekommen ist?«

Kamille zuckte die Achseln. »Ich kann es mir nicht anders erklären.«

»Und die Verwüstung?«

»Ich weiß es nicht. Vielleicht hat sie jemanden überrascht?«

»Wann sind Sie nach Hause gekommen?«

Sie sah ihn mit runden graubraunen Augen an. Das kurz geschnittene Haar lag dicht am Kopf. Sie hatte etwas Asketisches an sich, diese schlichte dunkle Kleidung, die sehr gepflegten Fingernägel, das blasse Gesicht, der schlanke Körper.

»Stehe ich unter irgendeinem Verdacht?«

»Wie kommen Sie auf den Gedanken?«

»Wenn ich mich hier für mein Verhalten rechtfertigen muss ...« Es gab keinerlei Hinweis auf Aggression in ihrem Gesicht.

Flemming hielt ihrem Blick ruhig stand. Er antwortete in einem ebenso neutralen Ton wie sie. »Ich versuche nur, mir einen Überblick zu verschaffen. Das ist alles. Sie sind eine wichtige Zeugin, Kamille. Und das Chaos betrifft vor allem Sie.«

»Entschuldigung. Sie haben recht.« Sie schluckte. »Ich war um 16:15 Uhr zu Hause, plus, minus ein paar Minuten.«

»Kommen Sie gewöhnlich um diese Uhrzeit nach Hause?«

Sie schüttelte den Kopf. »Normalerweise bin ich bereits gut zwei Stunden früher zurück. Ich arbeite bis eins an einem Gymnasium, die Rückfahrt dauert eine gute Stunde.« Sie biss sich auf die Lippe. »Ich wusste, dass irgendetwas nicht in Ordnung war.«

»Sind Sie deshalb erst später nach Hause gekommen, weil etwas nicht in Ordnung war?«

»Wie meinen Sie das?« Die runden Augen richteten sich wieder auf sein Gesicht. »Ach so. Nein, ich bin im Frederiksberg Centret gewesen. Ich habe eine Tasse Kaffee getrunken und war shoppen.«

»Was haben Sie gekauft?«

»Ein Kleid. Wir sind eingeladen.« Sie kniff die Augen zusammen. »Egal, was Sie sagen, Herr Torp, es klingt, als würden Sie mich verhören. Gleich wollen Sie wahrscheinlich auch noch die Quittung sehen.«

»Weshalb haben Sie gesagt, Sie wussten, dass etwas nicht in Ordnung war?«

»Als ich nach Hause kam, meinte ich.« Ihre Schultern senkten sich eine Spur. »Die Tür war nur angelehnt.«

»Die Haustür?«

Sie nickte. »Ich habe mich nicht getraut hineinzugehen.«

»Sie haben noch nicht einmal den Kopf hineingesteckt und gerufen? Es hätte doch sein können, dass Ihr Mann ein paar Tage früher nach Hause gekommen ist?«

Kamille schüttelte langsam den Kopf. »Warum sollte er? Und warum sollte er die Haustür offen stehen lassen? Auf den Gedanken bin ich jedenfalls nicht gekommen.«

»Haben Sie das Fahrrad Ihrer Mutter nicht bemerkt?«

»Nein.« Sie spürte seine Skepsis und fügte hinzu: »Es klingt eigenartig, das weiß ich, aber ich habe nichts anderes als diese angelehnte Tür gesehen. Ich hatte Angst.«

»Der Streifenwagen war um 16:29 Uhr bei Ihnen.«

»Ja.«

»Und was ist dann passiert?«

»Sie baten mich, im Auto sitzen zu bleiben, dann gingen die Beamten ins Haus.«

»Und wann wurde Ihnen klar, was geschehen ist?«

»Die Beamten kamen heraus und teilten es mir mit. Kurz darauf kam der Krankenwagen.«

»Sind Sie mitgefahren?«

Wieder schüttelte sie den Kopf. »Ich wollte zuerst sehen, was mit meinen Skulpturen passiert war, und bin fünf Minuten später hinterhergefahren.«

Interessante Prioritätensetzung, dachte Flemming. Die meisten anderen Menschen hätten sich vermutlich entschieden, ihre sterbende Mutter zu begleiten. Aber was versteht der Bauer schon vom Gurkensalat? Vielleicht war das ja ein völlig normales Verhalten für eine Künstlerin. Laut sagte er: »Die Skulpturen, die zerstört wurden, waren die wertvoll?«

Ihre Augen füllten sich mit Tränen. »Sie sollten verpackt und an eine Galerie in München geschickt werden. Ich habe eine Ausstellung dort, beziehungsweise hätte ich eine Ausstellung haben sollen. Vernissage in zwei Wochen. Jetzt …«

»Es ist nichts zu retten?«

»Nein.« Sie richtete sich auf und sah ihn direkt an. »Ich muss von vorn anfangen. Mit etwas Glück kann die Galerie mich in einem Jahr wieder in ihren Ausstellungskalender einbauen.«

»Dann wurde also die Arbeit eines ganzen Jahres zerstört?«

»Mehr. Aber wenn ich mich entscheide, alles anhand der Fotos zu rekonstruieren, die ich zwischendurch aufgenommen habe, schaffe ich es vielleicht etwas schneller.«

»Ich hätte gern Abzüge von diesen Fotos, wenn das okay ist. Sie können das Ausmaß der Zerstörung dokumentieren, wenn wir irgendwann mit dem Fall vor Gericht gehen.«

»Kein Problem. Ich brenne Ihnen eine DVD.«

»Haben Sie eine Idee, wer Ihre Skulpturen zerstört haben könnte?«

Sie schüttelte den Kopf.

»Ich vermute nur, dass dabei große Gefühle im Spiel gewesen sein müssen.« Flemming sah sie an. »Gibt es jemanden, der einen Grund dafür haben könnte, Sie zu hassen, Kamille? Jemanden, der neidisch auf Sie ist?«

»Eine Menge Leute sind neidisch auf mich. Überlegen Sie mal, mit wem ich verheiratet bin. Alle glauben, Lorenz würde mir eine Ausstellung nach der anderen verschaffen, was natürlich nicht der Fall ist. Er würde seine Position niemals auf diese Weise ausnutzen.«

»Eine Menge Leute würden wohl kaum so weit gehen, bei Ihnen einzubrechen, Ihre Werke zu zerstören und Ihre Mutter zu überfallen. Fällt Ihnen irgendjemand ein, der Sie so sehr hassen könnte?«

Kamilles Blick flatterte einen Moment. »Nein, nicht so ohne Weiteres …«

»Sagen Sie's ruhig.«

»Was meinen Sie?«

»Es ist nicht zu übersehen, dass Ihnen etwas durch den Kopf geht.«

Sie schaute auf ihre Hände. »Ach, das ist so … ich weiß nicht.«

»Haben Sie einen Verdacht?«

»Es klingt furchtbar, aber meine Mutter war ein bisschen …«

»Ihre Mutter?«

»Sie konnte sehr verwirrt sein. Möglicherweise war sie sogar auf dem Weg, dement zu werden. Ich habe es schon seit einiger Zeit befürchtet.«

»Könnte Ihre Mutter imstande gewesen sein, mit einem schweren Hammer immer wieder zuzuschlagen, bis alle Skulpturen zerstört waren?«

Kamille zuckte die Achseln.

Flemming richtete sich auf. »Die Spurensicherung ist noch bei der Arbeit, sie können also noch nichts mit Sicherheit sagen. Ihrem ersten Eindruck nach muss man zwischen einhundert bis einhundertfünfzig Mal zuschlagen, um die Skulpturen derart zu pulverisieren. Das erfordert nicht nur ein hohes Maß an Entschlossenheit und ungewöhnlich starke Gefühle, sondern auch eine beträchtliche physische Kraft. Nur den wenigsten dreiundachtzigjährigen Damen dürfte so etwas gelingen.«

»Ja, das passt irgendwie nicht zusammen, oder?«

»Dennoch war es Ihr erster Gedanke.«

Kamille nickte. »Ich halte es einfach für ein ungewöhnliches Zusammentreffen, dass meine Mutter genau dann zufällig dort gewesen sein soll, als der Verursacher dieses Vandalismus auftauchte. Sie nicht?«

»Dennoch gab es jemanden, der sie erschlagen hat. Denn das wird sie ja kaum selbst getan haben?«

Erschrocken riss Kamille ihre großen runden Augen auf. Sie begrub ihr Gesicht in den Händen.

»Entschuldigen Sie, Kamille. Ich kann gut verstehen, wenn das alles zu viel für Sie ist.« Flemming erhob sich. »Sie sind mich jetzt los. Wir können morgen Nachmittag weiterreden.«

Sie hob die Finger einer Hand zu einer Art Gruß und weinte weiter, ohne den Kopf zu heben.

3

»Sollen wir Sie nach Hause bringen?«

»Meine Tochter fährt mich.«

»Ich warte hier, bis sie zurückkommt.«

»Machen Sie sich keine Umstände.«

»Das sind doch keine Um…«

»Es kann Stunden dauern, bis sie fertig ist.«

»Nein, ich glaube, sie ist unterw…«

»Es kann aber auch nur Sekunden dauern.«

»Ja …?«

»Meine Tochter ist unberechenbar. Sie ist Künstlerin. Wie ihr Vater. Zwei Künstlerseelen.«

Pia Waage blickte verwirrt auf und traf auf Flemmings Blick. Er stand ein paar Meter entfernt und hatte die Unterhaltung verfolgt, ohne sich einzumischen. Jetzt zuckte er die Achseln, um zu signalisieren, dass sie den alten Mann ruhig schwatzen lassen sollte. Dem intensiven Geruch nach zu urteilen, verlor er sich langsam im Cognacnebel – und das konnte man ihm nicht einmal verübeln. Immerhin hatte der Mann gerade seine Frau verloren.

»Zeit ist nur ein Begriff, völlig irrelevant. Vom Kapital geschaffen, um das arbeitende Volk zu kontrollieren.« Jørn Clausen starrte sie durch seine dicken Brillengläser an. Ob seine Augen aus Trauer oder wegen einer Augenkrankheit konstant tränten, ließ sich nicht sagen. Mitten auf dem Flur des Krankenhauses blieb er stehen, seinen kleinen, untersetzten Körper auf einen Stock gestützt, die Beine leicht gespreizt, sodass er sicheren Halt fand. »Für einen Künstler ist Zeit gleichgültig. Feste Arbeitszeiten sind für Sklaven, die nicht selbstständig denken können!« Er brüllte beinahe. Ermunternde Worte für die in öffentlichen Institutionen angestellten armen Teufel um ihn herum – einige in Zivil, andere in weißen Kitteln.

»Wissen Sie, was Ihre Frau bei Kamille wollte?«, fragte Flemming und versuchte, den politisch-philosophischen Vortrag zu unterbrechen, zu dem Jørn Clausen ansetzte.

Einen Moment sah es aus, als hätte sich der alte Mann entschlossen, die Frage zu überhören, doch nach einer Pause antwortete er: »Sie wollte zum Supermarkt. Kaffee holen.« Er wandte Pia den Kopf zu und fuhr in einem vorwurfsvollen Ton fort: »Richtigen Kaffee. Nicht diese Pulverscheiße!«

Pia lächelte freundlich.

Flemming versuchte es noch einmal: »Dann hat Ihre Frau Ihnen also nicht erzählt, dass sie zu Kamille wollte?«

»Sagen Sie mal, sind Sie schwer von Begriff? Ich habe doch gerade gesagt, dass sie es nicht getan hat.«

»Wissen Sie, ob sie Kamille auch sonst mitten am Tag besuchte?«

»Woher zum Teufel soll ich das wissen?« Plötzlich drehte Jørn Clausen sich um und ging in den Aufenthaltsraum.

»Und nun?«, fragte Pia und hielt die Augen auf den Rücken des alten Mannes gerichtet.

»Lass ihn. Im Augenblick kann man nicht mit ihm reden. Wir führen morgen ein richtiges Gespräch mit ihm.«

Pia blickte Jørn Clausen, der in dem kleinen Fernsehraum verschwunden war, noch immer hinterher. »Garantiert zündet er sich wieder seine Pfeife an. Vor einer halben Stunde hat er sich deswegen beinahe mit einer Krankenschwester geprügelt.«

»Das kennen die hier. So ein Krankenhaus ist voll von alten Leuten, die das Rauchverbot nicht akzeptieren.«

»Ist er wirklich ein richtiger Dichter?«

»Einer der besten.«

»Liest du Gedichte?« Er hörte die Ironie in ihrer Stimme.

»Nein, aber meine Freundin.«

»Ach ja?«

Flemming nickte. »Ursula ist ganz begeistert von Jørn Clausen. Ich schätze, dass sie alle Gedichtbände von ihm hat. Wenn ich einen hier hätte, könnte ich ihn signieren lassen.«

»Damit müsstest du vermutlich warten, bis er wieder nüchtern ist. O nein! Sieh mal!« Sie zeigte in den Aufenthaltsraum. Eine dicke Rauchwolke quoll aus der offenen Tür, und eine Frau im weißen Kittel rannte darauf zu. »Jetzt macht er das schon wieder!«

»Hol die Tochter. Sie sitzt wahrscheinlich draußen vor der Glastür, jedenfalls saß sie da vor fünf Minuten. Frag sie, ob sie so nett ist und ihren Vater nach Hause bringt.«

»Und was machst du?«

»Ich will versuchen, den Arzt zu erwischen, der sich um Ingegerd Clausen gekümmert hat. Vielleicht weiß er etwas über die Todesursache.«

»Oder sie«, korrigierte ihn Pia.

»Ja, oder sie.«

Flemming ging in das kleine Büro der Krankenschwestern und äußerte seine Bitte, mit dem Arzt zu sprechen. Glücklicherweise war er noch im Haus. Wenn der Herr Kriminalkommissar einen Augenblick Geduld hätte, dann ... Eine Tasse Kaffee? Vielleicht einen Butterkeks dazu? Flemming nahm beides dankbar an und setzte sich in den jetzt leeren Aufenthaltsraum. Der Duft des Pfeifenrauchs hing noch in der Luft, ein altertümlicher Fernseher lief ohne Ton. Irgendein Handballspiel. Nicht schlecht. Flemming saß fast zwanzig Minuten vor dem Fernseher, bis ein junger Mann in einem weißen Kittel in der Tür stand.

»Flemming Torp?«

Flemming stand auf. »Polizei Christianssund. Ich hoffte, dass Sie einen Augenblick Zeit ...?«

»Kristof Wizniack. Ich bin sehr beschäftigt, aber wenn es nur um ein paar schnelle Fragen geht.« Er setzte sich Flemming gegenüber auf einen Stuhl. »Ich bin Pole, falls Sie sich fragen, woher der Akzent kommt.«

»Seit wann leben Sie hier?«

»Anderthalb Jahre.«

»Dafür sprechen Sie wirklich gut Dänisch.«

Kristof Wizniack senkte mit einem kleinen Lächeln den Kopf.

»Ich habe eigentlich nur eine Frage: Woran ist Frau Clausen Ihrer Ansicht nach gestorben?«

»Das wissen wir nicht vor der Obduktion.«

»Ja, ich weiß. Trotzdem würde ich gern Ihre Meinung hören. Ganz inoffiziell.«

»Frau Clausen hatte eine schlimme Wunde am Hinterkopf. Es fühlt sich an, als wäre der Schädel eingedrückt, aber wir haben bisher keine Röntgenbilder machen können.«

»Ein Schädelbruch, meinen Sie?«

»Ich glaube schon.«

»Ist sie daran gestorben?«

»Das kann ich Ihnen nicht sagen. Bei einigen wäre eine derartige Läsion tödlich, bei anderen nicht.«

»Gab es andere Wunden oder auffällige Spuren an ihrem Körper?«

»Frische Blutergüsse an der rechten Schulter und am Oberarm sowie an der rechten Hüfte.«

»Könnten sie vom Sturz herrühren?«

»Durchaus. Das ist auch bei der Läsion des Kopfes möglich.«

Flemming runzelte die Stirn. »Was meinen Sie?«

»Wenn ich Sie wäre, würde ich nichts als gegeben nehmen. Es ist nicht sicher, dass sie von jemandem direkt geschlagen wurde. Sie kann aus allen möglichen Gründen gefallen sein und sich den

Kopf an irgendetwas gestoßen haben. Dies oder etwas anderes könnte die Todesursache sein.« Er erhob sich. »Deshalb habe ich gesagt: Warten Sie die Obduktion ab. War das alles?«

Flemming nickte. Er war nicht viel klüger geworden.

Auf dem Weg zum Parkplatz stieß er auf Pia Waage. »Und?«

»Kamille Schwerin fährt ihren Vater nach Hause und bleibt bei ihm, bis er schläft«, berichtete sie. »Sie hat ihm ihr Gästezimmer angeboten, doch davon wollte er nichts wissen.«

»Und du?«

»Ich denke, ich fahre zum Tatort. Mit etwas Glück ist die Spurensicherung bald fertig ... Nimmst du mich mit?«

»Natürlich.« Flemming schloss den Wagen auf. »Weißt du, wie weit Frank ist?«

»Ich glaube, er ist schon dort.«

»Gut.«

Polizeiassistent Frank Janssen hatte einen Fortbildungskurs in Odense abgebrochen, um sich an den Ermittlungen zu beteiligen. Als Flemming und Pia eintrafen, unterhielt er sich mit Knud Traneby, dem Leiter der Spurensicherung.

»Ist es deiner Meinung nach bewusster Vandalismus gewesen?«, wollte Frank von ihm wissen.

Traneby grunzte höhnisch. »'türlich war das bewusst. Was denn sonst?«

»Ich habe mich unklar ausgedrückt. Ich würde gern wissen, ob die Skulpturen während eines Kampfes kaputtgegangen sein könnten. Also, hat Ingegerd Clausen so viel Widerstand geleistet, dass ...«

»Widerstand? Jedenfalls nicht zu dem Zeitpunkt ... Als die Skulpturen zerhäckselt wurden, lag sie bereits auf dem Boden und hat weder buh noch bäh gesagt.«

»Soll das heißen«, mischte Flemming sich ein, »dass die Täter das gemacht haben, während die alte Dame bewusstlos auf dem Boden lag?«

»Es sieht zumindest sehr danach aus«, erwiderte Knud Traneby. »Unter ihrem Körper fanden sich weder Glassplitter noch Gipspulver; Glas und Gips waren um sie herum verstreut, und wahrscheinlich hätten wir auch auf ihr etwas gefunden. Schau es dir an, du kannst die Umrisse ihres Körpers praktisch mit bloßem Auge erkennen …« Er nickte in Richtung eines länglichen, fast nackten Flecks inmitten des Chaos. Die Urinpfütze war eingetrocknet, Spuren aber noch zu sehen. »Ihre Handtasche und ihr Mantel liegen noch hier …« Er wies mit dem Finger darauf. »Und wie ihr sehen könnt, ist beides voller Gips.«

»Pfui Teufel, verdammt gefühlskalt«, bemerkte Frank. »Erst schlägt man eine wehrlose alte Frau nieder, und während sie sterbend am Boden liegt, läuft man mit einem Vorschlaghammer in der Hand Amok gegen die Skulpturen ihrer Tochter.«

»Ja, kein besonders schöner Gedanke«, sagte Traneby und begann, seine Brille zu putzen.

»Hast du eine Idee, wie viele es gewesen sein könnten?«, erkundigte sich Flemming.

Der Leiter der Spurensicherung zuckte die Achseln. »Schwer zu sagen. Aber ich schätze, dass es ein Einzeltäter war.«

»Worauf basiert …«

»Basierend auf der Annahme, dass wir nur die Spuren einer einzigen Schlagwaffe finden. Metall, quadratische Schlagfläche, circa vier mal vier Zentimeter. Ein klassischer großer Hammer. Es sei denn, sie hätten zwei vollkommen identische Hämmer gehabt … Und, na ja, außerdem gibt es Fußspuren. Sie sind alle von einer Person.«

»Gummistiefel? Sneaker? Sandalen?«

»Nee.« Knud Traneby zeigte auf seine eigenen, mit einer Plastikhülle überzogenen Schuhe. »Solche.«

»Plastikhüllen?«

»Genau. Darum sind sämtliche Spuren auch so verwischt. Nicht zu gebrauchen.«

»Aber ihr werdet doch über den Daumen eine Schuhgröße angeben können?«

»Sieht aus wie einundvierzig.«

»Kleiner Mann oder große Frau.«

»Genau.« Traneby hielt seine Brille gegen das Licht und prüfte sie gründlich, bevor er sie wieder auf die Nase setzte. »Es gibt übrigens eine Merkwürdigkeit«, sagte er und steckte das Taschentuch in die Hosentasche. »Seht mal, hier ...« Er ging ein paar Schritte in den Raum, bis er am Ende des verwischten Umrisses von Ingegerd Clausens Körper stand. »Diese Striche dort ...« Er wies auf ein paar verschmierte Spuren im Gipsstaub.

»Ja?« Flemming ging in die Hocke. »Was ist das?«

»Keine Ahnung. Sieht aus, als hätte jemand etwas mit dem Finger in den Staub geschrieben. Ein W oder ein A vielleicht ... Höchstwahrscheinlich sind die Sanitäter da durchgetrampelt, als sie Frau Clausen geholt haben.«

»Wahrscheinlich haben sie gar nichts bemerkt. Sie hatten sich schließlich um andere Dinge zu kümmern. Hast du sie gefragt?«

»Das überlasse ich euch.«

»Es könnten auch die Reste eines Pentagramms sein, oder?«, schaltete sich Pia Waage ein.

Sie starrten auf die dünnen Striche.

»Schon«, sagte Flemming. »Hat das nicht was mit Hexerei und

Teufelsaustreibung zu tun? Ist vielleicht ein bisschen sehr weit hergeholt.«

Pia zuckte die Achseln. »Ich weiß nicht viel darüber. Aber wir können es zumindest untersuchen.«

»Wir haben doch sicher ein gutes Foto davon, nicht wahr?« Flemming versuchte, die Anstrengung zu verbergen, als er aufstehen wollte, ohne sich an irgendetwas festzuhalten.

»Wofür hältst du mich eigentlich?« Traneby wischte etwas Gips von seinem Ärmel. »Wir haben mehrere Fotos mit einer kräftigen Beleuchtung und aus verschiedenen Winkeln. Wir sehen sie uns an, sobald wir sie vergrößert haben.«

Sie bewegten sich im Gänsemarsch zum Eingang.

»Was ist mit den Zugangswegen? Türen, Fenster ... dem Alarm?«, fragte Flemming.

»Ingegerd Clausens Fingerabdrücke sind auf der Haustür und der Alarmanlage. Sie hat die Anlage abgeschaltet. Das ist sicher.«

»Völlig dement war sie also nicht.«

»Kaum.« Traneby hob seine Werkzeugkiste. »Es gibt keinerlei Anzeichen, dass jemand versucht hat, die Tür oder ein Fenster aufzubrechen. Entweder hat Frau Clausen den Täter selbst eingelassen oder ...«

»... er hatte einen Schlüssel«, vollendete Flemming den Satz.

»Ja, oder er wusste, wo der Ersatzschlüssel lag«, meinte Pia. »Kamille hat mir erzählt, dass immer ein Schlüssel unter dem Vogelbrett im Garten lag.«

»Entschuldigung«, schob Frank ein. »Aber es ist gar nicht sicher, ob ein Ersatzschlüssel überhaupt nötig gewesen wäre.«

»Wie meinst du das?«

»Das Schloss an der Haustür ist kein Schnappschloss. Es muss mit einem Schlüssel auf- und zugeschlossen werden. Ihr kennt diese Sorte, oder? Eins, das man nur mit beiden Händen hinter sich schließen kann – eine Hand, um die Klinke anzuheben, die andere, um den Schlüssel umzudrehen. Wenn man etwas trägt, zum Beispiel eine Tasche oder eine Einkaufstüte, muss man sie absetzen, bevor man abschließen kann. Furchtbar lästig. Bei mir führt es dazu, dass ich unsere Haustür häufig gar nicht zuschließe. Vielleicht hat Ingegerd Clausen das auch getan?«

»Würde eine ältere Dame dieses Risiko eingehen?«

»Nicht alle älteren Damen sind gleich vorsichtig.«

»Aber wenn sie die Tür nicht abgeschlossen hat, hätte ja jeder hereinkommen können.«

»Eben.«

»Das vervielfacht die Anzahl der potenziellen Täter.«

»Ich überprüfe in jeden Fall, ob der Ersatzschlüssel an seinem Platz liegt«, erklärte Knud Traneby. »Und dann geht's ab nach Hause. Den schriftlichen Bericht bekommt ihr so schnell wie möglich.«

»Den Hammer, der verwendet wurde, habt ihr nicht zufällig gefunden, oder?«

»Das hätte ich ja wohl gesagt.« Traneby verschwand im Flur.

»Was für ein Durcheinander«, bemerkte Frank.

»Buchstäblich. Weißt du, wie weit wir mit den Vernehmungen der Nachbarn sind?«, erkundigte sich Flemming und schüttelte Franks Thermosflasche. Sie war leer.

»Die letzten Beamten haben sich noch nicht zurückgemeldet, aber bisher hat sich nicht das Geringste ergeben«, erwiderte Frank. »Die Leute in diesem Viertel bleiben hinter ihren eigenen hohen Hecken. Sofern sie nachmittags überhaupt zu Hause sind. Niemand hat irgendetwas gehört oder gesehen, nur ein Damenfahrrad, das kurz nach eins am Haus lehnte, und Kamille Schwerins

Auto, das um halb fünf in der Einfahrt hielt. Abgesehen davon, dass eine sehbehinderte Zeugin hartnäckig behauptet, es hätte sich um zwei Damenräder gehandelt, erzählen sie alle dieselbe Geschichte. Nicht sonderlich ergiebig.«

»Niemand hat den Krach gehört, als die Skulpturen zu Bruch gingen?«

Frank Janssen schüttelte den Kopf. »Ich war selbst bei den Nachbarn, deren Grundstück an die Hinterseite des Hauses grenzt, dort, wo die Ateliertür nach draußen führt. Am Nachmittag war nur das holländische Au-pair-Mädchen zu Hause, und sie hat nichts gehört. Sie hat sich eine amerikanische Serie im Fernsehen angesehen.«

»Ich dachte, Au-pair-Mädchen sind dazu da, auf die Kinder aufzupassen?«

Frank zuckte die Achseln. Er versuchte, ein Gähnen zu unterdrücken.

»Ich finde, wir machen Schluss für heute«, schlug Flemming vor. »Heute Abend können wir Kamille Schwerin oder Jørn Clausen ohnehin nicht mehr vernehmen. Ich würde allerdings gern wissen, ob es sich hier überhaupt um Totschlag handelt. Vielleicht erfahren wir das aus dem Obduktionsbericht und von der Spurensicherung. Ich glaube nicht, dass wir vor morgen Nachmittag damit rechnen können.«

»Da kann ich dir kaum widersprechen«, sagte Pia Waage und streckte sich. »Wann treffen wir uns? Um acht?«

»Abgemacht.«

Flemming wartete, bis die beiden Ermittler plaudernd durch die Haustür verschwunden waren. Dann richtete er seine Aufmerksamkeit auf das Atelier und ließ noch einmal den Blick über das unfassbare Chaos schweifen. Ein paar der Skulpturen schienen noch einigermaßen intakt zu sein; sie standen direkt an der Wand und waren am schwersten zu erreichen. Auf dem Weg zu den Stücken versuchte er, vorsichtig zwischen Glassplitter und Metallreste zu treten, bis er endlich vor einer Skulptur stand, in deren Spiegelmosaik sich Dutzende Flemming-Fragmente spiegelten. Ein plötzlicher Schwindel überkam ihn. Wer stellte sich nur so etwas in die Wohnung? Es wurde einem ja regelrecht übel davon.

Flemming begegnete seinem Blick in einem der Spiegel; er beugte sich vor, froh, einen Fixpunkt gefunden zu haben. So sah er also aus: ein vierundvierzigjähriger Raucher mit ungesunden Essgewohnheiten. Die Haut um die Augen hatte zu erschlaffen begonnen, sein Teint trotz der Jahreszeit einen grauen Schimmer, und sein sowieso schon dünnes, mausgraues Haar war noch dünner geworden. Trotzdem empfand er sich seit vielen Jahren zum ersten Mal wieder als attraktiv, ja vielleicht sogar als sexy. Als ein Mann jedenfalls, den man nicht verhöhnte, den man nicht sitzen, von dem man sich nicht scheiden ließ und gegen den man keinen Rechtsstreit führte. Als ein Mann, nach dem man sich sehnte, den man streichelte und dem man lüsterne Kurznachrichten schickte – kurzum, als ein Mann, in den man sich verliebte. Er hatte sich noch immer nicht ganz daran gewöhnt, geschweige denn verstanden, wie es dazu gekommen war. Aber bei Gott, er genoss es.

Im vergangenen Jahr hatte er Ursula Olesen im Zusammenhang mit einem komplizierten Mordfall kennengelernt. Sofort hatte es zwischen ihnen gefunkt, zunächst hatten sie jedoch beide nicht reagiert. Flemming war ein viel zu disziplinierter Polizist, um mit einer Zeugin zu flirten, ganz egal, wie attraktiv sie sein mochte. Bei Ursula war es möglicherweise der Altersunterschied gewesen, der sie zurückhielt. Sie hatte zu diesem Zeitpunkt den Schock überwinden müssen, von einem wesentlich jüngeren Mann betrogen und ausgeplündert worden zu sein. Obwohl nur knapp neun Jahre älter als Flemming, war sie unsicher gewesen.

Und doch hatte sie dann die Initiative ergriffen. Ein paar Wochen nach ihrer ersten Begegnung entdeckte sie Flemmings Profil auf einer Partnervermittlungshomepage, bei der sie selbst angemeldet war. Sie vergeudete diesmal keine Zeit mit irgendwelchen Bedenken und schrieb ihm eine kurze Mail, die Flemming schon nach Minuten beantwortete. In den kommenden Tagen wurden daraus sehr viele Mails: ein langer Strom sehnsüchtiger Worte, die sich suchend vortasteten und sich prüfend in ihren sicheren Mailkokons bewegten, bevor sie sich hinaus in die Wirklichkeit wagten, um dort ihre erste Wirkung zu entfalten.

Bei ihrem ersten Date waren beide furchtbar aufgeregt. Sie hatten sich danach gesehnt und sich gleichzeitig davor gefürchtet. Eigentlich ist es ziemlich egal, ob man fünfzehn oder fünfundvierzig ist, hatte Flemming gedacht. All die Erfahrungen, all das Selbstvertrauen, all die Kontrolle, die man im Laufe seines Erwachsenendaseins zusammengekratzt hatte, verschwanden, sobald man einer neuen Liebe gegenüberstand.

Glücklicherweise erwiesen sich die bangen Vorahnungen als grundlos. Ursula und Flemming passten zusammen wie zwei Teile in einem Puzzle. Beide hatten ein eher ruhiges Temperament, einen eher sanften und leisen Humor und einen ausgeprägten Sinn für das, was im abgegriffenen Kontaktanzeigeneuphemismus als »häusliche Gemütlichkeit« bezeichnet wird. Und beide hatten ihre Narben nach zerbrochenen Beziehungen. Beide suchten Bestätigung, Linderung, Geborgenheit. Sie waren dem Glück so nahe, wie man es verlangen konnte, wenn man neunzig Kilometer voneinander entfernt wohnte. Sie lebten an unterschiedlichen Orten und hatten beide einen festen Arbeitsplatz, vorläufig ließ sich dieser Zustand nicht so ohne Weiteres ändern. Als Lehrerin eines Internats herrschte für Ursula Wohnpflicht auf dem Gelände, und Flemming konnte sich einfach nicht vorstellen, aus Christianssund fortzuziehen, wo er sein gesamtes Leben verbracht hatte. Die Situation war unhaltbar, das wussten beide – vor allem jetzt, gegen Ende der Sommerferien. Ursula musste im Grunde ständig in der Schule sein, auch an den Wochenenden. Auf lange Sicht würden sie so jedoch nicht weiterleben können, früher oder später mussten sie eine Entscheidung treffen. Doch letztlich waren sie erst seit zwei Monaten zusammen, erinnerten sie sich immer wieder. Zwei lange, wunderbare Monate, durchaus, aber doch erst zwei.

Die Beziehung zu Ursula hatte Flemmings Dasein in zwei Hälften geteilt: auf der einen Seite die Arbeit im gehobenen Polizeidienst, die Ruhe des Reihenhauses in der Weststadt und die gewohnten Wege in Christianssund; auf der anderen Seite ein leidenschaftliches Liebesleben in dem völlig unvorhersehbaren Milieu eines Internats, wo Menschen aller Altersstufen den ganzen Tag lang umherwirbelten.

Zum ersten Mal seit vielen Jahren hatte er das Gefühl, nicht genügend Freizeit zu haben. In den letzten Monaten hatte er sogar Marianne und Dan Sommerdahl, seine besten Freunde, total vernachlässigt. Der entscheidendere Grund für diesen Bruch war jedoch nicht die fehlende Zeit, er lag tatsächlich viele Jahre zurück. Damals hatten Dan und Flemming als beste Freunde nach bestandenem Abitur – Dan auf dem sprachlichen, Flemming auf dem mathematischen Zweig – ihre Karrieren in Kopenhagen begonnen. Dan als Juniortexter in einer großen Werbeagentur, Flemming als Schüler der Polizeischule. Dan in schwarzen Klamotten, mit halblangem Haar und einer kleinen wiederverschließbaren Tüte mit Kokain in der Gesäßtasche seiner strammen Jeans. Flemming trug pastellfarbene, gestreifte Polohemden und kurz geschnittene Haare und hatte lediglich ein Zwanzigerpäckchen Prince und ein silbernes Feuerzeug dabei, das ihm seine Eltern geschenkt hatten. Dan war der Coole, Flemming der etwas Langweilige.

Sie hätten kaum unterschiedlicher sein können, dennoch blieben sie Freunde. Ein paarmal im Monat trafen sie sich in der Stadt, jede Woche spielten sie Badminton, sie fuhren zusammen in den Skiurlaub und hatten zusammen Spaß. Ihre glühenden Diskussionen über alles, worin sie uneins waren – Politik, gesellschaftliche Zustände, Filme –, schweißten sie eher zusammen, sie ließen sich dadurch jedenfalls nicht auseinanderdividieren.

Tatsächlich schien es, als könnte sich nichts zwischen die beiden jungen Männer drängen – bis zu jenem Tag, dem 4. Juni 1986, als Flemming bei einem Konzert im Pumpehuset Dan seine neue Freundin vorstellte. Marianne war zweiundzwanzig und studierte Medizin. An diesem Tag trug sie einen karierten Rock und ein weißes ärmelloses Top. Flemming sah sie noch immer so vor sich: ihre sonnengebräunten Schultern, die schneeweißen Spaghettiträger; die hellere Haut unter den Achseln, wo ein paar dunkle Stoppeln hervorlugten, wenn sie den Arm hob, um aus ihrem Plastikbierbecher zu trinken. Ihr halblanges, rötliches, ein wenig struppiges Haar wurde von einem Gummiband zusammengehalten, sodass ein paar große, hellgrüne Plastikohrringe unbeschwert baumeln konnten. Es waren die achtziger Jahre. Der lange Pony hing über ihren runden tiefbraunen Augen, die man nie ganz sah. Sie blitzten durch die Haarsträhnen auf und leuchteten vor Intelligenz und Wagemut. Es war derselbe Blick, mit dem ein isländisches Pony durch seine struppigen Stirnhaare schauen konnte. Als würde es sich gerade überlegen, seinen Reiter sofort abzuwerfen oder lieber zu warten, ob sich nicht noch größerer Unfug anstellen ließe.

Flemming hielt Marianne für das betörendste Mädchen, das er je kennengelernt hatte. Leider war auch Dan dieser Ansicht. Schon als er seine Hand ausstreckte und sich vorstellte, hatte Flemming die eigene Niederlage in der Körpersprache seines Freundes gesehen. Dan hielt sich ein klein wenig aufrechter als gewöhnlich; er berührte Mariannes nackten Arm häufiger, als es nötig gewesen wäre; er lachte über ihre witzigen Bemerkungen und strich sein blondes Haar mit dieser kleinen Kopfbewegung zurück, die Flemming nur zu gut kannte.

Marianne hatte reagiert wie ein Pawlow'scher Hund. Natürlich hatte sie nicht buchstäblich gesabbert, aber ihre braunen Augen klebten an Dan. Sie folgten jeder einzelnen kleinen Sehne und jedem Muskel, die sich unter seiner weichen, sonnengebräunten Haut regten und die blonden Haare auf seinem Unterarm beben ließen. Als sie irgendeiner irischen Band zuhörten, hielt sie noch immer brav Flemmings Hand, doch der Fokus ihrer Verliebtheit hatte sich längst verschoben, ohne dass sie oder irgendjemand sonst etwas dagegen hätte unternehmen können. Flemming hatte das schon häufiger erlebt, wenn Dan sich für ein Mädchen interessierte, und er wusste, wie es endete. Die Gewinnchancen waren so ungleich verteilt, dass Flemming keine andere Wahl blieb, als sich kampflos zurückzuziehen. Und das war auch in diesem Fall nicht anders.

Noch bevor der Abend zu Ende ging, hatte Marianne einen neuen Freund, und Flemming war einmal mehr sitzengelassen worden. Selbstverständlich sagte das an diesem Abend niemand laut, und es verging eine relativ lange Zeit, bevor Marianne und Dan sich in Flemmings Gegenwart wie ein Liebespaar benahmen.

Aber im Grunde war es bereits an diesem ersten Abend passiert. Am darauffolgenden Tag hatte Flemming ihr *Du, es gibt da etwas, über das wir sprechen müssen* mit einstudierter Gemütsruhe ertragen, und für alle drei war das Leben weitergegangen. Dans und Flemmings Freundschaft hielt erstaunlicherweise auch nach diesem denkwürdigen Abend. Dan hatte ein paarmal versucht, mit Flemming über die Situation zu sprechen und sein Verhalten zu entschuldigen. Aber Flemming hatte ihn jedes Mal unterbrochen, ihn regelrecht abgewehrt und das Thema gewechselt. So war es nun mal, und es gab seiner Ansicht nach keinen Grund, das Ganze breitzutreten.

Ein Jahr danach hatte Flemming Karin kennengelernt und wenige Monate später geheiratet. Dan und Marianne folgten noch im gleichen Herbst. Die beiden Ehepaare sahen sich regelmäßig. Kinder kamen dazu, die Kleinen wuchsen heran, man machte zusammen Familienferien. Dan liebte Marianne, allerdings war er ihr immer wieder untreu. Flemming blieb seiner Frau treu und wurde zum Dank von ihr betrogen. Dan und Marianne hielten zusammen, zogen nach Christianssund und liebten sich offensichtlich bis heute. Flemming wurde geschieden, sah seine Kinder nur jedes zweite Wochenende und hatte sich lange recht einsam gefühlt. Der Gewinner und der Verlierer. Sonnenschein und Regenwetter. Pathetisch. Sein Zustand hatte ihm in den letzten Jahren zugesetzt, jedenfalls seit der schmerzhaften Scheidung von Karin. Das Gefühl, ein Verlierer zu sein, war jedes Mal größer geworden, wenn er mit Dan zusammentraf. Trotzdem hatten die beiden Männer ihre Freundschaft bewahrt. Weiterhin spielten sie einmal in der Woche Badminton, weiterhin gingen sie ein paarmal im Monat zusammen essen, weiterhin waren sie die besten Freunde. Doch nun waren sie es plötzlich nicht mehr.

Zum Bruch war es vor mehreren Monaten gekommen, Dan hatte sich zum zweiten Mal in die Ermittlungen eines Mordfalls eingemischt. Als würde er seinem alten Freund nicht einmal dieses eine Feld gönnen, das ganz einfach Flemmings Bereich war, auf dem er alle fachlichen Kompetenzen hatte. Beim ersten Mal hatte er noch damit umgehen und das entstandene Chaos nach Abschluss der Ermittlungen beseitigen können. Beim zweiten Mal kam es zur Katastrophe. Dan behinderte die Ermittlungen, er richtete so großes Durcheinander an und benahm sich dermaßen gedankenlos und illoyal, dass es Flemming beinahe seinen Job gekostet hätte.

Lange hatte Flemming versucht, seinen Freund zu decken; in gewisser Weise reizte es ihn sogar, an dem respektlosen Umgang mit der Routine des Polizeiapparats und dem Bruch sämtlicher Regeln zumindest am Rande beteiligt zu sein. Doch im Zuge der Ermittlungen lernte er eine Seite von Dan kennen, die er bis dahin einfach ignoriert hatte. Plötzlich begriff er, wie sehr sein Freund von Egoismus und Eitelkeit getrieben wurde. Auch seine eigene Rolle war ihm schlagartig klar geworden, er erkannte, wie er auf sich herumtrampeln, wie er sich zur Seite schieben, wie er sich übersehen ließ. Die lange Jahre unterdrückten und aufgestauten Gefühle von Unterlegenheit und Verrat sammelten sich in diesen Wochen zu einer riesigen, schmerzhaften Eiterbeule. Als sie aufplatzte, konnte er nichts dagegen tun. Flemming wollte und konnte kein Verlierer mehr sein. Es musste sich von seinem alten Freund befreien, er brauchte eine Pause. Das sagte er auch zu Dan, als er ihn anrief und die Badmintonrunden bis auf Weiteres absagte.

Flemming versiegelte die Tür zum Atelier und ging hinaus. Er schaltete die Alarmanlage ein, verschloss die Eingangstür mit dem Ersatzschlüssel und ging langsam zu seinem roten Volvo. Die Abendluft war lau und schwer, als würde sie Nachtregen ankündigen. Flemming ließ das Seitenfenster herunter, bevor er den Sicherheitsgurt anlegte und sich eine Zigarette anzündete. Er stieß den Rauch in die Dunkelheit aus und spürte plötzlich einen Stich in der Brust. Er wusste sofort, was das war. Er vermisste Marianne. Ihre Herzlichkeit, ihren befreienden Humor. Gern hätte er ihr von seinem neuen Glück erzählt, von diesem wunderbaren Gefühl, mit Ursula zusammen zu sein, von seinem wiedergefundenen Selbstvertrauen. Er wusste, dass sie sich wirklich freuen würde.

Flemming ließ den Wagen an. Im Grunde vermisste er auch Dan. Er musste es sich eingestehen. Trotzdem war er nicht bereit, die Pause zu beenden. Noch nicht. Sollte sie eines Tages beendet werden, würde er andere Saiten aufziehen. Dann würde Schluss damit sein müssen, dass Dan sich ständig in die Ermittlungen der Polizei einmische. Endgültig Schluss. Und wenn Dan das nicht begriff, musste die Pause eben auf unbestimmte Zeit fortgesetzt werden, sagte er zu sich selbst, als er den Wagen langsam aus der Einfahrt auf die verlassene Straße des Villenviertels rollen ließ.

4

»Wer zum Henker ist das?« Die Stimme hinter der geschlossenen Tür bebte vor Ärger. »Und zu welchen Zeiten kommen Sie eigentlich?«

»Es ist Viertel nach neun, Herr Clausen.« Pia Waage räusperte sich. »Flemming Torp und Pia Waage von der Polizei Christianssund. Wir haben uns gestern unterhalten ...«

Der Mann hinter der Tür sagte nichts mehr, ein lautes Rumoren von Schlössern und Sicherheitsketten war Antwort genug. Zehn Sekunden später stand die Tür einen Spalt weit offen und die Polizisten hörten das Geräusch von Pantoffeln, die in der Wohnung verschwanden.

Flemming versetzte der Tür einen Stoß. Er ging auf das Licht am Ende des dunklen, schmalen Flurs zu. Die Tür zum Wohnzimmer stand weit offen, wie es aussah, kam diese Geste einer Einladung am nächsten.

Jørn Clausen stand mit dem Rücken zu seinen Gästen an der geöffneten Balkontür und stopfte sich sorgfältig eine Pfeife. Flemming nutzte die Gelegenheit, sich umzusehen. Das Wohnzimmer war ein wenig verstaubt und überfüllt, aber gemütlich. Die Möbel bestanden aus gepolsterten Klassikern der vierziger und fünfziger Jahre, deren Originalwollbezüge noch unversehrt waren. Dem Glanz der Armlehnen und Tischplatten sah man die vielen Jahre der Nutzung an.

An zwei Wänden standen übervolle Bücherregale, während die gesamte restliche Wandfläche von kleinen und großen Ölgemälden bedeckt war. Ursula hatte Flemming im Laufe des Sommers durch so viele Museen geschleppt, dass er nun ohne Weiteres Asger Jorns Signatur, Richard Mortensens »Z« und das deutliche »M.A.« in der Ecke eines Gemäldes von Mogens Andersen wiedererkennen konnte. Gemessen in Quadrat- und Rahmenmetern war diese Kunstsammlung vielleicht bescheiden, als Investition jedoch mit Sicherheit gut angelegt.

In einem breiten Erker stand ein altmodischer Schreibtisch mit einer Unmenge kleiner Schubläden und Fächer. Auf der Schreibtischplatte lagen sorgfältig gestapelte Papier- und Bücherstapel. Es war vermutlich die Arbeitsecke der verstorbenen Frau Clausen.

Ihr Gastgeber hatte endlich seine Pfeife angezündet und drehte sich nun halb zu seinen Gästen um. »Wenn Sie einen Kaffee wollen, müssen Sie ihn selber kochen«, erklärte er. »Wasser kommt aus dem Hahn, und Kaffee ist in der Dose am Herd.«

»Sie trinken doch bestimmt auch eine Tasse?«, fragte Pia zurück.

»Ja gern, fühlen Sie sich wie zu Hause.«

»Ich glaube, Sie könnten eine Tasse vertragen, Herr Clausen«, erwiderte sie. »Ich mache Ihnen auch etwas zu essen.« Sie ließ die Hand einen Moment auf seiner Schulter liegen, bevor sie in der Küche verschwand.

Clausen räusperte sich, starrte auf seine Pfeife, und Flemming wurde plötzlich klar, dass der alte Mann mit den Tränen kämpfte. »Haben Sie schlafen können?«

»Nein.« Es klang wie ein hohles Brummen.

»Es tut mir leid, dass wir Sie so früh stören, aber es gibt da ein paar Dinge, die wir Sie fragen müssen.«

Clausen räusperte sich noch einmal.

»Ist es in Ordnung, wenn wir Ihnen ein paar Fragen stellen, Herr Clausen?«

Keine Reaktion.

»Oder möchten Sie lieber, dass wir später wiederkommen?«

»Nein, verflucht noch mal.« Er hustete. »Warten Sie, bis ich einen Schluck Kaffee getrunken hab.« Er setzte sich in einen Sessel und rieb sich mit der Rückseite seiner Hand die Augen. Wieder hustete er. Der Rauch umgab ihn wie eine Nebelwolke.

»Haben Sie etwas dagegen, wenn ich mich so lange etwas umsehe?«

Clausen wedelte irritiert mit der Hand. »Schauen Sie sich um, zum Henker, na los.«

Flemming ging zurück in den dunklen Flur. Er versuchte, die Lampe einzuschalten, aber die Birne war kaputt. Er steckte den

Kopf in die Küche, wo Pia Rührei und Toast zubereitete. Die Kaffeemaschine gurgelte.

»Ich glaube nicht, dass er seit gestern etwas gegessen hat«, sagte sie leise.

»Zumindest ist er nüchtern.«

»Wo ist eigentlich seine Tochter?«

Flemming zuckte die Achseln und ging in das nächste Zimmer. Sowie er die Tür geöffnet hatte, wusste er, dass hier Jørn Clausens Domäne war. Allein der durchdringende Geruch des über viele Jahre mit Pfeifenrauch eingenebelten Zimmers war Indikator genug. Die Wände waren vollständig mit Büchern bedeckt, vor den Regalen standen weitere Bücher: hohe, wacklige Stapel mit gedruckten Worten. Mürbe Lederbände und nagelneue Taschenbücher durcheinander. Auch das Fensterbrett und der große Schreibtisch mitten im Zimmer standen voller Bücher, Bücher, Bücher. Flemming zog sich zurück. Die Wahrscheinlichkeit, in diesem bibliophilen Chaos eine Spur zu finden, war minimal, vermutete er. Jedenfalls auf den ersten Blick.

Das letzte Zimmer war das Schlafzimmer. Zwei Einzelbetten, die übereck standen. Am Kopfende der Betten verkratzte schwarze Nachttischlampen, das Ehepaar Clausen hatte mit den Füßen – nicht mit dem Kopf – zueinander geschlafen. Auf beiden Nachttischen lag ein Bücherturm, an der Wand hing Kunst. Ursula würde vor Begeisterung durchdrehen, wenn ich sie hierher mitnähme, dachte Flemming und ließ die Hand zärtlich über eine kleine abstrakte Bronzeskulptur auf der Fensterbank gleiten. Seine Hand war voller Staub.

Auf dem Boden lag ein alter Kelim; so groß, dass er fast von einer Wand zur anderen reichte. Eine hohe, weiß lackierte Kommode diente als eine Art Toilettenschrank. Darauf kleine geschliffene Glasschalen mit Haarnadeln, Make-up und Wattestäbchen. Vier, fünf Parfümfläschchen, eine goldene Spraydose mit Haarlack, eine schwarze Bürste. Ein Styroporkopf stand neben dem Spiegel. Wahrscheinlich hatte Ingegerd dort nachts ihre Perücke geparkt, dachte Flemming und öffnete die oberste Schublade. Tuben, Fläschchen und kleine Schachteln. Das meiste alt und verstaubt. In der Ecke der Schublade ein mit grauem Wildleder bezogenes Schmuckkästchen. Darin ein Armband, eine Emaillebrosche und eine kräftige, rustikale Bernsteinkette. In der nächsten Schublade Unterwäsche, sonst Strickwaren.

Flemming wandte sich dem eingebauten Garderobenschrank zu, der sich über die gesamte Wand des Raumes zog. Jørn Clausens Sachen füllten zwei Fächer, die seiner Frau fünf. Trotzdem hatte man nicht den Eindruck einer Frau, die mit der Mode gegangen war. Eher einer Frau, die sich Kleider kaufte, wenn es notwendig wurde, die aber andererseits auch nichts wegwarf. An einem Kleiderbügel hing die Plastikhülle einer Reinigung mit einem weißen Leinenkleid, aus dem man versucht hatte, ein paar graubraune Flecken zu entfernen. Es gab am Saum aufgetrennte Wollhosen, Strickblusen mit Mottenlöchern und ein Abendkleid, dem auf einer handgroßen Fläche die Perlenstickerei abhandengekommen war. Die Auswahl der Schuhe war ebenso uninspirierend. Am neuesten sah ein Paar orangefarbener Plastikclogs aus, der Rest war ähnlich sexy. Flache Absätze dominierten ebenso wie die breiten vernünftigen Schuhspitzen. Ingegerd Clausen hatte Schuhe gekauft, die sich angenehm tragen ließen und nicht unbedingt hübsch sein mussten. Teuer waren sie ganz sicher auch nicht gewesen. Die einzige Marke, die Flemming wiedererkannte, hatte er im Kaufhaus Bilka gesehen.

»Kaffee ist fertig!«, rief Pia. Flemming schloss die Tür des Garderobenschranks und ging ins Wohnzimmer.

Jørn Clausen hatte seine Pfeife beiseitegelegt und aß bereits, während Pia ihm Kaffee und Milch einschenkte. Sie sah zu, wie er die ordentliche Portion Eier und Brot in sich hineinschaufelte.

»Guten Appetit«, wünschte Flemming und setzte sich dem essenden Mann gegenüber. »Ich hoffe, es schmeckt. Vielen Dank«, fuhr er an Pia gewandt fort, als sie ihm eine Tasse Kaffee zuschob.

Clausen nickte, ohne zu antworten, doch zum ersten Mal war ein Zeichen von Leben in seinen Augen zu erkennen. Er aß weiter.

Flemming lehnte sich zurück und pustete in seinen Kaffee. Er schaute diskret auf die Uhr. Hoffentlich dauerte das hier nicht zu lange. Sie hatten heute ein großes Pensum vor sich.

Pia Waage saß entspannt neben ihm und trank ihren Kaffee mit kleinen, vorsichtigen Schlucken, als hätte sie alle Zeit der Welt.

Endlich legte Jørn Clausen Messer und Gabel beiseite, leerte seine Kaffeetasse mit einem Schluck und griff zu seiner Pfeife. »Das war gut!«, sagte er und nickte Pia zu. »Das dürfen Sie gern wieder einmal machen, Frau Waage.« Er fischte einen Pfeifenreiniger aus einer kleinen Tüte. »Fragen Sie«, sagte er dann.

»Erzählen Sie uns von ihrem Vormittag gestern.«

»Da gibt's nicht viel zu erzählen. Ich habe gelesen. Ingegerd erledigte irgendetwas hier im Wohnzimmer und …«

»Wo haben Sie gelesen? In Ihrem Arbeitszimmer?«

»Ja. Tagsüber bin ich immer dort. Das ist der einzige Ort, an dem ich meine Ruhe habe.«

»Wie meinen Sie das? War Ihre Frau denn sehr laut?«

Jørn Clausen zuckte die Achseln und zog den Pfeifenreiniger aus dem Mundstück, auf dem dunkelbrauner Tabaksud glänzte. Er kniff ihn in der Mitte zusammen und legte ihn in den Aschenbecher, in dem bereits ein gutes Dutzend der Reiniger lagen. »Das Radio, das Telefon, manchmal die Klingel … stören mich beim

Nachdenken.« Er klopfte sich leicht an die Schläfe. »Das hier oben ist mein Arbeitszimmer, es funktioniert jedoch nur, wenn all das hier ...«, er breitete seine Arme aus, um den Rest der Welt zu markieren, »... sich von mir fernhält.«

»Dann wissen Sie also nicht, womit Ingegerd gestern ihren Vormittag verbracht hat?«

Jørn Clausen wollte sich gerade die Pfeife erneut anzünden. Er unterbrach sich unvermittelt und warf das brennende Streichholz auf den benutzten Teller. »Ist das nicht scheißegal?«, brüllte er. »Meine Frau wurde im Haus meiner Tochter von einem Einbrecher ermordet. Ist es da nicht so was von scheißegal, was sie ...«

»Beruhigen Sie sich bitte«, sagte Flemming. »Es hilft nichts, uns anzubrüllen. Wir machen nur unsere Arbeit. Bitte versuchen Sie, das zu verstehen.«

»Es ist doch vollkommen schwachsinnig, wenn ...«

»Vertrauen Sie uns einfach, wir wissen schon, was wir tun. Und wir müssen so viel wie möglich über Ingegerd und ihr Leben wissen – vor allem in der letzten Zeit. Vielleicht hilft uns etwas davon weiter. Natürlich müsste uns das meiste gar nicht interessieren, aber wir können unmöglich von vornherein sagen, was wirklich wichtig ist. Verstehen Sie?«

»Reden Sie nicht mit mir wie mit einem kleinen Kind. Es gibt nichts Entwürdigenderes, als die Leute ständig zu fragen, ob sie verstehen, was man meint. Verstehen Sie das?«

»Jetzt beruhigen Sie sich endlich. Beantworten Sie unsere Fragen, und hören Sie auf, sich ständig aufzuregen. Warum wollen Sie denn nicht mit uns kooperieren?«

Jørn Clausen grunzte irgendetwas Unverständliches, während er ein neues Streichholz anriss und seine Pfeife ansteckte.

»Wie lange wohnen Sie denn schon hier?«

Clausen blickte auf, verblüfft über den Themenwechsel. »Im Oktober werden es zweiundvierzig Jahre«, antwortete er.

»Also haben Sie auch schon hier gewohnt, als Kamille noch klein war?«

»Das können Sie sich doch ausrechnen.« Er paffte ein paarmal an der Pfeife, bis sie ordentlich zog. »Sie wurde hier geboren.« Er nickte in Richtung Schlafzimmer.

»Und Sie bekamen ihr Zimmer, als sie auszog?«

»Nee, ich habe immer in meinem Arbeitszimmer gesessen, wenn ich geschrieben habe. Ingegerd und ich haben hier im Wohnzimmer geschlafen, als Kamille so groß war, dass sie ihr eigenes Zimmer brauchte. Und als sie auszog, wurde ihr Zimmer unser Schlafzimmer.«

»Wollten Sie nie ein bisschen mehr Platz haben?«, erkundigte sich Pia und ließ ihren Blick durch das vollgestellte Zimmer schweifen.

»Wollen?« Ein schiefes Lächeln zeigte sich auf seinem Gesicht. »Das war keine Frage des Wollens. Tja, man wird als Lyriker nicht Millionär, wenn Sie das glauben. Egal, wie bekannt man ist. Und nicht jeder von uns bekommt den Nobelpreis. Ingegerds Gehalt war auch nicht so, dass wir große Sprünge hätten machen können, und … Na ja, vor ein paar Jahren hätten wir es uns leisten können umzuziehen. Aber das ist ja auch eine Frage der Prioritäten. Wir wollten immer so viele andere Dinge. Wir sind viel gereist, hatten größere Freiheiten als andere Menschen.«

»Und Sie haben gute Kunst gekauft, wie ich sehe.« Flemming blickte über die kleine Ausstellung.

»Die Bilder?« Wieder lächelte Jørn Clausen. »Dafür haben wir nie etwas bezahlt. Das waren doch unsere Freunde … wir haben getauscht: wochenlang auf die ungezogenen Gören aufpassen gegen ein Bild. So war das damals. Konnte sich doch keiner leisten, für irgendetwas Geld zu bezahlen.«

»Wieso heißt Ihre Tochter eigentlich Schwerin?«, schob Pia Waage ein. »War sie schon einmal verheiratet?«

Der alte Mann lachte auf. Ein lautes Schmettern, das die beiden Polizisten zusammenzucken ließ. »Schon mal verheiratet? Guter Witz. War doch schwer genug, sie überhaupt loszuwerden!« Wieder lachte er. »Nein, die junge Dame hat ihren Vor- und Nachnamen geändert, nachdem sie sich entschlossen hatte, als Künstlerin zu leben. Sie meinte, man könne nichts werden, wenn man Rikke heißt. Und schon gar nicht mit dem Nachnamen Clausen, womit sie ja durchaus recht hat. Sehen Sie mich an!« Das Lachen verwandelte sich in einen Hustenanfall. Es verging eine Weile, bis er weitersprechen konnte. »Rikke oder Clausen – das seien keine Namen für einen Weltstar, meinte dieses Gör.«

»Ist sie denn ein Weltstar geworden?«, fragte Flemming.

»Da müssen Sie wirklich andere fragen. Ich kann mich dazu nicht äußern. Schließlich ist sie meine Tochter.«

»Kennen Sie jemanden, der professionell mit ihr zu tun hat? Arbeitet sie mit einer Galerie zusammen oder …«

»Galerie Schwartz. Die sitzen irgendwo in Christianshavn.«

»In Kopenhagen also?«

Jørn Clausen sah ihn an. »Sie glauben doch wohl nicht, dass sie mit irgendeiner Provinzgalerie arbeitet, oder? Sie ist schließlich ein Profi. Sie war auf der Akademie.«

Flemming notierte sich den Namen der Galerie.

»Ihre Frau war Literaturkritikerin, nicht wahr?«

»Bis vor dreizehn Jahren, ja. Als sie siebzig wurde, brauchte man sie plötzlich nicht mehr. Als ob das Alter in diesem Metier irgendeine Rolle spielt!«

»Hat sie freiberuflich gearbeitet?«

»Die ganzen letzten Jahre über, ja. Sie war verdammt gut.« Tränen glänzten in seinen Augen. »Meine lieben Kollegen machten sich bei ihr vor Angst in die Hosen. Sie hat niemanden geschont.«

»Es gab also eine Reihe von Menschen, die Grund hatten, sie zu ...«

Clausens Kopf fuhr herum. »Sie zu ermorden?«

»Ja.«

»Sie glauben doch nicht etwa, dass wir uns in der Literaturszene wegen einer schlechten Kritik umbringen? Das ist nun wirklich sehr weit hergeholt. Dann könnte man vor toten Kritikern nicht auf den Boden spucken. Im Übrigen ist es, wie gesagt, viele Jahre her, seit sie zuletzt den Rotstift rausgeholt hat.« Seine Pfeife war ausgegangen, er zündete sie wieder an. Blauer Rauch hüllte ihn ein, Pia musste sich an die offene Balkontür stellen, um Luft zu bekommen.

»Womit hat sich Ingegerd nach ihrer Pensionierung denn die Zeit vertrieben?« Jedenfalls nicht mit Saubermachen, dachte Flemming. Er zwang sich, seine Augen nicht von Jørn Clausen abzuwenden. Wenn er den Blick über das staubige Zimmer wandern ließe, würde Clausen es garantiert bemerken und es käme zu einem neuen Wutausbruch.

»Tja, was hat sie gemacht?« Clausen paffte an seiner Pfeife. »Sie hat gelesen und ging in Geschäfte. Ich habe ihr nicht nachspioniert.«

»Hat sie Ihre Tochter häufig besucht, um dort etwas zu erledigen? Blumen gießen oder so etwas?«

Clausen schüttelte den Kopf. »Nicht dass ich wüsste.«

»Und gestern?«

»Wir haben morgens zusammen Kaffee getrunken.«

»Ja?«

»Und dann bin ich in mein Arbeitszimmer gegangen, um zu lesen.«

»Wissen Sie, wie spät es war?«

»Woher zum Henker soll ich das wissen? Ich trage keine Uhr.«

»Ungefähr?«

»Auf jeden Fall vor zehn. Ich habe gehört, wie sie die Nachrichten im Radio eingeschaltet hat.«

»Und dann?«

»Habe ich mich in mein Buch vertieft.«

»Wann ist sie gegangen?«

Clausen zuckte die Achseln. Er hatte die Pfeife auf den Tisch gelegt und starrte sie an.

»Hat sie sich nicht verabschiedet?«

Der alte Mann hob den Kopf. »Nein, wir haben nie auf Wiedersehen gesagt. Sie hat durch die Tür gerufen, dass sie in den Supermarkt wolle, aber ich weiß nicht, wann das gewesen ist. Würden Sie jetzt bitte gehen?«

Die beiden Polizisten erhoben sich. Pia trug die Tassen und Teller in die Küche. Sie hörten sie dort rumoren, fließendes Wasser, eine Schranktür wurde geschlossen.

»Erst einmal vielen Dank.« Flemming streckte die Hand aus. »Aber wir werden schon bald noch einmal kommen. Es sind noch eine ganze Menge Fragen zu klären. Und wir müssen uns den Schreibtisch Ihrer Frau ansehen. Vielleicht finden wir eine Erklärung, was sie in Kamilles Haus wollte.«

Jørn Clausen war in seinem Sessel sitzen geblieben. Er nickte, ohne aufzublicken. »Glauben Sie, der Kerl hatte es auf sie abgesehen?«

Flemming setzte sich noch einmal aufs Sofa. »Wir wissen noch nicht, was passiert ist. Es lässt sich unmöglich sagen, ob es ein Einbruch war, der schiefgegangen ist, oder ob es sich um einen vorsätzlichen Fall von Vandalismus handelt. Wir haben keine Ahnung, ob Ihre Frau oder Ihre Tochter das Ziel waren. Möglicherweise keine von beiden, vielleicht ist das Ganze bloß ein tragischer Zufall.«

»Aber die Polizei glaubt, dass Ingegerd ermordet wurde?«

»Das wissen wir erst, wenn der Obduktionsbericht vorliegt.«

»Sie rufen mich an, ja?« Es kam so höflich, fast demütig – Flemming fiel es einen kurzen Moment schwer zu glauben, dass tatsächlich Jørn Clausen gesprochen hatte.

Er legte eine Hand auf die Schulter des Witwers. »Das machen wir. Sobald wir Bescheid wissen.«

5

Flemming Torp legte den Kopf in den Nacken und sah hinauf zu Clausens Wohnung. Auf dem Balkon mit dem Eisengeländer blühten die weißen Geranien in voller Pracht.

»Er ist einsam«, bemerkte Pia.

»Eigentlich wissen wir das doch gar nicht. Vielleicht hat er Freunde im Nachbarhaus; er könnte Mitglied eines Modelleisenbahnvereins sein oder mit sechs anderen alten Knackern jeden Dienstag Poker spielen.«

»Das glaubst du doch selbst nicht.«

Flemming hob die Schultern. »Rufst du bei der Galerie an? Sag ihnen, wir kämen in anderthalb Stunden.«

»Anderthalb? So lang dauert die Fahrt am späten Vormittag doch nicht.«

»Wir müssen noch mal im Präsidium vorbei. Ich würde gern die Fotos vom Tatort mitnehmen.«

»Hast du die DVD auf deinem Schreibtisch liegen lassen?«

»Sorry.«

Sie wollten gerade in ihren dunkelblauen Dienstwagen steigen, als sie sich auf einen Zuruf hin umdrehten. Kamille Schwerin kam ihnen nachgelaufen.

»Ich dachte mir doch, dass Sie es sind«, stieß sie außer Atem hervor, als sie Flemming und Pia erreicht hatte. »Waren Sie bei meinem Vater?«

»Ja. Sind Sie auf dem Weg zu ihm?«

»Ich wollte sehen, was er noch im Kühlschrank hat. Er ist es nicht gewohnt, einzukaufen und selbst zu kochen. Ich muss mir irgendetwas überlegen.« Kamille schob die große elegante Sonnenbrille in die Stirn. Sie sah nicht mehr ganz so verheult aus. »Das Vernünftigste wäre, eine Zugehfrau einzustellen, die putzt, kocht und seine Sachen wäscht. Aber es muss jemand sein, der ziemlich abgebrüht ist, um es in seiner Gesellschaft auszuhalten. Ein Pflegeheim ist vollkommen ausgeschlossen. Das wäre sein Tod ... Ich muss mit Lorenz darüber reden.«

»Haben Sie eine enge Beziehung zu Ihrem Vater?«

Sie nickte. »Ich bin immer Papas Mädchen gewesen.«

»Ihrer Mutter standen Sie nicht so nahe?«

»Ich ... ich habe meine Mutter geliebt. Natürlich. Was wollen Sie damit andeuten?«

»Ich deute überhaupt nichts an. Ich würde nur gern wissen, wie Ihre Beziehung zu Ihrer Mutter gewesen ist.«

»Nun ja, es war vielleicht ... ein wenig kompliziert.« Kamille schob die Brille wieder auf die Nase.

Flemming öffnete die Wagentür. »Wir sind auf dem Weg zu

einer Vernehmung, aber wir können um ...« Er sah auf die Uhr. »Sagen wir, wir treffen uns später bei Ihnen?«

»Hat jemand von Ihnen ein Haustier?«

Pia blieb stehen. »Ich habe eine Katze. Wieso?«

»Dann muss ich Sie bitten, sich frische Sachen anzuziehen, bevor Sie zu mir nach Hause kommen. Ich bin allergisch.«

»Ist das wirklich notwendig?«

»Sonst würde ich Sie nicht darum bitten.«

»Ich werde sehen, was ich tun kann. Können Sie keine Tabletten dagegen nehmen? Nur zur Sicherheit?«

»Es kommen mir keine Tierhaare ins Haus.«

Flemming hörte, wie Pia nach Luft schnappte, und griff ein. »Ich glaube, wir haben es verstanden. Wir kommen gegen drei. Ist das in Ordnung?«

»Und das kann nicht warten? Das Flugzeug meines Mannes landet um 15:10 Uhr, und ich würde ihn gern ...«

»Bestens«, unterbrach sie Flemming und stieg ins Auto. »Dann kann er sich ja zu uns setzen, wenn er nach Hause kommt.«

»Aber ...?«

»Besuchen Sie jetzt Ihren Vater.« Flemming zog die Tür zu. »Bis später.« Er ließ die Tür ins Schloss fallen und legte den Sicherheitsgurt an.

Als sie losfuhren, stand Kamille noch immer an der Bordsteinkante.

»War das nicht ein klein wenig unsensibel?«, erkundigte sich Pia.
»Vielleicht.«

»Sie hat gerade ihre Mutter verloren und die Arbeit eines ganzen Jahres.«

»Vermutlich hast du recht. Aber ich weiß nicht, irgendetwas irritiert mich an ihr.« Flemming beschloss, Ursula zu fragen, ob sie etwas über Kamille Schwerin wusste. Vielleicht kannte sie ja jemanden, der ihm weiterhelfen konnte.

»Nimm ein Notebook mit, damit wir die Fotos zeigen können!«, rief er Pia Waage nach, als sie über den Platz zum Präsidium ging.

»Meinst du nicht, dass die Galerie einen Computer hat, den wir benutzen dürfen?«

»Das ist eine Frage der Kontrolle, meine liebe Waage. Wer über die Ausrüstung verfügt, hat das Heft in der Hand. Wenn du nett bist, erklär ich's dir mal eines Tages.«

Sie verzog das Gesicht und lief die Stufen zu der offenen Eingangstür hinauf. Flemming lehnte sich zurück und ließ den Blick über das Wasser gleiten. Eine der Längsseiten des Rathausmarktes führte direkt hinaus zum Fjord, der sich heute in einem leuchtenden Blaugrün mit kleinen weißen Schaumkronen auf den Wellen zeigte. Die Luft war klar; so klar, dass vom Land aus deutlich die Konturen der Seufzerinsel zu erkennen waren. So wurde die Insel, die eigentlich den ganz normalen Namen Nyholm trug, im Volksmund genannt, seit man dort vor hundertfünfzig Jahren eine große Nervenheilanstalt eingerichtet hatte. Allerdings war das Sanatorium seit Jahren geschlossen, die Gebäude durften in aller Ruhe verfallen.

»So!« Pia Waage legte den Rechner und die DVD mit den Fotos des Tatorts auf den Rücksitz und setzte sich neben Flemming. »Dann mal los!«

»Also gut.« Er ließ den Motor an und fuhr langsam gegen den Uhrzeigersinn über den Rathausmarkt, vorbei am Hotel Marina und der Fußgängerzone Algade, die voller sommerlich gekleideter Menschen war, vorbei an dem hübschen kleinen Rathaus mit der überdimensionierten Turmspitze und dem Ärztehaus, in dem

Marianne Sommerdahl ihre Praxis hatte. Flemming bog rechts ab und fuhr auf der Havnegade in östlicher Richtung. Sie folgten dem Fjord, soweit es möglich war, dann bogen sie nach Süden Richtung Autobahn ab.

»Hast du was von Frank gehört?«

»Ich habe gerade mit ihm gesprochen«, antwortete Pia. »Er ist mit der Zusammenfassung der Befragungen in der Nachbarschaft fertig.«

»Und?«

»Leider nichts. Eine Frau hat behauptet, sie hätte Kamille Schwerins Auto gestern bereits gegen zwei gesehen, aber als Frank persönlich mit ihr sprach, stellte sich heraus, dass sie ein Auto, wie Kamille es fährt, nicht einmal auf einem Foto erkennen konnte. Zur Sicherheit hat er die Zeugin gründlich überprüft – sie war außerstande, irgendwelche Unterschiede bei den verschiedenen Automarken zu benennen. Und bei genauerem Nachdenken war sie nicht einmal mehr sicher, ob sie den Wagen gestern tatsächlich gesehen hatte. Es könnte genauso gut auch ein anderer Tag gewesen sein, oder eine andere Uhrzeit. Frank klang ein wenig erschöpft.«

»Hat er noch mehr?«

»Ja, er hat auch Lorenz Birchs Geschichte überprüft. Es gibt keinerlei Zweifel. Birch kam am Montag aus Chicago nach New York und steckte Dienstag und Mittwoch den ganzen Tag über in Konferenzen mit einer Reihe potenzieller Sponsoren. Es ging um ein neues Museum für moderne amerikanische Kunst an einem nicht näher bezeichneten Ort in Europa. Donnerstag hielt er eine Vorlesung an der Columbia University in New York. Seine Frau rief ihn an – zu amerikanischer Zeit mitten am Tag – und teilte ihm mit, was passiert ist. Er bekam erst am späten Abend einen Flug, also beendete er noch seinen Unterricht, packte seine Sachen, sagte die übrigen Termine ab und fuhr zum Flughafen.«

»Wie spät abends?«

»22:30 Uhr.«

»Das entspricht 04:30 Uhr dänischer Zeit. Wieso landet er dann erst heute Nachmittag um drei in Kastrup? Hatte er irgendwelche Zwischenstopps?«

»In Heathrow. Alle direkten Flüge waren ausgebucht. Ist ja noch Hochsaison.«

»Gut. Ich freue mich, ihn kennenzulernen. Glaubt man der gesammelten dänischen Presse, dann steht Lorenz Birch nur eine Stufe unter dem Lieben Gott.«

»Auf jeden Fall ist er attraktiv.«

»Das auch, ja. Es gibt keine Gerechtigkeit auf der Welt.«

*

Sowie sie vor der Galerie hielten, trat Henrik Schwartz aus der Glastür. Offensichtlich hatte er an der Tür gestanden und hinter den großen Spiegelglasscheiben Ausschau nach ihnen gehalten.

»Sie können auf dem Hof parken!«, rief er und zeigte auf ein grünes Tor einige Meter weit entfernt. »Ich mache auf.«

Henrik Schwartz war Mitte vierzig, ein schmächtiger, mittelgroßer Mann in legerer, aber tadelloser Kleidung: Leinenhose mit Bügelfalten, weißes Hemd und helle Segelschuhe. Sein graumeliertes Haar war ultrakurz geschnitten. Die schwarz lackierte Metallbrille hatte er in die Stirn geschoben.

»Kaffee?« Schwartz hielt den Polizisten die Tür auf.

»Ja danke.«

Der Ausstellungsraum zog sich tief in das Gebäude, große Fenster führten zum Hof und zur Straße. Der Lichteinfall war überwältigend und ließ den eigentlich recht kleinen Raum geräumig und sympathisch erscheinen. An den Wänden hingen einige große Gemälde in Erdfarben. Aus der Entfernung sahen sie abstrakt aus, aber aus der Nähe betrachtet, lösten sich die Bildflächen in winzige separate Motive auf – ein Porträt, ein Auto, ein Frühstückstablett –, so nuanciert zusammengesetzt, dass die Miniaturbilder gemeinsam einen organischen, lebendigen Teppich ergaben.

Henrik Schwartz bemerkte, dass Flemming sich die Bilder ansah. »Sind großartig, nicht?«, sagte er und stellte sich vor eines der Gemälde. »Eine ukrainische Künstlerin hat sie gemalt. Sie stellt zum ersten Mal in Dänemark aus. In Russland hat sie großen Erfolg.« Er führte seine Gäste zu einer Tür ganz hinten im Raum. »Espresso, Cappuccino? Latte?«

»Haben Sie eine Direktverbindung zur lokalen Kaffeebar?«, erkundigte sich Pia lächelnd. »Oder haben Sie in eine dieser großen Maschinen investiert?«

»Bingo!« Henrik Schwartz ging in die kleine Teeküche und klopfte stolz auf ein verchromtes Monstrum, das den größten Teil des ohnehin bescheidenen Platzes auf der Anrichte einnahm. »Willkommen im Café Schwartz. Was darf's sein?«

In den folgenden Minuten bewunderten sie die avancierte Kaffeemaschine, wählten jeder eine Kaffeevariante und warteten, während der teure Apparat hustend und gurgelnd mit der Zubereitung der drei Tassen Kaffee beschäftigt war. Flemming sagte nichts, dachte sich aber seinen Teil. Er bevorzugte ganz gewöhnlichen Kaffee, schwarz und in reichlichen Mengen, und hatte überhaupt kein Verständnis dafür, dass er sich bei jeder einzelnen Tasse mit einer Wartezeit abfinden sollte. Eine Maschine mit eingebauter Zeitverschwendung war das Letzte, was er sich anschaffen würde.

Sein doppelter Espresso war allerdings gut, das musste er zugeben. Schwarz, stark und mit genau der richtigen Temperatur. Er stellte seine leere Tasse auf Henrik Schwartz' Schreibtisch und setzte sich. Pia hatte bereits Platz genommen und konzentrierte sich auf die Bedienung des Notebooks, um die Fotos der DVD zeigen zu können.

»Sie wissen, was vorgefallen ist?«

Henrik Schwartz ließ sich in einen beinahe grotesk großen Arbeitssessel sinken. »Ich habe es gestern Abend in den Nachrichten gesehen, aber da war ja noch nicht allzu viel bekannt. Heute Morgen habe ich Kamille endlich erreicht. Sie ist außer sich. Am Boden zerstört!« Er schüttelte den Kopf.

»Wie ich sehe, haben Sie auch die Zeitungen gelesen.« Flemming wies auf ein paar Zeitungsausschnitte, die auf der Schreibunterlage neben einer großen schwarzen Mappe lagen, die mit zwei silberfarbenen Worten beschriftet war: Kamille Schwerin. »Soll die blutige Geschichte mit in die Pressemappe?«

»Ich repräsentiere Kamille, also muss ich mich auch um die Artikel über sie kümmern.«

»Auch wenn es darin nicht um Kunst geht?«

»Aber es geht doch um Kunst. Oder sind ihre Skulpturen vielleicht nicht zerstört worden?«

»Ja, sicher, nur ... Eigentlich halten wir den Tod von Ingegerd Clausen für die Hauptsache.«

Einen Augenblick schien die Gelassenheit des Galeristen erschüttert, dann war er wieder der entspannte, korrekte Verkäufer. »Ja, das ist sehr tragisch, in der Tat.«

»Für Sie haben die zerstörten Skulpturen die erste Priorität?«

»Nein, das würde ich so nicht sagen, allerdings ... Es klingt ... zynisch, ich kannte Kamilles Mutter nicht sonderlich gut, daher ...«

»Natürlich. Sie erledigen Ihre Arbeit. Wollen Sie sehen, wie schlimm es ist?«

»Was meinen Sie?«

»Wir haben Fotos dabei. Wenn Sie wollen, können Sie sich das Ausmaß der Zerstörung ansehen.« Flemming nickte Pia zu, die den Rechner so drehte, dass Henrik Schwartz auf den Bildschirm sehen konnte. Sie ließ die Slideshow laufen, Foto für Foto, ohne Kommentar.

Ungläubig betrachtete Henrik Schwartz die zerstörten Kunstwerke. »Aber ... das ist doch völlig krank!«, stieß er nach einer Minute gelähmten Schweigens aus. »Was ist mit dem übrigen Haus?«

»Nichts. Der Täter war lediglich im Atelier.« Pia stoppte die Bildfolge bei einer Nahaufnahme von etwas Gipsstaub. »Diese Striche hier ...« Sie zeigte auf den Schirm und wartete, bis der Galeriebesitzer nickte. »Sagt Ihnen das was, Henrik?«

Er kniff die Augen zusammen und schaute einige Sekunden angestrengt auf den Bildschirm, bevor er langsam den Kopf schüttelte. »Nein. Was ist das?«

»Wir sind nicht ganz sicher. Es könnte sich um einen Buchstaben handeln, oder ein Symbol.«

»Ein Stern?«

»Ja, vielleicht«, sagte Pia.

Er legte den Kopf schräg, um sich das Foto aus einem anderen Winkel anzusehen. »Ein Pentagramm?«

Pias Gesicht blieb neutral, aber Flemming ahnte einen ultrakurzen Moment den Triumph in ihren Augen, bevor sie mit ruhiger Stimme sagte: »Ja, jetzt, wo Sie es sagen. Es könnte sich tatsächlich um ein Pentagramm handeln. Der Bogen dort könnte gut der Rest eines Kreises sein. Würde es Sie verblüffen, wenn in Kamilles Atelier ein Pentagramm zu sehen wäre?«

Henrik Schwartz sah sie an. »Ja«, sagte er nach einer kurzen Pause. »Ja, das würde mich sogar sehr wundern.«

»Sie beschäftigt sich nicht mit so etwas?«

»Mit Semiotik? Sicher nicht mehr als die meisten anderen ihrer Generation.«

»Semiotik?« Pia runzelte die Stirn. »Was ist das?«

»Die Lehre von den Zeichen. Das Deuten von Zeichen ... aber das haben Sie offenbar gar nicht gemeint?«

»Nein, ich dachte eher an so etwas wie Hexerei.«

Jetzt zeigte sich auf Henriks Gesicht ein verwirrter Ausdruck. »Denken Sie an Teufelsaustreibung und Geisterbeschwörung?«

»Ja, so was in der Art.«

»Auf keinen Fall. Kamille verachtet derartigen Hokuspokus.«

Pia setzte die Bildershow wieder in Gang, und Henrik Schwartz starrte wie hypnotisiert auf den Computerschirm, auf dem sich die Fotos in ruhigem Tempo ablösten. Er schüttelte erneut den Kopf. »Wer kommt bloß auf eine solche Idee? Wurde etwas gestohlen? Ah, ihre Stereoanlage steht noch da. Aber wieso dann? Was bringt jemanden dazu, auf diese Art und Weise Kunstwerke zu zerstören?«

»Genau das wollten wir Sie fragen, Henrik«, sagte Pia und klappte das Notebook zu, sodass sie Blickkontakt mit dem Kunsthändler bekam. »Natürlich ist es denkbar, dass irgendjemand aus reiner Zerstörungswut einfach Amok gelaufen ist, allerdings finden wir es merkwürdig, dass außer den Skulpturen nichts zerstört worden ist.«

»Tja ...«

»Es sieht doch eher so aus, als hätte es der Betreffende ganz bewusst auf Kamilles Skulpturen abgesehen, nicht wahr?«

»Vielleicht.«

»Die Frage ist nur: warum? Warum sollte jemand so etwas tun? Wissen Sie, ob die Kunstwerke versichert waren?«

Henrik Schwartz schüttelte den Kopf. »Das weiß ich wirklich nicht. Ich war dabei, die Versicherungsunterlagen für den Transport der Skulpturen zusammenzustellen. In der Ausstellung wäre dann die Versicherung der deutschen Galerie zuständig gewesen.«

»Und Kamilles Hausratsversicherung?«

»Ich bin ziemlich sicher, dass nur das Inventar der Privatwohnung versichert ist, nicht das Atelier. Auch Berufliches abdecken zu lassen, würde die Hausratversicherung unverhältnismäßig verteuern. Vielleicht hat sie eine separate Versicherung für das Atelier abgeschlossen? Aber danach müssen Sie sie selbst fragen.«

»Machen wir.« Pia notierte sich etwas auf ihrem Block. »Aber es gibt ja noch eine andere Möglichkeit ...«

»Was meinen Sie?«

»Nehmen wir einmal an, dass es sich weder um einen zufälligen Anfall von Zerstörungswut handelt noch um einen Versuch, an das Geld der Versicherung zu kommen ...«

»Ja?«

»Dann denke ich beim Anblick der Fotos als Erstes an Hass.«

Ein kurzer, aber sichtbarer Ruck durchfuhr den Kunsthändler. »Hass?«

»Jedenfalls sehr starke negative Gefühle. Für mich sieht es aus, als würde jemand Kamille Schwerin so hassen, dass der- oder diejenige ihren Gefühlen physisch Ausdruck verleihen musste.«

»Ah ja.« Henrik Schwartz rutschte unruhig hin und her. »Kamille ist eine markante Erscheinung im Kunstbetrieb. Sie hat sehr großen Erfolg, und ihr Einfluss ist ebenfalls groß, auf die eine wie die andere Weise. Tja ...«

»Was wollen Sie uns sagen?«

»Sie wissen sicher, dass Kamille mit Lorenz Birch verheiratet ist.« Er wartete, bis die Polizisten nickten, bevor er fortfuhr: »Das bedeutet im Grunde natürlich nichts, aber ... ich meine, es lässt sich nicht vermeiden, dass sie hin und wieder Geschichten über das eine oder andere mitbekommt.«

»Sie hat einen Teil ihrer Kollegen also in der Hand?«

»So könnte man es eventuell ausdrücken. Kollegen, Galeristen, Rezensenten und Sammler. Kamille weiß von allen etwas. Nicht, dass sie es einsetzen würde, dennoch gibt es sicher einige, denen dieser Gedanke gar nicht gefällt.«

»Sind Sie sicher, dass sie es nicht ausnutzt?«

»Kamille ist ein anständiger Mensch. Sie weiß, was sich gehört.«

»Sie tratscht also nicht?«

Er wand sich. »Jedenfalls nicht außerhalb dieser vier Wände«, erklärte er schließlich. »Es gibt durchaus eine gewisse Vertrautheit zwischen Künstler und Galerist ...«

Pia ging nicht darauf ein. »Und die andere Weise?«

»Was meinen Sie?«

»Sie haben gesagt, dass sie auf die eine oder andere Weise großen Einfluss hat.«

»Nun ja.« Henrik Schwartz räusperte sich. »Es gibt natürlich auch die direkte Methode. Kamille ist Mitglied verschiedener Ausschüsse und Gremien, die Gelder verteilen oder dem Kultusminister gute Ratschläge geben. Auch das verschafft ein gewisses Maß an Macht.«

»Wer hat sie hineingewählt?«

»Sie repräsentiert hin und wieder den Akademierat, und vor ein paar Jahren ernannte sie der Minister zur Vorsitzenden des Ausschusses für Gegenwartskunst.«

»Was ist das?«

»Ein fester Kreis von Experten, der jedes Jahr die junge Kunst auswählt, die Bestandteil des Unterrichts in Gymnasien und Seminaren wird, und der Dänemark in verschiedenen internationalen Zusammenhängen repräsentiert. Ziel ist es, Künstler der jüngeren Generation im Bewusstsein der Bevölkerung zu verankern, damit sie bei bildender Kunst nicht nur an die Skagenmaler und die Cobra-Bewegung denken. Das ist ein verhältnismäßig neuer Ansatz, von dem außerhalb des Systems nicht allzu viele wissen. Es funktioniert, das kann ich Ihnen versichern.«

»Dieses Ehrenamt allein könnte also schon eine Menge Feinde mit sich bringen?«

»Jeder einflussreiche Posten beinhaltet ein gewisses Risiko, irgendjemanden zu enttäuschen oder zu verletzen. So ist das nun mal.«

»Genau.«

Er sah sie an und schüttelte wieder den Kopf. »Aber Hass?

»Nun, das müssen wir herausfinden. Glauben Sie, es ist möglich, von den Ausschüssen, in denen Kamille Mitglied war oder ist, Protokolle und Antragslisten zu bekommen?«

Henrik Schwartz lächelte zum ersten Mal, seit sie die Kaffeemaschine bewundert hatten. »Sicher. Ich denke, Sie können sämtliche Kopien bekommen, die Sie benötigen, entweder beim Kunstrat oder im Ministerium. Viel Vergnügen, wenn Sie das alles durchsehen wollen.« Er lachte. »Es wird die Hölle!«

»Umso besser, dass wir Sie und Kamille haben, die uns dabei helfen«, erwiderte Pia in neutralem Tonfall. »Das wird den Prozess erheblich beschleunigen.«

Das Lächeln des Kunsthändlers verschwand ebenso schnell, wie es gekommen war.

Flemming ergriff das Wort: »Gibt es Kollegen von Kamille, die möglicherweise eifersüchtig sind und bei denen man sich vorstellen könnte, dass sie ihr schaden wollen?«

Der Kunsthändler schaute in seine Tasse. »Es gibt vermutlich immer jemanden, der ...«

Pia klickte munter mit ihrem Kugelschreiber. »Können wir Namen bekommen?«

Ihre Blicke trafen sich. »Das bleibt doch unter uns, oder?«

»In zulässigem Umfang.«

»Sie sagen den Leuten doch nicht, dass ich ...?«

Flemming beugte sich vor. »Henrik«, sagte er in dem pädagogischen Ton, den er normalerweise für konfuse Rentner oder sehr kleine Kinder reserviert hatte, »wir wollen die Namen von Ihnen, um mit diesen Leuten zu reden. Das ist das Ziel. Verstehen Sie?«

Der Kunsthändler nickte. »Aber ...«

»Wir wären sehr dankbar, wenn Sie uns die Namen jetzt nennen würden.«

Der riesige Schreibtischstuhl stieß einen gut geölten Seufzer aus, als der Galerist sich vorbeugte und eine Schublade aufzog. Er nahm einen karierten DIN-A4-Block und einen kräftigen, altmodischen Füller heraus. »Geben Sie mir eine halbe Stunde«, sagte er und schaltete den Computer ein. »Ich vermute, Sie wollen auch gleich die Adressen und Telefonnummern haben?«

»Ja danke«, sagte Pia.

»Dürfen wir uns inzwischen ein wenig umsehen?« Flemming stand auf.

»Ja, ja.« Henrik Schwartz hatte die Kappe des Füllers aufgeschraubt und schaute geistesabwesend in die Luft.

»Genießen Sie die Ausstellung.« Seine Aufmerksamkeit wurde bereits vom Kopenhagener Kunstbetrieb in Anspruch genommen, in Gedanken bewegte er sich von Vernissage zu Vernissage, von

Gesicht zu Gesicht, von einer giftigen Bemerkung zur nächsten. Er war weit weg.

6 Kamille runzelte die Stirn, als sie die Liste des Kunsthändlers durchging. Ihre graubraunen Augen bewegten sich ruckartig hinter den Gläsern ihrer Lesebrille. Flemming wusste, dass sie neununddreißig Jahre alt war, in gewisser Hinsicht sah sie aber älter aus. Vielleicht lag es an dem sehr schlichten Stil der zweifellos teuren Kleidung und der sorgfältig gestylten Kurzhaarfrisur, die ihr Aussehen eher an eine Fünfzigjährige erinnern ließ. Es gab nichts Überflüssiges an ihr, kein Make-up, keine Haarspangen, keinen Schmuck, keinerlei Spitzen, Falten oder Farben.

Kamille kleidete sich wie eine Nonne, und ihr sehniger Körper verfügte über kein Gramm überflüssiges Fett, das die kantigen Linien aufgeweicht und die Haut geglättet hätte. Sie war nicht ohne Kurven, sie hatte Busen, sie hatte Taille und tat alles, um es zu verstecken. Vielleicht lag es auch an der etwas schlaffen Gesichtshaut, dass sie älter aussah. Obwohl sie sicher die besten Hautpflegeprodukte verwendete, die man für Geld kaufen konnte, hatte sie bereits deutliche Falten um die Augen, an der Oberlippe und den Mundwinkeln. Möglicherweise hatte sie mal geraucht? Es sah fast danach aus. Flemming fiel es allerdings sehr schwer, sich die akkurate Kamille mit einer Zigarette im Mund vorzustellen. Doch sie trank ja auch Wein. Er und Pia hatten ein Glas abgelehnt und stattdessen um Wasser gebeten, vor Kamille stand ein Glas teurer italienischer Rotwein.

Sie blickte auf. »Glaubt Henrik wirklich, all diese Menschen würden mich hassen?«

»Er sagt nur, sie könnten möglicherweise etwas gegen Sie haben.«

»Das sind meine Kollegen und Studienfreunde …« Ihre Stimme versagte, sie trank einen kleinen Schluck Wein. »Das sind … wie viele? … vierzig, fünfzig Namen auf der Liste. Bin ich wirklich so unpopulär?«

Flemming zuckte die Achseln. »Überrascht Sie das?«

»Es sollte mich vielleicht nicht überraschen. Sind Sie sicher, dass er sich hier …« Sie legte den Finger auf einen Namen und zeigte ihn Flemming. »… dass er sich bei ihr nicht irrt? Sie ist meine Freundin. Wir haben in mehreren Arbeitsgruppen und Gremien zusammengesessen.«

»Deshalb zeigen wir Ihnen ja die Liste«, unterbrach sie Pia. »Wir brauchen Ihre Einschätzung, bevor wir mit all diesen Leuten reden. Möglicherweise können Sie sogar den einen oder anderen Namen hinzufügen?«

Kamille biss sich auf die Unterlippe. »Vielleicht kommen Lorenz und ich noch auf ein paar Namen, wenn wir die Gelegenheit haben, uns zu unterhalten.«

»Möchten Sie diesen Teil unseres Gesprächs verschieben, bis Ihr Mann zu Hause ist?«

»Wenn das in Ordnung ist? Lorenz hat einen sehr viel besseren Überblick als ich. Ich bin sicher, ihm fallen einige Personen ein, die verdächtig sein könnten. Es stimmt ja, diese Branche ist von Hass und Neid, Missgunst und boshaftem Klatsch zerfressen.« Sie faltete die Liste zusammen und schob sie beiseite. »Ja, ich würde am liebsten auf Lorenz warten, bevor wir darüber reden. Es macht mich so traurig.« Sie trank noch einen kleinen Schluck Rotwein. »Reden wir von etwas anderem.«

»Sprechen wir zuerst über Ihre Mutter«, sagte Flemming.

Kamille sank ein wenig zusammen. »Ach, meine Mutter, ja. Wissen Sie schon, woran sie gestorben ist?«

»Wir warten noch immer auf den Obduktionsbericht, ich muss Ihnen die Antwort leider schuldig bleiben. In ein paar Stunden wissen wir hoffentlich mehr. Vielleicht aber auch erst morgen.«

»Sie glauben, dass es Mord war, oder?«

»Oder Totschlag. Das ist am wahrscheinlichsten.«

»Was ist der Unterschied?«

»Bei einem Mord ist Vorsatz im Spiel. Totschlag kann auch ein Unfall sein.«

»Und was glauben Sie?«

»Ich glaube aus Prinzip nichts, bevor ich nicht gehört habe, was der Rechtsmediziner zu sagen hat.«

»Und worüber sollen wir reden, wenn nicht über den Tod meiner Mutter?«

»Heute Vormittag sagten sie, Ihr Verhältnis sei kompliziert gewesen. Wenn ich mich recht entsinne, haben Sie es so ausgedrückt.«

»Und das war keine Lüge.« Ihre Augen schimmerten.

»Ach, das klingt so brutal, jetzt, wo sie ... Aber es war ja so ... Ich war ihr nie gut genug.«

»Was wollen Sie damit sagen?«

»Oh, wie soll ich das erklären? Meine Mutter war in der Familie immer die Tüchtige. Sie konnte alles, hatte alles gelesen und wusste alles über sämtliche Autoren, die Sie aufzählen können. Sie kannte weit mehr als mein Vater, obwohl diese Schriftsteller seine Kollegen waren. Sie war die Akademikerin, sie verdiente das Geld, und die gesamte Buchbranche hatte enormen Respekt vor ihr.«

»Ich habe nicht den Eindruck, Ihr Vater würde unter mangelndem Respekt leiden.«

»Nein, er ist sehr angesehen. Wahrscheinlich hat er sämtliche

Preise und Auszeichnungen erhalten, die man bekommen kann, abgesehen vom Nobelpreis. Darüber ist er übrigens ziemlich verärgert – ganz im Ernst.« Ein schiefes Lächeln zeigte sich in ihrem Gesicht. »An Ego mangelt es ihm bestimmt nicht.«

»Trotzdem sagen Sie, Ihre Mutter sei die Tüchtigere der beiden gewesen?«

»Ich weiß überhaupt nicht, wie Vater ohne sie zurechtkommen soll.« Kamille schlug die Beine über. »Es mag sein, dass er großes Talent hat, aber ohne meine Mutter … Sie hat den Weg für ihn freigemacht, sie hat ihm Kontakte verschafft und ihm sowohl bei künstlerischen Überlegungen als auch den eher praktischen Dingen geholfen. Ich habe Angst, dass er vollkommen vor die Hunde geht, wenn sie nicht mehr …«

»Hat sie Ihnen auch geholfen?«

»Ha! Schön wär's!« Es klirrte, als Kamille ihr Glas auf dem Tisch abstellte und es in die Mitte schob, ohne es noch einmal zu füllen. »Meine Mutter hat nicht viel von mir gehalten.«

»Wie meinen Sie das?«

»Ich bin etwas legasthenisch, vielleicht habe ich deshalb nicht ihre Lust am Lesen geerbt. Meine Gebiete waren schon immer die bildende Kunst und Musik. Worte auf Papier kann ich nur in einer sehr überschaubaren Menge genießen; ein Gedicht oder allerhöchstens eine kurze Erzählung. Danach versagt meine Konzentration, und die Buchstaben verschwimmen mir vor den Augen. Es ist zwar ärgerlich, aber ich fühle mich eigentlich ganz wohl dabei. Ich sehe mir einen Film an, wenn ich eine gute Geschichte erfahren will. In den letzten Jahren habe ich zudem angefangen, mir hin und wieder Hörbücher anzuhören.« Kamille blickte auf ihre langen, schmalen Hände, die verschränkt im Schoß lagen. »Mutter machte nie ein Hehl daraus, dass ich dadurch in ihren

Augen weniger wert war; als sei ich ein wenig retardiert – oder noch schlimmer: als sei ich zu vornehm, um ihre Leidenschaft für Bücher zu teilen. Hätte ich ihr wenigstens ein paar Enkelkinder geboren oder Kunst produziert, die ihr gefiel.«

»Sie hielt nichts von Ihren Skulpturen?«

Kamille presste die Lippen zusammen. »Sie hat es nicht so direkt gesagt, aber ich konnte es ihr ansehen.«

»Inwiefern?«

»Sie bekam so einen fernen Blick, wenn sie meine Sachen betrachtete. Als wünschte sie sich an einen anderen Ort. Als würde sie alles tun, um nichts darüber sagen zu müssen.«

»Und das haben Sie sich nicht nur eingebildet?«

»Ich kannte diesen Blick. Sie war immerhin Rezensentin.« Ein kleines Lächeln flackerte über Kamilles blasses Gesicht. »Als ich zehn, elf Jahre alt war, spielten wir ein Spiel, sie und ich. Ich beobachtete sie, wenn sie eine Rezension für die Zeitung schrieb. Ich musste ganz still sein, durfte sie nicht stören. Auch nicht, wenn es mehrere Stunden dauerte. Möglicherweise bin ich zwischendurch ein bisschen hin und her gelaufen, aber gesagt habe ich nichts, ich habe sie nie unterbrochen. Wenn sie eine Rezension beendet hatte, durfte ich raten, wie viele Sterne sie dem Buch gegeben hatte. Wenn ich recht hatte, bekam ich unten an der Ecke ein Eis. Wenn es nicht stimmte, musste ich das Badezimmer sauber machen. Mutter hasste es zu putzen.«

»Hatten Sie oft recht?«

»Fast immer. Ich konnte es ihrem Gesicht ablesen, es an der Art und Weise hören, wie sie die Tasten der Schreibmaschine bearbeitete; ich merkte es an ihrer ganzen Körperhaltung, ihrer Ausstrahlung. Wenn sie sich meine Skulpturen ansah, war das in der Regel ein Zwei-Sterne-Blick. Manchmal gab es nur einen Stern, wenige Male drei Sterne, nie mehr. Niemals vier, fünf oder gar sechs.«

Ihre offensichtliche Verletztheit überrumpelte Flemming. Er sah sie einen Moment an, bevor er nachfragte: »Ihre Eltern müssen schon weit über vierzig gewesen sein, als Sie geboren wurden?«

Kamille nickte. »Mutter war vierundvierzig, Vater ein Jahr älter.«

»Und Sie haben keine Geschwister?«

»Ich bekam einen jüngeren Bruder, als ich ein, zwei Jahre alt war, er hatte einen angeborenen Herzfehler und starb noch als Säugling. Morten hieß er.« Sie zuckte die Achseln. »Ich kann mich natürlich nicht daran erinnern, für meine Eltern muss es furchtbar gewesen sein.«

»Natürlich.«

»Ich hatte trotzdem eine schöne Kindheit. Ein bisschen einsam vielleicht. Meine Eltern waren meist mit sich selbst beschäftigt. Sie hatten nicht sonderlich viel Zeit für mich. Zumindest habe ich es so erlebt. Mein Vater schloss sich von morgens bis abends in sein Arbeitszimmer ein, und Mutter hatte damals immer sehr viel zu tun. Wenn sie nicht schrieb oder auf irgendeinem Treffen war, steckte sie die Nase in ein Buch. Und es war okay, ich hatte nie das große Bedürfnis, mit anderen zusammen zu sein. Ich habe Aquarelle gemalt, ging zum Töpfern und nähte.«

»Wann sind Sie von zu Hause ausgezogen?«

»Kurz nach dem Abitur.«

»Sie haben studiert? Ich dachte, Sie sind Legasthenikerin?«

Kamille schüttelte lächelnd den Kopf. »Das zeigt nur, wie wenig Sie wissen. Man ist nicht dumm, nur weil man Legastheniker ist. Man lernt auf andere Art, und die Hausaufgaben dauern ein bisschen länger als bei den meisten anderen.« Sie richtete sich etwas auf. »Tatsächlich lag meine Punktzahl deutlich über dem Durchschnitt.«

»Tut mir leid, ich habe nicht nachgedacht.« Flemming trank einen Schluck Wasser. »Ihr Vater hat uns erzählt, Sie hätten damals Ihren Namen gewechselt.«

»Ich hieß die ersten zwanzig Jahre meines Lebens Rikke. Rikke Clausen.«

»Haben Sie sich mit Numerologie befasst?«

»Nein, so tiefschürfend war das nicht. Ich habe einfach nur einen guten Namen ausgesucht und die Papiere für den Namenswechsel ausgefüllt. Es war nicht besonders schwierig.«

»Und aus welchem Grund haben Sie den neuen Namen angenommen?«

Sie hob die Schultern. »Ich hatte Lust dazu. Ich fand meinen Namen immer etwas langweilig, und wenn man von einer internationalen Karriere träumt ... na, Sie wissen schon.«

»Sie haben davon geträumt, weltberühmt zu werden?«

»Tun wir das nicht alle?«

»Wohin sind Sie gegangen, als Sie von zu Hause auszogen?«

»Nach Paris. Ich habe zuerst in einem Hotel gearbeitet, nach einem Jahr wurde ich dann dort an der Kunsthochschule aufgenommen.«

»Wie lange haben Sie in Paris studiert?«

»Drei Jahre. Ich bin danach auf die Kunstakademie in Kopenhagen gewechselt. Dort war ich sechs Jahre.«

»Wann haben Sie Ihren Mann kennengelernt?«

»Lorenz? Vor siebzehn Jahren. Im Dezember sind wir sechzehn Jahre verheiratet. Verrückt, oder?«

»Dann haben Sie ihn kennengelernt, als Sie auf die Kunstakademie gingen?«

Kamille nickte. »Er kannte einen meiner Studienkollegen vom Gymnasium, wir haben uns hin und wieder gesehen. Bei Feten und so.«

»Und dann hat es einfach gefunkt?« Pia Waage schaltete sich ein. »Es gab doch sicher harte Konkurrenz?«

»Wieso wollen ausgerechnet das immer alle wissen?« Kamilles Stimme wurde scharf. »Als hätte ich es nur darauf abgesehen gehabt, einen guten Fang zu machen. Das ist so unverschämt. Zu Ihrer Orientierung: Lorenz ist der Ansicht, er hätte Glück mit mir gehabt!«

»Sorry. So war das nicht gemeint.«

»Ja, auch das sagen dann immer alle.« Kamille stützte die Hände auf den vorderen Rand des Stuhls und beugte sich ein wenig vor, als wollte sie aufspringen. »Wollen Sie noch mehr wissen?«

»Ja. Führen Sie eine glückliche Ehe?«

»Ja, verflucht noch mal!« Kamille stand auf. »Sie sind verdammt neugierig, oder?«

»Das ist mein Job.«

Kamille starrte sie einen Moment an, nahm dann ihr Glas vom Tisch und ging hinüber zur Anrichte, wo die Rotweinflasche stand. Sie füllte das Glas bis zur Hälfte, wischte die Flasche sorgfältig mit einem frisch gebügelten Geschirrtuch ab und stellte sie wieder auf den runden Korkuntersetzer, der nur zu diesem Zweck dort zu liegen schien. Sie trank einen Schluck, bevor sie sich umdrehte. »Ja«, sagte sie dann, »wir führen tatsächlich eine sehr glückliche Ehe, danke. Natürlich sind wir über die Phase hinaus, in der man sich jedes Mal die Kleider vom Leib reißt, wenn man sich sieht, aber ich liebe Lorenz, und Lorenz liebt mich.« Sie trank noch einen kleinen Schluck. »Und wenn Sie mit Ihren Fragen anzudeuten versuchen, dass er möglicherweise für diese Sache verantwortlich ist, dann irren Sie sich gewaltig. Warum um alles in der Welt hätte er so etwas tun sollen? Außerdem war er überhaupt nicht im Land, als es passierte. Das ist eine geradezu krankhafte Vorstellung!«

»Ich habe überhaupt nichts angedeutet. Ich habe lediglich gefragt, ob Ihre Ehe glücklich ist, und Sie haben die Frage beantwortet. Für den Rest Ihrer Assoziationskette bin ich nicht verantwortlich.«

Kamille holte Luft, um etwas zu erwidern, als ein Piepen ihres Mobiltelefons sie bremste. Sie fischte es aus der Tasche. »Eine SMS von Lorenz«, sagte sie. »Er sitzt im Taxi und ist in einer halben Stunde hier.« Plötzlich nieste sie. »Entschuldigen Sie mich.« Kamille verließ das Wohnzimmer. Kurz darauf war zu hören, wie sie sich die Nase putzte, wenige Augenblicke später saß sie wieder auf ihrem Platz im Sessel; diesmal mit dem halb vollen Rotweinglas und einer Packung Papiertaschentücher in Reichweite. »Das ist die Allergie«, erklärte sie Flemming, ohne Pia Waage eines Blicks zu würdigen. »Ihre Assistentin muss Katzenhaare mit hereingeschleppt haben.«

»Ich war zu Hause und habe mich umgezogen«, erwiderte Pia. »Kurz bevor wir gekommen sind.«

»Wenn Sie sich zu Hause umgezogen haben, ist das vollkommen egal«, erklärte Kamille, noch immer ohne Pia anzusehen. »In Ihrer Wohnung ist höchstwahrscheinlich alles voller Katzenhaare.«

»Und was soll ich Ihrer Meinung nach tun?« Pias Wangen flammten auf. »Mir jedes Mal, wenn ich Sie vernehmen muss, neue Klamotten kaufen?«

Kamille zuckte die Achseln und hielt den Blick auf Flemming gerichtet. »Wo waren wir stehen geblieben?«

»Können Sie uns noch einmal erzählen, wie Sie den gestrigen Nachmittag verbracht haben – nur noch ein Mal, bitte«, sagte er und ignorierte Pia Waages Aufgebrachtheit. »Sie haben gearbeitet bis um …?«

»Die letzte Stunde war um 13:00 Uhr zu Ende. Ich habe mich noch mit ein paar Schülern unterhalten, bevor ich zum Parkplatz ging. Muss ich das so minutiös beschreiben?«

»Ja danke. Und danach hätten wir gern die Namen der Schüler.«

Kamille faltete die Hände im Schoß. »Na gut. Ich bin zum Frederiksberg Centret gefahren und dort ein paar Stunden herumgeschlendert.«

»Was haben Sie gemacht?«

»Eine Tasse Kaffee getrunken und in verschiedenen Läden nach einem Kleid gesucht. Schließlich habe ich eins bei Masai gekauft. Danach bin ich sofort nach Hause gefahren. Ich war um 17:15 Uhr hier.«

»Haben Sie jemanden getroffen, den Sie kannten?«

Sie schüttelte den Kopf. »Vielleicht kann man sich im Café an mich erinnern?«

»Haben Sie Quittungen? Vom Café oder der Boutique?«

»Bestimmt. Jedenfalls vom Kleid. Meine Tasche liegt oben.«

»Es eilt nicht, Kamille. Hauptsache, wir bekommen sie, bevor wir …« Ein hoher Klingelton unterbrach ihn. Diesmal war es sein eigenes Telefon. Das Gespräch war kurz. »Svend Giersing«, sagte er und steckte das Handy wieder in die Sakkotasche. »Der Rechtsmediziner.«

»Und?« Pias normale Gesichtsfarbe war zurückgekehrt.

Kamille sagte kein Wort und presste die Hände zusammen.

»Wie wir befürchtet hatten. Ingegerd Clausen starb an einem einzigen harten Schlag an die linke Seite ihres Kopfes.«

»Also wurde sie ermordet?«, flüsterte Kamille.

»Möglicherweise.«

»Wie meinen Sie das?«

»Dass sie auch gestürzt sein könnte und mit dem Kopf an irgendetwas gestoßen ist. Giersing sagt, diese Möglichkeit kann keineswegs ausgeschlossen werden. Er kommt so schnell wie möglich her, um sich den Tatort anzusehen. Vielleicht findet er etwas, woran sie sich den Kopf gestoßen haben könnte.«

Kamille schloss die Augen, ein paar Tränen bahnten sich den Weg durch ihre Wimpern, sie liefen die Wangen hinunter. Langsam schüttelte sie den Kopf. Sie ließen sie eine Weile in Ruhe.

Plötzlich hörten sie, wie vor dem Haus eine Autotür zugeschlagen wurde.

»Kann er das schon sein?« Kamille putzte sich noch einmal die Nase. Mit dem zusammengeknüllten Papiertaschentuch in der Hand erhob sie sich und musste sich einen Augenblick auf die Rückenlehne des Sessels stützen. »Das ist doch unglaublich.«

Sie hatte erst die Hälfte der Strecke bis zum Flur zurückgelegt, als die Haustür aufging und eine Männerstimme »Hej!« rief.

»Ich bin hier!«, antwortete Kamille und lief das letzte Stück. Sie hatte ihn erreicht, bevor er in Flemmings und Pias Blickfeld trat.

Sie hörten, wie das Ehepaar ein paar leise Bemerkungen austauschte – dann stand der Herr des Hauses in der Tür. Pia hatte recht gehabt. Lorenz Birch war ungewöhnlich attraktiv, das fiel sogar Flemming auf. Groß, gut gebaut und austrainiert, bekleidet mit einem hellen Anzug, der maßgeschneidert aussah. Die Krawatte saß, wie sie es sollte; die leichten hellbraunen Schuhe glänzten wie die Kastanien, von denen die Rasenflächen des Viertels in ein paar Wochen gesprenkelt sein würden. Sein dunkles, kräftiges Haar sah frisch gewaschen aus. Lorenz Birch wirkte nicht wie ein Mann, der gerade von einer mehrtägigen Reise nach Hause kam.

Aber vielleicht war das so, wenn man es sich erlauben konnte, erster Klasse zu reisen.

»Guten Tag«, sagte er und streckte noch auf dem Weg die Hand aus. »Lorenz Birch.«

Sie begrüßten sich und tauschten ein paar Höflichkeitsfloskeln aus.

»Wir sind bald weg, dann haben Sie Ihre Ruhe«, sagte Flemming.

»Ja, vermutlich kann ich Ihnen ohnehin nicht viel helfen.« Lorenz Birch schenkte sich ein Glas Wein ein und vollzog automatisch das komplette Ritual mit Geschirrtuch und Korkuntersetzer. Ein gut abgerichteter Mann, dachte sich Flemming.

Laut sagte er: »Nun ja, tatsächlich gibt es ein sehr wichtiges Detail, zu dem Sie beitragen könnten.« Er reichte Kamilles Ehemann die Liste. »Henrik Schwartz war so freundlich, uns diese Namen aufzuschreiben. Es sind Personen, die seiner Meinung nach etwas gegen Ihre Frau haben könnten. Wir wären Ihnen sehr dankbar, wenn Sie sich Zeit dafür nehmen würden, sie durchzusehen und zu kommentieren. Möglicherweise fallen Ihnen und Kamille noch weitere Namen ein.«

»Man sollte meinen, diese Liste sei lang genug, oder?« Lorenz runzelte die Stirn, während er die Namen überflog. »Der da?« Er stutzte. »Was hast du dem denn getan, Schatz?«

Kamille blickte auf das Blatt Papier. »Keine Ahnung. Hat Henrik zu den einzelnen Namen keine Erklärung geliefert? Es muss doch einen Grund geben, dass er gerade diese Leute genannt hat?«

»Wir werden am Montag noch einmal mit ihm sprechen. Aber wenn Sie …«

»Wieso ist das denn so wichtig?«, unterbrach ihn Lorenz. »Ingegerd ist doch tot? Sollten Sie nicht eher ihre alten Feinde überprüfen? Denn davon gibt es sicher eine ganze Menge, das kann ich Ihnen sagen.«

»Wieso?«

»Sie war Kritikerin. Reicht das nicht als Erklärung? Es gibt garantiert eine ganze Batterie gescheiterter Autoren, die fest davon überzeugt sind, ausgerechnet eine Rezension von Ingegerd Clausen sei schuld an ihrem mangelnden Erfolg. Als ob ein Kritiker jemals diese Macht gehabt hätte.« Er verzog den Mund. »Wenn das Werk gut genug ist, kann selbst der böswilligste Rezensent nicht verhindern, dass es ein Erfolg wird.«

»Wir werden das eingehend untersuchen«, unterbrach ihn Flemming. »Es klingt nicht uninteressant. Aber bis auf Weiteres arbeiten wir mit der Theorie, dass Kamille das eigentliche Opfer sein sollte.«

»Wie?«

»Ihre Schwiegermutter hat den Täter überrascht. Das ist unserer Ansicht nach am wahrscheinlichsten.«

»Aber …«

»Es wurde nichts gestohlen, es handelt sich also nicht um einen gewöhnlichen Einbrecher.«

»Nein?« Lorenz sah mit einem Mal verwirrt aus.

»Das Einzige, was zerstört wurde, sind Kamilles Skulpturen.«

»Was?« Lorenz wandte sich an seine Frau. »Davon hast du ja noch gar nichts gesagt.«

»Ich wollte dich nicht beunruhigen, Schatz.« Kamille legte eine schmale Hand auf seinen Arm.

»Habe ich das eben richtig verstanden, Sie haben Ihrem Mann nichts von dem Vandalismus erzählt?« Pia Waage öffnete seit dem Zusammenstoß mit Kamille zum ersten Mal wieder den Mund.

»Glücklicherweise gehört das zu den Dingen, die ich selbst entscheide«, fauchte Kamille. »Soweit ich weiß, gibt es kein Gesetz …«

Lorenz hob die Hand und bedeutete den beiden Frauen, den Mund zu halten. Es dauerte eine Weile, um ihm die Einzelheiten des Falls zu erklären. Wenige Minuten später stand er mit seiner Frau an der Tür zum Atelier und besichtigte den Schaden. Sie durften das Atelier nicht betreten, bevor die Spurensicherung nicht grünes Licht gegeben hatte.

»Es gibt ein schwaches Zeichen im Gipsstaub auf dem Boden«, sagte Flemming. »Ich habe ein Foto dabei.« Er zog die Vergrößerung des mysteriösen Zeichens aus seiner Mappe. »Sagt Ihnen das etwas?«

Kamille und Lorenz beugten gehorsam die Köpfe über das Foto.

»Sieh mal, da.« Kamille zeigte auf das Bild. »Das sieht aus wie ein W. Oder vielleicht ein M. Was meinst du, Schatz?«

»Das kann alles Mögliche sein«, erwiderte er und gab Flemming das Foto zurück. »Unmittelbar würde ich sagen, dass es sich um einen Stern handelt.«

»Ein Pentagramm?«

Lorenz lachte. »Glauben Sie, wir halten uns Hexen?«

»Das ist nicht komisch.« Kamilles Mund war zu einem schmalen Strich geworden. »Es ist mir unheimlich, wenn jemand ein Pentagramm in mein Atelier zeichnet. Als wäre ich ... verflucht oder so etwas.«

»Sie haben also keine Idee, was das bedeuten könnte?«

»Nein.«

Flemming streckte die Hand aus. »Danke, dass Sie sich die Zeit genommen haben. Wir müssen los. Gleich kommt ein Rechtsmediziner und sieht sich den Tatort an. Sie müssen ihn bloß hereinlassen, er kommt allein zurecht.« Er wartete, bis Kamille genickt hatte, bevor er sich an ihren Mann wandte: »Sie sehen sich bitte die Namensliste an, ja?«

»Natürlich. Kann das warten, bis ich etwas gegessen habe?« Lorenz hielt noch immer das Blatt in der Hand. Jetzt faltete er es zusammen und steckte es in die Gesäßtasche. »Ehrlich gesagt habe ich Hunger.«

»Lassen Sie sich Zeit. Und Kamille? Diese Quittung …«

»Selbstverständlich.« Sie küsste ihren Mann auf die Wange und lief die Treppe hinauf in den ersten Stock.

»Ist das wirklich nötig?« Lorenz hob eine seiner perfekt geformten Augenbrauen. »Wenn sie das Opfer ist, muss sie doch kein Alibi liefern.«

»Das ist eine reine Formalität.«

»Es wirkt schon ein bisschen …« Er zuckte die Achseln.

»Unsensibel?«

»Genau. Offenbar bin ich nicht der Erste, der so etwas sagt.«

»Leider nein. Sie sind heute bereits der Zweite. Nur, das alles ist keine Frage der Sensibilität, Lorenz. Wir überprüfen alle, die etwas mit dem Fall zu tun haben, es ist die übliche Vorgehensweise. Auch Sie haben wir überprüft.«

»Mich?« Er legte eine sorgfältig manikürte Hand auf die Brust. »Wie um alles in der Welt …«

»Wir haben mit der Institutsverwaltung der Columbia University gesprochen, mit den Sekretärinnen der Leute, die Sie in Chicago getroffen haben, und mit Ihrer eigenen Sekretärin.«

»Ich muss schon sagen.« Er lachte. »Sie sind verdammt effektiv, oder? Was hat Lisette denn dazu gesagt?«

»Lisette?«

»Meine Sekretärin. Sie ist die Diskretion in Person. Es muss ihr wirklich schwergefallen sein, Ihnen meinen Zeitplan auszuhändigen. Ich werde sie nachher anrufen und sie beruhigen.«

Die Quittung von Masai bestätigte Kamilles Angaben. Das

Kleid hatte sie um 15:10 Uhr gekauft – genau wie sie es gesagt hatte. Den Bon des Cafés konnte sie nicht finden. »Ich habe ihn wahrscheinlich auf dem Tisch liegen lassen«, sagte sie. »Ich wusste ja nicht, dass ich ihn noch brauchen würde.«

»Haben Sie mit Kreditkarte bezahlt? Dann könnte das Café vielleicht …«

»Leider nicht. Ich hatte gerade noch genügend Kleingeld.«

Flemming versicherte ihr, dass alles in Ordnung sei, und gab ihr die Hand, bevor er aus der Haustür trat.

Pia stand in der Einfahrt. Sie war vorausgegangen, ohne sich von Kamille oder Lorenz zu verabschieden. »O nein, also das war natürlich keine Absicht«, erklärte sie, als Flemming sie darauf ansprach, »aber ich bin ja eine potenzielle Quelle der Verunreinigung. Der Umgang mit mir macht krank.«

»Ich glaube, ich nehme Frank mit, wenn die beiden das nächste Mal verhört werden müssen«, lächelte Flemming. »Er hat meines Wissens nur ein Aquarium.«

7

Ich habe dich unglaublich vermisst!« Flemming rollte sich auf den Rücken, sodass Ursula mit dem Kopf an seiner Schulter lag. »Ich liebe dich.« Er küsste sie aufs Haar.

»Und ich liebe dich«.

Er spürte ihre Lippen an seiner Brust, ihren warmen Atem an seiner feuchten Haut, die nach dem Orgasmus noch immer unglaublich sensibel reagierte.

So lagen sie einige Minuten, erschöpft und schweigend, während die ersten Vögel vor dem Schlafzimmerfenster im Halbdunklen zu singen anfingen. In wenigen Stunden würde es dämmern, und Flemming musste aufstehen und zur Arbeit fahren. Freie Wochenenden waren vorläufig gestrichen, es war also eine Frage der Prioritäten, ob er schlafen oder Sex haben wollte. Die Entscheidung war allerdings mehr oder weniger von allein gefallen, als er sich entschlossen hatte, Ursula im Internat von Egebjerg zu besuchen. Wäre er auf Schlaf aus gewesen, hätte er die fünfzig Kilometer nicht zu fahren brauchen.

Als sie anfingen zu frieren, setzte Ursula sich auf, griff nach der Bettdecke am Fußende und zog sie mit sich, während sie sich wieder auf den warmen Platz an Flemmings Arm legte. »Schön, dass du den langen Weg noch auf dich genommen hast.«

»Finde ich auch.«

»Wann musst du morgen zum Dienst? Oder besser gesagt heute.«

»Wir fangen um zehn an. Schließlich ist Samstag.«

»Dann musst du gegen neun los?«

»Genau.« Er drehte den Kopf so, dass er die Leuchtziffern auf dem Radiowecker erkennen konnte. »Wenn wir jetzt schlafen, habe ich noch etwas mehr als fünf Stunden.«

»Dann sollten wir das besser mal tun.«

Er spürte ihre Wange an seiner Haut und musste lächeln.

»Ich werde mich doch nicht deiner zauberhaften Gesellschaft entziehen? Das könnte dir so passen«, sagte er und zog sie an sich.

»Vergessen wir's einfach. Lass uns lieber einen Kakao trinken und noch ein bisschen reden.«

Sie drehte sich auf die Seite und stützte sich mit einem Ellenbogen auf. »Willst du etwa überhaupt nicht schlafen? Ist das vernünftig?«

»In meinem Alter, meinst du?« Er umarmte sie und lachte. »Vermutlich hast du recht. Aber ich kann jetzt nicht sofort schlafen. Außerdem habe ich plötzlich Lust auf einen Kakao.«

Ursula legte ihm eine Hand auf die Wange und küsste ihn. Lange. »Okay«, sagte sie, als sie sich losließen. »Dann komm in Gottes Namen mit in die Küche.«

Sie legte ihren Kimono um sich, bevor sie aus dem Bett stieg. Es irritierte Flemming, dass sie sich auch in ihrer Wohnung stets so sorgfältig bedeckte. Er hatte sie doch gerade aus so ziemlich allen erdenklichen Winkeln gesehen – weshalb schämte sie sich jetzt für ihren Körper? Er hätte sich gern dieses kleine Vergnügen gegönnt und ihren weichen, reifen Körper mit etwas Abstand betrachtet. Gern hätte er das schwere Hinterteil und die vollen bebenden Schenkel genossen und wäre ihren kleinen, aber noch immer runden Brüsten gefolgt, die im Takt ihrer Schritte sanft schaukelten. Aber nein, sie wollte es nicht. Und das lag nicht allein am Altersunterschied, das spürte er. Ursulas Schamgefühl hätte sie bisher immer daran gehindert, sich ungehemmt zu zeigen – egal, wie alt ihr Liebhaber war. Im Grunde lag es wohl daran, dass sie sich für ihren Körper schämte. Dazu hatte sie seiner Ansicht nach jedoch überhaupt keinen Grund. Er hielt Ursula für eine der appetitlichsten Frauen, die er je gesehen hatte.

Flemming hob seine Hose und das Hemd vom Boden auf und zog sich notdürftig an. Wenn sie nicht nackt sein wollte, würde er auch nicht so herumlaufen.

»Warum hast du hier eigentlich keinen Bademantel?«

»Ist schon okay.« Er setzte seine Brille auf.

Kurz darauf duftete es in der ganzen Wohnung nach heißem Kakao. Ursula wohnte in einer Einliegerwohnung des Internats: ein kleines Wohnzimmer, ein schmales Schlafzimmer mit einem Balkon, eine winzige Küche und ein frisch renoviertes und gefliestes Badezimmer. Die Mahlzeiten nahmen die Lehrer der Schule in der Regel gemeinsam ein – entweder zusammen mit den Schülern oder im Lehrerzimmer –, es gab bei den Lehrern also keinen allzu großen Bedarf für eine richtige Küche. Und schon gar nicht bei denen, die weder einen Ehepartner noch Kinder hatten. Aber wenn man wollte, konnte man in Ursulas Teeküche durchaus kochen. So wie jetzt: Kakao mit einer halben Tüte trockener Zimtschnecken dazu.

»Soll ich sie aufwärmen?«

»Für mich nicht. Ich esse sie gern so, wie sie sind.«

Ursula stand am Küchentisch und legte die Schnecken auf einen Teller, stellte zwei Becher neben den Topf, in dem der Kakao langsam heiß wurde.

Flemming stellte sich hinter sie und legte die Arme um sie. »Es ist so schön, dass wir uns gefunden haben«, sagte er zum mindestens fünfhundertzwanzigsten Mal seit ihrem ersten Rendezvous. Er küsste sie auf den Hals, direkt unterhalb des rechten Ohrs, sie antwortete mit einem tiefen Brummlaut und legte den Kopf zurück, sodass ihr Nacken an seiner Schulter ruhte.

»Nein«, sagte sie und riss sich los. »Schluss mit dem Unfug. Du musst gleich schlafen.« Sie schubste ihn sanft beiseite. »Sieh mal.« Sie griff in den Schrank über der Spüle und holte eine halb volle Flasche Cognac heraus. »Du bekommst einen Schuss in deinen Kakao. Hinterher schläfst du wie ein Stein.«

»Klingt gut. Bringst du die Becher mit rein?« Flemming nahm den Teller mit den Zimtschnecken und setzte sich aufs Sofa, ein ausladendes Teil mit einem Bezug aus karamellfarbenem Cord. Eigentlich todmüde ließ er sich in die Kissen fallen, sein Blick schweifte durchs Zimmer. An den Wänden hingen fast lückenlos Gemälde, Fotografien, Webarbeiten und andere Werke von Ursula – einige stammten vielleicht auch von ihren Schülern.

Es erinnerte ihn plötzlich an Jørn Clausens Wohnung. Hier

hatte er auch das Gefühl, jemand würde sein kleines Heim so sehr lieben, dass alles, was sich am Wege fand, aufgesammelt und hineingestopft werden musste. Wer wusste schon, was jemand wie Ursula tun würde, wenn sie eines Tages ein großes Haus mit vielen Zimmern bekäme? Würde sie ihre geliebten Kunstobjekte in der ganzen Wohnung verteilen und jedem Gegenstand ein bisschen mehr Platz zubilligen, oder würde sie sich blitzschnell noch mehr besorgen, um ihr neues, großes Nest genauso gründlich auszustaffieren wie das kleine, in dem sie jetzt wohnte?

Flemming hatte keinerlei Zweifel, dass sie die letzte Lösung bevorzugen würde. Na gut. Wenn alles so lief, wie er es sich vorstellte, würden sie schon bald zusammenziehen. Und dann durfte Ursula das ganze Haus mit ihren Sachen bestücken. Sie könnte all seine Möbel rausschmeißen, falls sie das wollte. Als er in ihrem gemütlichen, weichen Sofa saß, umgeben vom Kakaoduft und einer charmanten Unordnung, fiel ihm nicht ein einziger Gegenstand in seinem Haus ein, den er wirklich schätzte. Die Gartenbank vielleicht, die sein Vater irgendwann in den Sechzigern selbst gebaut hatte, aber sonst? Nichts. Er wusste nicht so genau, ob das gut oder schlecht war.

In diesem Moment kam Ursula mit einem Becher in jeder Hand ins Wohnzimmer. »Pass auf, er ist heiß«, sagte sie und stellte einen der Becher auf den Couchtisch vor ihn. Sie kuschelte sich an ihn und stieß kleine, zufriedene Brummgeräusche aus, bis sie sich zurechtgesetzt hatte.

Flemming trank vorsichtig einen Schluck des heißen Getränks, der kräftige Cognacgeschmack kitzelte bis in den Magen. »Hm«, grunzte er und trank ein bisschen mehr. »Du bist eine fantastische Frau, Urs.«

Sie lächelte. »Danke.«

Eine Weile blieben sie so sitzen, nippten an ihrem Kakao, aßen die trockenen Zimtschnecken und genossen die Stille. Flemming spürte nach wenigen Minuten, wie seine Lider schwer wurden und eine dösige Wärme sich in seinem Körper ausbreitete. Die Kombination aus einem langen, intensiven Arbeitstag, einem späten Abendessen, langen Gesprächen, ausführlichem Sex und heißem Alkohol holte ihn ein. Aber nicht ganz. Er wollte noch ein bisschen bei Ursula sein.

Er ließ seine Hand über ihre Schulter gleiten. »Was für eine schöne Nacht, Urs. Das war die Fahrt wirklich wert.«

»Ja, du sagst es.« Sie lächelte. »Was liegt bei euch morgen an?«

»Wir müssen mit einer ganzen Menge Kollegen von Kamille Schwerin reden.«

»Freunden oder Feinden?« Sie kicherte. »Na ja, die erste Gruppe habt ihr rasch hinter euch.«

Er hob die Augenbrauen. »Gibt es etwas, was du mir gern erzählen würdest?«

Sie schnitt eine Grimasse. »Ach, weißt du, das sind doch alles nur Gerüchte.«

»Los, komm schon.«

»Kamille Schwerin ist ... na ja, ich kenne sie natürlich nicht persönlich ... Ich war nur bei ein paar Vernissagen, bei denen sie auch war. Da lässt es sich kaum vermeiden, dass ...«

»Was meinst du? Geht sie oft zu solchen Veranstaltungen?«

»Zu fast allen. Ich weiß genau, dass eine gewisse Portion sozialer Gymnastik notwendig ist, wenn man in dieser Welt Erfolg haben will, aber wenn Empfänge eine olympische Disziplin wären, dann würde sie die Goldmedaille gewinnen.«

»Sie ist mit Lorenz Birch verheiratet, der doch sicher verpflichtet ist, sich zu zeigen, zumindest bei den offiziellen Anlässen?«

»Ja, sicher. Aber sie geht auch zu allen Veranstaltungen, an denen er nicht teilnimmt. Und das hat sie schon getan, bevor er eine so wichtige Position einnahm. Schließlich ist sie ja selbst Mitglied des einen oder anderen Komitees. In ihrem Fall glaube ich, dass du Ursache und Wirkung umkehren solltest.«

»Wie meinst du das?«

»Eine ganze Menge Leute sind der Ansicht, Kamille habe ihre Posten bekommen, weil sie eine so tüchtige Netzwerkerin ist. Sie kennt genau die richtigen Leute, schmeißt sich an die ran, die den größten Einfluss haben, und schubst eventuelle Konkurrenten aus dem Weg.«

»Sie hat gestern selbst gesagt, viele Leute verbänden ihren Erfolg damit, dass sie mit Lorenz Birch verheiratet sei.«

»Ich glaube nicht, sie haben bestenfalls indirekt recht damit. Man gibt niemandem einen einflussreichen Posten, nur weil er mit einer Person verheiratet sind, die etwas darstellt. So oberflächlich ist das System trotz allem doch nicht. Es braucht schon auch noch ein wenig fachliche Kompetenz, die Kamille ja hat. Zumindest auf dem Papier. Sie war auf der Akademie, sie ist Mitglied der ältesten Künstlervereinigung Dänemarks, sie hat Arbeiten an den Kunstfond verkauft. Vordergründig ist fachlich nichts gegen sie einzuwenden. Sie ist andererseits eine unglaublich langweilige Künstlerin. Wenn sich ihre Werke allein hätten durchsetzen müssen, wäre sie nie so weit gekommen. Jedenfalls kann ich es mir nicht vorstellen.« Ursula pustete in ihren Kakao und trank einen kleinen Schluck. »Nein, es gibt durchaus einen Grund, warum Kamille sich überall zeigt, wo man gesehen wird. Davon lebt sie.«

»Ist das nicht ganz gewöhnlicher Futterneid? Es könnte doch sein, dass sie Erfolg hat, weil sie gut ist?«

»Hast du etwa je eine ihrer Skulpturen in einem Museum

gesehen? Nein, oder? Ihre Arbeiten findest du als Verzierung in irgendwelchen abgelegenen Krankenhäusern und einem einzigen grönländischen Rathaus. Kamilles Hauptwerk ist ihre Tätigkeit in den verschiedenen Komitees und Fonds, in denen sie sitzt.«

»Aber sitzen da nicht ausschließlich anerkannte Künstler? Entscheidet nicht die Creme des dänischen Kunstlebens, welche Kollegen Geld und Aufträge bekommen?«

Sie lachte. »Nein, so einfach ist es leider nicht. Jedenfalls nicht immer. Die Mitglieder sitzen dort aus unterschiedlichsten Gründen. Einige von ihnen wurden gewählt, weil sie zu allem eine Meinung haben und gut reden können, andere vielleicht auch nur, weil sie zufälligerweise die Einzigen waren, die an dem Tag die Hand gehoben haben.« Ursula nahm sich die letzte Zimtschnecke.

»Ach, jetzt bist du aber boshaft.« Flemming lehnte sich zurück und betrachtete seine Freundin mit zusammengekniffenen Augen. »Du kannst sie nicht leiden«, stellte er fest.

Ursula lächelte schief. »Das gebe ich zu, ich kann sie nicht leiden. Nicht dass sie mir irgendwann etwas getan hätte, ich kenne sie wie gesagt gar nicht, aber ...«

»Nun sag schon.«

»Kamille Schwerin macht mich allein durch ihre bloße Anwesenheit krank. Ich bekomme Bauchschmerzen, wenn sie einen Raum betritt, in dem ich mich befinde.«

»Du hast gesagt, du würdest sie nicht kennen.«

»Ja, und ich werde sie auch nicht kennenlernen. Sie hat mich nie wirklich wahrgenommen. Nicht ein einziges Mal. Das braucht sie auch gar nicht. Jemanden wie mich durchschaut und kassiert sie mit einem einzigen Blick aus den Augenwinkeln: ältere Kunstlehrerin auf einem Provinzinternat, kein Einfluss, keine Verbindungen. Ohne jeden Handelswert.«

»Das bildest du dir bloß ein.«

Ursula schüttelte den Kopf und trank ihren Becher aus. »So etwas spürt man.« Sie gab seinem Knie einen leichten Klaps und stand auf. »So, Bulle. Zeit, schlafen zu gehen.« Sie streckte die Hand aus, und er ließ sich aus dem warmen Sofa ziehen. Er spürte den Cognac und wäre fast gestolpert, als er die Becher in die Küche bringen wollte.

Wenige Augenblicke später lagen sie in Löffelchenstellung unter der Decke, Flemming vorn und Ursula wie ein warmes, weiches Kissen an seinem Rücken. Seidenbrüste an Schulterblatt. Konnte es schöner sein?

Als Flemming nach wenigen Stunden Schlaf wieder am Esstisch saß und eine starke Mischung aus Zucker und Koffein in sich hineinschüttete, überprüfte er sein Handy, das den ganzen Abend und die Nacht über bemerkenswert ruhig gewesen war. Es gab eine gute Erklärung für diese Anomalie: Der Akku war leer. Mist!

Glücklicherweise hatte Ursula ein passendes Ladekabel, sodass Flemming relativ rasch wieder mit dem Rest der Welt verbunden war. Es hatte vier vergebliche Anrufe gegeben, drei von Svend Giersing am vergangenen Abend und einen von Frank Janssen am frühen Morgen. Er rief ihn zuerst an.

»Ich habe eine Theorie«, sagte der junge Ermittler ohne Einleitung.

»Na?« Flemming nickte Ursula zu, die eine Scheibe Toast in der Hand hielt und auf den Brotröster zeigte? »Schieß los.«

»Ich habe gestern Abend ein paar Stunden nach Lorenz Birchs engsten Mitarbeitern gegoogelt.«

»Weshalb?«

»Klingt total bescheuert, aber … Nehmen wir mal an, irgendjemand hat nicht aus kollegialer Eifersucht Kamilles Skulpturen zerstört. Könnte es nicht ebenso gut *romantische* Eifersucht gewesen sein? Eine Menge Hass kann sich durch so etwas anstauen. Ich habe mir überlegt, ob Lorenz Birch möglicherweise fremdgeht. Traneby sagt ja, es könne ebenso gut eine Frau gewesen sein, die diese Verwüstungen angerichtet hat.«

Flemming rieb sich mit einem breiten Daumen zwischen den Augen. Er bekam Kopfschmerzen und würde sich frühestens in vierzehn Stunden wieder ins Bett legen können. »Hast du nicht gesagt, du hättest Lorenz Birchs Mitarbeiter gegoogelt?«

»Ja, vielleicht ist jemand dabei, der etwas weiß. Ich habe eine Liste angelegt, aber ein Name sprang mir sofort ins Auge.«

»Lass mich raten. Lorenz Birchs Sekretärin. Lisette oder so?«

»Lisette Mortensen, ja. Wie kommst du darauf?«

»Reine Vorurteile, Janssen. Ich glaube, es liegt am Namen. Lisette – klingt doch wie so'n Dummchen. Groß, blond und mit Silikon in den Brüsten.« Flemming lächelte Ursula zu, die sich ihm mit erhobenen Augenbrauen zugewandt hatte. »Reines Vorurteil«, wiederholte er und schickte seiner Liebsten einen Kuss durch die Luft.

»Ja, vielleicht. Aber abgesehen davon, dass Lisette nicht mehr als gut anderthalb Meter groß ist, passt die Beschreibung hundertprozentig. Dazu kommt, dass sie ganz verrückt nach ihrem Chef ist.«

»Und woher um alles in der Welt weißt du das?«

»Ich bin auf Facebook gegangen. Natürlich habe ich sie dort gefunden – und ihr Profil ist glücklicherweise zugänglich für alle, daher weiß ich jetzt alles, was man über sie wissen muss. Ich habe Fotos ihrer letzten Urlaubsreise in einen Badeort in der Türkei gesehen, ihre Lieblingsserie ist *Sex and the City*, und sie kann es kaum abwarten, bis nächstes Jahr der Kinofilm läuft. Ich kenne ihr Horoskop und ihre bisherigen Arbeitsplätze. Man braucht die

Leute kaum noch zu verhören, nachdem Facebook so populär geworden ist.«

»Hat sie in ihrem Profil etwa geschrieben, verrückt nach Lorenz Birch zu sein?«

»Nein, nein, es gibt trotz allem Grenzen. Aber ich bin ihre Freundesliste durchgegangen; sie hat über zweihundert sogenannte Freunde, und einer von ihnen ist zufällig eine Exfreundin von mir. Ich habe die Profile der beiden Mädchen gecheckt und herausgefunden, dass sie vor vier, fünf Jahren auf dieselbe Handelsschule gegangen sind. Sie treffen sich immer noch hin und wieder, erst letzten Sommer waren sie zusammen auf einer Fete – die Fotos fand ich unter PARTY GIRRRLS!!!, sie haben Riesencocktails mit so kleinen Schirmchen drin getrunken.«

»Zur Sache, Janssen.« Flemming hatte einen warmen Toast, frische Butter und einen guten Ziegenkäse vor sich und wollte gern sein Frühstück genießen.

»Okay. Lange Rede, kurzer Sinn, ich habe meiner Ex eine SMS geschickt. Sie war glücklicherweise noch wach. Und nüchtern dazu, obwohl es Freitagabend war. Sie hat sich mit ihrem neuen Freund und ein paar seiner Freunde einen Actionfilm angesehen, und ich glaube, sie hat sich dabei heftig gelangweilt. Jedenfalls hatte sie überhaupt nichts dagegen, sich mit mir zu unterhalten, sie ist in die Küche gegangen und …«

»Das sind immer noch zu viele Details«, unterbrach ihn Flemming und goss sich einen frischen Kaffee ein. »Das Ergebnis, danke.« Ursula setzte sich ihm gegenüber und fing an zu essen.

»Okay«, fuhr Frank fort. »Helle kennt Lisette recht gut, und sie weiß mit Sicherheit, dass ihre Freundin gewaltig für ihren Chef schwärmt. Sie redet offenbar über nichts anderes, sämtliche Freundinnen sind es leid, ihre Geschichten zu hören.«

»Deiner Theorie nach hat also diese reizende kleine Blondine die Schwiegermutter ihres Chefs ermordet und hinterher die Skulpturen seiner Frau zerstört? Ist es so?«

»Tja.«

»Du weißt doch, dass der Vandale Schuhgröße 41 hatte, oder? Es gibt nicht viele anderthalb Meter große Frauen mit dieser Schuhgröße.«

»Nee, aber … Vielleicht hat sie ja die Stiefel von jemand anderem angezogen? Ich weiß nicht, ich dachte nur, vielleicht sollte ich mal mit Lisette Mortensen reden. Wir könnten ja sagen, ich müsste Lorenz Birchs Zeitplan überprüfen, den sie uns gestern gegeben hat. Dabei könnte ich sie mir mal ansehen.«

»Ausgezeichnet. Frank. Du darfst deine Blondine gern besuchen.« Flemming räusperte sich. »Wir reden in anderthalb Stunden weiter, okay?«

Ursula und Flemming beendeten ihr Frühstück ohne weitere Unterbrechungen. Zehn Minuten später begleitete sie ihn zum Auto. Sie winkte, bis er aus der langen Einfahrt verschwunden war.

Flemming bog auf die Landstraße und rief den Rechtsmediziner an.

»Hallo?« Svend Giersing klang immer, als hätte er Zweifel, ob er den Anruf annehmen sollte; als hätte er das Gefühl, das Handy eines anderen in der Hand zu halten.

»Du hast versucht, mich gestern zu erreichen?«

»Tag, Torp. Ja, ich habe dich mindestens zehn Mal angerufen.«

Vier Mal, dachte Flemming.

»Aber es hat niemand abgenommen.«

»Der Akku war leer. Wolltest du etwas Besonderes, Giersing?«

»Sonst hätte ich es ja wohl nicht so oft bimmeln lassen, oder?«

»Tja, da hast du wohl recht.«

»Okay, ich wollte eigentlich nur sagen, dass ich die Mordwaffe gefunden habe. Oder um etwas genauer zu sein: Ich habe den Gegenstand gefunden, der den Tod des Opfers verursacht hat.«

»Ja?«

»Wie ich dir schon gestern erklärt habe, starb Ingegerd Clausen an einer Gehirnblutung infolge eines harten Schlages direkt über dem linken Ohr. Der Schädel wurde eingeschlagen, die Haut wies einen tiefen Riss auf. Ich konnte an der Läsion sehen, dass sie von einem harten Gegenstand mit scharfen Kanten und einem v-förmigen Profil verursacht wurde.«

»V-förmig?«

»Ja, wie eine Metallstange, die der Länge nach abgeknickt wurde, sodass sie im Querschnitt einen Winkel von neunzig Grad bildet. Ein V. Das kann doch nicht so schwer zu verstehen sein.«

»Mach weiter.«

»Gestern Nachmittag konnte ich mir all die Brocken ansehen, die die Spurensicherung im Atelier aufgesammelt hat. Einige waren blutig, doch keiner passte zu der Läsion.«

»Das hattest du gesagt, ja.«

»Deshalb bin ich gegen Abend zu Kamille Schwerin gefahren … übrigens ein fantastisches Haus.«

»Was hast du herausgefunden, Giersing?«

»Du bist so kurz angebunden. Ist dir eine Laus über die Leber gelaufen?«

»Sorry. Ich habe nicht genug Schlaf bekommen. Mach dir nichts daraus, bitte.«

»Das ist leichter gesagt als getan, wenn du mich so anraunzt. Und ich dachte, du würdest dich freuen, weil ich …«

»Ich habe mich schon entschuldigt, Giersing.«

Der Rechtsmediziner murmelte noch ein paar Sekunden etwas

von Undankbarkeit und einem Einsatz über das übliche Maß hinaus, für den er keinen Pfennig bekäme. Dann atmete er tief durch und fuhr dort fort, wo er aufgehört hatte: »Na, jedenfalls bin ich das ganze Atelier mit einem Staubkamm durchgegangen. Meine Theorie war, dass Frau Clausen gestolpert oder eventuell geschubst worden ist, sodass sie sich fallend an einer der Skulpturen gestoßen haben könnte. Deshalb habe ich alles überprüft, was sich circa einhundertvierzig Zentimeter über dem Boden befand. Das passt zu ihrer Größe und dem Winkel der Läsion. Der Schlag kam nämlich eindeutig von schräg unten.«

»Hast du es gefunden?«

»Exakt. Eine der vorderen Skulpturen hatte einen senkrechten Eisenträger in genau der richtigen Höhe – und mit dem richtigen V-Profil. Ich konnte sogar etwas erkennen, das wie ein kleines Stück Haut mit Haaren daran aussah.«

»Fantastisch. Du hast hoffentlich nichts angefasst?«

»Steht etwa Idiot auf meinem Rücken?«

»Und du hast natürlich sofort Traneby angerufen?«

»Selbstverständlich. Er hat übrigens daran gedacht, den Akku seines Handys aufzuladen und meinen Anruf beantwortet.« Ein schnaubendes Lachen drang durch das Telefon. »Die haben im Haus jetzt alle Hände voll zu tun.«

»Und weshalb hat die Spurensicherung diese Eisenstange gestern nicht gefunden? Sie waren ein paar Stunden dort und haben nichts davon gesagt?«

»Dafür gibt es eine sehr gute Erklärung. Irgendjemand hat ein großes Stück Gips über den Eisenträger gelegt, es sah aus, als hätte es die ganze Zeit dort gelegen.«

»Was meinst du? Ein loses Stück wippte auf dem Eisenträger?«

»So ungefähr. Genauer gesagt war es ein Stück Gips, das verstärkt wurde durch einen eingearbeiteten Maschendraht. Das Gipsstück war in der Mitte zerbrochen, zusammengehalten wurden die beiden Teile durch den Maschendraht. Sie hingen so über der Eisenstange, dass sie gut verborgen blieb. Es sah aus, als würden die Gipsteile festhängen.«

»Trotzdem hätten Traneby und seine Leute das sehen müssen.«

»Zu diesem Zeitpunkt wussten sie ja noch nicht, wonach sie suchen mussten, Torp.«

»Trotzdem.«

»Das musst du mit Traneby ausmachen. Jetzt kennst du jedenfalls meine Version. Ich schreibe heute oder morgen noch meinen Bericht, am Montag hast du ihn auf deinem Schreibtisch.«

»Super, Giersing. Vielen Dank.«

Flemming hatte die Hauptstraße 21 erreicht, wo er Richtung Christianssund abbog. Er hatte noch circa eine Stunde Autofahrt vor sich. Eine Stunde, in der sein Kopf sich ein bisschen ausruhen konnte, eine Stunde Frieden.

DREI ZEITUNGS-AUSSCHNITTE

DEZEMBER–AUGUST

CHRISTIANSSUND TIDENDE, *18. Dezember*

Trotz Todesdrohungen – Polizei lässt Künstlerin im Stich

Jetset-Künstlerin Kamille Schwerin, 39, die seit dem Spätsommer drei Mordversuchen ausgesetzt war und mehrere Drohbriefe bekommen hat, muss künftig ohne Polizeischutz zurechtkommen.

Die Polizei von Christianssund hat entschieden, den Personenschutz zu beenden, durch den seit dem dritten Überfall am 26. Oktober die Sicherheit von Kamille Schwerin gewährleistet wurde.

»Ich fühle mich sehr schlecht behandelt«, erklärt die Künstlerin, die mehrere Todesdrohungen erhielt, der *Christianssund Tidende*. »Die Polizei behauptet, ich würde die Gefahr übertreiben, der ich ausgesetzt bin. Aber wie kann ich mich sicher fühlen, solange der Täter nicht gefunden wurde?«

Kamille Schwerin, die mit dem Multimillionär Lorenz Birch verheiratet ist, verlor im August bei einem Anschlag in ihrem Atelier ihre Mutter, die künstlerische Arbeit eines ganzen Jahres wurde zerstört.

»Die Polizei behauptet, der Mord an meiner Mutter sei das eigentliche Verbrechen. Sie haben mich überhaupt nicht ernst genommen, als ich sie darauf aufmerksam gemacht habe, dass meine Mutter und ich uns sehr ähnlich waren, zumal, wenn man uns nur von hinten sah. Ich bin sicher, dass der Mörder es auf mich abgesehen hatte.«

Lorenz Birch gibt seiner Frau recht. »Die Polizei hat meine Frau vom ersten Tag an behandelt, als sei sie die Verdächtige. Sie kümmerten sich mehr darum, ihr Alibi zu überprüfen, als den Täter zu finden.«

Wenige Wochen nach dem Mord an ihrer Mutter wurden die Bremsen an Kamille Schwerins Wagen manipuliert. Sie erlitt einen schwerer Unfall, bei dem nur durch einen Glücksfall niemand zu Schaden kam. Im Herbst wurde die Künstlerin dann Opfer eines dritten Mordversuchs – diesmal mit einem vergifteten Glas Rotwein.

Daraufhin beschloss die Polizei, der Künstlerin einen Leibwächter zur Seite zu stellen – tatsächlich begleiteten sie einige Beamte der örtlichen Polizei überallhin.

»Wie kann ich mich sicher fühlen, solange der Täter nicht gefunden wurde?«

Doch diese Maßnahme war nur begrenzter Erfolg beschieden. Unter anderem musste Kamille Schwerin die Polizeiführung mehrfach auf ihre heftige Allergie hinweisen. »Es nützt ja nichts, von den Beamten vor einem Mörder geschützt zu werden, wenn sie gleichzeitig meine Gesundheit gefährden, weil sie ständig Hunde- und Katzenhaare in mein Haus schleppen.«

Statt die Situation zu klären, gab die Polizei schon nach kurzer Zeit auf und beendete den vierundzwanzigstündigen Personenschutz. Kamille Schwerin hat nun aus eigener Tasche eine private Securityfirma beauftragt, sie wird rund um die Uhr von einem geschulten Bodyguard begleitet.

»Das funktionierte sofort

sehr viel besser«, berichtet sie. »Es herrscht ein vollkommen anderes Verständnis für unsere Situation, und die Angestellten der Firma wissen, wie man sich in einem Privathaus zu benehmen hat.«

Gleichzeitig wurden die Ermittlungen im Mordfall ihrer Mutter, wie Kamille Schwerin mitteilt, offenbar eingestellt. »Wir haben vom zuständigen Kommissariat nichts mehr gehört. Wenn wir anrufen und fragen, ob es etwas Neues gibt, hat nie jemand Zeit, mit uns zu sprechen.«

Und Lorenz Birch ergänzt:

»Die Polizei von Christianssund benimmt sich leider wie ein Haufen Amateure. Ich habe daher mehrfach versucht, die mobile Einsatzgruppe der Rigspoliti zu mobilisieren, bis auf Weiteres allerdings vergebens.«

Christianssund Tidende hat gestern mehrfach um einen Kommentar von Hauptkommissar Kjeld Hanegaard und dem Leiter der Ermittlungen, Polizeikommissar Flemming Torp, gebeten. Keiner der beiden wollte sich zu dem Konflikt mit dem Ehepaar Schwerin/Birch äußern.

Die Tragödie als Antriebskraft

KUNST: In der Galerie Schwartz zeigt Kamille Schwerin, wie selbst die tiefste persönliche Tragödie künstlerisch verarbeitet werden kann – und sie macht ihre Sache außergewöhnlich gut.

Die Bildhauerin Kamille Schwerin verlor vor gut einem halben Jahr ihre Mutter, die Literaturkritikerin Ingegerd Clausen, sowie eine gesamte Jahresproduktion ihrer Kunst, als ein oder mehrere Vandalen in das Atelier der Künstlerin einbrachen und mit einem Maurerhammer Amok liefen. Doch gegen alle Widerstände zog Schwerin Kraft aus dieser Tragödie für ihre Kunst.

Kamille Schwerin begnügte sich nicht damit, ihre verlorenen Skulpturen zu rekonstruieren. Das wäre offenbar zu einfach gewesen. Stattdessen hat sie einen konzeptuellen Ansatz gewählt, der viel besser zu ihrem Projekt passt, als man es erwarten durfte.

In Schwerins ambitionierter Ausstellung der Christianshavner Galerie Schwartz dokumentieren eine Reihe großer Farbfotografien in ätzender Klarheit das Ausmaß der Katastrophe als eine Art Originalinstallation. Die Bilder, unmittelbar nach der Verwüstung aufgenommen, zeigen das Atelier der Künstlerin und die teilweise oder vollständig zerstörten Skulpturen. Der Boden ist bedeckt mit einer dicken Schicht aus Gipsklumpen, Glas und Metallteilen, die hier und da von den Pappschildern der Polizei mit ihren nüchternen Zahlen unterbrochen werden. Sie markieren die Stellen, die für die Ermittler von Bedeutung sind: eine Fußspur hier, ein Blutfleck dort.

Die Fotografien, die nach dem brutalen Verbrechen gemacht wurden, wollen weder besänftigen noch etwas verschleiern. Die Position des Opfers ist noch immer wie eine Insel in diesem Meer aus Gipsstaub zu erkennen, und eine eingetrocknete Urinpfütze bildet in dem aufgelösten Gips auf dem Fußboden eine matte, amöbenähnliche Figur.

Die Fotos haben Reportagecharakter; sie dokumentieren, ohne zu kommentieren, es könnten, jedenfalls auf den ersten Blick, Pressefotos sein oder messerscharf und kühl registrierende Fotos, die von der Polizei mit Blick auf die Ermittlungen an Tatorten geschossen werden. Sieht man jedoch genauer hin, entdeckt man, dass die scheinbar nüchternen Bildern bearbeitet sind.

Wie in einem Fixierbild tauchen Fragmente auf, die mit einem Bildbearbeitungsprogramm hinzugefügt wurden: Fragmente einer Frau. Und nein, es ist nicht Kamille Schwerin selbst, die hier abgebildet ist, obwohl gerade das fragmentierte Selbstporträt bisher ihr Markenzeichen war. Die winzigen Bilderreste wurden der Fotografie des Körpers einer älteren Frau entnommen. Der Zusammenhang wird erst mit dem allerletzten Bild der Ausstellung klar, einem nahezu zwei Meter langen Schwarz-Weiß-Foto von Ingegerd Clausens entseeltem Körper – der nackt im Sarg liegt und direkt von oben fotografiert wurde.

Das schockierende Foto hängt in einem separaten Raum. Erst wenn man in diesem Raum steht, hört man eine Männerstimme, die trocken und unsentimental ein für diesen Moment verfasstes Requiem auf die tote Frau liest. Die Stimme gehört dem Lyriker Jørn Clausen, Ingegerd Clausens verwitwetem Ehemann und Kamille Schwerins Vater. Der Kreis ist geschlossen, und die Tragödie lässt sich in ihrem vollen Umfang begreifen.

Es ist kein Geheimnis, dass Kamille Schwerins gleichzeitig dekorative und allzu intime Skulpturen in einer Besprechung (22.4.) in dieser Zeitung mit »... akademisch geschulter, aber weiterhin kommerziell einladender Abendschulkunst« verglichen wurden.

Wenn wir heute gleich fünf Herzen vergeben, dann weil Kamille Schwerin nun endlich – durch den Druck ihrer persönlichen Tragödie – ihren persönlichen Ausdruck gefunden hat. Sie ist noch immer sehr privat, sehr intim in ihrer Themenwahl. Aber durch die beherrschenden originalen Wirkungsmittel sowie die kontrollierte narrative Form kann der Betrachter mit dem Privaten umgehen.

In dieser Ausstellung liegt der Keim zu einer neuen und künstlerisch deutlich herausfordernden Karriere, die weit über Kamille Schwerins bisherige Laufbahn hinausgehen könnte. Fortsetzung folgt.

10 Fragen an Kamille Schwerin

Die Bildhauerin Kamille Schwerin ist ausgesprochen erfolgreich. In diesen Tagen bereitet sie sich darauf vor, einen Monat isoliert auf einer kleinen Insel zu leben, auf der TV3s neue Realityshow Mörderjagd *spielen wird.*

Mörderjagd *ist eine Realityshow, bei der die Zuschauer darüber abstimmen, wer sterben soll. Ist das nicht makaber?*
Ja, vielleicht. Es ist ein ziemlich zynisches Projekt. Aber das ist im Grunde jede Form von Ausschlussverfahren unter Beteiligung des Publikums. Ob die Zuschauer irgendwelche Leute bei einem Gesangswettbewerb nach Hause schicken, sie aus einem Big-Brother-Haus verbannen oder Opfer eines fiktiven Mörders werden lassen, ist doch egal.
Was erhoffen Sie sich von Ihrer Beteiligung?
Ich hoffe, dass mein ganzes Sensorium gefordert wird. Mental und haltungsmäßig. Außerdem freue ich mich auf neue interessante Bekanntschaften.
Kennen Sie schon einige der anderen Kandidaten?
Ich bin Kristian Ludvigsen und Gitte Sandlauw schon mal begegnet. Der Kahlköpfige Detektiv (Dan Sommerdahl, Red.) wohnt ja hier in Christianssund, ihm bin ich auch schon ein paarmal über den Weg gelaufen ... Die anderen kennt man ja mehr oder weniger aus dem Fernsehen, ich bin ge-

spannt darauf, sie persönlich zu treffen.

Wie wollen Sie sich die Zeit vertreiben?

Ich habe gehört, dass es genügend Zeichenmaterial und Unterhaltung gibt, außerdem sind dort ja wie gesagt eine Menge interessanter Menschen, mit denen man sich unterhalten kann.

Haben die Ereignisse des letzten Jahres Ihre Arbeit beeinflusst?

Natürlich. Abgesehen von dem großen persönlichen Verlust wurde der Tod meiner Mutter tatsächlich zum Wendepunkt meiner Kunst. Ich arbeite jetzt mit einer ganz anderen Tiefe, in einer ganz anderen Tonalität, wenn Sie so wollen. Außerdem war die Zusammenarbeit mit meinem Vater ein bereicherndes Erlebnis für uns beide.

Was machen Sie, wenn Sie sich selbst verwöhnen wollen?

Ich setze mich in einen Flieger nach New York – am liebsten mit meinem Mann (Lorenz Birch, Red.). Es ist die beste Stadt der Welt, wenn man moderne Kunst sehen oder gut essen gehen will.

Was ist Ihre große Stärke?

Meine Kompromisslosigkeit. Die habe ich von meinen beiden Eltern geerbt. Wenn etwas nicht gut genug ist, tue ich etwas dagegen.

Und Ihre größte Schwäche?

Vermutlich ebenfalls meine Kompromisslosigkeit. Ich stelle nahezu genauso große Forderungen an andere wie an mich selbst, und natürlich gibt es den einen oder anderen, dem das nicht gefällt.

Können Sie Ihre Ehe mit drei Worten beschreiben?

Glück. Inspiration. Zusammenarbeit.

Was machen Sie in fünf Jahren?

2013? Das weiß ich tatsächlich schon: Ich bin eingeladen, an einer internationalen Ausstellung in Rio de Janeiro teilzunehmen, und denke darüber nach, vielleicht für ein paar Monate dort zu leben.

Mörderjagd

- *Mörderjagd* wird vier Wochen jeden Dienstag und Freitag auf TV3 gezeigt. Los geht es am Freitag, dem 22. August, um 20:00 Uhr.
- Die Mitwirkenden müssen eine Reihe inszenierter Verbrechen aufklären.
- *Mörderjagd* wurde inspiriert von Agatha Christies klassischem Thriller *Und dann gabs keines mehr*.
- Jede Woche »stirbt« einer der Mitwirkenden. Die Zuschauer bestimmen Woche für Woche, wer das nächste Opfer sein soll.
- Der Werbespezialist Dan Sommerdahl, auch bekannt als der Kahlköpfige Detektiv, ist für die Ermittlungen verantwortlich.
- Die Realityshow findet in Zusammenarbeit mit Fernsehsendern in mehreren europäischen Ländern, u. a. in Schweden, Österreich und den Niederlanden, statt.

VERSÖHNUNG

MONTAG, 18. AUGUST

8 Es liegt an dir, Dan. Ich habe mit TV3 und meinen Vorgesetzten geredet, sie sehen kein Problem darin, dass ihr euch gleichzeitig auf der Insel befindet. Ihr seid ja – wenn ich so sagen darf – auf verschiedenen Seiten der Schranke.«

Der Produktionsleiter von *Mörderjagd* fuhr sich mit der Hand durchs Haar, eine Bewegung, die mindestens einmal pro Minute wiederholt wurde, fast schon eine Art Tick. Aus diesem Grund standen die dicken schwarzbraunen Zotteln auch immer in alle Richtungen ab, sodass Mahmoud Hadim ständig aussah, als wäre er gerade erst aufgestanden. Ein Look, der zusätzlich von den Schatten unter den dunklen Augen mit den schweren Lidern unterstrichen wurde.

»Was passiert, wenn die Presse es mitkriegt? Das ist doch genau der Stoff, auf den sie abfahren?« Dan Sommerdahl streckte die Beine aus und sank noch tiefer in den lederbezogenen Sitzsack, während Mahmoud langsam den Kopf schüttelte und seinen Blick auf einen der anderen Teilnehmer der Sitzung richtete. »Was meinst du, Lilly?«

Sie, die Krimiautorin Lilly Larsen, zog die Augenbrauen zusammen. »Ich weiß es auch nicht.« Sie machte eine Pause und sah Dan skeptisch an. »Aber ich bin nicht ganz so sicher wie die anderen«, fuhr sie dann fort. »Es ist ja eine Realityshow, und die Leute achten enorm darauf, dass keiner schummelt oder so. Müssen wir eigentlich den Namen von Dans Sohn im Abspann erwähnen, Mahmoud?«

»Ich glaube, Rasmus wäre nicht sonderlich erfreut, wenn er gestrichen würde«, warf Dan ein. »Das ist sein erster professioneller Job, und natürlich will er damit bekannter werden.« Er streckte sich, um das hohe Glas mit dem Café Latte zu erreichen, das auf dem zwanzig Zentimeter hohen Couchtisch stand, gab aber auf halbem Weg auf und ließ sich in den Sitz zurücksinken. »Wenn das ein Problem ist, finde ich ehrlich gesagt, dass du dir eine andere rechte Hand suchen solltest, Mahmoud.«

»Nix da.« Er fuhr sich erneut durchs Haar. »Ich habe die Sache schon vor ein paar Monaten mit Rasmus vereinbart. Er freut sich tierisch darauf. Außerdem bin ich sehr froh, ihn im Team zu haben. Ihr bringt mich nicht dazu, ihm einen gut gezielten Tritt zu verpassen, nur weil ein paar Boulevardjournalisten möglicherweise Pickel am Arsch kriegen.«

»Von mir aus okay«, gab Dan nach. »Was sagt ihr anderen? Haben wir ein Problem?«

Der Redaktionsleiter des Teams schüttelte nur den Kopf, und die Pressechefin erklärte: »Von mir aus habt ihr grünes Licht. Wenn sich jemand mokieren sollte, verpasse ich ihm einen Einlauf.«

Lilly zuckte die Achseln. »Wenn ihr das alle so seht, sage ich keinen Mucks mehr.« Sie kämpfte mit ihrem unverzichtbaren Notizblock und einem Stapel A4-Kopien, für die es auf dem glatten, unförmigen Sitzmöbel keinen Platz gab. Zu ihren Füßen hatte sich ein kleiner weißer Hund eingerollt, der einer Puderquaste ähnlich sah. Lilly Larsen war eine schöne, leicht verlebte Brünette, die um die sechzig Jahre alt sein musste. Sie war bekannt für ihre spannend verwickelten Kriminalromane, und diese Realityshow war ihr Debüt als Drehbuchautorin fürs Fernsehen.

Dan hatte insgeheim das Gefühl, Lilly sei nicht die erste Wahl für diesen Job gewesen, aber sollte er zu Beginn der Zusammenarbeit ihre Fähigkeiten unterschätzt haben, so hatte sich dieses Gefühl inzwischen in Scham verwandelt. Bei allen Meetings im Vorfeld der Show hatte sie sich als bestens vorbereitet gezeigt. Lilly war durchaus in der Lage, in jeder Situation die sich ergebenden Möglichkeiten zu sehen. Eine unschätzbare Eigenschaft, wenn man einen Plot aufgrund willkürlicher Zuschauerabstimmungen glaubhaft machen sollte. Allein der Gedanke, sich seine Opfer nicht selbst aussuchen zu können, musste für jeden Krimiautor ausgesprochen beunruhigend sein, Lilly nahm es als Herausforderung. Jedenfalls bisher.

»Gut«, sagte Mahmoud. »Dann ist das entschieden.«

»Gibt's noch was?« Die Pressechefin kämpfte sich aus dem Sitzsack. »Ich habe gleich schon wieder ein Meeting.«

»Nein, ich glaube ...« Mahmoud sah sich um, »damit haben wir's.«

Die Pressechefin verteilte Wangenküsschen und verschwand mit dem Redaktionschef. Lilly nahm ihren Hund auf den Arm.

»Hast du jemanden, der auf Gigi aufpasst, während wir auf der Insel sind?« Mahmoud kitzelte der Puderquaste hinter den winzigen Ohren.

»Nein. Ich werde sie mitnehmen.«

»Kamille Schwerin reagiert superallergisch auf Hunde. Wenn sie es entdeckt, ist der Teufel los.«

»Schwachsinn. Gigi ist ein Coton de Tuléar. Die Rasse haart überhaupt nicht. Allergiker kommen damit zurecht.«

»Jedenfalls musst du den Hund auf unserer Seite der Insel lassen. Ich glaube nicht, dass Frau Schwerin in dieser Sache vernünftigen Argumenten zugänglich ist.«

Dan begleitete Lilly ein Stück, bevor sie und die Puderquaste, die auch Beine hatte, wie sich herausstellte, in Richtung Kongens Nytorv abbogen. Dan ging über die Straße zum Parkhaus, um Mariannes metallicblauen Ford Focus zu holen. Er hoffte, sich mit dem Geld der Realityshow ein etwas standesgemäßeres Gefährt leisten zu können. Einen hübschen gebrauchten Audi A6 zum Beispiel. Nun ja, kam Zeit, kam Rat. Bis auf Weiteres war der Focus ja noch in Ordnung.

Er setzte auf dem zweiten Untergeschoss des Parkhauses zurück und schlängelte sich die Rampe zur Ausfahrt hinauf. Als er seine Visa-Karte herauszog, klingelte sein Handy. Dan nahm den Anruf an, ohne den Blick von dem Ticketautomaten zu wenden – und war somit nicht auf die größte Überraschung dieses Tages gefasst, als er die Stimme am anderen Ende der Leitung erkannte: »Ich bin's, Flemming.«

»O Mann! Du lebst noch?« Die Schranke öffnete sich, Dan fuhr das letzte Stück der Rampe hoch. »Wie geht's dir denn?«

»Na ja, eigentlich ganz gut, aber ...«

»Aber was?«

»Ach, weißt du ...« Lange Pause. Dan fragte sich, ob mit der Verbindung irgendetwas nicht in Ordnung war, als Flemming endlich tief Luft holte und fortfuhr: »Ich würde eigentlich gern etwas mit dir besprechen.«

»Ja, vielleicht ist es eine gute Idee, mal wieder ein bisschen zu reden«, erwiderte Dan und setzte den Blinker rechts, bevor er in die Store Kongensgade abbog. »Ich bin im Moment allerdings ziemlich busy, weißt du, ich soll bei einer Realityshow mitmachen.«

»Das mitzubekommen, ließ sich kaum vermeiden.«

»Tja, man weiß ja nie. Jedenfalls muss ich am Freitag los.«

»Ich würde mich sehr freuen, wenn wir uns vorher noch sehen könnten.«

Dan biss sich auf die Lippe. »Dann soll es so sein. Kannst du heute Abend zu uns zum Essen kommen? Marianne und Rumpel müssen um sieben auf den Platz, dann haben wir für ein paar Stunden das ganze Haus für uns.«

»Auf den Platz?«

»Ja, zum Hundeplatz. Training.«

»Ach so.«

»Gegen 18:00 Uhr?«

»Und du meinst nicht, dass Marianne etwas dagegen hat?«

»Nun hör schon auf. Du kennst sie doch. Sie legt dich in Aspik ein, wenn du plötzlich in der Tür stehst.«

»Gut.« Neue Pause. »Ja, tut mir leid, wenn ...«

»Spar dir das auf für heute Abend. Bist du noch mit Ursula zusammen?«

»Na klar. Freiwillig lasse ich sie nicht mehr los.«

»Und ihr seid noch nicht zusammengezogen?«

»Nein. Das ist ein wenig kompliziert, mit den Jobs und so.«

»Bring sie heute Abend doch mit.«

»Nee, ich glaube, gerade heute besser nicht.« Flemming räusperte sich. »Ich will etwas Berufliches mit dir besprechen.«

»Etwas Berufliches? Dein oder mein Beruf?«

»Meiner.«

»Ich dachte ... Hast du nicht gesagt, du würdest dafür sorgen, dass ich mich nie wieder einmische?«

»Lass uns heute Abend darüber reden, ja? Das ist etwas kompliziert.«

»Ist mir recht. Bis später!«

Dan verfiel in tiefes Grübeln, als er zu seiner nächsten Verabredung fuhr. Es gehörte einiges dazu, bis Flemming Torp um gut Wetter bat, das wusste er genau. Und wenn es noch dazu um eine Polizeiangelegenheit ging, musste er wirklich in der Klemme stecken. Es würde sicher interessant werden.

Der Duft von gebratenen Pilzen waberte bis in den Flur, als Dan die Treppe hinunterpolterte. Er steckte den Kopf in die Küche.

»Wow, das riecht ja lecker! Wo zum Henker hast du Pfifferlinge her?«

Marianne blickte mit roten Wangen auf. Eine feuchte Locke klebte an ihrer Stirn. »Fünfzig Kronen für eine große Schale bei SuperBest.« Sie rührte in der Bratpfanne. »Ich habe zwei genommen. Und es seither mehrfach bereut!«

»Man kann nie genug Pfifferlinge bekommen.«

»Dann hätte ich dich vermutlich besser dazu gerufen, als sie geputzt werden mussten. Mann, verflucht, was für eine Arbeit!«

Der Hund der Familie klebte mit dem Hinterteil am Boden und starrte auf die Tischkante, als hoffte er, einen oder zwei kleine essbare Happen hypnotisieren zu können, um sie auf den Boden fallen zu lassen. Dan tätschelte Rumpel den braun gelockten Kopf und betrachtete die rohen Fleischstücke, die säuberlich in einer Reihe lagen und darauf warteten, gebraten zu werden.

»Was ist das?«

»Kalbsmedaillons. Außerdem habe ich noch Wurzelgemüse im Ofen.«

Dan bückte sich und guckte durch die Herdklappe. Er konnte irgendetwas Gelbes, Gratiniertes in einer feuerfesten Schüssel erkennen.

»Die Soße dicke ich mit richtiger Sahne an.« Marianne hob den Deckel eines Topfes, in dem ein Fond simmerte.

»Wie zum Teufel hast du das alles geschafft?« Dan legte die Arme um sie. »Oh, hab ich einen Hunger! Da ist wohl jemand verdammt glücklich, dass der gute alte Flemming mal wieder zum Essen vorbeikommt, oder?«

Sie lächelte geistesabwesend und wand sich aus seinem Griff. Marianne hielt nichts von physischem Kontakt, wenn sie kochte. »Ich hoffe nur, ihr beide schafft diese ganze dämliche Diskussion aus der Welt. Das ist einfach zu blöd.«

»Es war einzig und allein sein Entschluss, und das weißt du genau. Meine Schuld war es nicht, dass er …«

»Genau das will ich nicht diskutieren, Dan. Und jetzt schon gar nicht.« Marianne schmeckte die Pfifferlinge ab und bekam einen abwesenden Ausdruck in die Augen. Dann griff sie nach dem frisch gepressten Zitronensaft. »Gib dir bitte ein bisschen Mühe, ja? Pack ihn nicht bei seiner Eitelkeit. Ich möchte ihn nicht gleich noch mal verlieren.«

Dan verbiss sich die Antwort. Er stellte sich auf die Schwelle zum Wohnzimmer, wo seine Tochter Laura auf dem Sofa lag und sich irgendeinen Modelwettbewerb ansah. Sie drehte ihm nicht einmal den Kopf zu, als er hereinkam. Dan setzte sich auf eine Stuhlkante und richtete seinen Blick auf den Bildschirm. Er versuchte, nur ein Fünkchen Interesse für zwei insektenähnliche Teenager zu mobilisieren, die sich heulend umarmten, während ein schwarzes Supermodel mit einer langen, hellbraunen Perücke sie überlegen anblickte. Total künstlich und absurd, fand Dan, doch als er einen Seitenblick auf Laura warf, sah er, dass seiner Tochter Tränen in den Augen standen. Offenbar wurde gerade eine sehr ergreifende Szene gezeigt. Vielleicht war ja nur mit ihm etwas nicht in Ordnung? Dan erhob sich, schaute noch einmal in die Küche und betrachtete den Rücken seiner Frau. Rumpel saß

Marianne noch immer zu Füßen. Keiner der beiden bemerkte ihn.

Dan war unruhig. Gespannt darauf, was Flemming von ihm wollte und ob sich ihre Freundschaft nach über einem Jahr Pause retten ließ. In der ganzen Zeit hatten sie sich nur wenige Male gesehen – in der Fußgängerzone, auf dem Bahnhof, einmal bei Netto. Sie hatten sich zugenickt und waren weitergegangen, ohne mehr als die notwendigsten Höflichkeiten auszutauschen. Dan hatte sich inzwischen darauf eingestellt, dass es sich bei ihrer Freundschaft um ein abgeschlossenes Kapitel handelte, er hatte sich sogar eingebildet, es sei in Ordnung so. Doch als Flemming ihn vor ein paar Stunden anrief, hatte er sich so gefreut, dass all diese Überlegungen vergessen waren. Dan vermisste seinen alten Freund, und es gab keinen Grund, das abzustreiten.

Punkt sechs klingelte es an der Tür, und nach einem etwas linkischen Händedruck mit Dan, einer liebevollen Umarmung mit Laura, einem Riesenstrauß für Marianne und einem kurzen Tätscheln des Hundes bahnte Flemming sich den Weg durch den schmalen Flur des Hauses direkt ins Herz der Familie Sommerdahl: zu dem Platz, der während seiner langen Abwesenheit so gähnend leer geblieben war. Mit der größten Selbstverständlichkeit half er Dan, das Essen auf den Tisch zu tragen, während Marianne eine Vase holte und die Blumen versorgte. Flemming vermittelte den Eindruck, als wäre er nie fort gewesen. Laura zog er mit der gleichen kumpelhaften Art wie immer auf, er fand, ohne zu zögern, die Schublade mit den Servietten, wusste von allein, auf welchen Stuhl er sich setzen sollte, und goss allen Wasser ein, ohne vorher zu fragen.

Flemming war in gewisser Weise nach Hause gekommen, die Weltordnung war wiederhergestellt.

9

Wann hast du das letzte Mal mit Benjamin gesprochen?«

»Öh, ich weiß nicht, ist jedenfalls lange her. Er war kurz mit Laura befreundet, aber sie sind längst wieder auseinander. Laura ist offenbar noch immer ziemlich sauer auf ihn. Wieso fragst du?«

»Dann weißt du noch überhaupt nicht, dass er angenommen wurde?«

»Angenommen, wo?«

»Auf der Polizeischule.« Flemming lachte, als er Dans verdutztes Gesicht sah. »Du wusstest nicht, dass er sich beworben hatte?«

»Er machte eine Zeit lang Witze darüber, aber ich hatte keine Ahnung, wie ernst er es meinte. Benjamin wird Bulle? Fantastisch!«

Benjamin Winther war an den beiden Ermittlungen beteiligt, mit denen Dan zu tun gehabt hatte. Im ersten Fall – dem Mord an einer jungen Putzfrau – war er zeitweilig sogar der Hauptverdächtige gewesen. Bei dem anderen Fall, der sie zu einer fanatischen christlichen Sekte und in ein fernes Ferienparadies führte, hatte er als Dans Assistent gearbeitet. Und sich dabei offensichtlich für die Aufklärung von Verbrechen begeistert. Benjamin hatte ein gewisses Talent bewiesen, mit allen möglichen Menschen zu sprechen; er fand es amüsant, Leute zu beschatten, und behielt in Stresssituationen den Überblick.

Seine Berufswahl war im Grunde nicht überraschend, dennoch verblüffte sie Dan. Vielleicht, weil er noch immer das Bild von Benjamin im Kopf hatte, als er ihm zum ersten Mal begegnet war: mit langen schwarzen und sehr fettigen Haaren, einem Piercing durch die Augenbraue, einer Menge Eyeliner und weißem Gesichtspuder à la Marilyn Manson. Benjamin kleidete sich damals von Kopf bis Fuß in Schwarz, er war lang und spindeldürr, verschlossen und abweisend. Das änderte sich vollkommen, als er mit Dans Hilfe seine tragische Familiengeschichte aufarbeiten konnte.

Innerhalb von einem knappen Jahr verwandelte sich der unangepasste junge Punk in einen freundlichen jungen Mann. Dan konnte einen gewissen Stolz über seinen Anteil an der Metamorphose nicht ganz verbergen.

»Hat er schon angefangen?«

»Ja. Vor gut einem Monat. Ich habe ihn seither nicht gesprochen, aber einer seiner Lehrer ist ein alter Kollege von mir, und er hat sich sehr positiv über ihn geäußert.«

»Er wird sicher mal ein guter Polizist.«

»Das bezweifele ich nicht. Hoffen wir, dass er nach Christianssund zurückkommt und ich ihn in meine Abteilung eingliedern kann.«

»Skål, auf Gendarm Benjamin!«

»Ja, skål.«

»Also, Flemming …« Dan stellte sein Glas auf den Couchtisch. »Worüber wolltest du eigentlich mit mir reden?«

Die Mahlzeit war beendet, Marianne und der Hund waren zum Hundetraining gefahren, Ruhe hatte sich im Haus in der Gørtlergade ausgebreitet. Während Dan die Küche aufräumte, rauchte Flemming auf dem Bürgersteig eine Zigarette, danach saßen die beiden Männer mit einem Bier im Wohnzimmer. Aus der Küche war das leise Brummen der vollen Geschirrspülmaschine zu hören.

Flemming räusperte sich. »Ich brauche deine Hilfe, Dan.«

»So viel habe ich verstanden.«

»Du wirst doch an dieser Krimishow teilnehmen?«

»*Mörderjagd*? Ja, das kann ich nicht leugnen.«

»Und soweit ich gelesen habe, werdet ihr für fünf Wochen auf der Seufzerinsel isoliert sein?«

»Ja?«

»Was weißt du über die anderen Mitwirkenden?«

»Tja, da ist Kamille Schwerin. Ihre Mutter wurde … über den Fall weißt du sicher mehr als ich.«

Flemming nickte. »Sie heben wir uns bis zum Schluss auf.«

»Okay. Dann gibt es noch Kristian Ludvigsen.«

»Den Folketing-Politiker.«

»Genau. Er würde alles tun, um ins Gespräch zu kommen.«

Flemming verzog das Gesicht zu einem schiefen Lächeln. »Ich habe gehört, er hätte mal beim *Billed-Bladet* angerufen, um zu erzählen, dass er sich bei IKEA ein neues Sofa gekauft hat.«

»Nein, jetzt tust du ihm unrecht«, wandte Dan ein. »Er würde niemals persönlich anrufen. Die Geschichte mit dem Sofakauf hatte die Redaktion rechtzeitig von der PR-Abteilung der Partei erfahren. Als das Sofa zwei Wochen später geliefert wurde, hat Kristian Ludvigsen persönlich den Redaktionschef angerufen, um ihm mitzuteilen, im Paket würden ein Inbusschlüssel und zwei Schrauben fehlen. Breaking News! Räumt die Titelseite frei!«

Sie lachten. Kristian Ludvigsen war immer ein dankbares Opfer für mehr oder weniger wahre Anekdoten. Der junge bürgerliche Vorkämpfer, den man im Vorjahr zum ersten Mal ins Parlament gewählt hatte, verstrickte sich ständig in unglückliche Situationen, aus denen ihm hinterher Parteifreunde heraushelfen mussten. Und die Journalisten liebten es, sich auf seine Kosten zu amüsieren.

Man sollte meinen, die unangenehmen Erfahrungen mit der dänischen Presse hätten Kristian Ludvigsen gelehrt, ein wenig Distanz zu halten. Aber nein. Im Gegenteil. Er konnte einfach nicht genug bekommen, Mediengeilheit war sein zweiter Vorname.

»Und die anderen?«

»Jackie S.«

»Wer ist das denn?«

»Jackie aus *X Factor*. Du weißt schon, Jackie!« Dan sah Flemming resigniert an. »Lange blonde Haare. Die Soulsängerin mit dieser unglaublich scharfen rauchigen Stimme. Ein schmales, etwas vogelartiges Gesicht ... Sie flog in der zweiten oder dritten Finalrunde raus.«

»Ich habe *X Factor* nie gesehen.«

»Na gut. Der ganze Rest der Dänen weiß jedenfalls, wer Jackie S ist.« Dan zuckte die Achseln. »Und dann haben wir noch, ach ja, Gitte Sandlauw.«

»Die Benimmexpertin?«

»Genau. Sie hat eine fantastische Ausstrahlung mit all ihren königlichen Manieren. Ich denke, sie wird Kult!«

»Da hast du vermutlich recht«, meinte Flemming. »Sie hat jede Menge Humor. Hoffen wir, dass sie nicht gleich nach der ersten Folge herausgewählt wird.«

»Tja, und auch noch nicht erwähnt habe ich Tim Kiilberg«, sagte Dan und schnitt eine Grimasse.

»Das ist nicht dein Ernst?«

»Leider schon.« Dan schüttelte resigniert den Kopf.

Vor ein paar Jahren hatte es zwischen ihm und Kiilberg eine heftige Auseinandersetzung gegeben, die Dan beinahe seinen Job als Teamchef bei der Lifestyle-Sendung *Zeig mir deinen Stil* gekostet hätte. Tim Kiilberg war Kriegsreporter und der größte Macho von TV2. Seit über zwanzig Jahren berichtete er von allen möglichen Krisen- und Konfliktherden der Welt. Es gab keine Flugzeugentführung, kein Flüchtlingslager und keine Naturkatastrophe, die der alte Elitesoldat nicht mit seiner rauen Stimme und seinem maskulinen Blick kommentiert hätte, seine im vergangenen Jahr zu Weihnachten erschienene Autobiografie war seit bald einem Jahr ein Bestseller bei dänischen Männern.

In *Zeig mir deinen Stil* sollte damals Kiilbergs Villa in Hørsholm von Dan und seinen Kollegen beurteilt werden. So kam es, dass sich Dan – ganz spontan und vor laufender Kamera – Kiilbergs gusseiserne Kandelaber, seine rauchfarbenen Glastische und verchromten Hanteln angesehen und erklärt hatte, das alles würde ihn an einen überdimensionierten Friseursalon erinnern. Tim Kiilberg tobte, und obwohl Dan sofort entschuldigend lachte, zeigten Kiilbergs sonnengebräunte Gesichtszüge nicht die geringste Andeutung eines Lächelns. Die beiden hatten sich seitdem nicht mehr gesehen, und Dan fühlte sich, um die Wahrheit zu sagen, nicht ganz wohl bei dem Gedanken, mehrere Wochen mit Kiilberg verbringen zu müssen.

»Tja, ich muss sehen, wie ich da durchkomme«, sagte er. »Er wird mich schon nicht umbringen.«

»Hoffen wir es.«

»Jetzt fehlen noch zwei«, fuhr Dan fort. »Einer ist der Designer Gunnar Forsell.«

»Wer?«

»Mann, Flemming, liest du überhaupt keine Zeitung?« Dan schüttelte den Kopf. »Forsell wird vermutlich der neue Superstar am Modehimmel. Er entwirft irre teure, handgenähte Galakleidung, und allmählich öffen sich ihm die Türen in die absolut gehobenen Kreisen. Dieses blasslila Teil, das die Kronprinzessin neulich beim Staatsbankett trug, das war Forsells Werk.«

»Ich verfolge die Lifestyle-Journaille derzeit nicht so genau.« Flemming grinste. »Du scheinst ja immerhin den vollen Überblick zu haben. Ich bin beeindruckt.«

»Ich habe mir gerade einen Vortrag von der Produktion anhören müssen«, räumte Dan ein. »Die waren ziemlich verärgert darüber, dass ich nicht alles über den Mann wusste.« Er trank einen

Schluck Bier. »Wer fehlt noch? Ah ja. Das Sahnehäubchen bildet Kirstine Nyland.«

»Die Anita aus *Weiße Veilchen*?«

»Niemand Geringeres.« Dan spürte, wie er bei dem Gedanken an die Brünette aus der populären Fernsehserie unmittelbar lächelte. Ihr Gesicht war seit dem Start der Serie auf der Titelseite sämtlicher dänischer Zeitungen und Zeitschriften gewesen, und obwohl die Serie schon seit mehreren Jahren nicht mehr lief, gehörte Kirstine Nyland noch immer in die erste Reihe der Prominenten des Landes. »Ich habe immer davon geträumt, sie mal kennenzulernen«, gestand Dan. »Meiner Meinung nach ist sie die hübscheste Frau von ganz Dänemark.«

»Dann solltest du dich vorsehen«, entgegnete Flemming. »Vergiss nicht, dass du verheiratet bist.«

»Ja, ja.« Dan lächelte. »Man wird doch noch träumen dürfen.«

»Ich verstehe nur nicht …« Flemming runzelte die Stirn. »Das sind doch alles einigermaßen erfolgreiche Leute, die gut zu tun haben. Wieso machen die das denn? Wegen des Geldes?«

»Man bekommt ein Honorar, ja. Es ist allerdings nicht der Rede wert. Was mich betrifft, so deckt der Betrag meinen Arbeitsausfall, obwohl ich etwas mehr bekomme als die anderen.«

»Warum machen diese Leute das dann? Warum machst du so etwas, wenn es dir nicht ums Geld geht?«

Dan zuckte die Achseln. »Neugierde? PR für meine kleine Firma …«

»Exhibitionismus?«

»Das gilt zumindest für die anderen, wenn man dem Castingagenten der Show glauben darf. Nicht, dass sie es zugeben würden, sie behaupten ausnahmslos, es sei eine witzige Herausforderung, begreifen es als psychologisches Experiment. Sie würden gern ihre

Grenzen kennenlernen. Und bla, bla, bla, bla ... Die Wahrheit ist sehr schlicht: Sie wollen im Rampenlicht stehen.«

Flemming hob eine Augenbraue. »Gilt das auch für dich?«

Ein erneutes Schulterzucken. »Vielleicht ein bisschen, wenn ich ganz ehrlich sein soll. Aber in gewisser Weise arbeite ich ja auch da draußen.«

»Arbeit ist es für die anderen auch«, wandte Flemming ein. »Die Menschen leben davon, prominent zu sein. Von Kamille Schwerin, die auf den Auktionswert ihrer Skulpturen schielt, bis zu der noblen Anstandsdame, die auf diese Weise weitere Teilnehmer für ihre Benimmkurse an Land ziehen kann.«

»Ja, da ist sicher was dran.«

»Wer kommt sonst noch mit?«

»Na ja, das Produktionsteam natürlich. Ich weiß allerdings nicht, wie viele Leute das sein werden. Dreißig, vierzig Personen, schätze ich. Mit den meisten haben wir nur wenig zu tun, weil wir im Kandidatenbereich eingesperrt sind. Ich denke, wir werden mit Mahmoud Hadim kommunizieren, dem letztlich Verantwortlichen für die Produktion. Er ist ein Supertyp. Die Handlung wird übrigens von einer Krimiautorin zusammengeschraubt, Lilly Larsen.«

»Sie weiß einen Scheiß über Polizeiarbeit«, brummte Flemming mechanisch – wie immer, wenn Krimiautoren genannt wurden.

»Außerdem ist Rasmus im Team«, schloss Dan, ohne auf die Unterbrechung zu achten.

»Dein Rasmus? Rasmus Sommerdahl?«

»Genau der.«

»Hat man ihn noch immer nicht auf der Filmschule angenommen?«

Dan schüttelte den Kopf. »Er wurde gerade zum dritten Mal abgelehnt. Ich finde es bewundernswert, dass er sich immer wieder bewirbt.«

»Was macht er bei der Produktion?«

»Er ist der Assistent des Produktionsleiters, also von Mahmoud Hadim, beim Film kein unwichtiger Job … Rasmus freut sich riesig. Mahmoud und er kennen sich von irgendeinem Spielfilmprojekt, bei dem Rasmus als Mädchen für alles beteiligt war, allerdings ohne Lohn. So ist das in dieser Branche.«

»Er hat sich ein hartes Berufsfeld ausgesucht.«

»Oh yes.« Dan trank einen Schluck Bier. »Und das Schlimmste ist, dass er einen Notendurchschnitt hat, mit dem er jedes Studium hätte beginnen können. Aber nein, Rasmus wählt natürlich etwas, wo der Durchschnitt egal ist und nur die Aufnahmeprüfung zählt. Er legt sich selbst die Steine in den Weg.« Dan stellte die Flasche ab. »Jetzt bist du dran, Flemming. Weshalb all diese Fragen?«

10 Flemming pulte am Etikett seiner Bierflasche. »Es ist ein wenig …«, begann er, ohne aufzuschauen. Es entstand eine Pause, bis er sich entschlossen im Sessel aufrichtete, die Flasche abstellte und Dan direkt in die Augen sah. »Das, was ich dir jetzt erzähle, geschieht auf eigene Rechnung. Es ist keine offizielle Bitte – tatsächlich könnte ich gefeuert werden oder mir jedenfalls eine erhebliche Dienstaufsichtsbeschwerde einhandeln, wenn einer meiner Vorgesetzten entdeckt, was ich hier tue.«

»Jetzt bin ich aber langsam wirklich neugierig.«

»Das darfst du auch sein.« Flemming stand auf und trat ans Fenster. Er öffnete es und zündete sich eine Zigarette an. »Kannst du dich an den Fall mit Kamille Schwerin erinnern?«

»Dass ihre Mutter versehentlich ermordet wurde und die ganzen Drohbriefe und Mordversuche? Ja, die Geschichte ließ sich kaum ignorieren.«

»Also weißt du auch, mit wem sie verheiratet ist?«

»Mit Lorenz Birch, wer weiß das nicht?«

»Weißt du auch, wie einflussreich dieser Birch ist?« Flemming zog an der Zigarette und pustete den Rauch sorgfältig durch den Fensterspalt. »Es hat sich ziemlich schnell herausgestellt, dass er viel mächtiger ist, als man so vermuten würde.«

»Ist er denn wirklich so reich?«

»Es geht nicht allein ums Geld. Lorenz Birch ist in erster Linie der Mann, der er ist, weil er ein so einzigartiges Netzwerk hat. Er hat die richtigen Freunde, und sie würden alles für ihn tun.«

»Ist er Freimaurer oder so etwas?«

»Dieser Mann hat es überhaupt nicht nötig, Mitglied einer Loge zu sein. Er kennt alle, hat allen imponiert und wird von allen eingeladen. Lorenz Birch hat jeden Einfluss, den er sich wünschen kann, ohne Mitglied irgendeiner Vereinigung zu sein.«

»Erzähl.«

Flemming nahm einen letzten Zug. Er schmiss die noch immer brennende, halb aufgerauchte Zigarette auf die Straße und legte den Riegel vor. »Wie du weißt, ermitteln wir seit einem Jahr im Mordfall an Lorenz Birchs Schwiegermutter, einer älteren Dame namens Ingegerd Clausen. Bei dem Überfall wurden eine Menge Skulpturen in Kamille Schwerins Atelier zerstört. Andere Dinge im Haus wurden nicht beschädigt, es wurde auch nichts gestohlen, obwohl man unter den Wertgegenständen eine reiche Auswahl gehabt hätte. Wir arbeiteten deshalb von Anfang an mit der These, Kamille Schwerin selbst sei das Ziel des Verbrechens gewesen. Egal, ob Kamilles Mutter ermordet wurde, weil sie jemanden gestört hat, der ins Haus eingedrungen war, um die Skulpturen zu zerstören, oder ob sie sterben musste, weil jemand sie mit ihrer Tochter verwechselt hat. Wir waren sicher, dass der Mord und der Vandalismus unmittelbar zusammenhängen. Beides richtete sich gegen die Künstlerin. Niemandem sonst hätte es geschadet.«

»Was ist mit dem Galeristen?«

»Die Skulpturen sollten in Kamille Schwerins dänischer Galerie überhaupt nicht gezeigt werden. Sie waren für eine Ausstellung in Deutschland bestimmt, und es gab nichts, was darauf hindeutet, dass jemand das Bedürfnis hatte, dem deutschen Galeristen zu schaden. Abgesehen davon hat die Galerie damals in Rekordzeit eine andere Ausstellung auf die Beine gestellt, der Ausfall hat sie lediglich einen Stapel gedruckter Einladungen gekostet, die weggeschmissen werden mussten.«

»Hm.«

»Aber für Kamille Schwerin war es natürlich etwas ganz anderes.« Flemming hatte sich wieder in seine Sofaecke gesetzt. »Wir bekamen verhältnismäßig schnell eine Liste von Personen, die dieses reizende Geschöpf möglicherweise auf dem Kieker haben könnten. Es waren nicht gerade wenige.«

Dan hob die Augenbrauen. »Na, na, Flemming, du kannst sie nicht leiden.«

»Nein, bei Gott, das kann ich wirklich nicht. Kennst du sie?«

»Ich habe sie ein paarmal im Fernsehen gesehen. Sie wirkte ziemlich cool. Und hübsch auf eine eigene Art. Etwas angespannt, vielleicht. Aber das sind ja die meisten Menschen, wenn sie ins Fernsehen kommen.«

»Angespannt? Kamille Schwerin ist hoch neurotisch!«

»Wie?«

»In jeder Hinsicht. Wenn ich es ganz knapp zusammenfassen

soll, würde ich sagen, sie hasst das Leben. Bakterien, Unordnung, Hunde- und Katzenhaare, Kalorien, Witze, Zigarettenrauch, jede Form von Widerspruch – nichts davon erträgt sie. Ich beneide dich nicht, dass du mit ihr fast fünf Wochen eingesperrt sein wirst.«

Dan grinste. »Und das von dir, der du so tolerant bist!«

»Am Anfang war es nur so ein unbestimmtes, unangenehmes Gefühl. Es kam jedes Mal auf, wenn ich in ihrer Nähe war. Nachdem wir allerdings nach und nach mit all den Leuten gesprochen hatten, die auf der Liste ihrer potenziellen Feinde standen, bestätigte sich unser Eindruck, dass irgendetwas mit ihr nicht in Ordnung ist.«

»Wir? Das heißt, den anderen geht es genauso? Pia und Frank, deinen Kollegen aus dem Team?«

»Und wie!« Flemming schüttelte sich. »Dan, ich hätte nie geglaubt, dass ich so etwas sagen würde, aber ich glaube, diese Frau ist böse.«

»Übertreibst du jetzt nicht ein bisschen?«

»Warte und hör dir die ganze Geschichte an, bevor du mit irgendeinem Toleranzquatsch anfängst.«

»Na gut.« Dan lehnte sich zurück. »Du hast das Wort.«

»Also, wir sind die Liste durchgegangen und haben mit einer Menge Leute gesprochen, die sie uns selbst genannt hat. Andere Künstler, Studienkameraden, Lehrerkollegen aus dem Gymnasium, an dem sie bis vor Kurzem unterrichtete. Die Beschreibungen von ihr waren sehr unterschiedlich und gingen in alle Richtungen, doch nach und nach erkannten wir tatsächlich ein System. Leute, die wichtig sind und gesellschaftlich eine Rolle spielen – ihr alter Professor an der Kunstakademie, der Minister, diverse Museumsdirektoren –, halten sie durchgängig für eine charmante, hilfsbereite und sehr gut informierte Frau. Ihre Konkurrenten hingegen beschreiben sie als unglaublich intrigant, als jemanden, dem man besser aus dem Weg geht. Menschen, die im gesellschaftlichen Spiel um Macht und Ansehen ohne Bedeutung sind, ignoriert sie ganz einfach. Sie hält sie allesamt für eine Art Dienstboten. Unter den Mitarbeitern des Kulturministeriums kursieren viele Geschichten über ihre Unverschämtheiten.«

»Aber es müsste doch Vorgesetzte geben, die eingreifen? Abteilungsleiter? Der Minister?«

»Sie sind informiert. Mit ihrer Unterstützung kann man jedoch nicht so einfach rechnen, immerhin geht es um die Frau von Lorenz Birch.«

»Was hat sie denn ganz konkret getan, um so unpopulär zu werden? Kennst du Beispiele?«

»Sie verbreitet vor allem schlechte Stimmung und hat absolut keinen Sinn für Humor. Darin sind sich alle, Freunde wie Feinde, einig, und das ist – wie du natürlich weißt – für jede Form von Teamarbeit tödlich. Sie besitzt keinerlei Selbstironie und begreift nicht, dass andere Menschen über so etwas verfügen und sich bisweilen über sich selbst lustig machen können. Wenn ein Ausschussmitglied zum Beispiel die angespannte Stimmung durch irgendeine Konfliktsituation bei einer Sitzung ein wenig aufweichen möchte und erzählt, wie er sich am Vorabend in einem ganz anderen Zusammenhang total lächerlich gemacht hat, lachen alle anderen Sitzungsteilnehmer und entspannen sich ein wenig. Nur Kamille sitzt da und starrt mit vollkommen ausdruckslosem Blick in die Runde, bis wieder Ruhe eingekehrt ist und sie darauf aufmerksam machen kann, dass die Sitzung formal begonnen hat und es eine gute Idee wäre, sich an die Tagesordnung zu halten.«

»Oha! Das klingt anstrengend.«

»Ja, nicht? Damit ist der Ton angeschlagen. Vorher hätte es vielleicht die Chance zur einvernehmlichen Lösung eines Problems gegeben, jetzt wird irgend jemand klein beigeben müssen. Doch rein formal kann sich natürlich niemand beschweren, das ist offenbar sogar das Schlimmste daran. Im Grunde hat sie ja nichts Falsches gesagt – rein theoretisch hatte sie sogar recht mit dem Hinweis, die Sitzung habe bereits begonnen. Niemand ist hinterher wirklich in der Lage zu sagen, was tatsächlich passiert ist. Aber alle wissen, dass sie die bad vibrations ausgestrahlt hat. Fachlich gesehen ist Kamille kompetent, in sozialer Hinsicht dagegen absolut talentfrei. Sie ist bekannt dafür, sich mit sämtlichen Prozeduren und Regeln vertraut zu machen, bevor sie mit einer Arbeit beginnt – und dann nutzt sie jede sich bietende Gelegenheit, anderen die Formalien um die Ohren zu hauen.«

»Ich fange an zu verstehen, was du meinst.«

»Oh, ich habe gerade erst angefangen. Du wirst ja noch reichlich Gelegenheit haben, die Bekanntschaft dieses weiblichen Charmebolzens zu machen, den Rest des Vortrags kann ich mir also sparen. Hundert zu eins, dass du ihr gern eine knallen würdest, noch bevor der erste Tag gelaufen ist.«

»Ich gehöre doch hoffentlich zu der Gruppe, die sie umgarnt?«

»Tja, jetzt, wo du es sagst. Vermutlich hast du recht, auf jeden Fall wirst du beobachten können, wie sie sich gegenüber den anderen Mitwirkenden benimmt.«

»Und was soll ich für dich tun? Beobachten, wie böse sie ist? Es klingt so, als wäre dieser Punkt für dich absolut klar.«

»Lass mich die Geschichte zu Ende erzählen.« Flemming räusperte sich. »Bereits nach wenigen Tagen wussten wir, wie schwer es werden würde, den Verantwortlichen an dem Mord an Ingegerd Clausen und der Zerstörung von Kamille Schwerins Skulpturen zu finden. Rein technisch hätte es jeder gewesen sein können. Die

Tür zur Straße war, wie es aussieht, unverschlossen, und es gab keinerlei fremde DNA im Atelier. Der Täter hat Plastiküberzieher über seinen Schuhen getragen, und der Hammer, der für die Verwüstungen benutzt wurde, ist abgewischt worden. Mit anderen Worten, wir haben keine Fingerabdrücke gefunden und auch sonst keinerlei brauchbare Spuren. Wie gesagt, wir arbeiteten mit der Theorie, Kamille sei das Ziel des Verbrechens gewesen. Eine Menge Leute haben ein Motiv, ihr zu schaden, und es gibt einige ihrer Künstlerkollegen, die ich mir ausgezeichnet als Vandalen vorstellen könnte. Allerdings ist meiner Ansicht nach niemand von ihnen imstande, eine alte Frau zu ermorden. Außerdem haben die allermeisten für den infrage kommenden Zeitraum ein Alibi.«

»Was ist mit dem Ehemann?«

»Ihn haben wir natürlich besonders gründlich überprüft. Ohne Erfolg. Lorenz Birch war in den USA, als es passiert ist, und wir haben keinerlei Anzeichen gefunden, dass er kein hingebungsvoller Ehemann wäre.«

»Schade, wenn er der Täter wäre, würde es einen herrlichen Skandal geben.«

»Ganz bestimmt. Aber daraus wird vermutlich nichts. Zwei Wochen später, wir kratzten uns noch immer ratlos am Kopf, passierte die nächste Geschichte. Am 5. September bekam Kamille Schwerin einen anonymen Brief, in dem es neben anderen Bosheiten hieß, sie hätte den Tod verdient. Es war ihr natürlich unangenehm, aber weder sie noch wir nahmen den Brief ernst. So etwas passiert häufig im Kielwasser eines Verbrechens – irgendein verrückter Idiot liest die Namen der Betroffenen in der Zeitung und nutzt die Gelegenheit, um sich den Alltag ein bisschen interessanter zu gestalten. Wir dachten, wir müssten daraus keine große Sache machen.«

»Was war das für ein Brief? Handgeschrieben?«

»Nein, leider nicht. Auf dem Computer verfasst und ausgedruckt auf gewöhnlichem Kopierpapier. Keine DNA, keine Fingerabdrücke, keine brauchbaren Spuren. Aber zwei Tage später gab es einen Mordversuch auf Kamille.«

»War das die Geschichte mit den manipulierten Bremsen?«

»Ja. Am 7. September fuhr sie mit ihrem fast neuen VW Touran zur Arbeit ins Gymnasium. Wie du weißt, sind die Straßen in dem Viertel sehr steil, der Wagen fuhr ziemlich schnell bergab. Plötzlich bemerkte sie, dass die Bremsen nicht funktionierten, weder die hydraulischen noch die Handbremse. Sie fuhr mit voller Fahrt auf die Kreuzung am Koldgårdsvej zu. Du weißt ja, was für ein Verkehr um diese Tageszeit dort herrscht … Hätte sie nicht blitzschnell und überlegt reagiert, wäre das richtig ins Auge gegangen.«

»Sie ist in ein geparktes Auto gefahren, oder?«

»Genau das hat sie getan. Als sie merkte, dass die Bremsen nicht funktionieren, schaltete sie in den ersten Gang, nahm den Fuß von der Kupplung und nutzte die Motorbremse. Sobald sie etwas langsamer geworden war, fuhr sie direkt auf einen geparkten Lieferwagen. Beide Autos waren nach diesem Manöver ziemlich beschädigt, aber es rettete ihr Leben. Ich war ziemlich beeindruckt von ihrer Geistesgegenwart – vermutlich hätten nur wenige gewusst, wie man sich in einer derartigen Situation vernünftigerweise verhält. Und das in den wenigen Sekunden, die ihr zur Verfügung standen.« Flemming blickte auf seine Hände. »Na ja, tatsächlich war das der Moment, in dem sich mein Misstrauen meldete.«

»Du meinst …?«

»Es war nur ein Gefühl. Zum damaligen Zeitpunkt habe ich mit niemandem darüber geredet. Alle waren außer sich vor Sorge über die arme Frau, die man zum zweiten Mal versucht hatte umzubringen. In der Zwischenzeit hatte unsere Weltpresse nämlich beschlossen, dass Ingegerd Clausen zweifellos sterben musste, weil der Täter sie mit ihrer Tochter verwechselt hatte. Und wie gewöhnlich beeinflussten die Zeitungen die öffentliche Meinung bis in die Führungsspitzen der Gesellschaft. Kamille war jetzt nicht mehr nur eine Künstlerin, die ihre Mutter verloren und deren Skulpturen und Auto man mutwillig zerstört hatte, jetzt war sie Lorenz Birchs tapfere Ehefrau, die zwei Mordanschläge überlebt hatte, während die Polizei nur Däumchen drehte. Die Journalisten schlugen an ihrem Haus ein regelrechtes Lager auf, zumal weitere anonyme Briefe eintrafen, in denen ein erneuter Anschlag angekündigt und Kamille als Hure bezichtigt wurde, die sterben müsse.«

»Kamen sie mit der Post?«

»Ja. Abgeschickt in unterschiedlichen Postbezirken, aus dem Kopenhagener Stadtgebiet und hier aus Christianssund. Insgesamt waren es sieben Briefe, und jedes Mal informierte Kamille Schwerin ausführlich die Presse, obwohl wir sie und ihren Mann eindringlich gebeten hatten, nicht mit Journalisten zu reden.«

»Ich kann mich gut daran erinnern. Ich gebe zu, ich war verblüfft, dass du ihr ein ums andere Mal erlaubt hast, alle möglichen Details über die Ermittlungen auszuplaudern. Und natürlich tat sie mir leid. Sie wirkte so verschreckt ... und ein bisschen zerbrechlich.«

»Zerbrechlich? Pffft!« Flemming konnte nicht mehr ruhig sitzen bleiben. Er stand auf, stellte sich hinters Sofa und stützte sich auf die Rückenlehne, als er fortfuhr: »Sie genoss jede Sekunde der öffentlichen Aufmerksamkeit. Endlich waren die Scheinwerfer nur auf sie gerichtet.«

»Wie meinst du das? Kamille Schwerin stand doch schon seit

Jahren als etablierte und anerkannte Bildhauerin in der Öffentlichkeit. Kunst interessiert mich eigentlich nicht besonders, und sogar ich kannte ihren Namen.«

»Aber *weshalb* kanntest du sie? Bist du sicher, dass du sie nicht als Lorenz Birchs Frau kanntest? Oder als Jørn Clausens Tochter? Oder Ingegerd Clausens Tochter?« Flemming richtete sich auf. »Vielleicht hast du bei einer Ausstellungseröffnung von ihr gehört, bei einer Preisverleihung an einen jungen Künstler oder im Zusammenhang mit ihrer Arbeit in allen möglichen Komitees. Ich würde wetten, du hast nicht durch ihre Kunst von ihr gehört.«

»Tja, das kann schon sein.«

»In der Kunstszene, also unter Kollegen, Galeristen, Kritikern, dem professionellen Milieu, war das Ansehen von Kamille nicht besonders groß. Das ist die Wahrheit. Und offenbar ist es am wichtigsten, dort anerkannt zu sein, wenn ich all den Künstlern glauben darf, mit denen ich inzwischen geredet habe. Als sie einsah, dass sie diese Anerkennung nie bekommen würde, suchte sie mehr oder weniger bewusst nach einem Weg, außerhalb dieses inneren Kreises berühmt zu werden. Ich weiß, das klingt jetzt ein bisschen verrückt, aber ich bin überzeugt davon: Kamille Schwerin hat ihre Skulpturen selbst demoliert, um Aufmerksamkeit zu erregen.«

»Die Arbeit eines ganzen Jahres vernichten, nur für ein paar Zeitungsartikel?«

»Ich habe mit ein paar Sachverständigen aus der Kunstbranche gesprochen und ihnen die Fotos gezeigt, die Kamille von ihren Skulpturen vor der Zerstörung gemacht hat. Im Großen und Ganzen, darin waren sich die Experten einig, ähnelten die Werke vielen, vielen anderen, die sie in den letzten fünf Jahren gemacht hatte. Es gab absolut keine Entwicklung in ihrer Kunst, nur die Wiederholung eines Projekts, das in Wahrheit nie sonderlich interessant gewesen ist – weder für die Kritik noch für Kollegen oder potenzielle Käufer.«

»Und?«

»Vielleicht hat sie es ja selbst erkannt, vielleicht war sie ehrlich mit sich, hat ihre fertigen Skulpturen gesehen und wusste: Das ist Mist. Vielleicht hat sie sich schließlich gedacht, sie würden größere Aufmerksamkeit bekommen, wenn sie zerstört statt ausgestellt werden.«

»Und was ist dann passiert?«

»Ich weiß nicht genug über die Kunstwelt, um die ganze Geschichte hundertprozentig zu verstehen, Ursula sagt, Kamille hat die Gelegenheit genutzt und sich eine ganz neue künstlerische Identität verschafft – buchstäblich aus den Trümmern der zerstörten Skulpturen. Sie hat ein ganz neues Projekt entwickelt, eine Installation in Zusammenarbeit mit ihrem Vater. Und plötzlich bekam sie die künstlerische Anerkennung, nach der sie sich sehnte. In dieser relativ kurzen Zeit hat Kamille Schwerin sich von einer uninteressanten Mainstreambildhauerin, deren Werke, vereinfacht gesagt, nur an Menschen verkauft werden konnten, die sich nicht sonderlich für Kunst interessieren, in eine absolut bemerkenswerte Playerin in der Kunstszene verwandelt.« Flemming machte eine kleine Pause. »Und das ist als Motiv sicher ebenso gut wie viele andere, die ich im Laufe der Jahre kennengelernt habe.«

11

Was ist mit dem Mord an ihrer Mutter? Verdächtigst du da auch Kamille?«

»Tja, genau hier beginnt das Rätselraten. Möglicherweise hat mit dem Mord alles angefangen. Die Skulpturen wurden erst zertrümmert, als Ingegerd Clausen bereits am Boden lag. Vielleicht hat Kamille sie in einem Anfall von Wut geschubst? Und hielt die alte Dame dann für tot? Vielleicht stand sie neben ihrer bewusstlosen Mutter und dachte, sie hätte sie umgebracht. Vielleicht hat sie überlegt, wie sie den Unfall vertuschen könnte, folgte dann einer plötzlichen Eingebung und zerschlug die Skulpturen. Das Ganze muss nicht länger als eine halbe Stunde gedauert haben, sie hätte noch genügend Zeit gehabt, ins Frederiksberg Centret zu fahren, ein Kleid zu kaufen und um 16:15 Uhr wieder zu Hause zu sein. Ich sage nicht, sie hätte viel Zeit gehabt, es wäre jedoch möglich.«

»Aber du weißt es nicht?«

»Niemand weiß es, bevor Kamille sich nicht entschließt, es uns zu erzählen.«

»Trotzdem scheinst du dir deiner Sache ziemlich sicher zu sein?«

»Ich bin mir sicher. Tief in meinem Inneren bin ich mir ganz sicher. Nur näher untersuchen darf ich die Sache nicht, mit anderen Worten: Ich habe Probleme, Beweise zu liefern.«

»Du darfst nicht? Was meinst du damit? Bist du nicht der Boss?«

»Nur für die Ermittlungsgruppe. Ich habe Vorgesetzte.« Flemming seufzte. »Aber wir greifen den Ereignissen vor. Lass mich ein bisschen zurückspulen und dir die Dinge in der richtigen Reihenfolge erzählen. Also, ich hatte nur diesen Verdacht. Nach der Sache mit den Bremsen und den Briefen.«

»Entschuldige, aber ...«

»Ja?«

»Soweit ich mich erinnern kann, stand in der Zeitung, dass die Bremsen ziemlich professionell manipuliert worden sind. Du glaubst trotzdem, dass es Kamille war?«

»Kamille Schwerin ist eine sehr tüchtige Handwerkerin. Das

muss man auch sein, wenn man als Bildhauer arbeiten will. Sie kann mit einem Schweißgerät umgehen, einen Trennschleifer und andere Maschinen bedienen. Ihre Materialkenntnisse sind ebenfalls gut. Sie arbeitet mit allen möglichen Formen von Metall, Gips, Stein, Kunststoff ... was immer du willst. Mit anderen Worten, handwerklich ist sie eine waschechte Allrounderin. Sie wusste nach wenigen Klicks im Netz genau, wie man die Handbremse und die hydraulischen Bremsen in einem VW Touran außer Kraft setzt. Daran habe ich überhaupt keinen Zweifel, das ist schließlich kein geheimes Atomwaffenprogramm.«

»Nein, sicher nicht.«

»Unser Automechaniker in der Spurensicherung ist überzeugt, sie sei durchaus in der Lage dazu gewesen. Und normalerweise hält er nicht viel von der Kombination Frau und Motor.«

Dan starrte in die Luft, plötzlich fiel ihm ein Detail ein, das er in der Zeitung gelesen hatte: »Jetzt muss ich noch mal zurückspulen. Stand da nicht irgendwo etwas über Voodoo in Verbindung mit dem Mord an Kamille Schwerins Mutter?«

»Voodoo? Ach so, du meinst das Zeichen im Gipsstaub. Ja, das haben die Zeitungen groß aufgeblasen.«

»Und worum ging's da?«

»Wahrscheinlich hatte es nichts zu bedeuten. Ein paar verwischte Striche im Gips neben der alten Frau. Einige meinten, sie sähen aus wie ein Pentagramm.«

»Und du?«

Flemming hob die Schultern. »Wir haben nichts gefunden, was eine Theorie über Hexerei und Teufelsaustreibung unterfüttern würde. Wenn überhaupt etwas in den Staub gezeichnet wurde – und ich sage ausdrücklich wenn –, dann kann es durchaus Kamille selbst gewesen sein, um die Ermittlungen in die Irre zu leiten.«

Dan stand auf. »Aber das glaubst du nicht?«

»Ich habe mir die Fotos dieses Zeichens wieder und wieder angesehen, und bin inzwischen sicher, dass es sich um etwas Zufälliges handelt. Möglicherweise sind es Fingerspuren der Sanitäter. Sie haben sich ja bücken müssen, um Ingegerd Clausen aufzuheben.«

»Klingt unwahrscheinlich. Noch ein Bier?«

»Danke.«

Dan stellte zwei beschlagene Flaschen auf den Tisch und schob Flemming, der die letzte Viertelstunde an seiner halb leeren Zigarettenschachtel herumgefummelt hatte, einen Aschenbecher zu. »Jetzt rauch schon, in Gottes Namen«, forderte Dan ihn auf und öffnete das Fenster einen Spalt.

»Danke.« Flemming zündete sich eine Zigarette an und lehnte sich mit einem breiten Lächeln auf den Lippen zurück. »Oh, tut das gut!«

»Du hast doch 'n Knall.« Dan trank einen Schluck Bier. »Los. Weiter! Du meinst also, sie habe die Bremsen selbst manipuliert?«

»Ja. Und sie könnte durchaus auch die anonymen Briefe selbst geschrieben haben. Bei dem Papier handelte es sich um ganz gewöhnliches Kopierpapier, wie man es in jedem Supermarkt kaufen kann. Auch die Tinte gibt es überall, sie wird für alle Drucker dieser Bauart benutzt. Alles war klinisch sauber, als wären die Briefe in einem abgeschlossen, staubfreien Labor geschrieben und kuvertiert worden. Die einzigen erkennbaren Spuren ließen sich dadurch erklären, dass die Briefe bei Kamille abgeliefert wurden und von ihr geöffnet worden sind. Auch die Umschläge waren selbstklebende Standardware.«

»Es gab also keine Speichelreste? Was ist mit den Briefmarken?«

»Mit Leitungswasser befeuchtet.« Flemming zuckte die Achseln. »Die Stempel zeigen wie gesagt, dass die Briefe hier und in Kopenhagen abgeschickt wurden. Kamille Schwerin könnte sich theoretisch zu den infrage kommenden Zeiten an den betreffenden Orten aufgehalten haben, beweisen konnte ich das nicht. Ich beschloss deshalb eine diskrete Überwachung. Sollten wir dokumentieren können, dass sie in einem bestimmten Postbezirk einen Brief eingeworfen und am nächsten Tag einen anonymen Brief aus eben diesem Postbezirk bekommen hat, hätten wir so etwas wie einen Fall gehabt.«

»Sehr clever.«

»Ja und es verging nur kurze Zeit, bis wir Erfolg hatten. Ein Foto von Kamille Schwerin, die einen Brief in den Postkasten am Brønderslev Torv einwirft. Ein paar Stunden später wird er in der Oststadt abgestempelt. Ihr Mann kam am nächsten Vormittag persönlich aufs Revier, um ihn abzuliefern.«

»Bingo!«

»Haben wir uns auch gedacht. Die Stimmung in der Gruppe war großartig, als sie noch am gleichen Nachmittag zur Vernehmung geholt wurde. Ich zeigte ihr die Fotografie vom Vortag und legte den Umschlag mit dem entlarvenden Poststempel daneben – worauf sie beides eiskalt betrachtete und behauptete, der Umschlag auf dem Foto sei eine ganz andere Sorte als der, den sie empfangen habe. Und verflucht noch mal, sie hatte recht! Wir fanden sogar die Person, der sie ihrer Aussage nach einen Brief geschickt hatte – einen Geschäftsmann in Kopenhagen, zu allem Überfluss fand sich ihr Umschlag noch in seinem Papierkorb. Als wir ihn sahen, wussten wir sofort, dass Kamille recht hatte. Es war ein weißer Umschlag wie auf dem Foto, aber im A5-Format, der andere war einer dieser schmalen, länglichen Umschläge gewesen.«

»Aber woher kam der anonyme Brief?«

»Keine Ahnung. Vielleicht hatte sie ihn beim Einwerfen unter den anderen Brief gesteckt. Lange Rede, kurzer Sinn, wir hatten unseren Verdacht gegen sie verraten, ohne auch nur den Hauch eines Beweises zu haben. Und das war natürlich saublöd.« Flemming trank einen Schluck Bier. »Ich hatte den Ball so fest im Auge behalten, dass ich vergessen hatte, gegen wen ich spielte. Denn Lorenz Birch hatte sich bis zu diesem Tag diskret im Hintergrund gehalten, auf sämtliche unserer Fragen geantwortet und sich insgesamt vorbildlich und korrekt verhalten. Als ihm klar wurde, dass wir seine Frau verdächtigten, hinter den sogenannten Mordversuchen und den anonymen Briefen zu stecken, zögerte er keinen Augenblick. Er traf sich mit einem guten Freund aus der Folketing-Fraktion, die den Justiz- und den Kulturminister stellt. Natürlich weiß ich nicht, was bei dieser Gelegenheit besprochen wurde, ich weiß nur, dass bereits am Abend der Polizeipräsident über Lorenz Birchs Beschwerde Bescheid wusste. Am nächsten Morgen stand ich im Büro meines Chefs und hatte mich zu verantworten – in sämtlichen Einzelheiten.«

»Aber du hast doch nichts falsch gemacht?«

»Nein, allerdings muss ich in der Rückschau schon sagen, dass ich etwas mehr oder etwas besseres Material hätte sammeln sollen, bevor ich mit meinem Verdacht herausrückte. So stand ich als absoluter Vollidiot da.« Flemming zog ein letztes Mal und drückte die Zigarette aus. »Nun ja, wir haben uns höflich bei Kamille Schwerin entschuldigt, und ich zog die Fühler ein. Natürlich haben wir den Fall nicht aufgegeben, aber wir wurden vorsichtiger. Und dann kam der dritte Mordversuch. Daran erinnerst du dich bestimmt?«

»Sie hatte eine enorme Dosis eines Betäubungsmittels in ihrem Drink, oder? Bei einer Vernissage, soweit ich mich entsinne.«

»Genau. Glücklicherweise hat sie nur einen einzigen Schluck getrunken, sodass es rechtzeitig bemerkt wurde. Ihr wurde der Magen ausgepumpt, sie überlebte, es ging ihr glänzend.«

»Hat sie das auch selbst gemacht?«

»Ganz sicher. Aber es ist genauso unmöglich zu beweisen wie die anderen Geschichten. In der Galerie waren über fünfzig Personen, als sie vergiftet wurde. Wir haben eine Menge Zeit und Personal aufgeboten, um nachzuvollziehen, wer wo gestanden hat – und wann. Gut die Hälfte der Gäste hätte das Gift in Kamilles Rotwein schütten können. Einige von ihnen standen auf der Liste, von der ich dir erzählt habe, sie gehörten zu den fünfundzwanzig Personen, die wir bereits in Verbindung mit den ersten beiden Mordversuchen und den anonymen Briefen verhört hatten. Trotzdem war ich weiter überzeugt, dass sie es selbst getan hatte.« Er schüttelte den Kopf. »Es gab keinerlei Beweise. Dann hatte ich eine Idee. Ich stellte Kamille Schwerin unter Polizeischutz. Vierundzwanzig Stunden am Tag war ein Beamter bei ihr. Auf diese Weise konnten wir der Öffentlichkeit zeigen, dass wir uns um sie kümmerten und die sogenannten Anschläge ernst nahmen. Und etwas inoffizieller konnte ich ein wachsames Auge auf sie werfen lassen und bekam vielleicht ein paar Beweise ihrer Schuld – oder auch ihrer Unschuld.«

»Sehr clever«, warf Dan erneut ein.

»Es funktionierte auch. Von nun an kamen keine weiteren Briefe, und es gab auch keine weiteren Anschläge. Das Problem war Kamille, die uns durchschaut hatte. Sie wusste genau, dass sie unter Beobachtung stand, und das gefiel ihr ganz und gar nicht. Vom ersten Tag an beschwerte sie sich über uns, erst bei ihrem Mann, dann direkt bei mir. Sie erklärte, die männlichen Beamten würden sie anglotzen, beteuerte, eine der Beamtinnen würde Katzenhaare in ihr Haus schleppen, und behauptete, meine Leute wüssten nicht, wie man sich in einem ordentlichen Haus zu benehmen habe.«

Dan hob lächelnd eine Augenbraue.

»Nach zwei Wochen mit kleinen und größeren Auseinandersetzungen nahm Lorenz Birch sich der Angelegenheit wieder an. Er traf sich erneut mit seinem guten Freund aus dem Folketing, und die Farce begann von vorn: Der Freund ging zum Justizminister, die Polizeiführung wurde unterrichtet, mein Chef bekam einen Anschiss und gab ihn an mich weiter. Diesmal wurde mir erklärt, meine Leute hätten sich komplett vom Haushalt der Birch-Schwerins fernzuhalten. Birch würde selbst einen Schutz für Kamille organisieren und er wünschte, auch nicht den Schatten eines Polizeibeamten zu sehen, es sei denn, er hätte ihn gerufen.«

»Geht das denn?«

»Sich Schutz zu verbitten? Natürlich.«

»Ich meine ... Kann man der Polizei befehlen, jemanden nicht zu verdächtigen? Ist doch nicht so einfach, oder?«

»So direkt wurde es ja auch nicht gesagt. Ganz klar, hätte ich etwas Konkretes gegen Kamille Schwerin in der Hand gehabt, hätten weder ihr Mann noch irgendjemand sonst mich daran hindern können, den Fall weiterzuverfolgen. So wie die Dinge lagen, hatte ich nichts vorzuweisen.«

»Was passiert, wenn du einfach an dem Fall weiterarbeitest?«

Flemming setzte ein schiefes Lächeln auf. »Ich bin nicht mutig genug, um es herauszufinden. Aber im Passamt wird sicher immer ein umgänglicher Mann benötigt ...«

»Und was machst du jetzt?«

»Ich glaube, ich bin gezwungen, den Kahlköpfigen Detektiv um Hilfe bitten.«

Sie lachten. Dan überrumpelt, Flemming ein wenig verlegen. Aber sie lachten. Zusammen. Das war doch immerhin ein Fortschritt.

12

Und wie hast du dir meine Rolle vorgestellt?«, erkundigte sich Dan. »Gab es denn seither noch irgendwelche Episoden? Seit wann hat sie diese privaten Bodyguards?«

»Seit Ende Oktober.«

»Das sind jetzt zehn Monate! Wird sie noch immer rund um die Uhr beschützt?«

»Ja, sicher. Es gehört inzwischen zu ihrem Image.«

»Das muss doch ein Vermögen kosten?«

»Zweifellos. Ich glaube kaum, dass sie mit weniger als hundertzwanzigtausend Kronen im Monat davonkommen, wenn man alles mitrechnet – Alarmanlage, Bodyguard und einen Extraschutz, sobald sie sich in größeren Menschenmengen bewegt. Genau wie bei einem Spitzenpolitiker. Absolut wahnsinnig.«

»Funktioniert es denn?«

»Es gab jedenfalls keine weiteren Episoden, wie du es nennst. Keine Drohbriefe, keine Anschläge, kein Vandalismus.«

»Nimmt sie den Bodyguard mit auf die Insel?«

Flemming schüttelte den Kopf. »Ich weiß es tatsächlich nicht. Das ist eines der Dinge, die du vermutlich leichter herausfinden kannst als ich.«

Dan erhob sich und öffnete das Fenster. Er stand eine Weile mit dem Rücken zum Wohnzimmer und starrte hinaus in die Dunkelheit. Ein paar junge Mädchen radelten am Haus vorbei. Der Gesang der Reifen auf dem Kopfsteinpflaster mischte sich mit ihren fröhlichen, hellen Stimmen. Ein bisschen weiter entfernt lief ein Dieselmotor einige Sekunden im Leerlauf, bevor Gas gegeben wurde und das Geräusch verschwand. Dan sah auf die Uhr. Marianne und Laura mussten gleich zurückkommen, also jetzt oder nie.

Er schloss das Fenster.

»Flemming, wir müssen über eine Sache reden, bevor ich mich in diese Geschichte stürze«, begann er. »Letztes Jahr hast du gesagt, ich solle mich nie wieder in eine deiner Ermittlungen einmischen. Du hast mich in den Dreck gezogen, und du hast den Kontakt zu mir und meiner Familie abgebrochen. Du hast dich insgesamt aufgeführt, als hätte ich versucht, einen Molotowcocktail in dein Haus zu schmeißen. Und trotzdem kommst du nun zu mir und bittest um meine Hilfe. Noch dazu gratis, vermute ich.«

Flemming runzelte die Stirn. Er sah verwirrt aus. »Nun ja, ich …«, murmelte er und unterbrach sich.

»Was hast du dir eigentlich vorgestellt, wie ich reagieren würde?«

»Ich dachte, du würdest dich freuen.«

»Ja, ich freue mich auch. Ich bin mehr als froh, dich zu sehen, Flemming. Wie wir alle. Wir sind glücklich, weil du zurück bist. Das hast du doch bemerkt, oder?« Dan setzte sich Flemming gegenüber, der etwas zögerlich nickte. »Wenn du glaubst, ich sei dankbar, nur weil du mich in Gnaden wieder aufnimmst, dann irrst du dich. Du hast wirklich jeden davon überzeugt, dass ich mich in der Jay-Sache wie ein Idiot benommen habe. Das hast du nicht vergessen, oder?«

Flemming kreuzte die Arme vor der Brust. »So war es schließlich auch.«

»Ja, und ich habe den Preis dafür bezahlt.« Dan ließ einen Finger über die lange glatte Narbe gleiten, die sich wie eine Zickzacklinie von der linken Schläfe bis zum Kinn zog. »Und das hier behalten. Lebenslang. Zudem habe ich eine Standpauke bekommen, die ich nie vergessen werde, und sicher, die hatte ich verdient. Doch dir reichte das nicht.« Dan beugte sich vor und stützte die Ellenbogen auf die Knie. »Du musstest dich unbedingt verhalten wie ein elfjähriges Schulmädchen und ›Schluss mit mir machen‹.« Die Anführungszeichen sprach Dan spöttisch mit.

»Ich war dazu gezwungen.«

»Gezwungen? Warum? Wegen deines Seelenfriedens? Oder um den Respekt vor dir selbst zu bewahren? Hast du eine einzige Sekunde darüber nachgedacht, dass ich vielleicht auch etwas aufs Spiel gesetzt habe? Und tat, was ich getan habe, weil ich ganz einfach Ursula und dir helfen wollte?« Dan hob die Hand und bremste Flemmings Versuch, ihn zu unterbrechen. »Nein, du hörst mir zu, bis ich fertig bin. Wenn ich mir jetzt keine Luft verschaffen kann, funktioniert diese Geschichte hier nämlich nicht.«

»Natürlich.« Flemming entspannte sich etwas. »Lass es raus.«

»Ich war – und bin noch immer – ausgesprochen verärgert, weil du nicht ein einziges Mal aus deiner Rolle als beleidigte Leberwurst geschlüpft bist und darüber nachgedacht hast, was eigentlich passiert ist. Du hast offensichtlich vollkommen vergessen, dass ich deine geliebte Ermittlung rausgerissen habe. Ohne mich hättest du den Mörder nie und nimmer gefasst.«

»Nein, möglicherweise nicht.«

»Möglicherweise nicht? Definitiv nicht! Das weißt du genau. Ich erwarte nicht, dass du mir heulend auf Knien dankst. Aber als ich vor einem Jahr Scheiße gebaut habe, war ich wenigstens in der Lage, mich hinterher zu entschuldigen.«

»Du willst eine Entschuldigung?« Flemmings Stimme klang ungläubig.

»Worauf du dich verlassen kannst!«

»Eine Entschuldigung wofür, wenn ich fragen darf?«

»Hast du mir eigentlich zugehört?« Dan sprang auf, er konnte nicht ruhig sitzen bleiben. »Ich habe mich damals bei dir und einer Menge anderer Menschen entschuldigt, weil ich ein paar ernsthafte Fehler bei den Ermittlungen zu verantworten hatte. Ich habe mein Leben und deinen Job riskiert – das habe ich laut und deutlich bedauert. Dein Chef hat mir verziehen, weil wir den Fall durch diese Fehler aufklären konnten. Ursula hat mir verziehen. Sie wusste, ich hatte mein Bestes getan, um ihr Geld wiederzubeschaffen. Nur du konntest nicht vergessen, dass ich mich ein bisschen zu weit auf deine Hälfte des Platzes gewagt hatte, nicht wahr? Du wolltest meine Entschuldigung nicht akzeptieren, sondern mich so hart bestrafen, wie du nur konntest, indem du mich aus deinem Leben ausgeschlossen und erklärt hast, ich hätte mich nie wieder in deine Arbeit einzumischen. Vierzehn Monate hast du so getan, als ob ich Luft wäre, Flemming. Über ein Jahr! Und jetzt kommst du mit einem Blumenstrauß für die Dame des Hauses hier an und willst meine Hilfe bei der Aufklärung eines Falls, in dem du feststeckst. Einfach so. Ohne ein Wort darüber zu verlieren, was letzten Sommer passiert ist.«

Flemming nahm die Brille ab und putzte sie sorgfältig mit dem Taschentuch, das er stets bei sich trug. Keiner der beiden Männer sagte ein Wort, die Stille lastete über dem Wohnzimmer wie eine schwere, dunkle Wolke. Sie hörten das Geräusch eines Ford-Focus-Motors, dessen Zündung abgestellt wurde. Autotüren wurden geöffnet und zugeschlagen. Sie sahen sich an, als Mariannes Lachen durchs Fenster drang.

»Okay«, sagte Flemming. »Bringen wir's hinter uns.« Er setzte die Brille wieder auf, erhob sich und ging mit ausgestreckter Hand auf Dan zu. »Entschuldige, Dan. Es tut mir leid, ich habe überreagiert. Das lag nur daran, dass ...«

»Nein«, erwiderte Dan und hielt seine Hand fest. »Keine Erklärungen. Ich akzeptiere deine Entschuldigung. Und jetzt reden wir nicht mehr darüber.«

Sie beendeten die Séance mit einem einfachen, ungeschickten Schlag auf den Rücken. In diesem Moment öffnete Marianne die Tür, und Rumpel stürzte herein. Der kleine Hund wurde von Dan zur Begrüßung getätschelt, bevor er in die Küche lief und geräuschvoll die Wasserschale leerte.

Marianne sah von Dan zu Flemming und wieder zurück. »Seid ihr okay? Du willst doch nicht schon gehen, oder?« Sie hielt Flemming am Arm fest.

»Nein«, sagte er. »Ich muss im Augenblick nirgendwo hin.« Er sah Dan an und lächelte. »Tatsächlich habe ich Dan gerade einen Auftrag verschafft.«

Marianne zog ihre Hand zurück. »O nein«, stöhnte sie. »Nicht schon wieder.«

»Was meinst du?«, fragte Flemming.

»Nicht wieder eine dieser Nummern, bei denen er sich selbst in Gefahr bringt und ihr euch total verkracht, dieser ganze Mist. Ich halte das nicht aus. Nicht noch einmal!«

»So ist es doch gar nicht«, warf Dan ein. »Diesmal nicht.«

Marianne öffnete den Mund, um etwas zu sagen, schloss ihn wieder und schüttelte langsam den Kopf, wobei sie ihren Blick noch einmal von einem Gesicht zum anderen wandern ließ. Dann hob sie die Schultern. »Na, das Rennen ist offenbar bereits gelaufen«, stellte sie fest. »Ich habe verstanden, ich habe mich nicht einzumischen. Darf ich wenigstens erfahren, worum es geht?«

»Setz dich zu uns.« Dan legte seiner Frau eine Hand in den Nacken, unter den dicken Zopf, der nach dem Training an diesem lauen Augustabend noch immer ein bisschen feucht war. Er zog sie an sich, strich ihre lange Stirnlocke zur Seite und küsste sie auf die Schläfe. »Glucke«, flüsterte er, als er spürte, wie ihre Schultern sich entspannten. Sie lächelte, besiegt.

Kurz darauf saßen alle drei auf den Sofas. Rumpel hatte sich mit dem üblichen Mangel an Feingefühl sehr dicht neben Flemming platziert – dem einzigen Anwesenden, der mit Hunden nicht viel anzufangen wusste. Laura steckte den Kopf zur Tür herein und wünschte Gute Nacht, bevor sie sich in ihr Zimmer zurückzog. Die angespannte Stimmung war so gut wie verschwunden.

»Flemming wollte mir gerade erklären, wobei er meine Hilfe braucht«, sagte Dan.

Mariannes Blick wanderte zu Flemming.

»Kannst du dich an die Anschläge auf Kamille Schwerin erinnern?«, erkundigte er sich.

»Nicht an Details.« Sie rümpfte ein wenig die Nase. »Ging es nicht um irgendwelche Drohbriefe?«

»Ja.« Flemming lieferte ihr eine stark verkürzte Version der Geschichte, die er gerade Dan erzählt hatte. »Du verstehst hoffentlich mein Dilemma?«, schloss er. »Ich kann mich keinem direkten Befehl widersetzen, wenn ich so wenig Verdachtsmomente habe. Ich riskiere bloß eine noch größere Verärgerung meiner Vorgesetzten, bis sie schließlich ganz abblocken – auch wenn ich ihnen plötzlich einen glasklaren Beweis liefern könnte. Oder mein Nachfolger. Ich riskiere ganz sicher meinen Posten, wenn ich diese Spur weiter selbst verfolge.«

»Du willst also, dass Dan auf der Insel so eine Art Stellvertreter für dich wird?«

»Wenn du es so ausdrücken willst, ja. Da ich Kamille nicht selbst im Auge behalten und sie diskret über das eine oder andere befragen kann, brauche ich jemanden, der es für mich tut.«

»Und wieso Dan? Du hast doch deine eigenen Leute.«

»Erstens, ich würde nie einen Untergebenen bitten, etwas zu tun, das ihn seinen Vorgesetzten gegenüber in ein schlechtes Licht rücken könnte. Zweitens kennt Kamille Schwerin inzwischen alle Beamten der Polizei von Christianssund. Und mit uns redet sie nicht mehr.«

»Aber jeder weiß doch, dass Dan euch seinerzeit geholfen hat.«

»Ja, und alle wissen, dass er deshalb für diese Realityshow ausgewählt wurde. Der Job, den Dan auf dieser Insel hat, besteht auch darin, die anderen Mitwirkenden zu verhören, um einen fiktiven Mord aufzuklären. Das ist doch korrekt, oder?« Als Dan nickte, fuhr Flemming fort: »Alle glauben, die ganze Sache sei nur Unterhaltung und solle Spaß machen. Niemand, nicht einmal Kamille, wird Dan verdächtigen, andere Motive zu haben, als eine gute Show zu liefern. Davon gehe ich jedenfalls aus.«

»Klingt tatsächlich vernünftig«, warf Dan ein. »Und wie soll ich ganz konkret vorgehen?«

»Hundertprozentig genau weiß ich das auch nicht, Dan.« Flemming lehnte sich zurück und streckte die Beine aus. »Ich vertraue deiner Intuition.«

Eine gehobene Augenbraue. »Na, herzlichen Dank.«

»Ich meine das wirklich überhaupt nicht ironisch. Ich stelle mir nur vor, dass du die Akten liest, bevor es losgeht. Alle Zeugenaussagen, alle Berichte der Spurensicherung, alle Vernehmungsprotokolle. Ich habe auch einen ganzen Stapel Zeitungsausschnitte in die Mappe gelegt, darunter eine ziemlich interessante Rezension von Kamilles letzter Ausstellung und ein paar Interviews in Frauenzeitschriften.«

»Bekomme ich Kopien von all diesen Sachen?«

»Es liegt alles bei mir zu Hause in einem Pappkarton für dich bereit.«

»Du bist dir ziemlich sicher gewesen, dass ich Ja sage, oder?«

Flemming verzog das Gesicht zu einem Grinsen. »Sonst hättest du dich gewaltig verändert.«

Dan sah nachdenklich aus. »Du sagst, ein Pappkarton ... Wie viel Papier ist es denn? Kann ich den überhaupt mit auf die Insel nehmen, ohne dass es auffällt?«

»Nein, das geht nicht. Es sind über zehn Kilo Papier. Ich dachte, du liest dir den ganzen Kram durch, bevor du losfährst. Du könntest dir Notizen machen.« Er sah, dass Dan protestieren wollte, und fügte hastig hinzu: »Es wäre zu riskant, das ganze Material mitzunehmen. Stell dir vor, jemand sieht es. Es könnte mich meinen ...«

»... Job kosten. Ja danke Flemming, das ist uns inzwischen klar geworden.« Dan runzelte die Stirn. »Weißt du, was? Ich finde dich schon ein wenig eigenartig.«

»Was meinst du?«

»Du redest, als seist du der Einzige, der an einen Job denken muss. Ich habe hier eine schöne kleine Werbefirma mit einigen wenigen handverlesenen Kunden, genug, um davon leben zu können, ohne Stress zu haben. Es funktioniert ziemlich perfekt. Für mich und meine Finanzen ist es aber nicht unerheblich, dass genau diese Kunden einen Teil ihres Marketingbudgets bei mir deponieren. Deshalb kümmere ich mich auch gut um sie. Und vor allem bei einem muss ich mich noch um einige ungeklärte Dinge kümmern, bevor ich für fünf Wochen den Stecker ziehen kann, um den Kahlköpfigen Detektiv zu spielen. Ich habe noch drei Arbeitstage vor mir, bevor ich auf die Insel muss. Verstehst du, was ich sagen will? Ich habe, gelinde gesagt, schon jetzt genug zu tun, und dann kommst du und glaubst, ich hätte mal eben Zeit dafür, zehn oder zwölf Kilo Berichte, Artikel und Zeugenaussagen zu lesen – und mir Notizen zu machen?«

»Na ja, nein, ich …« Flemming fummelte wieder an seinem Zigarettenpäckchen herum, diesmal ignorierte es Dan.

»Flemming, verflucht. Darum kannst du mich nicht ernsthaft bitten. Ich will dir ja sehr gern helfen, aber so geht es auf keinen Fall.«

»Und was machen wir jetzt?«

Dan sah ihn einen Moment mit zusammengekniffenen Augen an, bevor er antwortete. »Du bringst mir diesen Karton bis Freitag hier in die Gørtlergade, ich packe ihn in einen meiner Koffer und nehme ihn mit. Wenn ich auf der Insel bin, habe ich jede Menge Zeit, das Material durchzugehen.«

»Und wenn jemand die Papiere in deinem Zimmer findet?«

»Es gibt keine Kameras auf der Etage, auf der wir schlafen. Also gibt es auch niemanden, der sehen könnte, dass ich Akten lese, sobald ich die Tür hinter mir geschlossen habe. Wer sollte es entdecken?«

»Die Putzfrau.«

»Ich glaube, das Putzen müssen wir selber erledigen. Und sollte es anders sein, käme ja niemand auf den Gedanken, in einem abgeschlossenen Koffer sauber machen zu wollen.«

»Ich weiß nicht.«

Dan breitete die Arme aus. »Es ist das, was ich dir anbieten kann, Flemming. Take it or leave it.«

Flemming hatte eine Zigarette aus der Schachtel gefummelt und schickte Marianne einen fragerden Blick. Sie nickte, er zündete sie an. Ein blaue Wolke breitete sich aus. Einen Moment war es still. »Okay«, sagte er dann. »Machen wir es so.«

»Noch eine Sache.«

»Ja?«

»Ich hoffe, du weißt, was du tust, Flemming. Du kannst mich nicht einfach so anheuern, mir alle Akten übergeben, mich auf die Spur einer potenziellen Verbrecherin ansetzen – und dann erwarten, dass ich mich in dem Moment katzbuckelnd zurückziehe, wenn ich genügend Beweise beschafft habe, damit du den Fall weiterbearbeiten kannst, ohne deinen Arsch zu riskieren.«

»Du meinst …?«

»Genau das, was ich sage. Soweit ich es verstanden habe, bekomme ich keinen müden Cent für meine Hilfe. Wenn ich anfange zu recherchieren, dann nur, weil ich es spannend finde. Und du solltest mich inzwischen gut genug kennen, um zu wissen, dass mich niemand stoppen kann, sobald meine Neugierde erst einmal geweckt ist. Auch du nicht. Wenn du es versuchst, wird es wieder schiefgehen.«

»Und das darf nicht passieren«, warf Marianne ein.

»Nein, eben. Das darf nicht passieren. Ich will mich nicht mit dir prügeln, Flemming. Wenn ich dir helfen soll, müssen wir zusammenarbeiten.«

»Ja, aber …«

»Kein aber. Mir ist vollkommen klar, dass es gegen die Regeln ist, dennoch sind das meine Bedingungen. Volle Zusammenarbeit oder gar nicht.«

»Darf ich darüber nachdenken?«

»Das hast du doch bereits getan. Sonst wärst du heute Abend nicht gekommen.«

»Entschuldigung. Eine Minute. Ich muss nur gerade …« Flemming stand auf und versuchte, Rumpel zu ignorieren, der ihm auf dem Fuße folgte und sich obendrein vor die Toilettentür setzte, bis Flemming wieder herauskam. Als er und sein kleiner Begleiter wieder auf dem Sofa saßen, schaute er Dan an. »Gut. Das ist eine Vereinbarung. Ich denke, wenn es hart auf hart kommt, haben wir den Hauptkommissar auf unserer Seite. Er hat das Schulterklopfen der Ministerin beim letzten Mal nicht vergessen. Aber wir tauschen uns zwischendurch aus, ja? Du unternimmst nichts, ohne dich mit mir abgesprochen zu haben.«

»Nein, schon klar.«

»Vorläufig ist das Ganze vollkommen inoffiziell. Das ist unglaublich wichtig. Du darfst nur mit mir über die Geschichte reden. Wenn es eine Zusammenarbeit sein soll, dann müssen wir uns austauschen. Vom ersten Tag an.«

Plötzlich erstarrte Dan. »Öh … mir fällt gerade etwas ein. Ich glaube, ich habe vergessen, dir etwas zu erzählen.«

»Ja?«

»Ich kann mit dir nicht vom ersten Tag an reden oder am zweiten, fünften oder siebten, wenn du so willst.«

»Was meinst du?«

»Wenn wir auf die Insel kommen, müssen sämtliche Handys und Notebooks abgegeben werden. Es ist strengstens verboten, mit irgendwem außerhalb der Insel Kontakt aufzunehmen, solange die Show läuft.«

»Fünf Wochen lang?«

Dan nickte.

»Ihr dürft nicht einmal mit euren Frauen und Kindern reden?«

»Nix. Totale Funkstille, fünf Wochen lang. Das ist ein Teil des Konzepts.«

»Das heißt, dass …«

»Das heißt, du musst deine Neugierde im Zaum halten. Ich werde mich nicht mit dir beraten können. Du musst dich darauf verlassen, dass ich die richtigen Schlüsse ziehe und das Richtige unternehme.«

»Aber ...« Flemming sackte auf dem Sofa zurück und betrachtete seinen alten Freund mit gerunzelter Stirn. Was zum Teufel hatte er da nur angestoßen? Plötzlich erinnerte er sich, wie leicht es war, von Dan niedergewalzt zu werden, und wie schwer, ihn zurückzuhalten, wenn er sich einmal für eine Sache begeisterte.

»Hast du nicht gesagt, du würdest dich auf seine Intuition verlassen, Flemming?«, mischte sich Marianne ein. »Vielleicht solltest du es als Übung in Vertrauensfragen betrachten.«

Flemming seufzte. Mit einem Mal sah er sehr, sehr müde aus.

SHOWTIME

FREITAG, 22. AUGUST

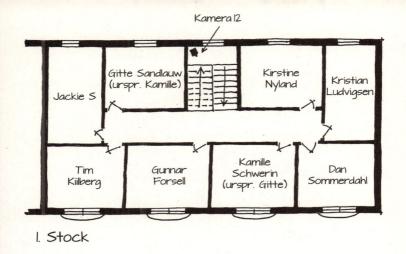

I. Stock

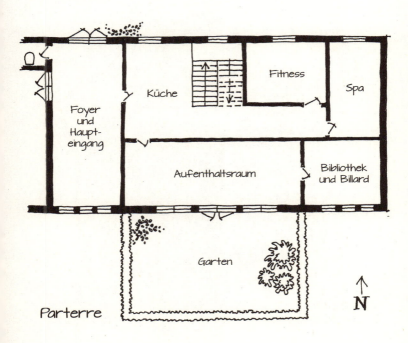

Parterre

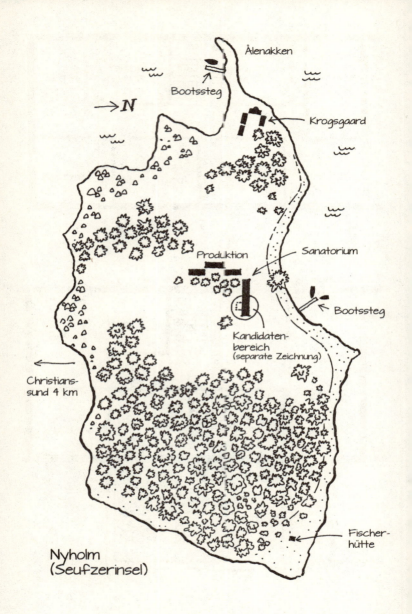

13

Jackie S sollte um zehn Uhr am Hotel abgeholt werden. Mit ihrem türkisfarbenen Rollkoffer stand sie direkt hinter den Glastüren und hielt Ausschau nach dem Wagen. Sie zwang ihre Atmung zu einem ruhigen Rhythmus, jeder Atemzug sollte ganz tief aus dem Bauch kommen. Es war ein Trick, den sie bei ihrer Teilnahme an *X Factor* von einem Regisseur gelernt hatte. Jedes Mal, wenn sie auf die Bühne sollte, war sie unglaublich nervös gewesen. Mehrfach hätte sie sich vor Aufregung und Angst beinahe übergeben, die tiefen Atemzüge hatten dazu beigetragen, dass es nie dazu kam. Merkwürdigerweise verschwanden sämtliche Symptome, sobald sie die Bühne betrat. In dem Moment, wo die großen Sichtblenden zur Seite glitten und die Kameras sich auf sie richteten, das Scheinwerferlicht sie blendete und irgendwo im Dunklen ein Publikum jubelte, war die Übelkeit wie durch einen Zauberschlag gebannt. Der letzte Rest von Bühnenangst war vergessen, wenn sie anfing zu singen. Niemand hörte, wie nervös sie noch vor wenigen Sekunden gewesen war. Sie hoffte, dass nun dasselbe passieren, der Knoten im Bauch verschwinden würde, sie aus der Limousine steigen, an den Journalisten vorbeigehen und sich zu den übrigen Kandidaten auf das Schiff zur Seufzerinsel begeben konnte, ohne dieses heftige Unwohlsein. Der Wagen fuhr vor. Es war keine Limousine, wie sie es erwartet hatte, sondern ein waschechtes schwarzes Londoner Taxi mit einem uniformierten

Chauffeur. Das hätte sie sich auch denken können. Die Filmproduktion hatte schließlich angekündigt, dass die ganze Show auf die traditionelle britische Krimitradition anspielte, und für sie war das auch okay. Eine Limousine, am besten in Weiß, wäre nur cooler gewesen.

Die Fahrt war ereignislos. Die ausgesprochen notdürftige Federung in der altertümlichen Kutsche machte es unmöglich, unterwegs das Make-up zu richten, immerhin gelang ihr ein letzter Check an der letzten Kreuzung vor dem Hafen. Erst ein Auge, dann das andere, zuletzt die Lippen. Blau, blau, glänzend und rosa. Fein. Alles sah korrekt aus. Viel zu erwarten hatte sie von dem Blick in den Spiegel ohnehin nicht. Das Aussehen war noch nie Jackies stärkste Trumpfkarte gewesen. Die Narben, die ihr von den Pickeln während der Pubertät geblieben waren, ließen sich mit einem guten Make-up verheimlichen, das fliehende Kinn und die lange krumme Nase konnte sie nicht verbergen. Direkt von vorn sah es nicht so schlimm aus, aber von der Seite ähnelte sie einem Vogel. Einem Huhn, um genau zu sein.

Jackie war überzeugt, ihr etwas unglückliches Aussehen hätte zu ihrem raschen Aus bei dem nationalen Gesangswettbewerb beigetragen. Ihr Aussehen und die Tatsache, dass sie nicht tanzen konnte. Sie konnte sich am besten konzentrieren und singen, wenn sie ganz still stand, und erst das ständige Insistieren des Choreografen hatte sie veranlasst, es mit ein paar steifen Tanzschritten zu versuchen. »Du singst wie ein Engel und bewegst dich wie eine Kuh«, hatte der Boshafteste der Juroren erklärt – an diesem Abend wurde sie aus der Show gewählt.

Vielleicht hatte dieser Satz dazu geführt, dass sie ausgerechnet an diesem Abend die Gunst der Zuschauer verlor, vielleicht auch nicht. Sie trug dem Jurymitglied jedenfalls nichts nach. Er hatte ja recht, sie wusste es selbst. Wenn Jackie eine Zukunft in dieser Branche haben wollte, dann im Studio. Ohne Publikum und Kameras, in einem geschlossenen Raum, wo nur ihre Stimme zählte. Die Teilnahme bei *X Factor* hatte bereits zu einem Studiojob als Chorsängerin auf dem neuen Album eines schwedischen Popstars geführt; eine Arbeit, die sie in vollen Zügen genossen hatte – ganz ohne den zermürbenden Kampf mit der Angst. Eine hübsche Stimme ohne Körper und Gesicht. Eigentlich gefiel ihr das am besten.

Aber warum nahm sie dann an *Mörderjagd* teil? Was war in sie gefahren, als sie sich plötzlich Ja sagen hörte? Wenn Jackie ganz ehrlich sein sollte, hatte sie schlichtweg das Honorar überzeugt. Möglicherweise war es gar nicht so hoch, sie würde jedoch mehrere Monate davon leben können.

Jackie S schloss den Schminkspiegel mit einem entschlossenen Klick, als sie die überraschend große Menschenmenge am Eingang des Yachthafens sah. Es war so weit. Sie fuhr sich durch ihr dünnes, fast weißes Haar, arrangierte die Lippen zu einem entspannten Lächeln und rief sich ein letztes Mal ins Gedächtnis, wie man laut einem Boulevardblatt aus einem Taxi zu steigen hatte, ohne dass man aussah wie Britney Spears im Suff: Knie aneinander, langsame Bewegungen, den Blick fokussieren.

Der Wagen hielt.

Ein junger Mann im Matrosenanzug öffnete ihr die Tür, er schaute sich ihren perfekten Ausstieg mit neutralem Gesichtsausdruck an, nickte dem Fahrer kurz zu und nahm ihren Koffer. Über den gesamten Bootssteg war ein roter Teppich ausgerollt, an dessen Ende ein Begrüßungskomitee vor einer riesigen weißen Motoryacht stand, wie man sie von Paparazzifotos an der französischen Riviera kannte. Das Schiff wirkte in dem eher bescheidenen Yachthafen vollkommen überdimensioniert. Beide Seiten des Bugs waren mit dem Logo von *Mörderjagd* verziert.

Jackie S meinte, den Kahlköpfigen Detektiv in der kleinen Gruppe zu erkennen, die anderen hatte sie allerdings noch nie gesehen. Auch die Pressechefin sah sie nirgends, obwohl sie versprochen hatte, sie zu empfangen. Sie lächelte nach rechts und links, nickte einem Journalisten mit Halbglatze zu, an den sie sich aus der Zeit bei *X Factor* erinnerte, ließ sich mit einer neunjährigen Emma fotografieren, die für sie schwärmte, erklärte einer Frau vom *Billed-Bladet*, wo sie ihre Stiefel gekauft hatte, und verteilte ein paar Autogramme. Der Matrose war ihr immer dicht auf den Fersen, während sie langsam über den Steg ging.

»Helle Iversen, *Christianssund Tidende*«, hörte sie plötzlich eine Frauenstimme schräg hinter sich. »Darf ich Ihnen ein paar Fragen stellen?«

Jackie drehte sich um und sah eine dunkelhaarige junge Frau in einem weißen Sommerkleid. Am ausgestreckten Arm hielt sie ein silbern glänzendes Diktafon wie eine Waffe vor sich.

»Ja, sicher ... äh, das geht doch?« Jackie warf dem Mann im Matrosenanzug einen fragenden Blick zu. Er nickte kurz, und sie wandte sich wieder der Journalistin zu. »Fragen Sie«, sagte sie. Und setzte ein extrabreites Lächeln auf.

»War es hart, aus *X Factor* herausgewählt zu werden, Jackie S?«

»Es war nicht lustig, aber das ist schon so lange her. Jetzt freue ich mich einfach darauf, an *Mörderjagd* teilzunehmen.«

»Nach der SMS-Abstimmung haben Sie ausgesehen, als wären Sie am Boden zerstört gewesen?«

»Es war ja auch eine Enttäuschung, inzwischen bin allerdings längst darüber hinweg. Es ist ja wie gesagt einige Monate her. Für mich ist diese neue Show jetzt eine tolle Chance.«

»Fanden Sie, dass bei *X Factor* der Richtige gewonnen hat?«

Jackie sah verzweifelt den Seemann an, der offenbar überhaupt keine Lust hatte, sich als Pressereferent einspannen zu lassen. Tatsächlich sah er so aus, als hätte er nicht zugehört.

»Ganz ehrlich, ich finde Kaspar-Emil hat seinen Sieg sehr verdient.« Denk dran zu lächeln, lächeln.

Aus den Augenwinkeln konnte Jackie nun die Pressechefin der Filmproduktion sehen, die sich mit langen Schritten näherte. Es wurde auch Zeit. Sie hatte versprochen, Jackie S vor genau diesen Situationen zu beschützen.

»Na, Helle«, unterbrach die Pressechefin das Interview mit ihrer lauten, munteren Stimme. »Jetzt musst du Jackie aber freigeben. Wir warten doch auf sie!« Sie fasste Jackie S fest am Arm und nahm sie mit. Die Journalistin trat einen Schritt vor, als wollte sie ihnen folgen, hielt dann aber inne.

»Entschuldige bitte vielmals!«, flüsterte die Pressechefin und drückte Jackies Arm. »Wir hatten gerade eine Notsituation auf dem Schiff, deshalb habe ich es nicht geschafft, dich abzuholen.«

»Wer zum Teufel war die Alte?«, erkundigte sich Jackie und versuchte, den schmerzhaften Kloß hinunterzuschlucken, der ihr im Hals saß.

»Helle? Sie ist Journalistin bei der hiesigen Lokalzeitung und glaubt, sie müsse tiefgreifenden Journalismus betreiben und Skandale enthüllen. Vermutlich hat sie noch nicht mitbekommen, dass es hier nur um harmlose Unterhaltung geht.« Die Pressechefin drückte noch einmal Jackies Arm. »Wir machen gleich noch ein paar Fotos. Lächeln, Jackie, lächeln.«

Und Jackie S lächelte, wie sie es gelernt hatte, während sie in einem Blitzlichtgewitter dem Kahlköpfigen Detektiv vorgestellt wurde, der ebenfalls mit einem breiten Grinsen seine Zähne zeigte. Er hieß Dan. Nach ihm wurde sie mit einer Frau im mittleren Alter namens Lilly Larsen bekannt gemacht, dann mit einem coolen, arabisch aussehenden Burschen, dessen Namen sie nicht verstand. Es hieß, er sei der Produktionsleiter. An der Bootsleiter half ihr der junge Matrose, die Pressechefin folgte ihr an Bord.

Auf dem oberen Sonnendeck war alles weiß. Das Deck, das halbkreisförmige Sofa, der Tisch, die Stühle. Jackie blieb einen Moment stehen und blinzelte, geblendet von dem scharfen Licht. Sie bereute, ihre Sonnenbrille in den Koffer gepackt zu haben, von dem sie nicht einmal wusste, wo er jetzt war. Zu fragen traute sie sich nicht.

Zwei andere Kandidaten waren schon vor Jackie angekommen, sie standen auf und gaben ihr die Hand.

»Tim«, sagte der eine – ein großer, breitschultriger Typ in den Fünfzigern, der eine überdimensionierte Taucheruhr trug und ein kakigrünes T-Shirt. Er erwartete ganz offensichtlich von Jackie erkannt zu werden, und sie meinte auch, dieses Gesicht schon einmal gesehen zu haben. Vielleicht ein Politiker? Nachrichten sah sie eher selten, wenn die Leute also nicht Musiker, Schauspieler oder Comedians waren, wusste sie oft nicht recht, wo sie einzuordnen waren. Jedenfalls war dieser Tim Kiilberg kein Performer, das war klar. Sondern irgendetwas Seriöses. Sie würde die Pressechefin bei Gelegenheit fragen müssen, damit sie sich nicht blamierte.

Über den anderen Kandidaten hingegen wusste sie alles. Überglücklich gab sie Gunnar Forsell die Hand. Jackie träumte seit Langem von einem Kleid aus der Kollektion des jungen Shootingstars der Modeszene. Er war kleiner als vermutet, aber sein herzliches Lächeln ließ sie dieses Detail sofort vergessen. Mit ihm würde sie gut auskommen.

Alle drei setzten sich, und die Pressechefin zauberte ein Tablett mit Champagner und langstieligen Gläsern herbei. »Lasst es euch gutgehen«, sagte sie, nachdem sie Tim gebeten hatte, die Flasche zu öffnen. »Ich muss wieder runter zum Empfang.« Sie warf Jackie ein letztes aufmunterndes Lächeln zu, dann war sie verschwunden.

Tim Kiilberg verbarg seine neugierigen Blicke auf die Mitpassagiere hinter seiner dunklen Sonnenbrille.

Wie alt war diese Jackie? Neunzehn? Zwanzig? Vielleicht etwas älter. Wenn sie wenigstens hübsch gewesen wäre. Aber dieses Gesicht. Sie war der Typ, dem man einen Sack über den Kopf ziehen musste, damit man überhaupt etwas mit ihr anstellen wollte. Dann hätte es allerdings recht interessant werden können. Tim ließ seinen Kennerblick über ihren Körper gleiten. Das gebleichte Haar war ein wenig dünn, doch gut frisiert, es fiel weich über einen Busen, der okay war unter dem engen, ärmellosen Top. Flacher Bauch, markante Taille, ein fast brillanter Arsch, lange, wohlgeformte Beine in hautengen Jeans. Knöchelhohe Stilettostiefel aus hellem Wildleder. Er blickte auf und verweilte einen Moment bei den braun gebrannten Armen und den schmalen Händen. Künstliche Nägel. Ihre eigenen waren wahrscheinlich völlig abgekaut, der Häufigkeit nach zu urteilen, mit der sie ihre Hand zum Mund führte und hastig wieder fallen ließ. Zurück zu den Brüsten. Wirklich mehr als okay. Voll, fest … was für eine Verschwendung, ein erstklassiger Körper und dann dieses sündhaft hässliche Gesicht.

Natürlich hätte ein guter plastischer Chirurg einiges retten können. Zuerst müsste die Kinnpartie so verändert werden, dass sie aussah wie bei anderen Menschen auch, die Nase müsste begradigt und ein wenig gekürzt, das Piercing entfernt und das Loch genäht werden, die Aknenarben würden sich mithilfe einer Säure- und

Laserbehandlung glätten lassen, die Zähne konnte man bleichen. Tim ließ den inneren Taschenrechner arbeiten und kam auf einen schwindelerregenden Betrag. Selbst wenn sich eine Klinik in Indien oder Pakistan des Projekts annähme, würde es teurer werden als ein Mittelklassewagen. Nein, einen Sponsor würde sie dafür vermutlich nicht finden. Da hätte sie sich schon einen Rockefeller schießen müssen – aber warum sollte der sich auf so einen Kostenvoranschlag einlassen?

Tim Kiilberg hatte selbst einige kosmetische Korrekturen vornehmen lassen, wie er es zu nennen pflegte. Wenn man so oft auf dem Bildschirm erschien wie er, spielte das Aussehen keine geringe Rolle. Mindestens ein paar Stunden pro Tag waren reserviert, um die Kiilberg'sche Schönheit zu erhalten und zu verbessern. Fitness, Solarium, Gesichtsbehandlungen, Haarentfernung – sowie ein wenig plastische Chirurgie hier und da, wenn es nötig wurde.

Mit dem Ergebnis war er ausgesprochen zufrieden. Groß, braun gebrannt, muskulös. Schneeweiße Zähne in einem glatten Gesicht, das ein kräftiger Schnurrbart zierte und von einer dichten dunklen Mähne eingerahmt wurde. Nicht ohne eine gewisse Ähnlichkeit mit Tom Selleck in den *Magnum*-Filmen, wenn er es selbst hätte beschreiben sollen.

»Willst du noch ein Glas, Tim?« Der Schwule hielt ihm die Champagnerflasche hin.

»Danke.« Tim schubste sein Glas ein Stück in die Mitte des Tischs, damit Forsell es erreichen konnte, wenn er seinen kleinen Schwulenarsch ein wenig anhob.

»Wie schafft es ein so vielbeschäftigter Mann, sich für fünf Wochen aus den Tagesgeschäften auszuklinken?«, erkundigte sich Gunnar Forsell, als er einschenkte.

»Ich habe mich beurlauben lassen«, antwortete Tim und griff

nach dem gefüllten Glas. Erzwungener Urlaub ohne Bezüge, dachte er. Ich brauche das Geld. Aber das musst du ja nicht wissen.

Gunnar wandte sich an die Blondine. »Was ist mit dir, Jackie? Noch etwas Champagner?«

Jackie S schüttelte den Kopf und legte die Hand mit den künstlichen Nägeln über ihr Glas. »Das ist zu früh am Tag für mich.«

»Möchtest du lieber etwas anderes? Ein Wasser?« Der Schwule hatte bereits den Kühlschrank der winzigen Freiluftpantry geöffnet.

»Gibt's Cola light?«

»Coming up!« Mit einer großen Geste öffnete er die Flasche und goss wie ein Kellner mit einer übertriebenen Bewegung die Brause in das Champagnerglas der Blondine. Sie kicherte. Es war nicht zu ertragen.

Tim Kiilberg leerte sein Glas und stellte es mit einem kleinen Knall ab. Er ging an die Reling und starrte über den windstillen Fjord hinaus auf die Seufzerinsel, die als grüne Silhouette in dem graublauen Wasser zu erkennen war. Das Schiff schaukelte leicht, obwohl es noch vertäut war.

Er wünschte sich, er hätte diesen ganzen Zirkus abgelehnt. Eine Realityshow, come on! Es war genau das, was er am meisten hasste. Er hatte vor ein paar Jahren einem Journalisten der *Information* erzählt, das Schlimmste, was er kennen würde, wären Castingshows. Populär und platt, hatte er gesagt, diese Shows verhöhnen die Intelligenz der Zuschauer. Hoffentlich erinnerte sich niemand mehr daran. Er malte sich aus, wie es wäre, wenn zuerst *Information* und danach (um Gottes willen!) *Extra Bladet* ihn zitieren würden, nur um ihn als Fernsehhelden und Macho lächerlich zu machen – ausgerechnet jetzt, wo er keine Chance hätte, die Diskussion zu verfolgen und sich zu wehren.

Tim drehte sich um und richtete den Blick an Land, über den Yachthafen und Christianssund. Provinzkaff, dachte er. Gut, dass er hier nicht wohnen musste. Er blickte über den langen Holzsteg mit dem roten Teppich und den Presseleuten, die sich an der Anlegestelle drängten, wo gerade wieder ein Londoner Taxi mit einem weiteren Kandidaten ankam. Das Begrüßungskomitee stand bereit. Dieser Idiot Dan Sommerdahl stand in der Mitte und unterhielt sich mit Mahmoud Hadim, während die pummelige Krimiautorin ein wenig abwesend zu sein schien. Sie versuchte offensichtlich, Kontakt mit der Pressechefin aufzunehmen, doch die kleine, emsige Frau mit dem mobilen Headset bemerkte es gar nicht. Sie lief über den Steg, um den nächsten Gast abzuholen.

In diesem Moment erkannte Tim die Benimmexpertin Gitte Sandlauw, die aus dem Taxi stieg, lächelnd auf den Teppich zuging und erst einem, dann einem anderen Journalisten zuwinkte. Sie umarmte die Pressechefin, dann gingen sie Seite an Seite zum Schiff, während einer der jungen Matrosen einen überdimensionierten Designerkoffer hinter sich herzog. Tim kannte Gitte gut. Sie hatte mehrfach an großen Festen bei TV2 teilgenommen, zu denen auch Tim eingeladen war, allerdings hatte er nie mehr als ein paar Worte mit ihr gewechselt. Mit ihren sechzig plus hatte sie das Verfallsdatum längst überschritten – Tim befasste sich nur mit Vertretern des anderen Geschlechts, wenn sie eine gewisse Attraktivität hatten.

Lilly Larsen war unruhig. Sie meinte ständig, Gigi in der Kajüte winseln zu hören, aber vielleicht bildete sie sich das auch nur ein, denn sie war es nicht gewohnt, von ihrem Hund getrennt zu sein, und hatte das Gefühl, nicht hier stehen zu dürfen, nur wenige Meter von ihrem geliebten Wollknäuel entfernt. Doch es war eine unumgängliche Bedingung der Produktion: Sollte Gigi mit auf die Insel kommen, musste er vollkommen isoliert von den Kandidaten der Show untergebracht werden – auch während der Überfahrt. Man wollte nicht riskieren, dass die hyperallergische Kamille Schwerin plötzlich einen Asthmaanfall erlitt. Lilly hätte schreien und toben und noch so viel von allergiesicherer Rasse und Antihistamintabletten erzählen können, der Hund durfte in der Nähe der Mitwirkenden weder gesehen noch gehört oder gerochen werden. So war es einfach. Gigi war mit vier Stofftieren, einem weichen, pelzgefütterten Hundekörbchen, einem getrockneten Schweinsohr und einer Schale Wasser in der Kajüte eingesperrt worden. Der Hund würde schon zurechtkommen, versicherte Lilly sich noch einmal.

Die Pressechefin brachte Gitte Sandlauw jetzt auf die Yacht. Sie trug keine Strümpfe an den braun gebrannten Beinen und sah in ihrem gut sitzenden, hellblauen Kostüm mit einer weißen Seidenbluse darunter sehr gut aus. Als sie die Leiter hochstieg, rutschte ihr ein Schuh vom Fuß, und Lilly bemerkte sofort den hässlichen Streifen Selbstbräuner am Rand des nackten Fußes. Ein wenig Nylon wäre in diesem Fall doch die sicherere Wahl gewesen, dachte Lilly und schaute auf ihre eigenen Beine, die in einer hautfarbenen Strumpfhose gebührend verpackt waren.

»Da kommt der Nächste«, sagte Dan Sommerdahl neben ihr. Sie spürte seine Körperwärme an ihrer Schulter, obwohl sie sich nicht berührten. Ach, das war ein Mann. Nicht wie der selbstgefällige Tim Kiilberg oder der etwas verwahrloste Mahmoud Hadim, der immer so aussah, als sei er gerade aufgestanden. Nein, Dan war schon sehr viel eher ihr Typ – Mitte vierzig, gepflegt und mit einer angenehmen schnellen Auffassungsgabe. Seine lange Narbe, von er nur schwer die Finger lassen konnte, war für Lilly nur ein weiteres Plus; ohne sie wäre er schon beinahe zu perfekt. Er war sexy. Es gab kein anderes Wort dafür. Wahnsinnig sexy. Und außerdem hatte er Humor! Lilly hatte sich nur noch nicht ganz mit seinem glatt rasierten Kopf abgefunden, sie konnte sich nur schwer vom Bild eines Neonazis mit Kampfhund und einem IQ von fünfundachtzig verabschieden, obwohl sie genau wusste, dass die Vollglatze bei Medienleuten populär war. Wäre sie ein paar Jahre jünger gewesen, hätte Dan Sommerdahl ganz klar auf ihrer Speisekarte gestanden – Haupthaar oder nicht. Jetzt musste sie sich damit begnügen, ihn aus der Entfernung zu bewundern.

»Das ist Kristian Ludvigsen«, sagte Mahmoud.

Das Empfangskomitee stand stumm da und betrachtete den jungen Politiker, als er mit seinen Leibwächtern aus dem hübschen alten Taxi stieg und sich auf die Menge der Neugierigen und Presseleute zubewegte. Sein sandfarbenes Sakko trug er offen über einem hellen Hemd und dunklen Jeans. Keine Krawatte. Sehr passend für die Gelegenheit. Nicht zu politikerhaft, nicht zu nonchalant. Die Pressechefin umschwirrte ihn sofort, vermutlich hatte sie Angst, er könne irgendetwas anstellen. Ludvigsen blieb stehen und redete eine Minute mit einem Burschen von *Extra Bladet*. Der Journalist war ebenso kahl wie Dan Sommerdahl, registrierte Lilly. Ob das ansteckend war? Sie konnte ein Lächeln nicht unterdrücken.

Endlich erreichte Kristian Ludvigsen die kleine Gruppe. Er schüttelte jede Hand angemessen fest, angemessen lange – überhaupt in jeder Beziehung angemessen. Das lernt man vermutlich im Anfängerkurs für Politiker, dachte Lilly.

»Meine Mutter liest Ihre Bücher wahnsinnig gern«, sagte er, als er zu Lilly kam. »Sie ist ein großer Fan von Ihnen.«

»Das höre ich aber gern.« Lilly erwiderte Ludvigsens Lächeln.

»Ich glaube, das ist der einzige Teil dieses Projekts, mit dem sie einverstanden ist«, fuhr er mit gedämpfter Stimme fort. »Ansonsten hält sie das alles für groben Unfug. Eine einsame Insel, wöchentliche Wahlen und ein kahler Detektiv. Sie findet das alles absolut lächerlich. Aber mit der wahren Lilly Larsen zusammen zu sein – das ist großartig!«

Lilly spürte, wie sie rot wurde. Ludvigsen blinzelte ihr zu und wandte sich der Pressechefin zu, die von einem Fuß auf den anderen trat und ihn zu den anderen Gästen bringen wollte, weg von dem Empfangskomitee, das schon in wenigen Minuten den nächsten Kandidaten begrüßen sollte. Als er aufs Achterdeck trat, drehte er sich um und stand einen Augenblick still, damit die Fotografen noch das Foto eines lächelnden Kristian Ludvigsen bekamen, Mitglied des Folketing, auf dem Weg zu neuen Abenteuern. Er hat einen Kurs besucht, dachte Lilly. So etwas ist nicht angeboren.

Plötzlich drang ein entferntes, aber unmissverständliches Geräusch zu der kleinen Gruppe auf der Brücke.

»Das ist Gigi!« Lilly traten sofort Tränen in die Augen. »Hört doch, sie weint!«

»Wir können da jetzt nichts machen. Lilly«, sagte Dan.

»Kann ich nicht schnell hinunterlaufen und ...«

»Und was?« Dan legte ihr einen Arm um die Schulter. »Du musst hier oben bleiben. Wenn du jetzt runtergehst, wird sie nur noch unglücklicher, wenn du sie wieder verlässt.«

»Andererseits«, mischte sich Mahmoud ein. »Anderseits ist es nicht besonders clever, dass Kamille Schwerin dieses Geräusch hört, wenn sie gleich ankommt. Eine derartige Szene mit der Presse als Publikum sollten wir vermeiden.«

»Werde ich hier denn gebraucht?«, fragte Lilly. Ihre Stimme zitterte ein wenig.

»Das hatten wir doch besprochen, Lilly«, erwiderte Mahmoud, aber sein Blick flackerte ein wenig, als sie Gigi wieder irgendwo im Inneren des Schiffes winseln hörten.

»Mal ehrlich, Mahmoud«, sagte Dan. »Lilly könnte plötzlich Bauchweh oder Kopfschmerzen bekommen haben. Dann müsste sie auch in die Kajüte gehen und sich etwas hinlegen.«

»Ich kann die letzten Kandidaten ja begrüßen, wenn wir zur Insel kommen«, schlug Lilly vor.

»Na, da kommt noch jemand«, hörten sie die Stimme der Pressesprecherin hinter sich. Ihre Absätze klickten vergnügt die Leiter hinunter. Sie sah sich in dem kleinen Kreis um und wurde sofort ernst. »Irgendetwas nicht in Ordnung?«

»Das kann man wohl sagen«, begann Dan. In diesem Moment begann Gigi mit einem herzzerreißenden Geheul, das weitere Erklärungen überflüssig werden ließ.

»Oh«, sagte die Pressesprecherin und schielte an Land, wo Kamille Schwerin gerade aus dem Taxi stieg. »Los, mach, dass du zu deinem Hund kommst, Lilly. Wir werden Kamille irgendetwas erzählen.«

»Danke!« Lilly stolperte und stieß sich das Schienbein, als sie die Leiter hinaufstieg. Aber sie hielt nicht eine Sekunde inne, lief quer übers Achterdeck, durch den großen Salon an dem verblüfften Kapitän vorbei, der in der Pantry stand und Kaffee in die Kaffeemaschine füllte. Weiter ging es über eine Treppe hinunter zum Deck mit den Kajüten und hinein in die größte Kajüte des Schiffs, die für einen Vormittag als Hundehütte diente. Gigi sprang wie ein Tiger in die Arme ihrer Besitzerin. Lilly begrub ihr Gesicht in dem seidenweichen weißen Fell und blieb mitten in der luxuriösen Kajüte stehen, während sie den fernen Stimmen auf der Brücke zuhörte. Das große Panoramafenster war backbord, am Wasser, sodass Lilly die anderen von hier aus nicht sehen, sondern nur hören konnte. Auch gut, dachte sie. Sie würde diese Hexe, Kamille Schwerin, schon früh genug kennenlernen. Lilly hasste sie bereits jetzt – in Wahrheit hasste sie allerdings alle sogenannten Hundeallergiker, die unschuldigen Kuscheltieren und ihren Besitzern das Leben so schwermachten. Sie war überzeugt, die meisten führten sich lediglich so auf, um Aufmerksamkeit zu erregen.

Lilly legte sich mit dem kleinen Hund im Arm auf das Doppelbett der Kajüte. Sie würde ihre Frisur ruinieren und musste unbedingt daran denken, ihr Haar zu richten, bevor sie wieder hinaufging. Lilly musste sich ständig zu derartigen Dingen ermahnen – das Haar richten, die Bluse bügeln, die Strümpfe auf Laufmaschen überprüfen. Vor zwanzig Jahren wäre das undenkbar gewesen. Sie hatte den größten Teil ihres Lebens in einer Buchhandlung gearbeitet und konnte damals erst nach Feierabend an ihren Krimis schreiben. Das einsame Leben als Vollzeitautorin gefiel ihr in vielerlei Hinsicht ausgezeichnet, aber sie kannte die eingebauten Fallen. Sie musste sich nach einem festen Zeitplan zwingen spazieren zu gehen, sonst bekam sie keine Bewegung. Nur selten kam sie aus dem Schlafanzug, wenn es draußen stürmisch und feucht war. An diesen Tagen ließ sie Gigi einfach in den Garten und verließ selbst nicht das Haus. Wenn keine Lesungen, Treffen oder andere Unternehmungen in ihrem Terminkalender standen, durften sich die grauen nachwachsenden Haare an ihrem Mittelscheitel ausbreiten, und ganz bestimmt trug sie nicht jeden Tag einen BH. Im alltäglichen Leben war sie schlicht sie selbst: eine etwas zerstreute Einsiedlerin, die auf dem Land wohnte, nie etwas anderes trug als bequeme Jogginghosen und die meisten Gespräche mit einem vierbeinigen Wesen oder via Facebook führte.

Es war eine große Veränderung für Lilly, als sie durch die Arbeit an *Mörderjagd* gezwungen wurde, sich ein paarmal in der Woche zu schminken, Schuhe mit hohen Absätzen und auch sonst anständige Kleidung zu tragen. Und nach ein paar Monaten mit regelmäßigen Treffen und Sitzungen fand sie, dass es eigentlich ganz schön war, wieder präsentabel zu erscheinen. Sie hatte in neue Kleider investiert und das herzliche Verhältnis zu ihrem Friseur wieder aufgefrischt. Fast hatte sie das Gefühl, sich selbst wiedergefunden zu haben. Obwohl sich nicht bestreiten ließ, dass all diese gesellschaftlichen Verpflichtungen ermüdend sein konnten.

Gigi war an ihrer Brust eingeschlafen. Lilly schloss die Augen und entspannte sich, wobei sie das sanfte Schaukeln des Schiffs und das Gefühl von Wasser an allen Seiten genoss. Die Stimmen an Deck waren weit entfernt. In unverständlichen Brocken konnte sie Dans spöttische Diktion und Mahmouds tiefe, schleppende Stimme unterscheiden. Sie erkannte die helle stakkatoartige Frauenstimme der Pressechefin, also musste der gedämpfte und eigentlich sehr angenehme Mezzosopran Kamille gehören.

Irgendwo im Hafen wurde ein Motorboot angelassen, das Geräusch des Dieselmotors überlagerte einige Minuten die Wortfetzen vom Steg. Lilly versuchte, sich einen mentalen Überblick über die Kandidaten zu verschaffen. Wer war gekommen? Dan, Gitte Sandlauw, Jackie S, Kristian Ludvigsen, Tim Kiilberg und ... ach ja, Gunnar Forsell und Kamille Schwerin. Sieben. Wer war der Letzte?

In dem Moment, als ihr der Name einfiel, war das Geräusch des Motorboots verschwunden, und die Stimmen drangen wieder zu ihr durch. Sie hörte, wie die erwartete Ankunft des letzten Kandidaten die Presseleute aufgeregt durcheinanderreden ließ.

Lilly stand auf und öffnete eine dieser seltsam altertümlichen runden Bullaugen, die das große Panoramafenster unterbrachen. Sofort wurden alle Geräusche erheblich lauter. Sie bildete sich ein,

ein Auto hören zu können, das auf den Kai rollte, die Blitze der Amok laufenden Fotografen, eine zufallende Wagentür. Sie war sich sicher, das Klacken der hohen Absätze der Pressechefin auf dem Steg zu hören; sie hörte, wie die Journalisten Fragen durcheinanderriefen. Es gab keinen Zweifel, wer der letzte Gast war. Natürlich. Es gab nur einen der acht Kandidaten mit ernsthaftem Showtalent.

Lilly fluchte, dass sie keine Sicht aufs Land hatte. Sie hätte gern einen Blick auf die hübsche Schauspielerin Kirstine Nyland geworfen, die die Hauptrolle in *Weiße Veilchen* gespielt hatte, der erfolgreichsten Fernsehserie der letzten Jahre. Sie war der unangefochtene Star von *Mörderjagd*.

14

Gunnar Forsell erhob sich, als Kirstine Nyland das Oberdeck betrat. Er ging ihr entgegen, legte die Hände leicht auf ihre Schultern, Küsschen links, Küsschen rechts in die Luft, auf keinen Fall wollte er ihr Make-up ruinieren.

»Wie schön, dich zu sehen«, sagte sie leise und schob die Sonnenbrille auf die Stirn. »Ich hatte solche Angst, dass ich hier überhaupt niemanden kenne.«

»Mir ging's genauso.« Er schob sie ein wenig von sich. »Schicke Jacke, Kis.«

»Danke. Bist du schon lange hier?«

»Ich bin als Erster gekommen und durfte mich nach und nach an die anderen gewöhnen.« Er lächelte. »Ich glaube, die Pressechefin wird eine Vorstellungsrunde organisieren, sobald wir in See stechen, aber darf ich dich schon jetzt einem sehr schüchternen Mädchen vorstellen? Sie ist hübsch, ganz hübsch! Du wirst sie mögen!«

Als Kirstine nicht protestierte, legte er ihr eine Hand auf den Ellenbogen und führte sie zu Jackie S, die ebenfalls aus dem halbkreisförmigen weißen Sofa aufgestanden war.

Als die beiden Frauen einen höflichen Smalltalk begannen, zog sich Gunnar einen halben Meter zurück und betrachtete Jackie aufmerksam. In der halben Stunde, in der sie an Bord war, hatte sich eine Verwandlung vollzogen. In ihren Augen, die bei ihrer Ankunft geradezu glasig vor Nervosität gewesen waren, zeigte sich jetzt Leben, ihre Bewegungen waren ungezwungener.

Gunnar war bewusst, dass ihm der größte Teil der Ehre gebührte, wenn es der jungen Sängerin jetzt erheblich besser ging. Es war einer der wesentlichen Gründe für seinen Aufstieg in der Branche. Gunnar erkannte die Unsicherheit, durch die die meisten Frauen, unabhängig von sozialem Status, Alter oder Statur, zu ihren eigenen schärfsten Kritikerinnen wurden. Er hatte eine gute Antenne für den weiblichen Selbsthass, und genau dort setzte er an.

In seiner Branche gehörte es zu den selbstverständlichen Voraussetzungen, dass man fantastische Abendkleider entwerfen konnte, ein modischer Vorreiter war und Gespür für das richtige Material im genau richtigen Schnitt und in genau den richtigen Farben hatte. Doch diese Fähigkeiten hatten viele seiner Konkurrenten auch. Nein, was Gunnar Forsell so schnell in die erste Reihe gebracht hatte, war seine Fähigkeit, Frauen ihre innere Selbstkritik vergessen zu lassen. Befrei sie für eine Weile vom Selbsthass, gib ihnen das Gefühl, sich ein wenig hübscher zu fühlen, intelligenter, begehrenswerter. Wenn es gelang und eine Frau in seiner Gegenwart ein etwas größeres Selbstwertgefühl entwickelte, tja, dann hatte er für alle Zeiten eine loyale Kundin gewonnen. Vorausgesetzt natürlich, die ökonomischen Verhältnisse erlaubten der Frau Geschmack bei der Wahl ihrer Kleidung.

Er konnte das mangelnde Selbstvertrauen seiner Kundinnen nicht auf Dauer kurieren, aber zumindest dafür sorgen, dass sie sich wohlfühlten, solange sie mit ihm zusammen waren. Und hoffen, dieses Gefühl würde wieder aufflammen, zum Beispiel, wenn sie an sich heruntersahen und das Kleid betrachteten, das er für sie entworfen hatte. Kleider von Gunnar Forsell waren mit Selbstwert genäht und mit Hoffnung paspeliert wie eine poetisch veranlagte Journalistin es kürzlich formuliert hatte.

Gunnar hatte die Wahrheit gesagt, als er Jackie S erzählte, er würde ihre Stimme lieben, dennoch hatte er sie nicht deshalb unter seine zarten Fittiche genommen. Jedenfalls nicht nur. Wenn er eine Frau sah, die so unsicher war wie sie, half er einfach instinktiv – egal, ob sie das Potenzial zu einer Kundin hatte oder nicht. Und siehe da, es funktionierte.

Er ließ seine Augen umherschweifen, bis sein Blick auf Kamille Schwerin fiel. Sie stand ein wenig abseits und nippte an ihrem Champagner. Die große, schlanke Frau war keine Kundin von ihm, wobei das ja noch kommen konnte. Soweit er wusste, war sie noch mit Lorenz Birch verheiratet, und das bedeutete, bei ihr wären die finanziellen Voraussetzungen gegeben. Außerdem hatte sie Geschmack, stellte er fest, als er ihr raffiniertes mehrlagiges Kleid in Augenschein nahm. Das war kein Schnitt, den jeder tragen konnte. Bei den meisten Frauen würde dieses hellgraue Leinenteil eher wie ein Postsack aussehen. Aber an Kamille hatte es genau die diskrete Eleganz, die der italienische Designer beabsichtigt hatte.

Er reichte ihr die Hand und stellte sich vor.

»Kamille Schwerin«, antwortete sie lächelnd.

Ihre Augen waren graubraun, eine sehr spezielle Farbe. Bereits jetzt sah Gunnar vor sich, wie gerade diese Nuance hervorgehoben werden konnte. Vielleicht würde strukturgewebte Rohseide, die in langen Falten zu Boden fiel, ihre Formen hervorheben. Wählte man eine staubige Erdfarbe, bekämen ihre Augen eine besondere Wirkung.

»Du bist Künstlerin, nicht wahr?«

»Bildhauerin, ja. Das heißt ... meine letzte Ausstellung war eher eine Installation.«

»Ja, ich habe die Besprechungen gelesen. Sie waren fantastisch. Gratuliere.«

»Danke.«

»Woran arbeitest du im Moment?«

»Oh ...« Kamille sah in ihr Glas. »Das ist ein wenig kompliziert.«

»Du musst nicht darüber sprechen, wenn du keine Lust hast.«

»Nein, das ist es nicht, nur ... Das vergangene Jahr war für mich ein bisschen chaotisch, im Augenblick bin ich eher auf der Suche. Also arbeitsmäßig.« Auf ihrem Gesicht zeigte sich plötzlich ein Lächeln. »Eigentlich kommen mir diese Ferien hier sehr gelegen.«

»Dafür hältst du *Mörderjagd*? Eine Art Urlaub?«

»Ja, was denn sonst?«

»Also für mich ist es Marketing.« Er blinzelte ihr zu.

»Ich verstehe nicht. Man verkauft doch keine Haute Couture, indem man bei einer Realityshow mitmacht?«

»Die will ich auch gar nicht promoten.« Gunnar beugte sich ein Stück zu ihr vor. »Im nächsten Frühjahr lanciere ich meine erste Ladenkollektion. Stangenware, wie man so sagt. Und wenn man so etwas verkaufen will, ist es entscheidend, dass man bei einem breiteren Publikum bekannt wird.«

»Oh ... interessant!«

»Ich hoffe, das eine oder andere Kaufhaus präsentiert meine Sachen. Da schadet es nichts, wenn man bereits einen Namen hat.«

»Haute Couture ist doch schon sehr interessant. Ich liebe maßgeschneiderte Kleidung.«

»Nur kann man in einem kleinen Land wie Dänemark kaum davon leben.«

Die ganze Gesellschaft drehte sich um, als ein lautes Klatschen ertönte. Die Pressechefin hatte ein breites Lächeln auf den Lippen.

»So!«, rief sie munter. »In zwei Minuten legen wir ab. Ich hoffe nicht, dass irgendjemand es schon jetzt bereut?«

Gunnar registrierte aus den Augenwinkeln, wie angespannt Jackie S sich bewegte. Er drehte ihr den Kopf zu und lächelte beruhigend. Wenn sie sich plötzlich anders entschied, würde es eine Szene geben, und Gunnar hielt das für keine gute Idee, zumal das Boot und all seine Passagiere sich noch immer in Reichweite der Teleobjektive befanden. Jackie begegnete seinem Blick und entspannte sich.

»Na, keiner?«, sagte die Pressechefin lachend, während sie ihren Blick von einem Gesicht zum anderen wandern ließ.

»Sehr schön.«

In diesem Moment wurden die beiden Motoren des Schiffs mit einem alles übertönenden Brüllen angelassen. Erst der eine, Sekunden später der zweite. Die Champagnergläser auf dem Tisch klirrten, und Jackie S stieß einen kleinen Schrei aus, der sofort in ein entzücktes Kichern überging. Sie sah Gunnar an und lachte. Wie ein Kind, das auf das erste Ruckeln des Karussells reagiert, bevor es anfängt, sich zu drehen.

Wenige Augenblicke später wurde der Motorenlärm eine Spur leiser, und die Yacht entfernte sich langsam vom Kai. Die Presseleute zerstreuten sich allmählich. Ein paar Schulkinder winkten halbherzig. Gunnar winkte zurück, ging dann auf die andere Seite des Decks und ließ den Blick über die Bucht schweifen, wo hier und da kleine weiße Dreiecke anzeigten, dass auch andere Menschen das herrliche Wetter genossen.

Die Pressechefin hatte unterdessen für Nachschub von Champagner und Limonade gesorgt sowie eine Riesenplatte Sandwiches kommen lassen. Als alle Gläser gefüllt waren, erteilte sie das Wort dem Produktionsleiter der Show.

Mahmoud Hadim brachte einen Toast auf eine hoffentlich glückliche Überfahrt aus und erklärte, man wolle die Gelegenheit nutzen und das Schiff einmal langsam rund um die Seufzerinsel fahren lassen, damit alle einen Eindruck von der Größe und dem Charakter der Insel bekämen.

»Die Insel wird in den kommenden fünf Wochen euer Zuhause sein«, sagte er. »Wir haben dort die vergangenen Wochen mit den Vorbereitungen der Show verbracht, und ich hoffe, ihr werdet sie ebenso mögen wie wir.«

»Wie viele Personen hat das Produktionsteam?«, wollte Tim Kiilberg wissen.

»Dreiunddreißig sind direkt an der Produktion beteiligt«, antwortete Mahmoud und fuhr mit der Hand durch sein kräftiges Haar. »Dazu kommt die Krimiautorin Lilly Larsen, die einige von euch bereits kennengelernt haben. Sie arbeitet eng mit den Autoren der anderen Länder zusammen, die *Mörderjagd* übernehmen werden – inspiriert von Agatha Christies Klassiker *Und dann gabs keines mehr*, in dem zehn Menschen auf eine einsame Insel kommen, von jeglichem Kontakt mit dem Festland abgeschnitten sind und einer nach dem anderen ermordet wird. In unserem Fall muss allerdings nur ungefähr die Hälfte von euch ihr Leben lassen.«

»Huuuuu!«, stieß Gitte Sandlauw aus. »Es läuft mir jetzt schon eiskalt den Rücken hinunter.« Sie lachte.

Mahmoud grinste. »Lilly ist auch für die unmittelbaren Änderungen des Plots verantwortlich«, fuhr er fort. »Jedes Mal, wenn die Zuschauer einen von euch herausgewählt haben, muss sie eine Mordmethode, einen Tatort und einen Zusammenhang zu den vorhergehenden Morden finden. Lilly ist also in vielerlei Hinsicht die Hauptperson bei *Mörderjagd*, obwohl sie nicht auf dem Bildschirm zu sehen sein wird.«

»Wo ist sie eigentlich?«, fragte Gitte. »Sie war doch eben noch da?«

»Lilly musste sich etwas hinlegen. Wir hoffen, dass sie sich bis zum Abendessen wieder besser fühlt.« Mahmoud zählte die übrigen Mitglieder des Produktionsteams auf. Kameraleute, Tonmänner, Cutter, Regisseure. Er erklärte seine eigene Rolle als Verantwortlicher für die Produktion, berichtete von dem jungen Produktionsassistenten, der ihm zur Seite stehen würde und sie mit dem Redaktionschef und dem übrigen Team schon auf der Insel erwartete. »Rasmus ist übrigens der Sohn von Dan Sommerdahl, ihr könnt es ebenso gut gleich erfahren«, sagte er und lächelte Dan zu. »Nicht, dass ihm das geschadet hätte. Er ist trotzdem ziemlich tüchtig.«

Höfliches Gelächter.

»Was ist mit Essen, Putzen und solchen Sachen?«, erkundigte sich Gitte, die offenbar die Rolle als Sprecherin der Gruppe übernommen hatte. »Müssen wir das selbst organisieren?«

»Im Großen und Ganzen ja. Wir kaufen ein paarmal in der Woche für euch ein, bei festlichen Gelegenheiten kann es vorkommen, dass ihr ein fertig zubereitetes Gourmetabendessen bekommt. Aber die Spielregeln erfordern, dass nur ihr acht Zugang zum Kandidatenflügel habt.«

»Was ist mit den Kameraleuten?« Tim Kiilberg stellte die Frage. Er biss bereits in sein zweites Thunfischsandwich.

»Richtig. In bestimmten Situationen werden sie zu euch hineinkommen. Die allermeisten Aufnahmen bekommen wir allerdings über fest installierte Kameras, einige versteckt, andere deutlich sichtbar. Jeder von euch erhält ein drahtloses Mikrofon, das ihr am Körper tragen müsst, wenn ihr wach seid. Es gibt Kameras in allen Räumen, außer den Badezimmern . . .«

Erleichtertes Murmeln der Kandidaten. »... und den Schlafzimmern. Es wird notwendig sein, dass ihr einigen vom Set in gewissem Umfang Zutritt gewährt. Nach den einzelnen Morden brauchen wir ordentliche Aufnahmen vom Tatort, es wird Spuren geben, die die Zuschauer sehen sollen, um mitraten zu können. Sie alle kommen jedoch nur nach Absprache und unter Aufsicht, es gibt keinen freien Zutritt zum Kandidatenflügel, auch nicht für die Kamera- und Tonleute.«

Mahmoud fuhr mit seiner kleinen Rede fort und stellte die Kandidaten nacheinander vor. Währenddessen betrachtete Gunnar Forsell den dunkelhäutigen Produktionsleiter. Die markanten Gesichtszüge mit den fast schwarzen Augen hinter papierdünnen, dunklen Augenlidern und dem blauschwarzen Schatten der Bartstoppeln über einem viereckigen Kinn hatten Gunnars Interesse geweckt, seit sie sich vor einer knappen Stunde auf dem Steg begrüßt hatten. Und jetzt, wo er in aller Ruhe den Körper dieses Mannes betrachten konnte, sah er, dass sein Instinkt wie gewöhnlich richtig gewesen war. Trotz des schlabbrigen T-Shirts und der locker sitzenden Hose war Mahmoud Hadim zum Vernaschen. Allein die Art, wie sein dichtes halblanges Haar ständig gebändigt werden musste, war absolut unwiderstehlich.

Stand er auf Frauen oder auf Männer? Gunnar hatte ausnahmsweise Zweifel, doch sein unmittelbares Gefühl sagte ihm, dass der Mann leider hetero war. What a waste.

Auch Kamille Schwerin beteiligte sich gehorsam an dem höflich begrüßenden Ringelreihen, das unmittelbar auf die Vorstellungsrunde folgte, und hatte natürlich längst eine Meinung von ihren Mitspielern: Gitte Sandlauw ... *ganz nett, war sie nicht von niedrigem Adel?* ... Jackie S ... *ach, gähn, gähn* ... Tim Kiilberg ... *hässliche Geschichte* ... Mahmoud Hadim ... *ein Kamm und ein Bügeleisen würden Wunder bewirken* ... Dan Sommerdahl ... *wer weiß, wie scharf er wirklich war, wenn es drauf ankam* ... Gunnar Forsell ... *ein Mann mit Zukunft* ... Kristian Ludvigsen ... *Lorenz' Spielkamerad* ...

Endlich war die Begrüßungszeremonie überstanden. Einige gingen aufs Achterdeck, andere saßen auf dem halbkreisförmigen weißen Plastiksofa, jemand suchte eine Toilette. Kamille blieb an der Steuerbordseite des Sonnendecks an der Reling stehen und blickte auf die Seufzerinsel. Sie war noch bezaubernder, als sie es von den Ferien ihrer Kindheit in Erinnerung hatte. Der östliche Teil der Insel war dicht mit einem alten unter Naturschutz stehenden Eichenwald bewachsen, der im Inselinneren in einen gemischten Baumbestand mit Buchen und großen Ebereschen überging. Einige Eichen waren mehrere Hundert Jahre alt und beugten sich knorrig über das steinige Ufer. Von hier aus gesehen sah der Wald dunkel und düster aus, doch Kamille wusste, dass man das Gefühl hatte, sich in einer Kathedrale aus bebenden Lichtsäulen zu befinden, die den Boden mit warmen grünen Flecken übersäten, wenn man erst einmal in ihm stand. Sie schloss die Augen und konnte sich noch immer an den Duft des Waldbodens erinnern, an die Wärme der sonnenbeschienen Flächen, sie hörte das verblüffend laute Rauschen der Bäume, das sich mit dem Vogelgesang und dem scheinbar ewigen Rascheln kleiner Tiere am Waldboden vermischte. Dieser Wald war bis zu ihrem fünfzehnten Lebensjahr

Kamilles sommerlicher Zufluchtsort gewesen. Als die Familie die Insel zum letzten Mal verließ, hatte sie das Gefühl gehabt, aus dem Paradies verbannt zu werden.

»Geht's dir nicht gut?« Gunnar Forsell legte ihr eine Hand auf die Schulter.

Kamille öffnete die Augen. »Nein, ganz im Gegenteil.« Sie lächelte. »Ich habe nur versucht, mich zu erinnern, wie es dort drüben im Wald ist.« Sie nickte in Richtung Insel.

»Bist du schon einmal dort gewesen?«

»Jeden Sommer, meine ganze Kindheit lang. Meine Eltern hatten eine kleine Hütte auf der Insel gemietet. Gleich auf der anderen Seite des Waldes. Ich werde sie dir zeigen, wenn wir auf der Nordseite sind.«

»Toll! Dann bist du unser Guide. Wusstest du das, Mahmoud?« Gunnar wandte seinen Kopf dem Produktionsleiter zu, der sich gerade aus dem Sofa erhob.

»Dass Kamille die Insel kennt? Ja, das stand in irgendeinem Zeitungsausschnitt, den mir die Presseabteilung gegeben hat.« Mahmoud stützte die Unterarme auf die Reling und beugte sich etwas vor, um Kamille in die Augen sehen zu können. »Bist du seitdem noch mal dort gewesen?«

»Nein.« Kamille blickte wieder aufs Land. »Der Oberarzt, der uns die Hütte vermietet hatte, ging in Pension und nutzte sie dann wohl selbst. Er hat sie uns jedenfalls nicht mehr vermietet, und meine Eltern fanden andere Urlaubsorte. Ein Ferienhaus in Nordjütland, in einem anderen Jahr mieteten wir uns auf einem Bauernhof in Schweden ein.« Wieder lächelte sie. »Aber nirgendwo war es so schön wie auf der Seufzerinsel. Es ist ein verzaubertes Fleckchen Erde.«

»Ich bin ganz deiner Meinung«, sagte Mahmoud und fuhr sich

mit der Hand durchs Haar. »Zu einem Ferienhaus dort würde ich auch nicht Nein sagen.«

»Ich wundere mich, dass es das überhaupt gibt. Ich dachte, die Insel sei unbewohnt, seit das Sanatorium geschlossen wurde?«, sagte Gunnar.

»Nicht ganz. Ein Ehepaar wohnt noch dort. Sie halten ökologische Milchschafe, die überall frei herumlaufen dürfen und das Gras kurz halten. Aber es gibt keine Ferienhäuser oder Touristen. Nur diese beiden Leute und ihre Schafe.«

»Freilaufende Schafe?«, stieß Kamille aus. »Hauptsache, sie kommen nicht in meine Nähe!«

Mahmoud grinste überrascht. »Du hast doch nicht etwa Angst vor ihnen?«

»Es ist sehr wahrscheinlich, dass ich allergisch auf sie reagiere.«

»Du weißt es nicht?«

»Ich wurde nicht speziell auf Schafe getestet, aber ich reagiere auf Hunde, Katzen, Pferde und alle möglichen anderen Pelztiere. Also, warum nicht auch auf Schafe?«

»Die Schafe kommen nicht auf das Gelände von *Mörderjagd*«, beruhigte er sie. »Das ist komplett abgesperrt.«

»Draußen ist es kein Problem, Mahmoud. Nur wenn Haut- oder Haarpartikel in geschlossenen Räumen herumfliegen, wird es schlimm.« Sie sah ihn an. »Diese Menschen, die sich um die Schafe kümmern ... Die ziehen sich doch um, bevor sie zu uns kommen, oder?«

Er wirkte ein wenig erschöpft. »Ich bin sicher, dass sie die Klamotten ausziehen, die sie im Stall tragen, bevor sie uns besuchen. Aber wir können sie sicherheitshalber noch einmal darum bitten, wenn das für dich wesentlich ist.«

»Und wenn wir ihnen begegnen, wenn wir spazieren gehen?«

Mahmoud lachte. »Spazieren gehen? Ihr geht nicht spazieren, solange die Show läuft.«

Kamille zuckte die Achseln. »Ach ja.«

»Wenn du willst, kannst du heute Nachmittag in den Wald gehen. Ihr werdet erst nach dem gemeinsamen Abendessen im Kandidatenflügel eingeschlossen. Heute dürft ihr euch noch frei bewegen, jedenfalls ein paar Stunden.« Mahmoud richtete sich auf und lächelte plötzlich breit. »Sobald man herausgewählt worden ist, darf man sich selbstverständlich auf der ganzen Insel aufhalten. Du kannst ja darauf hoffen, dass die Zuschauer dich als eine der Ersten ermorden.« Er blinzelte ihr zu.

Kamilles Lächeln wirkte ein wenig gequält. »Was für eine makabre Vorstellung, sich selbst zu wünschen, ermordet zu werden.«

»Richtig, *Mörderjagd* ist makaber! Genau das ist ja die Idee!«

Die Yacht fuhr in gemessenem Tempo in westliche Richtung. Vor den Passagieren lag noch immer die Südküste der Insel. Der Wald ging über in flache Wiesen, die von den vielen grasenden Schafen wie weiß gesprenkelt erschienen. Halb verborgen von wild wachsendem Flieder und anderen Büschen war das alte Sanatorium zu erkennen. Bei seinem Anblick ging ein erregtes Raunen durch die Gruppe. Dort würde man sich in den kommenden fünf Wochen aufhalten. Einige Fenster waren mit Pappe überklebt oder mit Brettern vernagelt, im Dach klafften an mehreren Stellen Löcher, Dachziegel waren heruntergefallen.

»Sieht nicht besonders einladend aus«, bemerkte Tim Kiilberg, der sich das Sanatorium durch einen Fernglas ansah. »Sollen wir ernsthaft in dieser Bruchbude wohnen?«

»Wartet ab, bis ihr es von vorne seht«, erwiderte Mahmoud gelassen. »An der Nordseite ist die Fassade komplett renoviert, und alle Räume, die für die Show benötigt werden, sind selbstverständlich instand gesetzt worden – sowohl im Nord- wie im Südflügel. Die Küche ist neu, die Badezimmer sind neu, alles funktioniert wie geschmiert. Das war ein Teil der Vereinbarung mit dem Eigentümer der Insel. Im Gegenzug können wir diese ganze Herrlichkeit so gut wie umsonst nutzen.«

Tim sah noch immer durch das Fernglas. »Wem gehört die Insel eigentlich?«

Mahmoud zuckte die Achseln. »Keine Ahnung. Ich habe die Gespräche mit dem Verwalter nicht geführt.«

»Vermutlich dem Staat«, meinte Dan und sicherte sich das letzte Sandwich.

»Vielleicht weiß es der Schafbauer.« Mahmoud fuhr sich mit der Hand durch sein Haar. »Ihr könnt ihn ja heute Abend fragen.«

»Kommt er zum Essen?«

»Er und seine Frau werden uns besuchen, ja. Sie waren unglaublich hilfsbereit. Supertypen!« Mahmoud starrte auf die Insel. »Gleich sieht man ihr Haus.«

Das Schiff glitt aufs Land zu, als sie langsam die westliche Spitze der Insel umrundeten. Kurz darauf tauchten ein paar flache, weiß verputzte Gebäude auf. Eine Scheune, ein paar Stallanlagen, ein wohlproportioniertes Wohnhaus mit großen Blumenbeeten davor. Der Hof lag auf dem höchsten Punkt der Insel; direkt vor dem Hofplatz fiel die Böschung steil ab zum Strand, der an dieser Stelle mit großen Feldsteinen bedeckt war. Ein solide gebauter Steg ragte ins Wasser. Ganz vorn auf dem Steg stand ein kompakter Kran auf Rädern, ein breites Motorboot lag vertäut direkt daneben.

»Wozu braucht man denn so einen Kran?« Dan zeigte auf den Steg.

»Ich weiß es nicht.« Mahmoud fuhr sich schon wieder durchs

Haar. »Aber wenn ich raten soll, würde ich sagen, sie benutzen ihn, wenn sie die Schafsmilch zur Molkerei bringen müssen.«

»Ah ja.«

Eine Frau kam aus dem Wohnhaus und blieb stehen, als sie das Schiff sah. Sie hielt die Hand über die Augen und schaute hinüber, bis Mahmoud mit beiden Armen zu winken begann. Nach wenigen Sekunden erwiderte sie den Gruß.

Alle Kandidaten winkten nun – mit Ausnahme von Tim, der sich zu so etwas offenbar nicht herabließ. »Sie sieht doch ganz okay aus«, sagte er und hielt das Fernglas auf die Frau gerichtet. »Ein bisschen kräftig vielleicht, wie eine Bauersfrau sieht sie jedenfalls nicht gerade aus.«

Dan Sommerdahl hob eine Augenbraue. »Wie sieht eine Bauersfrau denn aus?«

»Du weißt schon ...« Tim zuckte die Achseln, ohne Dan anzusehen.

»Aha«, erwiderte Dan, ohne eine Miene zu verziehen. »Eine ausgesprochen präzise Beschreibung.«

Nun trat ein Mann auf den Hof und stellte sich neben die Frau. Auch er winkte.

»Das ist ja Mads!«, entfuhr es Kamille.

»Kennst du ihn?«, fragte Gunnar Forsell.

»Ich habe mit Mads gespielt, als wir Kinder waren. Gesehen habe ich ihn zuletzt ... Gott, das muss fünfundzwanzig Jahre her sein.«

»Witzig«, mischte Dan sich ein. »Es ist doch immer wieder interessant, jemanden aus seiner dunklen Vergangenheit wiederzutreffen.«

Er sah sie lächelnd an. Gab es da einen Hauch von sardonischem Vergnügen in seinem Ausdruck?

Kamille hatte plötzlich das Gefühl, nur von Menschen umgeben zu sein, die direkt durch sie hindurchsehen konnten. Es war wahrlich kein angenehmer Gedanke.

15

Auch dem jungen Folketing-Politiker Kristian Ludvigsen war Kamilles kaum spürbares Unbehagen beim Anblick des Bauern und seiner Frau aufgefallen.

Aber da Kristian Ludvigsen Kamille seit mehreren Jahren kannte, dachte er nicht weiter darüber nach. Es musste überhaupt nichts Ernstes bedeuten. Vielleicht hatte Mads mal Kamilles Limonade verschüttet. Oder ihr Glanzbilderalbum zerknickt. Er wusste, dass Kamille Schwerin ebenso feinfühlig und paranoid war wie ein Araberpferd. Diese Frau war schon immer nervös und grenzenlos überempfindlich. Ein Kontrollfreak. In gewissen Situationen war ihre Angespanntheit direkt ansteckend, und Kristian hatte sich dabei ertappt, dass er in ihrer Nähe eine Tendenz entwickelte, seine Worte besonders sorgfältig zu wählen.

Er hatte nie ganz begriffen, was Lorenz Birch an dieser Frau fand. Sicher, wenn sie wollte, konnte sie unglaublich faszinierend sein. Ihr Ernst und ihre vibrierende Intensität hatten etwas Anziehendes. Und hübsch war sie auch – auf eine ganz eigene, beinahe androgyne Weise.

Dennoch zog Kristian Ludvigsen es inzwischen vor, gesellschaftliche Ereignisse zu meiden, bei denen er wusste, auch Kamille wäre anwesend. Es lag an ihrer Art. Schlimm genug, dass Lorenz ihn vor ein paar Monaten gedrängt hatte, zur Justizministerin zu gehen, damit sie die Polizei anwies, ein wenig mehr Feingefühl gegenüber seiner schwer getroffenen Familie zu zeigen. Es käme ihm ausgesprochen gelegen, wenn er mit dieser unangenehmen Angelegenheit nichts mehr zu tun haben müsste.

Die Aussicht, über einen Monat mit Kamille eingesperrt zu sein, machte ihn schon deshalb geradezu mutlos. Doch er brauchte sämtliche Publicity, die er bekommen konnte – bis zur nächsten Wahl blieben ihm noch nicht einmal mehr zwei Jahre, und eine Rolle in einem groß angelegten Unterhaltungsprogramm war genau das Richtige, um seinen Namen im Bewusstsein der Wähler zu verankern. Außerdem durfte er es sich ausgerechnet jetzt keinesfalls mit Lorenz Birch verderben. Die Projekte, die die beiden Männer angekurbelt hatten, ließen keinen Platz für irgendwelche Verstimmungen.

Plötzlich schwankte die Yacht im Kielwasser eines vorbeifahrenden Speedboots, und die Kandidaten, die an Deck standen, mussten sich an der Reling festhalten. Gitte Sandlauw verschüttete einen Schluck Champagner und lachte laut auf. Kamille dagegen war blass geworden. Sie hielt die Reling so fest umklammert, dass ihre Knöchel weiß aufleuchteten. Einiges deutete darauf hin, dass sie nicht sonderlich seefest war.

Jetzt hatte die Yacht die Westspitze der Insel umrundet und bewegte sich in östlicher Richtung den Nordstrand entlang. Hier sah es vollkommen anders aus als an der rauen und steinigen Südküste. Der Strand bestand aus einem breiten Sandstreifen, und das Wasser wurde verhältnismäßig flach, sodass das Schiff seinen Weg in etwas größerer Entfernung fortsetzte. Der Bauernhof war außer Sichtweite geraten, das einzige Zeichen von Leben auf der Insel waren mehrere Minuten lang lediglich die Schafe und die halb ausgewachsenen Lämmer, die überall grasten, zwischen den Bäumen, auf den Wiesen und entlang einem schmalen Bach.

Nach einer Weile passierte das Schiff die Frontseite des Sanatoriums, die tatsächlich sorgfältig renoviert worden war. Ein frisch gemähter Rasen erstreckte sich vom Eingangsbereich des Hauses bis hinunter zu einem einladenden Sandstrand, wo bunte Liegestühle unter blau-weiß gestreiften Sonnenschirmen standen. Sie sahen ausgesprochen einladend aus.

Auf dem Rasen sah man einen langen Tisch mit einer weißen Tischdecke, die in der sanften Brise flatterte. Neben dem Tisch stand eine kleine Gruppe Menschen. »Das ist der Rest der Mannschaft«, erklärte Mahmoud und wühlte im Haar.

»Da ist ja Rasmus!«, rief Dan mit einer Stimme, die vor Freude ein paar Töne heller als gewöhnlich klang. »Mein Sohn. Der Blonde mit dem roten T-Shirt.«

»Ich freue mich, ihn kennenzulernen«, sagte Kamille.

Sie hielten auf einen sehr langen Steg zu, an dem drei kleine Ruderboote mit Außenbordmotor sowie ein etwas größeres Motorboot lagen.

»Ich dachte, wir umrunden die Insel komplett?« Kamille klang enttäuscht.

Mahmoud zuckte die Achseln. »Sind wir denn nicht fast einmal rundherum gefahren?«

»Ich wollte euch doch die Fischerhütte zeigen, in der wir im Sommer immer gewohnt haben.« Sie sah ihn bittend an. »Sie liegt gleich da vorn am Waldrand.« Kamille zeigte auf das östliche Ende der Insel, wo der Wald wie ein großes, schwarzgrünes Tier aussah, das im Sonnenschein schlummerte.

»Wir könnten doch heute Nachmittag einen Spaziergang zu der Hütte machen«, schlug Dan vor. Er wollte offensichtlich seinen Sohn begrüßen, der jetzt auf den Bootssteg zuging.

Kamille strahlte. »Das schaffen wir locker bis zum Essen. Es dauert nur …«

Kristian verließ die kleine Gruppe, um nach einer Toilette zu suchen. Der ganze Champagner.

Natürlich konnte die enorme Yacht nicht an dem Steg anlegen. Ein Schiff dieser Größe hatte einen Tiefgang von fast zwei Metern, und es war klar, dass es nicht so nah am Ufer ankern konnte. Die Yacht lag knapp fünfzig Meter vor der Insel, und zwei junge Seeleute machten das kleine Beiboot klar, um die Kandidaten und ihr Gepäck in kleinen Gruppen an Land zu bringen. Es würde eine Ewigkeit dauern.

Kirstine Nyland war viel zu gut erzogen, um ihre Irritation zu zeigen. »Alles nur, weil sie unbedingt Bilder dieser lächerlich überdimensionierten Yacht für den Vorspann haben wollen.« Sie stellte sich zu den anderen an die Reling, zündete sich eine Zigarette an und lächelte Mahmoud Hadim zu, der mit dem Rücken zum Wasser stand und beide Ellenbogen auf die Reling gestützt hatte. Sein Haar stand ihm wie immer wirr um den Kopf, doch immerhin hatte er gerade nicht die Finger darin.

»Es dauert nur einen Augenblick«, sagte ein braun gebrannter Mann, der soeben an Deck trat. Er war bekleidet mit einer Kapitänsuniform, komplett mit Goldstreifen und Mütze. Es sah aus wie ein Karnevalskostüm, aber vermutlich imponierte genau so etwas den Charterkunden. »Wir müssen nur das Beiboot klarmachen.«

»Also, ich springe nicht von hier oben in dieses kleine Boot!«, erklärte Kamille. »Das ist absolut unverantwortlich.«

Ach, halt doch die Klappe, du Vorstadtpromi.

»Immer ruhig«, erwiderte der Kapitän. »Sie müssen nirgendwohin springen. Zwei feste Treppen führen hinunter aufs unterste Deck. Es liegt auf Höhe des Wasserspiegels und ist normalerweise nicht zugänglich – aber es eignet sich perfekt, um zu baden oder eine Jolle ins Wasser zu lassen. Wir werden Sie gut festhalten, wenn Sie vom Deck in das Beiboot steigen.«

»Niemals.« Kamille kniff die Lippen zusammen.

Dan Sommerdahl legte ihr einen Arm um die Schulter. »Ich werde dich tragen«, sagte er lächelnd. »Sogar mit dem größten Vergnügen.«

Das Wunder geschah. Kamille Schwerins wütende, verschlossene Maske öffnete sich und verwandelte sich in ein dankbares Lächeln.

Er darf mich auch gern trösten ... Ich will auch getragen werden! Ich will getraahaagen werden!

»Was grinst du denn so, Kis?« Gunnar Forsell stand plötzlich neben ihr.

»Ach, ich habe lediglich eine lebhafte Fantasie, Gunnar.« Kirstine zog ein letztes Mal an der Kippe und warf sie ins Wasser. »Und wie geht's dir?«

»Gut, gut.«

Sie schob ihre Sonnenbrille hinunter auf die Nasenspitze und betrachtete ihn etwas genauer. »Ausgerechnet du solltest nicht übers Grinsen reden. Hast du eine Bestellung für ein Brautkleid in Millionenhöhe bekommen, oder bist du kurz davor, jemanden flachzulegen?«

»Wen sollte ich denn hier flachlegen wollen?« Aus Gunnars Blick leuchtete die Unschuld.

»Ach, hör schon auf!« Sie versetzte ihm einen diskreten Hieb. »Glaubst du, ich hätte nicht gesehen, welche Augen du ihm zugeworfen hast?«

»Wem?«

Kirstine beugte sich an sein Ohr. »Unserem verehrten Produktionsleiter«, flüsterte sie. »Mah-Schmollmund Hadim.«

Gunnar musste lachen. »Jetzt benimm dich aber!« Er sah sich rasch um. Als er sicher sein konnte, dass niemand zuhörte, wurde er plötzlich ernst. Jetzt flüsterte er. »Ganz ehrlich, Kis. Sah es so aus, als sei er interessiert?«

Kirstine zuckte die Achseln. »Ich fand schon. Natürlich kann ich mich irren. Er hat ja diese sexy Schlafzimmeraugen …«

»Ja, nicht wahr? Ach, er ist hübsch, wirklich hübsch. Zum Vernaschen!«

»Ich kann dir durchaus folgen, Gunnar. Aber ist der Mann überhaupt schwul?«

»Das ist es ja! Ich kann ihn nicht einschätzen.«

»Ich werde ihn für dich beobachten. Sobald ich Anzeichen für das eine wie für das andere sehe, sage ich dir sofort Bescheid.«

Gunnar küsste sie auf die Wange, und diesmal ließ er die Lippen einen Moment die Haut berühren. Kirstine spürte regelrecht, wie ihr sorgfältig aufgetragenes Puder feucht wurde. Es konnte ihr egal sein. Die Pressefotografen waren ja an Land geblieben.

Der Modeschöpfer ging wieder zu der jungen *X-Factor*-Finalistin, die noch immer aussah, als wollte sie sich für sich selbst entschuldigen. Lieb, wie er sich um die Kleine kümmert, dachte Kirstine. Und ausnahmsweise hatte sie keinen Grund, ihm irgendwelche versteckten Absichten zu unterstellen. Jackie S konnte sich garantiert kein Forsell-Abendkleid leisten, und ihr Aussehen schloss es aus, dass Gunnar jemals versuchen würde, sie als Mannequin einzusetzen – egal, wie bekannt sie werden würde.

Kirstine stand mit dem Gesicht zur Insel und betrachtete den Steg und das Gewimmel hilfsbereiter Menschen. Ohne darüber nachzudenken, veranlasste sie ihren Körper, die Warteposition einzunehmen. Sie verteilte ihr Gewicht auf beide Beine, stützte die Hände leicht auf die Reling, ließ die Schultern fallen, rollte den Kopf diskret ein wenig hin und her, bis er sich im perfekten Gleichgewicht befand, ohne die Nackenmuskulatur mehr als absolut notwendig zu belasten. Als sie nach wenigen Sekunden Konzentration die absolut richtige Position gefunden hatte, entspannte sie sich und ließ ihren Gedanken freien Lauf.

Wie jeder andere Schauspieler war es Kirstine gewohnt zu warten. Man wartete auf sein Stichwort, wartete, bis ein Mitspieler vom Regisseur instruiert war, wartete auf die Bühnentechniker, auf Filmfotografen, auf Tonleute und Beleuchter, den Produktionsleiter oder weiß der Teufel auf wen. Die Wartezeit war ein unumgänglicher Teil des Jobs, egal, ob man am Theater arbeitete oder an einem Filmset, und Kirstine hatte sich von Anfang an gesagt, dass sie ebenso gut lernen konnte, die Wartezeit zu genießen, als sich davon frustrieren zu lassen.

In den letzten Jahren hatte sich diese Fähigkeit auf unerwartete Weise als nützlich erwiesen. Als sie vor über einem Jahrzehnt die staatliche Theaterschule verließ, wurden ihr jede Menge Angebote gemacht. Lange Zeit konnte sie tatsächlich unter den Rollen wählen und Angebote ablehnen, einigermaßen sorglos glaubte sie damals, es würde immer so weitergehen. Doch ihre Karriere hatte ihren Höhepunkt mit der Hauptrolle in der dramatischen Serie *Weiße Veilchen* erreicht, von der das erste Programm des dänischen Fernsehens insgesamt vier Staffeln ausstrahlte. Der Sender hatte die Serie bereits wiederholt, und da sie auch in einige andere Länder verkauft worden war, hatten Kirstine und die übrigen Schauspieler regelmäßige Einkünfte aus der Produktion.

Durch *Weiße Veilchen* war sie zu einem Star geworden. Es gab keine Titelseite, keine Illustrierte oder Talkshow, die nicht von ihrem Glanz profitiert hätte. Und ihre Berühmtheit hielt an. Alle wollten mit ihr reden, sie fotografieren, sie zu Premieren einladen.

Alle fragten höflich, ob sie Zeit hätte. Und alle waren sich sicher, sie müsse wahnsinnig beschäftigt sein, von der einen Aufgabe zur nächsten eilen und könne sich vor Angeboten kaum retten.

Die Wahrheit sah anders aus. Seit der letzten Aufnahme von *Weiße Veilchen* vor ein paar Jahren war Kirstine Nyland mehr oder weniger arbeitslos. Ein bisschen Werbung, eine Kindervorstellung, etwas Unterricht, das war alles. Egal, was ihre treuen Fans glaubten, es gab keinen Theaterdirektor oder Filmregisseur, der sie anrief und ihr große interessante Rollen anbot – oder wenigstens kleine langweilige Rollen. Und wenn sie sich ihr Gehirn zermarterte, um herauszufinden, was schiefgelaufen war, stieß sie immer wieder an dieselbe Mauer. Es gab keine Erklärung. Sie war hübsch und tüchtig, hatte in der Regel gute Laune, kam immer rechtzeitig zu den Proben, kannte alle Welt …

Vielleicht war das, was sie erlebte, die natürliche, aber ziemlich unglückliche Folge des gewaltigen Erfolgs einer ganz bestimmten Rolle. Möglicherweise musste sie den Rest ihrer Karriere damit leben, »Anita aus *Weiße Veilchen*« zu sein. Sie hoffte es nicht. Sie betete, dass das Blatt sich wendete, bevor der Rest der Welt herausfand, wie es um ihre Karriere stand. Sie betete, dass ihr eines Tages wieder eine richtige Rolle angeboten würde, die ihr eine Chance für einen Neustart gab.

In der Zwischenzeit tat Kirstine das, was sie am besten konnte. Sie wartete. Wartete am Telefon, checkte mehrfach am Tag ihre Mailbox, wartete, wartete und wartete.

Vor ein paar Monaten war sie bereit gewesen anzunehmen, was auch immer ihr angeboten wurde. Trotzdem hätte sie sich nicht vorstellen können, an einer Realityshow teilzunehmen. So tief würde sie nicht sinken, hatte sie gedacht. Noch gab es keinen Grund, in Panik zu geraten.

Kirstine ließ ihren Blick über Kamille Schwerin gleiten. Sie war froh, dass sie eine Sonnenbrille trug, sodass niemand sehen konnte, wie viel Zeit sie damit verbrachte, sich diese Frau anzusehen, die Ehefrau ihres Liebhabers. Nun ja, ihres ehemaligen Liebhabers … Zweifellos gehörte Kamille zu den am allerwenigsten zu ertragenden Aufenthaltsbedingungen, und gleichzeitig war sie der unmittelbare Anlass, warum Kirstine der Teilnahme zugestimmt hatte.

Bis vor wenigen Monaten war sie noch davon ausgegangen, dass sie Lorenz eines Tages heiraten würde. Sie hatten seit mehreren Jahren eine Beziehung, und schon einmal hätten sie es beinahe gewagt. Letzten Sommer hatte er endlich beschlossen, mit Kamille zu reden. Er wollte sie um die Scheidung bitten und hatte sogar einen ausgesprochen großzügigen Vorschlag über die Aufteilung ihres gemeinsamen Vermögens ausgearbeitet. Kamille hätte in ihrer Villa bleiben können, außerdem sollte sie ein mehr als auskömmliches Jahreseinkommen beziehen. Sie wäre für den Rest ihres Lebens unabhängig gewesen.

Auf einer Reise in die USA hatten Kirstine und Lorenz die letzten Details geplant, sie freuten sich wie Kinder, die gemeinsamen Pläne umzusetzen. Doch dann kam die Nachricht vom Überfall auf Kamilles Mutter. Lorenz flog sofort von New York aus nach Hause, alles andere musste warten. In den kommenden Monaten hatte Lorenz immer wieder um mehr Zeit gebeten. Er könne Kamille jetzt nicht verlassen, hatte er erklärt und den Tod ihrer alten Mutter, die wiederholten Mordversuche und die anonymen Drohbriefe angeführt. Niemand sollte allein sein, wenn ihm so etwas passiert. Dafür habe Kirstine doch Verständnis?

O ja, Kirstine verstand. Sie verstand immer besser, bis sie vor Verständnis beinahe verging und ihn vor die Wahl stellte. Wenn er seine Frau jetzt nicht verließ, konnte er ein Leben mit Kirstine ein für alle Mal vergessen. Sie war es leid, noch weiter zu warten – obwohl sie das am besten konnte. Lorenz hatte versprochen, alles zu tun, worum sie ihn bat. Und er hatte begriffen, dass er ein Datum festlegen musste, wann er Kamille endgültig verließ. Ein Mann wie Lorenz brauchte ein festes Datum, hatte Kirstine sich gedacht, einen Tag später würden sie dann gemeinsam das Land verlassen. Ein paar Monate außer Landes gehen und erst zurückkommen, wenn der Sturm vorüber war. Sie hatte ihn dazu gebracht, sich wieder mit den Scheidungsdokumenten zu beschäftigen. Und schließlich hatte er nachgegeben. An einem Dienstagabend im April wollte Lorenz Kamille die Wahrheit sagen, am nächsten Vormittag wollte er sich mit Kirstine im Kongens Have treffen.

Als disziplinierter Mensch kam Kirstine mehr als pünktlich. Sie saß – trotz des trüben Wetters hinter ihrer Sonnenbrille verborgen – auf der abgesprochenen Bank, rauchte eine Zigarette nach der anderen und beobachtete die Parkbesucher. Einige Male meinte sie, Lorenz zu erkennen, wurde aber stets enttäuscht. Als es sich auch beim zehnten großen, dunkelhaarigen und schicken Mann nicht um Lorenz handelte, begriff sie, dass irgendetwas nicht in Ordnung war. Noch einmal überprüfte sie ihr Handy. Es gab keine SMS, keine entgangenen Anrufe. Sie hatte mit Lorenz eine Vereinbarung, ihn nicht anzurufen – es war einfach zu riskant, solange er mit Kamille zusammen war –, doch als er nach über einer Stunde noch immer nicht aufgetaucht war, beschloss Kirstine, auf die Regeln zu pfeifen. Sie rief ihn an.

Das Gespräch war ebenso absurd wie katastrophal. Kirstine müsse ihn missverstanden haben. Es sei nie die Rede davon gewesen, dass er seine Frau verlassen würde. Und schon gar nicht jetzt.

Kirstine hätte dieser Affäre viel zu viel Bedeutung beigemessen. Sie unterstelle ihm Motive, die er nie gehabt habe. Nein, er habe Kamille nichts gesagt. Ihre Gesundheit sei angeschlagen, es wäre rücksichtslos, sie jetzt mit der Geschichte eines Seitensprungs zu belasten. So etwas könne sie jetzt unmöglich verkraften. Natürlich bedauere er Kirstine in der momentanen Situation ... Sie konnte sein Achselzucken beinahe durch die statisch knisternde Verbindung hören.

Kirstine hatte das Gespräch abgebrochen, sich ein Taxi genommen und zum Amager Strandpark fahren lassen. Sie gab dem Fahrer fünfhundert Kronen und stieg aus, ohne auf das Wechselgeld zu warten. Sie ging, so weit sie kam. Auf der langen Holzbrücke über der künstlichen Lagune hinaus zu der Insel, wo es immer einsamer war als am Festlandstrand. Sie ging bis zur menschenleeren Nordspitze, wo niemand sehen und hören konnte, wie »Anita aus *Weiße Veilchen*« ihren Gefühlen freien Lauf ließ. Ausnahmsweise einmal freute sie sich über die Wolken, die eventuelle Badegäste fernhielten. Als sie den Strand erreichte, ließ sie sich in den Sand fallen und verlor die Kontrolle. Sie heulte, bis sie vollkommen erschöpft war. Rotz und Tränen bedeckten ihr Gesicht und ihre Hände, an ihrer Haut klebte feinkörniger Sand.

Bis die Dunkelheit einsetzte und ihre Zähne vor Kälte klapperten, lag sie so am Strand. Ihr Telefon klingelte mehrfach, aber sie hatte nicht nachgesehen, wer sie erreichen wollte. Erst, als sie durch den schweren Sand hinauf zum Amager Strandvej gestapft war und auf dem Rücksitz eines Taxis saß, sah sie auf das Display. Ihr Agent hatte angerufen. Fünf Anrufe und eine SMS mit der Bitte, umgehend zurückzurufen.

»Wo zum Henker bist du gewesen?«

Was zum Teufel geht dich das an? Dachte sie und sagte: »Sorry.

Der Akku war leer.« Ein wenig zerstreut wunderte sie sich darüber, wie sicher und ruhig ihre Stimme klang.

»Tja, diese Filmproduktion ruft hier immer wieder an. Wegen dieser Krimi-Realityshow.«

»Ich habe Nein gesagt, Søren.«

»Ja, aber sie bestehen darauf, dass ich dich ein letztes Mal frage. Außerdem habe ich sie … eigentlich eher, um ein bisschen Zeit zu schinden, weißt du … um die Kandidatenliste gebeten. Die ist übrigens supergeheim, bis alle Vereinbarungen getroffen sind.«

»Hm?« Kirstine war nicht in der Stimmung, Neugierde vorzutäuschen, die sie nicht verspürte.

»Ich lese sie dir jetzt vor und frage dich ein allerletztes Mal, ob du bei *Mörderjagd* mitmachen willst. Dann habe ich getan, was ich denen versprochen habe.«

»Lies die Namen schon vor. Bringen wir's hinter uns«, erwiderte Kirstine müde. Sie hatte nur mit einem halben Ohr hingehört, als er ihr die mehr oder weniger bekannten Namen der Liste vorlas. Bis er zum letzten Namen kam.

»Augenblick mal«, unterbrach ihn Kirstine. »Wiederhol den letzten Namen bitte noch einmal.«

»Kamille Schwerin.«

»Die Bildhauerin?«

»Ja, die Bildhauerin. Kennst du sie?«

»Ich bin ihr ein paarmal begegnet.« Kirstines Gehirn arbeitete plötzlich doppelt so schnell. »Du, Søren?«, sagte sie dann.

»Ja?«

»Kann ich dich wegen der Antwort morgen früh anrufen?«

Er hatte seine Überraschung nicht verbergen können, dass Kirstine das Angebot überhaupt überdenken wollte, und als sie ihm am folgenden Tag ihre endgültige Zusage signalisierte, wäre er fast vom Stuhl gefallen. Dennoch hatte er keine Fragen gestellt, vermutlich wollte er nichts riskieren. Sicher waren fünfzehn Prozent Provision von dem verhältnismäßig bescheidenen Honorar kein Vermögen, aber es war trotz allem Geld.

Und hier stand sie nun, drei Monate später. Auf dem Weg in eine mehrwöchige Isolation mit Lorenz' Ehefrau. Kirstine lächelte vor sich hin, als sie sich vorstellte, was für ein Gesicht Lorenz machen würde, wenn er wüsste, was hier vor sich ging.

Für den ordentlichen und korrekten Lorenz Birch würden es fünf Wochen in der Hölle werden. Fünf Wochen, in denen er den Augenblick fürchten musste, an dem sein sorgsam gehütetes Privatleben von innen nach außen gestülpt und am Bildschirm öffentlich seziert würde. Er konnte obendrein den Ereignissen an seinem eigenen Bildschirm folgen – ohne jede Möglichkeit des Eingreifens.

Endlich hatte sich eine Situation ergeben, über die Lorenz Birch einmal keinerlei Kontrolle hatte. Sollte er versuchen, seine Frau herauszuholen oder die strengen Regeln über die Kontaktsperre zur Außenwelt zu umgehen, würde die Boulevardpresse garantiert Wind davon bekommen. Dafür würde die Pressechefin schon sorgen. Ein Skandal war immer gut für die Zuschauerzahlen, und ein Skandal, an dem eine gefeierte Schauspielerin und einer der einflussreichsten Männer Dänemarks beteiligt waren ... oh, là, là! Das wäre *Mörderjagds* große Chance auf Quotenrekorde – und ein riesiges Echo in der Presse.

Es gab für den großen Mann also ganz gegen jede Gewohnheit keine Fäden, an denen er ziehen konnte, es gab keine Chance auf einen diskreten Kuhhandel in der Chefetage der Produktion, mit anderen Worten: keinerlei Hinterausgang. Lorenz Birch war ganz Kirstines Launen ausgesetzt. Und mit jedem Tag, den sie verstreichen ließ, verschlimmerten sich seine Leiden. Jede einzelne Minute wollte sie diesen Gedanken in den fünf Wochen auf der Seufzerinsel auskosten.

Und tatsächlich genoss sie ihn schon jetzt.

16

Mahmoud stand auf dem Achterdeck und wartete, bis Dan Sommerdahl Kamille ins Beiboot geholfen hatte. Während das kleine Boot gemächlich auf den Steg zufuhr, sah sie noch blasser aus als sonst. Krampfhaft hielt sie ihre Tasche umklammert.

In diesem Moment hörte Mahmoud hinter sich ein Geräusch. Er drehte sich um und sah Lilly Larsen. Sie hielt Gigi im Arm und blickte auf die Insel. »Sind jetzt alle drüben?«

»Wir beiden sind die Letzten. Ich wollte warten, bis alle unterwegs sind, bevor ich dich hole.« Mahmoud lächelte. »Wie geht's denn?« Er wollte den Hund streicheln, aber der zog den Kopf zurück. Mahmoud ließ die Hand fallen. »Habt ihr's euch nett gemacht?«

»Ja danke, sehr sogar, aber es ist auch schön, wieder an Deck zu sein.« Lilly hatte Kamille in dem Beiboot entdeckt. »Ihr ist nichts aufgefallen, oder?«

Mahmoud schüttelte den Kopf. »Und auch sonst niemandem. Was machst du heute Abend?«

»Gigi kann durchaus eine Stunde allein in meinem Zimmer bleiben, während wir zu Abend essen.«

»Und den Rest des Abends?«

»Ich werde zu ihr gehen und bei ihr bleiben, wenn sie mich

vermisst. Nur, bis die Kandidaten eingesperrt sind. Dann darf sie herauskommen.«

Mahmoud sah sie an. Er hatte Mühe, all die Schwierigkeiten zu akzeptieren, die dieses verfilzte kleine Vieh in Lillys Armen verursachte. »Ich hoffe sehr, dass es keine Probleme gibt«, sagte er laut. »Du hast schließlich einen Job zu erledigen.«

Lillys Augen wurden doppelt so groß. »Was willst du damit sagen? Als hätte ich jemals eine Deadline nicht eingehalten.«

»Ich mache mir überhaupt keine Sorgen um deine Deadlines, Lilly. Das weißt du genau. Ich versuche nur anzudeuten, dass es auch zu deiner Arbeit gehört, heute Abend am Essen teilzunehmen und dich unter die acht Kandidaten zu mischen. Deine Hauptpersonen, wenn du so willst. Du hast dich bereits auf der Überfahrt nicht gezeigt, auf der wir anderen uns schon ein bisschen kennengelernt haben. Möglicherweise wäre es ganz nützlich gewesen, sich anzusehen, wie die einzelnen Kandidaten untereinander agieren. Vielleicht hättest du die eine oder andere Idee bekommen.«

»Das ist wirklich nicht fair.« In Lillys Augen standen Tränen. »Als ob es mir an Ideen fehlen würde.«

Mahmoud zuckte die Achseln. »Sieh zu, dass du den Hund aus dem Weg schaffst, bevor Kamille ihn sieht.«

Lilly drehte sich auf dem Absatz um und ging zurück in ihre Kabine, wo ihr Gepäck stand. Wenige Augenblicke später tauchte sie mit einer großen Leinentasche in der Hand auf dem Achterdeck auf. »So«, sagte sie. Ihr Lächeln war ein schmaler Strich.

Mahmoud blickte sie betrübt an. »Also, nichts für ungut, Lilly, diese Tasche schreit ja geradezu heraus, dass sie für den Transport von Kuscheltieren gedacht ist. Du glaubst doch nicht etwa, du könntest damit unbemerkt an Kamille vorbeispazieren, oder?«

»Wieso, die ist doch ausgesprochen diskret.« Lilly sah sich die Tasche an, die an allen vier Seiten mit einem Nylonnetz bespannt war, sodass Gigi den Kopf nicht herausstrecken konnte. »Sieht doch aus wie eine Tasche für den Wochenendausflug.«

Mahmoud konnte ein Lächeln nicht unterdrücken. »Mein Gott, Lilly«, sagte er. »Das geht nicht. Wir müssen uns irgendetwas anderes einfallen lassen.«

In diesem Moment erschien der Kapitän, der den Transport des Gepäcks der Passagiere organisierte. »Entschuldigung, aber …« Er wischte sich mit einem schneeweißen Taschentuch den Schweiß vom Gesicht. »Geht es darum, den Hund unbemerkt an Land zu bringen?« Mahmoud und Lilly nickten. »Da drin ist jede Menge Platz«, sagte er und zeigte auf einen großen Reisekorb, der auf dem unteren Deck stand. »Da liegen nur ein paar Decken drin. Kurz bevor wir den Korb an Land bringen, können Sie Ihre Transporttasche hineinstellen. Wir bringen den Korb dann ins Haus, und Sie können Ihre Tasche wieder herausnehmen.« Er faltete sein Taschentuch zusammen und steckte es in die Hosentasche.

»O ja!«, rief Lilly. »Der Reisekorb! Ein Requisit für den abschließenden Mord. Wie konnte ich das vergessen. Schließlich habe ich selbst darum gebeten. Perfekt!«

Ohne weiteres Palaver kletterte Lilly in das Beiboot, das bereitlag, eine weitere Ladung an Land zu bringen. Sie nahm die Transporttasche auf den Schoß, und einen Moment später stand der Reisekorb neben ihr. »So«, sagte sie noch einmal. »Jetzt kannst nicht einmal du dich beschweren, oder?«

Mahmoud hatte sich auf die Bank vor ihr gesetzt und fuhr sich mit der Hand durch sein abstehendes Haar. Er lächelte. »Du hast ganz recht, Lilly. Selbst ich bin zufrieden.«

Das Beiboot schaukelte heftig, als die Mannschaft der Yacht begann, mittschiffs die Koffer zu stapeln. Mahmoud hatte den Eindruck, als würde das Boot mit jedem Gepäckstück ein wenig tiefer sinken; die Reling des kleinen Boots kam der Wasseroberfläche bedenklich nahe. Er hätte den aufgekratzten jungen Seeleuten gern zugerufen, dass das Boot voll genug sei, sie vorsichtig sein und mit dem Rest warten sollten. Aber er beherrschte sich und vertraute auf ihre Erfahrung. Als Hauptverantwortlicher für das Produktionsteam musste er Ruhe und eine gewisse Würde in Situationen wie dieser ausstrahlen. Wenn Kamille Schwerin anfing, Schwierigkeiten zu machen, war das eine Sache, als Produktionsleiter der Show durfte er sich so etwas nicht erlauben.

Mahmoud schaute hinüber zur Insel, wo die Kandidaten und das Filmteam jetzt eine flimmernde Melange bildeten. Vermutlich machten sie sich gerade bekannt, höflich und ein wenig verlegen. Hin und wieder glitt ein Lachen über das Wasser, Fetzen irgendwelcher Popmusik, das Klirren von Glas.

Für den Bruchteil einer Sekunde hörte er Kirstine Nylands helle Stimme, einen Augenblick später den gemischten Chor lachender Stimmen. Sie konnte unglaublich unterhaltsam sein, wenn sie wollte. Er war wirklich froh, dass sie dabei war. Sie würde ein großer Aktivposten für das Programm werden, ganz gleich, was passieren würde. Wenn es gelang, ein wenig an der perfekten Oberfläche der Schauspielerin zu kratzen, wäre das eine sichere Bank für eine perfekte Medienabdeckung, doch selbst ohne Sensationen irgendwelcher Art garantierte ihr Mitwirken ein gewisses Maß an öffentlichem Interesse.

Kamille Schwerin hingegen hatte keinen so großen PR-Wert für das Projekt. Sie war der breiten Öffentlichkeit verhältnismäßig unbekannt und besaß weder Humor noch Charisma. Ihr kurzer »Ruhm« als potenzielles Mordopfer hatte sich inzwischen schon wieder verflüchtigt. Mahmoud war sich ziemlich sicher, dass das Publikum die humorlose Bildhauerin sehr schnell herauswählen würde. Wenn es tatsächlich so kam, ergab sich eine Situation, die genau zu bedenken war. Wie alle anderen Kandidaten müsste Kamille nach einer Herauswahl auf der Insel bleiben. Für die »Mordopfer« gab es Zimmer im Flügel des Produktionsteams, nur hielten sich dort auch Lilly Larsen und Gigi auf. Und darin lag das Problem. Hätte Mahmoud zu entscheiden gehabt, wären weder Kamille noch Gigi mit auf der Insel. Doch die Teilnahme Kamilles beruhte auf einer Anordnung der Senderleitung, und ohne Lilly Larsen hätten sie keine Plotexpertin im Team. Beide hatten nie ernsthaft zur Diskussion gestanden. Es war eine Zeitbombe, und Mahmoud hatte überhaupt keine Lust, dabei zu sein, wenn sie explodierte.

Die Benimmdame Gitte Sandlauw, flüchtig sah er ihr hellblaues Kostüm auf der Treppe zum alten Sanatorium. Gitte würde sich vermutlich als Gewinn für die Produktion erweisen. Ihre natürliche Autorität gab den anderen Sicherheit. Leider wusste Mahmoud, dass Sicherheit die Zuschauer eher zum Abschalten der Sendung bewog. Vor allem, wenn sie von einer Dame eingebracht wurde, die nicht mehr die Jüngste war, wie eine Königin sprach und den drögen Mief landadeliger Tugenden um sich herum verbreitete. So etwas wollten Herr und Frau Jedermann nicht sehen … Gitte befand sich eindeutig in der Gefahrenzone einer raschen Abwahl. Vielleicht sogar noch entschiedener als Kamille …

Und dann gab es da noch Jackie S.

Die süße, vorsichtige Jackie mit der dunklen, sexy Gesangsstimme. Vor einigen Monaten bei *X Factor* hatte er sie als eine nicht sonderlich hübsche junge Frau mit einer fantastischen Stimme erlebt. Das war's. Doch als sie das letzte Mal im größten Studio des

Dänischen Rundfunks auftrat, war etwas passiert, das Mahmouds Bild von ihr völlig veränderte. An diesem Abend hatte Jackie mit geschlossenen Augen gesungen, als ob sie tief in sich hineinhorchen würde. Es hatte genauso wunderbar geklungen wie immer, allerdings auch ein wenig belanglos – vielleicht weil sie die Zuschauer nicht an ihren Gefühlen teilhaben ließ. Als sie dann plötzlich ihre blauen Augen öffnete und in die Kamera blickte, hatte Mahmoud das Gefühl, sie würde ihn direkt ansehen.

Hinterher konnte er es sich gar nicht erklären. Er war keineswegs naiv, er wusste, wie leicht sich die Gefühle von Zuschauern manipulieren ließen, wie ein einziger Blick eingesetzt werden konnte, um einen ganzen Handlungsverlauf zu ändern und alles mit sich zu reißen. Selbstverständlich wusste er auch, dass Jackie S an diesem Abend die Augen nicht wegen eines jungen Mannes geöffnet hatte, der in einem Vorort einsam vor seinem Fernseher hockte. Sie hatte in eine Kameralinse geblickt. Ganz einfach. Sofern sie überhaupt bemerkte, was sie in diesem Augenblick ausstrahlte.

Mahmoud war klar, dass seine Faszination für dieses junge Mädchen hoffnungslos war. Trotzdem hatte er Jackie S für *Mörderjagd* vorgeschlagen. Im Stillen hoffte er, es könnte sich in den vielen Wochen der Zusammenarbeit vielleicht etwas ergeben.

Er kniff die Augen zusammen und versuchte, sie in der Menge zu entdecken. Ihr blondes, fast weißes Haar müsste leicht zu erkennen sein. Dort war sie. Sie redete mit dem kleinen Gunnar Forsell. Gut so. Er würde ihm zumindest nie zum Rivalen werden. Wenn Forsell ihren Körper ansah, geschah es mit einem professionell interessierten Blick, so als versuchte er zu entscheiden, ob sie Größe achtunddreißig oder sechsunddreißig trage und B- oder C-Körbchen. Das war völlig okay, Forsell war absolut ungefährlich.

Schlimmer stand es mit Tim Kiilberg. Mahmoud hatte bemerkt,

wie sein Blick prüfend über Jackies Körper wanderte – Mahmoud verabscheute ihn für diesen Blick. Natürlich hatte man als Produktionsleiter allen Mitwirkenden gegenüber professionell aufzutreten, sein Innenleben ging jedoch niemanden etwas an.

Die anderen Männer in der Gruppe machten ihm keine Sorgen. Kristian Ludvigsen trat mit formvollendeter Höflichkeit auf und schien im Übrigen vollkommen desinteressiert an der Gesellschaft von Frauen. Vielleicht mit Ausnahme von Kirstine Nyland, wobei auf sie wohl jeder Mann reagieren würde, der noch Blut in den Adern hatte.

Dan Sommerdahl beunruhigte Mahmoud ebenfalls nicht, obwohl der Mann einen gewissen Ruf als Freund der Damenwelt hatte. Wenn man ihn nach seiner Frau beurteilen durfte, war Jackie überhaupt nicht sein Typ. Dan stand eher auf gut gebaute, selbstsichere Frauen, die gern ein bisschen zu laut lachten. Etwas vulgär nach Mahmouds Ansicht, obwohl ihm Marianne Sommerdahls Sexappeal durchaus nicht entgangen war.

Seltsamerweise sah es so aus, als ob Dan sich entschieden hätte, sich um Kamille Schwerin zu kümmern. Mahmouds Gefühl sagte ihm, Dans Interesse sei nicht ganz so persönlich und spontan, wie es aussah. Starke Kräfte hatten dafür gesorgt, dass Kamille Teil dieser Show, auf dieser Insel und in dieser Gesellschaft war. Und wer weiß? Vielleicht hatten diese Kräfte ihr ja auch zu einem kahlköpfigen Schutzengel verholfen? Möglicherweise war Dan in aller Heimlichkeit eine Art Bodyguard – als Ersatz für den, den sie auf dem Festland hatte zurücklassen müssen? Mahmoud wusste nicht recht, ob er es wirklich wissen wollte.

Er schaute zum Badesteg, wo die Pressechefin, Dan und Kamille standen und sich mit seinem Assistenten unterhielten, dem jungen Rasmus Sommerdahl. Rasmus war okay. Ein netter Kerl, verdammt tüchtig. »Der Typ ist total in Ordnung«, hatte das junge Scriptgirl nach ihrer ersten Begegnung erklärt. Mahmoud lächelte. Rasmus war tatsächlich total in Ordnung. Und wenn Mahmouds Instinkte sich nicht vollkommen irrten, ließ sich dasselbe auch von seinem Vater sagen.

Mahmoud entschloss sich, Dan zu vertrauen. Wenn er irgendeinen geheimen Plan mit Kamille verfolgte, gab es dafür vermutlich eine plausible Erklärung. Wenn nicht, tja, dann musste der Mann einfach einen weitaus breiter gefächerten Geschmack haben, als Mahmoud vermuten wollte.

Gitte Sandlauw zog ihren Slip hoch und strich den Rock glatt, bevor sie sich umdrehte und abzog. Ein heiseres Gurgeln verkündete, dass die Toilette einwandfrei funktionierte. Mit einer gewissen Erleichterung klappte Gitte den Toilettendeckel zu und wusch sich sorgfältig die Hände. Eine gute altmodische Seife – sie duftete herrlich nach … ja, es musste Magnolie sein. Gitte roch noch einmal an dem weißen Stück Seife. Ja, Magnolie oder Lilie, eins von beiden. Sie trocknete die Hände mit dem sauberen lilafarbenen Frotteehandtuch und prüfte dann rasch ihre Frisur im Spiegel über dem Waschbecken. Gut, dass sie es heute Morgen noch zum Friseur geschafft hatte. Alles saß tadellos. Die diskreten hellen Streifen in der Stirn und an den Schläfen überdeckten ihre grauen Haare und unterstrichen die klassische aufgesteckte Frisur. An den Ohren glitzerten ein Paar als Rosetten geschliffene und in Weißgold gefasste Saphire, die perfekt zu dem hellblauen, maßgeschneiderten Kostüm passten, das sie trug.

Gitte öffnete ihre kleine hellbraune Lederhandtasche und zog einen silbernen Flachmann sowie ein kleines rot lackiertes Pillendöschen heraus. Sie schluckte ein angstdämpfendes Oxapax und spülte mit einem Schluck Cognac nach. Nach ein paar Sekunden Zögern schluckte sie noch eine Tablette und trank einen weiteren Schluck. Aber nur einen kleinen. Sie wollte schließlich nicht angetrunken erscheinen. Dann frischte sie rasch den Lippenstift auf, warf einen letzten Blick auf ihr Spiegelbild und verließ die kleine sichere Gästetoilette.

Das Foyer war schlicht und ohne überflüssigen Unfug gestaltet. Ein langer Empfangstresen aus Stahl und weißem Milchglas, ein paar moderne Glaspendellampen über einem niedrigen Tisch mit fünf eleganten Stühlen in weichen Pastellfarben, eine kleine Gruppe Bambuspflanzen in einem flachen Porzellantrog. Der Raum prahlte nicht, funktionierte aber ausgezeichnet als angenehme Zwischenstation an der Grenze der wirklichen Welt und dieser sonderbaren Realityshow, für die man sie und die anderen sieben Kandidaten engagiert hatte. Gitte hoffte, dass der Kandidatenbereich ebenso unaufgeregt eingerichtet war, befürchtete allerdings das Schlimmste. Sie hatte das Gefühl, als würden Fernsehausstatter jeden ästhetischen Sinn verlieren, sobald sie an einem Unterhaltungsprogramm arbeiteten. Grelle Farben, scharfe Beleuchtung, falsche Dimensionen. Ganz selten sah man eine Bühnendekoration, die einigermaßen ansehnlich war – ganz abgesehen davon, ob man sich tatsächlich darin aufhalten wollte.

Links vom Empfangstresen führte eine nagelneue, gesicherte Tür in den Kandidatenflügel, rechts stand die Glastür zu dem hohen Speisesaal offen. Zwei lange Tische waren gedeckt, noch brannte kein Licht, und kein Mensch war zu sehen. Die Wand hinter dem Tresen wurde von hohen Fenstern durchbrochen, durch die man zur Südseite der Insel blickte. Auf einer der Fensterbänke stand ein Fernglas. Gitte nahm es und genoss die Aussicht durch das offene Fenster. Zwanzig, dreißig Schafe grasten auf einer Wiese mit vereinzelten Holunderbüschen. Weit entfernt, hinter einem hellblauen Wasserstreifen, blickte sie auf das im Sonnenlicht liegende Christianssund. Sie konnte den auffälligen Rathausturm am Hafen erkennen, ein Stück weiter westlich reckte sich die graue Spitze der Domkirche in den wolkenfreien Augusthimmel.

Gitte stellte das Fernglas ab und drehte sich um, sie stand nun mit dem Rücken zum Fenster und blickte auf die gegenüberliegende Seite des Raums. Dort führte eine imponierende Flügeltür zu einer Rasenfläche, die sich bis zu dem hellen Sandstrand erstreckte, von dem aus ein Badesteg ins Wasser führte. Ein Kameramann filmte die im Fjord liegende Yacht. Die Mannschaft transportierte noch immer Gepäck und Proviant auf die Insel. Was für ein kurioses Arrangement, dachte Gitte und ging auf die Tür zu.

Es war Zeit, sich dem Rest der Gruppe anzuschließen, obwohl sie im Grunde viel lieber ihr Zimmer bezogen hätte und unter die Decke gekrochen wäre. Die heftigen Kopfschmerzen, mit denen sie morgens aufgewacht war, hatte sie mit einer doppelten Dosis Ketogan bekämpft. Ganz verschwunden waren sie allerdings noch immer nicht, die Wirkung der Tabletten war weitgehend verflogen. Außerdem fröstelte sie ein wenig, als ob sie Fieber bekäme. Und sie war so müde, müde bis in die Zellen ihrer schmerzenden Glieder und Muskeln. Hoffentlich wirkten die angstdämpfenden Medikamente bald. Normalerweise hatte sie jede Form von Unwohlsein unter Kontrolle – auch das physische. Und seit dem Unfall war ihr Arzt ausgesprochen großzügig mit den Rezepten.

Durch die Türöffnung sah sie die anderen, die entspannt auf dem Rasen auf und ab gingen und miteinander plauderten. Dort kam Gunnar Forsell – noch immer mit diesem etwas unglücklich aussehenden Singvogel an seiner Seite. Kirstine Nyland hielt in einer Gruppe des Filmteams Hof. Es wirkte so, als wären sie sich schon einmal begegnet, sie unterhielten sich eifrig. Tim Kiilberg stand mit der Pressechefin an der Zapfanlage und versorgte sich mit einem Bier, während Dan Sommerdahl, Kristian Ludvigsen und Kamille Schwerin sich mit einem blonden Burschen in einem roten Hemd von der Gruppe entfernten. Vermutlich Dans Sohn. Sie sahen sich jedenfalls ähnlich.

Mahmoud kam mit Lilly Larsen an seiner Seite über den Rasen auf sie zu. Sie waren nur wenige Meter von der Steintreppe entfernt, auf der Gitte stand. Mahmoud sah heiter und entspannt aus, er begrüßte die Leute aus dem Team und dankte für das Glas Rotwein, das ihm jemand anbot. Lilly hingegen wirkte unruhig. Ihre Stimme klang etwas zu angestrengt munter, wenn sie die Leute begrüßte, und ständig flackerte ihr Blick hinüber zu einem großen Reisekorb, der von ein paar jungen Burschen in den Uniformen der Reederei hereingetragen wurde.

»Hier rein«, sagte sie und winkte die Träger ins Foyer.

Gitte trat beiseite und lächelte, als die beiden Frauen sich in der Tür gegenüberstanden. Sie waren sich schon mehrfach bei Verlagsempfängen und ähnlichen Veranstaltungen begegnet und kannten sich vom Sehen. Die beiden Frauen lächelten und nickten sich zu, fast wäre es zu der herzlichen, aber in der Branche üblichen, gänzlich unverbindlichen Umarmung gekommen.

Die Männer der Besatzung stellten den Reisekorb ab und gingen. Lilly Larsen blieb unruhig stehen und behielt den Korb im Auge. Offensichtlich sollte Gitte verschwinden. Umso neugieriger wurde sie natürlich. Die Angst hemmenden Tabletten begannen zu wirken, sie beschloss, Lilly ein wenig zu ärgern.

»Was ist denn in dem Korb?«, fragte sie und legte eine Hand auf den Deckel, als hätte sie die Absicht, ihn anzuheben. »Schmuggelware?«

Lilly lachte steif. »Nur ein paar Requisiten für die diversen Morde«, antwortete sie und schob Gittes Hand beiseite. »Nicht anfassen!«

In diesem Moment ertönte ein scharfes Bellen aus dem Korb. Lilly lief tiefrot an und versuchte, so zu tun, als hätte sie nichts gehört.

Gitte schlug die Hände zusammen und lachte. »Du hast deinen kleinen Hund mitgenommen! Wie süß!«

Lilly ging zur Flügeltür und blickte auf die verschiedenen Grüppchen auf dem Rasen. »Hast du Kamille Schwerin gesehen?«, fragte sie dann.

»Sie ist mit Dan Sommerdahl und ein paar anderen in den Wald gegangen. Warum?«

Lilly öffnete den Korb und hob die hellbraune Transporttasche heraus. Sie zog den Reißverschluss ein Stück auf, und ein kleiner weißer Kopf mit einem vergnügten Gesichtsausdruck erschien. »Ich musste Gigi einfach mitnehmen«, sagte sie.

»Ja, natürlich. Du gehst doch auch sonst nirgendwo hin, ohne ihn dabei zu haben. Jedenfalls bin ich dir noch nie ohne deinen Hund begegnet.« Gitte öffnete die Tasche. »Darf ich?«

»Ja, sicher.«

»Wie heißt er denn?«

»Sie ist ein Mädchen und heißt Gigi«, erklärte Lilly etwas angestrengt. Es sah nicht so aus, als würde es ihr gefallen, dass jemand ihren Hund hochhob und streichelte.

»Ach, Schätzchen!« Gitte drückte Gigi an sich. »Warum dürfen wir nicht wissen, dass du ihn ... sie dabei hast?«

Lilly erzählte eine lange Geschichte, und Gitte hörte höflich zu, was Lilly über Kamilles Allergie, nicht vertrauenswürdige Hundepensionen und eine besonders schwere Form von Trennungsangst zu berichten hatte. »Ich behalte sie natürlich im Produktionsflügel, sodass ihr überhaupt nicht in Berührung mit ihr kommt.«

»Und was passiert, wenn man Kamille zuerst herauswählt? Wird sie dann nicht bei euch wohnen?«

Lilly erstarrte. »Daran habe ich überhaupt nicht gedacht«, sagte sie und ließ sich auf einen der pastellfarbenen Stühle fallen. »Gigi war noch nie ohne mich, und ich weiß auch nicht, ob ich das schaffe.« Tränen traten ihr in die Augen.

»Ich habe eine Idee«, unterbrach sie Gitte.

»Ja?«

»Nehmen wir mal an, die Zuschauer wählen Kamille als Erste heraus, dann musst du doch das Drehbuch für ihren Mord schreiben.«

»Ja.« Lilly schniefte.

»Du bist die Autorin. Du kannst alles bestimmen, was in der Show passiert.«

»Fast alles.« Lilly richtete sich auf und versuchte, sich zusammenzunehmen.

»Ja, ja. Jedenfalls kannst du bestimmen, dass jemand den zurückgebliebenen Kandidaten einen kleinen Hund leiht.«

»Du meinst …?«

»Ich meine, wenn Kamille Schwerin rausmuss, kommt der Hund rein. Zwei Fliegen mit einer Klappe. Kamille muss keine Hundehaare ertragen, und auf Gigi wird aufgepasst. Im Übrigen kannst du sie so vierundzwanzig Stunden im Auge behalten. Und ich verspreche, dass ich mich gut um sie kümmern werde.«

»Und wenn du herausgewählt wirst?«

»Ach, du meinst, ich könnte eine der Ersten sein?« Gitte lachte, als sie sah, wie verlegen Lilly wurde. »Das ist schon okay, Lilly. Natürlich kann ich früh ermordet werden. Aber ich bin mir sicher, es gibt weitere Hundefreunde unter den Kandidaten. Dan Sommerdahl zum Beispiel. Er wird ja auf keinen Fall herausgewählt.«

Lilly blieb einen Moment sitzen, ohne ein Wort zu sagen. Dann breitete sich ein Lächeln auf ihrem Gesicht aus. »Du bist genial, Gitte.« Sie stand auf. »Schlichtweg genial.«

»Nur damit vertraut, diskrete Lösungen für verwickelte Probleme des gesellschaftlichen Lebens zu finden«, lächelte Gitte und überreichte Lilly ihren Hund. »Aber jetzt sieh zu, dass du in dein Zimmer kommst, damit die Kleine verschwunden ist, wenn die Eiskönigin zurückkommt.«

»Die Eiskönigin. Kennst du sie?«

»Nur ganz oberflächlich. Sie hat mal ... Nein, die Geschichte erzähle ich dir ein andermal, dazu haben wir jetzt keine Zeit. Aber du hast recht: Ich habe einen besonders guten Grund, diesem Weibsstück so lästig wie möglich zu werden.«

17

Ihre Erinnerung hatte Kamille nicht getäuscht. Der alte Eichenwald war ein verwunschener Ort. Die gewaltigen Baumkronen bildeten ein geflecktes, flimmerndes Dach über der kleinen Gruppe und schützten sowohl vor der brennenden Sonne wie vor dem kleinsten Windhauch. Er war beinahe unwirklich schön.

Auf dem ganzen Weg über die Wiese hatten sie Geräusche der übrigen Gruppen gehört. Angeregte, muntere Stimmen, Premierenstimmung. Kirstine Nylands Lachen, Musikfetzen aus dem Ghettoblaster, den der Tonmeister auf den Tisch mit den Getränken gestellt hatte. Doch je weiter sich Dan, Kristian, Kamille und Rasmus vom alten Sanatorium fortbewegten, je mehr wurden die von Menschen verursachten Geräusche durch andere ersetzt. Man hörte die Schafe blöken, die überall auf der Wiese standen, eine Schar Möwen erhob sich kreischend vom Strand, man hörte die Wellen, die ans Ufer rollten.

Als die vier Teilnehmer des kleinen Sonderausflugs sich einer nach dem anderen durch das dichte Haselgebüsch gedrängt hatten, wurden die von außen kommenden Geräusche leiser. Von einem Moment zum anderen verschwanden der Lärm des Empfangsfests, die Stimmen, die Musik, das laute Gelächter. Auch die Wellen hörten sie nicht mehr, sogar der gemischte Chor der Schafe und Möwen schien jetzt weit entfernt. Als wäre eine dicke Tür hinter ihnen zugefallen, übertönten die Geräusche des Waldes den Lärm der ihn umgebenden Welt.

»Ist es nicht herrlich hier?« Kamille war stehen geblieben. »Wie habe ich das vermisst.« Sie breitete die Arme aus und hob langsam den Kopf, um in die Baumkronen zu schauen.

»Ja.« Dan war auf dem Pfad ein Stückchen vorangegangen und sah sich in dem kleinen Wald um, der von innen verblüffend groß wirkte. »Es ist fantastisch hier.«

Kristian Ludvigsen und Rasmus waren am Waldrand stehen geblieben und suchten Haselnüsse.

»Es ist noch zu früh!«, rief Kamille ihnen zu. »Die sind erst in einem Monat reif!«

»Also, ich habe ein paar gefunden, die schon reif waren.« Rasmus schloss zu Kamille und Dan auf. »Ganz hellgrün und winzig, aber sie schmecken verdammt gut.« Er schmiss ein paar Schalen weg.

»Hier.« Kristian Ludvigsen streckte eine Hand aus. »Wollt ihr mal probieren?«

Dan nahm eine der kleinen, grünen Nüsse und knackte sie mit

den Eckzähnen. Die Schale war verhältnismäßig weich und ließ sich leicht öffnen. Er pulte den kleinen, fast weißen Kern heraus, kaute ihn und erkannte den süßen, frischen Geschmack aus seiner Kindheit wieder. Dan nickte Kristian zu. »Danke.«

Langsam gingen sie durch den Wald. Kristian hatte sein Jackett ausgezogen und über den Arm gehängt. Er wirkt sehr jung, dachte Dan plötzlich. Wie alt ist er eigentlich? Zweiunddreißig? Vierunddreißig? So in etwa vermutlich.

Mit einem Mal drehte sich Kristian lächelnd um, als hätte er Dans Blick gespürt. »Kennst du die Regeln genau?«, wollte er wissen.

»Bei *Mörderjagd*? Ja, ich denke schon«, erwiderte Dan.

»Ich weiß ganz bestimmt alles.« Rasmus grinste. »Und ich bin durchaus bestechlich.«

»Dann kannst du mir ja vielleicht etwas erklären, was ich mich wirklich ernsthaft frage«, sagte Kristian.

»Ich kann es gern versuchen.«

»Wann erfährt der Mörder, dass er der Mörder sein soll?«

»Direkt nach der ersten Zuschauerabstimmung am nächsten Dienstag.«

»Erfährt man auch das Motiv?«

»Das Motiv wird ganz spontan bekannt gegeben – je nachdem, was Lilly sich ausdenkt.«

»Und was macht ihr, wenn die Zuschauer den Mörder herauswählen?«

Rasmus lachte. »Gute Frage. Dafür haben wir Lilly. Wenn sie mitten im Plot den Mörder sterben lassen muss, erfindet sie einfach einen neuen.«

»Versteh ich nicht. Werden denn im Zusammenhang mit den einzelnen Morden keine Spuren gelegt? Es muss doch ein paar

Dinge geben, an denen sich die Zuschauer und Dan als Ermittler orientieren können? Wenn eine Spur mehr oder weniger deutlich im Fernsehen gezeigt wurde, könnt ihr sie doch nicht einfach ändern oder verschwinden lassen?«

»Du hast vollkommen recht ... und genau deswegen werden Mahmoud und ich schier irre vor Sorge. Aber wenn wir Lilly fragen, lacht sie nur darüber. Sie hat uns gebeten, ihr einige Beispiele von Opfern, Mördern oder Spuren zu nennen – und als wir das taten, spulte sie, ohne zu zögern, mehrere mögliche Varianten ab, bei denen die alte Spur einen Sinn ergab, aber auf andere Weise interpretiert werden musste. Lilly sagt, so etwas gehöre zum Handwerk.«

Kamille räusperte sich. »Ist es wahr, dass man disqualifiziert wird, wenn man versucht, mit der Außenwelt Kontakt aufzunehmen?«

»Das weißt du doch.«

»Und was passiert, wenn versucht wird, von außen Kontakt zu uns aufzunehmen?«

»Also, wenn euch jemand einen Brief zuwirft oder euch über den Zaun etwas zuruft? Das ist genauso schlimm. Jedenfalls, wenn ihr anfangt, mit jemandem von außen zu kommunizieren. Das heißt, wenn ihr zuhört, was er sagt, oder den Brief lest, den er geschrieben hat.«

»Wenn jemand von uns eine Flaschenpost findet, dürfen wir sie nicht lesen?«, erkundigte sich Dan.

Rasmus lächelte. »Ich würde es nicht tun, wenn ich du wäre.«

»Was ist, wenn irgendjemand mir eine Nachricht zukommen lassen will und lässt einen Heißluftballon über die Insel fliegen, auf dem die Mitteilung geschrieben steht?« Dans Fantasie schäumte über. »Wie wollt ihr das verhindern?«

»Wer zum Teufel käme denn auf so eine Idee, Papa?« Rasmus lachte. »Ich glaube echt nicht, dass Mam einen Ballonfahrer kennt, aber Flemming könnte so etwas schon einfallen, seine Verbindungen sind ja legendär …«

»Meine Güte!«, unterbrach ihn Dan.

»Was ist?« Die anderen sahen ihn verwirrt an.

»Habt ihr das gesehen?« Dan zeigte auf ein paar Büsche. »Habt ihr dieses Rieseneichhörnchen da drüben nicht gesehen? Sind die immer so groß hier, Kamille?«

Während Kamille die Augen zusammenkniff und nach dem absolut nicht existierenden Tier Ausschau hielt, suchte Dan den Blickkontakt mit seinem Sohn und schüttelte rasch den Kopf. *Halt den Mund*, bedeutete das. *Ich erklär's dir später*. Glücklicherweise hatte Rasmus eine sehr gut ausgebildete Antenne für die Signale seines Vaters. Er gab sein Einverständnis zu erkennen, indem er seinem Vater rasch mit beiden Augen gleichzeitig zuzwinkerte. Dan konnte sich wieder entspannen. Kein Wort mehr über seine Freundschaft mit Flemming Torp, solange sich Kamille in der Nähe befand.

»Na«, sagte er laut. »Ärgerlich. Es ist offenbar entwischt. Ich habe noch nie ein so großes Eichhörnchen gesehen.«

»Ich verstehe das nicht«, meinte Kamille. »Es kann hier doch nirgendwo hin.«

»Na ja«, überlegte Kristian, der das ursprüngliche Gesprächsthema unbedingt weiterspinnen wollte. »An dem, was Dan sagt, ist was dran. Wenn ein Heißluftballon oder ein Flugzeug kommt, auf dem eine Nachricht steht – dann können wir doch nicht wissen, dass wir es nicht lesen dürfen, bevor es zu spät ist. Würdet ihr uns dann auch disqualifizieren?«

Rasmus schlug nach einer Mücke, die es sich auf seinem Arm

bequem gemacht hatte. »Meinst du nicht, wir sollten das diskutieren, wenn der Eventualfall eingetreten ist?«

»Wenn man disqualifiziert wird«, sagte Kamille, die endlich aufgehört hatte, nach dem Rieseneichhörnchen zu suchen, »bekommt man auch keine Gage, oder?«

»Nichts«, gab Rasmus zur Antwort. »Nicht eine Krone. Und man wird den Rest der Zeit in eine Isolationszelle gesperrt. Bei Wasser und Brot. Und an Fußketten.«

»Klingt ziemlich hart«, erwiderte Kamille und runzelte die Stirn.

Die drei Männer lachten, und Dan stupste Kamille in die Seite. »Das war ein Scherz, Kamille. Du darfst das nicht alles wörtlich nehmen.«

Auf Kamilles Gesicht zeigte sich die Andeutung eines Lächelns, während ihr Blick vollkommen ausdruckslos blieb. Dan wurde plötzlich klar, was so beunruhigend an ihr war. Sie besaß keinerlei Sinn für Ironie. Hatte Flemming ihm nicht genau das gesagt? Kamille verstand keine Witze, sie nahm eine unschuldige, witzige Bemerkung, wie Rasmus sie gerade gemacht hatte, hundertprozentig für bare Münze. Er nahm sich vor, in dieser Beziehung künftig vorsichtig zu sein. Menschen ohne die Fähigkeit zur Ironie gerieten sehr leicht in Konfliktsituationen, oft genug hatten sie von vornherein genügend Probleme.

Dan hatte die kleinen Spannungen bemerkt, die es während der Überfahrt in der Gruppe gegeben hatte. Tim Kiilbergs mit Verachtung gepaarte Geilheit auf Jackie war für jedermann sichtbar, und Dan hatte gesehen, wie sehr das den sonst so gelassenen Mahmoud irritierte. Deutlich zu spüren war auch, dass es zu einem Machtspiel zwischen Kiilberg und Dan kommen würde – Dan musste sich eindeutig davor hüten, den selbstherrlichen Kriegsreporter auf den Arm zu nehmen. Der kleine Gunnar Forsell tat unmittelbar niemandem etwas zuleide, doch er starrte jedes Mal, wenn der Produktionsleiter ihm den Rücken zudrehte, ein bisschen zu offensichtlich auf Mahmouds Hinterteil. Sofern er Mahmoud richtig einschätzte, würde eine eventuelle Annäherung nicht sonderlich gnädig ausfallen.

Kirstine Nyland versteckte sich den größten Teil der Zeit hinter ihrer Sonnenbrille. In den kurzen Zeitspannen, in denen sie die Brille in die Stirn geschoben hatte, erkannte Dan einen Anflug von Melancholie. Hatte es etwas mit Kamille zu tun? Der Gedanke war ihm bereits mehrmals durch den Kopf gegangen. Kirstine hatte mit allen an Bord gesprochen. Professionell lächelnd hatte sie mit allen harmlose, muntere Bemerkungen ausgetauscht, nur nicht mit Kamille, ihr hatte sie lediglich ein kurzes Nicken gegönnt, obwohl man deutlich sehen konnte, dass sie sich schon einmal begegnet waren. Auch Gitte Sandlauws Antipathie gegenüber Kamille war ausgesprochen subtil. Dan hatte sie ebenso deutlich gespürt wie den Unmut, der im Augenblick von Kristian Ludvigsen ausging. Kamille schien den Widerwillen, den sie bei vielen erregte, nicht zu bemerken, vielleicht fehlte es ihr ja nicht nur an Humor. Vielleicht hatte sie einfach einen äußerst begrenzten Sinn für die feineren Nuancen der menschlichen Kommunikation.

»Wie weit ist es noch bis zur Hütte?«, fragte Dan jetzt.

»Wir sind gleich da.« Kamille blieb auf einer Lichtung stehen, die von ein paar beeindruckenden Ebereschen begrenzt wurde, deren Zweige sich unter den reifen, knallorangefarbenen Beeren bogen. »Oder ... Es fällt mir ziemlich schwer, den Weg nach all den Jahren wiederzufinden. Diese Bäume gab es zum Beispiel gar nicht, als ich klein war.« Kamille zog die Augenbrauen zusammen. »Okay«, sagte sie dann. »Ich glaube, es ist dieser Weg.« Im Gänsemarsch folgten sie ihr durch dichtes Gebüsch.

Plötzlich kamen sie aus dem Wald und standen auf einem sanft wogenden Gelände mit Strandhafer, Strandastern und Heckenrosen. Fünfzig Meter vor ihnen lag der Sandstrand, der in die klare See nördlich der Insel führte. Nicht eine menschliche Spur zeigte sich in dem feinkörnigen Sand. Nur die Möwen hatten ihre rombenförmigen Fußspuren hinterlassen, es sah aus, als wäre seit Jahren niemand mehr hier gewesen.

»Hier lang«, sagte Kamille und ging nach rechts, nachdem sie einen Augenblick stehen geblieben waren und übers Wasser geblickt hatten. »Sie liegt gleich da vorn hinter der nächsten Düne.«

Die verlassene Fischerhütte verkroch sich in einer Traube von Heckenrosen, die so dicht wuchsen, dass Kamille es aufgab, ganz bis zum Haus vorzudringen. Sie blieben ein paar Meter entfernt stehen.

»Oh«, stöhnte Kamille. »Wie sieht es denn hier aus.«

Dan musste ihr recht geben. Es war reines Glück, dass die vollkommen verfallene Hütte überhaupt noch stand. Wind, Regen, Frost und Sonne hatten jede Spur von Farbe entfernt, die seinerzeit wohl die Bretterwände bedeckte, im Dach klafften große Löcher. Merkwürdigerweise war nur eine einzige Fensterscheibe kaputt; ein sicheres Zeichen, dass die Natur das alte Ferienhaus zerstörte – nicht der Mensch.

»Die Wände waren schwarz gestrichen«, erzählte Kamille, »die Fenstersprossen und die Tür mintgrün. Gras und kleine lila Blumen wuchsen auf dem Dach.« Sie schluckte und fuhr fort: »Hinter der Hütte gab es ein Plumpsklo, das ist vermutlich inzwischen weg. Ist sicher eingestürzt und wurde mit der Zeit von den Rosen überwuchert.«

»Meine Güte, was für ein großartiger Ort«, staunte Dan und

blickte übers Wasser. »Ich verstehe gut, dass ihr traurig gewesen seid, als ihr nicht mehr hierherkommen konntet.«

»Ja, nicht?« Kamille wandte sich ihm zu. »Ich habe diesen Ort hier geliebt. Im Grunde tue ich es noch immer ... Oh, wie gern würde ich hineingehen.«

»Wir können uns den Weg ja frei schneiden«, sagte Kristian, der plötzlich ein ziemlich avanciertes Schweizer Messer präsentierte. »Es hat eine Beißzange. Vielleicht hilft das ja.«

»Bist du immer mit diesem Monstrum unterwegs?«, erkundigte sich Dan.

»Immer«, gab Kristian zur Antwort. »Alter Pfadfinder.« Er fing an, die Werkzeuge vorzustellen, die sich in dem roten Plastikschaft versteckten. Eine Feile, fünf, sechs verschiedene Messer, eine kleine Schere, eine Ahle, eine Säge ... »Hier ist sie«, sagte er triumphierend und hielt eine winzige Zange hoch.

»Das dauert doch eine Ewigkeit, um sich damit den Weg frei zu schneiden«, meinte Rasmus.

»Gib mir zehn Minuten.«

»Keine Minute länger«, sagte Rasmus. »Wir müssen spätestens in einer Dreiviertelstunde zurück sein.«

Kristian hatte sein Jackett über einen Rosenbusch geworfen. Er krempelte die Ärmel hoch und fing an. Dan sah ihm zu, ein bisschen frustriert, weil er außerstande war, ihm zu helfen. Aber es gab nur ein Messer, und Kristian schien wild entschlossen, es selbst einzusetzen.

»Sag es, wenn du abgelöst werden willst.«

»Yes.« Kristian schnitt weiter, ohne aufzublicken.

Die drei anderen setzten sich in den Sand und warteten. Dan bedauerte, nichts zum Trinken mitgenommen zu haben, aber er konnte ja auch nicht damit rechnen, dass ihr Ausflug länger als eine Viertelstunde dauern würde. Er hätte sich in seiner wildesten Fantasie nicht vorstellen können, wie weit sich die vom Festland so klein wirkende Seufzerinsel hinzog und welch variantenreiche Natur sie bot. Diese Insel war wirklich eine kleine Perle. Man sollte irgendetwas damit machen, jedenfalls mehr, als Milchschafe auf ihr zu halten und Realityshows zu drehen. Könnte hier nicht ein Naturzentrum entstehen, vielleicht mit einer angeschlossenen Jugendherberge? Oder man könnte das alte Sanatorium als Kongresszentrum einrichten. Oder es abreißen und ein Luxushotel bauen. Dan konnte sich durchaus vorstellen, dass es genügend Gäste dafür gäbe. Die kleine Insel bot gute Bademöglichkeiten, die Bedingungen für Segler waren super, und vor allem gab es hier Ruhe und Frieden. Diese Ruhe wäre das Argument, mit dem man das Projekt verkaufen müsste. Ein offenes Refugium für den modernen Großstadtmenschen, ein autofreies, ein lärmfreies Paradies, das man in wenigen Minuten Überfahrt aus einer Stadt erreichen konnte, in der es alles gab. Der professionelle Teil von Dans Hirn hatte angefangen zu arbeiten. Er rechnete, überlegte und schätzte ab, er war tatsächlich dabei, einen Entwurf für den Besitzer der Insel und potenzielle Investoren zu planen, als Kristian Ludvigsens muntere Stimme seinen Gedankengang störte.

»So!«, rief der junge Politiker und klappte das Messer zusammen. »Jetzt hast du freien Zutritt, Kamille.«

Er steckte das Messer in die Tasche und reichte ihr die Hand, um ihr beim Aufstehen zu helfen. Dan bemerkte, dass sich an Kristians Hemd ein Faden gelöst hatte und er an beiden Händen und den Unterarmen aus kleinen Kratzern blutete. Trotzdem sah der Mann glücklich aus, zum ersten Mal schien er hundert Prozent er selbst zu sein, frei von Überlegungen, welchen Eindruck er wohl auf den Rest der Welt machte oder ob irgendwelche Journalisten in der

Nähe waren. Selbst sein angedeuteter Widerwille gegen Kamille schien überwunden.

Kamille öffnete die Tür zu der Hütte, langsam ging sie hinein, die drei Männer folgten ihr. Von innen sah das Dach noch gefährlicher aus. Sonnenlicht strömte ungehindert durch die großen Löcher, und die tragenden Balken hingen in verwegenen Winkeln. Es war nur eine Frage der Zeit, bis die Hütte endgültig einstürzen würde. Eine dicke Sandschicht bedeckte den Holzboden, die Tischplatten und eine von Salz verkrustete Klappbank, die sicher einst als Sofa gedient hatte.

»Das habe ich gezeichnet«, sagte Kamille und zeigte auf eine Bleistiftskizze, die jemand mit blauen Heftzwecken über der Spüle aufgehängt hatte. Das Papier war so vergilbt, dass es fast schon braun war, die schwachen Bleistiftstriche verschwammen mit dem Hintergrund, aber das Motiv war noch zu erkennen. Das Bild zeigte die Fischerhütte, wie sie damals ausgesehen haben musste. Dort, wo jetzt die Heckenrosen wuchsen, gab es eine kleine Terrasse mit ein paar zerbrechlich wirkenden Gartenmöbeln und einem zusammenklappbaren Wäschetrockner, an dem ein paar Lappen in der Sonne hingen. An der rechten Wand war das Plumpsklo mit dem Herz in der Tür zu erkennen. Ein großer Topf stand an der Schwelle zum Hauseingang. Daneben waren sehr sorgfältig ein paar Messer gezeichnet. »Das war der Topf mit den Kartoffeln, die geschält werden mussten«, lächelte Kamille. »Ich durfte erst meine Zeichnung beenden, deshalb ist sie so detailliert. Je mehr Details ich zeichnete, umso länger dauerte es, und umso länger konnte ich das Kartoffelschälen aufschieben. Dort. Seht ihr das Gras auf dem Dach? Ich habe euch davon erzählt.«

»Wieso steht da Rikke?« Rasmus hatte die Frage gestellt.

»So hieß ich damals.«

Sie warteten höflich auf eine Erklärung, aber als Kamille sie offensichtlich nicht liefern wollte, fragte Dan: »Wann ist die Zeichnung entstanden?«

Kamille biss sich auf die Lippe und dachte nach. »Ich kann nicht älter als zwölf oder dreizehn gewesen sein. Unglaublich, wie die Zeit vergeht, oder?«

Dan nickte. Sein Blick blieb an der vergilbten Zeichnung hängen, während die anderen den Rundgang fortsetzten. Als hätte er plötzlich einen flüchtigen Einblick in Kamilles Kindheit bekommen – Woche um Woche, Monat für Monat allein mit zwei sehr beschäftigten und egozentrischen Eltern. Bei ihren Altersgenossinnen war sie bestimmt nicht sonderlich beliebt gewesen, vermutlich war sie ein bisschen einsam, etwas ungelenk, ein wenig sonderbar. Nicht die besten Voraussetzungen, wenn es darum ging, ein Gespür für gewöhnlichen Spott und munteres Gerede zu entwickeln.

Er ging weiter zur Stubenwand, die von zwei Türen unterbrochen wurde, und steckte den Kopf durch die linke Tür, die in eine winzige Kammer führte, in der eine Pritsche mit einer dünnen, nackten Matratze an einer Wand stand, teilweise bedeckt von herabgefallenen Dachpfannen, verwelkten Blättern und Sand. An der Wand über dem Bett hingen die Reste eines Konzertplakats. Wie es aussah, irgendetwas Klassisches, mit drei stilisierten Celli über einem deutschsprachigen Text.

»Dein Zimmer?«, fragte er Kamille, die jetzt neben ihm in der schmalen Türöffnung stand.

Sie nickte. »Alles steht noch so da, wie wir es verlassen haben. Als wäre hier in der Zwischenzeit niemand sonst gewesen.«

»Vielleicht war ja tatsächlich niemand hier?«

Sie zuckte mit den Achseln. »Der Oberarzt, der uns rausgeschmissen hat, sagte, dass er die Hütte selbst nutzen wolle. Vielleicht war es nur eine Ausrede, um uns loszuwerden.«

»Hatte er Streit mit deinen Eltern?«

»Ich glaube nicht. In einem Sommer waren wir noch hier, im nächsten nicht mehr. So einfach war das.«

»Der feine Herr Oberarzt hat die Hütte sicher als heimliches Liebesnest genutzt«, meinte Rasmus, der zu der anderen Tür gegangen war. »Hier drin sieht es eigentlich ziemlich gut aus.«

Er trat beiseite, damit Kamille den letzten Raum der Hütte betreten konnte. Hier war das Dach noch intakt, auf der Überdecke aus weißer, grober Baumwolle lagen lediglich einzelne Sandkörner. Alles war mit Staub überzogen, und wie in den übrigen Räumen der Hüte gab es überall Vogeldreck. Die Möwen betrachteten die kleine Hütte offenbar als ihr privates Schutzhäuschen.

»Wenn jemand hier drin Schäferstündchen veranstaltet hat«, sagte Kristian, »dann ist das lange her.« Er hob eine Ecke der Bettdecke an. »Die Deckbetten sind auch nicht bezogen.«

»Als ob Bettbezüge in diesem Zusammenhang jemals ein Beweis waren.« Dan lachte. »Wenn man will, will man.«

Die drei Männer lachten, bis sie Kamilles Gesichtsausdruck sahen. Ganz offensichtlich fand sie diese Art Scherze im alten Schlafzimmer ihrer Eltern überhaupt nicht komisch.

Dan beugte sich über das Bett, um die Überdecke wieder an ihren Platz zu ziehen. Plötzlich entdeckte er etwas Rotes. Er hob die Decke noch einmal an. »Was zum Henker ist das denn?«

Alle starrten auf die alte Daunendecke, die zum Vorschein kam, als Dan die ganze Überdecke ans Fußende zog. Auf den gelblich weißen Stoff hatte jemand mit roter Farbe einen riesigen fünfzackigen Stern gesprayt. Er zog sich über die gesamte Oberseite der Daunendecke.

Kamille hielt die Hand vor den Mund und sperrte die Augen auf. Dan sah sie fragend an, aber sie schüttelte nur langsam den Kopf, ohne ein Wort zu sagen. Sie hatte den Stern noch nie gesehen. Er griff mit zwei Fingern einen Zipfel der Decke und hob sie an, um die Unterseite zu überprüfen. Dort war nichts. Auch auf die Matratze oder die beiden Kissen hatte niemand etwas gemalt. Nur diese eine nachlässige Graffitifigur auf dem Deckbett.

»Wer macht denn so was?«, fragte Rasmus.

Dan antwortete nicht. Er hatte sein Handy herausgeholt und machte mehrere Fotos aus verschiedenen Winkeln.

»Das ist sicher nur ein Dummejungenstreich«, meinte Kristian.

»Dann ist es jedenfalls lange her«, sagte Dan und steckte sein Handy wieder in die Hosentasche. »Ihr habt die Rosenbüsche gesehen. Hier war seit vielen Jahren niemand mehr.«

»Ich verstehe das nicht«, sagte Rasmus. »Es gibt nirgendwo sonst irgendwelche Graffitis. Und es ist auch nichts kaputt gemacht worden. Es gibt nur das hier. Wer zum Teufel macht sich die Mühe, die Überdecke abzunehmen, einen Stern auf die Bettdecke zu sprühen und die Überdecke wieder ordentlich an ihren Platz zu legen? Das passt überhaupt nicht zusammen.«

»Müssen wir nicht gehen?« Kamille drückte sich an Dan, und diesmal lag keinerlei Andeutung eines Flirts in dieser Bewegung. Sie sah schockiert aus.

»Ja, bringen wir dich in die Sonne«, sagte Dan und legte einen Arm um sie. »Komm.«

Alle vier verließen die Hütte, Kristian zog die Tür zu. Rasmus schaute auf seine Uhr. »Fuck! Wir müssen laufen«, sagte er. »Sonst werden sie verdammt sauer sein.«

In gewisser Hinsicht war es gut, dass sie die Beine in die Hand nehmen mussten. Es war, als würde der Lauf durch den Wald sie von diesem unheimlichen Gefühl befreien, das alle beim Anblick des roten Sterns in der Fischerhütte überkommen hatte. Das letzte Stück über die Wiese rannten sie sogar – wie unartige Kinder, die im letzten Moment zurück ins Internat kamen, kurz bevor die Mittagsglocke bimmelte. Außer Atem, kichernd und randvoll mit Geheimnissen, von denen die Erwachsenen nichts wissen durften.

18

Noch ein Glas Champagner – und Dan hätte sich übergeben müssen. Er wusste es einfach. Mit festem Schritt ging er hinüber zur Fassbieranlage und nickte Tim Kiilberg zu, der seinen Posten seit der Ankunft offenbar nicht verlassen hatte.

Tim ignorierte ihn. Er leerte sein Glas, füllte es erneut – und ließ sich demonstrativ viel Zeit am Zapfhahn, während Dan danebenstand und warten musste. Als er endlich an der Reihe war, klingelte sein Telefon. Er fluchte, nahm den Anruf aber an. Es war Flemming.

»Ich wollte mir gerade ein Glas Bier zapfen«, sagte Dan. »Warte einen Moment.« Er legte das Handy beiseite, füllte sein Glas, trank den ersten erfrischenden Schluck und verschwand dann mit dem Bierglas in der einen und dem Mobiltelefon in der anderen Hand in Richtung Badesteg. Tim Kiilberg würdigte er keines Blickes. Dieser unverschämte Idiot hatte keinen Anspruch auf Höflichkeit.

»So, jetzt bin ich da.« Dan setzte sich in den Sand und bohrte mit dem Boden des Bierglases eine kleine Vertiefung, damit es sicher stand. »Du hast Glück, dass du mich noch erwischst. In ein paar Stunden müssen wir unsere Handys abliefern.«

»Und wie läuft's?«

»Ist halt ein ziemlicher Zirkus, ein Schaulaufen, aber das kannst du dir sicher vorstellen.«

»Ehrlich gesagt, kann ich mir überhaupt nichts vorstellen. Realityshows gehören nicht gerade zu den Gebieten, auf denen ich Erfahrungen habe. Hattest du schon Kontakt mit Kamille Schwerin?«

»Na sicher. Seit wir abgelegt haben, war sie stets an meiner Seite, bis gerade eben noch.«

»Und wo ist sie jetzt?«

»Das weiß ich nicht. Pudert sich wohl die Nase oder so. Wir haben gleich ein Vorbereitungstreffen.«

»Was meinst du?«

»Über sie?« Dan trank einen Schluck Bier, während er nachdachte. »Sie ist nicht gerade ein Charmebolzen, da muss ich dir recht geben, trotzdem glaube ich nicht, dass sie die böse Hexe ist, zu der du sie machen willst. Eigentlich tut sie mir sogar leid.«

»Warte ab, bis du sie kennenlernst.«

»Du gibst wohl nie auf, was?«

»Warte es ab. Wenn sie die ganze Gruppe so weit gebracht hat, sich zu streiten, ohne dass diese Auseinandersetzungen unmittelbar auf sie zurückzuführen sind, dann weißt du, wozu sie fähig ist. Worüber habt ihr bisher geredet?«

»Weiß ich nicht. Allgemeines. Wusstest du, dass sie in ihrer Kindheit sämtliche Sommerferien auf dieser Insel verbracht hat?«

»Ja, das habe ich irgendwo mal gelesen …«

»Wir waren gerade bei der Hütte, in der sie damals gewohnt haben.«

»Ja?« Flemming zündete sich am anderen Ende der Leitung eine Zigarette an, Dan hörte, wie er den Rauch ausstieß. »Die ganze Gruppe?«

»Nein, nein.«

»Du fängst doch jetzt keine Nummer an, Dan? Das wäre völlig wahnsinnig.«

»So war das doch gar nicht. Rasmus war dabei!«

»Na, dann bin ich ja beruhigt.« Flemming lachte.

»Außerdem ist Kamille nicht mein Typ.«

»Dein Typ? Ist das nicht ein ziemlich weitreichender Begriff?«

»Verflucht, Mann ...«

»Hör auf, ich nehme dich doch bloß auf den Arm. Ihr seid also bei dem Ferienhaus gewesen?«

»Ich glaube nicht, dass jemand in der Hütte gewesen ist, seit die Familie Clausen sie verlassen hat. Kamilles Kinderzeichnungen hängen noch in der Küche.« Dan trank einen weiteren Schluck Bier. »Das Dach ist eingestürzt, und alles ist voller Sand.«

»Lass mich raten: Kamille war sehr gerührt über das Wiedersehen mit der Hütte ihrer Kindheit und ihrer hübschen Zeichnung, und dann musstet ihr sie trösten und hattet alle Mitleid mit ihr, als ihr die Hütte verlassen habt.«

Dan lachte. »Du bist unheimlich präzise, das muss man dir lassen. Aber ihre Reaktion war sehr verständlich, fand ich. Unsere kleine Visite entwickelte sich nämlich etwas dramatischer als gedacht.« Dan erzählte von dem Fund des Graffitisterns im Doppelbett und beschrieb, welchen unheimlichen Eindruck er auf alle gemacht hatte.

»Was für ein Stern war das?«

»Was meinst du?«

»Wie viele Zacken hatte er?«

»Weiß ich nicht.« Dan zeichnete mit seinem freien Zeigefinger einen Stern in den Sand. »Fünf, glaube ich. Diese Art von Sternen, die sogar Kinder mit einem ununterbrochenen Strich zeichnen können. Kannst du mit deinem Telefon Fotos empfangen?«

»Ja, sicher.«

»Dann schicke ich dir ein paar Bilder.«

»Du hast das Bett fotografiert?«

»Ja.«

Flemming lachte erneut. »Du wirst langsam ein richtiger Detektiv, Dan.«

Dan antwortete nicht. Er trank sein Bier aus. Über den Rand des Glases sah er, dass die übrige Gruppe sich an der Treppe des Sanatoriums sammelte. »Ich muss los, Flemming.«

»Warte mal, noch eine Minute, Dan.«

Dan war aufgestanden und ging mit dem leeren Glas in der Hand langsam über die Rasenfläche. »Eine Minute. Ich muss jetzt wirklich Schluss machen.«

»Hat dich der Stern an irgendetwas erinnert?«

»An was sollte er mich denn erinnern? Vielleicht an die Judensterne, die die Nazis an die Läden schmierten? Aber die hatten sechs Zacken …«

»Könnte es sich um ein Pentagramm gehandelt haben?«

»Gehört nicht ein Kreis um ein Penta… Oh!« Dan blieb ein paar Meter von den anderen entfernt stehen. »Du denkst an das Zeichen am ersten Tatort?«

»Bingo!«

»Na ja, ich habe diese Fotos nie gesehen …«

»Hör mir zu, Dan. In dem Haufen Papier, den du mit auf die Insel geschleppt hast, steckt ein Kuvert mit sämtlichen Fotos des Tatorts. Sieh sie dir gründlich an. Es sind Nahaufnahmen des Zeichens dabei, das vielleicht, vielleicht aber auch nicht, ein Stern sein könnte. Gleich links neben der Stelle, wo der Kopf des Opfers lag. Es ist nicht zu übersehen, wenn du genau hinschaust.«

»Dan! Kommst du?«, rief die Pressechefin, die ganz oben auf der Treppe an der Haupttür stand.

»Ja, ja.« Dan streckte entschuldigend eine Hand in die Luft.

»Wir sind bereits spät dran!«, rief sie.

»Komme schon!« Dan wandte sich um, drehte der Gruppe den Rücken zu. »Hör mal, Flemming ...«, sagte er gedämpft ins Telefon, »ich glaube nicht, dass der Stern, den wir gefunden haben, etwas mit dem Mord an Ingegerd Clausen zu tun hat. Der ist vor vielen Jahren gemalt worden.«

»Und woher willst du das wissen?«

»Die Rosenbüsche waren ganz dicht zusammengewachsen, in einem mehrere Meter dichten Gürtel rund um das Haus; die Decke war mit Staub und Möwenkot bedeckt; auf dem Boden lag eine dicke, unberührte Schicht aus Sand. In der Hütte war seit Jahren niemand mehr, Flemming.«

»Hm.«

»Außerdem glaube ich nicht einen Augenblick daran, dass Kamille etwas damit zu tun hat.«

»Hast du dafür auch eine gute Erklärung?«

»Komm jetzt, Dan!«, rief die Pressechefin mit einem Anflug von Irritation in der Stimme.

Wieder streckte Dan die Hand in die Luft.

»Ich muss jetzt aufhören, Flemming.«

»Ruf mich nach eurem Treffen noch mal an.«

»Wenn das geht, versprechen kann ich es nicht. Hej!«

Dan steckte das Mobiltelefon in die Tasche und drehte die Hände mit einer entschuldigenden Geste um. »Sorry«, sagte er. »Es wird nicht wieder vorkommen.«

Die Pressechefin lächelte, ihre Augen blieben jedoch kühl.

»Gut«, sagte sie dann. »Lasst uns anfangen. Ihr müsst Mads

Krogsgaard kennenlernen ...« Ein etwa vierzig Jahre alter Mann mit hellen Locken und einem T-Shirt mit FC-Kopenhagen-Logo verbeugte sich lächelnd. »Und das ist Mads' Frau, Jane.« Sie hob die Hand. Dan erkannte die Frau, die er auf dem Hofplatz gesehen hatte, sofort wieder. Jane, ein paar Jahre jünger und ein paar Zentimeter größer als ihr Mann, war braun gebrannt und hatte ihr rötliches Haar zu einem kurzen Pferdeschwanz gebunden. Sie hatte eine gute Figur, kein Gramm zu viel, Ein kleiner kugelrunder Bauch fiel in ihrem engen, ärmellosen Sommerkleid deshalb besonders auf. Sie ist im vierten, vielleicht im fünften Monat, dachte Dan. »Mads und Jane sind unsere nächsten Nachbarn, sie kümmern sich um die Gebäude. Wenn ihr Lust habt, mehr über die wunderbare Natur hier auf der Insel zu erfahren, müsst ihr sie fragen. Mads hat versprochen, uns heute herumzuführen, und Jane ist heute Abend zusammen mit unserem Caterer verantwortlich für das große Willkommensessen.«

Anerkennendes Murmeln.

»Mads und Jane wohnen auf dem Hof, der euch sicher aufgefallen ist, als wir die westliche Spitze der Insel umrundeten«, fügte die Pressechefin hinzu.

»Aalnacken«, schob Mads Krogsgaard ein. »Die Spitze heißt Aalnacken. Und der Hof heißt Krogsgaard.«

»Bist du selbst auf den Namen gekommen, oder ist das ein Erbhof?«, wollte Gitte Sandlauw wissen.

»Nein, ich habe den Hof nicht nach mir benannt.« Er lächelte. »Es ist eher umgekehrt ... Wir sind die vierte Generation auf Krogsgaard.«

»Mads und Jane leben von ihren Schafen«, informierte die Pressechefin, »soweit ich weiß, produziert ihr Milch, Wolle und Fleisch, oder?«

»Ja. Aber wir haben überwiegend Milchschafe.«

»Mads und Jane waren uns sehr behilflich dabei, alles für euch vorzubereiten.«

»Normalerweise sind wir hier so eine Art Hausmeister«, sagte Mads. »Wir sorgen dafür, dass alles in Schuss bleibt, reparieren den Steg und kümmern uns um die Touristen.«

»Gibt es viele?«, wollte Dan wissen, dem noch immer seine wilden Ideen über Luxushotels und Spa-Bereiche im Hinterkopf herumspukten.

»Nee.« Mads und Jane sahen sich an, bevor er hinzufügte: »Hin und wieder eine Gruppe Pfadfinder. Es kommen regelmäßig Segler, die hier ankern. Und Leute mit Kajaks, aber die stören nicht weiter. Solange sie sich vom leeren Sanatorium fernhalten und die Schafe in Ruhe lassen, sind sie willkommen.«

»Bekommt ihr Lohn für euren Job? Ich meine … seid ihr irgendwo angestellt?«

»Wir wohnen hier mietfrei – und können die gesamte Insel als Weidefläche nutzen. Das kann man durchaus als fairen Lohn ansehen.«

»Also gehört der Hof nicht euch?«

Mads zögerte. »Das ist ja wie bei einem Kreuzverhör«, sagte er. »Nein, er gehört uns nicht. Mein Großvater hat seinerzeit die gesamte Insel und alle Gebäude an einen Fonds verkauft, der eigentlich die Aufgabe hatte, das Sanatorium zu betreiben. Nach der Schließung hatte der Fonds offenbar andere Investitionsinteressen. Jedenfalls nutzt niemand außer uns die Insel.« Er sah Dan an. »Für den Hof haben wir einen so gut wie unkündbaren Vertrag, falls du dich für irgendjemanden erkundigen solltest.«

»Entschuldigung. Ich war einfach nur neugierig.«

»Schon gut«, sagte Mads kurz angebunden.

»Mads, das ist Dan Sommerdahl, unser zahmer Privatdetektiv, vielleicht entschuldigt ihn das ja. Er wird sozusagen dafür bezahlt, Fragen zu stellen.« Die Pressechefin wartete, bis die beiden Männer sich die Hand gegeben hatten, dann begann sie mit der großen Präsentationsrunde. Nach der Begrüßung von Mads, stellte Dan sich ein wenig abseits und beobachtete die anderen, irritiert über sich selbst, weil er sich so stoffelig gegenüber dem netten Schafbauern benommen hatte. Er hatte nur aus höflichem Interesse gefragt, doch das bekamen die Leute leicht in den falschen Hals. Wer zum Teufel konnte denn ahnen, dass die Eigentumsverhältnisse eines derart abseits gelegenen Bauernhofs ein so heikles Thema waren.

Der Anblick von Kirstine Nyland ließ das Blut in Janes Wangen schießen. »Anita aus *Weiße Veilchen*« hatte häufig diese Wirkung auf ihre Umgebung. Aber es sah nicht so aus, als ließe sich Kirstine davon irritieren.

Dan betrachtete sie, als sie die Einheimischen begrüßte und die idyllische Landschaft lobte. Sie war beinahe unwirklich hübsch. Dan verlor sich einen Moment in dem Anblick ihrer perfekt geformten Nasenspitze, dem feingeschwungenen Amorbogen, dem hellen Flaum über der weichen Rundung des Kinns … Plötzlich drehte sie sich um, als hätte sie gespürt, dass er sie ansah. Ein unbefangener, nussbrauner Blick traf auf seinen, an ihrer rechten Wange zeigte sich ein Lachgrübchen. Dan lächelte zurück.

Als Kamille Schwerin an der Reihe war, die Krogsgaards zu begrüßen, zuckte Mads ein wenig zusammen. »Rikke? Rikke Clausen?«, sagte er. »Oder … du heißt jetzt anders, oder?«

Kamilles Gesicht blieb neutral. »Mads«, sagte sie und griff nach seiner Hand. »Wie schön, dich zu sehen. Ich heiße jetzt Kamille. Kamille Schwerin.«

»Ah ja«, sagte er. Könnte es sein, dass er blass geworden war? »Ist wirklich verdammt lange her, Rik… Kamille.« Er legte einen Arm um Jane und zog sie an sich, als wollte er sich an ihr stützen. »Das ist meine Frau … Kamille und ich haben als Kinder miteinander gespielt, Jane.«

Jane streckte mit einem herzlichen Lächeln die Hand aus. »Seid ihr zusammen auf der Realschule in Christianssund gewesen?«

»Nein, ich bin auf eine andere Schule gegangen. Mads und ich haben zusammen gespielt, wenn ich in den Sommerferien mit meinen Eltern hier war«, erklärte Kamille. »In der Fischerhütte hinterm Wald. Wir gehörten zu den wenigen Touristen.« Sie lächelte.

Mads Krogsgaard begrüßte die restlichen Kandidaten und fragte dann die Pressechefin. »Gehen wir eine Runde?«

»Ja.« Sie wandte sich den Kandidaten zu. »Wir bekommen jetzt eine Führung rund um die Sanatoriumsgebäude, damit ihr euch einen Eindruck von der Umgebung machen könnt. Heute Abend zeigt Mahmoud euch dann den Kandidatenflügel.«

Sie machten sich auf den Weg. Mads und die Pressechefin gingen voraus, gefolgt von Jane und Lilly, hinter ihnen sortierte sich der Rest der Gruppe in einer langen und etwas unordentlichen Doppelreihe. Der Rundgang wurde von einem Kamerateam festgehalten, das neben der Gruppe herlief. Man muss offenbar bereits jetzt darauf achten, was man sagt und tut, dachte Dan. Er war froh, einige Erfahrung mit Fernsehaufnahmen zu haben. Es dämpfte die Unsicherheit und begrenzte das Risiko, sich zu blamieren.

Die kleine Gruppe bewegte sich an der Hausmauer entlang auf den Flügel des Gebäudes zu, in dem das Produktionsteam und die gesamte Technik untergebracht waren. Hier lag der Raum des Produktionsleiters und der kleine Schneideraum; im ersten Stock gab es Zimmer für die Kandidaten, die herausgewählt wurden.

Mads Krogsgaard öffnete die Tür zu einem großen, hellen Geräteraum, in dem ein gut sortiertes Sortiment an Werkzeugen und alten Holzleitern eine Längsseite einnahm, während die andere mit tiefen, offenen Regalen vollgestellt war.

»Hier findet ihr Schwimmwesten in allen Größen«, sagte er und legte eine Hand auf einen orangefarbenen Gegenstand. »Die müsst ihr anziehen, wenn ihr mit einer der Jollen segeln wollt.«

»Ich dachte, wir dürfen das Haus nicht verlassen?« Kirstine Nyland legte den Kopf schief. Mein Gott, ist sie hübsch, dachte Dan. Er war jedes Mal wieder überrascht, wenn sein Blick auf sie fiel.

»Heute dürft ihr das ja noch. Außerdem habe ich gehört, die Hälfte von euch würde so nach und nach herauskommen und uns Gesellschaft leisten.« Er lächelte. Vereinzeltes, höfliches Lachen, bevor die Gruppe den Geräteraum wieder verließ.

Mads schloss die Tür, dann gingen sie weiter.

»Mahmoud Hadim sitzt genau dort.« Die Pressechefin zeigte auf ein paar Fenster. Die Innenseiten waren abgedeckt, sodass man nicht hineinsehen konnte. »Er, die Cutterin und eine Produktionsassistentin sind dabei, die Sendung von heute Abend zusammenzubasteln. Das meiste ist bereits fertig, es werden nur noch ein paar Clips von der Überfahrt und der Ankunft des Schiffs und einige gute Szenen von eurer Ankunft an Land und vom Transport des Gepäcks aufbereitet.«

Vereinzeltes erwartungsvolles Murmeln.

»Mahmoud wird zu uns stoßen, sobald er fertig ist«, fuhr die Pressechefin fort. »Auf jeden Fall zum Abendessen.«

»Ach, wie gern würde ich mir heute Abend *Mörderjagd* ansehen!«, erklärte Gitte Sandlauw.

»Leider, leider geht das nicht.« Die Pressechefin setzte ein dünnes Lächeln auf und fuhr mit dem Rundgang fort.

Auch Lilly Larsen hatte ihr Hauptquartier im Produktionsflügel – ein Schlafzimmer mit einem winzigen Büro und eigenem Bad. Dan wusste, dass Lillys kleiner Hund gerade von einer jungen Assistentin darin versteckt wurde, er war folglich keineswegs überrascht, als die Pressechefin diese Räume bei ihrem Rundgang elegant überging. Schließlich wollte sie nicht riskieren, dass Kamille ausgerechnet jetzt eine Szene machte, so kurz vor dem Start der Show.

Wo war sie überhaupt? Dan drehte sich um und sah, wie Kamille der kleinen Prozession allein folgte. Er trat einen Schritt beiseite, wartete, bis sie ihn eingeholt hatte, und lief neben ihr her.

»Irgendwas nicht in Ordnung?«

Sie schüttelte den Kopf. »Nein. Ich bin nur ein bisschen müde.«

»Was war denn mit dir und Mads Krogsgaard?«

»Was meinst du?«

»Ach, hör auf, Kamille. Wenn ihr euch anseht, sieht man doch sofort, dass etwas nicht stimmt. Habe ich recht?«

Kamille hob die Schultern. »Im letzten Sommer, in dem ich mit meinen Eltern hierherkam, haben wir uns verliebt. Es ging, wie man offenbar immer noch sieht, nicht so gut aus.« Sie warf ihm einen raschen Blick zu.

»Wer von euch beiden hat denn Schluss gemacht?«

»Ich.«

»Weshalb?«

Wieder zuckte sie mit den Achseln. »Wir waren sehr verschieden.«

»Und ihm brach es das Herz?«

»Das ist milde ausgedrückt.« Sie sah sich nach dem Kameramann um. Er war mit Gunnar Forsell und Jackie S beschäftigt, die auf einer Steinmauer am Parkplatz balancierten. Kamille fügte mit gedämpfter Stimme hinzu: »Mads hat versucht, sich das Leben zu nehmen. Großes Drama.«

»Armer Kerl. Wie alt war er?«

»Sechzehn.«

»Und du?«

»Fünfzehn.«

Eine Weile sagten beide kein Wort. Dann wandte sich Dan an sie. »Wurdet ihr deshalb aus der Fischerhütte geschmissen?«

»Ich glaube schon. Mads' Eltern waren sicher der Meinung, dass er mich so schnell wie möglich vergessen sollte. Und sie hatten damals einen gewissen Einfluss.« Sie schüttelte den Kopf. »Wir haben zu Hause nicht darüber gesprochen. Ich hatte ja nichts Falsches getan.«

»Nee, es wäre trotzdem eine gute Idee gewesen, wenn ihr …«

»Es war am besten so. Für ihn wäre es nicht besonders toll gewesen, mich hier weiter im Sommer zu treffen. So, wie er sich selbst zum Narren gemacht hatte.«

»Zum Narren gemacht?«

»Stell dir vor, er hat es nicht geschafft, sich aufzuhängen. Es war einfach zu lächerlich.«

»Ah ja.«

In diesem Moment kam der Kameramann auf sie zu, sie mussten ihr Gespräch unterbrechen. Besser so, dachte Dan. Er war nicht sicher, ob er die höflich zuhörende Fassade hätte aufrechterhalten können, wenn sie weiterhin so demonstrativ diesen totalen Mangel an Empathie zeigte.

Dan sah Mads' blondgelocktes Haar neben dem munter hüpfenden Pferdeschwanz der Pressechefin ganz vorn in der Gruppe.

So wie es aussah, hatte der Mann jetzt ein gutes Leben: eine nette schwangere Frau und eine ganze Insel für sich. Dan ärgerte sich einmal mehr, Mads mit seinen dummen Fragen vor den Kopf gestoßen zu haben. Er beschloss, es wiedergutzumachen, bevor er in ein paar Stunden in den Kandidatenflügel eingeschlossen wurde.

19

Eine Stunde später war die Führung überstanden, es bildeten sich kleinere Gruppen. Während Jane und Mads Krogsgaard mit einigen Leuten aus dem Team die letzten Vorbereitungen für das gemeinsame Abendessen trafen, gingen die Kandidaten mit Rasmus Sommerdahl und der Pressechefin der Reihe nach ihr Gepäck durch.

In einem kleinen Raum hinter dem Empfangstresen wurde jeder einzelne Koffer geöffnet und durchsucht, jedes einzelne Kleidungsstück auseinandergefaltet und wieder zusammengelegt. Man wollte sichergehen, dass niemand einen Computer mit mobilem Internetzugang einschmuggelte. Oder ein zusätzliches Telefon. Der Kameramann, er hieß Lasse, filmte dabei jeden einzelnen Kulturbeutel bis auf den Boden, doch als Dans kleinster Koffer an die Reihe kam, bat Dan ihn, die Kamera abzustellen.

»In Ordnung«, sagte Lasse, »ich brauch sowieso eine Zigarette.« Er gab dem Tonmann mit dem Kopf ein Zeichen, beide legten ihre Ausrüstung ab und verließen den Raum.

»Aber wieso, Dan?« Die Pressechefin klang müde. Ganz offensichtlich hätte sie diese Prozedur gern hinter sich gebracht.

»Weil …« Dan zog den Reißverschluss des kompakten schwarzen Koffers auf und klappte den Deckel zurück. »Weil ich hier einige vertrauliche Dokumente habe, von denen niemand etwas zu wissen braucht.«

»Was ist das?« Rasmus griff nach einem gelben Aktendeckel. »Hast du jetzt angefangen, Spione zu jagen, Papa?«

»Gib mir die Mappe.« Dan streckte die Hand aus. »Sofort.«

Rasmus sah ihn einen Moment an. Dann zuckte er die Achseln und gehorchte. »Wieso ist das so geheim?«

»Es handelt sich um Papiere, die mit einem noch nicht abgeschlossenen Fall der Polizei zu tun haben. Ich habe versprochen, sie mir anzusehen, während wir hier sind. Als Berater. Das ist vermutlich nicht schlimmer, als einen Roman als Gutenachtlektüre mitzunehmen.«

»Nein«, sagte die Pressechefin. »Wahrscheinlich nicht. Aber wir müssen weiterhin nach Handys und solchen Dingen schauen. Du könntest ja einen ganzen Radiosender unter all den Papieren verstecken.«

Dan blätterte gehorsam den Inhalt des Koffers durch, hob jede einzelne Mappe an, schüttelte sie demonstrativ und legte sie wieder zurück, öffnete Briefumschläge und ließ Rasmus hineinfassen und sicherstellen, dass sich ausschließlich Papier darin befand.

Als schließlich alle zufrieden waren, riefen sie das Kamerateam wieder herein. Die beiden nahmen ihre Geräte und folgten Rasmus, der die Koffer hinter der gesicherten Tür zu dem streng bewachten Kandidatenflügel verschloss.

Draußen auf dem Rasen gingen die meisten Mitwirkenden jetzt allein auf und ab, jeder mit einem Handy am Ohr. Es war tatsächlich ihre letzte Chance. In einer Viertelstunde wurde gegessen, unmittelbar danach mussten die Mobiltelefone abgeliefert werden, dann wurden die Kandidaten in den geschlossenen Bereich gesperrt.

Dan blieb einen Moment stehen und betrachtete sein Handy. Es war ein nahezu neues iPhone, und sein Verhältnis dazu ließ sich am besten mit dem Begriff »gefühlsbeladen« beschreiben. Der Gedanke, dass er mehrere Wochen auf seinen elektronischen Begleiter verzichten sollte, war schwer zu ertragen.

Während des Rundgangs und der Durchsuchung seines Gepäcks waren vier neue Nachrichten eingegangen: eine von einem Kunden seiner Werbeagentur, der ihm viel Glück wünschte. Dan bedankte sich artig. Die nächste war eine MMS von Laura mit einem Foto von Rumpel, der in Dans Lieblingssessel thronte, in dem er normalerweise nichts zu suchen hatte. Der Text lautete: »Sieh mal, wie schön es ist, wenn Papa nicht zu Hause ist! Kuss von L&R.«

Die dritte Nachricht kam von Marianne, die ihn bat anzurufen, und die vierte von Flemming: »Denk bitte an das Foto.« Gut, dass er ihn daran erinnerte! Dan schickte ihm rasch drei Fotos aus der Fischerhütte, damit er das ungewöhnlich platzierte Graffiti aus mehreren Winkeln sehen konnte. Auf dem dritten Foto hatte Dan Kamille mit auf dem Bild. Sie sah auf den gesprühten Stern, aber ihr Gesichtsausdruck ließ sich auf dem kleinen Schirm des Smartphones nicht deuten. Dan drückte »senden« und rief danach Marianne an.

Sie nahm sofort ab. »Hej, du. Gut, dass du es noch geschafft hast.«

»Natürlich. Hier war es nur ein bisschen hektisch.«

»Läuft's gut?«

»Ja, der Insel fehlt es an nichts. Es ist wunderschön hier. Wälder und Strände und grüne Wiesen mit niedlichen Schafen. Und die Leute sind durchgehend ziemlich nett. Also abgesehen von diesem Idioten Kiilberg, was wir ja schon wussten … Na ja, es wird gehen. Was treibt ihr?«

»Pizza essen und Dosenbier trinken.«

»Wie ... im Ernst?«

»Ja. Wir verschlampen.«

»Laura und du?«

»Hmm ...« Er hörte, wie sie einen Schluck trank. »Wir wollen uns einen Film ansehen.«

»Natürlich. Lass mich raten ... *Howard's End*?

»*Sinn und Sinnlichkeit*, in dem Hugh Grant mitspielt.«

»O Gott. Langsam freue ich mich darüber, nicht zu Hause zu sein.«

»Das kannst du gerne tun.«

»Lackiert ihr euch auch die Nägel?«

»Nur an den Füßen.«

»Und das ganze Wohnzimmer stinkt nach Nagellack, garantiert.«

»Gerade haben wir noch im Wohnzimmer gesessen und uns darüber unterhalten, wie schön es ist, wenn du nicht da bist und dich über den Geruch beschweren kannst.«

Dan hörte Lauras Stimme im Hintergrund.

»Was sagt sie?«

»Sie fragt, ob du das Foto bekommen hast.«

»Ja, hab ich. Sag ihr, sie soll gefälligst den Hund aus meinem Sessel jagen.«

»Der arme Rumpel. Er hat nur zehn Sekunden dort gesessen.«

»Zehn Sekunden reichen, um ihm für den Rest seines Lebens irgendwelche dummen Flausen in den Kopf zu setzen. Wollen wir wetten, der Mistköter wird versuchen, es sich in Zukunft so oft wie möglich auf meinem Sessel bequem zu machen?«

»Du sollst Rumpel nicht Mistköter nennen.«

»Küss sie von mir, ja?«

»Wen, Rumpel oder Laura?«

»Ich meinte Laura. Aber den Mistköter kannst du meinetwegen auch knuddeln.«

Als er das Handy einsteckte, hatte er noch immer ein Lächeln auf den Lippen. Plötzlich kam ihm die Zeit, die er von zu Hause fort sein sollte, sehr lang vor.

»Hast du Kamille gesehen?« Gitte Sandlauw stand auf einmal neben ihm.

»Nein.« Dan sah sich um. »Ist sie nicht gerade noch hier gewesen?«

»Ich habe einen Augenblick weggesehen, schon war sie verschwunden.«

Dan zuckte die Achseln. »Vermutlich wird sie spätestens zum Essen wieder auftauchen. Was wolltest du von ihr?«

»Ach, nichts, Ich hatte Lilly nur versprochen, auf sie zu achten.« Gitte bemerkte Dans hochgezogene Augenbraue und fügte hinzu: »Lilly führt gerade den Hund auf der anderen Seite des Hauses aus, damit er ein paar Stunden durchhält. Sie möchte dabei ungern von Kamille überrascht … Ach, da ist sie ja.«

In diesem Moment bog Kamille um die Ecke des östlichen Gebäudeteils. Sie ging mit gesenktem Kopf und sah aus, als würde sie die Welt um sich herum nicht wahrnehmen. Sie blieb stehen, sah sich um und schloss sich Gunnar Forsell und Jackie S an, die ihre Telefonate offenbar beendet hatten, an der sonnenbeschienenen Hausmauer lehnten und plauderten.

Unglaublich, dachte Dan. Gitte Sandlauw wusste also auch schon, dass Lilly ihren Hund eingeschmuggelt hatte. Wer war wohl sonst noch in dieses sogenannte Geheimnis eingeweiht? Wahrscheinlich schwebte tatsächlich nur Kamille noch in glücklicher Unwissenheit. Absurd.

Dan ließ Gitte stehen und tat so, als würde er eine SMS schreiben. Er wollte seine letzten Sekunden allein genießen, bevor sie in den Kandidatenflügel geschlossen wurden. Er sah sich um. Der Rasen. Eine riesige Blutbuche. Der Badesteg. Der Fjord. Ein Schwanenpaar glitt würdevoll über die blanke Wasseroberfläche. Es war noch immer so hell wie zur Mittagszeit, allerdings war die Temperatur in den letzten Stunden spürbar gesunken. Hielt man sich im Schatten auf, zog man sich besser einen Pullover über. Es war erst Ende August, dennoch merkte man deutlich die ersten Anzeichen des Herbstes. So wie man Schnee einige Stunden riechen kann, bevor er fällt. Oder das Frühjahr bei Frost. Sogar Menschen, die ihr ganzes Leben in einer Stadtwohnung verbringen, sind imstande, den Wechsel von Wetter und Jahreszeiten zu spüren, bevor er stattfindet. Einige Menschen reagieren mit geradezu physischen Symptomen, wenn der Luftdruck fällt. Migräne, Schlaflosigkeit, Unruhe. Dieses innere Barometer gehört zu den letzten Resten des Urmenschen, die wir noch immer in uns tragen.

Der Gedanke, wochenlang eingesperrt zu sein, war plötzlich unerträglich. Seine geliebten Joggingtouren nicht laufen zu können, gezwungen zu sein, seine Zeit auf einem so begrenzten Platz zu verbringen – und mit einer so begrenzten Auswahl an Gesprächspartnern. Er warf einen letzten Blick über die Szenerie und ging zurück zum Haus.

Kurz darauf saßen die acht Kandidaten mit dem Produktionsteam, der Programmleitung und den beiden hilfreichen Geistern von der Insel an zwei langen Tischen im Speisesaal des alten Sanatoriums. Mahmoud Hadim war aus dem Schneideraum aufgetaucht. Er sah müde aus, das Haar war noch wirrer als gewöhnlich. Er erhob sich, klopfte an sein Glas und hieß alle willkommen, bevor er das Wort an Jane Krogsgaard weitergab, die das Essen erläuterte.

»Zuallererst muss ich ein Missverständnis aufklären«, begann Jane, als Ruhe im Saal eingetreten war. »Ich bin bestimmt nicht allein verantwortlich für dieses herrliche Essen, das heute Abend serviert wird. Ich habe lediglich einige Zutaten geliefert und mit in der Küche gestanden. Mit anderen Worten, nicht ich verdiene all diese Aufmerksamkeit. Frida und Hanne von der Cateringfirma haben nur im Augenblick ein bisschen viel zu tun, später am Abend werdet ihr die Gelegenheit bekommen …«

Jane scheint Bühnen gewohnt zu sein, ging Dan durch den Kopf. Sie stand sicher, das Gewicht gleichmäßig auf beide Beine verteilt, und sprach mit klarer, lauter Stimme.

»… und in den großen Schüsseln ist ein Salat aus Kartoffeln, Tomaten und Zwiebeln. Der Fetakäse stammt aus der Molkerei von Christianssund, die Milch stammt von uns.« Sie wartete, bis das beifällige Murmeln sich gelegt hatte. »Die Lammkeulen stammen von unseren Texel-Schafen.« Sie lächelte. »Aber wahrscheinlich interessiert nur Schafenthusiasten wie uns, wie die Rassen heißen.« Sie legte eine Hand auf ihren kleinen Kugelbauch und wandte sich an ihren Mann. »Habe ich etwas vergessen, Mads? Ach ja, den Nachtisch. Es gibt eimerweise frisch gepflückte Himbeeren und ein gutes ökologisches Vanilleeis. Ihr dürft euch darauf freuen.« Jane wünschte Guten Appetit und setzte sich.

Es wurde geklatscht, dann begann die leckere Mahlzeit. Eine Zeit lang waren alle damit beschäftigt, die Schüsseln herumzureichen, zu schöpfen, zu probieren, zu schmecken und zu loben.

»Sehr vielversprechend«, erklärte Kirstine Nyland nach den ersten Bissen. Sie hatte sich neben Dan gesetzt. »Wenn wir die ganze Zeit Produkte von solcher Qualität bekommen, werden wir am Ende in Topform sein.«

Tim Kiilberg, der sich ihnen gegenübergesetzt hatte, mischte sich ein. »Du kannst mir doch nicht weismachen, das Essen sei gesünder, nur weil es ökologisch ist.«

Kirstine sah ihn an. »Ich denke dabei nicht nur an die ökologische Erzeugung, Tim. Es ist die Frische. Nichts von dem hier wurde monate- oder jahrelang in einem Gefrierschrank oder einer Konservendose aufbewahrt. Ja, das Eis ist natürlich gefroren, aber ihr versteht, was ich meine. Alles ist frisch gepflückt, frisch geschlachtet, gerade ausgegraben, hausgemacht. Keine Zusatzstoffe. Das ist es, was ich gesund nenne.«

»Ich habe wochenlang von Konserven gelebt, wenn ich in Kriegs- oder Katastrophengebieten eingesetzt war. Das hat mir auch nicht geschadet.« Er spießte ein Stück Feta auf und steckte es in den Mund. »Aber es schmeckt gut, das muss ich zugeben.«

»Ja, das tut es«, bestätigte Dan. »Wollen wir den Köchen nicht zuprosten?«, fügte er laut hinzu und hob sein Glas. »Skål, auf Jane und Mads!«, rief er, als er die Aufmerksamkeit der gesamten Gruppe hatte. »Danke für die beste Lammkeule der Welt. Es ist ein herrliches Gefühl, aus dem Fenster zu sehen und zu wissen, dieses Lamm, das wir hier gerade verspeisen, hat sich dort draußen mit seinen Vettern und Cousinen vergnügt. Ein Lamm, das sein kurzes, glückliches Leben auf einer grünen Wiese mit sauberem Gras verbringen durfte, ist nun einmal das Beste – für den Geschmack, für die Ernährungswerte und fürs Gewissen. Lasst uns darauf trinken!«

War er nun ein politisch korrekter Werbefachmann oder nicht? Dan ignorierte Tims saure Miene und konzentrierte sich auf Kirstine Nylands Lachgrübchen, als sie anstießen und tranken. Sie saßen sehr dicht nebeneinander, und er spürte die Wärme ihres Oberschenkels. Wer weiß, ob sie … Nein, das bildete er sich bloß ein. Aber hübsch war sie schon. Zum Vernaschen – und zwar in kleinen, winzigen Happen.

Aus den Augenwinkeln bemerkte er, wie Jackie S ihren Teller von sich schob. Der Zusammenhang zwischen den niedlichen weißen Lämmern auf der Wiese und dem leckeren Stück Fleisch, das sie bis vor einem Augenblick mit größtem Vergnügen gegessen hatte, war offenbar zu viel für ihren Appetit.

Als das Hauptgericht verzehrt war, erhob sich Mahmoud und klopfte erneut an sein Glas. »Nun, liebe Showteilnehmer«, begann er. »In genau anderthalb Stunden begleite ich euch in den Kandidatenflügel, und wenn ich euch alles gezeigt habe, verschließen wir die Tür hinter euch.«

»Können wir es noch bereuen?« Der Rotwein hatte Kristian Ludvigsens Lippen violett gefärbt.

»Nicht, wenn du einen Prozess vermeiden willst, Kristian.« Mahmouds Lächeln war entspannt. »Wir haben deine Unterschrift unter einem Vertrag, wie du weißt.«

»Davon weiß ich nichts«, behauptete Kristian mit indignierter Stimme. »Es muss sich um eine Fälschung handeln.« Er hielt die Maske einen Moment aufrecht, dann breitete sich ein Grinsen auf seinem Gesicht aus. »Sorry, Mahmoud. Mach weiter. Wenn wir nur noch anderthalb Stunden haben ...«

»Ja, wir haben tatsächlich noch viel zu tun. Wir müssen den Nachtisch essen, ihr müsst eure Handys abliefern, und ihr werdet euch auch einer Leibesvisitation unterziehen müssen ...« Er hielt eine Hand hoch, als ein protestierendes Murmeln ihn erreichte. »Einer sehr oberflächlichen Leibesvisitation selbstverständlich. Wir kriegen das ganz ohne Schäferhunde und Gummihandschuhe hin.«

»Schade!«, rief Dan und lachte.

»... obwohl wir in deinem Fall natürlich gern eine Ausnahme machen können, Dan.« Mahmoud hielt inne, während die anderen Dan mit munteren Zurufen bestürmten. »Das Wichtigste ... ich bitte um Ruhe ... das Allerwichtigste ist, dass ihr jetzt eine letzte Chance habt, Fragen zu stellen. Ihr habt die Regeln bis zur Bewusstlosigkeit gehört, und wenn ich euch in anderthalb Stunden euren Wohnflügel zeige, könnt ihr selbstverständlich weitere Fragen stellen. Allerdings geschieht das dann vor laufenden Kameras.«

»Du meinst, wenn wir dumme Fragen haben, dann sollen wir sie besser jetzt stellen?«

»Ganz genau, Dan. Hast du eine?«

»Bei dummen Fragen bin ich am besten.«

»Dann mal los.«

»Stimmt es, dass wir einen Fernsehapparat haben?«

»Aha, gab es Gerüchte? Ja, natürlich gibt es ein Fernsehgerät, allerdings könnt ihr euch damit nur DVDs ansehen. Selbstverständlich werdet ihr keine Sendung von *Mörderjagd* zu sehen kriegen. Die Idee ist ja, dass die Zuschauer verfolgen, was passiert, damit sie mitraten können, wer der Mörder ist. Wenn zwei Kandidaten sich treffen und sich in der Bibliothek unterhalten, während der Rest in der Küche Karten spielt, dann wissen die Zuschauer, worüber die beiden geredet haben. Die anderen hingegen müssen es nicht notwendigerweise erfahren. Was wir hier machen, ist fast so etwas wie Live-Fernsehen. Die Zuschauer können es beinahe jeden Tag verfolgen.«

»Außerdem müssen wir ja auch an die Buchmacher denken«, warf Rasmus Sommerdahl ein.

»Ja«, sagte Mahmoud. »Genau. Bereits nach der Sendung heute Abend wird es die ersten Wetten geben, und ihr dürft unter keinen

Umständen wissen, wer der Favorit als Mörder ist und wer höchstwahrscheinlich am Dienstag ermordet wird.«

Kamille Schwerin stieß einen leisen Schrei aus. »Ich werde mich wohl nie daran gewöhnen. Es klingt einfach makaber, wenn du das sagst.«

»Es ist makaber, Kamille. Die ganze Sache ist ein makabres Projekt. Wir müssen die notwendige Distanz im Kopf schaffen und dürfen nicht Fiktion und Wirklichkeit miteinander vermischen. Distanz – die Akzeptanz von Verbrechen als Unterhaltung – ist die wichtigste Voraussetzung für einen Krimi. Wenn man Mord als Unterhaltung in der Primetime sendet, ist die Grenze zum Makabren sowieso längst überschritten.«

»Ein Krimi ist doch reine Fiktion.«

»Und?«

»Na ja, wir sind reale Menschen.«

»Die in einer fiktiven Geschichte mitspielen. Das haben wir bis zum Erbrechen diskutiert, Kamille. Ich dachte, du würdest *Mörderjagd* als eine Art Kunstwerk sehen.«

»Ja, schon, nur …« Sie lehnte sich zurück, legte die Arme übereinander und nickte Mahmoud zu, er solle einfach weitermachen.

Er wandte sich wieder an die gesamte Gruppe. »Heute Abend zeigen wir die erste Sendung. Sie besteht aus den kurzen Vorstellungsfilmen, die wir über jeden von euch gedreht haben. Eure Familie, eure Arbeit, euer Alltag. Sie sind sehr gut geworden, nicht mehr als ein paar Minuten für jeden, die klasse laufen. Zwischen den Kandidatenporträts werden Ausschnitte von der Überfahrt und eurer Ankunft gezeigt. Es gibt eine fantastische Sequenz, in der ihr und euer Gepäck in dem Beiboot übergesetzt werden. Das lassen wir mit vielen Schnitten und der doppelten Geschwindigkeit laufen, sodass es wie ein Stummfilm aussieht. Superlustig. Die

Texte sind eingelesen und unterlegt, es läuft wirklich wunderbar, ich habe gerade letzte Hand an die Produktion gelegt, und ich finde wirklich, sie ist toll geworden. Wie ihr wisst, gab es in den letzten Tagen reichlich Aufmerksamkeit in der Presse, ich gehe davon aus, dass sich viele Zuschauer heute Abend die erste Folge ansehen werden. Dafür danken wir vor allem unserer tüchtigen Pressechefin.« Er zeigte mit der Hand auf die Pressechefin, die ausnahmsweise auf ihrem zierlichen Hinterteil saß und sich ruhig verhielt. Sie deutete einen tiefen Bückling an, ohne aufzustehen.

»Mist, wenn wir das heute Abend doch sehen könnten!«, entfuhr es Jackie S. Es war das erste Mal, dass sie in der Runde das Wort ergriff – und sofort sah sie aus, als wollte sie sich die Zunge abbeißen.

Dan bekam Blickkontakt zu ihr und lächelte aufmunternd. »Eigentlich kann doch nichts passieren, Mahmoud«, sagte er. »Oder gibt es Szenen, die wir nicht ertragen, wenn wir sie sehen?«

Mahmoud fuhr sich mit beiden Händen durch die Haare. Er sah Lilly Larsen fragend an, die nahezu unmerklich mit den Achseln zuckte. »Okay«, sagte er dann. »Es kann ja tatsächlich nichts passieren, wenn ihr die Einführungssendung seht.« Er musste eine Pause machen, bis die Kandidaten aufgehört hatten zu klatschen. »*Aber* ... ihr werdet es nicht in Echtzeit sehen. Das schaffen wir einfach nicht. Wir senden bereits in zwanzig Minuten.«

»Fantastisch!«, rief Dan. »Darauf Prost!«

Die Produktionsleitung und die meisten Leute vom Team waren längst auf Wasser umgestiegen, bemerkte Dan plötzlich. Mit einem Schlag wurde ihm klar, dass die Gruppe sich bereits in *sie* und *wir* geteilt hatte. Und was noch schlimmer war: Dan gehörte nicht mehr zu denjenigen, denen er sich am meisten verbunden fühlte. Mahmoud, Lilly und Rasmus gehörten zum Produktionsteam, sie mussten jetzt und den Rest des Abends arbeiten, nüchtern und aufmerksam, während die Stimmung in der Gruppe inzwischen mehr als gehoben war. Alle redeten ein bisschen mehr und ein bisschen lauter, als sie es in nüchternem Zustand getan hätten, und wenn die acht Mitwirkenden gleich im Kandidatenflügel den Alkoholkonsum fortsetzten, würden der Produktionsleiter, die Autorin und alle anderen Beteiligten an den Monitoren und Lautsprechern im Produktionsraum sitzen, sie ansehen, sie filmen, sich Notizen machen und diskutieren. Wie Forscher, die eine Gruppe Ratten in einem Labyrinth beobachten. Dan gehörte in keines der Lager. Er war halb Versuchstier, halb Wissenschaftler.

Er schob sein Weinglas von sich und griff nach einem Wasser. »Wie geht es nach dieser ersten Sendung eigentlich weiter?«

»Am Dienstag zeigen wir einen Zusammenschnitt eurer ersten gemeinsamen Tage, und die Zuschauer wählen das erste Opfer.«

»Und wann erfahren die Zuschauer, wen es getroffen hat? Doch nicht am gleichen Abend, oder?«, erkundigte sich Gunnar Forsell. »Ja, Entschuldigung, ich muss da noch mal nachfragen ...«

»Du musst dich nicht entschuldigen, es ist ja nicht so ganz unkompliziert. Die Zuschauer erfahren das Ergebnis am folgenden Freitag, wenn die Leiche gefunden wird. Aber wir – das heißt, das Produktionsteam – wissen es natürlich bereits am Dienstag gegen einundzwanzig Uhr, dann ist die SMS-Abstimmung abgeschlossen. Ihr werdet am späteren Abend einzeln zu einem Gespräch gerufen, sobald wir Bescheid wissen. Mit den meisten von euch werden wir über Belangloses reden – dass überhaupt alle zu einem Gespräch gerufen werden, dient nur dem Zweck, das Ergebnis zu verschleiern. Allerdings wird einer von euch erfahren, wen er oder sie zuerst ermorden soll.«

»Bestimmen die Zuschauer auch den Mörder?«

»Nein. Das entscheiden Lilly und ich, wenn wir uns euch ein bisschen näher angesehen haben.« Mahmoud trank einen Schluck Wasser. »Der Mörder befolgt unsere Instruktionen, und irgendwann im Laufe der Nacht oder am nächsten Tag findet einer von euch das Opfer. Es ist natürlich verboten, jemanden auf der Etage zu ermorden, auf der die Schlafzimmer liegen – alle Morde müssen im Erdgeschoss passieren, wo die Kameras sind.«

»Aber dann wissen die Zuschauer doch, wer es getan hat? Und die ganze Spannung ist weg!« Jackie S hatte offenbar ihre Verlegenheit überwunden.

Mahmoud verzog sein Gesicht zu einem schiefen Lächeln. »Zum Glück entscheide ich, was im Fernsehen gezeigt wird. Denk daran, Jackie. Das ist der Grund, warum wir eine Cutterin dabeihaben. Natürlich zeigen wir nicht, wie der eigentliche Mord begangen wird – und von wem. Dann wäre es wirklich nicht mehr spannend.« Er räusperte sich. »Die Zeit bis zur Sendung am Freitag wird unter anderem damit überbrückt, dass Dan Sommerdahl den Tatort untersucht und euch verhört – einen nach dem anderen oder mehrere gleichzeitig, das kann er selbst entscheiden. Am Freitag zeigen wir eine Zusammenfassung der Ereignisse rund um den Leichenfund und Dans Aufklärungsarbeit, außerdem gibt es ein Interview mit dem Kandidaten, den die Zuschauer als erstes Opfer gewählt haben. Dann geht das Leben hier drin weiter bis zum nächsten Dienstag, wenn die Zuschauer über das nächste Mordopfer entscheiden. Und so weiter.«

»Das ist alles gut und schön«, warf Tim Kiilberg ein. Er hatte einigermaßen rote Wangen von der reichlichen Menge Alkohol, die er im Laufe des Tages zu sich genommen hatte. »Aber was zum Henker sollen wir anderen machen, während Dan Sommerdahl herumläuft und Detektiv spielt?«

»Es gibt genügend Ablenkungsmöglichkeiten. Die Bibliothek ist voller Bücher und Brettspiele. Ihr könnt Poolbillard spielen. Es gibt eine Nähmaschine, wenn jemand Lust hat, so etwas auszuprobieren.« Mahmoud lächelte, als Gunnar Forsell einen begeisterten Schrei ausstieß. »Außerdem habt ihr einige Filme auf DVD, und es gibt Stoff, Garn, Zeichenpapier und jede Menge anderer Hobbyutensilien. Ihr müsst euch also nicht langweilen.«

»Von all den Sachen, die du aufgezählt hast, kommt für mich nur Billard infrage«, erwiderte Tim. »Und vielleicht hier und da eine Runde Poker. Ich kann nicht so lange still sitzen, ich werde wahnsinnig, wenn ich mich nicht bewegen kann.«

»Oh, ich habe den Fitnessraum vergessen. Dort gibt es Gewichte und Bänke, Laufbänder, Ruderbänke und all so etwas. Ihr werdet es gleich sehen.«

Nach dem Nachtisch wurden die allerletzten Kurznachrichten verschickt, dann mussten die Mobiltelefone abgeschaltet und abgegeben werden.

Hintereinander traten die Kandidaten an die Schranke. Ein Teammitglied untersuchte, ob sämtliche Taschen leer waren und keine Handys unter dem Gürtel oder im BH steckten. Wenn man für *clean* erklärt wurde, half einer der Tonmänner dabei, einen Sender zu befestigen und erklärte den ziemlich umständlichen Prozess, das Kabel unter dem Hemd oder Kleid durchzuführen und das Mikrofon am Kragen oder am Halsausschnitt anzustecken. Nach einem raschen Tontest nickte er, und man konnte eingelassen werden. Von diesem Moment an wurde alles, was sie sagten, erfasst, abgehört und vielleicht dafür ausgewählt, an die gesamte dänische Bevölkerung ausgestrahlt zu werden.

Sie stellten sich vor der gesicherten Tür auf. Die Pressechefin hatte die Mitwirkenden gründlich instruiert, und alle folgten so gut es ging ihrem Rat, ruhig und würdevoll auf die Tür zuzugehen, sie zu öffnen und einen Augenblick innezuhalten, um sich ein letztes Mal der Kamera zuzuwenden und zu winken, bevor man eintrat.

Dan kam zuletzt durch die Tür, dann begann die Führung im ersten Stock, wo die Mitwirkenden wohnen sollten. Es war noch nicht entschieden, wer in welchem Zimmer schlief, aber schon nach wenigen Minuten hatten sich die acht Personen verteilt. Die Schlafzimmer waren groß und verfügten über ein eigenes Bad und eigene Toiletten, die Betten hatte man in altertümliche Alkoven eingebaut, alle Zimmer verfügten über einen kleinen Balkon und einen grandiosen Ausblick über den Fjord – der unbedingte Vorteil einer kleinen Insel.

»Hier kann ich es gut und gern für ein paar Wochen aushalten«, erklärte Gitte zufrieden, als sie ihren Koffer abgestellt und die Matratze im Alkoven ausprobiert hatte. »Nur hier zu sitzen und zu relaxen, wäre das nicht großartig? Reine Erholung.«

»Ja, vielleicht.« Dan stellte sein Gepäck ins Nachbarzimmer. »Aber wir dürfen uns maximal zehn Stunden am Tag auf den Zimmern aufhalten. Sonst kommt nicht viel Fernsehen dabei rum.«

»Ach ja. Das ist natürlich der Preis für ein bisschen Privatleben.«

Sie gingen die Treppe hinunter, an der sich die einzige Kamera des ersten Stocks befand. Auf diese Weise konnten Mahmoud und die anderen Teammitglieder verfolgen, wer kam und ging, allerdings sahen sie nicht, was die einzelnen Kandidaten in ihren Schlafzimmern taten.

Im Erdgeschoss verhielt es sich anders. Dort hingen überall Kameras. Auf dieser Etage sollte sich die eigentliche Handlung entwickeln. Schon zu einem sehr frühen Zeitpunkt hatte man beschlossen, dass die intensive vierundzwanzigstündige Überwachung, die man aus Formaten wie *Big Brother* kannte, mit Ausnahme dieser Etage überflüssig war. Wahrscheinlich hatte bei dieser Entscheidung eine Rolle gespielt, dass einigermaßen erwachsene und seriöse – und vor allem prominente – Menschen kaum bereit gewesen wären, an der Show teilzunehmen, wenn man sie rund um die Uhr filmen würde. Die Show ließ sich durchaus mit einer zeitlich begrenzten Überwachung realisieren. Das Konzept war erfüllt, wenn die Zuschauer sicher sein konnten, dass niemand der acht Kandidaten das Gelände verließ oder mit irgendjemandem außerhalb des Gebäudes kommunizierte. Die sorgfältig abgeschlossene Tür zum Foyer war deshalb die einzige Schleuse zum Kandidatenbereich. Niemand konnte sie überwinden, ohne beobachtet und registriert zu werden.

Mahmoud führte die Gruppe im Erdgeschoss herum. Eine große helle Essküche mit einer offenen Verbindung zum Treppenhaus, ein gut ausgestatteter Fitnessraum mit Zugang zu einem separaten Spa-Bereich mit Whirlpool und Sauna, eine gemütliche Bibliothek mit Billard und Arbeitstisch, ein großer Aufenthaltsraum mit Glastüren zu dem abgeschlossenen Garten und einer nach Süden ausgerichteten Terrasse.

»Denkt dran«, sagte er, als sie stehen blieben und das kleine Fleckchen Erde bewunderten, das für ihr Leben im Freien gedacht war. »Die Terrassentür ist die einzige Tür, die im Erdgeschoss geöffnet werden darf. Alle anderen Türen und Fenster sind verriegelt, und wenn jemand versucht, sie zu öffnen, hören wir den Alarm bei uns im Produktionsflügel.«

»Trotz dieser Hitze?« Es war Gitte. »Wir werden ja ersticken.«

»Es gibt eine Klimaanlage. Ihr könnt sie einfach einschalten, wenn ihr sie braucht.«

Nachdem er ihnen gezeigt hatte, wie man die Klimaanlage bediente, gab er jedem Einzelnen die Hand und verließ den Kandidatenflügel.

Mörderjagd hatte begonnen.

MÖRDERJAGD

22.–27. AUGUST

20

Acht Mitwirkende. Acht Individuen. Acht Köpfe, die alle intensiv damit beschäftigt waren, die Eindrücke des Tages zu verarbeiten. Jeder musste für sich entscheiden, was man von den anderen hielt, wie man die Zimmer fand und damit umging, den größten Teil des Tages überwacht zu werden.

In Wahrheit hätten sich vermutlich alle am liebsten auf ihre Zimmer zurückgezogen, unbeobachtet von den Kameras, um den Gedanken Gelegenheit zu geben, sich in Ruhe zu sortieren. Doch die Konvention und die allgemeine Höflichkeit geboten es, noch ein wenig sitzen zu bleiben. Es war ja nicht später als halb elf, und sie waren erst seit knapp einer Stunde allein im Kandidatenflügel. Die acht unterhielten sich angeregt und lachten häufiger und lauter, je mehr Zeit vergangen und der Alkoholpegel gestiegen war. Sie brauchten den Alkohol, um zu einer Art Gemeinschaft zu finden, die sie hoffentlich durch die kommenden Wochen brachte.

Sie geben sich tatsächlich alle Mühe, dachte Dan. Sogar Tim Kiilberg war gegen Ende des Abends etwas lockerer geworden. Er diskutierte mit Kristian Ludvigsen über den Afghanistankrieg. Beide waren zu dem ausgezeichneten Maltwhisky übergegangen, der sich in der Küche fand. Gitte Sandlauw, Gunnar Forsell und Jackie S tranken irgendetwas Rosafarbenes aus Cocktailgläsern, während Kamille Schwerin, Kirstine Nyland und Dan beim Rotwein blieben. Der Barschrank war mehr als gut bestückt. Wenn es etwas gab, worauf sie nicht verzichten mussten, dann war es Alkohol.

Die drei ferngesteuerten Kameras, die den gewaltig großen Aufenthaltsraum abdeckten, summten diskret, wenn sie zoomten oder von einer Seite zur anderen schwenkten. Die übrige Zeit starrten sie stumm und beharrlich vor sich hin.

Man hatte ihnen erklärt, sie würden sich sehr schnell an die Kameras und die kabellosen Mikrofone gewöhnen, die ständige Beobachtung würde ihnen sehr bald schon nicht mehr auffallen. Dan bezweifelte das. Er konnte sich nicht vorstellen, wie er vergessen sollte, dass knapp fünfzig Meter entfernt eine Gruppe von Menschen saß, die alles sehen und hören konnte, was er tat – und dass jedes einzelne Kratzen am Ohr, jede einzelne dumme Bemerkung, jeder einzelne Rülpser, jeder einzelne flirtende Augenaufschlag sorgfältig beobachtet, abgearbeitet, möglicherweise szenisch aufbereitet und in ganz Dänemark ausgestrahlt werden konnte. Marianne, seine Kinder, Nachbarn, seine Mutter, Flemmings Werbekunden, sie alle würden es sehen ... Wie viel wollte man eigentlich mit dem Rest der Welt teilen, wenn es wirklich darauf ankam? Er musste sich darauf verlassen, dass Mahmoud das berücksichtigte. Sicherlich lag es auch im Interesse des Senders, den Detektiv der Show einigermaßen würdevoll zu präsentieren.

Dan war Kameras gewohnt, sodass er nicht den klassischen Fehler beging und direkt in die Linse starrte. Er hatte inzwischen gelernt, seine Hände ruhig zu halten, obwohl es ihm bisweilen schwerfiel. Jedes Mal, wenn er seinen Gedanken freien Lauf ließ, fanden die Finger ganz von allein zu seiner linken Wange, strichen über die Zickzackform unter seinem Auge und glitten weiter über den schmalen Streifen blanker, glatter Haut. Nicht, weil die Narbe sich zusammenzog oder schmerzte – dieses Stadium war längst überstanden –, es war eine schlechte Angewohnheit, beinahe ein Tick. Doch Dan beherrschte den Impuls, sich an die Wange zu fassen, immer dann ganz gut, wenn eine eingeschaltete Kamera in der Nähe war. Er wusste, es sah im Fernsehen schwachsinnig aus, wenn die Leute an sich selbst herumfummelten. Jegliche Glaubwürdigkeit war verloren, sobald ein Minister, ein Richter am obersten Gerichtshof oder ein erfolgreicher Geschäftsmann sich in den Haaren kratzte. Nur Kinder kamen mit so etwas auf dem Bildschirm durch.

Waren sich über diese Dinge eigentlich alle im Klaren? Dan ließ den Blick umherschweifen. Ein Reality-Star, ein Fernsehreporter, eine Anstandsdame, ein Parlamentspolitiker, eine professionelle Schauspielerin und ein sogenannter Lifestyleexperte wie er ... tatsächlich hatten nur Kamille Schwerin und Gunnar Forsell keine Erfahrung vor der Kamera. Und sie sahen beide nicht so aus, als hätten sie Probleme mit der Selbstkontrolle.

Es war verblüffend, wie verhalten Kamille sich benahm, dachte Dan. In Anbetracht der Rotweinmenge, die sie inzwischen konsumiert haben musste, wirkte sie geradezu unglaublich nüchtern. Ihr flirtender Ton war verschwunden, sie sagte eigentlich nichts mehr, verfolgte scheinbar das Gespräch, nur ihr Blick war abwesend. Dan bezweifelte, dass sie überhaupt zuhörte. Sie reagierte nicht einmal, als Kirstine Nyland fragte, ob jemand ein Problem damit habe, wenn sie im Haus eine Zigarette rauche. Niemand hatte etwas dagegen. Man wollte wohl nicht gleich am ersten Abend allzu negativ erscheinen, und wenn es nur einen Raucher gab, ließ es sich vermutlich ertragen. Kirstine zog eine Zigarette aus der Packung, steckte sie zwischen die Lippen und hob gerade ihr Feuerzeug, als Kamille bemerkte, was vor sich ging. In einem energischen Tonfall verbat sie sich das Rauchen innerhalb der geschlossenen Räume.

Kirstine zuckte die Achseln und ging hinaus auf die Terrasse, gefolgt von Gitte Sandlauw, die bei besonderen Anlässen auch gern eine Zigarette rauchte.

Dan begriff nicht, was in Kamille vorging, wieso ihre Laune sich seit der ausgelassenen Stimmung am Nachmittag so signifikant verändert hatte. War das Wiedersehen mit dem Ferienhaus ihrer Kindheit zu viel für sie gewesen? Bestimmt verbanden sich viele Erinnerungen an ihre Mutter mit der kleinen Bretterhütte – und schließlich war es erst ein Jahr her, seit Ingegerd Clausen ermordet worden war. Vielleicht war es gar nicht so überraschend, dass Kamille der kleine Ausflug mitgenommen hatte – egal, ob Flemming mit seiner fantasievollen Theorie über ihre Schuld recht hatte oder nicht. Noch immer konnte Dan sich Kamille als Mörderin nur schwer vorstellen, allerdings wollte er sich alle Optionen offenhalten. Die Zeit musste zeigen, ob Flemmings Misstrauen begründet war.

Plötzlich fiel Dan der Stapel Papier ein, der im Schlafzimmer auf ihn wartete. Wollte er heute Nacht noch ein bisschen lesen, musste er sich demnächst zurückziehen. Er gähnte. Nach dem langen Tag und den vielen unterschiedlichen Eindrücken war er rechtschaffen müde. Dan beschloss, in sein Zimmer zu gehen, sobald sie die Aufzeichnung der heutigen Sendung gesehen hatten. Ein paar Stunden Schlaf zu bekommen, war eine schöne Vorstellung.

Jackie ging an den Barschrank, um drei neue Cosmopolitans für die Cocktailgruppe zu zaubern. Sie hatte die Grundrezepte gelernt, als sie mit anderen *X-Factor*-Finalisten eine Tournee durch Provinzdiskotheken unternommen hatte und als Gastbarkeeperin aufgetreten war. Die Tour insgesamt war ihrer Meinung nach furchtbar gewesen. Halb oder komplett besoffene Bauerntrampel, die ein Autogramm direkt auf ihren Körper wollten oder versuchten, sie zu begrapschen, wenn die Pressefrau ihnen den Rücken zudrehte. Ekelig. Die Arbeit mit Blender, Shaker und Messbecher hatte jedoch Spaß gemacht. Es hatte durchaus etwas Befriedigendes, komplizierte Drinks zu mixen, und wäre da nicht diese Klientel gewesen, hätte Jackie sich durchaus eine Teilzeitkarriere in der Gastronomie vorstellen können.

Sie trug die drei benutzten Gläser in die Küche, wusch sie unter laufendem Wasser ab, trocknete sie sorgfältig und stellte sie in den Gefrierschrank, um sie für die nächste Runde vorzubereiten. Dann maß sie Wodka, Moosbeerensaft, Limettensaft und Cointreau ab, fügte zerstoßenes Eis hinzu, schüttelte die Mischung gut durch und goss sie schließlich durch ein Sieb in drei inzwischen eisgekühlte Gläser.

Sie stellte das Tablett mit den Drinks auf den Couchtisch und wollte sich gerade setzen, als es klingelte.

»Machst du auf, Jackie?«, sagte Dan Sommerdahl. »Du stehst doch gerade.« Er grinste flapsig.

»Na ja …« Sie wusste nicht genau, ob sie beleidigt sein sollte, weil er sie so herumscheuchte.

»Es wird die DVD mit der heutigen Sendung sein.«

»Ah ja!« Jackie lief zur Tür.

Und sie hatte Glück. Denn der Bote war kein anderer als der interessante Produktionsleiter mit den kaffeebraunen Augen und dem wirren Haar. Im Laufe des Nachmittags hatte sie immer wieder an Mahmoud gedacht. Und nun stand er hier, direkt vor ihr. Jackie spürte, wie ihre Wangen heiß wurden. »Hej«, grüßte sie ein wenig zu laut.

Mahmoud schien nichts aufzufallen. »Wie versprochen«, sagte er nur und reichte ihr einen weißen Umschlag. »Viel Vergnügen.« Er lächelte. »Du kannst den anderen erzählen, dass wir begeisterte Zuschauerreaktionen auf die erste Sendung haben.«

»Woher weißt du das? Es ist doch erst ein paar Stunden her?«

»Die Blogs im Internet. Eine Unmenge Beiträge. Positive und negative natürlich. Aber es geht in erster Linie um die Menge. Das zählt.«

»Wann bekommt ihr die Einschaltquoten?«

»Morgen früh, ist aber nicht sicher, ob ihr sie erfahrt. TV3 hat sich noch nicht entschieden.«

Jackie blieb einen Moment stehen, sie wusste nicht, was sie sagen sollte, doch beenden wollte sie das Gespräch auch nicht. Mahmoud schien es ähnlich zu gehen, schließlich beließen sie es dabei, sich ein wenig unsicher anzulächeln.

»Tschüss, Mahmoud«, sagte Jackie. »Bis bald.«

Als er gegangen war, starrte sie noch eine Weile auf die geschlossene Tür, bis sie sich so weit im Griff hatte, dass sie zurück ins Wohnzimmer fand.

Sie blieb an der Tür stehen und hielt den Umschlag in die Luft. »Ta-ta!«

»Super!«, rief Dan. »Her damit, ich lege sie ein. Ruft jemand die Raucher herein?«

Kristian Ludvigsen holte Gitte und Kirstine, während Dan sich den DVD-Player ansah. Die Anlage war tipptopp, ein Fünfzig-Zoll-Flachbildschirm und ein Surround Sound System, das perfekte Heimkino.

Als alle saßen und etwas im Glas hatten, startete Dan die Aufzeichnung. Ein absurdes Erlebnis, fand Jackie. Was sie noch vor wenigen Stunden erlebt hatten – der Steg, die Pressefotografen, der

Champagner auf dem Sonnendeck, die Anfahrt zur Seufzerinsel, die ersten Bilder des Sanatoriums, die vielen Transporte mit dem Beiboot, die Yacht unter dem blauen Himmel, der Rundgang, das Abendessen, der Eingang zum Kandidatenflügel – hier erschien plötzlich alles unwirklich. Nach Schnitt, Mix und Manipulation wirkten die Bilder vollkommen anders, als das, was sie erlebt hatten – unheilschwanger und schicksalsschwer. Verzerrte Farben, der strahlende Sonnenschein sah fast künstlich aus, körnige Bilder in hektischer, beinahe stressender Schnittfolge.

Die Vertonung verstärkte diese Wirkung. Die Texte wurden von einer dramatischen Bassstimme gelesen, und die Hintergrundmusik bestand aus klassischen Thrillermotiven, die durch unterlegte Geräusche von knarrenden Türen, Eulengeschrei und Schritten im Kies komplettiert wurden. Zusammen mit den visuellen Effekte erschienen die ihnen bekannten Szenen auf einmal ausgesprochen unheimlich. Natürlich gab es auch eine ironisch Drehung, dennoch wirkte alles sehr glaubwürdig, so als würde tatsächlich in wenigen Tagen hier im Flügel der Beteiligten ein Mord stattfinden.

Jackie war sich bewusst, dass zwei Kameras konstant auf ihre Gesichter gerichtet waren, während sie die Auftaktsendung ihrer eigenen Show sahen. Sie versuchte, fröhlich und entspannt zu wirken, beteiligte sich am Gelächter und den munteren Rufen der anderen. Innerlich hätte sie sich am liebsten in eine Ecke verkrochen. Plötzlich fand sie das ganze Projekt widerlich. Morbide. Die Angst, mit der Jackie den größten Teil ihres Lebens gelebt hatte, stieg in ihr auf, als sie die flimmernden, schicksalsschweren Nahaufnahmen von Augen sah, die sich schlossen, Augen, die direkt in die Kamera starrten, Augen, die aufgerissen wurden, Augen, die einen fernen Blick bekamen. Jackie war froh, nur diese eine

Sendung sehen zu müssen, solange sie im Kandidatenflügel eingesperrt waren.

Die acht im Voraus produzierten Miniporträts der Kandidaten waren dagegen durch und durch positiv. Es war unglaublich, wie viel man innerhalb weniger Minuten erzählen konnte. Jackie hatte plötzlich das Gefühl, sie hätte ihre Mitbewohner auf ganz andere Weise und viel besser kennengelernt. Kristian Ludvigsen beim Handballtraining mit einer Gruppe alter Kumpel ... eine erschöpfte Gitte Sandlauw in Gartenhandschuhen und Gummistiefeln ... Kamille Schwerin mit Schweißermaske in einer Wolke aus Funken ... ein verbissener Gunnar Forsell im Halbdunkel hinter den Kulissen einer Modenschau ... und dann Tim Kiilberg, der stolz seine Sammlung von Fernsehpreisen präsentierte, Kirstine Nyland, die an einer Hochschule einen Vortrag hielt, und ein joggender Dan Sommerdahl mit einer munteren, schwanzwedelnden schokoladenbraunen Promenadenmischung an seiner Seite.

Jackie hatte man in dem schwedischen Tonstudio porträtiert, in dem sie in den letzten Monaten als Backgroundsängerin arbeitete. Bei einigen Clips sang sie mit geschlossenen Augen, bei anderen alberte sie mit den übrigen Musikern auf einer Sofagruppe herum, der Tisch war übersät von Coladosen und alten Pizzaschachteln. Sie sah glücklich und entspannt aus, als hätte sie ihr Aussehen vergessen – und ihre Angst.

Für einen kurzen Augenblick sah Jackie sich so, wie sie hoffte, dass Mahmoud sie sah. Sie vergaß ihre krumme Nase, ihr fliehendes Kinn, ihr dünnes Haar. Sie konnte die Leidenschaft sehen, die hinter der Fassade brannte, den Enthusiasmus, der sie jedes Mal wieder antrieb, etwas zu tun, was sie sich eigentlich nicht zutraute. In diesem Moment verstand sie plötzlich, warum sich jemand in sie verlieben konnte. Doch dieses Gefühl verschwand ebenso schnell wieder, wie es gekommen war.

Sie leerte ihr Glas und stand auf. »Soll ich irgendjemandem etwas mitbringen?«

Gitte Sandlauw drehte sich zu der jungen Sängerin um. Sie fühlte sich seltsam konfus nach der Sendung; sie hatte das Gefühl, als würden ihr die Bilder noch immer vor Augen flimmern, obwohl Dan gerade den überdimensionierten Flachbildschirm ausgeschaltet hatte. Ihr war leicht schwindlig. Ob der Grund die großzügig abgemessenen Cosmopolitans waren, die Fernsehshow oder die vielen neuen Eindrücke, vermochte sie unmöglich zu sagen. Aber eins wusste sie genau: Sie musste jetzt ins Bett. Zwei Schlaftabletten und dann Gute Nacht.

Sie riss sich zusammen und lächelte Jackie an, die noch immer höflich abwartend dastand. »Nein danke, Liebes«, sagte Gitte und erhob sich. »Ich muss jetzt schlafen gehen.«

»Och, was bist du langweilig, Gitte«, protestierte Gunnar Forsell. »Jetzt, wo es gerade so lustig ist. Ich werde jedenfalls die ganze Nacht durchfeiern.« Er drehte Jackie den Kopf zu: »Ich hätte gern noch einen, Schatz. Hier ...« Er leerte sein Cocktailglas und reichte es ihr. »Bitte sehr.«

Gittes Blick folgte Jackie, als die junge Frau mit den beiden leeren Gläsern in der Küche verschwand. Dann sah sie Dan an. »Ja, ich bedauere, aber ...«

»Du brauchst dich doch nicht entschuldigen, Gitte.« Dan stand auf. »Ich werde deinem guten Beispiel folgen.«

»Ich ebenfalls.« Mit einem Schlag stand Kamille neben ihnen. Klar, dachte Gitte. Nicht auszudenken, wenn diese Frau auch nur für den Weg nach oben auf Dans Gesellschaft verzichten müsste. Allerdings wirkte Kamille den ganzen Abend über sehr müde. Auch einem Miststück konnte man unrecht tun.

»Gute Nacht!« Kirstine ging nach draußen, um zu rauchen. »Was ist mit euch anderen?«, fragte sie dann. »Wollen wir nicht lieber an der frischen Luft sitzen?«

Oh. Hoffentlich machen sie nicht allzu viel Krach, dachte Gitte und sah sich nach ihrer Tasche um. Ihr Zimmer war eins der beiden, die direkt über der Terrasse lagen, und sie wusste, sie würde nur schwer einschlafen können, wenn die anderen unter ihr feierten. Einen Moment dachte sie daran, sie um Rücksicht zu bitten, doch sie verkniff es sich. Man würde sie früh genug als alte Schnepfe abstempeln. Stattdessen beschloss sie, die Schlaftabletten durch eine letzte Beruhigungstablette zu ergänzen. Damit dürfte das Problem gelöst sein. Sie konnte die Medikation ja wieder zurückfahren, sobald sie nach Hause kam.

Gittes Hoffnungen über die Einrichtung des Kandidatenflügels waren glücklicherweise in Erfüllung gegangen. Die Möbel waren einfach, modern und doch angenehm. Helle, leichte Farben. Ein Gefühl der Erleichterung erfüllte sie, immerhin würde sie nicht mehrere Wochen mit orangefarbenen Plastikmöbeln oder noch Schlimmerem leben müssen.

Sie nahm sich eine Banane aus der Obstschale, die auf der langen niedrigen Anrichte stand. Es war beruhigend, im Zimmer eine Kleinigkeit zu essen zu haben, sollte sie trotz der Tabletten im Laufe der Nacht aufwachen. Gitte klemmte die Handtasche mit dem imponierenden Vorrat an Medikamenten fest unter den Ellbogen und verließ den Aufenthaltsraum. Dan und Kamille waren bereits in ihren Zimmern verschwunden, als sie in den ersten Stock kam.

Gitte schloss die Tür hinter sich. Die frische Brise, die ihr von der offenen Tür zu dem französischen Balkon entgegenschlug, fühlte sich auf ihrer müden Haut an wie kühlender Balsam. Nur schwappten leider auch Geräusche herein: Gespräche, Gelächter und gedämpfte Musik, und es würde erstickend heiß werden, wenn sie die Balkontür und die Fenster schloss. Es war ein Dilemma. Lärm oder Tod durch Ersticken. Plötzlich spürte sie Tränen hinter ihren Augenlidern. Sie fühlte sich alt, allein, lästig und überflüssig. Hauptsache, sie wählen mich zuerst heraus, dachte sie, während eine Träne sich den Weg über ihre Wange bahnte.

Jede Lust, an dieser lächerlichen Show teilzunehmen, war verflogen, Gitte verfluchte sich selbst, diesen Vertrag unterschrieben zu haben. Sie hatte gedacht, es würde ihr helfen, dieses leere Haus zu vergessen, fortzukommen von dem Albtraum, der sie verfolgte, egal, ob sie wach war oder schlief. Vielleicht hatte sie sich unbewusst sogar vorgestellt, die anderen Mitwirkenden könnten die leeren Stellen ausfüllen, die Jørgen und Niklas in ihrem Leben hinterlassen hatten. Das war nur ein satter Selbstbetrug, dachte sie und putzte sich lange und gründlich die Nase. Wie sollte so etwas auch möglich sein? Niemand konnte ihren Ehemann ersetzen, mit dem sie fast vierzig Jahre verheiratet gewesen war, und ebenso wenig konnte jemand an die Stelle ihres einzigen Sohnes treten. Was hatte sie sich nur gedacht? Fast zwei Jahre waren seit dem Unfall vergangen. Vielleicht würde eine Zeit kommen, in der sie gelernt hatte, mit der Leere zu leben, anstatt sie ausfüllen zu wollen.

Gitte warf das Papiertaschentuch in den Papierkorb unter dem Schreibtisch und begann routiniert, ihren Schmuck abzulegen. Die zerbrechlich wirkende, diamantbesetzte Uhr, die Halskette, die Ringe. Sie legte sie neben die Saphirohrringe und wollte gerade den geschnitzten Haarkamm herausnehmen, der ihre Frisur aufrechterhielt, als ein gellender Schrei die Luft durchschnitt. Gitte erstarrte. Noch ein Schrei, diesmal etwas lauter, als hätte jemand eine Tür geöffnet. Dann ein Knall und eine hysterische Stimme, die auf dem Flur Unzusammenhängendes schrie.

Gut, dass ich mich noch nicht ausgezogen habe, dachte Gitte und riss die Tür auf. Beinahe wäre sie über Kamille gefallen, die zitternd und schreiend an der Wand vor Gittes Tür saß, nur mit Slip und BH bekleidet. Auch Dan stand auf dem Flur, und in den folgenden Sekunden tauchte der Rest der Gruppe auf, bis sie sich schließlich alle im Flur vor Gittes Tür versammelt hatten.

»Was ist passiert, Kamille?« Dan hockte sich neben die von Panik ergriffene Frau.

»Ein Überfall«, japste sie.

»Du bist überfallen worden? Von wem?«

»Mein Spray«, keuchte sie. »In meiner Tasche.« Kamilles Atmung war stark eingeschränkt, sie brachte so gut wie keinen Ton heraus. Gitte vermutete einen heftigen Asthmaanfall.

Dan öffnete vorsichtig die Tür zu Kamilles Zimmer. Als er nicht sofort von einem gedrungenen Mörder überfallen wurde, griff er nach Kamilles Handtasche, die auf dem Bett lag. Er brachte sie ihr und betrat sofort wieder das Zimmer, in dem der angebliche Überfall stattgefunden hatte.

Kirstine hatte aus ihrem Zimmer einen Bademantel geholt und ihn um Kamilles Schultern gelegt, während die schockierte Frau sich mit ihrem Inhalator versorgte. Kristian Ludvigsen brachte ihr ein Glas Wasser, und Gunnar Forsell setzte sich neben Kamille auf den Boden. Es sind genügend mitfühlende Menschen bei der Patientin, entschied Gitte und folgte Dan in Kamilles Zimmer. Einen vernünftigen Grund, warum sie sich auch noch an der allgemeinen Trösterei beteiligen sollte, gab es nicht. Außerdem fiel es ihr schwer, Anteilnahme für dieses herzlose Weib zu entwickeln – Asthmaanfall oder nicht.

»Hier ist niemand«, sagte Dan, nachdem er das Badezimmer untersucht hatte. »Also ich weiß nicht, wovon sie spricht.«

Gitte stellte sich an das kleine Balkongitter und blickte hinaus in die Sommernacht. Das Zimmer lag auf der gegenüberliegenden Seite des Flurs, es gab weder die Terrasse noch den Blick auf Christianssund. Stattdessen konnte man den langen Badesteg und den Rasen sehen, auf dem lange Tische standen, die jetzt ein wenig verlassen aussahen. Die Yacht war längst verschwunden, nur einige kleine Jollen wippten sanft im Mondlicht.

»Ha!«, stieß Dan plötzlich aus. »Ich glaube, wir haben das erste Rätsel in *Mörderjagd* gelöst.«

Gitte drehte sich um. Dan stand an dem breiten Alkoven und blickte hinunter auf das Kopfkissen. Sie ging zu ihm und folgte seinem Blick.

»Sieht das nicht aus wie der Abdruck einer schlafenden Katze?«, fragte er mit einem Lächeln.

»Ja, sehr auffällig. Und sind das nicht Katzenhaare?« Gitte konnte ein Kichern nicht zurückhalten. »Glaubst du …« Sie kicherte erneut. »Ob es sich um …«

Sie sahen sich an und lachten.

»Tja, ihr habt gut lachen«, hörten sie plötzlich eine Stimme hinter sich. Kamille hatte sich offenbar erholt und stand an der Tür, weiß vor Schock und Wut. »Ihr solltet mal erleben, was es heißt, so allergisch zu reagieren, dass man überhaupt nicht mehr atmen kann.«

»Entschuldige, Kamille«, sagte Dan. »Wir waren nur überrascht, weil wir davon ausgegangen sind, es müsse sich mindestens um einen Ninjakrieger mit Samuraischwert handeln, der dich überfallen hat, und nun ist es nur eine kleine …«

»Das *Nur* kannst du dir wirklich sparen!«, schrie Kamille, während Gunnar Forsell ihr einen tröstenden Arm umlegte. »Ich könnte *sterben*, wenn ich mit einer Katze in einem Raum bin, und das weißt du *ganz genau*!«

Ja, ja, ja, dachte Gitte. So schlimm wird's schon nicht werden.

»Nun ja, trotzdem ist das kein Überfall«, erwiderte Dan, dessen Gedanken offenbar in dieselbe Richtung gingen.

»Doch, weil irgendjemand dieses Tier in mein Bett gesetzt hat«, erklärte Kamille. »Es wird ja nicht von allein *hereingeflogen* sein?«

»Jetzt beruhige dich erst einmal, Kamille.«

»Man hört sofort, dass *du* nicht bereits *drei* Mordversuchen ausgesetzt warst«, kreischte sie. »Jeder weiß doch, wie allergisch ich bin!«

»Verflucht, Kamille.« Dan hob eine Hand. »Bitte sei vernünftig. Niemand von uns hat versucht, dich umzubringen, indem er eine Katze in dein Bett gesetzt hat. Wir werden schon herauszufinden, was passiert ist.«

Kamille inhalierte eine weitere Dosis ihres Asthmasprays.

»Okay«, sagte sie nach einer Pause. »Du hast recht. Entschuldigung.«

»Hast du die Katze gesehen?«

»Ich habe sie erst bemerkt, als ich das Bett machen wollte. Sie lag unter der Ecke der Überdecke und hat geschlafen.«

»Und was dann?«

»Dann habe ich geschrien.«

»Und die Katze.«

»Ist da hinausgelaufen.«

Kamille zeigte auf den französischen Balkon. »Direkt aus dem Fenster. Wahrscheinlich hat sie sich genauso erschrocken wie ich.«

»Tja, sie wird wohl kaum aus dem ersten Stock gesprungen sein.« Dan ging zur Balkontür, Gitte folgte ihm. Kamille blieb, wo sie war. Er lehnte sich hinaus. »Sieh mal«, sagte er und zeigte auf etwas. »Diese Kletterpflanze dort ist eine gute Leiter für eine Katze.«

Gittes Blick folgte seinem Finger. »Wisteria Sinensis. Schönes, altes Exemplar.« Sie bemerkte Dans Gesichtsausdruck. »Ein Blauregen, zu deiner Orientierung. Ich glaube, du hast recht. Das ist eine perfekte Leiter. Für den einen, wie für den anderen Weg. Nun ja, wenn man eine Katze ist.«

Dan drehte sich um. »Kamille, das war kein Überfall. Es war nur eine der Hofkatzen, die ein offenes Fenster gesehen hat. Vielleicht legt sie sich hier regelmäßig abends hin?«

Kamille antwortete nicht. Sie lehnte sich an Gunnar und fing an zu weinen. Die restliche Gruppe, von denen einer nach dem anderen ins Zimmer gekommen war, um sich die Vertiefung im Kopfkissen und den alten Blauregen anzusehen, zog sich diskret ins Erdgeschoss zurück, um sich erneut an dem gut bestückten Barschrank zu bedienen. Nicht, dass Gitte es ihnen hätte verdenken können.

Plötzlich hatte sie eine Idee. Sie war so genial, dass sie all ihre Kraft aufbringen musste, um einen entspannten Gesichtsausdruck zu bewahren, als sie sagte: »Nun ja, Kamille. Wenn du so allergisch reagierst, dann kannst du hier jedenfalls nicht schlafen. Dein Bett ist voller Katzenhaare.«

Kamille erstarrte.

»Und die Katze wird wiederkommen, wenn du das Fenster offen lässt«, fügte sie hinzu.

Die Bildhauerin sah aus, als würde sie allein bei dem Gedanken ohnmächtig.

Gitte nahm ihre Hand: »Lass uns einfach die Zimmer tauschen, Kamille. Ich habe noch nicht in meinem Bett gelegen.«

»Wirklich?« Ein blasses Gesicht kam ihr entgegen. »Ist das dein Ernst, Gitte?«

Gitte bat Dan und Gunnar, das Gepäck auszutauschen. Sie selbst lief hin und her und kümmerte sich um Kleinigkeiten: den Schmuck auf ihrem Tisch, die Zahnbürste auf Kamilles Badezimmerablage.

Nach ein paar Minuten war die Aktion beendet, und als Gitte die Tür hinter sich geschlossen und ihre Abendtoilette beendet hatte, schluckte sie ihre zwei Schlaftabletten sowie – nach kurzem Nachdenken und als eine Art Sonderprämie – zwei der Beruhigungstabletten. Sie ließ sich aufs Bett fallen, mit dem Kopf in die Vertiefung, die die Katze hinterlassen hatte, und genoss die Brise von der offenen Balkontür. Die Geräusche der Gruppe von der Terrasse waren auf dieser Seite des Gebäudes kaum zu hören. Außerdem stand tagsüber die Sonne nicht auf dem Zimmer. Es war still, kühl, herrlich … Geschenkt ist geschenkt, wiederholen ist gestohlen, dachte Gitte und glitt langsam in den von Medikamenten beförderten Schlaf. Nett, wenn die Katze zurückkäme, dann müsste sie nicht allein schlafen, war ihr letzter Gedanke, bevor die Dunkelheit sich um sie legte.

21

Ganz ehrlich«, sagte Rasmus und faltete die Hände im Nacken. »Was zum Henker hat sich der Alte dabei gedacht? Er weiß doch, dass er die Leute dahin scheuchen soll, wo die Kameras sie einfangen können.«

»Wie redest du denn von deinem Vater«, murmelte Mahmoud mechanisch, ohne den Bildschirm aus den Augen zu lassen. »Ich glaube, er hat getan, was er konnte.«

»Es war nicht gut genug.«

Mahmoud antwortete nicht. Er starrte weiterhin so auf das Bild von Kamera 12 – der Kamera, die auf die Treppe zur Etage mit den Schlafzimmern der Kandidaten zeigte –, als wollte er allein mit der Kraft seiner Gedanken ein Wunder bewirken. Doch das Bild zeigte weiterhin nur den oberen Teil der leeren Treppe, ein Stück des gestreiften Läufers sowie die Tür zu Gunnar Forsells Zimmer. Am Anfang des Filmausschnitts rannte eine halb nackte Kamille durchs Bild und verschwand auf der rechten Seite den Flur hinunter. Kurz darauf tauchten die fünf, die sich auf der Terrasse aufgehalten hatten, nacheinander auf der Treppe auf, gingen um die Ecke und verschwanden in die gleiche Richtung. Das war das Ende des visuellen Teils dieses dramatischen Höhepunkts des Abends.

In den folgenden zehn Minuten sah man nur die Treppe, ein Stück des Flurs und die Tür. Dann tauchten zuerst Kirstine und Tim, danach Kristian und zum Schluss Jackie auf und gingen die Treppe hinunter. Ein paar Minuten später sah man die unteren Hälften von Gunnar, Gitte und Dan, sie schleppten die Koffer hin und her über den Flur. Kurz darauf standen Kamille und Gunnar mit dem Rücken zur Kamera auf der obersten Treppenstufe. Es sah aus, als ob sie sich umarmten, dann verschwand Kamille über den Flur. Gunnar zögerte einen Moment, bevor auch er wieder die Treppe hinunterging und alles ruhig blieb.

Es war die langweiligste Bildfolge, die Mahmoud jemals gesehen hatte. Glücklicherweise hatte nur Gitte ihr Mikrofon schon abgenommen, bevor die Ereignisse sich überschlugen. Sie verfügten also immerhin über die Aufzeichnungen von sieben Mikrofonen – eine ausgezeichnete Tonspur, die von Kamilles Schrei und dem auditiven Teil von Dans Aufklärungsarbeit bis hin zu den erschrockenen Kommentaren der übrigen Kandidaten alles dokumentierte. Der verantwortliche Tonmann hatte Mahmoud versichert, aus den Aufnahmen ließe sich eine fantastische Montage basteln, aber wie zum Teufel visualisierte man das? Man konnte *Mörderjagd* schließlich nicht als Hörspiel senden. Mahmoud wühlte sich in den Haaren und seufzte.

»Wollen wir nicht ins Bett gehen?« Rasmus gähnte.

»Ja, gleich …« Mahmoud lehnte sich in seinem Bürostuhl zurück und sah seinen Assistenten an. »Ich wünschte, ich hätte darauf bestanden, die beiden Kameras in dem langen Flur zu belassen. Dann hätten wir Weltklassestoff für die Show am Dienstag. Aber nö …« Er verzog sein Gesicht zu einer Grimasse.

»Wer war gegen die beiden Kameras?«

»Kirstine Nylands Agent. Frag mich nicht, wovor er Angst hat. Es geht ja nicht darum, ihr Doppelbett oder die Duschkabine zu filmen – nur die Zimmertüren der Kandidaten.«

»Vielleicht hat er Angst, seine Klientin könnte nachts Herrenbesuch bekommen, das wäre eine fantastische Geschichte für die Klatschpresse.«

»Ja, wahrscheinlich.« Mahmoud starrte wieder auf das Standbild der Treppe und des leeren Flurstücks, auf dem sich auch weiterhin nichts regte. »Was zum Geier machen wir damit?«

Rasmus rollte seinen Stuhl neben Mahmouds. »Ich schnappe mir morgen Vormittag eine Cutterin und einen Tonmann und liefere dir etwas richtig Geiles.«

»Woran denkst du?«

»Na ja, es wird ähnlich sein wie die Montage, die ich mit den Außenaufnahmen für die Sendung heute Abend gemacht habe. Ich versuche, ein paar gute Bilder aus anderen Situationen zu finden, in denen sich die Kandidaten unterhalten, die kombiniere ich dann mit Kamilles eigener Version der Ereignisse. Morgen früh im Vernehmungsraum machen wir ein paar gute Nahaufnahmen von ihr. Außerdem bauen wir Bilder von ein paar gestreiften Miezekatzen ein und schicken einen Kameramann nach oben, der eines der Betten und einen Balkon auf der oberen Etage filmt. Zusätzlich verwenden wir einige Häppchen von Kamera 12 und legen ein paar besondere Effekte darüber.«

»Wir sollten nicht zu dick auftragen.«

»Nein, nein, ich werde mich beherrschen. Aber du musst zugeben, dass die Eulenschreie ausgezeichnet funktioniert haben, oder?«

Mahmoud nickte. »Du hast Zeit bis zwölf, Rasmus. Wenn ich bis zum Mittagessen sehe, dass du richtig gutes Material hast, bekommst du die Zeit, die du brauchst. Wenn nicht, hörst du auf, dich weiter damit zu beschäftigen, und zwar, ohne zu meckern. Einverstanden?«

»Habe ich denn sonst schon einmal gemeckert?« Rasmus wartete, bis Mahmoud den Kopf geschüttelt hatte. Dann stand er auf, gab ihm einen Klaps auf die Schulter und verschwand.

Mahmoud blieb noch einen Moment sitzen. Er rief eine bestimmte Sequenz auf und öffnete sie. Er sah sich selbst in der Tür zum Foyer, und er sah Jackie, die ihm ihr Gesicht zuwandte.

Mahmoud sah sich den kurzen Clip nicht zum ersten Mal an. Und es würde auch nicht das letzte Mal sein. Als er das Deckenlicht ausgeschaltet und den Produktionsraum verlassen hatte, lächelte er noch immer.

Scheiße, Scheiße, Scheiße. Dan schloss fluchend die Tür hinter sich. Es war nach zwei, viel zu spät, um sich noch irgendwelche Dokumente von Flemming anzusehen, wenn er ein wenig Schlaf haben wollte, bevor er sich um neun mit den anderen zum Frühstück treffen musste. Verfluchte Scheiße!

Als Kamille gegen Mitternacht endlich in ihr neues katzenhaarfreies Zimmer gezogen war, hatte Dan in seiner Naivität geglaubt, nun könnte er sich auf die Papierstapel konzentrieren, die er durchzuarbeiten hatte. Aber nein. Wenige Minuten später hatte die interne Lautsprecheranlage lautstark geknarrt, und Mahmouds Stimme rief Dan in den sogenannten Vernehmungsraum – ein Name, der nur jemandem einleuchten konnte, der noch nie auf einem Polizeirevier verhört worden war. Der kleine Raum war weder heruntergekommen, noch sah er beabsichtigt trostlos oder nach öffentlicher Verwaltung aus. Alles war neu. Die beiden gepolsterten Designerstühle, der niedrige Eichenholztisch, die bunten Kissen. Eine Kleenexpackung war noch nicht einmal geöffnet. Das Besondere an dem Raum war eine verspiegelte Glaswand. Dahinter stand eine der großen stationären Kameras, die ein richtiger, lebendiger Kameramann bediente. Mit anderen Worten, diejenigen, die hinter der Glaswand standen, konnten in den Raum hineinsehen. Nicht umgekehrt.

Sinn des Vernehmungsraums war es, den Kandidaten einen Ort zu bieten, an dem sie sich allein mit Mahmoud, Lilly oder sogar einem Psychologen unterhalten konnten, wenn es notwendig sein sollte – ohne dass die anderen Beteiligten hören konnten, was gesagt wurde. Gleichzeitig sollte der Vernehmungsraum später von Dan genutzt werden, wenn er in der Rolle des Kahlköpfigen Detektivs andere Mitspieler verhören musste – »Zeugen und/oder Verdächtige«, wie es in der Projektbeschreibung hieß.

Als Dan in dieser Nacht so überraschend in den Vernehmungsraum gerufen wurde, saß Mahmoud hinter der Spiegelwand und erteilte Dan einen Anpfiff, der sich gewaschen hatte. Allerdings brauchte er nicht lange, um zu erklären, was vorgefallen war und wie er die Situation beurteilte. Mahmoud hatte rasch verstanden, dass es nicht um einen realen Überfall zur Unzeit ging, und er akzeptierte auch – wenngleich widerstrebend –, wie unmöglich es Dan gewesen war, die dramatische Szene in die Reichweite einer Kamera zu verlegen. Weder das Bett, das in einen Alkoven eingebaut war, noch der französische Balkon oder der alte Blauregen ließen sich transportieren. Aber warum hatte er nicht zumindest die hysterische Kamille auf die oberste Schwelle der Treppe und damit in Reichweite der Kamera gesetzt? Er bekam schließlich einen Bonus, gerade damit er in derartigen Situationen die Verantwortung übernahm. Ob er sich darüber im Klaren sei?

»Genau das habe ich doch getan«, hatte Dan protestiert. »Immerhin habe ich sofort herausgefunden, was passiert ist. Ich habe das Mysterium der fliegenden Katze doch sofort geklärt, oder?«

»Ja, mach du dich nur lustig ... Verdammt noch mal, es ist nicht komisch, dass ausgerechnet diese Szene nicht im Bild ist!«

»So viel Interessantes gibt die Geschichte nicht her, Mahmoud. Schließlich war es kein richtiger Überfall, oder? Es war lediglich eine Katze vom Bauernhof, die ihr Nickerchen gemacht und sich zufällig das verkehrte Bett dafür ausgesucht hat.«

»Mach dich nur lustig«, wiederholte Mahmoud. »Diese Episode könnte das Spannendste sein, was wir in den nächsten Tagen erleben. Ausgerechnet davon haben wir keine Bilder!«

»Tut mir leid«, sagte Dan und streckte sich. »Darf ich jetzt gehen? Ich bin total kaputt ...«

»Geh schon«, sagte Mahmoud und fügte nach einer Pause hinzu: »Tust du mir den Gefallen und schreibst auf euer Whiteboard, dass Kamille morgen früh um zehn in den Vernehmungsraum kommen soll?«

»Allein?«

»Ist nicht nötig, dass du mitkommst.«

»Okay. Gute Nacht, Mahmoud.«

»Gute Nacht, schlaf gut.« Mahmoud drehte den Ton ab und verschwand.

Und nun stand Dan wieder in seinem Zimmer, zwei Stunden später als geplant. Mist. Er fummelte sein Mikrofon ab, schaltete den Sender aus und setzte neue Batterien ein. Dann warf er den größten Teil seiner Sachen auf einen Haufen auf den Boden und behielt nur seine Boxershorts an. Er ging ins Badezimmer. Pinkelte, spritzte sich ein bisschen Wasser ins Gesicht und unter die Arme, putzte sich die Zähne.

Bevor er die Balkontür weit öffnete, löschte Dan das Licht im Zimmer. Er blieb ein paar Minuten stehen, starrte hinaus in die Nacht und gewöhnte seine Augen an die Dunkelheit. Die Luft war klar und mild. Dan atmete tief durch, er konnte die frische Luft fast schmecken. Die schlechte Laune verflog fast sofort. Er fühlte sich mit einem Mal privilegiert, weil er an dieser Sendung teilnehmen und genau in dieser Sekunde an dieser Stelle stehen durfte. Bis zum Sonnenaufgang waren es noch ein paar Stunden, doch bereits jetzt ahnte man links das erste versuchsweise Morgengrauen im Osten. Der Himmel war sternenklar, der Mond fast voll. Schräg unter ihm lag der kleine eingezäunte Garten und die Terrasse. Sie war leer, die letzten Nachtschwärmer hatten sich offenbar auf ihre Zimmer zurückgezogen. Ein paar leere Weinflaschen, einige schmutzige Gläser und ein Aschenbecher mit einem kleinen Haufen Kippen waren die einzigen Spuren der Gesellschaft. Am Horizont, hinter dem dunklen Fjordwasser, das im Mondschein glitzerte, sah er die Lichter von Christianssund.

Dan beugte sich über das Balkongitter und schaute auf die

Balkontür ein paar Meter rechts von ihm. Sie war angelehnt. Im Zimmer war es dunkel. In diesem Zimmer hatte noch vor ein paar Stunden Gitte Sandlauw gewohnt, nun war es Kamille Schwerin, die darin lag und nach dem abendlichen Tumult vermutlich tief schlief.

Diese Frau war schon ein besonderer Brocken. Dan fing an, Flemmings Theorie ernster zu nehmen. Wenn jemand in der Lage war, eine Reihe Überfälle auf sich selbst zu inszenieren, um das Mitleid und die Aufmerksamkeit seiner Umgebung zu erregen, dann Kamille. Offensichtlich war es ihr vollkommen egal, wie es dem Rest der Menschheit damit erging. Hatte sie sich zum Beispiel bei Gitte bedankt, als sie ihr so rücksichtsvoll anbot, das Zimmer mit ihr zu tauschen? Soweit er sich erinnern konnte, nicht. Kamille bemühte sich lediglich, Dan gegenüber wieder einen freundschaftlicheren Ton zu finden, nachdem sie in der Hitze des Gefechts ein wenig aneinandergeraten waren.

War sie etwa scharf auf ihn? Leider deutete einiges darauf hin, wenn er darüber nachdachte. Dan war es gewohnt, dass er Frauen gefiel. So war es immer gewesen, und erstaunlicherweise hatte es mit dem Alter nicht nachgelassen. Viele Jahre Erfahrung hatten ihn gelehrt, wann er diskret Abstand zu Frauen halten musste, die etwas zu viel Interesse zeigten. Von Kamille würde er sich jedoch nicht distanzieren können. Jedenfalls nicht physisch. Er hatte Flemming schließlich versprochen, sie zu observieren – obwohl bei ihm sämtliche Alarmsirenen schrillten, war er gezwungen, in ihrer Nähe zu bleiben.

Es blieb ihm nur, sie keinesfalls zu ermuntern, sich irgendwelche Hoffnungen auf eine Affäre zu machen. Sollte er den Drang zu derartigen Eskapaden spüren, würde er es vorziehen, die romantischen Manöver an einen Ort zu verlegen, der nicht voller Kameras und Mikrofone war. Zum anderen würde er sich einen ganz anderen Typ aussuchen als Kamille Schwerin. Flemming hatte recht mit der Behauptung, dass sein alter Freund einen sehr breit gefächerten Geschmack hatte. Dan mochte bei Frauen eigentlich alle Typen, junge und etwas ältere, fülligere und schlanke, blonde und dunkelhaarige. Zwei Dinge hatten Dans Lieblingsfrauen dennoch alle gemeinsam: Sie waren intelligent, und sie hatten dieses gewisse Blitzen in den Augen. Er hätte nie auch nur einen Gedanken an eine Frau verschwendet, die keinen Spaß verstand. Der Kern eines guten Flirts war Humor, fand er. Die kleinen Späße, das gemeinsame Spiel mit Albernheiten, mit Ironie und kleinen Sticheleien stimulierte seine Lust auf eine Frau. Und an diesem Punkt brach Kamille krachend ein. Ihr Sinn für Humor ließ sich auf sehr kleinem Raum unterbringen – da konnten ihre Augen, ihre Brüste und Waden so formvollendet sein, wie sie wollten. Er würde sich nie mit jemandem wie ihr einlassen.

Kirstine Nyland hingegen … bei ihr hatte Dan das Gefühl, sein Puls würde sich jedes Mal erhöhen, schon wenn seine Gedanken nur in ihre Richtung wanderten. Er wusste, dass sie vollkommen unerreichbar für ihn war, und vielleicht erlaubte er sich gerade deshalb hin und wieder Tagträume mit ihr. Sie war die hübscheste Frau, in deren Nähe er je gekommen war. Wie eine dunkelhaarige Ausgabe von Grace Kelly. Hinreißend. Es war das Erste, was ihm durch den Kopf ging, als er sie leibhaftig vor sich sah. Und es passte ausgezeichnet. Sie war einfach hinreißend.

Ganz vorsichtig klopfte es an der Tür. Dan wachte ruckartig auf und blieb einen Moment still liegen, bevor er sich aufsetzte. Das Bett lag voll mit Akten zum Mord an Ingegerd Clausen und den beiden Mordversuchen an der Tochter des Opfers. Fotos vom Tatort, Zeitungsausschnitte, Vernehmungsprotokolle. Er war offenbar darüber eingeschlafen, denn er lag auf seiner Lesebrille, und die Nachttischlampe brannte noch.

»Wer ist da?«, rief er und wischte sich etwas Speichel aus dem Mundwinkel.

»Ich bin's, Gitte.«

»Ich komme.« Dan stand auf, warf die Bettdecke über den Papierhaufen und schloss auf. »Ich habe geschlafen.«

»Ja, entschuldige«, sagte Gitte und schlüpfte ins Zimmer. Sie schloss die Tür hinter sich. »Aber du solltest dir etwas ansehen. In meinem Zimmer.«

»Gib mir zwei Minuten.« Er gähnte. »Ich habe nicht viel geschlafen.«

»Es tut mir ja auch leid, ich wusste nur nicht recht, mit wem ich sonst ...«

»Nein, nein. Ist schon gut. Kümmere dich nicht um mich.« Dan öffnete die Tür zum Flur. »Geh bitte schon vor, ich komme gleich.«

Gitte hob eine Augenbraue und verließ das Zimmer dann ohne weiteren Kommentar. Dan wollte absolut nicht riskieren, dass jemand die Akten sah, an denen er arbeitete. Er packte die Unterlagen in den kleinen Koffer, schob die Decke beiseite und hob die Matratze und den Lattenrost an. In allen Schlafzimmern standen diese altertümlichen, speziell angefertigten Alkovenbetten, unter denen sich gut etwas aufbewahren ließ. Dan nutzte den Platz für die dreckige Wäsche, die schwere, unhandliche Tagesdecke und das Gepäck. Er verstaute den Koffer mit den Akten und legte Lattenrost und Matratze wieder darüber.

Es war erst zehn vor acht, als er einen Moment später in Gittes Zimmer kam. Er hatte höchstens vier Stunden geschlafen. Dan gähnte.

»Hier«, sagte sie und gab ihm einen Becher Kaffee. »Du siehst aus, als könntest du ihn gebrauchen.«

»Wo um alles in der Welt hast du den bloß her?«, fragte er und pustete auf das heiße Getränk. »Kannst du zaubern?«

»Tim ist schon aufgestanden. Er sitzt unten in der Küche mit einer ganzen Kanne Kaffee und einer Schale Haferbrei. Ich bin einfach nur dem Geruch nachgegangen.«

»Kluge Frau.« Dan lächelte ihr über den Rand seines Bechers zu, während er vorsichtig am Kaffee nippte. »Was wolltest du mir zeigen?«

»Also …« Gitte wand sich ein wenig. »Ich will ja ungern so klingen wie unser hysterisches Frauenzimmer heute Nacht, aber …«

»Komm schon, heraus damit, Gitte. Hattest du auch Besuch von einer der einheimischen Katzen?«

»Nein, leider nicht. Das wäre sicher gemütlich geworden.« Gitte verzog ihr Gesicht und versuchte, ein Lächeln aufzusetzen. »Trotzdem war heute Nacht jemand hier im Zimmer. Ein Mann, glaube ich.«

Dan runzelte die Stirn. »Was meinst du damit? Hast du jemanden gesehen?«

Sie schüttelte den Kopf. »Ich habe geschlafen wie ein Stein. Hatte eine Schlaftablette genommen.« Sie trat an den französischen Balkon. »Ich habe das hier gefunden, als ich aufgewacht bin.« Sie zeigte auf den Boden.

Dan starrte auf den dunkel gebeizten Holzfußboden. »Ich sehe nichts.«

»Du musst näher herangehen. Man sieht es nur aus einem bestimmten Winkel.«

Dan trank noch einen Schluck Kaffee und stellte den Becher auf den Toilettentisch. Er stellte sich dicht neben Gitte, ging ein wenig in die Knie, sodass sie sich auf Augenhöhe befanden ... und sah plötzlich, was sie meinte. Einige deutliche Fußspuren direkt vor dem Fenster, die Schuhspitzen dem Zimmer zugewandt. Es waren Schuhe mit kräftigen Rillen in den Sohlen; Schuhe, die für lange Fußmärsche gedacht waren.

»Sind das vielleicht bloß meine Fußspuren von gestern?« Dan ging in die Hocke. »Ich bin ja einige Male hin und her gelaufen, als wir auf dem Balkon nachgesehen haben.«

»Nein«, sagte Gitte. »Das kannst du nicht gewesen sein, Dan. Du warst barfuß.«

»Ach ja. Aber vielleicht einer der anderen?«

Sie zuckte die Achseln. »Tim und Kristian waren hier drin. Und Kirstine Nyland. Vielleicht auch die anderen, ich weiß es nicht mehr. Aber mir gefällt das nicht, Dan. Ganz und gar nicht.«

»Warum?«

»Weil ich mir sehr sicher bin. Heute Nacht ist jemand in diesem Zimmer gewesen.«

»War die Tür nicht verschlossen?«

Wieder zuckte sie die Achseln, wich seinem Blick aus. »Das weiß ich nicht mehr. Ich war so müde, als ich ...«

»Wäre dir das nicht heute Morgen aufgefallen, wenn du gestern nicht abgeschlossen hast?«

»Das weiß ich nicht. Ich war noch so konfus, als ich aufgewacht bin.«

»Ja, aber wieso bist du nicht aufgewacht, als jemand hier herumgelaufen ist?«

»Ich schlafe sehr fest. Das sagte ich doch.«

»Ach ja, du hattest eine Tablette genommen.«

»Siehst du das denn nicht, Dan? Wenn wir diese Abdrücke hinterlassen hätten, müssten hier viel mehr zu sehen sein. Es hat hier heute Nacht doch praktisch von Leuten gewimmelt, alle wollten den Blauregen sehen und nach der Katze Ausschau halten. Trotzdem gibt es nur den Abdruck von diesen Schuhen, klar und deutlich. Ich glaube, die Schuhe waren feucht, als sie die Abdrücke hinterließen. Eine feuchte Schuhsohle kann durchaus eine Spur hinterlassen, die man hinterher mit bloßem Auge erkennen kann. Die Feuchtigkeit trocknet und hinterlässt einen Schleier auf dem Fußboden, auch wenn die Schuhe ganz sauber waren. Besonders auf einer glatten Oberfläche wie dieser.«

»Du meinst, jemand ist ins Badezimmer gegangen, und hinterher ist er hier hereingekommen?«

»Ja, oder es war jemand, der direkt von draußen kam.«

»Draußen ist es nicht feucht. Wir haben eine Hitzewelle, Gitte.«

Sie schüttelte den Kopf. »Nachts bildet sich Tau. Wenn man mitten in der Nacht durchs Gras läuft, bekommt man garantiert feuchte Schuhe.«

»Und wie sollte jemand durch ein Fenster im ersten Stock kommen?«

»Ich weiß es nicht. Über den Blauregen vielleicht. Wie die Katze.«

Dan lehnte sich aus dem Fenster, ohne das Balkongeländer zu berühren. »Der Blauregen steht noch genauso da wie gestern. Nicht ein einziger Zweig ist abgebrochen.« Er drehte sich zu ihr um. »Außerdem ist er nicht kräftig genug, um einen Menschen zu tragen.«

»Könnte er eine Leiter benutzt haben?«

Wieder blickte Dan hinaus. »Ich sehe keine Spuren im Gras, möglich ist das natürlich. Ist irgendetwas verschwunden?«

»Nein.« Sie nickte in Richtung einer Glasschale auf dem Toilettentisch. Sie war voll mit weißem Metall und glitzernden hellblau-

298

en Steinen. »Mein Schmuck ist noch da. Auch meine Handtasche wurde nicht angefasst. Mein Portemonnaie, meine Kreditkarten.«

»Was wollte er hier drin? Dir ist nichts passiert, es wurde nichts gestohlen?«

Dan ging noch einmal in die Hocke und berührte vorsichtig den Abdruck. Er zeichnete sich deutlich ab und würde nicht verschwinden, bevor jemand auf die blendende Idee kam, einen nassen Lappen zu benutzen. Das stützte Gittes Theorie, dass die Schuhe nass gewesen sein mussten, als die Spuren hinterlassen wurden.

Dan stand auf. Er trat an den Toilettentisch, nahm seinen Becher und kippte den Rest Kaffee in einem Zug hinunter. »Glücklicherweise durfte ich meine Digitalkamera behalten«, sagte er. »Ich hole sie.«

»Was willst du damit?«

»Ich will ein Foto von den Spuren machen, bevor der Boden gereinigt wird. Zumindest kann ich in den kommenden Tagen das Muster der Schuhe unserer Mitbewohner überprüfen. Ich bin schließlich der Detektiv.«

»Ah!« Sie sah ihn an. »Du glaubst also …?«

»Ich habe den Verdacht, diese Spur befand sich bereits schon dort, bevor wir überhaupt eingezogen sind – vielleicht ist sie Teil des Spiels. Ich kann mir nicht vorstellen, dass irgendjemand heute Nacht in deinem Zimmer war, Gitte. Es wäre wirklich ein Riesenzufall, wenn in einer Show, in der es um ein fiktives Verbrechen geht, ein wirkliches Verbrechen stattfinden würde. Findest du nicht?«

»Tja.« Gitte sah ihn an. »Möglicherweise hast du recht.«

»Ich bin gleich zurück.« Dan lief in sein Zimmer, holte die Digitalkamera und schoss die Bilder, die er brauchte, während Gitte auf der Bettkante saß und ihm zusah.

Erst als Dan fertig war und gehen wollte, öffnete sie wieder den Mund: »Meinst nicht, wir sollten es der Polizei melden?«

Er sah sie überrascht an. »Hattest du daran gedacht?«

Sie hob die Schultern. »Nein, solange du nicht der Ansicht bist, ich könnte in Gefahr sein.«

»Das glaube ich wirklich nicht, Gitte.« Er setzte sich neben sie. »Sollte irgendwer dir etwas Böses wollen, hätte er es heute Nacht getan. Ist dir das nicht klar?«

Wieder ein Schulterzucken. »Doch, vielleicht schon.«

Dan spürte, dass sie die Tränen kaum zurückhalten konnte. »Gitte, nicht doch«, sagte er und nahm ihre Hand. »Du hast dich richtig erschrocken, was?«

Sie nickte und war nicht in der Lage, etwas zu sagen. Die Tränen liefen ihr übers Gesicht.

»Weißt du, was? Ich verspreche dir, besonders gut auf dich aufzupassen, Gitte. Du kannst jederzeit zu mir kommen, rund um die Uhr. Ich wohne ja nur vier, fünf Meter entfernt. Leg dir meine Nummer als Kurzwahltaste an, und … o nein«, unterbrach er sich selbst. »Mist, wie sehr man doch sein Handy vermisst, was?« Gitte antwortete nicht, immerhin schien ihr Lebensmut zurückzukehren, als sie ihm ihr Gesicht zuwandte. »Weißt du, was?«, sagte er. »Wir könnten uns ein System mit einer Schnur ausdenken, hier von deinem Nachttisch aus, unter der Tür hindurch, über den Flur und in mein Zimmer. Die binde ich dann um meinen großen Zeh …« Ihre Mundwinkel begannen zu zucken, als er fortfuhr: »… und wenn ein böser Mann kommt, ziehst du einfach an der Schnur, und ich bin sofort da und knalle ihm eine.«

Jetzt lachte sie. »In Boxershorts?«

»So viel Zeit, um sie anzuziehen, würde ich nicht haben. Wenn du richtig viel Glück hast, komme ich unten ohne angerannt.«

»Dan, also bitte!«, lachte Gitte und wischte sich die Tränen mit dem Zipfel ihrer Bettdecke ab. »Jetzt hör aber auf!«

»Dann würdest du mal sehen, wie schnell so ein Verbrecher die Beine in die Hand nimmt. Schließlich gibt es nichts Abschreckenderes als Vaters ...«

»Dan!« Kichernd hielt sie sich die Ohren zu und fing an, laut zu summen. Dan lachte ebenfalls. Er stand auf und ging zur Tür.

»Dan?«

Er drehte sich um.

Ihr Gesichtsausdruck war plötzlich wieder ernst geworden. »Ich wäre dir sehr dankbar, wenn das unter uns bliebe.«

»Unten ohne?«

Sie lächelte. »Das auch. Nein, ich dachte eher an die Fußabdrücke und dass ich es mit der Angst bekommen habe.«

»Na ja, ich werde es der Produktionsleitung erzählen müssen.«

»Nein, Dan. Dann muss ich in den Vernehmungsraum und erklären, was vorgefallen ist, und hinterher schneiden sie meine und Kamilles Erklärung zusammen. Sie wären doch glücklich, wenn sie gleich zwei hysterische Weiber hätten, oder? Und sollte sich tatsächlich herausstellen, dass dies eine Spur ist, die von vornherein gelegt wurde, dann würde ich mich doch komplett lächerlich machen.«

»Tja ...« Dan betrachtete sie einen Moment. »Gut. Wir behalten es vorerst für uns. Aber wenn sich zeigen sollte, dass es relevant ist, muss ich es weitergeben.«

»Natürlich. Und Dan?«

Wieder drehte er sich um. »Hm?«

»Danke.«

Er lächelte. »Ebenfalls.«

22

Dienstagabend. Der fünfte Abend auf der Insel. Der Abend der Zuschauerabstimmung. Um neun Uhr dürfte die Entscheidung gefallen sein, und das Produktionsteam würde das Ergebnis ihrer internen Wetten bekannt geben, wer als Erster ermordet werden sollte. Daraufhin würde man die Kandidaten einzeln zu einem Gespräch in den Vernehmungsraum bitten. Einer von ihnen erfuhr, dass er oder sie auserkoren war, den Mörder zu spielen – und er bekäme den Namen seines ersten Opfers. Lilly Larsen hatte bereits die Mordmethoden für die drei Kandidaten vorbereitet, die sich ihrer Ansicht nach in der größten Gefahr befanden, und sie hatte längst einen Mörder auserkoren.

Bis zu diesem Tag hatten die acht Mitwirkenden sich lediglich die Zeit vertrieben. Und meistens war es ziemlich langweilig gewesen – für die Beteiligten wie für die Menschen, die ihr Gehalt dafür bekamen, sie zu beobachten. Schnell hatte Routine den Tagesablauf bestimmt. Man kochte, saugte den Fußboden, spielte Karten und unterhielt sich.

Einige Kandidaten verbrachten die erlaubten zehn Stunden auf ihren Zimmern, mit abgeschalteten Mikrofonen und außerhalb der Reichweite der Kameras. Natürlich ließ sich nur darüber rätseln, was sie hinter den geschlossenen Türen taten. Um einen Tipp gebeten, hätte Lilly geschätzt, dass sich Kirstine, Gitte und Dan in ein Buch vertieften. Möglicherweise auch Kamille, obwohl Lilly sie noch nicht hatte lesen sehen. Andererseits konnte es natürlich auch sein, dass die eifrige Künstlerin an Skizzen für ihre nächste Ausstellung arbeitete.

Und Tim? Der macht Liegestütze oder holt sich einen runter, dachte Lilly, die immer gereizter auf den Kriegsreporter reagierte. Sie hoffte inständig, er würde bald herausgewählt, damit sie ihm zu irgendeinem komplett unwürdigen Tod verhelfen konnte.

Mit einer alten Socke im Mund an eine Heizung gekettet. Oder vielleicht in Frauenkleidern und mit einer Perücke? Das wäre komisch. Leider glaubte sie nicht, dass er zu den Ersten gehören würde, die ihr Leben lassen mussten.

Jackie, Gunnar und Kristian benutzten ihre Zimmer fast ausschließlich zum Schlafen, Duschen oder um auf die Toilette zu gehen. Die drei jüngsten Kandidaten saßen jeden Abend vor dem DVD-Spieler und kamen offensichtlich gut miteinander aus.

Wie von Mahmoud vorhergesehen, kam es zu keinen weiteren dramatischen Ereignissen mehr. Im Gegenteil. Die träge Gemütlichkeit lastete schwer über dem Kandidatenflügel.

Gunnar hatte die Nähmaschine auf einen Arbeitstisch in der Bibliothek gestellt, und seine kleine Schneiderecke war rasch zu einem Treffpunkt für Jackie und Kirstine geworden. Er konnte die unglaublichsten Kleidungsstücke aus den Sachen zaubern, die ihnen zur Verfügung standen. Aus einem von Kristians schmal gestreiften Politikerhemden nähte er ein enges und tief ausgeschnittenes Minikleid, das Jackies gut gebauten Körper noch zusätzlich betonte. Kirstines Charme verhalf ihr zu einem Sommerkleid – in diesem Fall einer etwas seriöseren Variante, genäht aus einem klein karierten Gant-Hemd aus Dans Garderobe.

Mahmoud war glücklich. Das war gute Fernsehunterhaltung. Eine populäre Schauspielerin und ein Reality-Star, die vor laufenden Kameras sexy Kleider anprobierten. So sollte es sein!

Kristian Ludvigsen und Tim Kiilberg hatten zu einer etwas anderen Gemeinschaft gefunden. Das etwas bleichgesichtige Folketing-Mitglied hatte sich bereit erklärt, an einem harten Trainingsprogramm teilzunehmen, das von Tim als Bootcamp Kiilberg bezeichnete wurde. In fünf Wochen sollte die Muskelmasse von Kristians Körper erheblich optimiert werden. Gleichzeitig ging es darum, ihm zu einer guten Kondition zu verhelfen. Die übrigen Kandidaten benutzten den Fitnessraum nur hin und wieder, schon weil sie es nicht ertrugen, Tim und Kristian längere Zeit zuzuhören, die ständig an ihrer Fitness arbeiteten. Während sie Gewichte stemmten, auf dem Laufband trainierten oder in der Sauna saßen, redeten sie über Politik, Handfeuerwaffen und eine unendliche Batterie von Fußballspielen, an die sie sich erinnerten. Lilly fand, schon die Hälfte all dieser Spiele hätte völlig gereicht.

Die Herrschaft in der Küche hatte Gitte übernommen. Sie plante die Menüs, stellte die Einkaufsliste zusammen, und sie verteilte die Arbeit. Ihre festen Helfer hatte sie in Dan und Jackie S, aber auch Kirstine ging ihr zur Hand, wenn es nötig war. Alle übernahmen Arbeiten wie Waschen und Putzen.

Lilly hoffte, sie würden die Ruhe genießen, solange sie noch währte. Denn bereits heute Abend, sobald alle wussten, dass einer von ihnen als Mörder auserkoren war, würde sich die Stimmung ändern und das erste Misstrauen einsickern. Dann begann das heimliche gegenseitige Beobachten, dann mussten sie damit anfangen, sich ihre Gedanken zu machen. Und morgen, wenn der erste Mord stattgefunden hatte, würde die Stimmung kippen. Alle würden sich belauern, miteinander flüstern, rätseln, wer der Schuldige und wer das nächste Opfer sein könnte. Alle würden erleben, wie Dan sie ohne Vorwarnung in den Vernehmungsraum zitierte und ausfragte. Allen konnte es passieren, dass er plötzlich auftauchte und in Begleitung eines Kameramanns ihre Zimmer durchsuchte. Alle – der Schuldige wie die Unschuldigen – bekämen zu spüren, dass *Mörderjagd* kein reiner Spaß war. Die Klügeren unter den Kandidaten dürften sehr schnell begreifen, dass sie nie allein im Haus umhergehen sollten. Sie durften nicht einmal mehr nur zu zweit unterwegs sein, denn es konnte ja sein, dass derjenige, den man sich als Begleiter ausgesucht hatte, sich als der Mörder erwies.

Lilly wusste, die Vorsicht würde sich mit jedem Tag erhöhen, gleichzeitig würden ihre Aufgaben als Autorin des Drehbuches immer schwieriger, je wachsamer die Mitspieler agierten. Sie begriff es als Herausforderung, denn sie wusste auch, dass Dummheiten begangen werden. Zur Not musste das Produktionsteam die Kandidaten halt ein wenig manipulieren, damit sie ihre eigenen Sicherheitsmaßnahmen verletzten. Es würde schon klappen.

Im Aufenthaltsraum des Produktionsteams herrschte Partystimmung. Man hatte zwei Flachbildschirme aufgestellt, und abgesehen von den beiden jüngsten Assistenten, die die Kameras im Auge zu behalten hatten und die Resultate der SMS-Abstimmung entgegennehmen sollten, waren alle erschienen, um die erste richtige Sendung der Show zu verfolgen. Mahmoud hatte Jane und Mads Krogsgaard in den Produktionstrakt eingeladen, um sich die Show mit den übrigen Teammitgliedern anzusehen.

Getränke und große Platten mit Sandwiches standen auf dem Tisch an einer der Längsseiten, und in den Minuten vor dem Start herrschte hektische Aktivität am Buffet. Mahmoud hatte sich einen Zeigefinger ins Ohr gesteckt und telefonierte mit der Pressechefin. Sie hielt sich mit einer Gruppe handverlesener Journalisten in den Räumen der Filmproduktion in Kopenhagen auf. Als er das Telefon zusammenklappte und in die Hosentasche steckte, grinste er.

»Und?« Lilly setzte sich neben ihn aufs Sofa. »Was entzückt dich so?«

»Morgen erscheint ein Artikel über uns in *Politiken*.« Er trank einen Schluck Bier. »Ein Professor der Philosophie ist der Ansicht, *Mörderjagd* sei das ultimative Symbol für den Untergang der Zivilisation. Die Faszination des Blutvergießens, die mit der letzten Femi-Krimiwelle begann, würde nun ›in der zynischsten und morbidesten Form getoppt, die man sich vorstellen kann‹. Unsere Pressefrau hat es mir eben vorgelesen. Sie wurde fast ohnmächtig vor Begeisterung.«

»Aber wieso? Das klingt doch gar nicht gut«, sagte Jane Krogsgaard, die sich zu ihnen gesetzt hatte.

»Es ist nie komisch, kritisiert zu werden, aber das hier ist doch irgendwie total klasse!« Mahmoud fuhr sich mit der Hand durchs Haar. »Je mehr Klugscheißer wir in der Startphase aufregen, desto mehr Zuschauer haben wir, wenn die Show richtig Fahrt aufnimmt.«

»Na ja …« Lilly gefiel es ebenfalls nicht.

»Du glaubst doch nicht etwa, den würde irgendjemand ernst nehmen, Lilly? Im Laufe der nächsten Woche werden hochgerechnet zwanzig, dreißig Leserbriefe kommen, die dem Professor vollkommen recht geben und verlangen, dass diese Schweinerei gestoppt wird. Wenn wir Glück haben, richtet die Internetredaktion der Zeitung noch ein Diskussionsforum ein, wo die Verärgerten sich gegenseitig darin bestärken dürfen, wie grässlich diese Realityshow sei. Und wenn wir richtig Glück haben, springen ein paar der anderen Medien auf den fahrenden Zug auf, reden mit Kriminologen, Psychologen und diesem ganzen Ich-werd-dir-schon-helfen-Volk, dann haben wir eine ganze Volksbewegung gegen uns.« Er leerte sein Glas und griff nach einem neuen Bier. »Eine Volksbewegung, die im besten Fall zehntausend besorgte Akademiker umfasst – während unsere Zuschauerzahl knallhart bei ungefähr einer Million liegt!«

»Waren es nicht siebenhunderttausend?«

»Ja, und das ist eine Superquote für TV3, außerdem wird sie

noch steigen, wenn die Show genügend Aufmerksamkeit erregt. Ich denke, wir knacken die Million.«

»Dann hältst du den Beitrag des Professors eigentlich für eine Gratiswerbung?«, fragte Jane mit einem kleinen Lächeln.

»Ja, sicher. Wenn du mich fragst, dann ...«

»Haltet jetzt mal die Klappe«, rief Rasmus. »Es geht los!«

Er drehte den Ton auf, und die Erkennungsmelodie von *Mörderjagd* übertönte die letzte Unruhe im Raum. Lilly lehnte sich im Sofa zurück und kraulte Gigi hinter den Ohren. Das kleine Baumwollknäuel lag zusammengerollt auf ihrem Schoß, zufrieden und satt von all den Leckerbissen, die es bekommen hatte. Für einen blinden Passagier war Gigi enorm populär geworden, und die Geschichte, wie sie den Hund auf die Insel geschmuggelt hatten, war ein Klassiker im Produktionsflügel.

Die Sendung lief gut. Wirklich verblüffend gut.

Es gab gute Einstellungen von Jackie S und Kirstine Nyland, in denen für ihre neuen Kleider Maß genommen wurde, außerdem Sequenzen vom Meisterdesigner Gunnar Forsell, der bis tief in der Nacht über seine Nähmaschine gebeugt saß. Die Aufnahmen vom Fitnessraum waren ebenfalls ausgesprochen stimmungsvoll, wenngleich auf ganz andere Art: ein schweißtriefender Kristian Ludvigsen, der eindeutig genug von Liegestützen hatte, und ein erhitzter Tim Kiilberg, der ihm »noch weitere vier, noch vier« ins Gesicht brüllte.

Die Sequenz mit Kamilles hysterischer Reaktion auf die Katze in ihrem Zimmer war ein kleines Meisterwerk. Trotz des spärlichen Inhalts und des weitgehend nicht vorhandenen Bildmaterials war es Rasmus gelungen, eine nervenaufreibende kleine Montage zusammenzubasteln. Nicht lang, doch sehr wirkungsvoll. Seine Ohren wurden sehr rot, als das gesamte Team applaudierte.

Gitte hatte man in der Küche gefilmt, als sie Dorschfilets für eine Fischfarce hackte. *Some day he'll come along, the man I love ... And he'll be big and strong, the man I love*, sang sie leise in einer fast perfekten Imitation von Billie Holliday vor sich hin. Ganz offensichtlich hatte sie sämtliche Kameras und Mikrofone vergessen. Vielleicht hat sie aber auch nur einen im Tee, dachte Lilly. Es war schwer zu sagen, hätte aber durchaus so sein können.

Eine längere Sequenz beim Abendessen zeigte eine Diskussion über die häuslichen Pflichten, bei der die Wellen hochschlugen. Tim wurde so wütend, dass er den Tisch verließ und auf sein Zimmer ging. Danach zeigte er sich für zwölf Stunden nicht mehr – zwei Stunden überzog er also die zulässige Zeit. Es brachte ihm eine Rüge im Vernehmungsraum ein.

Der letzte Ausschnitt zeigte den Spa-Pool, in dem Kirstine Nyland und Dan Sommerdahl in Badezeug saßen und plauderten, jeder mit einem Drink in der Hand. Ihre kabellosen Mikrofone hingen an einem speziell dafür gebauten Stativ über ihnen, sodass man ihr Gespräch verfolgen konnte, ohne dass die kostbaren Geräte nass wurden. Es gab auch eine Nahaufnahme von Kamille, die vollständig bekleidet auf einer Bank neben dem Pool saß und den beiden zusah. »Ich vertrage kein Chlor«, erklärte sie und schnitt eine kleine bedauernde Grimasse. Im Hintergrund hörte man Dan irgendetwas erläutern. Er und Kirstine lachten. Die Erkennungsmelodie übernahm. Ende.

Das Produktionsteam applaudierte. Mahmoud stand auf, ging ans Fenster und hob beide Hände in einer abwehrenden Geste.

»Einen Moment Ruhe bitte«, sagte er und wartete, bis alle sich wieder gesetzt hatten. »Das war eine gute Show. Herzlichen Dank!« Weiterer Applaus und ein paar muntere Rufe. »Schon bald kommt Helle mit dem Abstimmungsresultat, und damit werden auch unsere internen Wetten entschieden.« Größere Unruhe in dem leicht überdrehten Team. Wieder wartete er, bis er sich Gehör verschafft hatte. »Allerdings kann ich euch jetzt schon sagen, dass es ziemlich langweilig wäre, wenn eine ganz bestimmte Person herausgewählt wird. Denn dann müssen wir den Topf durch sehr viele Leute teilen. Im Grunde bekämen wir nur unseren Einsatz zurück.«

»Können wir nicht losen?« Kameramann Lasse rief die Frage dazwischen.

»Sicher, aber eigentlich hatten wir das so nicht besprochen. Als wir die Einsätze eingesammelt haben, waren wir alle der Meinung, jeder, der mit seiner Wette richtigliegt, bekäme einen Teil des Geldes zurück. Was meinen die anderen?«

»Ich bin für Losen!«, rief Lasse.

»Ich auch«, sagte Rasmus, und einige andere unterstützten ihn.

»Okay«, erklärte Mahmoud. »Das Losverfahren ist akzeptiert. Ich wollte das lediglich klarstellen, damit hinterher niemand sauer ist, wenn …«

»Heißt das, wir sind alle der Ansicht, dass Kamille Schwerin die Erste sein wird?«, unterbrach ihn Lilly.

Mads hob den Kopf, und Jane legte ihm eine Hand aufs Knie.

Mahmoud sah ein schmächtiges, dunkelhaariges Mädchen an. »Julie«, sagte er. »Wie verteilen sich unsere Stimmen?«

Die junge Praktikantin erhob sich ein wenig verlegen. Sie musste nicht einmal auf den Zettel gucken, den sie in der Hand hielt. »Zwei meinen, Tim würde als Erster rausfliegen, einer glaubt, es wird Gitte, und einer ist sicher, dass Kristian das erste Mordopfer sein wird. Alle anderen haben auf Kamille gesetzt.«

»Ja! Wir wollen sie tot sehen!«, rief eine der Cutterinnen mit einem Grinsen.

»Je eher, desto besser!«, fiel Lasse lachend ein.

»Na, na«, sagte Mahmoud, obwohl auch er ein Lächeln nicht unterdrücken konnte. »Jetzt sind wir bitte alle wieder nett, vergesst nicht, wenn die Mehrheit in diesem Raum recht hat, kommt sie morgen zu uns. Dann wird sie ein Teil dieser Gruppe.«

»Und Gigi kommt in den anderen Flügel«, murmelte Lilly und drückte den Hund besonders fest an sich. »Das wird hart.«

»Und wenn sie den Kandidatenbereich verlassen hat, dann habt ihr euch Kamille gegenüber anständig zu benehmen«, fuhr Mahmoud fort. »Um eines möchte ich euch noch bitten.« Er sah sich im Kreis des übermütigen Teams um. »Erzählt ihr bitte kein Wort. Von dieser Wette, meine ich.«

»Dürfen wir beim nächsten Mal nicht mehr wetten?«

»Aber sicher, sie kann auch mitmachen, wenn sie mag. Sie soll nur nicht erfahren, dass wir fast einstimmig auf sie als erstes Mordopfer gewettet haben, okay?«

Die Leute murmelten und maulten ein bisschen, aber nach wenigen Augenblicken war man sich einig. Die Ergebnisse der internen Wetten sollten geheim bleiben – ebenso wie nur ein kleiner Kreis die exakten SMS-Stimmenzahlen der Zuschauer kannte.

»Ihr habt gewettet, wer als Erster sterben soll?« Mads Krogsgaard war der Diskussion mit einem fassungslosen Gesichtsausdruck gefolgt.

»Das ist reine Unterhaltung«, sagte Mahmoud.

»Das ist doch zynisch.« Mads war bleich geworden. Aber vielleicht lag es auch nur am Licht, dachte Lilly.

Sie öffnete den Mund, um irgendetwas zu sagen und die Situation zu erklären – schließlich ging es hier trotz allem um seine Jugendliebe –, doch Mahmoud kam ihr zuvor. »Die Welt ist schlecht«, sagte er mit einem Grinsen. »Get used to it.«

In diesem Moment bemerkte er die kleine pummelige Gestalt der Produktionsassistentin, die mit einem Zettel in der Hand an der Tür stand.

»Ruhe!«, rief er. »Und, Helle?«

»Es ist so, wie wir's vermutet haben. Kamille Schwerin ist unser erstes Opfer.«

Als Jubel ausbrach, stand Mads ruckartig auf und griff nach Janes Hand. Sie folgte ihm, als er sich einen Weg zwischen den ausgelassenen Mitarbeitern des Produktionsteams bahnte.

Jane drehte sich, nachdem sie die Tür fast erreicht hatten, um und bekam Blickkontakt mit Lilly. Sie schickte ihr ein schmales Lächeln, zuckte die Achseln und verschwand. Mads sah sich nicht um.

»Sollte ich hinterhergehen?«

»Lilly, verflucht.« Mahmoud legte ihr den Arm um die Schulter. »Es ist doch nicht dein Problem, dass Mads wegen der Wette und Kamille sauer ist. Du kennst doch das Spiel!«

»Ja, sicher.« Lilly setzte sich. Sie bohrte ihre Nase in Gigis weichen Pelz, der eine Spur stärker als gewöhnlich nach Schaf roch. Den Gedanken, ihr kleines Schmusetier morgen zu verlieren, fand sie unerträglich. Es war einfach nicht gerecht. Lilly musste so rasch wie möglich mit Kamille reden – möglichst bevor sie den Kandidatenflügel verließ. Vielleicht könnte sie morgen früh mit ihr im Vernehmungsraum sprechen? Vielleicht könnte man aber auch … Lilly spürte, wie neue Hoffnung in ihr keimte, sie richtete sich auf, nun fest entschlossen, sich an der Feier zu beteiligen. »Gibst du mir mal die Weinflasche, Mahmoud?«

23 *Auszüge aus den nächtlichen Gesprächen im Vernehmungsraum, Dienstag, 26. August*

Kristian Ludvigsen: »Ich bin selbst überrascht, wie gut es tut, meinen Körper richtig einzusetzen … Habe bereits mit Tim darüber geredet, dass er mein persönlicher Trainer bleibt, wenn wir hier wieder rauskommen … Großartiger Mensch, sehr lebensklug … als Mitglied des Verteidigungsausschusses meiner Partei ist es durchaus nützlich, die Dinge mit einem wirklich erfahrenen Mann zu diskutieren, der … Die Frauen? Ja, Kis ist hübsch. Also Kirstine. So wird sie genannt … Ja, sie ist wunderbar. Aber sie hat ja nur Augen für Dan Sommerdahl … Das sieht doch jeder. Da haben wir anderen keine Chance … Nee, ich glaube nicht, dass es mehr ist als ein kleiner Flirt. Der Mann ist doch verheiratet … Dan ist schon in Ordnung. Er kann alle zum Lachen bringen. Sogar Kamille … Nein, also ich bin bestimmt nicht traurig, wenn Kamille rausfliegt. Habt ihr sie gestern gesehen, als sie entdeckt hat, dass keine Eier mehr im Kühlschrank waren? So etwas habe ich noch nicht erlebt …«

Gitte Sandlauw: »… wirklich ein netter, junger Bursche, dieser Kristian. Wenn er nur nicht so viel Zeit mit Tim Kiilberg verbringen würde. Ich glaube, Tim hat keinen guten Einfluss auf ihn mit all diesem Militärgerede und so … Ich? Ich komme tatsächlich mit allen hier gut aus. Na ja, vielleicht mit Ausnahme von Kamille. Von ihrem Verhalten habe ich wirklich genug … Ich glaube übrigens, dass Jackie S noch andere Talente hat, als nur zu singen. Habt ihr gesehen, wie sie kocht? Sie ist die beste Assistentin, die man sich … Kirstine? Ach, habt ihr das auch bemerkt? Ich kann es ihr nicht einmal verdenken. Dan Sommerdahl ist ja auch zum Vernaschen, aber er ist nun einmal verheiratet, und ich finde, es gehört sich nicht, einen Mann so in Versuchung zu bringen. Er ist ja auch nur aus Fleisch und ... Ach übrigens. Mir fehlen Medikamente. Seid ihr bitte so nett und ruft meinen Arzt an, bitte sagt ihm, dass ...«

Jackie S: »... froh über Gunnar. Diese Freundschaft, die wir hier drin haben – das wird auch noch so sein, wenn wir wieder draußen sind. Ich weiß das einfach. Wir sind seelenverwandt, und ... Ja, natürlich. Ich verstehe nur nicht, wieso sich die ganzen Frauen hier um Dan prügeln ... Ich meine, er ist lieb und nett, aber mal ehrlich ... Er könnte mein Vater sein. Mit seinen ordentlichen karierten Hemden und den guten Manieren. Außerdem erwartet er, dass man über alle seine blöden Witze lacht ... Kamille? Ist doch auch total hinter ihm her. Seht ihr das nicht? Die ganze Zeit glotzt sie ihn an, versucht, irgendwo allein mit ihm zu sein und ihn anzufassen ... Wer zuerst rausfliegt? ... Tim? Nein, glaub ich wirklich nicht! Bestimmt gibt es ganz viele Zuschauerinnen, die ihn super finden. Die so im Alter von meiner Mutter sind und Schnurrbärte und so toll finden ... Ich? Ich glaube, es wird eine Frau sein. So ist das normalerweise. Ich habe Unmengen Realityshows gesehen, und jedes Mal flog eines der Mädchen zuerst raus ...«

Dan Sommerdahl: »*Ich* bin es nicht? Oh, da bin ich erleichtert. Hatte plötzlich die Zwangsvorstellung, ihr könntet auf die Idee kommen, mich den Mörder spielen zu lassen. Wäre doch irre, oder? Ein Detektiv als Mörder ... Wer zuerst fliegt? Meint ihr, wen ich zuerst loshaben wollte, oder geht es um meine Meinung, wen die Zuschauer rausschmeißen? ... Ich? Ich würde Tim Kiilberg das erste Opfer sein lassen ... Nee, er ist bestimmt nicht in Gefahr. Sein Machogehabe kommt bei jungen Männern sicher gut an, und ich wette, es gibt eine ganze Menge Frauen, die meinen, Sylvester Stallone wäre damals in den Achtzigern eine ganz tolle Nummer gewesen ... Ich vermute heute Abend wurde Kamille Schwerin herausgewählt. Wie es aussieht, fällt es ihr schwer, sich einzugewöhnen ... Ich? Was zum Geier meinst du? ... Mit Kirstine? Natürlich habe ich nicht! Zum einen bin ich glücklich verheiratet ... Das weißt du doch genau, du Idiot! ... Außerdem sitzt mein Sohn im Büro des Produktionsleiters und hört alles an, was du mich fragst, zum Teufel! ... Außerdem spielen wir hier nicht bei *Paradise Hotel* mit. Du glaubst doch nicht im Ernst, dass zwei erwachsene und einigermaßen intelligente Menschen riskieren ...«

Kamille Schwerin: »... überhaupt nicht nachgedacht, unglaublich. Nicht eines der Putzmittel in den Schränken ist unparfümiert. Als Allergiker muss ich doch feststellen, nicht einmal ... Ich werde krank, wenn ich in die Nähe von ... Sehne mich sehr nach meinem Mann ... Ich wusste, dass es eine blöde Idee war mitzumachen. Die Gruppe ist viel zu inhomogen, um funktionieren zu können ... Dan? Sicher, er ist eine große Stütze. Vielleicht der Einzige, der wirklich versteht, wie schwer es ist, wenn ... Kristian? Nein, nicht, wenn ich ganz ehrlich sein soll. Er kennt meinen Mann recht gut, trotzdem haben wir nie wirklich ... Am Anfang hatte ich eigentlich den allerbesten Eindruck von Kirstine. Sie hat ja ein fantastisches Charisma, das muss man ihr lassen ... Aber so, wie sie an Dan klebt ... sie macht sich doch lächerlich. Begreift sie denn nicht, wie sehr er versucht, ihr zu entkommen? ... Wer herausgewählt wird? Oh, das weiß ich wirklich nicht ... Vielleicht Jackie S?«

Tim Kiilberg: »Dachte schon, ihr hättet mich als Mörder ausgesucht. Teufel auch. Für mich keine schlechte Rolle ... ich hätte mich ins Zeug gelegt ... Ist ja allmählich zum Verrücktwerden hier drin ... unmöglich, ein normales Gespräch zu führen, außer mit Kristian ... Ich fasse nicht, wieso Dan Sommerdahl hier rumlaufen und den Frauen schöne Augen machen darf. Was die in ihm sehen? ... Bei Gitte kann ich's zur Not noch verstehen ... Aber Kis? Nicht zu begreifen. Sie kann doch haben, wen sie will ... Wahrscheinlich schmeichelt er sich mit all seinem Lifestyle-Quatsch bei ihr ein. Nur weil er ein paar Schuhmarken kennt und ein paar Romane gelesen hat ... Wahrscheinlich ist deshalb auch Kamille so verrückt nach ihm. Jedenfalls liegen sie ihm nicht wegen seiner Muskeln zu Füßen ... Ha, ha, ha ... Der müsste mal in die richtige Welt geschickt werden ... Minen räumen oder gegen Terrorbanden kämpfen. Das würde ihn schon auf andere Gedanken bringen, diesen Schlappschwanz ... Gunnar? Zählst du ihn zu den Männern? ... Ha, ha, ha ... Nein, Spaß beiseite. Gunnar ist total zu vernachlässigen ... Ich begreife nicht, wozu ihr ihn mitgenommen habt ...«

Kirstine Nyland: »Oh, jetzt beruhigt euch mal wieder. Dan und ich sind Freunde – nichts anderes. Wir haben Spaß miteinander. Er ist schließlich verheiratet, oder? Ich würde doch nie im Leben etwas mit einem verheirateten Mann anfangen. Das widerspricht meinen sämtlichen Prinzipien. So bin ich jedenfalls nicht ... Darf ich hier drin rauchen? Na, okay, dann warte ich ... Ach, das erinnert mich daran ... Könntet ihr jemanden bitten, einen Sonnenschirm auf die Terrasse zu stellen? Es ist nämlich ein ziemlich nasses Vergnügen, zu rauchen, wenn es so gießt wie gestern Abend ... Ich glaube, da steht einer auf der anderen Seite ... Kümmerst du dich, Mahmoud? Danke, mein Lieber ... Na, wo waren wir stehen geblieben? Wer zuerst rausmuss? Oh, ich weiß es wirklich nicht ...

Ich hoffe ja Kamille, das gebe ich gern zu. Sie ist wie ein Blutegel – die ganze Zeit ist sie hinter Dan und ... Jetzt hör aber auf! Ich bin nicht ständig mit Dan zusammen! Ich hoffe wirklich, mein Agent sieht dieses Gespräch. Er wird dir gewaltigen Ärger machen. Bist du dir darüber im Klaren, wie üble Nachrede und Injurien heutzutage geahndet werden? Ich habe eine glasklare Klausel in meinem Vertrag, in der es heißt, dass ihr euch verpflichtet ... Wer sagt das? ... Nein, ich verstehe gut, was du nicht willst! ... Aber es ist auf jeden Fall gelogen! Ich habe noch nicht einmal in Dans Zimmer hineingesehen und war auch ganz bestimmt nicht dort! ... Nein, ich will mich nicht setzen, Mahmoud. Ich gehe jetzt. Du hast deinen Scheißvernehmungsraum jetzt ganz für dich! Dann siehst du ja, was du davon hast!«

Gunnar Forsell: »... möchte eigentlich nichts Negatives über die anderen sagen. Sie haben alle ihre guten Seiten. Natürlich gibt es ein paar, mit denen ich mich besser verstehe als mit anderen ... Ob ich mich langweile? Nein, ich langweile mich nie. Ich habe mich entschieden, glücklich zu sein, also bin ich auch glücklich! Ich finde, ich nutze die Zeit konstruktiv ... Wer der Mörder sein soll? Nö, weiß ich wirklich nicht ... Was sagst du? Das ist doch nicht dein Ernst? Ich? Oh, Mahmoud, könnt ihr euch nicht einen anderen aussuchen? ... So etwas liegt mir doch überhaupt nicht. Könnt ihr nicht stattdessen Kis nehmen? Sie ist Schauspielerin und wird sich mit Sicherheit nicht verraten und ... Am beliebtesten bei den Zuschauern? Ich? ... Aber der populärste Kandidat ist doch nicht notwendigerweise auch der beste Mörder? ... Und Lilly ist auch der Meinung? ... Oh, du bist da drin, Lilly ... Das könnt ihr doch nicht machen ... Na ja, aber ... Wen soll ich denn töten ...?«

24

Jane Krogsgaard lag in der Dunkelheit und lauschte dem Regen. Vereinzelte Tropfen klopften vorsichtig, fast schüchtern an das Schlafzimmerfenster, während andere mutiger durch das Abflussrohr rannen und sich im Regenwasserbehälter an der östlichen Ecke des Hauses sammelten. Die Tonne hatte wochenlang leer gestanden, und Jane stellte sich zufrieden vor, wie der Wasserstand stieg. Selten hatte sie ein dänisches Regenwetter so sehnsüchtig erwartet.

Allerdings ließ der Schlaf auf sich warten. Es war fast eins, und sie hatte noch kein Auge zugetan. Bruchstücke der Ereignisse der letzten Tage wirbelten durch ihren Kopf und vermischten sich mit den Geräuschen des strömenden Regens. Gesichter, Stimmen, einzelne Worte. Und darunter ein eisiger Strom purer Angst. Sie wusste nicht, wovor sie Angst hatte, sie konnte nicht mit dem Finger auf irgendetwas Konkretes zeigen, das diese Beklemmung hervorrief, sie hatte nur das eindeutige Gefühl, etwas sei überhaupt nicht in Ordnung.

Vielleicht sind es nur die Hormone, dachte sie und drehte sich auf die Seite, mit dem Rücken zu Mads. Sie hatte bemerkt, dass sie Sinneseindrücke viel stärker wahrnahm, seit sie schwanger geworden war. Wenn sie Tomaten pflückte, wurde sie beinahe high von ihrem Geruch. Sie konnte an den frischen Tomatenblättern riechen, als hätte man sie in das feinste Parfüm getaucht. Andererseits konnte nur ein Schnüffeln an ihrem eigenen Lieblingsduft, den sie seit Jahren benutzte, dazu führen, dass sie sich heftig übergeben musste – ohne jede Vorwarnung. Sie hatte Mads gebeten, den flachen runden Flakon in den Schuppen zu stellen, damit sie das Parfüm nicht zufällig in die Nase bekam. Der Gang zur Melkanlage der Schafe war ihr fast schon zu viel, er setzte sie einem Bombardement von Düften, Geräuschen und Farben aus. Es war ebenso überwältigend wie ein Spaziergang durch die Fußgängerzone von Christianssund ... ihr wurde allein bei dem Gedanken übel.

Auch ihre Haut war sensibler als gewöhnlich. Sie spürte die Struktur des Lakens unter sich, und die tägliche Dusche genoss sie doppelt so lang und weitaus heißer als bisher. Und wenn sie mit Mads schlief, war es ... Nein, daran wollte sie jetzt nicht denken. Dann würde sie nur wieder Lust bekommen, und der arme Mann brauchte hin und wieder auch etwas Schlaf.

Jane kroch ein paar Zentimeter zur Bettkante, weg von dem warmen Körper ihres Mannes. Sie wollte das Schicksal nicht herausfordern – und ihre eigene Libido. Stattdessen versuchte sie, ihre Gedanken systematisch in ordentlichen, geraden Reihen zu ordnen, um sie dann nacheinander abzurufen und zu beurteilen. Möglicherweise fand sie auf diese Weise heraus, warum diese Angst sie so bedrückte. Und wenn nicht, dann war sie zumindest abgelenkt von dieser Begierde, an die sie jetzt nicht denken wollte.

Wann hatte sie das erste Mal das Gefühl gehabt, irgendetwas sei nicht in Ordnung? War es, als Mads diese Kamille Schwerin begrüßte und alle sahen, wie unangenehm den beiden die Situation war? Jane hatte nie von Kamille gehört – oder Rikke, wie sie offenbar als Jugendliche hieß. Mads erzählte ihr später, dass sie sich damals verliebt hätten. Es sei nichts Besonderes gewesen, hatte er behauptet. Nur eine Pubertätsliebe. Es hatte offenbar gereicht, sich bei einem Wiedersehen so unbeholfen zu benehmen. Jedenfalls durchbohrte sie die Eifersucht wie ein Stich, wenn sie an die große aristokratische Bildhauerin dachte, die offenbar noch immer genügend Macht besaß, Mads' Gemütslage zu beeinflussen.

Mads wirkte vielleicht wie ein robuster Mann. Er sagte nicht viel, aber wenn er etwas von sich gab, konnte man sicher sein, dass er vorher darüber nachgedacht hatte. Seine Äußerungen hatten folglich stets ein gewisses Gewicht. Aber er hatte auch seine schwachen Seiten, und vermutlich war sie deshalb so unruhig. Jane hatte natürlich von seinem Selbstmordversuch gehört. Sie kannte die Geschichte seit Jahren, beinahe ebenso lange, wie sie zusammen waren. Mads wollte nicht darüber reden, und sie hatte durchaus Verständnis dafür.

Jane legte eine Hand auf ihren kleinen runden Bauch. Sechzehnte Woche. Sie wunderte sich einmal mehr darüber, wie stramm und präzise seine Form war. Als würde eine perfekt gerundete Kugel darin liegen. Ein Fußball oder ... Nein, so dick war sie noch nicht. Eher eine kleine Melone. Ja, das passte. Eine elastische, vollreife Cantaloupe-Melone.

Sie war sich sicher, dass niemand vom Produktionsteam oder der Kandidatengruppe Mads je anders als ruhig und ausgeglichen erlebt hatte. Er ging so entspannt wie immer über seine Insel und grüßte freundlich, sobald jemand von den Gästen in Sichtweite kam. Hinter der lächelnden Fassade war jedoch irgendetwas nicht in Ordnung. Jane spürte es deutlich. Er schlief schlecht, war aufbrausend und konnte sich nicht konzentrieren. Nur wenn sie sich liebten, war er ... Oh, nicht doch. Ein plötzliches Verlangen im Unterleib erinnerte Jane daran, dass sie genau daran nicht denken durfte. Konzentrier dich auf den Rücken, die Hände auf die Bettdecke ... Denk an etwas anderes, denk an etwas anderes, denk an etwas anderes ...

Nach dem Selbstmordversuch war Mads eine Zeit lang zu einem Psychologen gegangen. Sein Klassenlehrer in Christianssund hatte dafür gesorgt. Die Eltern waren erleichtert, als sie erfuhren, dass die Krankenkasse die Kosten übernahm. Für derartige Extraausgaben gab es im Budget der Familie einfach keinen Spielraum.

Dann kamen die Jahre, in denen Mads in Europa herumreiste und als Gelegenheitsarbeiter in einer alten Molkerei in Griechenland, auf einer Straußenfarm in der Bretagne und als Olivenpflücker in Italien arbeitete. Eigentlich war es ihm ziemlich egal, wo er sich gerade befand, Hauptsache, es war warm und sonnig. Die Ironie des Schicksals wollte es wohl so, dass er eines Tages bei einem Bauern in Nordnorwegen landete – im kältesten und dunkelsten Winter, den man sich vorstellen konnte. Trotzdem blieb er monatelang, zutiefst fasziniert von den mehreren Hundert Milchschafen, von denen der norwegische Bauer lebte.

Mads war auf einer ganzen Insel voller Schafe aufgewachsen, aber er hatte sie nie als Herausforderung begriffen. Sie kümmerten sich um sich selbst, grasten, ohne dass irgendjemand sie störte. Einmal im Jahr wurden sie geschoren. Er hatte Schafe immer für ziemlich langweilige Geschöpfe gehalten, bis er die Herde des norwegischen Bauern gesehen hatte, die sich zweimal am Tag brav in einer Reihe zum Melken aufstellten. So etwas hatte er noch nicht erlebt, dazu brauchte es Sachverstand, so etwas konnte nicht jeder Bauer. Im Laufe des Winters hatte er sich alles angeeignet, was man über diese langgliedrigen Tiere mit den großen Augen wissen musste, und als er im Frühjahr nach Hause zurückkehrte, war er fest entschlossen, die Produktion von Krogsgaard auf Schafmilch umzustellen.

Sein Vater erklärte ihn für verrückt. »Wen zum Teufel willst du denn dazu bringen, dieses Zeug zu trinken, Junge?«, hatte er gefragt. »Das schmeckt doch widerlich.« Die Mutter hatte nur den Kopf geschüttelt. Sie wollte die Milch gar nicht erst probieren.

Als die Landwirtschaftsschule überstanden war und er die Abschlussprüfung bestanden hatte, begann Mads, auf Krogsgaard Ostfriesische Milchschafe zu züchten. Damals hielt er seine Schafe eher als Hobby und kümmerte sich eigentlich nur an den Wochenenden um sie. Zu diesem Zeitpunkt hatte er noch nicht einmal angefangen, sie zu melken, in dieser Phase ging es ihm vor allem um die Aufzucht, er wollte eine Herde starker, gesunder Tiere mit gutem Blut in den Adern. Sein Geld verdiente er auf dem Festland, wo er einige Jahre als Knecht auf einem großen Hof mit Milchvieh arbeitete. Dort lernte er auch seine erste Frau kennen, die er kurz darauf heiratete. Als seine Eltern ein paar Jahre später ein Reihenhaus in Christianssund kauften und sich pensionieren ließen, zog Mads mit seiner Frau nach Krogsgaard, dort kamen die Zwillinge zur Welt.

Bisweilen passieren Dinge, die niemand vorhersehen kann, die aber einen ungeheuren Einfluss auf einen Nebenerwerb haben. In Mads' Fall wurde der Fetakäse zum Wendepunkt. Der weiße, säuerliche Käse wurde plötzlich modern. Die Feta-Mode begann in den Achtzigern, weitete sich in den Neunzigern aus und explodierte geradezu im neuen Jahrtausend. Und da der beste Feta aus Schaf- und Ziegenmilch produziert wurde, hatte Mads die Nase vorn, als die Nachfrage nach frischer Schafsmilch zu steigen begann. Er kooperierte mit einer ökologischen Molkerei in Christianssund und ließ sich ein spezielles Boot bauen, mit dem er die großen Milchcontainer zum Festland transportieren konnte, Nach und nach wurde aus seiner merkwürdigen Idee ein solides Geschäft.

Doch leider ertrug seine Frau das isolierte Leben auf der Insel nicht. Nach ein paar Jahren packte sie ihre Sachen und zog zusammen mit den Zwillingen nach Christianssund. Jetzt sah Mads seine Kinder nur alle zwei Wochen, wenn sie von Freitag bis Dienstag auf Krogsgaard wohnten.

Jane mochte die Kinder ihres Mannes sehr, aber sie freute sich auch unglaublich auf ihr eigenes. Es muss irgendetwas anderes sein, dachte sie und drehte sich auf die andere Seite, mit dem Hinterteil nach außen, das Gesicht auf Mads' Rücken gerichtet.

Eigentlich grässlich, diese Grübelei, dachte sie. Sie wusste, dass der Vertrag, der die künftige Verpachtung der Seufzerinsel regelte, noch immer nicht unterschrieben war. Sie hatte Mads ein paarmal gefragt, aber er bestritt hartnäckig, es könnte Probleme geben. »Unsere Familie hat seit über hundert Jahren auf Krogsgaard gewohnt, und selbstverständlich bleiben wir noch für weitere hundert hier«, sagte er jedes Mal, wenn sie ihn fragte. Tatsächlich hörte sie die Sorge wie ein Echo hinter seinen Worten.

Sie wünschte, sie könnte ihm diese Sorge abnehmen. Ohne über die Konsequenzen nachzudenken, kuschelte sie sich unter der großen Bettdecke dicht an ihn, drückte die Knie an die Rückseite seiner Schenkel, legte den Arm um seinen nackten Oberkörper und küsste seine Schulter, die weich und hart und warm und kühl zugleich war. Sie roch den Duft von frischem Schweiß, hörte seine leisen Geräusche im Schlaf, spürte eine seiner Pobacken an ihrem Cantaloupe-Bauch. Es war gar nicht beabsichtigt, sie wollte nur ein bisschen zärtlich sein, und plötzlich war es passiert. Die Woge der Lust war diesmal so heftig, dass sie nichts tun konnte, um sie zu dämpfen.

Jane ließ ihre Hand von der Brust über seinen weichen Bauch gleiten, und tiefer in das warme Dunkle, sie spürte, wie die Blutgefäße sich füllten und hart wurden, sie hörte, wie sein Atem sich beschleunigte. Mads murmelte irgendetwas und drehte sich auf den Rücken, er nahm sie im Halbschlaf. Er hielt sie, erwiderte ihre gierigen Küsse und ließ sie ganz allein das Tempo bestimmen. Sie konnte sich drehen und winden, wie sie wollte, sie konnte tun, was die Lust ihr befahl. Er wusste, dass die momentan verzehnfachte Sexfrequenz eher ihren Bedürfnissen als seinen entsprach, doch wenn es sie glücklich machte, ihn als Sexspielzeug zu benutzen, sagte er hin und wieder mit einem Grinsen, sollte sie es gern einfach tun. Er bekäme schon das, was er brauchte. Jane kam in dem Moment, als er in sie glitt. Obwohl sie sich sonst immer so schüchtern und schamhaft verhielt, hatte sie ihre Stimme nicht mehr unter Kontrolle und musste ihrer Leidenschaft lautstark Ausdruck verleihen. In den Wochen der Schwangerschaft war sie geradezu abhängig geworden. Sie jammerte vor Freude, während der Orgasmus sie mit sich trug, und als er abklang, registrierte sie zufrieden, wie unbeschwert sie in den Schlaf sank.

Als Mads sich wenige Augenblicke später zu seiner Frau umdrehte, schlief sie bereits.

25

»O Mann, da haben wir ja was angerichtet.« Dan setzte sich vornübergebeugt auf die Bettkante, die Ellbogen auf die Knie gestützt. »Ein richtiges beschissenes Kuddelmuddel.«

Kirstine lag hinter ihm im Bett. »The story of my life.«

Er drehte sich nicht um. »Meine auch.«

Sie versuchte es mit einem lockeren Tonfall. »Ich weiß auch nicht, warum ich immer wieder bei verheirateten Männern lande, es ist leider so.«

Dan antwortete nicht, er schüttelte nur den Kopf und betrachtete seine Hände.

Kirstine hatte einen Kloß im Hals. Sie kannte die Signale. Gleich würde er ihr einen Gutenachtkuss geben und in sein eigenes Zimmer gehen, morgen würde er höflich lächeln und vorsichtig Abstand halten, als sei sie ein giftiges Tier, das jederzeit aufspringen und ihn beißen konnte. So war es immer. Diesmal war es sogar noch schlimmer. Sie mussten noch viereinhalb Wochen hier zusammen verbringen. Einunddreißig Tage. Einunddreißig Tage, an denen sie gezwungen war, ihn vierzehn Stunden am Tag zu sehen, insgesamt vierhundertvierunddreißig Stunden, davon zwei Drittel in wachem Zustand, stellte sie fest. Wie sollte sie vierhundertvierunddreißig Stunden mit ihm überstehen? Sicherlich war sie eine gute Schauspielerin, aber diese Sache würde alles erfordern, was sie an Können aufzubieten hatte.

Nach der gescheiterten Affäre mit Lorenz Birch hatte sich Kirstine geschworen, so etwas würde nie wieder vorkommen. Sie ertrug es nicht, und sie hatte es zu oft erlebt. In Wahrheit begriff sie es nicht. Sie wusste, dass sie attraktiv, intelligent, ungewöhnlich hübsch und leidenschaftlich war. Außerdem war sie außerordentlich anspruchsvoll bei ihren Sexualpartnern, sie ging nie mit jemandem ins Bett, für den sie nichts empfand. Leider hatte sich jedoch schon mehrfach herausgestellt, dass der Erwählte bereits verheiratet war. Oft genug hatte sie dann rechtzeitig aufgehört, bei anderen Gelegenheiten leider nicht. Und hatte sie sich erst einmal verliebt, war es schwer aufzuhören. Jedes Mal hatte sie gedacht, jetzt sei sie da, die große alles überwindende Liebe ... Doch es passierte immer wieder. Wieso? Sollte sie nie erleben, wie es ist, die Einzige im Leben eines anderen Menschen zu sein? Musste sie ihre Männer immer mit anderen Frauen teilen? Immer die Zweitbeste sein?

Genau das, war ihr hier wieder passiert. Sie wusste es gleich in dem Moment, als sie zum ersten Mal in Dans dunkelblaue Augen sah. Schon wenige Stunden, nachdem sie sich kennengelernt hatten, musste sie sich eingestehen, dass die Sehnsucht nach Lorenz Birch endlich nachließ. Monatelang hatte sie sich damit gequält. Es war, als würde sie nach einem langen Tauchgang plötzlich wieder an die Oberfläche finden. Sie konnte wieder hören, sie konnte wieder sehen, sie konnte ihre Lungen mit Sauerstoff füllen. Lorenz bildete nicht mehr das Zentrum ihrer Wahrnehmung. Er war höchstens ein kleiner, blinkender Punkt ganz außen an der Peripherie. Piep, piep, piep. Das Signal wurde mit jeder Stunde schwächer.

Als sie am ersten Abend in den Kandidatenflügel eingeschlossen wurden, hatte Kirstine Dan heimlich beobachtet. Sie hatte die Unruhe unter seiner freundlichen Fassade gespürt, sie hatte gesehen, wie sehr er sich anstrengte, in der ziemlich betrunkenen Gesellschaft präsent zu sein, obwohl er sich am liebsten zurückgezogen hätte. Gleichzeitig war ihr bewusst geworden, dass ihre immer stärker werdenden Gefühle erwidert wurden. Dan hatte nichts gesagt oder getan, und doch hatte sie das Gefühl, einen Schlag in die Magengrube zu erhalten, wenn ihre Blicke sich trafen. Und sie wusste, dass er wusste, dass sie sich wünschte, er würde …

Jetzt wusste Kirstine allerdings nicht mehr so recht, wie es dazu gekommen war. Sie hatten nichts verabredet, waren nur wie an den letzten Abenden auch gemeinsam nach oben gegangen … und dann in ihrem Bett gelandet. Dan hatte, sobald sie außerhalb der Reichweite der Kamera waren, nur eine Hand nach ihr ausgestreckt und war ihr, ohne einen Ton zu sagen, in ihr Zimmer gefolgt, sie schlossen die Tür hinter sich und schalteten die tragbaren Mikrofone ab. Und nun lag sie hier. Und Dan saß dort, einen halben Meter entfernt und litt unter dem ewigen Joch des verheirateten, zwischen zwei Fixpunkten gefangenen Mannes – der Frau daheim und der Frau im Bett neben ihm.

Sie versuchte, den großen unangenehmen Kloß zu schlucken, der mit einem Mal ihren Hals blockierte. Sie wollte nicht weinen. Nicht jetzt. Sie wusste, nichts würde einen Mann schneller in die

Flucht schlagen als Tränen, und sie war nicht bereit, ihn gleich wieder gehen zu lassen. Sie wollte wenigstens das Recht haben, ihn zu genießen, solange sie konnte.

Sie ließ den Blick über Dan wandern, der nackt und reglos auf der Bettkante saß. Möglicherweise war er ein Gefühlschaot, seinem Äußeren sah man das allerdings nicht an, stellte Kirstine noch einmal fest. Schöne Proportionen, die Muskeln weder zu groß noch zu klein. Eine einzelne Falte hatte sich durch seine zusammengekrümmte Stellung in dem scharfen Winkel zwischen Bauch und Oberschenkeln gebildet, aber das war durchaus okay bei einem Mann Mitte vierzig. Es störte sie nicht. Tatsächlich musste sie sich gewaltig beherrschen, um die Hand nicht nach ihm auszustrecken und ihn wieder ins Bett zu ziehen. Sie nahm sich zusammen und beließ es bei ihrem Blick. Kleine hellbraune Stoppeln wuchsen auf seiner glatt rasierten Glatze und bildeten eine feine, flaumige Lage auf der braun gebrannten Haut. Wie bei einem Pfirsich. Aber so etwas durfte man nicht sagen. Jetzt hob er die linke Hand, führte sie zur Wange und ließ die Spitze seines Zeigefingers die lange Narbe abfahren. Langsam abwärts, dann wieder hinauf und langsam wieder hinunter, in einem hypnotischen Rhythmus, der ihn möglicherweise selbst beruhigte. Sie war zu Tode erschrocken über diese Geste.

Sie setzte sich auf und rutschte neben ihn auf die Bettkante. Hüfte an Hüfte. Sie legte den Arm um ihn, spürte, wie ihre Brust sich gegen seinen Oberarm drückte, legte ihre Wange an seine Schulter. So blieben sie wortlos sitzen, während der Regen fiel und die ersten schwachen Lichtschimmer sich am Himmel zeigten. Nach einiger Zeit spürte sie, dass er fror. Sie griff hinter sich nach der Bettdecke, legte sie wie ein Zelt um sie beide und blieb weiterhin still neben ihm sitzen.

Dan wandte ihr den Kopf zu und legte die Wange an ihre Stirn. »Weißt du eigentlich, wie einzigartig du bist?«

»Was meinst du?« Sie hoffte, dass ihre Stimme entspannt klang.

Er legte eine Hand auf ihre Wange und küsste sie langsam und sorgfältig, als versuchte er, sich an das Erlebnis zu erinnern, um es gleichsam für einen späteren Gebrauch einzulagern. Dann antwortete er: »Es ist absolut einzigartig, dass du mich in Ruhe hast sitzen lassen. Dass du gesehen hast, wie nötig das war ... Dass du nicht daliegst und drauflosplapperst und so tust, als sei alles in bester Ordnung.«

Schöne Einleitung, dachte Kirstine. Und jetzt kommt's: *Es war wunderschön ... muss an die Familie denken ... bin nicht bereit ... liebe meine Frau ... du verstehst bestimmt, dass ich ... wahnsinnig anziehend ... einfach schlechtes Timing ... muss sehen, dass ich etwas Schlaf ... froh, dass wir uns einig sind ... Gute Nacht und danke ...*

Sie stand auf. »Besser, du gehst jetzt.«

Dan runzelte die Stirn, zog die Bettdecke um sich, als brauchte er plötzlich einen Panzer. »Was meinst du?«

»Geh jetzt. Ich will nicht darauf warten müssen, bis du einen Abschiedsspruch formuliert hast, der deinem professionellen Standard entspricht.«

»Kirstine, sag mal ...« Dan traf keine Anstalten, aufzustehen. »Hör jetzt auf damit.« Er streckte die Hand nach ihr aus, sie trat einen Schritt zurück, damit er sie nicht erreichen konnte.

»Geh jetzt«, wiederholte sie. »Wir können es ebenso gut sofort hinter uns bringen.«

»Was zum Teufel habe ich dir bloß getan?«, fragte er und stand auf, noch immer in die Bettdecke gehüllt. »Kann man dir kein Kompliment machen, ohne ...«

Dans Redestrom brach beim Anblick von Kirstines Tränen ab.

Aber er floh nicht. Er breitete die Arme aus und trat auf sie zu. Bevor sie protestieren konnte, hatte er die Arme samt Bettdecke um sie gelegt, und mit einem Schlag war das jämmerliche Gefühl verschwunden. Das kühle Schlafzimmer verwandelte sich in eine warme Höhle, das blasse Morgenlicht wurde zur geborgenen Dunkelheit, und der Kloß im Hals löste sich, als sie sich küssten und ihre Hände ihn wie von selbst umfassten und seine warme, glatte Haut spürten.

Lange standen sie so da, eingewoben in den warmen Kokon, und küssten sich, bis sie wieder ins Bett gingen. Der letzte Gedanke, den Kirstine hatte, bevor Dan unter die Bettdecke tauchte und ihre bewussten Gedanken vertrieb, war, dass sie aufpassen musste, nicht ungerecht zu sein. Vielleicht war er ja eine Ausnahme.

Es war fast fünf, als Dan wieder auf der Bettkante saß. Er zog die Hose an und steckte die Arme in die Hemdsärmel, ohne das Hemd zuzuknöpfen.

Er weckte sie mit einem sanften Griff an der Schulter. »Kirstine?« Ein sanftes Rütteln. »Kirstine? Ich gehe jetzt in mein Zimmer«, sagte er, beugte sich über das Bett und küsste sie auf die Stirn, direkt über dem rechten Auge.

»Hmm.« Sie zog die Decke an sich und lächelte, ohne die Augen zu öffnen. Sie glich einer Katze, die sich satt und zufrieden zusammengerollt hatte, die Schwanzspitze an der Schnauze. »Schlaf schön«, murmelte sie.

Widerstrebend verließ Dan das Zimmer. Er blieb einen Augenblick auf dem Flur stehen und lauschte der Stille des leeren Kandidatenflügels, bevor er die Tür seines eigenen Zimmers öffnete und hineinging.

Er trat in die Pfütze, bevor ihm klar wurde, dass etwas nicht in Ordnung war. Die Balkontür hatte die ganze Nacht über offen gestanden und der Regen einen kleinen See auf dem frisch lackierten Holzboden hinterlassen. Mist, dachte Dan, watete durch das Wasser in sein Badezimmer und holte ein Handtuch, um aufzuwischen. Er wollte um diese Uhrzeit nicht hinunter in die Küche gehen. Allein der Gedanke, dass Rasmus die Aufzeichnung seines dämlichen Vollidioten von Vater sehen könnte, wie er halb bekleidet um fünf Uhr morgens direkt aus dem Bett einer fremden Frau kam ... Nein, er wollte keinesfalls den Bereich betreten, in dem Kameras ihn einfangen konnten. Er hatte es überhaupt nicht eilig, sein sündiges Antlitz Gott und den Menschen zu präsentieren. Diesmal musste das Handtuch die Aufgabe eines Wischlappens übernehmen.

Als er die Pfütze beseitigt hatte, wrang Dan das Handtuch an der Balkontür aus und hängte es zum Trocknen über das weiß lackierte Geländer. Er blieb einen Moment stehen und blickte über die Wiese, auf der die Schafe längst erwacht waren und frühstückten. Über die ganze Wiese zogen sich ihre Spuren durch das nasse Gras. Die Holunderbüsche waren schwer von halb reifen Beeren; alles wirkte frisch und geschmeidig nach den kräftigen Regenschauern der letzten Nacht. Dan legte die Ellbogen aufs Geländer und lehnte sich etwas weiter hinaus. Kamilles Balkontür im Zimmer rechts von ihm stand einen Spalt offen. Auch sie mag frische Luft, wenn sie schläft, dachte Dan. Oder sie machte Herrenbesuche. Plötzlich zeigte sich ein breites Grinsen auf seinem Gesicht. Der Gedanke, dass Kamille Kristian oder Tim einen pikanten Besuch abstattete, war schlichtweg absurd. Dan sah die Etage mit den Schlafzimmern vor sich, von oben sah es aus wie die Reise nach Jerusalem: Tim vögelte Jackie, Kamille war zu Besuch bei Kristian, Gitte versuchte,

Gunnar von den Vorzügen der Heterosexualität zu überzeugen, und er ...

Verfluchter Mist. Das Grinsen verschwand ebenso schnell, wie es gekommen war. Mit einem Schlag war es überhaupt nicht mehr komisch. Wie oft hatte er sich versprochen, so etwas nie wieder zu tun? Wie oft hatte er geschworen, niemals, nie wieder fremdzugehen, wenn die höheren Mächte nur dafür sorgten, dass Marianne nichts von den Affären erfuhr, die er früher gehabt hatte.

Dan ging ins Badezimmer und sah sich in die Augen. Ja, da war ein Schuldgefühl. Und ja, da war auch Reue. Gar nicht zu reden von ganz normaler Müdigkeit nach einer Nacht mit nur knapp einer Stunde Schlaf. Aber wenn er genau hinsah, konnte er auch etwas erkennen, was vor ein paar Stunden noch nicht da gewesen war. Ein Hauch von ... Glück? War es wirklich so banal? Er hob seine Hände, hielt sie wie eine tiefe Schale vor die Nase, schnüffelte, roch ihren Duft. Er konnte sie schmecken, wenn er sich den Mund leckte. Er konnte ihr Gesicht sehen und ihre Haut spüren, wenn er die Augen schloss.

Als er mit seinen nach Kirstine duftenden Händen vor dem Gesicht im Badezimmer stand, verbannte er die Gedanken an Marianne, die Kinder, die Gørtlergade und seine teuren Treueversprechen vorläufig in eine ferne Ecke seines Bewusstseins. Er konnte jetzt nicht über die Komplikationen nachdenken. Jetzt wollte er lediglich sein heimliches Verliebtsein genießen – so gut, wie man so etwas in einem Haus genießen konnte, das mit Kameras und Mikrofonen gespickt war. Und in dem der eigene Sohn den Aufpasser spielte.

Dan drehte das Wasser auf, warf seine Sachen auf den Boden und trat unter die Dusche. Er blieb ruhig darunter stehen, das Gesicht den brühend heißen Strahlen zugewandt. Das Wasser entfernte die physischen Spuren seiner ersten Nacht mit Kirstine. Bei den psychischen war er nicht sicher, ob er sie wirklich loswerden wollte. Jedenfalls nicht sofort.

26

Gunnar Forsell erwachte, bevor der Wecker klingelte. Es vergingen ein paar Sekunden, bevor ihm klar wurde, woher dieses angespannte Gefühl in seinem ganzen Körper kam. Heute sollte er zum Mörder werden. Er sollte Kamille Schwerin töten. Als ob die arme Frau nicht schon genug hatte durchmachen müssen, wenn es um Mord und Mordversuche ging.

Seine Reaktion am gestrigen Abend, als er es unangenehm fand und die Rolle des Täters am liebsten nicht übernehmen wollte, war keineswegs gespielt. Gunnar war ein durch und durch freundlicher Mensch. Er verabscheute Gewalt und verstand auch die Faszination der Leute an Kriminalität nicht. Nie im Leben wäre er auf die Idee gekommen, einen Krimi zu lesen oder sich einen Thriller anzusehen. Seine Teilnahme an ausgerechnet dieser Realityshow war im Grunde absurd.

Auf der anderen Seite fühlte er sich durchaus geschmeichelt, derjenige gewesen zu sein, der die wenigsten Stimmen bekommen hatte. Damit war er der populärste Kandidat der Show. Eigentlich wusste er nicht recht, warum, denn er selbst war eher der Ansicht, dass es langweilig sein musste, ihm zuzusehen, wie er den lieben langen Tag an der Nähmaschine saß. Aber Gunnar gehörte nicht zu den Leuten, die einem geschenkten Gaul ins Maul schauten. Wenn die Zuschauer ihn für sympathisch hielten, war das herrlich.

Gleichzeitig würde er durch die Rolle des Mörders enorm bekannt werden. Und Bekanntheit war genau das, was er im Augenblick am allermeisten brauchte. Gut möglich, dass Gunnar Forsell auf dem Weg war, ein großer Name in der dänischen Modewelt zu werden. Die Worte »auf dem Weg« musste er sich dabei dick und fett unterstreichen. Das Ziel war noch längst nicht erreicht.

Als eine der Hauptpersonen der meistdiskutierten Realityshow der Saison würde er jedoch im Mittelpunkt der Medienaufmerksamkeit stehen. Es würden Reportagen in den Boulevardzeitungen und Interviews in den großen Wochenblättern erscheinen, Angebote von den Modemagazinen folgen. Und Gunnar würde alles mitmachen, egal, worum es ging, getreu der Devise »Hauptsache, es wird über mich geredet«. Was er als Gratisspaltenplatz bekam, war gespartes Marketingbudget, und man musste schon ein kompletter Idiot sein, derartige Einsparungen nicht mit Kusshand anzunehmen.

Es gab also durchaus gute Gründe, warum Gunnar sehr rasch aufhörte zu protestieren. Stattdessen spielte er Lillys Mordkomplott ein letztes Mal im Geiste durch, bevor er aufstand und ins Bad ging. Er sollte sein Opfer von den anderen weglocken, indem er irgendetwas über die Idee zu einem Ballkleid murmelte. Biss sie nicht an, musste er die unfeine Karte spielen und Kamille erklären, ihre Urteilskraft in einem moralischen Dilemma sei gefragt. Dabei sollte er einen vielsagenden Blick auf Dan und Kirstine werfen und Kamille bitten, ihn in der Bibliothek zu treffen. Die eigentliche Mordwaffe war einer der Billardqueues. Er durfte selbst entscheiden, hatte Lilly gesagt, ob er Kamille durch einen Schlag mit dem schweren Ende des Queues umbringen wollte oder ob er es vorzog, sein Opfer zu erwürgen, indem er ihr den Queue in waagerechter Position an die Gurgel presste. Nicht, dass er es tatsächlich tun sollte. Nur musste alles entsprechend angeordnet werden. Er sollte irgendetwas sagen wie: »Peng, du bist tot!« – dann hätte er die Leiche in der richtigen Position zu arrangieren. Danach sollte Gunnar sich vom Tatort davonschleichen, sich unter die anderen Mitspieler mischen und darauf warten, bis Kamille gefunden würde.

Inzwischen verstand er, warum ausgerechnet er den Mörder spielen sollte. Natürlich war es vorteilhaft, dass seine niedrige Stimmzahl ihm die weitere Anwesenheit im Haus sicherte, aber auch intern war seine Beliebtheit nicht zu unterschätzen. Es würde lange dauern, bis einer der anderen den netten kleinen Gunnar verdächtigte. Für die Männer war er bloß die leicht pathetische Figur mit der Nähmaschine, für die Frauen ein geliebtes Maskottchen. Niemand ging davon aus, dass er auch nur einer Fliege etwas zuleide tun könne. Sie würden bald alle herausfinden, wie sehr sie ihre Voreingenommenheit in die Irre geführt hatte.

»Gibt's noch Erdnussbutter?« Jackie öffnete einen Oberschrank nach dem anderen und schlug die Türen ebenso schnell wieder zu.

»Oh, Jackie! Mein Kopf! Hör bitte auf, die Schranktüren so zuzuknallen.« Gitte hatte eine unruhige Nacht gehabt, sie hatte aufstehen und sich einen Cognac genehmigen müssen. Nun bezahlte sie den Preis dafür.

»Sorry.« Jackie suchte weiter, ließ die Schranktüren jetzt aber weit offen stehen.

Gitte und Dan wechselten einen vielsagenden Blick. Er schüttelte schmunzelnd den Kopf. Lass doch das Kind. Sie zuckte die Achseln. Tja.

»Hast du in der Pappkiste nachgesehen, Jackie?«, fragte Dan. »Ich glaube, da gibt es Lebensmittel, die wir noch nicht ausgepackt haben.«

Jackie reckte ihren niedlichen Hintern in die Luft, als sie die große Kiste durchwühlte. »Yes!«, rief sie triumphierend und hielt ein Glas in die Luft. »Treffer!«

Wieder schüttelte Dan den Kopf. »Ich begreife nicht, wie du morgens Erdnussbutter essen kannst. Dieses klebrige Gefühl am Gaumen …« Er schnitt eine Grimasse, als könnte er seine Zunge nicht mehr bewegen.

»Hör bitte sofort auf«, sagte Gitte. »Mir wird übel.« Sie fischte ein Pillendöschen aus der Handtasche, schüttelte einige weiße und eine rosafarbene Tabletten auf ihre Handfläche, schluckte sie und spülte mit Orangensaft nach.

»Wogegen waren die noch mal?« Jackie schmierte sich eine dicke Schicht Erdnussbutter auf eine Scheibe Toast. »Du nimmst ständig Tabletten, Gitte.«

»Kopfschmerzen.«

»Warst du wieder im Nachtklub, Tantchen Gitte?« Jackie kicherte.

»Warte nur, bis du in mein Alter kommst«, erwiderte Gitte. »Ständig tut es irgendwo weh. Mal ist es der Rücken, dann der Kopf, oder es ist irgendetwas mit den Knien.«

»Guten Morgen!« Gunnar kam die Treppe hinunter und hielt direkt auf die Kaffeemaschine zu. Er sah heute besonders frisch und ausgeruht aus. Ihm folgte Kirstine. Ihr schulterlanges Haar war nass und hatte zwei ovale feuchte Flecken auf ihrem hellblauen T-Shirt hinterlassen. Sie setzte sich Gitte gegenüber.

»Guten Morgen«, antwortete Jackie und blickte auf, während sie ihr Messer beiseitelegte. »Du siehst aus, als hättest du kein Auge zugetan, Kis«, stellte sie fest. Dann klappte sie ihr Brot zusammen und biss ein riesiges Stück ab.

»Oh, danke«, sagte Kirstine und goss sich ein Glas Saft ein. »Jetzt fühle ich mich gleich ganz besonders attraktiv. Du weißt offenbar genau, was man einer anderen Frau morgens sagen muss, mein Schatz.« Sie kniff die Augen zusammen. »Du hast recht. Viel geschlafen habe ich nicht.«

»Ah ja«, mischte Dan sich ein. »Und warum nicht, wenn man fragen darf?«

»Ich bin mitten in einem guten Buch, das ich nicht aus der Hand legen wollte.« Sie nahm die gefüllte Kaffeetasse entgegen, die Gunnar ihr reichte.

»Witzig!«, sagte Dan. »Ich habe auch gelesen, bis es hell wurde.«

»Ich habe auch nicht sehr viel geschlafen«, erklärte Gitte.

»Möchtest du etwas Toast, Kis?« Gunnar hielt den Brotkorb hoch. »Ich kann dir ein paar Scheiben rösten.«

»Danke, Schatz.« Kirstine trank einen Schluck Kaffee und verzog das Gesicht, als sie sich die Zunge verbrannte. »Au, verflucht.« Sie pustete in den Kaffee. »Ich glaube, ich frühstücke auf der Terrasse. Irgendwie brauche ich heute eine Frühstückszigarette.«

»Das kommt vom vielen Lesen«, sagte Dan und griff nach der Cornflakespackung.

Kirstine lächelte.

»Wo sind die anderen?«, erkundigte sich Gunnar.

Gitte lachte. »Na, rate mal, wo Tim und Kristian sind.«

»Ah ja. Und Kamille?«

»Das Vergnügen hatten wir heute noch nicht.«

Plötzlich schnarrte das interne Lautsprechersystem:

»Kirstine Nyland!« Es war Mahmouds Stimme.

Sie hatte die Kaffeetasse halb zum Mund gehoben, hielt in der Bewegung inne. »Ja?«

»Hast du nicht etwas vergessen?«

Einen Moment drückte ihr Gesichtsausdruck Ratlosigkeit aus. Dann setzte sie die Tasse mit einem Ruck ab, dass der Kaffee überschwappte. »Um Himmels willen! Mein Mikrofon! Entschuldigung!«

»Sieh zu, dass du es holst.«

Kirstine streckte der Kamera die Zunge heraus und lief die Treppe hinauf.

»Kannst du bei Kamille mal an die Tür klopfen, wenn du dein Mikro geholt hast?«, rief Jackie ihr nach. »Wir haben keinen Bock auf irgendwelche blöden Kollektivstrafen, nur weil sie nicht aus den Federn kommt.«

»Ja, sicher!«, rief Kirstine zurück, die bereits fast oben war.

»Also, ich bin gespannt, wer heute ermordet wird«, sagte Dan und goss Milch über seine Cornflakes.

»Oh, ich werde mich nie daran gewöhnen, so zu reden«, erklärte Jackie.

»Nein, ich finde auch, dass es nicht schön klingt«, gab Gitte ihr recht. »Ob wir mit der Zeit wohl brutaler werden?«

»Wen würdet ihr am liebsten herausschmeißen?« Dan beugte sich über den Tisch und sprach leiser. »Tim oder Kamille?«

Gitte und Jackie sahen sich an und lachten.

»Tim«, sagte Gunnar. »Ganz klar. Und das sage ich nur wegen ihm. Der Mann ist hier drin vollkommen fehl am Platze. Er hasst jede Sekunde.«

»Hm.« Dan fing an, seine Cornflakes zu essen.

Kirstine kam die Treppe hinuntergelaufen. »Sie ist nicht da!«

»Mm?« Dan hatte noch immer den Mund voll.

»Nein.« Kirstine blieb neben dem Tisch stehen. »Auch nicht in ihrem Badezimmer.«

»Warte mal.« Dan aß seine Cornflakes in Rekordzeit auf und stand auf. »Vielleicht ist sie irgendwo hier unten. Wir sehen uns erst einmal um, bevor wir übereilte Schlüsse ziehen.«

»Am besten gehen wir zu zweit«, schlug Gitte vor. »Vielleicht ist Kamille ja die Mörderin. Vielleicht ist das nur ein Trick.«

»Gut mitgedacht.« Dan stellte seine Schale in die Spülmaschine. »Geh du zusammen mit Kirstine, Gitte. Gunnar kommt mit mir.«

»Und was mache ich?«, sage Jackie. »Ich kann hier doch nicht ganz allein bleiben. Wenn sie nun zurückkommt und …«

»Du gehst mit uns«, unterbrach sie Gunnar. »Ich werde schon auf dich aufpassen.«

27

Sie hatten das gesamte Erdgeschoss abgesucht. Hinter den Büschen im Garten, unter den Möbeln im großen Aufenthaltsraum, in den hohen Küchenschränken, in der Garderobe, im Fitnessraum, wo die beiden schweißtriefenden und ziemlich verblüfften Männer erklärten, sie hätten Kamille heute noch nicht gesehen, im Spa-Pool und auf den Toiletten. Sie war nicht da.

Dan ging in den Vernehmungsraum und klingelte. Nach einigen langen Minuten wurde er hereingelassen.

»Wisst ihr, wo Kamille ist?«, fragte er, als er Platz genommen hatte. Er fand es immer noch ziemlich dämlich, sich mit seinem eigenen Spiegelbild zu unterhalten.

»Nein«, antwortete Mahmoud. »Ist Kirstine sich ganz sicher, dass sie sich nicht in ihrem Zimmer aufhält?« Er war außer Atem.

»Vollkommen.«

»Das ist ziemlich eigenartig.«

»Seid ihr sicher, dass sie nicht einfach zur Tür rausgegangen ist?«, wollte Dan wissen.

»Absolut.«

Dan blickte den Spiegel skeptisch an. »Habt ihr Kameras an den Außenwänden des Hauses?«

»Nein, aber die Eingangstür ist elektronisch gesichert, man sieht es, wenn sie geöffnet wird. Wir hätten es ganz sicher bemerkt.«

»Kamille vermisst ihren Mann sehr. Vielleicht ist sie ...«

»Das ist uns bewusst. Trotzdem glaube ich kaum, dass sie unbemerkt herauskommen konnte.«

»Ist sie vielleicht aus dem Fenster gesprungen?«

»Erstens springt man nicht freiwillig aus dem ersten Stock – nicht bei der Höhe. Und zweitens liegt Kamilles Zimmer direkt über dem Garten, also selbst wenn es ihr gelungen ist herunterzuspringen, wäre sie von dort aus nicht weitergekommen.«

»Der Zaun um den Garten ist doch nicht sonderlich hoch.«

»Der ganze Zaun ist mit Sensoren bestückt, Dan. Wir wüssten es, wenn jemand darübergeklettert wäre.«

»Vielleicht ist sie durch eins der anderen Zimmer gegangen, ein Zimmer, das nicht zum Garten führt. Nur die Balkone von Kamille und Gunnar liegen direkt über der Terrasse, oder?«

»Ja, aber ... Würde man nicht aufwachen, wenn ein Mensch durchs Schlafzimmer läuft? Könnte sie durch deins gegangen sein, ohne dass du es bemerkt hättest?«

Ja, sicher, könnte sie, dachte Dan – aus dem einfachen Grund, weil ich nicht da gewesen bin. Aber das musste er Mahmoud ja nicht unbedingt auf die Nase binden. Er bereute, dieses Thema angeschnitten zu haben. »Wahrscheinlich nicht«, sagte er laut.

»Abgesehen davon schließen die Leute ihre Türen doch vermutlich ab?«

»Das glaube ich nicht. Aber wir werden es untersuchen.«

Dan starrte einen Moment vor sich hin. Es irritierte ihn, dass

Mahmoud hinter dem Spiegelglas saß und er ihn nicht sehen konnte. »Ist Kamille die Mörderin?«, fragte er.

Mahmoud lachte. »Soweit ich weiß, ist noch niemand tot. Von einem Mörder kann also noch keine Rede sein.«

»Du weißt, was ich meine.«

»Ja.«

»Also, ist sie es?«

»Das werde ich dir nicht erzählen.«

»Dann ist sie das erste Opfer? Ist das hier alles ein Trick, den ihr mit uns veranstaltet?«

»Wir veranstalten keine Tricks, Dan. Ich bin ebenso ratlos wie du.«

Dan beugte sich vor und stützte die Hände auf die Armlehnen. »Soll ich den ersten Stock durchsuchen?«

»Ja, vielleicht ist das die letzte Chance, sie zu finden. Mach das, Dan. Wir schicken einen Kameramann.«

»Okay.« Dan verließ den Vernehmungsraum.

Ein paar Minuten später stand der Kameramann Lasse am Fuß der Treppe. Dan hatte die anderen Kandidaten informiert, was nun passieren sollte; von denjenigen, die ihre Türen abgeschlossen hatten, hatte er sich die Schlüssel geben lassen. Es handelte sich lediglich um Tim, Gitte und Kirstine.

»Wollt ihr mitkommen und kontrollieren, dass ich nicht in euren Sachen schnüffele?«

Kirstine lachte. »Ich habe nichts zu verbergen. Sieh dich ruhig um.«

Tim murmelte irgendetwas und verschwand wieder im Fitnessraum.

Lasse hatte eine der tragbaren Kameras mit eingebautem Mikrofon mitgebracht, sodass Dan sein Mikro abschalten konnte.

Sie begannen auf der Südseite, wo die vier Zimmer von Dan, Kamille, Gunnar und Tim lagen. Von den beiden mittleren Zimmern blickte man direkt in den kleinen Garten, von den beiden anderen auf die umliegenden Graswiesen.

Dan begann mit seinem eigenen Zimmer. Schaute in den Kleiderschrank, blickte hinter den Duschvorhang. Er sah direkt in die Kamera und hob die Schultern.

Kamilles Zimmer war ebenso leer. Ihre Balkontür stand ein paar Zentimeter offen, aber der Boden war trocken. Der untere Teil des Türrahmens ebenfalls. Kamille hatte die Balkontür erst geöffnet, nachdem es aufgehört hatte zu regnen. Da war sie also noch im Zimmer gewesen. Wann hatte es aufgehört zu regnen? Gegen drei? Dan wollte es ausrechnen, doch der bloße Gedanke daran, was er und Kirstine zu diesem Zeitpunkt getan hatten, ließ sein Blut zirkulieren. Er stand abrupt auf, um sich nicht allzu sehr in diesem etwas zu stimulierenden Gedankengang zu verlieren.

»Tja, hier ist sie jedenfalls auch nicht«, sagte er in die Kamera. »Gehen wir weiter.«

Dasselbe magere Resultat in Gunnars Zimmer, das im Übrigen erstaunlich unordentlich war. Der ordentliche, pingelige Mann, der sich nur glatt rasiert und stets mit frisch gebügeltem Hemd zeigte, war privat offenbar eine gewaltige Schlampe. Seine schmutzige Wäsche hatte er in eine Ecke geworfen, auf allen Tischen standen halb leere Gläser, und das Badezimmer war nach nur wenigen Tagen regelrecht verdreckt. Damit hatte Dan nicht gerechnet. Er und Lasse sahen sich an, sagten aber nichts.

Fast hätten sie Tims Zimmer übersprungen. Da Kiilberg es Tag und Nacht abschloss, war es mehr als unwahrscheinlich, dass sie durch dieses Zimmer verschwunden sein könnte. Aber Dan wollte keine Möglichkeit unversucht lassen. Er schritt einmal rasch durch das ordentlich aufgeräumte Zimmer. Keine Kamille. Natürlich nicht.

Sie hatten die nach Norden ausgerichteten Zimmer erreicht, von denen man auf den Badesteg und die große Blutbuche sehen konnte. Sie wurden von Kristian, Kirstine, Gitte und Jackie bewohnt. Da Dan und Lasse vor der Tür von Tims Zimmer am westlichen Ende des Flurs standen, begannen sie mit Jackies Zimmer auf der gegenüberliegenden Seite des Flurs.

Es sah ebenso unaufgeräumt aus wie bei Gunnar, aber es war eine andere Art von Unordnung. Jede Fläche des Raums war übersät mit Make-up, Frisierzeug und Klatschblättern. Der Boden und eine Hälfte des Bettes lagen voller Klamotten – saubere und schmutzige durcheinander, soweit Dan es beurteilen konnte. Vorsichtig bahnten sie sich einen Weg bis zum Badezimmer, überprüften, ob es ebenfalls leer war, und verließen das Zimmer. »Teenager«, sagte Dan in die Kamera. »Kennen Sie das?«

In Gittes Zimmer wurden sie von einer imponierenden Menge an Medikamenten empfangen, die auf dem Nachttisch und im Einbauschrank des Badezimmers standen. Auf dem Boden, neben dem einzigen Sessel des Zimmers, standen zwei leere und eine halb volle Cognacflasche. Ein benutztes Ballonglas hatte Gitte auf dem Nachttisch stehen lassen. Ein sauberes stand auf dem Schreibtisch.

Kirstines Zimmer ... Dan schloss auf, stellte sich mitten in den Raum und drehte sich langsam. Hier hatte er sich gestern Nacht fünf, sechs Stunden aufgehalten und überhaupt nicht bemerkt, wie es hier aussah. Abgesehen von dem Schminktisch mit Hautpflegeprodukten und Abschminkwatte war alles aufgeräumt und ordentlich. Auf dem Fensterbrett vor dem offenen Fenster stand ein Aschenbecher. Kirstine hatte ihn ausgeleert, es war nur ein wenig hellgraue Asche auf den Boden gerieselt. Das Bett war gemacht, alle Spuren der nächtlichen Ereignisse beseitigt. Fast sah es so aus, als wäre er nie hier gewesen.

»Willst du nicht den Kleiderschrank überprüfen wie in den anderen Zimmern?«, erkundigte sich Lasse.

»Ja, ja. Ich war nur einen Moment in Gedanken.« Natürlich fanden sie nichts. Auf dem Nachttisch lag die aufgeklappte englische Taschenbuchausgabe eines populären Chicklit-Romans mit dem Cover nach oben. Dan hasste es normalerweise, wenn jemand Bücher auf diese Weise misshandelte, aber plötzlich hielt er es für einen charmanten Charakterzug, der ihm suggerierte, die Besitzerin des Buches würde eher Wert auf das legen, was drin stand, und nicht darauf, wie es nach der Lektüre aussah. Ach ja. Er wandte sich an Lasse.

»Bist du okay, Dan? Du wirkst so abwesend.«

»Entschuldigung. Ich bin nur müde. Schlecht geschlafen. Lass uns im Badezimmer nachsehen.«

Sie überprüften den Rest des Zimmers in Rekordzeit, dann kontrollierten sie ebenso schnell Kristians Schlafzimmer, in dem moderate Unordnung herrschte.

»Hier ist sie also nicht«, sagte Dan in die Kamera. »Kamille Schwerin ist nicht mehr im Kandidatenflügel, weder im Parterre noch in der ersten Etage. Gehen wir zurück zum Vernehmungsraum und finden heraus, was wir jetzt tun werden.«

Wieder im Sessel vor der Spiegelwand fragte Dan: »Darf ich mit Lasse einmal ums Haus gehen? Ich möchte gern überprüfen, ob es Spuren einer Leiter unter einem der Fenster gibt.«

»Das widerspricht dem Konzept des Programms«, ertönte Mahmouds Stimme. »Alles soll hier drinnen vor sich gehen.«

»Aber hier ist sie doch nicht. Wir müssen hinaus, wenn wir sie finden wollen.« Dan beugte sich vor. »Begreifst du nicht, dass das saugutes Fernsehen ist, wenn wir mit der Handkamera und dem ganzen Mist nach ihr suchen? Das reinste *Blair Witch Project*.«

Nach einer Pause erklärte Mahmoud: »Okay. Mach es. Wir müssen sowieso improvisieren.«

»Hast du keine Angst, dass ihr etwas zugestoßen sein könnte?«

»Was sollte ihr denn zugestoßen sein? Dieses Weib ist vollkommen hysterisch. Ihr ging es beschissen, weil sie mit keinem von euch klarkommt, und jetzt ist sie abgehauen ... Das ist Vertragsbruch. Ich denke, ich sollte sofort mit ihrem Mann reden.«

»Halt, warte mit dem Anruf, bis wir ein bisschen mehr wissen.«

»Ich muss nicht anrufen. Lorenz Birch ist hier.«

»Er ist wo?«

»Ich sage doch, er ist hier. Hier auf der Seufzerinsel. Im Augenblick frühstückt er im Speisesaal, hundert Meter von uns entfernt.«

»Und er weiß nichts?«

»Nein.«

»Warum um alles in der Welt ist er hier?«

»Nach der Sendung gestern Abend hat er sich Sorgen gemacht. Er hat gesehen, wie schlecht es Kamille ging, dann hat er versucht, mich zu bestechen, damit ich sie gehen lasse.« Die Stimme hinter dem Spiegel brach unvermittelt ab.

»Ja, und?«

Mahmoud räusperte sich. »Na ja, ich glaube, es ist egal, wenn du es erfährst. Aber sag es nicht den anderen ...«

»Was?«

»Kamille ist gestern rausgeflogen. Der Mörder wurde informiert, dass sie das erste Opfer ist. Eigentlich hätte es heute Vormittag passieren sollen.«

»Und das hast du ihrem Mann erzählt?«

»Er hat sich gefreut. Zehn Minuten später rief er an und erklärte, er hätte ein paar Sitzungen abgesagt und würde sofort auf die Insel kommen, um seine Frau zu empfangen, wenn sie herauskäme.«

»Lorenz Birch hat also hier geschlafen?«

»Drüben im Produktionsflügel. Er hat das Zimmer bekommen, in dem Kamille wohnen sollte, wenn sie herauskommt. Es konnte doch nichts passieren.«

Dan saß eine Weile ruhig vor seinem Spiegelbild. Gedanken wirbelten ihm durch den Kopf. »Darf ich mit ihm reden?«

»Nein!«

»Warum nicht?«

»Das ist gegen die Spielregeln. Solange ihr im Kandidatenflügel seid, läuft euer einziger Kontakt mit der Außenwelt über mich oder einen anderen aus dem Team. Das weißt du doch.«

»Vielleicht liegt sie ja drüben in seinem Zimmer.«

»Nix da. Das haben wir überprüft. Sehr diskret.«

»Und wenn Kamille wirklich verschwunden ist?«

»Dann haben wir eine neue Situation und ein anderes Opfer. Ermordet wird dann der Kandidat oder die Kandidatin mit den meisten Stimmen.«

Dan sprang auf. »Verflucht, Mahmoud!«, brüllte er. »Du hörst einfach nicht auf! Du denkst nur an deinen beschissenen Job!«

»Das ist mein Job.«

»Du hast Kamille Schwerin und Lorenz Birch versprochen, dass die Bodyguards von Kamille getrost zu Hause bleiben könnten. Du hast ihnen gesagt, auf Kamille würde schon aufgepasst.«

»Jetzt beruhige dich doch mal, Dan.«

»Nein, ich will mich nicht beruhigen.« Er stellte sich hinter den Stuhl und legte die Hände auf die Rückenlehne. »Hör mir zu, Mahmoud: Gib mir Lasse und noch einen aus dem Team, und lass uns außerhalb des Hauses nach Kamille suchen. Ich habe ein, zwei Ideen, wo sie sein könnte.«

Es wurde still. Dann hörte Dan ein langes Seufzen. »Gut«, sagte Mahmoud, »du kannst Rasmus und Lasse mitnehmen.«

»Wenn ich sie in zwei Stunden nicht gefunden habe, müsst ihr ihrem Mann Bescheid sagen.«

»Okay.«

»Und ich will die Polizei anrufen.«

»Na, na. Eins nach dem anderen. Wann die Polizei informiert werden muss, wissen wir ebenso gut.«

»Ich bestehe darauf. Ich will persönlich anrufen.«

»Das machen wir noch rechtzeitig genug.«

»Nein, das machen wir jetzt, Mahmoud.« Dan richtete sich auf. »Versprich mir, dass ich anrufen darf, wenn angerufen werden muss. Ich habe meine Gründe.«

Neue Pause. Neues Seufzen. »Okay«, sagte Mahmoud noch einmal. »Zwei Stunden.«

28

Sie fanden die Spuren einer Leiter sofort, unter Dans Balkon. Das weiße Handtuch, das er benutzt hatte, um die Pfütze auf dem Boden aufzuwischen, hing noch immer über dem Geländer und bewegte sich träge in der Vormittagssonne.

»Du musst da drüben stehen bleiben«, sagte Dan. »Es könnte noch andere Spuren geben, die gesichert werden müssen.«

»Müssen wir uns jetzt diese weißen Overalls und Gesichtsmasken überziehen?«, grinste Lasse. »Oder ist das nur in Filmen so?«

Dan erwiderte das Grinsen nicht. »Kannst du hier heranzoomen?« Er ging in die Hocke und zeigte auf zwei deutliche viereckige Abdrücke in der feuchten Erde. Zwischen den Grashalmen rund um die Abdrücke fand er Reste einer Fußspur. Sie glichen auffallend denen, die Gitte am ersten Morgen in ihrem Zimmer gefunden hatte – eine Gummisohle mit kräftigen Rillen. Dan zog die Digitalkamera aus der Tasche und schoss Fotos der verschiedenen Abdrücke, während Lasse die Kamera schnurren ließ.

Rasmus hatte ein paar schwarze Müllsäcke und einige Steine zum Beschweren geholt und half, die Abdrücke abzudecken. Seinen Drang, witzige Bemerkungen fallen zu lassen, hatte er besser unter Kontrolle als Lasse. Er spürte, dass sein Vater im Moment nichts davon hören wollte.

Von Sekunde zu Sekunde wurde Dans Befürchtung größer, die Situation könne kippen und aus Spaß Ernst werden. Am liebsten hätte er Flemming sofort angerufen, doch Dan hatte kein Telefon, und die Loyalität der beiden anderen wollte er nicht auf die Probe stellen. Bis auf Weiteres musste er sich an seine Vereinbarung mit Mahmoud halten.

»Kommt.« Er wischte sich die Hände an den Jeans ab. »Versucht, ein paar Meter neben dieser Spur hier zu gehen.« Dan zeigte auf eine Linie, die sich an den Grashalmen abzeichnete. Vermutlich war jemand durchs Gras gegangen, als es noch nass war. Es war nicht so leicht zu erkennen, aber man sah es, wenn man genau hinschaute.

»Könnten das nicht Schafe gewesen sein?« Lasse ärgerte sich, dass er mit der schweren Kamera auf der Schulter durch das hohe Gras stapfen musste.

»Ja, schon möglich.« Dan wollte das Thema nicht vertiefen. Selbstverständlich hätten es die Schafe gewesen sein können, doch es gab keine geringe Chance, dass es nicht so war. Und solange diese Chance bestand, hatte es keinen Sinn, eventuelle Spuren zu zerstören, wenn es nicht unbedingt nötig war. Die ganze Zeit sah er Flemming vor sich, hörte seine Stimme in seinem inneren Ohr: *Nichts anfassen ... verflucht, bleib an der Wand, Dan ... zieh diesen Plastikschutz über deine Schuhe, wenn du absolut ...*

Aber ich habe keine hellblauen Plastiküberzieher für meine Schuhe, Flemming, verteidigte Dan sich stumm. Hier gibt es weder Overalls nach Latexhandschuhe, Gesichtsmasken oder Pinzetten. Nur einen jungen Assistenten, einen plattfüßigen Kameramann und mich. Und alles, was ich an Ausrüstung habe, ist eine Taschenkamera und mein hoffentlich gesunder Menschenverstand. Beides muss ich einsetzen, so gut es geht.

Das Gefühl von etwas Unheimlichen wurde immer intensiver und stand in einem sonderbaren Kontrast zu der Umgebung. Die saftig grüne Wiese mit den grauweißen Schafen und den noch immer grünen Holunderbeeren, der blaue Himmel mit den comicartigen Wattewolken, eine Lerche, die auf einem Zaunpfahl am Rand der Wiese stand und sang, als ob ihr Leben davon abhinge. All das sah nicht wie die Kulisse eines Verbrechens aus. Und es war ja auch keineswegs sicher, dass überhaupt etwas passiert sein musste, rief Dan sich in Erinnerung.

Sollte Flemming mit seiner Annahme recht behalten, war Kamille unberechenbar. Offenbar hatte sie ihre alte, hinfällige Mutter ermordet, ihre eigenen Skulpturen zerschlagen und höchstwahrscheinlich zwei Mordversuche auf sich selbst inszeniert. So viel hatte Dan in den ersten Nächten im Haus aus den Akten herausgelesen. Er musste nur an die Episode mit der Katze denken, um zu wissen, dass Kamille einiges tun würde, um absolut die volle Aufmerksamkeit ihrer Umgebung zu bekommen.

Sollte sie geahnt haben, heute als erste Kandidatin das Haus verlassen zu müssen, würde es ihr durchaus ähnlich sehen, diese rätselhafte Flucht zu arrangieren, um größtmögliche Aufmerksamkeit aus der Situation zu schlagen. Davon war Dan überzeugt. Und an Intuition mangelte es ihr nicht. Es würde ausgezeichnet zu ihr passen, die Kontrolle zu übernehmen und ihr eigenes Verschwinden zu organisieren, statt tatenlos herumzulaufen und auf ihren »Mörder« zu warten.

Trotzdem gab es seinem Gefühl nach zu viele Widersprüche. Er glaubte seinen eigenen Erklärungen nicht.

Als die drei Männer über den Zaun auf die nächste Weide gestiegen waren, verschwand die Spur. Hier war das Gras deutlich kürzer, und die große Herde halb ausgewachsener Lämmer, die hier weidete, hatte dafür gesorgt, dass nichts mehr zu erkennen war, selbst wenn es noch vor wenigen Stunden eine Spur gegeben haben sollte.

Dan blieb stehen. »Es gibt zwei Möglichkeiten, die beide einleuchtend sind«, sagte er in die Kamera. »Alles deutet darauf hin, dass Kamille freiwillig die Leiter hinuntergestiegen ist und demjenigen gefolgt ist, der die Leiter besorgt hat. Zu diesem Zeitpunkt regnete es nicht mehr, aber es war mit Sicherheit nicht sonderlich angenehm draußen, denn nach den heftigen Schauern der letzten Nacht muss alles nass und matschig gewesen sein. Wir vermuten also, zwei Personen haben sich vom Haus entfernt. Vielleicht haben sie die Leiter gemeinsam getragen oder sie irgendwo zurückgelassen, es ist unmöglich, es mit Sicherheit zu sagen, aber vermutlich haben sie nach einem Ort gesucht, an dem sie sich im Trockenen und ungestört unterhalten konnten.«

»Augenblick mal«, unterbrach ihn Rasmus. »Entschuldigung, Papa, könntest du so nett sein und dich kürzer fassen? Es ist unmöglich, solche langen zusammenhängenden Sätze auf eine akzeptable Länge zu schneiden.«

Dan hob eine Augenbraue. »Soll ich noch einmal von vorn anfangen?«

»Nein, schon okay. Sollte nur etwas schneller gehen.«

Lasse startete die Kamera und nickte Dan zu.

»Die erste Möglichkeit«, fuhr Dan fort, »ist der Geräteschuppen, wo die Leiter normalerweise hängt.« Er schaute ernst in die Linse. »Die zweite Möglichkeit die Ferienhütte, in der Kamille ihre Sommerferien als Kind verbracht hat.« Dan setzte sich in Bewegung, und Lasse ging rückwärts vor ihm her. »Wir probieren es zuerst mit dem Geräteschuppen.«

Sie gingen wortlos weiter. Rasmus sorgte dafür, dass Lasse, der rückwärtsgehen musste, kein Lamm in die Quere kam. Dan folgte, mit einem verbissenen Gesichtsausdruck, ohne nach rechts und links zu schauen, acht Meter hinter ihm.

»Gut«, sagte Lasse ein paar Minuten später, nachdem er auf dem unebenen Gelände ein paarmal fast gestolpert wäre. »Ich habe genug.«

»Lass mich die Kamera eine Weile tragen«, bot Rasmus an.

»Danke.«

Kamille war nicht im Geräteschuppen. Die Leiter hing ordentlich an der Wand, und der Boden war ebenso sorgfältig gefegt wie bei ihrem ersten Rundgang. Das gesamte Werkzeug lag an seinem Platz.

Lasse filmte verschiedene Motive in der leeren Werkstatt und beendete die Sequenz, indem er auf Dan zoomte, der dabei war, Abdeckfolie über die Leiter zu legen. »Nur zur Sicherheit«, sagte er in die Kamera. »Es könnte sein, dass wir davon noch Proben nehmen müssen.«

Er fand einen Farbtopf, dessen Etikett sich halb gelöst hatte. Vorsichtig riss er es ab und lieh sich von Lasse einen Kugelschreiber, der ein ganzes Bündel davon in der Brusttasche stecken hatte. »Versiegelt von Dan Sommerdahl«, schrieb er, klebte den Zettel mit einem Stück Malertape auf die eingewickelte Leiter und nickte in die Kamera.

»Gehen wir zum alten Ferienhaus.«

Zehn Minuten später standen sie in der verfallenen Fischerhütte. Dan durchsuchte sie, während Lasse ihm auf den Fersen blieb.

Als sie das Schlafzimmer erreichten, blieb Dan stehen und wandte sich an Rasmus. »Lag die Decke so da, als wir das letzte Mal hier waren?«

Rasmus drückte sich durch die enge Türöffnung an Lasse vorbei. Die Kamera lief noch. »Was meinst du?«, fragte er.

»Haben wir die Tagesdecke wieder an ihren Platz gelegt?«

»Ja ...« Rasmus sah unsicher aus.

»Wir haben sie bestimmt nicht so hingelegt.« Dan wies mit dem Kopf auf den einzigen Stuhl im Zimmer, auf dem die weiße Überdecke sorgfältig zusammengefaltet lag. Die alte Bettdecke mit dem roten Graffiti lag glatt auf dem Doppelbett.

»Warte mal.« Dan ging um das Bett herum, wahrte aber den nötigen Abstand. Es konnten sich durchaus Spuren in der dicken Sandschicht und dem Möwenkot befinden, die den Boden bedeckten. Er stützte sich an die Wand, als er sich über das Bett beugte und vorsichtig eine Ecke der Decke anhob. Ein Blutfleck fand sich auf der Matratze, direkt am Kopfkissen. Kein sonderlich großer Fleck, nur einige Tropfen, sie waren jedoch frisch, daran gab es keinen Zweifel.

Dan ließ die Bettdecke los und richtete sich auf. Lasse hielt die Kamera direkt auf sein Gesicht. »Dafür kann ich nicht mehr die Verantwortung übernehmen«, sagte Dan zu Rasmus. »Ich muss Flemming anrufen.«

»Stopp«, sagte Rasmus. »Papa, wir müssen das anders machen. Die Leute wissen doch überhaupt nicht, wer Flemming ist. Wir drehen das gleich noch einmal, und bitte sag stattdessen ›Polizei‹.«

»Du bist ja ebenso schlimm wie Mahmoud«, erwiderte Dan. »Die Show kommt nicht immer zuerst. Hier geht es möglicherweise um das Leben einer Frau. Glaubst du wirklich im Ernst, das hier könnte gesendet werden, wenn sich herausstellt ... Na, okay.« Dan atmete einmal tief durch und nickte Lasse zu. Er wiederholte seine Replik mit der kleinen Änderung.

»Warte.« Rasmus holte sein Handy aus der Tasche. »Stopp die Kamera, Lasse. Ich rede nur kurz mit Mahmoud, ob das okay ist.«

»Verflucht noch mal«, fuhr Dan ihn an und schnappte sich das Handy seines Sohns. »Mahmoud hat nicht zu entscheiden, ob wir die Polizei rufen. Eine Frau ist verschwunden, eine Frau, die anonyme Drohbriefe bekommen hat und mehreren Mordversuchen ausgesetzt war. Und jetzt haben wir frisches Blut in einem Bett gefunden, in dem sie sich in den letzten Stunden durchaus aufgehalten haben könnte.«

Rasmus zuckte die Achseln, er verließ die Hütte und nahm Lasse mit. Während Dan wartete, dass Flemming den Anruf annahm, betrachtete er die beiden Männer im Strandhafer durch die beinahe überwucherten Fenster. Mit einer Kippe im Mundwinkel stellte Lasse irgendetwas an seiner Kamera ein, Rasmus lag auf dem Rücken, die Hände hinter dem Kopf gefaltet. Ob die eigenen Kinder einem ähnlich sind, weiß man nie so genau, aber bei Rasmus war es so deutlich, dass selbst Dan Sommerdahl es sehen konnte. Abgesehen von den braunen Augen, die sein Erstgeborener von der Mutter geerbt hatte, war er eine hundertprozentige Kopie seines Vaters in diesem Alter.

»Torp.« Flemmings Stimme riss ihn aus seinen Überlegungen.

»Ich bin's.«

»Wer ist ich?«

»Dan natürlich.«

»Ach ... hej! Von was für einer Nummer rufst du denn an?«

»Das ist Rasmus' Telefon. Du, Flemming, ich glaube, wir haben eine sehr hässliche Situation hier drüben. Kamille Schwerin ist verschwunden.«

»Was ist sie?«

»Nicht aufzufinden.« Dan erklärte den Fall, soweit er ihn momentan überblicken konnte. Er erzählte von der Leiter, den Fußabdrücken und den Blutstropfen.

»Ich bin in spätestens einer Stunde bei euch«, sagte Flemming. »Und bringe die Spurensicherung mit. Fass ja nichts an.«

Dan berichtete mit einem gewissen Stolz, wie er die Spuren gesichert hatte, und kassierte das verdiente Lob. »Bis gleich«, verabschiedete er sich.

»Einen Moment noch, Dan«, hielt Flemming ihn auf. Er machte eine Pause, die so lang war, dass Dan sich fragte, ob die Verbindung gestört war. Dann fuhr der Kommissar fort: »Dan, ich muss das fragen: Was läuft da zwischen dir und Kirstine Nyland?«

»Was zum Teufel ... wieso fragst du das?«

»Antworte einfach.«

»Aber das ist doch ... wieso glaubst du eigentlich ...«

»Ich bin kein Idiot, Dan. Und Marianne leider auch nicht. Wir haben uns gestern Abend zusammen *Mörderjagd* angesehen, Marianne, Laura und ich. Es war nicht zu übersehen, wie du mit Kirstine geflirtet hast, anfangs haben wir uns noch darüber amüsiert, dass du nichts dafür kannst und einfach unverbesserlich bist. Es ist ja nicht gerade ein atypisches Verhalten von dir, die anziehendste Frau in einer Gesellschaft anzubaggern.«

»Nein, aber ...«

»Es war alles nur ganz komisch, bis Marianne plötzlich ›o verflucht‹ oder so etwas in der Art sagte. Mit einem Mal war sie sehr ernst. Als wir uns erkundigten, was los sei, zeigte sie auf den Bildschirm und sagte: ›Dieses Kleid, da ... das der Designer für Kirstine Nyland näht. Der Stoff ist aus Dans neuem Gant-Hemd. Sie haben es zerschnitten. Das würde er niemals zulassen, es sei denn, er ist scharf auf sie.‹ Tja, Laura und ich sahen es dann auch. Marianne ist das ziemlich nahegegangen, obwohl sie sich bemüht hat, es nicht zu zeigen.«

»Fuck!«

»Ja, fuck. Du bist und bleibst ein Idiot, Dan. Und diesmal übertriffst du dich selbst.«

»Fuck, fuck, fuck!«

»Ist noch mehr vorgefallen? Ich meine, mit dir und Kirstine?«

»Ach Scheiße, Flemming. Das war doch nur ...«

»Dacht ich's mir doch. Du gehst ganz einfach zu weit.«

»Flemming, ich ...«

»Erspar's mir. Ich habe keine Zeit, dir eine längere Standpauke zu halten, obwohl du es verdient hättest. Auf der Insel werde ich arbeiten müssen, deshalb musste ich es gleich loswerden.«

Er unterbrach die Verbindung, und Dan starrte noch einen Moment durch das dreckige Fenster. Sollte er Marianne anrufen und versuchen, ihr etwas vorzulügen? Oder Buße tun und Besserung geloben? Sagen, es sei nichts passiert, es sei nur ein Flirt gewesen und er würde sie lieben ... Nein. Vorsichtig verließ er die zerfallene Hütte. Nein. Das wollte er nicht. Diese Geschichte wollte er nicht vertuschen. Er würde es nicht schaffen zu lügen. Und es wäre unglaublich respektlos, wollte er Marianne weismachen, dass Kirstine ihm nichts bedeutete.

Er hatte sie die ganz erste Hälfte ihrer Ehe über belogen und ihr die kurzen oder langen Affären verschwiegen, die er gehabt hatte. Er bereute es nicht. Denn keine der Frauen hatte je mehr als eine kurzfristige Faszination auf ihn ausgeübt. Sie waren ein bisschen wie der Zuckerguss auf einer von vornherein sehr kalorienreichen Torte. All die vielen Seitensprünge waren reiner Luxus gewesen. Als sein schlechtes Gewissen sich damals endlich meldete, hatte er die Konsequenzen gezogen und war in seine Geburtsstadt gezogen, wo es weniger Versuchungen gab und das Klatschniveau ein wenig höher lag. Das Manöver war erfolgreich gewesen. Dan hatte sich in den letzten Jahren mehr oder weniger zurückgehalten und die außerehelichen Recherchen tatsächlich nicht einmal vermisst. Besser als je zuvor war ihm klar geworden, eher Schaden damit anzurichten. An seinen Prioritäten gab es keinen Zweifel, Marianne war und blieb die Nummer eins.

Doch dieses Mal war es anders, das wusste er. Er konnte nicht einfach beschließen, die Beziehung zu Kirstine aufzugeben. Dan hatte sich verliebt, und es war noch viel zu früh, um zu sagen, wie diese Geschichte sich entwickeln würde.

Dennoch mussten sie künftig viel vorsichtiger sein. Es gab keinen Grund, Marianne unnötig zu verletzen. Ich bin möglicherweise ein untreuer Scheißkerl, aber ich habe doch ein Herz im Leib, dachte er, als er den beiden anderen zum Sanatorium folgte.

DIE WIRKLICHKEIT

27.–29. AUGUST

29

Es dauerte nur knapp zwanzig Minuten, bis Mahmoud und Flemming zusammenrasselten.

Als Flemming eine vorläufige Erklärung von Mahmoud und Dan bekommen hatte, beauftrage er Pia Waage und Frank Janssen mit einer weiteren und gründlicheren Untersuchung des Kandidatenflügels. Dan sollte währenddessen Flemming und den beiden Mitarbeitern der Spurensicherung zeigen, was er gefunden hatte. Auch ein Hundeführer war unterwegs, und Flemming hatte dafür gesorgt, dass zusätzliche Verstärkung bereitstand, sollte der speziell abgerichtete Hund weitere Blutspuren finden – oder Schlimmeres.

Plötzlich hatte Flemming bemerkt, dass Mahmoud Aufgaben verteilte. Ein Kameramann sollte die Aktivitäten im Haus begleiten, einen anderen instruierte er, alles zu filmen, was sich auf dem Außengelände tat. Den Produktionsleiter beflügelte offensichtlich der Gedanke, dass die Show am Freitag weit mehr als das Übliche zeigen könnte, vermutlich sah er die Einschaltquoten bereits in die Höhe schießen.

Flemming war mit zwei langen Schritten bei ihm. »Erklären Sie mir bitte mal, was das hier gibt?«

Mahmoud drehte sich zu ihm um, irritiert über die Unterbrechung. »Ich briefe meine Mitarbeiter.«

»Ich hoffe, Sie nehmen nicht an, die Polizei würde ihre Arbeit mit einer Kamera im Nacken erledigen?«

»Ich produziere eine Fernsehshow, wenn Ihnen das entgangen ...«

»Es mag durchaus sein, dass Sie eine Fernsehshow produzieren. Sie werden trotzdem nicht filmen, während wir die Zimmer überprüfen oder Spuren sichern. Es könnte sich um einen Tatort handeln, und es werden nicht mehr Personen dort unterwegs sein als unbedingt nötig. Außerdem kann es die Ermittlungen vollkommen lahmlegen, wenn Sie Spuren oder Details veröffentlichen, die wir gern für uns behalten möchten. Das hier ist die Wirklichkeit, keine Scheiß-Realityshow. Ihre Kameraleute werden sich fernhalten.«

Mahmoud lief vor Wut rot an. »Was zum Henker glauben Sie eigentlich? Ich leite hier die Produktion.«

»Sie machen das bestimmt ganz ausgezeichnet, und ich werde mich in Ihre Dinge hier nicht einmischen, aber wenn es um die Arbeit der Polizei geht, haben Sie überhaupt nichts zu sagen. Dann bestimme ich.«

»Entschuldigung ...« Dan ging dazwischen. Die beiden Kombattanten starrten ihn wütend an. »Mir geht der Gedanke nicht aus dem Kopf, dass wir uns gegenseitig vielleicht ein bisschen helfen könnten.« Er hielt eine Hand hoch und stoppte Flemming, der nur noch wütender aussah. »Ich fechte bestimmt nicht dein Recht an, zu entscheiden, wo die Grenze gezogen werden muss, Flemming, dennoch können Mahmoud und sein Team bei den Ermittlungen enorm behilflich sein. Begreifst du das nicht? Das ganze Gelände ist voller Kameras und Mikrofone, außerdem gibt es hier Experten im Team, die uns dabei helfen werden, die Aufzeichnungen von der Zeit zusammenzustellen, in der Kamille verschwunden ist. Es gibt wirklich gute Gründe, zusammenzuarbeiten.«

»Ich meine es ernst, Dan. Ich will nicht, dass mir eine Kamera auf den Fersen ist.«

»Nein, natürlich nicht. Aber wenn der Kameramann hier am Haus bleibt und nur aus einiger Entfernung filmt?«

»Und was ist dann mit den Innenaufnahmen?«, fragte Mahmoud, der mit einem akzeptablen Kompromiss durchaus einverstanden war.

»Da müsst ihr euch mit den festen Kameras im Erdgeschoss begnügen. Sofern das für dich okay ist, Flemming?«

Der Polizist zuckte die Achseln. »Na gut. Sie schalten bitte die Kameras ab, wenn wir es sagen, und ich will jede Sekunde der Aufnahmen, die gesendet werden sollen, vorher persönlich absegnen.«

»Okay.« Mahmoud hatte sich bereits umgedreht, um die neuen Anweisungen auszugeben, als er durch eine Hand auf seiner Schulter unterbrochen wurde.

»Ach, noch eine Sache«, sagte Flemming in bester Columbo-Manier. »Sollten wir Kamille tot oder verletzt finden, ist diese Vereinbarung nichtig. Umgehend! Sind Sie einverstanden?«

»Selbstverständlich«, erwiderte Mahmoud. »Völlig abgestumpft bin ich nun auch nicht.«

Als Dan, Flemming und die beiden Mitarbeiter der Spurensicherung wenige Augenblicke später auf die Stelle zugingen, an der Dan die Leiterspuren gefunden hatte, bemerkten sie Lilly Larsen und Lorenz Birch, die vom Strand kamen. Gigi lief hinter ihnen her. Der Hund war so nass, dass er einer Pfeifenputzerfigur glich; er wedelte begeistert mit dem Schwanz, während er im sicheren Abstand zu den Schafen herumhüpfte.

»Ist Kamilles Mann informiert?«, erkundigte sich Flemming leise.

Dan zog die Mundwinkel herunter. »Ich glaube nicht, bisher habe ich ihn noch nicht gesehen.«

»Ich erkläre ihm die Situation. Wir können ihn nicht im Unklaren lassen. Zeig du bitte der Spurensicherung die Stellen, über die wir geredet haben.«

Flemming zog Birch ein wenig zur Seite, während Lilly Dan bis zur Hausecke folgte. Neugierig beobachtete sie, wie er den beiden weiß gekleideten Mitarbeitern der Spurensicherung half, die provisorische Abdeckung zu entfernen. Sie baten Lilly, Gigi an die Leine zu nehmen, und Sekunden später arbeiteten sie mit Kameras, Pinzetten und Plastiktüten, als hätten sie ihre Umgebung vergessen.

Lilly blickte zu Dan auf. »Wissen wir, ob überhaupt etwas passiert ist?«

»Was hat Mahmoud dir erzählt?«

»Nur, dass sie verschwunden ist. Er bat mich, Lorenz aus dem Weg zu schaffen, bis wir Näheres wissen.«

»Vielleicht ist sie ja wegen ihm aus dem Fenster geklettert.«

Lilly schüttelte den Kopf. »Lorenz weiß nichts. Er hat mir gerade erzählt, er würde es sehr bereuen, sich nicht energischer dagegen ausgesprochen zu haben, dass Kamille hier mitmacht; sie sei viel zu empfindlich für so etwas. Er hat mir total verlegen erzählt, er habe gestern Abend ebenfalls für sie als Opfer gestimmt, und er freut sich jetzt riesig, dass sie herauskommt.«

»Vielleicht lügt er?«

»Das würde ich merken.«

»Vielleicht hat er sie ermordet. Also, ich meine, ganz real.«

»Glaubst du, sie könnte ermordet worden sein?« Lillys Augen wurden kugelrund.

»Es gibt durchaus Dinge, die das andeuten, ja.«

»Was habt ihr gefunden?«

Als er in das kleine eifrige Gesicht der Krimiautorin sah, wurde ihm plötzlich klar, dass sie zum Kreis der Verdächtigen gehörte. Wie alle, die sich nicht im Kandidatenflügel befanden, als sie heute Morgen erwachten. Die geschlossenen Räume hatte man auf den Kopf gestellt, also waren nur die sieben Personen unverdächtig, die im Kandidatenbereich geschlafen hatten. Jedenfalls, soweit Dan es übersah. Es sei denn, einer von ihnen hätte eine Methode gefunden, vom offenen Fenster des ersten Stocks aus eine Leiter fernzusteuern.

»Ich denke, du solltest mich jetzt nicht ausfragen, Lilly«, sagte er. »Wenn ich den Polizeikommissar weiterhin zu meinen guten Freunden zählen will, muss ich den Mund halten. Ich hoffe, du verstehst das.«

Die Enttäuschung stand ihr ins Gesicht geschrieben, als sie mit dem Hund an der Leine zu ihrem Zimmer im Produktionsflügel aufbrach.

Dan drehte sich um und sah Flemming und Lorenz noch immer vertieft in ihr Gespräch. Flemming trug ausnahmsweise Jeans und ein Polohemd, während Lorenz in hellgrauer Leinenhose, weißem Hemd und dem Sakko über einen Arm drapiert tadellos gekleidet war. Er sieht aus wie die Reklamefigur eines teuren Herrenparfüms, ging es Dan durch den Kopf. Würde er in einem Film mitspielen, wäre Lorenz zweifelsohne der Schurke, und das Publikum hätte es von Anfang an gewusst. Er war etwas zu braun gebrannt, etwas zu austrainiert, hatte etwas zu kräftiges, perfekt geschnittenes Haar. Er war etwas zu glatt, um aufrichtig zu sein. Auf jeden Fall sah er für Kamille etwas zu gut aus. Doch was weiß man schon, dachte Dan. Möglich, dass Mister World seine Frau tatsächlich mit Haut und Haaren liebte. Es war nur sehr schwer vorstellbar.

Dan drehte sich um und wollte zurück zum Haus, als er plötzlich ein Gesicht am Fenster unter seinem Balkon sah. Kirstine. Ihr Anblick ließ sein Herz vor Freude hüpfen. Er spürte, wie sich ein Lächeln auf seinem Gesicht ausbreitete. Gerade wollte er die Hand zum Gruß heben, als er ihren Gesichtsausdruck bemerkte. Sie war ganz blass, die Augen aufgerissen, der Mund zusammengekniffen in einem schmalen, farblosen Strich. Langsam ließ Dan die Hand sinken. Warum machte sie bei seinem Anblick ein solches Gesicht?

Dann wurde ihm klar, wem sie ihr schockiertes Gesicht zuwandte. Er folgte ihrem Blick, obwohl er es längst wusste. Sie betrachtete Lorenz Birch.

»Dan, wärst du bitte so nett und kommst mal hier rauf?« Die Polizeiassistentin Pia Waage lehnte sich aus Kamilles Fenster, ohne das Geländer oder das Fensterbrett anzurühren. »Wir brauchen einen Führer.«

»Augenblick.« Dan warf noch einen Blick auf das Fenster im Erdgeschoss. Kirstines Gesicht war verschwunden. Er drehte sich um und ging auf die beiden Männer zu, die sich noch immer unterhielten. Er gab Lorenz Birch die Hand und wandte sich an Flemming. »Entschuldige, dass ich dich unterbreche«, sagte er. »Ich soll deinen Mitarbeitern im Haus behilflich sein. Kann ich dir Rasmus herausschicken?«

»Tja, ich weiß ja nicht ...«

»Er war dabei, als wir ...« Dan gelang es gerade noch, sich zu bremsen, als er Birchs Gesicht sah. »Er war dabei, als wir nach ihr gesucht haben. Er weiß, wo er euch hinführen muss.«

»Gut. Wir sind ja eigentlich auch fertig.« Flemming schaute auf den Badesteg. »Ah, da kommt der Hundeführer.«

Ein uniformierter Beamter kam eilig auf sie zu. Er hatte einen Schäferhund an seiner Seite, der mit dem Schwanz wedelte.

»Ich muss ihn einweisen«, sagte Flemming. »Geh ruhig rein, Dan.«

Lorenz Birch und Dan sahen sich an.

»Ich kann Ihnen leider keine Gesellschaft leisten«, entschuldigte sich Dan. »Aber wenn Sie mit mir in den Produktionstrakt gehen, finden Sie dort Menschen und Kaffee. Ich muss ohnehin den Assistenten holen.«

»Machen Sie sich um mich keine Sorgen.« Birch versuchte es mit einem entspannten Lächeln. »Ich weiß mich durchaus zu beschäftigen.«

Sie gingen um das Sanatorium herum bis zur Kaffeeküche des Produktionsteams, wo fünf, sechs Mitglieder des Filmteams an einem Ende des langen Tischs saßen und zu Mittag aßen.

Rasmus richtete sich auf, als er seinen Vater erblickte. »Gibt's was Neues?«

Dan schüttelte den Kopf. »Wir brauchen deine Hilfe, Rasmus. Kommst du mit?«

»Na klar.« Rasmus stellte sein schmutziges Geschirr in die Spülmaschine und wusch sich die Hände, bevor er seinem Vater folgte.

Lorenz Birch nickte Dan zu. Er hatte sich mit einer Tasse Kaffee, einem aufgeschlagenen Kalender und einem Handy allein ans entgegengesetzte Ende des Tischs gesetzt. Offensichtlich war er dabei, Termine zu verlegen. Das ist sicher vernünftig, dachte Dan. Im Augenblick sah es nicht nach einem baldigen – und glücklichen – Ende der Ermittlungen aus.

Sie gingen hinüber zum Hauptgebäude, und Dan bat Rasmus, die Polizisten zu dem Geräteschuppen und der Fischerhütte zu führen.

Als sie um die letzte Ecke bogen, tauchten die beiden Mitarbeiter der Spurensicherung in ihrem Blickfeld auf.

Rasmus wurde langsamer. Er betrachtete die beiden weiß gekleideten Männer. Dann ließ er den Blick hinauf zu der offenen Balkontür schweifen, wo noch immer das weiße Handtuch zum Trocknen hing. Wieder schaute er auf die beiden Männer im Gras. Er wandte sich an Dan. »Sag mal, also das Fenster unter dem wir den Abdruck der Leiter gefunden haben, ist doch deins, oder?«

»Ja.«

»Das ist mir bisher gar nicht klar gewesen …« Rasmus war stehen geblieben. »Und wie passt das zusammen?«

»Was meinst du?«

»Wie konnte jemand mitten in der Nacht dein Zimmer als Fluchtweg benutzen, ohne dass du es bemerkt hast?«

»Ich muss wohl sehr tief geschlafen haben.«

»Du? Ach was, du bist doch berühmt dafür, schon aufzuwachen, wenn nur jemand neben dir atmet.«

Dan konnte ihm nicht in die Augen sehen. »Dann war ich wohl auf der Toilette …«

Rasmus kniff die Augen zusammen. »Du warst überhaupt nicht in deinem Zimmer«, sagte er nach einer kleinen Pause. »Du warst bei Kirstine Nyland.«

»Na ja … wir … wir haben uns ein bisschen unterhalten …«

»Hör auf damit!«

Endlich erwiderte Dan den Blick seines Sohns. Plötzlich wusste er, wie lächerlich das war. Irgendwelche Vertuschungsversuche würden alles nur noch schlimmer machen. »Ja«, gab er schließlich zu. »Ich war bei Kirstine.«

»Was bist du bloß für ein gemeines Schwein«, sagte Rasmus langsam. »Es gibt vermutlich niemanden, der noch Zweifel daran hatte, dass du scharf auf sie warst, aber es geradezu darauf anzulegen …«

»Also, Rasmus …«

»Kannst du dich überhaupt noch im Spiegel ansehen?«

»So einfach ist das nicht.«

»Doch, das ist es. Du bist verheiratet, verflucht noch mal!« Rasmus ging auf die Spurensicherer zu.

»Aber …«

»Ich will nichts mehr von dir hören!« Rasmus ging weiter, ohne sich umzudrehen.

»Rasmus! Warte!«

»Verschwinde!«, brüllte Rasmus. »Lass mich bitte in Ruhe meiner Arbeit nachgehen.«

Dan blieb stehen und sah, wie sein Sohn sich Flemming und seinen Kollegen anschloss. Jetzt können sie sich in aller Ruhe darüber austauschen, wie entsetzlich ich bin, dachte er und ging zum Haupteingang. Es war ein Thema, bei dem seine Familie und sein ältester Freund immer einer Meinung waren. Dan versuchte, ein paar Gefühle zu mobilisieren, die er zur Selbstverteidigung nutzen konnte. Bitterkeit, Wut. Die verfolgte Unschuld, nichts funktionierte. Sein schlechtes Gewissen erstickte jeden Versuch, sich zu rechtfertigen. Rasmus hatte recht. Er war ein gemeines Schwein.

Jackie S öffnete. Sie sagte nichts, doch die Angst stand ihr ins Gesicht geschrieben, als sie ihn ansah.

Dan schüttelte den Kopf. »Noch nichts Neues, Jackie.«

»Ist nur ein Hund gekommen?« Es war Tim.

Die ganze Gruppe sah ihn an, einer blasser als der andere.

»Bis auf Weiteres, ja.« Dans Augen bekamen Blickkontakt zu Kirstine. Der entsetzte Ausdruck von vorhin war verschwunden, aber ihr Lächeln erreichte nicht ihre Augen. »Ich muss oben helfen«, sagte er. »Hinterher erzähle ich euch mehr. Okay?«

»Völlig okay«, erwiderte Kirstine. »Lasst uns zu Mittag essen«, fuhr sie an Gitte gewandt fort. Die beiden Frauen begannen, den Tisch zu decken, die Stimmung besserte sich ein wenig. Wie immer, wenn man sich zwang, in einer Krisensituation etwas völlig Alltägliches zu tun.

Pia Waage und Frank Janssen standen auf dem Flur des ersten Stocks.

»Das hat aber gedauert, Sommerdahl«, sagte Pia.

»Entschuldigung. Ich musste zuerst etwas für Flemming erledigen.«

»Wir würden gern wissen, wer in welchem Zimmer untergebracht ist.«

Dan ging den Flur hinunter, während er auf die Türen zeigte und die Namen der Teilnehmer aufzählte. Pia machte sich Notizen.

An der offenen Tür zu Dans Zimmer blieben sie stehen.

»Diesen Weg hat sie als Fluchtweg benutzt, oder?«

»Vermutlich. Jedenfalls habe ich unter diesem Fenster die Leiterabdrücke gefunden.«

»Und die Tür war nicht abgeschlossen?«

»Nein.«

»Ich finde es schon eigenartig, dass du nicht wach geworden bist.« Pia betrachtete ihn völlig unbefangen, und Dan wusste nicht, was er sagen sollte. Er hatte nicht die Kraft, sich noch weiteren Leuten gegenüber zu verteidigen. Frank Janssen, der selbst ein großer Freund der Frauen war und die Situation offenbar längst begriffen hatte, setzte nur ein schiefes Lächeln auf. Als Dan sein Lächeln erwiderte, hatte auch Pia Waage kapiert, was vorgefallen war. Feindselig sah sie ihn an.

»Na gut.« Er zuckte die Achseln. »Ich war nicht da.«

»Und wo bist du gewesen?«, wollte Pia wissen.

»Das hat mit dem Fall nichts zu tun.«

»Antworte einfach.«

»Dort drüben.« Dan nickte in Richtung der Tür schräg gegenüber.

»Bei Kirstine Nyland?« Frank konnte den neidischen Unterton in seiner Stimme nicht unterdrücken. Pia warf ihm einen Blick zu.

Dan räusperte sich. »Wobei sollte ich euch helfen?«

»Zunächst wollten wir nur wissen, wo die einzelnen Mitwirkenden schlafen.«

»Dann kann ich jetzt gehen?«

»Bleib noch ein paar Minuten. Möglicherweise hat Flemming noch weitere Fragen, wenn er kommt … He!« Frank hielt eine Hand hoch, um Dan aufzuhalten. »Wo soll's denn hingehen?« Sein Ton war locker, als wollte er die diskrete, aber unmissverständliche Machtdemonstration entschärfen.

Dan blieb an der Tür seines Zimmers stehen. »Ich muss mal für kleine Jungs.«

»Benutz die Toilette unten – oder geh in eines der anderen Zimmer.«

»Aber …«

»Wir müssen den Zugang zu deinem und Kamilles Zimmer absperren, bis die Spurensicherung hier war«, erklärte Frank. »Je weniger Durchgangsverkehr, desto besser.«

Dan hob die Schultern und ging in Kirstines Zimmer. Es lag am nächsten.

Als er wieder herauskam, sah er, dass sich der schmale Flur belebt hatte. Außer Pia Waage und Frank Janssen waren der Hundeführer, der Schäferhund und Flemming eingetroffen. Alle – mit Ausnahme des Hundes – hatten Latexhandschuhe angezogen und waren dabei, sich Plastiküberzieher über die Schuhe zu streifen.

Pia warf Dan ebenfalls ein Set zu, der die Ausrüstung kommentarlos entgegennahm.

»Kamille Schwerins Zimmer?«, fragte der Hundeführer. Pia zeigte auf die entsprechende Tür, der Hundeführer öffnete sie und ging hinein. »Er braucht eine Fährte«, erklärte er, als er den Hund an Kamilles Kopfkissen schnuppern ließ.

»Kann er herauskriegen, auf welchem Weg Kamille das Haus verlassen hat?«, wollte Frank Janssen wissen. »Nur, damit wir ganz sicher sind«, fügte er hinzu, als er Pias Blick sah.

»Genau dafür wurde er ausgebildet«, lächelte der Beamte. »Er heißt übrigens Carlos.«

Auf ein kurzes Kommando begann Carlos sofort zu suchen. Er durchschnüffelte das ganze Zimmer. Nach einer Minute schien der Hundeführer offenbar der Ansicht zu sein, das Tier bräuchte ein wenig Hilfe. Er führte seinen vierbeinigen Kollegen an Dans Tür und sagte erneut: »Carlos, such!«

Nach vier kurzen Sekunden stand der Hund vor Dans Bett. Der Schwanz peitschte von einer Seite zur anderen, und ein aufgeregtes Fiepen begleitete das Geräusch von kratzenden Pfoten auf Holz. In regelmäßigen Abständen bellte er laut.

Dan sah Flemming an und zog die Augenbrauen zusammen. »Dort ist sie bestimmt nicht!«, rief er über das Hundegebell hinweg. »Ich habe nachgesehen.«

Flemming verzog das Gesicht. »Wo hast du nachgesehen?«

»In dem Stauraum unterm Bett«, erklärte Dan.

Sie konnten wieder in normaler Lautstärke sprechen. Carlos hatte seine Belohnung in Form eines Leckerbissens bekommen, einigermaßen entspannt saß er am Bein seines Herrchens und verfolgte die Ereignisse mit aufgestellten Ohren und einem interessierten Ausdruck in den schwarzen Augen.

»Der gesamte Boden des Bettes kann hochgeklappt werden, Torp. Wir haben nachgesehen.« Die Erklärung lieferte Pia. »Da liegen nur ein paar Koffer und etwas dreckige Wäsche. Wir haben nichts angefasst.«

»Wo bewahrst du eigentlich die Schlüssel zu deinen Koffern auf, Dan?« Flemming sah ihn an.

Dan zog die Nachttischschublade auf und klirrte mit dem Schlüsselbund.

»Haben sie die ganze Zeit dort gelegen?«

Dan zuckte die Achseln. »Ja.«

»In einem unverschlossenen Zimmer?«

»Ja.«

»Und die Papiere, die du dir ansehen solltest?«

»Liegen im kleinsten Koffer.«

Flemming schüttelte den Kopf. Er griff zur Bettkante und hob sie an. Außer den beiden schwarzen Nylonkoffern und etwas schmutziger Wäsche war nichts zu sehen. Der Boden des Bettfaches war bedeckt mit einer dunkelroten Steppdecke, einer zusätzlichen Bettdecke und einem Kopfkissen. Carlos fing an, lautstark zu fiepen und an der Leine zu ziehen.

»Ich bringe ihn raus«, sagte der Hundeführer. »Er hat ja gefunden, was ihr sucht.«

»Du meinst, sie liegt hier?«

»Sonst müsste ich mir wirklich Sorgen machen. Carlos schlägt nicht an, wenn er nicht absolut sicher ist.«

Flemming beugte sich vor und hob vorsichtig eine Ecke der Steppdecke. Dan sah nur etwas Helles aufblitzen, bevor der Polizist die Decke wieder fallen ließ.

»Ist schon in Ordnung.« Flemming schloss vorsichtig den Bettkasten und wandte sich an den Hundeführer. »Sie ist hier. Vielen

Dank für die Hilfe. Versuch doch mal herauszufinden, ob Carlos unter dem Fenster eine Fährte findet.«

Der Hundeführer ging zur Treppe, und Flemming sah Frank Janssen an. »Wir brauchen Giersing und Traneby.« Der Rechtsmediziner und der Leiter der Spurensicherung waren immer die Hauptakteure beim ersten Teil der Arbeit am Tatort. Ohne die beiden kamen die Ermittler nicht weiter; und je weniger angerührt wurde, desto besser. »Rufst du sie an Janssen?«

Frank nickte und verschwand im Kielwasser des Hundeführers.

»Wo sind die Mitarbeiter von der Spurensicherung?

Ich würde gern einen mit zur Hütte nehmen, während wir auf Giersing warten. Wir müssen diese Blutspur zur Analyse schicken.«

Pia trat ans Fenster. »Sie sind schon losgegangen.«

»Dann sind sie jetzt im Geräteraum«, sagte Dan. »Wo die Leiter hängt.« Er hatte Blickkontakt mit Flemming. »Dort entlang.« Er zeigte nach Westen.

»Kannst du nicht mitkommen und uns den Weg zeigen?« Er wartete nicht auf Dans Antwort, sondern wandte sich an Pia. »Du bleibst hier, Waage. Sorg einfach dafür, dass niemand hier heraufkommt. Ich bin so schnell wie möglich zurück.«

Dan und Flemming wechselten so gut wie kein Wort auf dem Weg zum Geräteschuppen. Flemming schaute zu Boden und antwortete einsilbig, wenn Dan eine Frage stellte. Vermutlich war es am klügsten, ein wenig Abstand zu halten.

Flemming hatte offenbar den gleichen Gedanken, denn als sie dem Produktionsflügel so nahe waren, dass Dan ihm die richtige Tür zeigen konnte, sagte er: »Geh zurück zu den anderen, Dan. Rasmus kann mich zur Hütte begleiten. Du erzählst Lorenz Birch nichts, solltest du ihn unterwegs treffen. Ich rede mit ihm, sobald ich zurück bin. Setz dich zu den anderen ins Erdgeschoss. Sag ihnen, dass der Zutritt zum ersten Stock verboten ist. Erzähl auf keinen Fall irgendwelche Details. Ich entscheide später, wann und wie sie informiert werden.«

»Ich kenne doch gar keine Details.«

Flemming drehte sich irritiert um. »Du weißt, dass sie tot ist und in wessen Zimmer sie gefunden wurde, oder? Das sind durchaus relevante Details, mein Freund.«

Kurz darauf saß Dan mit den anderen zusammen und versuchte, etwas zu essen. Er brachte kaum einen Bissen hinunter, dabei hatte er nur etwas aufblitzen sehen, vermutlich Kamilles Bein, aber es hatte genügt. Der Gedanke, dass sie bereits tot unter seinem Bett lag, während er in den frühen Morgenstunden noch zwei Stunden dort schlief, verdarb ihm gänzlich den Appetit.

Seine Gedanken waren ein einziges Durcheinander. Der Blutfleck auf der Matratze in der Fischerhütte deutete darauf hin, dass sie möglicherweise dort überfallen und ermordet worden war. Konnte der Mörder sie den ganzen Weg durch den Wald zurückgetragen haben, um sie dann die Leiter hochzuschleppen und unter Dans Bett zu legen? Machte sich jemand wirklich so viel Mühe? Irgendwie passte das alles nicht zusammen.

»Gibt es noch ein kaltes Bier?« Er schob den Teller beiseite.

»Ich habe den Kühlschrank vor ein paar Stunden aufgefüllt, also, ich denke schon.« Das war die erste einigermaßen freundliche Antwort, die Dan je von Tim erhalten hatte. Die Höflichkeit ging jedoch nicht so weit, dass er ihm eine Flasche geholt hätte.

Dan stand auf und trat an den Kühlschrank. »Noch jemand ein Bier?«

Es gab genügend murmelnde Zustimmung, also nahm er ein Sixpack heraus und stellte es auf den Tisch.

»Hat man sie gefunden, Dan?« Gitte drückte die Neugierde der ganzen Runde aus.

»Ich weiß es nicht.«

»Wieso dürfen wir nicht nach oben?«

»Der Hund hat angeschlagen. Das ist alles, was ich weiß.«

»Dann haben sie irgendetwas gefunden.«

»Was ist mit ihrem armen Mann?« Gunnar goss Mineralwasser in sein Glas. »Ich habe ihn draußen gesehen. Weiß er, was passiert ist?«

Dans Blick flog hinüber zu Kirstine. Sie erwiderte ihn ruhig, ohne einen Anflug dieses schockierten Ausdrucks, mit dem sie vorhin Lorenz Birch betrachtet hatte. Sie ist gut, wenn es darum geht, Gefühle zu verbergen, dachte Dan. Oder hatte er die Situation bloß falsch interpretiert?

»Lorenz Birch hat die Nacht hier verbracht. Er wollte Kamille abholen, die ja heute herauskommen sollte.«

»Vielleicht hat er sie vermisst?«, meinte Gunnar.

Gitte hob eine Augenbraue. Zwei Millimeter, nicht mehr. Es war hoch genug, um ihre Ansicht über Gunnars Theorie zu signalisieren.

»Ich gehe eine rauchen«, sagte Kirstine. Ihr Stuhl kratzte über den Boden. »Kommt jemand mit?«

»Ich«, sagte Dan.

Als sie in den Garten traten, begann die Kamera zu surren. Es gab Publikum. Sie sahen sich an.

»Wie gut kennst du Lorenz Birch?«

Sie hatte ihre Zigarette angezündet und stieß den Rauch aus, wobei sie ihm in die Augen sah. »Warum?«

»Ich habe bemerkt, wie du ihn angesehen hast.«

Sie zuckte die Achseln. »Ich weiß, wer er ist«, sagte sie ruhig. »Wir sind uns ein paarmal begegnet.« Sie wandte ihr Gesicht der Sonne zu, blieb mit geschlossenen Augen stehen und rauchte weiter.

Dans Lust, die Arme um sie zu legen, war so heftig, dass es physisch wehtat. Aber er wusste, Rasmus würde diese Aufnahmen vermutlich irgendwann sehen, also verhielt er sich ruhig. Nicht anfassen, nicht reden, nicht einmal ein Zeichen geben. Es war grotesk. Hier standen sie in einer ehemaligen Irrenanstalt, gefangen in unsichtbaren Zwangsjacken. Kontrolliert von avanciertem Überwachungsgerät und ihrem schlechten Gewissen. Und obendrein waren sie absolut freiwillig hier. Er hörte, wie er ein seltsam raues Lachen ausstieß. Kirstine öffnete die Augen und sah ihn an, als ob sie genau wusste, was in seinem Kopf vorging. Vermutlich war es auch so.

»Ich halte das hier nicht mehr aus«, sagte Dan nur. Er ging zur Terrassentür, bevor er noch einen weiteren Satz herausbrachte. Im Grunde gab es auch nicht mehr zu sagen. Er. Hielt. Es. Nicht. Mehr. Aus.

30

Janssen, fängst du an?«

Die Ermittlungsgruppe hatte sich am späten Nachmittag zu einer informellen Sitzung im Speisesaal zusammengefunden, den Flemming zum Hauptquartier erklärt hatte, solange am Mord an Kamille gearbeitet wurde. Flemming Torp und Knud Traneby saßen Frank Janssen und Pia Waage gegenüber. Ihre Gläser waren mit Eiswasser gefüllt, die Fenster standen weit offen, sodass eine kühlende Brise ungehindert durch den nach Süden gelegenen

Raum wehen konnte. Dennoch spürte Flemming, wie ihm das Hemd am Rücken klebte. Die Temperatur war so hoch wie an den Vortagen, und am Horizont sammelten sich wieder Wolken. Kein Zweifel, dass noch ein heftiger Regenschauer kommen würde.

Die beiden Mitarbeiter der Spurensicherung waren dabei, den ersten Stock des Kandidatenflügels zu untersuchen, besonderes Gewicht legten sie auf die Zimmer von Kamille und Dan. Ansonsten war der Nachmittag mit ersten Verhören der Kandidaten und der Mitglieder des Produktionsteams vergangen. Zwei zivile Beamte sprachen noch mit den letzten Beteiligten.

Frank Janssen räusperte sich und blätterte in seinem Notizbuch. »Kamilles Leiche wurde gerade an Land gebracht.« Er blickte auf. »Giersing hat ein Schiff der Küstenwache gebeten, sie zu holen. Lorenz Birch ist mit ihr nach Christianssund gefahren.«

Pia zog die Augenbrauen zusammen. »Sollten wir nicht mit ihm reden?«

»Doch, doch, natürlich, er kommt morgen früh zurück. Wir wollten ihm nicht verweigern, seine Frau auf dem letzten Teil der Reise begleiten. Und er bestand darauf, Kamilles Vater zu informieren. Der arme alte Mann. In einem Jahr seine Frau und seine einzige Tochter zu verlieren ...« Frank blickte wieder in seine Notizen. »Tja, Torp und ich haben noch mit den Rechtsmedizinern sprechen können, bevor sie wieder abgerückt sind. Giersing hat erklärt – selbstverständlich mit allen Vorbehalten –, Kamille Schwerin sei erwürgt worden, höchst wahrscheinlich mit bloßen Händen. Der Druck auf ihren Hals muss so groß gewesen sein, dass ihr Kehlkopf zerquetscht wurde.

»Ist sie vergewaltigt worden?«

Frank schüttelte den Kopf. »Es sieht nicht so aus. Sie war bei den ersten Untersuchungen mindestens sieben, höchstens aber zehn Stunden tot. Der Mord fand also zwischen zwei und fünf Uhr nachts statt.«

»Hatte sie Verletzungen am Körper?«

»Keine Wunden, keine Blutungen.«

»Dann ist es nicht ihr Blut, das in der alten Fischerhütte gefunden wurde?«, fragte Flemming und blickte Knud Traneby an.

»Das wissen wir noch nicht«, antwortete der Leiter der Spurensicherung. »Die Probe ist noch nicht lange im Labor. Ich habe Giersing von den Blutflecken erzählt und direkt gefragt, ob sie von Kamille Schwerin stammen könnten – also ob sie sichtbare Wunden hatte oder es Anzeichen dafür gab, dass sie kürzlich Nasenbluten hatte. Er sagt, unmittelbar nicht, will sich aber erst definitiv äußern, wenn er sie auf dem Tisch hatte.«

»Vielleicht hatte sie ja ihre Tage?«

»Das hat er sicher gleich überprüft.«

»Von wem könnten Blutflecken denn sonst stammen?«

Traneby hob die Schultern. »Das müsst ihr wohl herausfinden. Wir werden ein DNA-Profil von den Blutspuren in der Hütte und von Kamille Schwerins Blut erstellen, doch auf das Ergebnis müsst ihr nicht warten, wir machen zuerst einen ganz gewöhnlichen althergebrachten Vergleich der Bluttypen. Was dabei herauskommt, erfahrt ihr morgen früh, und höchstwahrscheinlich braucht ihr zunächst auch nicht mehr.«

»Wir nehmen DNA-Proben von jedem, der sich in den letzten Tagen auf der Insel aufgehalten hat. Bisher hat sich noch niemand geweigert teilzunehmen«, erklärte Flemming. »Mehr?«

»Jede Menge.« Knud Traneby lehnte sich zurück. Er brauchte keine Notizen, und das wollte er gern demonstrieren. »Man sollte ja immer mit etwas Positivem beginnen: Dein Freund, der Amateurdetektiv, hat bei der Spurensicherung richtig gute Arbeit geleistet. Perfekt eigentlich, wenn man die Verhältnisse in Betracht zieht. Die Plastikplane, der kleine Zettel mit seinem Namen, die Sorgfalt dabei, keine Spuren zu zertreten. Sehr schön. Sehr professionell. Dieses Lob darfst du ihm gern weitergeben.«

Flemming nickte mit einem neutralen Gesichtsausdruck. Er wusste, dass über seine Unfähigkeit, Dan aus seinen Mordfällen herauszuhalten, im Präsidium bittere Witze gerissen wurden. Er würde sich ganz sicher nicht öffentlich für seinen alten Freund freuen. Das hätte den galligen Bemerkungen nur neue Nahrung geliefert.

»Und nachdem das gesagt ist, muss ich leider auch konstatieren, dass uns ein Teil von Dan Sommerdahls detektivischer Arbeit direkt in eine Sackgasse geführt hat.« Traneby sortierte seine Unterlagen, blickte aber auch weiterhin nicht hinein. »Die alte Leiter im Geräteraum, die Sommerdahl so hübsch versiegelt hat, war in letzter Zeit nicht in Gebrauch. An keinem der vier Füße ließ sich frische Erde feststellen. Das war mit bloßem Auge zu erkennen, wir haben sie trotzdem eingepackt und zum Schiff gebracht, um sie im Labor zu untersuchen. Erst zu diesem Zeitpunkt kamen die Jungs auf die glänzende Idee, das Profil der Leiterenden mit den beiden Vertiefungen in der Erde vor dem Fenster zu vergleichen – es gab keinerlei Übereinstimmung. Absolut nichts. Hätten wir nachgedacht, statt uns auf Dan Sommerdahls übereilte Schlussfolgerungen zu verlassen, hätten wir uns eine Menge Zeit sparen können.«

»Dann hat also eine andere Leiter an der Hauswand gestanden?«
»Definitiv.«
»Habt ihr sie gefunden?«
»Die richtige Leiter hängt gleich um die Ecke an der Mauer – nur ein paar Meter von der Stelle entfernt, an der sich die Ab-

drücke befinden. Es war nicht viel Detektivarbeit nötig, um sie zu finden. Und sie hatte frische Erde an beiden Fußenden.«

»Ihr habt also die richtige Leiter ins Labor geschickt?«

Traneby nickte und fuhr fort: »Wir können auch bereits sagen, dass die Fußabdrücke von einem Wanderschuh oder Wanderstiefel stammen, einem Klassiker von Timberland. Das Muster ist so charakteristisch, dass wir es in der Kartei haben. Modelle mit dieser Sohle werden seit den neunziger Jahren hergestellt, hierzulande sind mehrere Tausend Paare verkauft worden. Größe 41.«

»Ein Damen- oder ein Herrenschuh?«

»Die Sohle wird bei beiden Ausführungen verwendet. Tut mir leid.«

»Einundvierzig, ist das nicht die gleiche Größe, die bei Ingegerd Clausens Mord gefunden wurde?«

»Ja, wir können allerdings unmöglich sagen, ob es derselbe Schuh ist – der Täter des ersten Mordes trug ja Plastiküberzieher über den Schuhen. Die Größe stimmt.«

Es war still im Raum, als die Gruppe diese Information verdaute. Flemming war klar, dass sein Verdacht, Kamille hätte ihre Mutter überfallen und die anschließenden Mordversuche selbst inszeniert, sich schlagartig in Nichts aufgelöst hatte. Er musste ganz von vorn beginnen, wobei ihm nicht der Hauch eines Zweifels blieb, dass die beiden Morde etwas miteinander zu tun hatten.

»Gab es Spuren von Kamilles Schuhen?«

»Keine einzige. Und das führt uns zu einer sehr wichtigen Schlussfolgerung.« Traneby richtete sich in seinem Stuhl auf. »Ich vermute, du hast selbst mit dem Hundeführer geredet, bevor er zurück aufs Festland fuhr?«

Flemming nickte. »Er war bereit zu schwören, dass Kamille letzte Nacht nicht draußen gewesen ist. Der Hund hat außerhalb des Kandidatenbereichs beziehungsweise auf dem Weg zur Fischerhütte keine einzige Spur von Kamille gefunden.«

»Genau. Zu diesen Fakten kommt, dass das Blut auf der Matratze der Fischerhütte aller Voraussicht nach nicht von Kamille stammt, und sie hatte keinerlei Erde an ihren Schuhen.«

»Das lässt eigentlich nur eine Schlussfolgerung zu.«

»Ja, Kamille Schwerin hat das Haus überhaupt nicht verlassen. Sie wurde dort oben ermordet. Entweder in ihrem eigenen oder in Dan Sommerdahls Zimmer.«

Pia starrte ihren Chef an. »Glaubst du, Dan …«

»Im Augenblick glaube ich gar nichts. Ich versuche, mir alle Optionen offenzuhalten.« Flemming sah Traneby an. »Was habt ihr im ersten Stock gefunden?«

»Wir arbeiten noch daran, aber es gibt jede Menge brauchbarer Fingerabdrücke in beiden Zimmern. Wir gleichen die mit allen auf der Insel ab – da wir ja ohnehin die DNA-Tests machen. Ich schicke alles ins Labor, sobald wir fertig sind. Mit etwas Glück haben wir bereits morgen eine Antwort.«

»Schön.«

Traneby trank einen Schluck Wasser und räusperte sich. »Die Tür zu Kamille Schwerins französischem Balkon war gekippt, sie wurde erst geöffnet, als es gegen drei Uhr zehn aufgehört hatte zu regnen.«

»Woher wollt ihr das wissen?«

»Es liegt eine feine Lage Staub auf dem unteren Teil des Fensterrahmens, und es gibt keine Spuren von Feuchtigkeit an den isolierenden Gummilitzen.«

»Der Mordzeitpunkt kann also auf irgendwann zwischen drei Uhr zehn und fünf begrenzt werden.«

»Vermutlich, vor übereilten Schlussfolgerungen sollte wir uns trotzdem hüten.«

»Natürlich.«

»Außerdem fanden wir Steinchen auf dem Gesims vor der Balkontür, direkt vor dem Geländer. Und auf der Terrasse unter ihrem Fenster fanden wir weitere vier Steine dieser Art und Größe. Wir vermuten, sie stammen vom Strand.«

»Irgendwer hat also nach drei Uhr zehn Steinchen an Kamilles Fenster geworfen. Sie hat die Balkontür geöffnet, um zu sehen, wer dort ist, dann ist sie in Dans Zimmer gegangen, um den Betreffenden hereinzulassen.«

»Das muss ihr Mann gewesen sein«, unterbrach Frank. »Wen sollte sie sonst freiwillig nachts um diese Zeit hereinlassen?«

»Ich bin mir da nicht so sicher, Janssen.« Flemming kratzte sich am Arm. »Wenn er seine Frau ermorden wollte, hätte er tausend bessere Gelegenheiten dazu gehabt.«

»Vielleicht war es ja gar nicht beabsichtigt? Vielleicht haben sie sich nur getroffen, um zu reden – und sich dann gestritten?«

»Und warum hat niemand der anderen etwas gehört?«

»Das weiß ich nicht.« Frank grübelte eine Weile. »Aber ich glaube, er war's.«

»Schon möglich, vielleicht hast du recht, Janssen. Mir fällt es nur schwer, ein Motiv zu erkennen. Außerdem hat er ein niet- und nagelfestes Alibi für den Mord an seiner Schwiegermutter, und ich bin mir sicher, die beiden Fälle hängen zusammen.«

»Er könnte jemanden für den ersten Mord bezahlt haben?«

»Ach, komm.« Flemming verzog das Gesicht. »Ich das nicht ein bisschen zu weit hergeholt? Ich finde, der Mann wirkt ernsthaft gebrochen. Aber wir werden ihn uns gründlich vornehmen, wenn er morgen Vormittag wieder auftaucht.«

Frank schnaubte. »Ha! Den sehen wir nicht wieder, der große, böse Lorenz Birch ist bestimmt längst über alle Berge.«

»Wir werden sehen«, erwiderte Flemming und wandte sich an Traneby. »Noch was?«

»Dan Sommerdahls Balkontür stand die ganze Nacht über offen«, fuhr Traneby fort, als hätte er die Unterbrechung überhaupt nicht bemerkt. »Sie war geschlossen, als wir kamen, doch als wir die Gummilitze untersuchten und prüften, ob es Staub gab, war sofort klar, dass der Regen alles durchnässt hatte. Wir fanden sogar die eingetrockneten Reste einer Pfütze auf dem Boden vor der Tür.«

»Halt mal … Wenn wir annehmen, es hätte nicht mehr geregnet, als Kamilles Mörder Steinchen gegen ihr Fenster warf und sie dazu brachte, ihn in Dans Zimmer zu treffen … und Dans Balkontür die ganze Nacht offen stand, sodass sich eine Pfütze bilden konnte …« Flemming runzelte die Stirn. »… dann muss der Mörder doch durch diese Pfütze gelaufen sein, als er oder sie hereinkam, oder?«

»Klingt logisch, ja.«

»Müsste es dann nicht irgendeine Spur auf dem Fußboden geben?«

Traneby schüttelte den Kopf. »Eine dezidierte Fußspur gab es nicht. Es sieht fast so aus, als hätte der Täter das Wasser mit einem Handtuch aufgewischt und es dann zum Trocknen ans Geländer gehängt.«

»Und danach ist er über das Geländer und die Leiter hinuntergeklettert und hat das Handtuch hängen lassen?« Flemming schüttelte den Kopf. »Das passt nicht zusammen. Der Täter muss zu diesem Zeitpunkt unter Stress gestanden haben. Er hat gerade eine Frau ermordet, einen Stauraum unter dem Bett ausgeräumt, den toten Körper hineingelegt und die Steppdecke und die zusätzliche Bettdecke so drapiert, dass die Leiche auf den ersten Blick nicht zu finden war. Daraufhin hat er Dans Koffer und die schmutzige Wäsche darüber gelegt und den Deckel geschlossen. Er will jetzt über das Geländer klettern, er hat Angst, dabei gesehen zu werden ... Glaubt ihr, jemand würde sich in einer solchen Situation die Mühe machen, ein Handtuch ordentlich und glatt zum Trocknen aufzuhängen?«

Pia Waage stützte sich auf ihre Ellenbogen. »Das war ganz sicher nicht der Mörder«, sagte sie. »Und vermutlich war es auch nicht der Mörder, der die Pfütze aufgewischt hat.«

Flemming seufzte. »Wenn es Dan war, ist er ein noch größerer Clown, als ich dachte.«

»Vielleicht war er ja nicht ganz so klar im Kopf zu diesem Zeitpunkt.« Frank ließ lächelnd seine Augenbrauen hüpfen. »Sonderlich viel geschlafen hatte er vermutlich nicht.«

»Janssen, verflucht ...« Pia wirkte müde. »Ich begreife nicht, wie du dich darüber amüsieren kannst, dass der Mann seine Frau betrogen hat.«

Flemming sah Traneby an. »Hast du sonst noch etwas für uns?«

»Nicht viel Interessantes. Wir haben in beiden Badezimmern Proben von allen Abflüssen genommen. Der Inhalt wird zur Untersuchung ans Labor geschickt, aber bereits jetzt konnten wir mit bloßem Auge etwas Sonderbares erkennen: In Dan Sommerdahls Duschkabine fanden wir Körperhaare von zwei Menschen. Wenn sich herausstellt, dass die anderen Haare Kamille gehören, dann ...«

Flemming enthielt sich eines Kommentars.

Traneby fuhr fort: »Die Steppdecke, die Kissen, die beiden Koffer und Dan Sommerdahls Wäsche sind ebenfalls zur Untersuchung eingeschickt worden.«

»Was ist mit dem Inhalt der Koffer?«

Traneby sah ihn verblüfft an. »Der wurde mitgeschickt. Wieso?«

»Ach, nichts.« Mist, dachte Flemming. Er musste dafür sorgen, dass die Papiere in dem kleineren Koffer nirgendwo registriert wurden. Bevor sie ihren Arbeitstag beendeten, würde er Knud Traneby dringend unter vier Augen sprechen müssen.

»Es gibt da noch eine Sache, bei der wir keine Ahnung haben«, sagte Pia.

»Nur eine?« Flemming schmunzelte.

»Ich konnte bis jetzt nicht herausfinden, wem diese Insel eigentlich gehört.«

»Hast du Elise damit beauftragt?« Flemming wusste, dass die Sekretärin der Abteilung derartige Aufgaben liebte.

Pia nickte. »Sie sagt, es sei eine Holding mit dem Namen RC Invest. Wer dahintersteckt, ist nicht direkt zu erkennen. Sie hat einen Anwalt ausfindig gemacht, der für sämtliche Außenkontakte verantwortlich ist, aber der beantwortet keine Anrufe, geht nicht ans Handy und nicht an sein Haustelefon.«

»Na ja, wir werden ihn morgen schon erwischen.«

»Hoffen wir's.«

»Habt ihr schon mal daran gedacht«, sagte Frank Janssen plötzlich, »wie selten es ist, dass alle Ermittler ein Opfer persönlich kennen?«

»Ja, zum Glück«, sagte Traneby und legte seine Unterlagen zusammen.

»Glaubt ihr, man kann in einer solchen Situation noch objektiv bleiben? Ich meine, es gibt ja einige unter uns, die dieses Weib wahrlich nicht verknusen konnten.«

»Das müssen wir vergessen, Janssen.« Flemming erhob sich. »Das nennt man Professionalität.«

Knud Traneby durchschritt eilig das Foyer und klingelte an der Tür des Kandidatenflügels. Einer der Mitspieler – der junge Parlamentarier – öffnete, und Traneby lief die Treppe hinauf zu seinen Mitarbeitern.

Als die zurückgebliebenen drei Polizisten kurz darauf an der offenen Tür standen und über die Rasenfläche, die Blutbuche und den langen Badesteg blickten, sagte Pia nachdenklich: »Du hast gesagt, der Polizeihund habe nichts gefunden, als ihr durch den Wald gegangen seid, oder?«

Flemming drehte sich zu ihr um. »Ja.«

»Das ist doch eigenartig«, sagte Pia. »Irgendwann habe ich ihn dort drüben wie einen Wahnsinnigen bellen hören. Hat der Hundeführer nicht gesagt, dass Carlos nur anschlägt, wenn er die Fährte von irgendetwas aufgenommen hat?«

»Ja«, sagte Flemming noch einmal. »Gut gehört, Waage. Ich war zufällig zur Stelle, als unser vierbeiniger Kollege Laut gab. Wir hatten es zu diesem Zeitpunkt aufgegeben, irgendetwas zu finden, der Hund hatte sozusagen Feierabend. Dann kam uns Lilly Larsen entgegen, du weißt schon, diese Krimiautorin. Sie ging mit so einem kleinen weißen Teppichpisser Gassi, und die beiden Hunde durften ein paar Minuten miteinander spielen. Es ging recht wild zu und Carlos fing an zu bellen. Das wirst du gehört haben. Es war nur ein Spiel.«

»Ach so«, sagte sie.

»Was machen wir jetzt?«, erkundigte sich Frank Janssen.

»Lasst uns zuerst diese Timberland-Schuhe finden. Wir brauchen Fotos der Modelle, um die es geht. Janssen, du erledigst das, ja? Hinterher gehst du mit einem der Beamten zum Hof und redest mit Herrn und Frau Krogsgaard. Die haben sich zwar über einen Kilometer vom Tatort entfernt aufgehalten, vielleicht ist ihnen aber irgendetwas aufgefallen. Waage verschafft sich währenddessen einen Überblick darüber, wie weit die Vernehmungen sind und hilft bei den Verhören der noch fehlenden Kandidaten und Mitarbeiter.«

»Und was ist mir dir?«

»Ich werde mit Mahmoud reden. Weigert er sich, rufe ich einen hochrangigeren Manager an. Wir werden sämtliche Aufzeichnungen dieser Show beschlagnahmen.«

31

Am nächsten Morgen hatte das Wetter umgeschlagen. Vorbei war es mit dem wolkenfreien Himmel, der brennenden Sonne und der stillstehenden Luft. Ein kühler Wind fegte über die Seufzerinsel und ließ den neu erworbenen Sonnenschirm auf der Terrasse flattern. In der Nacht hatte es mehrere Stunden geregnet, feucht schimmerten die Außenflächen im blassen Morgenlicht. Kirstine hatte sich einen dünnen Cardigan um die Schultern gelegt, bevor sie nach draußen ging, um die erste Zigarette des Tages zu rauchen. Jetzt starrte sie hinauf zum Himmel, als könne sie allein mit der Kraft ihrer Gedanken die milchweiße Wolkendecke dazu bringen, sich aufzulösen und zu verschwinden. Sie hatte ihr Haar zu einem Pferdeschwanz gebunden, eine einzelne Strähne hatte sich gelöst und fiel ihr immer wieder ins Gesicht.

Dan betrachtete sie durchs Fenster des Gemeinschaftsraums. Er wusste, es wäre am klügsten, sich ganz von ihr fernzuhalten, nur war das leichter gesagt als getan.

Er hatte die Nacht auf dem Sofa des Gemeinschaftsraums verbracht. Sein eigenes Zimmer war noch immer versiegelt, nur seine Zahnbürste und ein paar Kleidungsstücke hatte er behalten dürfen. Sogar seine Bettdecke hatte die Spurensicherung mitgenommen.

Natürlich hätte er bei Kirstine schlafen können. Es gab wohl niemanden mehr, der nicht von ihrem Verhältnis wusste. Dennoch hatte er den Kopf geschüttelt, als sie ihn am Vorabend fragend ansah. Sie schien verletzt, aber Dan hoffte auf ihr Verständnis. Er brachte es nicht fertig, noch eine Nacht mit ihr zu verbringen, zumal er wusste, dass Rasmus im Produktionsraum saß und alles verfolgte. Wäre er zum Schlafen in den ersten Stock, gegangen, brauchte man kaum ein Examen in Mathematik, um sich auszurechnen, wo er sich aufhielt und was er dort trieb. Deshalb zog er das einsame Lager im Aufenthaltsraum vor. Es war nur eine Geste, Dan hoffte dennoch, dass Rasmus sie zu schätzen wusste.

»Guten Morgen.« Gitte stand plötzlich neben ihm. »Hast du gut geschlafen?«

»Danke, es ging. Guten Morgen.«

»Wie lange wird dein Zimmer noch versiegelt bleiben?«

Dan zuckte die Achseln. »Keine Ahnung. Wahrscheinlich hängt es davon ab, wie viel sie darin finden.«

»Fühlst du dich verdächtigt?«

Er zögerte. War es so? »Ein bisschen vielleicht. Aber das ist auch nicht überraschend, unter meinem Bett wurde schließlich die Leiche gefunden.«

»Tja.«

Sie standen noch einen Moment beieinander, ohne ein weiteres Wort zu sagen, und sahen sich Kirstine an, die noch immer in den weißen Himmel starrte, ohne sich gerührt zu haben. Lediglich die Hand mit der Zigarette bewegte sich. In regelmäßigen Abständen führte sie ihre Hand zum Mund, zog, ließ die Hand sinken und stieß den Rauch aus. Wieder und wieder, bis nur der Filter übrig war. Erst da drückte sie den letzten Rest aus, drehte den Kopf und bemerkte die beiden hinter der Scheibe. Sie schenkte ihnen ihr zauberhaftestes Lächeln und winkte sie heraus.

Dan hielt Gitte die Tür auf. Sie schüttelte sich. »Uh, es ist ja richtig kalt geworden.«

»Hm.« Dan legte die Arme überkreuz und blickte übers Wasser. Nur der Wind und ferne Möwenschreie unterbrachen die Stille. Irgendwo auf dem Fjord startete ein Motorboot; vielleicht einer der örtlichen Freizeitfischer, der seine Netze leerte. Dan genoss es, hier zu stehen, so nah bei Kirstine, obwohl sie kein Wort miteinander sprachen. Er wusste, dass es falsch war. Es gab eine Menge Dinge, die ihn eigentlich vor diesem Gefühl hätten bewahren sollen: Sein schlechtes Gewissen gegenüber Marianne und den Kindern, der brutale Mord, das Risiko, für die Polizei einer der Hauptverdächtigen zu sein. Dennoch war dieses Gefühl da, und es ließ sich mit rationalen Argumenten nicht vertreiben. Tief im Inneren seines Bewusstseins war er ganz einfach glücklich. Und es war sehr lange her, seit er sich so gefühlt hatte.

»Sie können die Show doch nicht fortsetzen, oder?« Gitte unterbrach die Stille.

»Was meinst du?«, fragte Kirstine und zündete sich eine neue Zigarette an. Sie musste das Feuerzeug mit ihren Händen abschirmen und sich über die Flamme beugen, bevor es gelang.

»Na ja, ich meine, *Mörderjagd* muss abgesetzt werden. Man kann doch keine Unterhaltungsshow fortsetzen, wenn zum Auftakt fast vor laufender Kamera ein realer Mord geschehen ist. Das ginge doch einfach zu weit.«

»Ich glaube, sie werden uns heute herauslassen«, meinte Dan.

»Heraus? Wie heraus?«

»Ich war heute Morgen im Vernehmungsraum. Mahmoud hat erzählt, TV3 stünde unter großem Druck der Polizei und der Nachrichtenmedien. Offenbar herrscht breite Einigkeit darin, die Show umgehend abzusetzen.«

»Und wir ... sollen einfach wieder nach Hause fahren?« Kirstine machte ein enttäuschtes Gesicht.

Er hob die Schultern. »Ich könnte mir vorstellen, dass sie ein paar von uns gern noch ein oder zwei Tage hierbehalten würden.«

»Und du?«

»Na ja, ich bin ja gewissermaßen der Hauptzeuge. Und möglicherweise werde ich sogar verdächtigt. Ich weiß es nicht genau. Eine klare Auskunft habe ich bisher nicht bekommen.« Er steckte die Hände in die Hosentaschen und zog die Schultern hoch, als wollte er sich gegen den Wind schützen. »Ich werde vorläufig nirgendwo hingehen. Es sei denn, sie zwingen mich dazu.«

»Und wir anderen?«, fragte Gitte. »Wann können wir gehen?«

»Das werden wir sicher bald erfahren.«

»Ich habe Angst«, sagte Kirstine plötzlich.

»Weshalb?«

»Ist das nicht einleuchtend, Dan? Irgendjemand hat einen von uns ermordet. Der Mörder ist möglicherweise noch hier – hier auf der Insel. Wer weiß, vielleicht wird einer von uns sein nächstes Opfer?«

»Oh!« Gitte hielt sich eine Hand vor den Mund. Das Gesicht unter der sorgfältig hochgesteckten Frisur wurde blass.

»Wer sollte denn Grund haben, dich zu töten?« Dan legte einen Arm um Gitte. »Oder dich?« Er nahm Kirstines Hand und zog sie näher heran.

»Ich weiß es nicht. Aber wir wissen ja auch nicht, weshalb Kamille ermordet wurde, oder?« Kirstine zog ihre Hand zurück.

»Und wenn es nun irgendein Verrückter ist, der seine Opfer zufällig auswählt?«

»Wenn ihr Angst habt, müsst ihr zusammenhalten. Lauft nicht allein auf der Insel herum, wenn man uns herausgelassen hat.«

Kirstine öffnete den Mund, wurde aber unterbrochen, als Jackie die Tür zur Terrasse öffnete und für einen Moment ihren Kopf hinausstreckte. »Mahmoud, Rasmus und die Pressechefin sind hier.«

Kirstine sah Dan an. »Seid ihr euch darüber im Klaren, dass es damit vorbei ist, wenn sie *Mörderjagd* stoppen?« Sie zeigte auf das kleine schwarze Mikrofon, das seit nunmehr fast sechs Tagen fester Bestandteil ihres Ausschnitts war.

Dan lächelte. »Ja, und damit.« Er wies auf die Kamera. »Ich werde sie nicht vermissen.«

Die Pressechefin hatte Kaffee gekocht und stellte Milch und Kekse auf den Tisch. Sie plauderte über den plötzlichen Wetterwechsel, wehrte aber freundlich sämtliche Fragen zu dem unerwarteten Besuch ab. Wahrscheinlich wollte sie es Mahmoud überlassen, die Hausbewohner zu informieren.

Tim und Kristian setzten sich. Offenbar hatten sie das morgendliche Training bereits hinter sich, sie waren vollständig bekleidet, frisch gewaschen und gekämmt. Jackie hatte sich auf dem Sofa zusammengerollt. Sie trug einen violetten Jogginganzug und sah aus, als hätte sie die ganze Nacht über geheult.

Gunnar erschien so gepflegt und adrett wie immer. Er trug eine eng sitzende, currygelbe Brokatweste, die er bis unten zugeknöpft hatte, sodass sie einem Panzer ähnelte. Er saß neben Jackie auf dem Sofa. Dan setzte sich ans andere Ende.

»Es ist eine furchtbare Tragödie«, sagte Mahmoud, nachdem auch Gitte sich gesetzt hatte. »Kamille wurde ermordet, während wir anderen daneben gelegen und geschlafen haben. Das ist erschütternd, und dennoch ist niemandem hier etwas vorzuwerfen. Es war unmöglich vorherzusehen. Unsere Gedanken sind heute bei Kamille Schwerins Hinterbliebenen, ihrem Ehemann und ihrem Vater. Wir wissen, wie sehr sie Kamille vermissen werden.« Er machte eine Pause, als Jackie lautstark zu schluchzen anfing, und fügte dann hinzu: »Wir hoffen, dass ihr Mörder sehr bald gefunden wird.«

Einige Sekunden war Jackies Schluchzen das einzige Geräusch, das im Raum zu hören war. Kirstine setzte sich neben die junge Frau und legte den Arm um sie.

Die Pressechefin kam aus der Küche und setzte sich neben Dan. Sie nickte ernst und doch so zuversichtlich in den Kreis schockierter Gesichter, als wolle sie versichern, es würde schon alles wieder gut.

»Dieses Verbrechen hat natürlich Auswirkungen auf unsere Show«, fuhr Mahmoud fort. »Wir werden die Staffel von *Mörderjagd* leider abbrechen müssen. Ich finde das ebenso ärgerlich wie ihr sicher auch. Alles sah danach aus, als hätten wir eine fantastische Show, die Zuschauerzahlen waren ausgezeichnet, und wir hatten große Aufmerksamkeit in den Medien.«

»Ja«, unterbrach ihn die Pressechefin. »Ihr werdet euch wundern, wenn ihr seht, wie toll die Boulevardzeitungen eingestiegen sind.« Mahmoud warf ihr einen Blick zu. »Obwohl das jetzt natürlich alles einen fürchterlichen Nachhall hat.«

»Aber wie gesagt«, ergriff Mahmoud wieder das Wort. »So ist es nun einmal. Wir schalten die Kameras ab und sammeln eure Mikros ein, sobald dieses kleine Treffen beendet ist.«

»Ist das nicht eine wahnsinnig teure Geschichte?«, erkundigte sich Dan. »Ich meine, ihr habt doch ein Vermögen investiert – und von den Werbeeinnahmen könnt ihr euch verabschieden?«

»Damit habe ich nichts zu tun, Dan. Das muss TV3 regeln. Ich vermute, sie sind in irgendeiner Form versichert.«

»Dürfen wir jetzt nach Hause gehen?« Es war Gitte. Sie sah plötzlich um mehrere Jahre gealtert aus.

Mahmoud schüttelte den Kopf. »Ihr müsst hierbleiben, bis die Polizei euch Bescheid gibt. Aber von nun an stehen die Türen offen, ihr könnt kommen und gehen, wann immer ihr das wollt. Hauptsache, ihr bleibt hier auf der Insel, haltet euch von den Polizeiabsperrungen fern und sorgt dafür, dass wir in Kontakt mit euch treten können.«

»Habt ihr etwa vor, das hier zu senden?« Kirstine hielt noch immer Jackie im Arm und nickte über die Schulter, um auf die gesamte Dramatik der Situation hinzuweisen: Die schockierten Kandidaten, der seltsam unpersönliche Gemeinschaftsraum, die Kekse auf dem Couchtisch. »Oder was habt ihr geplant?«

Mahmoud fuhr sich mit der Hand durch sein ohnehin schon wieder ziemlich verwuscheltes Haar. »Ich weiß es nicht, Kirstine«, antwortete er. »Wir klären das im Laufe des Tages.«

»Können wir unsere Handys wiederhaben?« Die Frage kam von Kristian Ludvigsen. »Und die Notebooks?«

»Ja, natürlich«, sagte Rasmus. »Wir haben alles in eine Umzugskiste gepackt und mitgebracht.«

Tim und Kristian hatten sich schon halb erhoben, um sich die lang vermisste Elektronik zu holen, als Mahmouds Stimme sie bremste. »Nicht so hastig, ihr beiden. Wir wollen unser Treffen schon noch beenden.«

Einige Sekunden war es still. Dann ergriff Gitte das Wort: »Weiß irgendjemand von euch etwas?«

»Was meinst du? Über den Mord?«

»Ja. Darüber, was passiert ist.«

Mahmoud schüttelte den Kopf. »Nicht sehr viel. Wir wissen nur, dass Kamille tot ist und man ihre Leiche in Dans Zimmer gefunden hat.«

»Und ihr Mann hält sich hier auf der Insel auf?«

»Ja, darüber hinaus …« Er zuckte die Achseln.

»Steht jemand von uns unter Verdacht?« Tim Kiilberg hatte die Frage gestellt.

»Ich weiß es nicht. Aber vielleicht weiß Dan etwas?«

Dan richtete sich auf. »Tut mir leid. Ich weiß gar nichts.«

»Wenn sie uns nicht verdächtigen, warum müssen wir dann hierbleiben?«

»Ich weiß es wirklich nicht, Tim.« Dan konnte seine Irritation nicht verbergen.

»Und ich dachte, du wärst ein Herz und eine Seele mit der Polizei?« Tims Lächeln war eher ein Zischen. »Du bist doch der Kahlköpfige Detektiv? Oder diesmal nur ein ganz gewöhnlicher Hauptverdächtiger?«

»Hör jetzt auf.«

»Das Ganze fand in deinem Zimmer statt, oder?«

»Ja, jedenfalls deutet einiges darauf hin.«

»Dann bist du vermutlich der Erste, den sie verdächtigen.«

»Vielleicht.«

»Nehmen wir einmal an, Dan habe sie nicht ermordet …« Tim kniff die Augen zusammen. »Warum ist er dann eigentlich nicht aufgewacht, als der Mörder durch sein Zimmer gelatscht ist?«

Dan fing Rasmus' Blick auf. Er war vollkommen ausdruckslos. Aus dieser Ecke war eindeutig keine Unterstützung zu erwarten. »Ganz einfach. Ich war nicht da.«

Kirstine räusperte sich. »Weder Dan noch ich konnten schlafen.

Wir haben den größten Teil der Nacht Backgammon gespielt. Bis um ... wie spät war es wohl, Dan? Fünf?«

»Ungefähr, ja.«

»Pfft!« Tims Lächeln verschwand. »Für wie blöd haltet ihr uns eigentlich? Als könnten wir nicht zwei und zwei zusammenzählen.«

»Jetzt hör aber auf!«, unterbrach ihn Mahmoud. »Dan braucht sich dir gegenüber nicht zu rechtfertigen. Es reicht völlig, wenn die Polizei unangenehme Fragen stellt. Wir müssen uns nicht auch noch gegenseitig mit Unterstellungen das Leben schwer machen.« Wieder fuhr die Hand durchs Haar. »Weitere Fragen?«

Jackie hatte aufgehört zu weinen und sich im Sofa aufgesetzt. »Bekommen wir unser Geld, obwohl die Show abgebrochen wird?«

»Das Honorar? Ja, davon gehe ich aus. Ihr könnt ja nichts dafür, dass wir abbrechen mussten. Ich überprüfe das nachher.«

Es gab weitere Fragen und viele mehr oder weniger relevante Kommentare. Rund um den Couchtisch wurde geredet, alle hatten plötzlich das Bedürfnis, das Unheimliche abzuschütteln und sich mit anderen Dingen zu beschäftigen, an etwas anderes zu denken.

Dan sagte nichts, er blickte auf seine Hände, handlungsunfähig in diesem Sumpf aus Lügen, in dem er zu versinken drohte. Was war das bloß für ein Chaos. Wie dämlich hatte er sich benommen. Wenn er doch bloß nie ...

In diesem Moment spürte er Kirstines Blick. Er hob den Kopf und sah in ihre dunklen Augen. Ihr Gesicht war vollkommen entspannt. Sie sah abgeklärt aus. Wieder spürte Dan dieses überwältigende Gefühl, das in dem Chaos, in das sie beide geraten waren, ganz einfach seinen Platz fand. Nein, er bereute nichts. Die

Situation war entsetzlich, doch er hatte auch etwas gefunden, das all diese Komplikationen wert war.

Jetzt lächelte sie. Ein winziges, sehr privates Lächeln. Dan erwiderte es.

32

Backgammon?« Rasmus sah seinen Vater verächtlich an, als sie durch das Foyer auf die Rasenfläche gingen. »Ist euch wirklich nichts Besseres eingefallen? Backgammon?«

Dan schüttelte den Kopf, ohne zu antworten. »Was willst du, Rasmus?«

»Wait and see«, sagte Rasmus nur.

Die Kameras und Mikrofone waren abgestellt, Erleichterung hatte sich breitgemacht. Nachdem die Computer und Handys verteilt waren, hatte Rasmus seinen Vater zur Seite gezogen. Er sagte, er müsse Dan unbedingt etwas zeigen. Nun waren sie auf dem Weg zum Produktionsflügel.

Rasmus ging voraus in ein kleines Büro, in dem ein großer Computer einem Bürotisch stand »Hier.« Er schob seinem Vater einen gepolsterten Bürostuhl zu und holte aus dem Nachbarbüro einen Stuhl für sich. »Setz dich.« Der junge Mann hatte dunkle Ränder unter den Augen. Er sah aus, als hätte er letzte Nacht nicht viel geschlafen. Rasmus schaltete den Computer ein. »Hast du mit Mam geredet?«, fragte er, ohne den Blick vom Bildschirm abzuwenden.

»Noch nicht.«

»Mach es, bitte.« Rasmus klickte auf ein Ordnersymbol auf dem Bildschirm des Computers. »Mach es, sobald du hier raus bist.«

»Ich kann das schon selbst regeln, Rasmus.«

Rasmus wandte ihm den Kopf zu. »Versprich mir, dass du sie

anrufst, sobald du hier raus bist. Sonst bekommst du das hier nicht zu sehen.«

»Um was geht es denn überhaupt?«

Rasmus bewegte die Maus, sodass der Cursor auf einen Dateinamen in der langen Liste mit dem Ordnerinhalt zeigte. »Ich habe hier den Beweis dafür, dass ihr beide die Wahrheit sagt und du erst gegen fünf das Zimmer von Kirstine verlassen hast.«

Dan sah ihn einen Augenblick an. Dann schüttelte er den Kopf. »Du gehst wirklich zu weit, Rasmus. Verdammt noch mal.«

»Das ist durchaus möglich. Aber es wäre ganz bestimmt sehr viel angenehmer für Flemming und dich, wenn ihr zusammenarbeiten könntet, anstatt schon wieder gegeneinander anzutreten.«

»Hast du mit ihr geredet?«

»Mit Mam? Ja. Zu dir und Kirstine habe ich natürlich nichts gesagt. Das darfst du schon selbst machen.«

»Du gehst verdammt noch mal zu weit«, sagte Dan noch einmal. Er schob seinen Stuhl an den Schreibtisch und beugte sich vor, die Augen auf den Bildschirm gerichtet. »Okay, ich werde sie anrufen. Allerdings nicht vor heute Nachmittag, ich werde sie bestimmt nicht in der Praxis damit stören.«

Rasmus schob die Maus beiseite. »Du wirst ihr erzählen, was passiert ist und dass du ihr untreu warst, ganz einfach.«

Dan wand sich. »Das sollte besser warten, bis ich nach Hause komme? Es ist nicht gut, so etwas zu erzählen, wenn man …«

»Du sagst es noch heute.«

»Und wozu soll das gut sein?«

»Deine heimliche Affäre ist absolut kein Geheimnis mehr. Ich weiß es. Flemming weiß es. Alle hier wissen es. Mam ist bald die Einzige, die nichts von dir und Kirstine weiß, obwohl sie es vermutlich ahnt. Ihr seid den größten Teil eures Lebens verheiratet.

Findest du nicht, dass du ihr so viel Respekt schuldest und ihr erzählen solltest, ob sie Grund hat, sich um ihre Ehe Sorgen zu machen?«

»Oh, du bist so …«

»Moralisch. Wolltest du das gerade sagen?«

Dan hob die Schultern. »So was in der Richtung, ja.«

Rasmus lehnte sich in seinem Stuhl zurück. »Ist dir eigentlich klar, wie oft du diese Karte schon ausgespielt hast, wenn ich etwas von dir wollte. Das geht schon so, seit ich klein bin. ›Du bist so moralisch, Rasmus‹«, äffte er Dan nach. »Als ob das ausreichen würde, damit niemand mich mehr ernst zu nehmen braucht.«

»So ist es doch gar nicht.«

»Doch, genau so ist es. Und ich bin es so leid, diesen Stempel aufgedrückt zu bekommen, wenn ich meine Meinung sage. Ich glaube übrigens nicht, dass mein Moralkodex sehr viel strenger ist als der von fast allen anderen Menschen. Verglichen mit deinem bin ich allerdings beinahe katholisch, das ist mir schon klar. Deine moralischen Grundsätze lassen sich fast bis zur Unkenntlichkeit verbiegen, richtig?«

Dan sah seinen erwachsenen Sohn an. Er wusste, dass Rasmus recht hatte. Und er hätte sich lieber die Zunge abgebissen, als es zugegeben. Langsam schüttelte er den Kopf. »Ich werde es ihr heute Nachmittag beichten. Obwohl es nicht richtig ist, wenn sie es am Telefon erfährt. Davon bin ich überzeugt.«

»Hör schon auf damit. Es geht doch um das, was du getan hast, nicht ein Kommunikationsmittel. Mach dir das endlich mal klar.«

»Zeig mir jetzt, was so wichtig ist.« Dan nickte in Richtung Bildschirm. »Okay?«

Rasmus sah ihn eine Weile an, ohne zu antworten. Dann wandte er sich dem Computer zu und griff nach der Maus. Er klickte auf einen Dateinamen und ein merkwürdiges Kurvendiagramm füllte den Bildschirm aus. Es sah wie eine Reihe flacher, zerklüfteter Bergspitzen aus.

»Das hier«, sagte Rasmus, »ist eine Grafik, die den Ton von Tim Kiilbergs Tür zeigt, wenn man sie öffnet. Und das hier ...« Er klickte erneut und ein weiteres Diagramm tauchte auf, das aber mit einem hohen, spitzen Berggipfel anfing, dem eine Reihe kleinerer folgten. »... ist der Nachklang. Das Echo, wenn du so willst.«

Dan zog die Augenbrauen zusammen. »Ich verstehe nicht ...«

»Hör zu«, erwiderte Rasmus und rief zwei unterschiedlich aussehende Diagramme auf. »Jackies Tür wird geöffnet ... und geschlossen.« Wieder klickte er und die vier gezackten Kurven lagen nebeneinander in einem Dokument. »Erkennst du den Unterschied?« Er fuhr mit dem Cursor auf eine Bergspitze. »Siehst du, wie deutlich sich die Diagramme der beiden Türen voneinander unterscheiden?«

»Ja.«

Rasmus klickte mehrfach hintereinander, und der Bildschirm füllte sich mit acht Bergreihen, die untereinander angeordnet waren. »Hier siehst du alle acht Schlafzimmertüren«, erklärte er und fuhr mit dem Cursor darüber. »Hier ist deine geöffnet und hier geschlossen. Und diese gehören Gitte und Kamille.«

»Wann zum Teufel hast du die Zeit gefunden, so etwas ...«

»Warte. Ich habe gerade erst angefangen.« Rasmus' Zorn war verflogen. Er glich jetzt einem kleinen Jungen, der selbst herausgefunden hatte, wie man eine komplizierte Lego-Rakete zusammenbaut. »Ich habe dir gerade gezeigt, wie unterschiedlich die Geräusche dieser acht Türen sind, wenn man sie öffnet oder schließt, klar?«

»Ja.«

»Dann sieh dir mal das an.« Rasmus öffnete ein neues Dokument in dem Ordner. »Was wir hier als Diagramm sehen«, sagte er mit kaum unterdrücktem Stolz, »ist die gesamte Aktivität im ersten Stock vorgestern Nacht.«

»Du meinst …«

»Ich meine, dass ich die Tonaufnahmen von Dienstag, 22:00 Uhr bis Mittwoch, 07:00 Uhr auf dem Computer habe und alles identifizieren kann, was passiert ist. Ich habe diese Daten mit dem Überwachungsvideo von der Treppe verbunden – und schwupps! – weiß ich, wer im Laufe der Nacht wohin gegangen ist.«

»Und woher hast du die Aufzeichnungen der Geräusche jeder einzelnen Tür?«

»Die hatten wir im Vorfeld aufgenommen.«

»Obwohl ihr versprochen habt, uns nicht zu beobachten, wenn wir im ersten Stock sind?«

»Wir haben gelogen.«

»Verflucht, Rasmus …«

»Wir lügen alle, Papa. Manche lügen bei großen Dingen, andere bei kleinen. Das hier würde ich eher zu den kleinen Dingen zählen.«

Das saß.

Dan erwiderte nichts und konzentrierte sich einen Moment auf das verwickelte Diagramm, auf dem kleine, farbig unterlegte Textblöcke die einzelnen Bergzinnen kommentierten. Dann wandte er sich seinem Sohn zu. »Das muss doch Stunden gedauert haben, Rasmus?«

»Ich habe mit Søren die ganze Nacht lang daran gearbeitet – mit dem rothaarigen Tonmann, weißt du.« Rasmus zuckte die Achseln. »Ich konnte sowieso nicht schlafen.«

»Aber warum?«

»Ich wollte dir eine Chance geben, dem Kreis der Verdächtigen zu entkommen – damit du wieder an den Ermittlungen teilnehmen kannst.«

»Ich dachte, du bist sauer auf mich?«

Rasmus stand auf und trat ans Fenster. Er blickte auf den Badesteg. »Bin ich auch. Ich finde, du bist ein Arsch. Aber du bist schließlich auch ...« Er schluckte. »Egal, was mit dir und Kirstine passiert ist und mit Mutter und unserer Familie, bist du immer noch mein Vater, oder? Ich kann doch nicht zusehen, wie man dich für einen Mord verdächtigt, den du nicht begangen hast. Wenn ich helfen kann, den Verdacht aus der Welt zu schaffen, dann tue ich es.«

»Woher weißt du, dass ich unschuldig bin?

»Wie gesagt, es geht aus dieser Datei hervor.« Rasmus zeigte auf den Bildschirm. »Ich erklär dir, was du siehst, dann brenne ich dir eine CD und du zeigst sie der Polizei.«

»Warum rufen wir Flemming nicht einfach dazu?«

»Denk nach, Papa. Wenn ich Flemming die Resultate zeige, wird er dich bitten zu verschwinden. Man lässt doch keinen Zeugen mithören, wenn man das Beweismaterial durchgeht, oder?«

»Ah ... Du meinst, wenn ich es bin, der ...«

»Genau. Wenn du ihnen dieses Dokument präsentierst, schicken sie dich nirgendwo hin.« Rasmus lächelte, als er sah, dass der Groschen gefallen war. »Fangen wir an?«

Dan nickte.

Rasmus und der Tontechniker hatten hervorragende Arbeit geleistet. Alles war geordnet und registriert, jedes einzelne Geräusch identifiziert. Die Aufnahmen der Kamera an der Treppe, waren in einem kleinen Fenster zu sehen, sodass die mit den Geräuschdiagrammen gekoppelten Bilder den Verlauf der Nacht auf dem langen Flur präzise wiederspiegelten. Ließ man die Tonspur bis zu einer bestimmten Stelle vorlaufen, lief das Kamerafenster automatisch mit. Dan tat sein Bestes, um Rasmus' Erklärungen zu folgen und die Linie mit den leuchtenden Zahlen in der unteren rechten Ecke des Bildschirms im Auge zu behalten. Hier konnte man die Uhrzeit des Ereignisses ablesen. Rasmus hatte bereits alle Höhepunkte der nächtlichen Ereignisse auf einem Blatt Papier notiert. Eine Kopie überreichte er jetzt seinem Vater. Er hatte nichts dem Zufall überlassen und startete die Aufzeichnungen. Um 22:25 Uhr tauchten drei Menschen an der Treppe auf: Tim, Gitte und Kristian gingen plaudernd hinauf, blieben einen Moment auf der obersten Stufe stehen und gingen dann in ihre Zimmer. Gitte und Tim nach rechts, ihre Türen öffneten sich fast gleichzeitig. Kristian verschwand nach links, ein paar Sekunden später ging seine Tür auf, daraufhin die der anderen. Und bang, bang, bang waren sie alle drei wieder geschlossen. Das Diagramm bestand plötzlich aus einem Wirrwarr aus spitzen Berggipfeln, die sich klar identifizieren ließen. Rasmus spulte zwölf Minuten vor. Dan und Kirstine kamen die Treppe hinauf. Sie verschwanden beide nach links. Kirstines Tür ging auf und wurde nach ein paar Sekunden wieder geschlossen. Dans Tür zeigte keinerlei Ausschläge.

Dan rutschte unruhig hin und her. »Ja, das ist ...«

»... entlarvend, nicht?« Rasmus überprüfte seine Notizen und spulte wieder etwas vor. Um 22:50 Uhr ging Kamille langsam nach oben. Sie sah müde aus und massierte ihren Nacken. Man sah, dass sie links im Flur verschwand. Doch daraufhin gab es über eine Minute lang keinerlei Aktivität. Erst dann markierte eine Bergkette auf dem Diagramm das Öffnen ihrer Tür – und bang! – eine steile Zinne zeigte, dass die Tür geschlossen wurde.

»Du verstehst das System, oder?«

»Ja, ja. Man muss sich nur daran gewöhnen, gleichzeitig beide Fenster zu verfolgen.« Dan zog die Augenbrauen zusammen. »Ist nicht ungewöhnlich viel Zeit vergangen, bis Kamille in ihr Zimmer ging?«

»Ja.«

»Was hat sie gemacht?«

Rasmus zuckte die Achseln. »Vielleicht hat sie an Kirstines Tür gelauscht?«

»Warum sollte sie?«

»Leider haben wir nicht so viel Zeit, ich könnte dir eine Szene nach der anderen vorspielen, in denen Kamille dich und Kirstine beobachtet. Euch ist das vielleicht nicht aufgefallen. Ihr habt miteinander geredet, gelacht, rumgeblödelt und hattet überhaupt nur Augen für euch. Kamille hat das alles aufmerksam verfolgt.«

»War sie wirklich so eifersüchtig? Armes Mädchen.«

»Mädchen? Soweit ich weiß, ist sie vor ein paar Monaten vierzig geworden.«

»Na ja.«

Um 23:33 Uhr kamen zuerst Jackie und dann Gunnar rasch die Treppe hoch. Es sah aus, als würden sie um die Wette laufen. Sie umarmten sich, und Jackie ging nach rechts. Gunnars Tür öffnete sich. Es war die einzige Tür, die sich innerhalb der Reichweite der Kamera befand, seine Füße und Unterschenkel waren zu erkennen. Er blieb einen Moment an der Tür stehen, während er mit Jackie scherzte, wer wohl der Mörder sein würde. Im Spaß schlug sie ihn vor, und ihr Lachen zeichnete sich als eine Reihe sehr hoher und breiter Berggipfel ab, bis beide Türen den Ton abschnitten. Bang, bang.

»Er war es, by the way, tatsächlich«, sagte Rasmus. »Er hatte es gerade im Vernehmungsraum erfahren.«

»Gunnar sollte der Mörder sein? Wirklich, eine gute Wahl. Bei ihm fühlten sich alle sicher.«

»Ja, es ist immer der Unwahrscheinlichste, oder?«

»Tja. Oder der Butler.«

Rasmus lächelte schief. »Wenn du aufgepasst hast, weißt du, dass alle acht Kandidaten sich nun in ihren Zimmern befinden. Bis auf einen.«

»Also, Rasmus …«

»Nicht unterbrechen. Darauf will ich gar nicht hinaus. Also, dein Zimmer steht leer. Alle anderen sind in ihren Zimmern. Schau mal, was jetzt passiert …«

Er spulte vor bis 23:49 Uhr. Eine Bergreihe zeigte sich. Tims Tür. In dem kleinen Fenster sahen sie die untere Hälfte eines Mannes, bei dem es sich unverkennbar um Tim handelte. Er kam aus der rechten Bildseite und verschwand nach links. Es folgte gedämpftes Klopfen und Kamilles Tür wurde geöffnet.

»Was?«

»Ja, es stimmt. Tim stattet Kamille einen Besuch ab.«

Es folgte gedämpftes Murmeln: »Darf ich einen Moment reinkommen?« »Ich war eigentlich schon zu Bett gegangen, aber …« Die Tür wurde geschlossen. Berggipfel, Nachklang. Schluss.

»Wie lange bleibt er da drin?« Dan bemerkte, dass er ganz vorn auf der Stuhlkante saß, als würde er einen spannenden Film sehen. »Was machen die beiden bloß?«

»Das kann ich dir leider auch nicht sagen. Tim Kiilberg kann die Frage bestimmt beantworten?«

»Das ist Flemmings Problem. Ich werde nicht länger als absolut notwendig mit Kiilberg reden.«

»Er bleibt nur zwanzig Minuten in Kamilles Zimmer.« Rasmus sprang auf 00:10 Uhr. Kamilles Tür ging auf und wieder zu. Tims

Bein auf dem Flur – diesmal von links nach rechts – Tims Tür, auf und zu. »Und dann ist ein paar Stunden Ruhe im Lager«, sagte er und fuhr weiter, bis die leuchtenden Ziffern in der Ecke 03:24 Uhr anzeigten. »Jetzt schau hin«, sagte er. Eine Reihe von Bergspitzen zeigten sich. Es war unverkennbar Kamilles Tür, die aufging. Aber sie wurde nicht wieder geschlossen. Stattdessen zeigte eine neue Reihe von Bergspitzen, dass eine andere Tür geöffnet wurde.

»Das ist meine Tür!« Dan wollte sich kaum vorstellen, dass das, was er hier zu sehen bekam, sich abgespielt hatte, während er nur ein paar Meter entfernt auf der anderen Seite des Flurs Kirstine in den Armen hielt. Ohne einen Gedanken an die anderen, an sein leeres Zimmer oder den Rest der Welt zu verschwenden.

»Ja, das ist deine Tür. Und schau, Kamille macht sie auch hinter sich zu.« Dann zwanzig Minuten keinerlei Aktivität, bis Gittes Tür aufging.

»Ich will jetzt keine Zeit mit den Aufnahmen vergeuden, sie ist in die Küche gegangen und … hier, sieh.« Gitte erschien auf der Treppe. Sie hielt eine fast volle Flasche Cognac in der einen und zwei Gläser in der anderen Hand. Als sie den langen Flur betrat, bog sie nicht nach rechts zu ihrem eigenen Zimmer ab, sondern nach links. Ein vorsichtiges Klopfgeräusch folgte.

»An welche Tür klopft sie? Um Viertel vor vier in der Nacht?«

»Ich bin mir nicht sicher. Das Einfachste wäre natürlich, sie zu fragen. Sonst müsst ihr einen Experten dazu rufen, der das ordentlich analysiert. Es kann eins von drei Zimmern sein: deins, Kamilles oder Kristians. Kirstines wird es nicht gewesen sein, oder?.«

Dan schüttelte den Kopf. »Das hätte ich gehört.«

»Du warst um diese Zeit noch wach?«

»Jetzt hör aber auf!«

»Ich vermute, es wird Kamilles Tür gewesen sein. Die Resonanzkurve gleicht dem Diagramm, als Tim angeklopft hat. Aber die Stärke und das Tempo, mit dem geklopft wird, ist sehr unterschiedlich, es ist schwer, das mit Sicherheit zu sagen.«

Schweigend schauten sie auf das Diagramm, das sich zeigte, als Gitte noch einmal klopfte, diesmal ein bisschen fester. Noch immer keine Reaktion. Auf dem kleinen Fenster sah man ihre Beine nun von links nach rechts gehen. Ihre eigene Tür ging auf. Und wieder zu.

»Jetzt passiert sieben Minuten lang nichts«, sagte Rasmus. »Und dann, schau hier.« Dans Tür ging auf und wurde wieder geschlossen. Kamilles Tür ebenfalls. Danach totale Stille bis 04:12 Uhr. Kamilles Tür wurde geöffnet und wieder geschlossen. Dans Tür ebenfalls. Ruhe bis 04:58 Uhr. Kirstines Tür. Sofort danach Ende der Vorstellung mit Dans Tür. Berggipfel. Bang. »Danach herrscht Ruhe bis um sieben.«

»Was zum Henker ist da los gewesen? Spiel mir die letzte Sequenz noch einmal vor.«

Stumm betrachteten sie die wechselnden Berglandschaften.

Dann sagte Rasmus: »Also, Kamille steht auf und geht in dein Zimmer. Gitte holt eine Flasche Cognac und klopft an Kamilles Tür, es ist niemand im Zimmer. Sie verschwindet wieder. Kamille kommt acht Minuten vor vier aus deinem Zimmer und geht in ihr eigenes Zimmer. Geht zurück in dein Zimmer, wird ermordet, *du* kommst zurück und …«

»Nein«, unterbrach ihn Dan. »Das ist unlogisch. Ich glaube nicht, dass Kamille kurz vor vier zurück in ihr Zimmer gegangen ist. Ich glaube, sie war zu diesem Zeitpunkt bereits tot. Es war der Mörder. Vielleicht hat er etwas gesucht. Oder er wollte etwas loswerden.«

»Während Gitte an Kamilles Tür klopfte, wurde sie hinter deiner ermordet?«

»Ich befürchte, so war es.«

»Scheiße, ist das unheimlich. Du musst das Material Flemming geben, Papa.«

»Ich werde es ihm sofort übergeben.«

»Hier.« Rasmus gab ihm die CD mit den verknüpften Dateien. Dan stand auf. »Ich bin dir sehr dankbar, Rasmus, das sollst du schon wissen.«

»Spar dir das.« Rasmus hielt eine Hand hoch. »Ruf einfach Mami an. Das ist alles, worum ich dich bitte.«

33

Das ist hochinteressant.« Flemming stand auf und ging ein wenig auf und ab, wobei er beide Hände auf die Hüften presste. Er hatte schlecht geschlafen. Das Bett in dem Schlafzimmer, das man ihm zur Verfügung gestellt hatte, war viel zu weich gewesen, das Kopfkissen zu hart. Während das sorgfältig redigierte Überwachungsmaterial auf dem Computer gelaufen war, hatte er nicht einen Moment an seinen Rücken gedacht. Er und die anderen Polizisten waren mit angehaltenem Atem der Tonspur von Kamilles Mord gefolgt. »Sag Rasmus, dass er ein Prachtkerl ist. Obwohl ich noch immer nicht ganz verstehe, warum er es dir und nicht mir gegeben hat.«

»Es beweist, dass ich Kirstines Zimmer nicht vor fünf Uhr verlassen habe, oder?«

»Ja, so sieht es aus. Ich glaube, du bist frei von jedem Verdacht.«

»Glückwunsch«, sagte Frank Janssen und grüßte mit der Kaffeetasse.

Dan steckte die CD in eine Hülle und reichte sie Flemming. »Ihr habt doch nicht im Ernst geglaubt, ich hätte …?«

»Nein, natürlich nicht. Die Möglichkeit mussten wir trotzdem in Erwägung ziehen. Es war dein Zimmer, in dem wir sie gefunden haben, obwohl es mir ein wenig schwerfiel, mir vorzustellen, wie du das mit der Leiter arrangiert haben solltest. Nun ja.«

»Es war übrigens die falsche Leiter«, warf Pia Waage ein. »Du hast die falsche Leiter gefunden und versiegelt, Dan.«

Sie berichtete, wo sie die richtige Leiter gefunden hatten, und Dan brauchte einen Moment, um seine eigene Dummheit zu verfluchen. »He, da fällt mir was ein«, sagte er. »Habt ihr meine Digitalkamera auch ins Labor geschickt? Sie lag auf dem Tisch in meinem Zimmer.«

»Keine Ahnung, wieso denn?«

»Die Fußspuren neben den Abdrücken der Leiter, sie sahen hundertprozentig aus wie ein paar Schuhabdrücke, die ich am ersten Morgen in Gitte Sandlauws Zimmer gefunden habe.«

»Und die hast du fotografiert?

»Ich habe beide Spuren fotografiert, die neben der Leiter und die im Zimmer. Ich bin nur nicht dazu gekommen, sie zu vergleichen.«

»Und wieso erzählst du das erst jetzt?«

»Ich habe es vergessen. Mir ist so vieles durch den Kopf gegangen.«

»Janssen, ruf doch mal Traneby an, und frag ihn, wo diese Kamera ist. Die Fotos sollten wir uns ansehen.« Flemming wandte sich wieder an Dan. »Wenn du recht hast, und es handelt sich um dieselbe Spur – dann wollte Kamilles Mörder also auch Gitte Sandlauw überfallen?«

»Nein, ich glaube nicht, es gibt einen anderen Zusammenhang«, erwiderte Dan und erzählte von der dramatischen Episode des ersten Abends im Kandidatenflügel, als Kamille einen Asthmaanfall wegen des vierbeinigen Einbrechers hatte. Und dass Gitte ihr angeboten hatte, die Zimmer zu tauschen. »Ich vermute«, sagte Dan jetzt, »der Mörder war schon in der ersten Nacht hinter Kamille her. Er oder sie wussten aus irgendeinem Grund, in welchem Zimmer sie schlafen wollte. Das Fenster in diesem Raum geht nach Norden, und darunter gibt es keinerlei Absperrung, weil der Garten auf der anderen Seite liegt.«

»Dann müssten sich auch unter diesem Fenster Leiterabdrücke finden lassen?«

»Das sollte man überprüfen. Ich glaube, der Täter ist hinaufgeklettert, um Kamille umzubringen, hat aber rechtzeitig entdeckt, dass jemand anderes im Bett lag. Danach ist er still und leise wieder verschwunden.«

»Also jemand, der von vornherein die Belegung der Zimmer kannte.« Flemming sah erfreut aus. »Das begrenzt die Anzahl der Verdächtigen.«

»Leider nein, so einfach ist es nicht«, widersprach Dan. »Wir haben uns die Zimmer selbst ausgesucht, als wir ins Haus kamen, niemand konnte es vorher wissen. Der Betreffende muss Kamille in dem Zimmer gesehen haben. Vielleicht, als sie ihr Gepäck hochbrachte.«

»Hm.« Flemming hatte sich ans Fenster gestellt. Er rieb sich die Hüfte und überlegte, ob er sich ein Schmerzmittel geben lassen sollte. Das wäre zumindest einfacher, als einen Masseur auf die Insel kommen zu lassen. Er drehte sich um und blieb in seiner Lieblingsposition stehen, mit dem Hintern an der Fensterbank. »Diese CD bestätigt, was wir uns bereits gedacht haben. Kamille kannte ihren Mörder. Um 03:24 Uhr hat jemand Steinchen an ihr Fenster geworfen. Sie stand auf, öffnete das Fenster und sah, wer es war. Daraufhin ging sie in dein Zimmer, Dan, kontrollierte, ob es noch leer war, öffnete die Balkontür, und ihr nächtlicher Gast kam herein.«

»Die Balkontür in Dans Zimmer stand bereits offen, Torp«, warf Pia Waage ein. »Jedenfalls hat Traneby das gesagt. Sie war die ganze Zeit, während es regnete, offen.«

»Na ja ... egal. Der Täter muss direkt durch die kleine Regenpfütze gelaufen sein, als er hereinkletterte. Ob er selbst das Handtuch geholt hat, um aufzuwischen?«

Dan räusperte sich. »Ich fürchte, ich habe aufgewischt.«

Flemming warf Pia einen triumphierenden Blick zu. Hatte er das nicht die ganze Zeit gesagt? »Hast du bemerkt, ob das auf dem Fußboden Fußspuren waren, als du anderthalb Stunden später ins Zimmer gekommen bist?«

»Ich habe nicht darauf geachtet. Tut mir leid. Die Pfütze ist mir aufgefallen, als ich selbst hineingetreten bin und nasse Füße bekommen habe. Ich habe nicht darauf geachtet, ob schon jemand vor mir hineingetreten war und vielleicht Fußspuren im Zimmer hinterlassen hatte, sondern ein Handtuch geholt und einfach aufgewischt.«

»Und was hast du mit dem Handtuch gemacht?«

»Zum Trocknen aufgehängt. Was sonst?«

Frank Janssens Mobiltelefon klingelte. Er schaute aufs Display, entschuldigte sich und ging ein Stück beiseite, damit das Gespräch den Rest der Gruppe nicht störte.

»Die Annahme, dass sie selbst ihren Mörder hereinließ ...«, überlegte Dan.

»Das verweist leider ziemlich eindeutig auf ihren Mann, wenn du mich fragst.« Flemming veränderte seine Position. »Wir wissen von fast allen Kandidaten, dass Kamille ihren Mann sehr vermisst hat, ihn hätte sie mit Sicherheit hereingelassen.«

»Ist das nicht eine ziemlich verwegene Annahme? Gehen wir mal davon aus, er hätte herausgefunden, in welchem Zimmer sie wohnt – vielleicht hat er das Haus ja beobachtet …«

»Wie in der ersten Nacht?«

»Ja, wenn er es war. Habt ihr ihn gefragt, wo er die Nacht verbracht hat?«

»Noch nicht.«

»Ah ja. Was wollte ich sagen?« Dan starrte für einen Moment ausdruckslos in die Runde. »Verflucht, bin ich müde … Es ging … Ich meine bloß Folgendes: Wenn Lorenz Birch wirklich gekommen ist, um seine Frau zu ermorden, war es ein sehr glücklicher Zufall, ausgerechnet in dieser Nacht bei ihr einsteigen zu können. Wenn Kamille in dem Zimmer geblieben wäre, das sie sich ursprünglich ausgesucht hatte, wäre es etwas anderes gewesen. Jedenfalls ist es jemandem gelungen, dort hineinzukommen. Aber ihr neues Zimmer lag direkt über dem Garten, und es ist unmöglich, dort einzusteigen. Alle Fenster im Erdgeschoss haben Alarmanlagen, der Garten ist an allen Ecken und Enden gesichert. Der Mörder musste wissen, dass ein Zimmer im ersten Stock leer stand, oder?«

»Ja.«

»Und ich meine: Das konnte er nicht wissen.«

Flemming sah Dan an. »Vielleicht hatte er einen Helfer im Haus?«

»Wer sollte das sein?«

»Wir haben ein Gerücht gehört, dass Lorenz Birch und Kirstine Nyland eine Beziehung haben oder hatten.«

»Sie kennen sich, ja. Aber eine Beziehung? Wer sagt das?«

»Eine Zeugin.«

»Nur eine? Du weißt doch, wie viel geklatscht wird.« Dan hielt plötzlich inne.

»Was ist?«, erkundigte sich Pia Waage.

Dan stand auf. »Nichts«, sagte er. »Ich glaube nur nicht daran.«

»Woran?«

»An das, was ihr offensichtlich annehmt. Dass Kirstine mich aus meinem Zimmer gelockt hat, damit Lorenz an Kamille herankam.«

»Wie lief es denn ab, als ... Wer von euch hat die Initiative ergriffen?«

»Das ...« Dan hielt den Kopf gesenkt, eine Hand auf der Glatze. »Ich kann mich nicht mehr erinnern«, sagte er nach einer Weile. »Das kam so ... von selbst.«

Flemming sah ihn an. Dann schüttelte er den Kopf. »Es muss nicht unbedingt einen Zusammenhang geben, Dan. Aber wir müssen diese Spur verfolgen. Das musst du verstehen.«

Frank Janssen kam zurück. »Ich soll von Traneby grüßen.« Er blieb stehen und sah von einem zum anderen. »Etwas nicht in Ordnung?«

»Wir reden über die Wahrscheinlichkeit, dass Lorenz Birch einen Mitverschworenen im Haus hatte«, erklärte Flemming.

»Oh ...«

»Wer hat angerufen?«

»Traneby. Im Laufe der nächsten Stunde mailt er jede Menge Ergebnisse. Unter anderem die Blutproben, außerdem ist er fertig mit den Fingerabdrücken. Wollt ihr es wissen, oder sollen wir warten?«

»Nein, sag schon.«

Franks Blick flackerte einen Moment hinüber zu Dan, der ein wenig blass aussah. »In Kamilles Zimmer gibt es fünf verschiedene Fingerabdrücke, abgesehen von ihren – vier lassen sich Mads Krogsgaard, Dan, Tim Kiilberg und Gitte Sandlauw zuordnen. Der letzte Fingerabdruck gehört vermutlich dem Putzmann, der am Donnerstag die Zimmer sauber gemacht hat. Wir haben seinen Namen von der Reinigungsfirma und werden im Laufe des Tages mit ihm sprechen. Ich glaube kaum, dass er etwas mit der Sache zu tun hat. Er war seit Donnerstagnachmittag nicht mehr auf der Insel.«

»Und in Dans Zimmer?«

»Vier verschiedene Abdrücke: Mads Krogsgaard, der Putzmann, Kamille und Dans eigene.« Er trank einen Schluck Kaffee. »Kamille ist in Dans Zimmer gewesen und umgekehrt. Mads Krogsgaard und der Putzmann waren in beiden Räumen, während Tim Kiilberg und Gitte Sandlauw lediglich Kamilles Zimmer betreten haben.«

»Einen Teil kann ich erklären«, sagte Dan, der aus seinem Trancezustand erwacht war. »Gitte hatte ja kurz in Kamilles Zimmer gewohnt, und ich war drin, als wir das Gepäck der beiden Frauen nach der Geschichte mit der Katze ausgetauscht haben. Wir haben beide dort unsere Fingerabdrücke hinterlassen. Was Tim betrifft, so wissen wir von den Geräuschanalysen, dass er zu einem früheren Zeitpunkt in der Mordnacht bei Kamille gewesen ist. Zu dieser Zeit lebte sie noch. Mads Krogsgaard hat bei den Vorbereitungen geholfen. Es wäre eher verdächtig, wenn er im Haus keine Fingerabdrücke hinterlassen hätte.«

»Das klingt logisch. Und es gab keinerlei Spuren von Lorenz Birch?«

Frank schüttelte den Kopf. »Vielleicht hat er Handschuhe getragen.«

»Hast du Traneby nach der Digitalkamera gefragt?«

»Die Technik hat sie nicht mitgenommen, Dan. Ich hole sie aus deinem Zimmer.«

»Super.«

»Ich gehe auch noch einmal nach draußen«, sagte Pia. »Elise hat eine SMS geschickt. Sie hat Kontakt zu diesem Anwalt bekommen und weiß jetzt mehr über den Eigentümer der Insel. Ich rufe sie rasch an und bin in zehn Minuten wieder da.«

Als sie allein waren, sah Flemming Dan eine Weile schweigend an. Was zum Teufel sollte er mit ihm machen? Er war sich darüber im Klaren, Dan nicht völlig von den Ermittlungen ausschließen zu können; vor allem, weil er ihn vor knapp zehn Tagen persönlich gebeten hatte, sich einzumischen, und ihm sogar versprochen hatte, sich an den Ermittlungen beteiligen zu dürfen. Dan hatte viel Zeit damit verbracht, die alten Akten des Falls durchzugehen, außerdem hatte er eine ziemlich einmalige Ausgangsposition im Zusammenhang mit dem neuen Mord. Und jetzt war obendrein noch seine Unschuld bewiesen.

Auf der anderen Seite war Dan bis zum Rand des gesetzlich Erlaubten in den Fall verwickelt und sicher kein objektiver Beobachter. Vor allem, wenn die Gerüchte über Kirstine und Lorenz Birch sich bewahrheiteten, war er sogar ein durchaus riskanter Mitspieler. Aber wäre er nicht noch gefährlicher, wenn Flemming nicht mit ihm zusammenarbeitete? Die Erfahrungen ihrer letzten gemeinsamen Ermittlung bekräftigten diese Annahme.

Unter allen Umständen mussten sie eine formale Vereinbarung mit ihm treffen. Nicht zuletzt im Interesse seiner Kollegen. Sie hatten das Recht, zu erfahren, ob sie Dan als einen Außenstehenden oder als einen Kollegen zu behandeln hatten. Flemming wog das Pro und Contra ab, grübelte und überlegte, während er stirnrunzelnd seinen alten Freund betrachtete. Er könnte ihm natürlich noch einmal einen Beratervertrag vorschlagen. Der Hauptkommissar hatte das Schulterklopfen der Ministerin im vergangenen

Jahr nicht vergessen und würde zweifellos viel dafür tun, noch einmal in dieser Weise geehrt zu werden. Aber in welcher Funktion sollten sie Dan anheuern? Konnte man ihn als eine Art Verbindungsoffizier zwischen der Filmproduktion und der Polizei einsetzen? Oder ließ er sich als Sachverständiger mit besonderen Befugnissen bezeichnen?

»Vor lauter Nachdenken sprühen hier gleich die Funken«, sagte Dan und setzte sich auf einen Stuhl. Er streckte die langen Beine aus und kreuzte die Arme vor der Brust. »Du überlegst, was du mit mir machen sollst, richtig?«

»Ja.« Flemming konnte ein verlegenes Grinsen nicht unterdrücken. »Das ist wohl wahr. Irgendwelche Vorschläge?«

Dan lächelte ebenfalls. »Ich dachte schon, du würdest nie fragen.«

»Sag schon.«

»Wie ich es sehe, hat es keinen Sinn, mich in das Ermittlungsteam einzugliedern – egal, welchen hübschen Titel wir für mich fänden. Es funktioniert nicht, weil ich in die Sache zu verstrickt bin.«

Flemming schüttelte erleichtert den Kopf.

»Auf der anderen Seite könntest du einen Sparringspartner mit Insiderwissen und guten Verbindungen zur Produktion und zu den Kandidaten gut gebrauchen.«

»Vielleicht.«

»Bestimmt.«

»Es käme darauf an, wie du …«

»Vorschlag: Ihr zieht euer Ding durch, ich meins. Wir treffen uns und tauschen Informationen aus, ihr haltet nichts vor mir verborgen, und ich verspreche, alles zu erzählen, was ich herausfinde.«

»Also ohne eine formale Vereinbarung?«

»Hätte das denn irgendeinen Sinn?«

»Es ist immer gut, eine Rückendeckung zu haben.« Flemming sah ihn an. »Kannst du mir versprechen, gegenüber den anderen hundertprozentig den Mund zu halten? Auch Kirstine gegenüber?«

Dan zögerte einen Augenblick. »Darf ich sie noch nicht einmal fragen, wie gut sie Lorenz Birch kennt?«

»Unter keinen Umständen. Das ist meine Angelegenheit. Halt dich von ihr fern, bis ich es dir sage.«

Eine neue, beinahe unmerkliche Pause. »Okay. Ihr redet bald mit ihr, ja?«

»So schnell wie möglich. Mit ihr und mit Birch. Und du hältst dich raus.«

»Okay, aber …«

»Wir brauchen eine klare Linie, Dan. Tu, was ich dir sage. Entweder spielst du mit uns, oder du spielst gar nicht.«

»Gut. Natürlich bin ich bei euch.«

»Dann sind wir uns ja einig.«

34

Das erratet ihr nie.« Pia Waage kam zurück und wedelte mit einem Stück Papier. »Wir haben den Besitzer der Insel gefunden.«

»Darf ich einen Tipp abgeben?«, fragte Dan. »Ich glaube, es ist Lorenz Birch.«

Pia ließ den Arm sinken und starrte ihn mit offenem Mund an. »Woher weißt du das?«

»Erstens ist er der einzige Beteiligte, der genügend Geld hat, um eine ganze Insel zu kaufen.«

»Ach, so teuer kann das doch nicht sein«, unterbrach ihn Frank Janssen, der ebenfalls zurückgekommen war. »Was kostet so eine Insel heutzutage?«

»Die öffentliche Schätzung liegt bei …«, Pia schaute in ihre Notizen, »… 24,7 Millionen Kronen. Inklusive Hof und Sanatorium.«

»Ist doch günstig.«

»Nun ja, für die meisten von uns ist das ein Haufen Geld.«

»Du hast gesagt ›erstens‹, Dan. Und was ist zweitens?«, fragte Flemming und setzte sich an den Sitzungstisch.

»Das ist schon etwas komplizierter.« Dan stützte die Arme auf den Tisch. »Ich habe mich die ganze Zeit über gewundert, warum die Produktion Kamille in der Show haben wollte. Sie passte überhaupt nicht dazu. Warum C-Prominenz buchen, wenn man zwischen mehreren A- oder zumindest B-Promis wählen kann? Und ich wunderte mich noch mehr, als ich herausfand, wie schwer es ihr fiel, sich in soziale Zusammenhänge einzufügen. Sie war schlichtweg eine extrem unkluge Wahl für ein Format wie *Mörderjagd*. Andererseits wusste ich, wie sorgfältig und intensiv Mahmoud und Lilly über mögliche Kandidaten nachgedacht hatten. Die Zusammensetzung der Gruppe war kein Zufall.«

»Und?«

»Na ja, ich habe Mahmoud ganz direkt gefragt, und er verstrickte sich in eine Unmenge Erklärungen, er wich aus und schwafelte von Kamilles fantastischem Potenzial. Nichts, was mich wirklich klüger gemacht hätte. Ich hatte das Gefühl, als hätte man ihn an genau diesem Punkt überfahren. Kamille war auf Druck von oben auf die Kandidatenliste gesetzt worden. Selbstverständlich stritt er es ab, allerdings nicht sonderlich überzeugend. Meine Schlussfolgerung war ganz klar: Kamille ist nur in die Show gekommen, weil irgendeine einflussreiche Persönlichkeit es durchgesetzt hatte. Und als ihr gesagt habt, dass die Besitzverhältnisse der Insel ein wenig undurchsichtig sind, dachte ich mir, man könnte ruhig mal zwei und zwei zusammenzählen.«

»Dann hat Lorenz Birch die Insel also unter der Voraussetzung gratis für die Realityshow überlassen, dass Kamille dabei ist?«

»Warum nicht?«

»Ich verstehe nicht, weshalb sie das wollte.«

»Flemming, darf ich offen reden?« Dan warf einen Blick auf Frank und Pia. Als Flemming nickte, fuhr er fort: »Du hast mir selbst erzählt, wie öffentlichkeitsgeil Kamille war. Deiner Meinung nach hätte sie einiges getan, um in die Zeitungen zu kommen.«

Flemming nickte.

»Kann man daraus nicht die logische Schlussfolgerung ziehen, sie müsse ganz scharf darauf gewesen sein, an einer Realityshow teilzunehmen?«

»Ja, aber warum sollte Lorenz Birch …?«

»Ich glaube, ich kenne Kamille inzwischen ein bisschen besser als ihr«, erklärte Dan. »Wer in der unglücklichen Situation ist, mit jemandem wie ihr verheiratet zu sein, tut alles, um sie bei Laune zu halten. Ich kann ihren Mann gut verstehen, wenn er …«

»Danach müssen wir ihn fragen«, stoppte Flemming den Redefluss von Dan und richtete seinen Blick auf Pia. »Du warst noch nicht am Ende, bevor wir dich unterbrochen haben, Waage.«

»Na ja, Dan hat in gewisser Weise recht, doch nicht ganz. Die Insel gehört RC Invest, einer Holdinggesellschaft, die offenbar ein besonders aktiver Player auf dem internationalen Immobilienmarkt ist. Die Firma verfügt überall in Europa über Grundbesitz, und wie es aussieht, hat dieser Anwalt nur diesen einen Klienten.«

»Und der Eigentümer von RC Invest heißt Lorenz Birch?«

Pia schüttelte den Kopf. »Ja und nein. Formal war Kamille

Schwerin bis zu ihrem Tod die Inhaberin. Jetzt wird ihr Witwer die Firma vermutlich erben.« Pia schaute auf ihren Zettel. »Kamille war die Alleineigentümerin der ganzen Herrlichkeit, seit die Holdinggesellschaft gegründet wurde.«

»Kann es sein, dass das in dem Jahr war, in dem Birch seine Firma verkaufte?

»Das müssen wir überprüfen«, sagte Flemming. »Wieso heißt die Firma eigentlich RC Invest? Wofür stehen die beiden Buchstaben?«

Dan hatte den Namen längst auf eine Serviette geschrieben. Er betrachtete ihn eine Weile, dann hob er den Kopf. »RC. Rikke Clausen, natürlich. Kamilles Mädchenname.«

»Selbstverständlich.«

»Vielleicht brauchte Birch das Geld?«, überlegte Frank. »Vielleicht hat sie auch mit der Scheidung gedroht, und RC Invest wäre durch eine Gütertrennung allein ihr zugefallen.«

Flemming bremste ihn mit einer Handbewegung. »Das ist alles Spekulation, und wir sollten jetzt keine Zeit mit Ratespielen verlieren. Waage, du rufst Elise an. Sie soll sich die wirtschaftlichen Verhältnissen von Lorenz Birch einmal ganz genau ansehen. Sollten wir auch nur die geringste Unregelmäßigkeit finden, brauchen wir die Hilfe von … Nein, weißt du was? Vergiss es. Ruf die Abteilung für Wirtschaftskriminalität und die Steuerfahndung an. Was sollen wir Zeit verschwenden und irgendwelche Abrechnungen durchsehen, wenn möglicherweise ohnehin schon Ermittlungen laufen.«

»Es deutet nichts darauf hin.«

»Versuch es trotzdem. In der Zwischenzeit reden Janssen und ich mit Kirstine Nyland und Lorenz Birch.«

»Mir ist noch etwas eingefallen«, warf Dan ein.

»Raus damit.« Flemming irritierten die ständigen Zwischenbemerkungen seines externen Beraters. »Beeil dich.«

»Na ja, ich denke, es ist wichtig. Oder es könnte zumindest wichtig werden.«

»Komm schon«, wiederholte Flemming.

»Kamille hat mir anvertraut, sie würde Mads Krogsgaard seit ihrer Kindheit kennen. Sie waren sogar mal ineinander verliebt.«

»Das hat er uns bereits erzählt.«

»Hat er auch gesagt, einen Selbstmordversuch unternommen zu haben, als Kamille mit ihm Schluss gemacht hat?«

»Ja. Er hat mit nichts hinterm Berg gehalten. Auch nicht, dass er es ihr noch immer nachträgt.«

»Und du hast ihn nicht im Verdacht?«

»Nicht mehr als viele andere. Außerdem schwört seine Frau, er sei vorgestern Nacht bei ihr im Bett gewesen.« Flemming wandte sich an Frank. »Holst du Kirstine Nyland?«

»Natürlich.« Der Kriminalbeamte stand auf und verließ den Speisesaal.

»Und du, Dan …«

»Ich verschwinde auf der Stelle. Das habe ich schon kapiert!«

»Was hast du vor?«

»Ich glaube, ich gehe eine Runde joggen«, antwortete Dan. »Außerdem muss ich ein wichtiges Telefonat führen, das ich am besten gleich hinter mich bringe.«

»Oh.«

»Ja, oh.«

Flemming stellte sich wieder mit dem Hintern an die Fensterbank. Er verfluchte seinen schmerzenden Rücken, während er Dan nachsah. Und er beneidete seinen alten Freund nicht um das Gespräch, das er zu führen hatte. Dan war sicherlich ein untreuer

Scheißkerl, doch Gefühllosigkeit konnte man ihm nicht vorwerfen. Flemming wusste, wie schmerzhaft der Versuch für Dan sein würde, mit Marianne ins Reine zu kommen.

35

Die Landkarte im Foyer wies die Strecke einmal rund um die Seufzerinsel mit etwas weniger als sechs Kilometern aus. Keine sonderlich lange Tour im Verhältnis zu den Entfernungen, die Dan normalerweise beim morgendlichen Joggen zurücklegte, und dennoch ein gutes Training, weil die Geländebeschaffenheit stark variierte. Die Route rund um den kleinen Wald am östlichen Ende führte an manchen Stellen durch dichtes Unterholz und über umgestürzte Baumstämme, und an den Uferpartien wechselten sich breite, flache Sanddünen an der Fischerhütte mit sumpfigen Wiesen an der Südseite des Sanatoriums und steinigem, unwegsamem Gelände westlich des Aalnackens ab.

Dort blieb Dan einen Augenblick stehen, um einen Schluck aus der Wasserflasche zu trinken, die er mitgenommen hatte, obwohl er sonst fast immer darauf verzichtete. Es war nicht nur das schwierige Terrain, das ihm zusetzte. Er war schneller als gewöhnlich gelaufen, sogar einfach drauflosgerannt, als wäre er auf der Flucht vor einem Rudel rasender Kampfhunde, als könnte er ihren heißen Atem in seinem Nacken spüren, ihre scharfen gelben Zähne sehen, den fauligen Gestank aus ihren Mäulern riechen.

Wenn Dan ganz ehrlich sein sollte, war er in Panik, und vor genau diesem Gefühl flüchtete er gerade. Er schwitzte wie ein Schwein und sah seinen Körper von einer einzigen Dampfwolke eingehüllt. Während seine Atmung langsam wieder ruhiger wurde, trank er langsam in kleinen, gemessenen Schlucken.

Die ganze Zeit schwirrten ihm Fragmente der vergangenen Tage durch den Kopf. Kirstines weiche, fein gezeichnete Lippen. Der Duft ihres Körpers. Der ätzende Unterton in Rasmus' Stimme. Das kurze Aufblitzen von Kamilles toter Haut. Kirstines schockierter Blick auf Lorenz Birch. Flemming, der behauptete, die beiden hätten eine Affäre. Und Marianne ... Dan leerte die Flasche und beugte sich wieder vor. Marianne am Telefon, gerade eben. Marianne, sie klang so fern, so fremd, so kurz angebunden. Marianne, die erklärte, es gäbe nichts mehr dazu zu sagen, sie hätte nur darauf gewartet, dass es passiert. Marianne ...

Dan bemerkte erst, dass er weinte, als er eine Hand auf seiner Schulter spürte.

»Sind Sie okay?«

Er richtete sich auf, wischte sich verlegen mit dem Unterarm die Augen aus und sah Jane Krogsgaard, die sich mit einem besorgten Gesichtsausdruck über ihn beugte.

»Ja«, sagte er und wollte in einem ungeschickten Versuch, seine Würde wiederzugewinnen, aufstehen. »Ich habe mich nur etwas beim Laufen übernommen.«

Ein vorsichtiges Lächeln breitete sich auf ihrem sommersprossigen Gesicht aus, und Dan sah plötzlich, dass sie sehr viel jünger war, als er gedacht hatte, er schätzte nicht viel älter als fünfundzwanzig. Ihre Augen waren in dem blassen Nachmittagslicht sehr blau, das rotblonde Haar hatte sie mit einem zerschlissenen leopardengemusterten Chiffontuch im Nacken zusammengebunden.

»Waren sie gut befreundet mit ... der Toten?«

»Kamille? Nein, das kann man nicht sagen. Ich kannte sie lediglich ein paar Tage.«

»Man kann sich auch schon nach kurzer Zeit jemandem sehr verbunden fühlen.«

»Stimmt. Natürlich ist es furchtbar.«

»Wegen mir müssen Sie nichts Freundliches über sie sagen.«

Dan hob die Augenbrauen. »Wie meinen Sie das?«

»Sie war die ehemalige Freundin meines Mannes. Wussten Sie das?«

Dan nickte. »Sie waren damals im Konfirmationsalter, oder?«

»Na ja, ein bisschen älter schon. Aber Sie haben recht, es ist viele Jahre her.«

»Tja.«

»Wissen Sie auch von seinem Selbstmordversuch?«

»Kamille hat davon erzählt, ja.«

»Miststück!«

Dan sah sie verblüfft an. Was war nur mit der freundlichen, ausgeglichenen Jane los? War sie eifersüchtig? »In welchem Verhältnis stand Kamille Schwerin denn zu Ihrem Mann?«, erkundigte er sich.

»Ich weiß nicht, ich glaube, sie haben sich jahrelang nicht gesehen, bevor sie letzten Freitag plötzlich hier vor uns stand.«

»Haben sie überhaupt miteinander gesprochen?«

»Ich habe gesehen, wie sie …« Sie brach den Satz ab. Schaute übers Wasser und biss sich auf die Unterlippe.

»Ja?«

Jane sah ihn an. »Sie haben an dem Nachmittag miteinander gesprochen. Direkt vor dem Essen.« Ihre Stimme bebte ein wenig. »Unten am Strand, weit weg vom Rest der Gruppe.«

»Das ist eigentlich doch normal, wenn man sich …«

»Sie haben nicht gesehen, dass ich sie im Auge behalten habe«, fuhr Jane fort, ohne sich von der Unterbrechung stören zu lassen. »Sie haben sehr intensiv miteinander geredet.« Sie wischte sich mit einer hektischen Bewegung eine Träne aus dem Auge. »Wahrscheinlich ist das albern«, sagte sie und atmete tief durch. »Da war sicher nichts, aber …«

»Aber?«

»Mads ist damals schon sehr verliebt in sie gewesen.« Sie zog ein zerknülltes Papiertaschentuch aus der Gesäßtasche und putzte sich energisch die Nase. »Und man sagt ja«, fügte sie hinzu und stopfte das Taschentuch zurück in die Tasche, »alte Liebe rostet nicht.«

»Das habe ich schon immer für Unfug gehalten«, erwiderte Dan.

»Sie glauben also nicht, dass …«

»Wissen Sie was, Jane? Ich kenne Mads überhaupt nicht. Aber ich erkenne einen verliebten Mann, wenn ich ihn sehe. Und Mads ist verrückt nach Ihnen.«

»Ja?«

»So ist es.« Dan lächelte ihr zu. »Sie wissen nicht einmal, ob er überhaupt daran interessiert war, mit ihr zu reden. Vielleicht hat sie ja darauf bestanden?«

»Vielleicht.« Sie zog die Nase hoch. »Wissen Sie was?« Wieder blickte sie übers Wasser. »Es fängt bald an zu regnen.« Sie wies mit dem Kopf in Richtung Osten, wo der milchig weiße Himmel allmählich von blaugrauen Wolken bedeckt wurde. »Kommen Sie doch mit zu uns, dann spendiere ich Ihnen eine Tasse Tee.«

»Danke«, sagte er, plötzlich neugierig zu sehen, wie die Krogsgaards wohnten. »Ist das Melken schon zu Ende?«

Jane blickte auf ihre Armbanduhr, eine viereckige, silbergefasste Uhrscheibe mit einem schmalen Armband, das viel zu zierlich für ihr kräftiges Handgelenk wirkte. »Mads dürfte jetzt mit dem letzten Teil der Herde beschäftigt sein. Wollen Sie es sich ansehen?«

»Ja.«

»Dann müssen wir uns beeilen.« In raschen Schritten schlug er den schmalen, steinigen Pfad zum Hof ein. An den Füßen trug sie blau-weiß gestreifte Gummistiefel, die aussahen, als wären sie für ein Kind gedacht. Für ein Kind mit großen Füßen, gewiss, aber doch für ein Kind. Nach ein paar Minuten kamen sie an eine gut erhaltene Steineinfriedung, und der Pfad erweiterte sich zu einem offenen, mit Kies bedeckten Hofplatz. Unter einem Halbdach lagen Strohballen gestapelt, daneben stand ein kleiner Traktor mit offener Kühlerhaube. Jane bog um eine Ecke und öffnete eine hohe, rot gestrichene Stalltür. Als Dan in den Stall getreten war, schob sie die Tür hinter ihnen zu.

Sie blieben einen Augenblick stehen, und Dan ließ den Blick in dem überraschend großen, hellen Raum umherschweifen. Der Stall war in geräumige Gatter aufgeteilt. Im kleinsten stand eine Gruppe halbwüchsiger Lämmer und blökte, während die beiden größten Gatter den großen, schlanken Ostfriesischen Milchschafen vorbehalten waren – eine ganz andere Rasse als die Schafe, die man normalerweise auf dänischen Weiden sah. Eines der beiden großen Gatter war voller Schafe, die ruhig wiederkäuend die Neuankömmlinge beobachteten. In der anderen Einfriedung stand eine deutlich kleinere Gruppe. Sie hatten sich ordentlich auf einer Metallrampe aufgereiht, die an einer zerkratzten Luke in der Wand endete.

»Das sind die Letzten«, sagte Jane. »Wir sind gerade noch rechtzeitig gekommen.«

»Wie treiben Sie die hier rein?«

»Sie kommen von selbst. Man kann fast die Uhr nach ihnen stellen.«

»Ich dachte, man braucht Hunde, um Schafe zu hüten. Oder ist das nur in Filmen so?«

»Hunde sind für Milchschafe nicht ideal«, erwiderte Jane und kraulte ein Tier in ihrer Nähe an der Stirn. »Sie verursachen Stress, das ist nicht gut für die Milchproduktion.«

Das Schaf mähte klagend.

Jane lächelte. »Hören Sie mal, wie beleidigt sie ist. Sie besteht darauf, endlich dranzukommen.«

Dan konnte ein Lachen nicht zurückhalten. Die geduldig kauenden Schafe erinnerten ihn an eine Zeichnung von Gary Larson. Ihnen fehlt nur das Strickzeug, dachte er. Sie sehen wirklich aus, als wären sie auf dem Weg zum Treffen des örtlichen Landfrauenvereins.

In diesem Moment wurde eine andere Luke in der Wand geöffnet, zehn, zwölf Schafe trampelten hintereinander heraus und schlossen sich der Herde in dem größten Gatter an. Einen Augenblick später ging die vordere Luke auf, und die Schafe in der Reihe drängten hinein.

»Man sollte meinen, sie freuen sich darauf, gemolken zu werden«, sagte Dan.

»Das ist auch so. Sie bekommen währenddessen eine Menge Leckereien.« Jane ging zu einer Tür in der Wand mit den beiden Luken. »Kommen Sie, sehen Sie es sich an.«

Sie betraten einen sehr viel kleineren Raum. Hier war es warm und eng, und die Geräusche der mümmelnden Schafe übertönten beinahe das einförmige Summen der Melkmaschine. Auf einer Erhöhung standen zehn Tiere, nur getrennt durch ein paar kleine verschiebbare Trennwände. Sie hielten die Köpfe über einen gemeinsamen Trog an der Wand gesenkt, sodass ihre Hinterteile sich hübsch ordentlich am Rand der Erhöhung reihten, Seite an Seite in einer Arbeitshöhe, die für einen erwachsenen Mann perfekt war.

Hinter den fressenden Schafen ging Mads ruhig auf und ab.

Mit sicheren Bewegungen befestigte er die Saugnäpfe der Melkmaschine an jeder einzelnen Zitze, bis die ganze Reihe von Schafhinterteilen mit der Anlage verbunden war. »Guten Tag.« Er nickte Dan zurückhaltend zu.

Dan starrte fasziniert auf die zehn Schafe, die eifrig kauten, während die Milch in dicken weißen Strahlen aus ihnen herausgepumpt wurde. »Und wie viel Milch gibt ein einzelnes Schaf?«

»Drei Liter am Tag in der Hochsaison.«

»Wann ist das?«

»Jetzt, also in den Sommermonaten.« Mads ging zu dem vordersten Schaf und prüfte, ob noch immer Milch durch den durchsichtigen Schlauch floss. »Im Winter sind es nur ein paar Deziliter am Tag. Das lohnt sich kaum.«

»Aber Sie melken sie trotzdem?«

»Kleinvieh macht auch Mist. Und Schafe mögen die Routine.« Er drehte den Kopf und grinste. »Genau wie ich.« Wieder überprüfte Mads den Schlauch, dann stellte er die Maschine ab. »So, meine Damen, das war's.« Routiniert entfernte er die Saugnäpfe, hob die Trennwände an und öffnete die Luke. Rasch zottelten die Schafe zurück auf die Wiese.

»Kommen Sie«, forderte Jane Dan auf. »Wir nehmen den Hinterausgang.« Sie gingen an einem großen Stahlbehälter vorbei, von dem Motorengeräusche ausgingen. »Das ist der Kühltank«, erklärte die Bäuerin. »Der läuft den ganzen Tag.«

»Und wie bringen Sie die Milch zur Molkerei?«

Sie lachte. »Gute Frage. Das ist verdammt beschwerlich. Tatsächlich muss man schon ein bisschen verrückt sein, um auf einer Insel Milch zu produzieren.« Sie zeigte auf einen kleineren Stahlbehälter, der auf einen soliden Rahmen aus ungehobeltem Holz montiert war. »In den passen sechshundert Liter.«

»Und ihr habt gut dreihundert Milchschafe, nicht wahr?« Dan rechnete schnell nach: »Drei Liter am Tag mal dreihundert ... Das sind fast zwei solcher Tanks pro Tag.«

Jane nickte. »Jedenfalls in der Hochsaison. Jeden zweiten Tag schafft Mads vier Tanks zum Boot, er verlädt sie mit dem kleinen Kran, den er da unten hat, und bringt sie zum Hafen von Christianssund, wo der Wagen der Molkerei sie übernimmt. Es ist wahnsinnig zeitraubend.«

»Wäre es nicht leichter, die Produktion aufs Festland zu verlegen?«

»Ach!« Jane nickte mit dem Kopf. »Es wäre hundert Mal einfacher.« Sie öffnete die Eingangstür des Wohnhauses. »Aber versuchen Sie das mal Mads zu erzählen. Er würde lieber sterben, als von hier fortzuziehen. Das sagt er jedenfalls. Außerdem dürfte es gar nicht so leicht sein, einen Ort zu finden, an dem wir so gut wie mietfrei wohnen können.«

»Na, dann ist es doch gut für Sie, hier zu wohnen.« Dan schaute sich in der gemütlichen, modernen Küche um. Man sah sofort, dass hier eine passionierte Köchin lebte. Auf dem Küchentisch stand eine Unmenge voller und leerer Einmachgläser. Marmelade, eingelegte Gurken, Rote Bete, Tomaten. Dan lief das Wasser im Mund zusammen. Seit seiner überhasteten Schale Cornflakes zum Frühstück hatte er nichts mehr gegessen.

Als könnte sie Gedanken lesen, drehte Jane sich mit dem Wasserkessel in der Hand um. »Ich habe frisch gebackenes Graubrot«, sagte sie. »Und Leberpastete. Und eine gute Lammwurst ... Wär das vielleicht was?«

»Danke. Ich habe tatsächlich furchtbaren Hunger.«

Jane begann zu schneiden, zu schmieren und aufzutragen. Sie arbeitete konzentriert. Dan ging ein wenig auf und ab und sah sich im Wohnzimmer um, wo eine getigerte Katze in einem großen Sessel schlief. An einer Wand standen Bücherregale mit neuerer dänischer Literatur, darunter einige Regalmeter Lyrik.

Er zog einen dünnen Band mit Gedichten von Henrik Nordbrandt heraus und schlug ihn auf. Auf dem Titelblatt stand ein handgeschriebener Name, und zu seiner Überraschung gehörte das Buch nicht Jane, sondern Mads Krogsgaard. Er blickte in ein weiteres Buch, eine zerlesene Paperbackausgabe eines Krimis von Dan Turell. Auch dieses Buch gehörte dem Herrn des Hauses. Da konnte man mal sehen. Dan stellte die Bücher wieder an ihren Platz und trat an das Fenster zum Garten, von dem aus man eine großartige Aussicht auf Aalnacken hatte, die Westspitze der Insel. Die ersten Tropfen fielen bereits. Der Regen riss die Kronblätter der hellroten Rosen ab, die am Rand der gepflasterten Terrasse standen, der Boden sah aus, als wäre er mit Hochzeitskonfetti übersät.

»Ich verstehe gut, dass Mads sich mit diesem Ort verbunden fühlt«, sagte er, als er wenige Augenblicke später mit einem Teller vor sich am Küchentisch saß.

»Nicht nur verbunden.« Jane stand an der Spüle und goss Wasser in die Teekanne. »Krogsgaard bedeutet ihm alles.«

Sie stellte die Teekanne auf den Tisch und holte zwei Becher. »Ich glaube«, fügte sie mit einem leisen Lächeln hinzu, »wenn er zwischen dem Hof und mir zu wählen hätte, würde er den Hof wählen.«

»Ach«, widersprach Dan. »Wie oft soll ich es denn noch sagen? Mads ist verrückt nach Ihnen.« Er biss ein großes Stück ab und genoss den Geschmack von frischem, noch etwas feuchtem Brot und der groben, würzigen Wurst. »Hmm«, brummte er und nickte anerkennend.

Jane nickte ebenfalls. »Es ist nur ...« Plötzlich füllten sich ihre

Augen erneut mit Tränen, sie versuchte, es zu verbergen, indem sie Tee in die Becher schenkte. Ihre Hände huschten hausmütterlich über den Tisch.

Dan ließ sie gewähren. Als er aufgegessen hatte, schob er den Teller beiseite, beugte sich vor und sah ihr in die Augen. »Was ist denn, Jane?«, erkundigte er sich. »Was wollten Sie sagen? Ist es noch immer Kamille, die in ihrem Kopf herumspukt?«

Sie stand auf und trat ans Küchenfenster, von dem aus man auf die Stallgebäude und das Halbdach blickte, an dem sie vorbeigekommen waren. Darunter stand Mads im Trockenen und reparierte den kompakten, rot lackierten Trecker. Nichts deutete darauf hin, dass er bald ins Haus kommen würde.

»Es ist nicht nur das. Ich mache mir Sorgen um Mads.« Sie setzte sich wieder. »Sie wissen ja, dass wir hier so gut wie mietfrei wohnen.«

»Ja, Sie haben es erwähnt. Mit einem so gut wie unkündbaren Vertrag, hat Mads gesagt.«

»Das ist es ja gerade. So gut wie ...« Sie sah ihn an. »Aber nicht ganz.«

»Was heißt das?«

»Der Vertrag wird alle zehn Jahre erneuert. So ist es seit dem Krieg gewesen, und nie hat es Probleme gegeben. Der Anwalt kam, er bekam ein gutes Mittagessen, unternahm einen Spaziergang mit Mads über das Grundstück. Dann haben sie unterschrieben, und der Anwalt ist wieder zurückgefahren.« Sie zuckte die Achseln. »Na ja, ich habe das selbst nie erlebt, bin ja erst vor ein paar Jahren auf die Insel gekommen.«

»Und jetzt ist es an der Zeit, den Vertrag zu erneuern?«

»Es hätte vor ein paar Wochen passieren sollen, doch der Anwalt hat zwei Mal angerufen und seinen Besuch verschoben.«

»Und Mads macht sich Sorgen?«

Jane nickte. »Ich weiß ja nicht einmal, ob man sich Sorgen machen muss. Es ist nur der erste Vertrag, seit die Insel an diese RC Invest verkauft wurde, das alles ist ein bisschen …«

»Kennen Sie denn den neuen Besitzer?«

Wieder nickte sie, besann sich dann und schüttelte doch den Kopf. »Nein, eigentlich stimmt das nicht. Nicht den Eigentümer persönlich. Wir haben uns mit dem neuen Anwalt getroffen, und wir haben einen Repräsentanten von RC Invest kennengelernt, der mit ein paar Engländern hier gewesen ist.«

»Können Sie sich erinnern, wie dieser Repräsentant hieß?«

»Sie. Es war eine Frau.« Jane lächelte plötzlich. »Sie hätten sie sehen sollen, wie sie mit ihren Stöckelabsätzen versuchte, das Gleichgewicht zu halten, starr vor Angst, Schafsscheiße ans Kleid zu bekommen.«

»Können Sie sich an den Namen erinnern?«

»Ja, sie hieß Lisette mit Vornamen. Das weiß ich noch. Ich habe mir den Vornamen gemerkt, weil er so seltsam klingt. Nicht wie ein Name, den man auf einer Direktionsetage erwartet, oder?«

»Nicht so snobistisch.«

Sie lächelte. »Ja, da haben Sie recht. Lisette irgendwie, so hieß sie jedenfalls.«

»Lisette Mortensen?«

»Ja, Mortensen. Ganz genau. Woher wissen Sie das?«

»Ich kenne die Firma ein bisschen«, behauptete Dan. »Was beunruhigt Mads eigentlich genau?«

»Na, dass man uns kündigt, natürlich.«

»Aber warum sollten sie das machen? Sie kümmern sich doch um alles hier.«

»Sicher, das schon, nur weiß man doch nicht, was die mit der

Insel vorhaben. Wenn sie ein Luxushotel oder so etwas bauen, wollen sie mit Sicherheit nicht, dass all die Schafe hier herumrennen.«

Dan zuckte die Achseln, mit einem Mal tat es ihm leid, mit dem Gedanken gespielt zu haben, was man mit der hübschen Insel alles anstellen konnte. »Nehmen wir mal an, und Gott möge es verhindern ...« Er klopfte auf den Tisch. »Nehmen wir mal an, Ihnen wird gekündigt, wie viel Zeit bleibt Ihnen dann, bis Sie hier wegmüssen?«

»Anderthalb Jahre.« Tränen begannen ihr über die Wangen zu laufen.

Dan stand auf und holte die Küchenrolle. »Hier.« Er reichte ihr ein Blatt und betrachtete sie, während sie versuchte, sich zu beruhigen, und sich lange und gründlich die Nase putzte.

»Wenn sie den Vertrag nicht verlängern«, sagte sie dann, »müssen wir die Insel zum 1. Januar verlassen. Wir hätten den ganzen nächsten Sommer Zeit, einen neuen Hof zu finden, uns Geld zu leihen und ihn zu kaufen. Selbstverständlich ginge das nicht in dieser Größe, und ich glaube auch nicht, dass wir es nur mit den Schafen schaffen könnten. Mads müsste sich wahrscheinlich irgendeinen Job suchen.«

Die Tränen übermannten sie erneut. Dans Telefon klingelte. Eine SMS von Rasmus. »Wo bist du? Bitte melde dich.«

Er stand auf. »Es tut mir leid, Jane«, sagte er und stellte seinen Teller und den leeren Becher in die Spüle. »Ich muss gehen. Rufen Sie mich unter dieser Nummer an, wenn Sie das Bedürfnis haben zu reden.« Er notierte seine Mobilnummer auf einem Blatt der Küchenrolle und schob es ihr zu.

»Danke.« Sie blickte auf die acht Ziffern. »Ich stecke es besser in die Tasche, sonst putze ich mir damit noch die Nase.«

Sie gingen zur Küchentür und schauten hinaus. Der Regen

fiel jetzt in schrägen Streifen. Schon der Weg über den Hofplatz würde Dans T-Shirt und die Trainingshose durchweichen. Und der Haupteingang des Sanatoriums war mehr als einen Kilometer entfernt. Keine besonders verlockende Aussicht.

»Hier. Nehmen Sie den.« Jane fischte einen marineblauen Regenmantel aus einem unübersichtlichen Haufen Kleidung in einem Schrank unter der Treppe. »Sonst werden Sie pitschnass.«

Die Ärmel waren ein bisschen kurz, sonst passte der Regenmantel perfekt. »Wird Mads ihn nicht vermissen?«

Sie schüttelte den Kopf. »Regenzeug haben wir genug. Und meist benutze ich ihn.«

»Dann bedanke ich mich.« Dan zog die Kapuze über den Kopf und steckte die Hände in die Taschen des Regenmantel. In der rechten Tasche knisterte etwas. »Was ist das denn?« Er zog ein Stück hellblaues Plastik heraus und glättete es.

»Ach.« Sie lachte. »Das sind die Schuhüberzieher aus dem Kindergarten. Ständig nehmen wir sie mit. Peinlich. Mads muss sie morgen zurückbringen.« Sie nahm die zusammengeknüllten Schuhüberzieher und legte sie in einen Korb, der an der Wand neben der Tür hing.

»Kindergarten? Ich dachte, es ist Ihr erstes Kind?« Dan blickte auf ihren kleinen runden Bauch.

»Mads hat zwei Kinder aus seiner ersten Ehe«, erklärte sie. »Zwillinge. Fünf Jahre alt. Sie sind alle zwei Wochen ein paar Tage bei uns.«

»Ach so.« Dan umarmte sie ein wenig linkisch. »Danke für die Mahlzeit, Jane. Und hierfür.« Er zog an den Ärmeln des Regenmantels und lächelte. »Wir bleiben in Kontakt, ja?«

Als er kurz darauf zum Küchenfenster hineinsah, stand sie an der Spüle und spritzte sich kaltes Wasser in ihr verheultes Gesicht.

36

Lilly saß auf dem Sofa und schrieb in ein dickes Notizbuch. Tim Kiilberg hatte sein Notebook hochgefahren und stöberte im Internet. Gunnar stand mit seinem Handy am Ohr auf der Terrasse, Rasmus und Kristian spielten Schach. Es sah fast so aus, als hätte sich die Gruppe bis zum Verlassen der Seufzerinsel auf eine lange Wartezeit eingerichtet.

Dan ging in die Küche, wo Jackie und Mahmoud in ein Gespräch vertieft saßen. »Wo sind Kirstine und Gitte?«, erkundigte er sich.

»Gitte ruht sich vermutlich aus.« Mahmoud lehnte sich zurück und fuhr sich mit der Hand durch die Haare. »Und Kirstine ist noch bei der Vernehmung.«

»Seit zwei Stunden? Das kann doch nicht wahr sein!«

Mahmoud breitete die Arme aus. »Frag mich nicht. Kirstine sitzt in einem und Lorenz Birch in einem anderen Raum, das ist alles, was ich weiß.« Damit wandte er sich wieder Jackie zu, die noch immer schockiert zu sein schien, leise setzten sie ihre Unterhaltung fort. Hier war gewiss kein Platz für einen dritten Mann.

Dan ging zurück in den Gemeinschaftsraum. Er bemerkte Rasmus' fragenden Blick und nickte. Er hatte sein Versprechen gehalten und mit Marianne geredet.

Er musste sich die durchgeschwitzten Joggingklamotten ausziehen. In einer Ecke des Gemeinschaftsraums stand eine Tüte mit der Kleidung, die er hatte behalten dürfen, als Knud Traneby und seine Mitarbeiter seine Habseligkeiten ins Labor der Spurensicherung geschickt hatten. Er legte Mads' Regenmantel auf einen Stuhl und zog ein sauberes Hemd, Boxershorts und einen Rasierer aus der Tüte, griff nach seinen Jeans und ging ins Badezimmer des Fitnessraums.

»Ach, ich wollte gerade in den Jacuzzi«, sagte Tim.

Dan blieb stehen. Er überlegte, ob er bis zehn zählen oder dem Idioten gleich eine in die Fresse hauen sollte.

»Benutz doch mein Badezimmer«, sagte Kristian rasch. »Im Schrank sind saubere Handtücher.«

»Danke.« Dan wandte sich der Treppe zu, während er es sorgfältig vermied, Tim anzusehen. Er freute sich darauf, der Gesellschaft dieses Manns zu entkommen, wenn sie in hoffentlich nicht allzu langer Zeit wieder aufs Festland durften.

Als Dan unter der Dusche stand, ging es ihm bereits besser. Scheiß auf Tim, dachte er. Er war es doch gar nicht wert, dass man auch nur einen Gedanken an ihn verschwendete. Und die ganze Sache mit Marianne … Irgendwie würden sie diese Geschichte auch durchstehen. Er drehte sein Gesicht dem Duschkopf zu und ließ das Wasser über seine geschlossenen Augen fließen.

Den Gedanken an Kirstine, die in einem stundenlangen Verhör saß, versuchte er in seinem Bewusstsein ebenso zu verdrängen wie die Überlegung, warum sie dort saß. Flemming verdächtigte sie, Dan bewusst aus seinem Zimmer gelockt zu haben, damit ihre eigentliche Liebe, der große Lorenz Birch, in den Kandidatenflügel eindringen und seine Frau ermorden konnte. Dan wollte nicht glauben, dass es sich so abgespielt hatte. Die Möglichkeit war nicht auszuschließen, trotzdem wollte er sich erst damit befassen, wenn er die Gelegenheit hatte, Kirstine selbst zu fragen. Schluss mit den Spekulationen, dachte er und stellte das Wasser ab.

Er lieh sich einen Klecks von Kristians Rasiergel, seifte die Glatze und sein Gesicht ein und rasierte sich sorgfältig. Danach stellte er das Wasser wieder an und blieb unter dem heißen Strahl stehen, bis er sich langweilte. Mit dem Abtrocknen und Anziehen ließ er sich Zeit.

Nach diesem Prozedere ging es ihm besser. Sehr viel besser.

Dan blieb einen Moment am oberen Treppenabsatz stehen. Dann legte er das kleine feuchte Bündel mit seinem Trainingszeug, dem Rasierer und dem Handtuch beiseite und trat an Gitte Sandlauws Tür. Er wusste, dass er sämtliche Absprachen brach, aber er musste wissen, warum die noble Benimmexpertin mitten in der Nacht Kamille Schwerin aufsuchen wollte – bewaffnet mit einer Flasche Cognac und zwei Gläsern. Es hatte nicht nach einem zufälligen Besuch ausgesehen, andererseits war er absolut überzeugt, dass Gitte nicht Kamilles Mörder war. Also konnte es nicht schlimm sein, wenn er sich ein bisschen mit ihr unterhielt.

Er klopfte. Keine Antwort. Er klopfte ein wenig fester. Noch immer keine Reaktion. Er fasste an die Klinke und stellte fest, dass die Tür abgeschlossen war. Er stand ratlos vor der Tür.

In diesem Moment hörte er jemanden die Treppe hinaufkommen. Gunnar Forsell. »Ist irgendetwas nicht in Ordnung?«, erkundigte er sich.

»Ich weiß nicht. Wann ist Gitte denn nach oben gegangen?«

»Hm.« Gunnar überlegte. »Vor anderthalb, vielleicht zwei Stunden. Antwortet sie nicht?«

»Nein.« Dan klopfte noch einmal, diesmal kräftig. Er rief ihren Namen, klopfte wieder und legte sein Ohr an die Tür. Kein Laut. »Mir gefällt das nicht«, sagte er.

»Können wir die Tür einschlagen?«

Wir? Dan betrachtete den schmächtigen Designer und vermied sorgfältig das ironische Lächeln, das ihn bereits in den Mundwinkeln kitzelte. »Nur wenn es sein muss«, sagte er. »Ich denke, wir versuchen, von außen an sie heranzukommen.«

Sie liefen die Treppe hinunter und auf die Grasfläche vor dem Haus. Dan drehte sich um. Gittes Balkontür stand einen Spalt weit offen. Sie konnten durchaus hinein, wenn es sein musste.

Wieder rief er nach ihr, aber noch immer gab es keinerlei Reaktion. »Komm, Gunnar«, sagte er. »Wir holen die Leiter aus dem Geräteschuppen.«

Kurz darauf stand Dan auf der obersten Stufe der Leiter und umklammerte das Geländer des französischen Balkons. Seine ewige Höhenangst ließ ihn hyperventilieren, und es erforderte seine gesamte Willenskraft, nicht nach unten zu blicken, als er die Tür aufstieß und ein Bein über das Geländer schwang.

Dan blieb einen Moment an der Tür stehen, um die Kontrolle wiederzuerlangen. Er sah Gittes Hinterkopf und die Schulterpartie. Sie lag auf der Seite, mit dem Gesicht zum Inneren des Alkovens. Das lange Haar war zu einem dünnen Zopf geflochten, der wie eine Seidenschnur auf dem Kissen lag.

Er rüttelte sanft an ihrer Schulter. Keine Reaktion. Er legte eine Hand an ihren Hals. Ihr Hals war warm, und nach ein paar panischen Sekunden fand er auch ihren Puls. Gitte lebte, aber bei Bewusstsein war sie nicht.

Ein Glas mit Tabletten stand auf dem Nachttisch. *Gitte Sandlauw. Gegen Schlafbeschwerden. Eine Tablette vor dem Einschlafen.* Der Boden des Glases war noch mit Resten der Tabletten bedeckt, einen Abschiedsbrief gab es nicht. Das sah nicht nach Selbstmord aus. Hatte sie aus Versehen zu viele Tabletten geschluckt?

»Lebt sie?«

Dan zuckte zusammen. Gunnar war ihm inzwischen über die Leiter gefolgt. »Ja«, sagte er. »Aber ich glaube, sie muss dringend ins Krankenhaus.«

»Und wie soll das gehen?«

»Es gibt doch sicher ein Rettungsboot oder so etwas.« Dan wählte 112 auf seinem Handy. So gut es ging, beantwortete er die Fragen des Diensthabenden, er war nicht in der Lage zu sagen, wie viele Schlaftabletten Gitte genommen hatte. Es konnten fünf, es konnten auch fünfzig sein.

»Sie kommen«, sagte er und hielt die Hand vors Mikrofon.

»Ich gehe runter und nehme sie in Empfang«, sagte Gunnar.

»Kannst du auch der Polizei Bescheid geben?«

»Selbstverständlich.« Gunnar schloss die Tür zum Flur auf und verschwand.

»Ich bin wieder am Apparat«, sagte Dan zu dem Mann in der Notzentrale. »Gibt es irgendetwas, das ich in der Zwischenzeit tun kann?«

»Bekommen Sie Kontakt zu ihr?«

Dan strich Gitte das Haar aus der Stirn und rief ihren Namen. Diesmal öffnete sie die Augen halb und stieß ein schwaches Stöhnen aus.

»Sie ist weit weg, doch sie reagiert.«

»Gut. Halten Sie sie wach, so gut Sie können. Es kommt bald jemand und übernimmt dann.«

»Vielleicht muss sie ja gar nicht ins Krankenhaus?«

»Das wird der Notarzt entscheiden. Sie können fast sicher davon ausgehen, dass sie eingeliefert wird. Es wird unter allen Umständen das Vernünftigste sein, wenn ihr der Magen ausgepumpt und sie ordentlich durchgecheckt wird.«

»Ich werde sie begleiten.«

»Gut.«

Gitte kam mehr und mehr zu sich. Einmal sagte sie sogar seinen Namen, bevor ihr die Augen wieder zufielen, die meiste Zeit murmelte sie jedoch Unverständliches oder stöhnte leise. Dan musste sie in regelmäßigen Abständen wecken und hielt tapfer durch, bis Gunnar und der Notarzt plötzlich hinter ihm standen.

Als Gitte zum Schiff transportiert wurde, lief Dan neben der

Trage her. Er ließ sie erst aus den Augen, als der Arzt darauf bestand, das Kommando zu übernehmen und Dan einen Platz im Achtersteven des Bootes zuwies.

Zwei Stunden später hatte Dan sämtliche Illustrierten und Empfehlungen, sich das Rauchen abzugewöhnen, gelesen, die in der Notaufnahme des Krankenhauses von Christianssund zur Verfügung standen. Er hatte versucht, ein wenig zu schlafen, was ihm, auf den unbequemen Stühlen, absolut nicht gelingen wollte. Immer wieder wanderte er im kalten Licht des Korridors auf und ab. Er war froh, von Jane am Nachmittag so gut beköstigt worden zu sein. Sonst wäre er auf den Automaten in der Eingangshalle mit Mars-Riegeln und unappetitlichen dreieckigen Sandwiches angewiesen gewesen. Er beließ es dabei, seine Eingeweide mit dem ungewöhnlich bitteren Kaffee von einem Servierwagen in der Ecke zu foltern.

»Dan Sommerdahl?« Eine Krankenschwester stand neben ihm.

Er schaute aus der anderthalb Jahre alten Weihnachtsausgabe einer Frauenzeitschrift auf. »Ja?«

»Gitte würde gern mit Ihnen reden«, sagte sie.

Er stand auf. »Ist sie wach?«

»Sie ist vollkommen klar, ja.« Die Krankenschwester ging voran. »Natürlich ist sie müde.«

Gitte war blass, aber sie erwiderte sein Lächeln und drehte ihm ihre Wange zu einem Kuss zu, als er sich über sie beugte.

»Danke«, sagte sie.

»Nicht der Rede wert.« Dan zog den Gästestuhl ans Bett. »Was ist eigentlich passiert?«

»Oh.« Ihr Gesicht fiel zusammen, die Schatten um ihre Augen wurden tiefer. »Ich wollte nur sichergehen, schlafen zu können.«

»Wie viele Tabletten hast du genommen?«

Sie schüttelte den Kopf. »Ich kann mich nicht mehr erinnern. Offenbar zu viele.«

»Du hattest nicht vor ...«

»Nicht wirklich.« Sie blickte auf ihre Hände. »Obwohl ... manchmal ist es schwer, Dan, so allein zu sein.« Sie sah ihm in die Augen. »Du weißt, ich habe meinen Mann und unser einziges Kind vor zwei Jahren verloren, nicht?«

»Ja, das habe ich irgendwo gelesen.«

»Niklas war ein so hübscher Junge. Was heißt Junge, er war zweiunddreißig, als es passierte. Für mich wird er immer ein Junge bleiben.« Sie griff nach dem Wasserglas auf dem Nachttisch. Trank einen Schluck und stellte das Glas sorgfältig auf genau die Stelle, wo es gestanden hatte. »Er hat den Wagen gefahren«, sagte sie, ihre Augen fixierten noch immer das Wasserglas. »Jørgen saß auf dem Beifahrersitz. Sie waren im Baumarkt gewesen.«

»Was ist passiert?«

Sie nickte. »Niklas starb auf der Stelle, aber Jørgen lebte noch, als der Krankenwagen kam. Er starb auf dem Weg ins Krankenhaus.«

»Erträgst du es nicht, darüber zu sprechen?«

Wieder nickte sie mit einem abwesenden Gesichtsausdruck. »Sie fuhren am helllichten Tag. Schönes Wetter. Keine Spiegelungen von der Straße, keine tief stehende Sonne. Nichts. Plötzlich fuhr Niklas auf die gegenüberliegende Straßenseite und rammte frontal einen Lastwagen. Einfach so. Bang.« Sie sah ihn an. »Ich hielt gerade einen Vortrag in einer Firma in Odder, als die Polizei plötzlich dastand.«

Dan legte seine Hand auf ihre, ohne etwas zu sagen.

»Die Polizei meinte, es sähe nach Selbstmord aus. Ich wollte das nicht glauben. Gut, bisweilen war er deprimiert gewesen, aber er hatte gerade ein neues Atelier gefunden, wo er an seinen großen Bildern arbeiten konnte.«

»Er war Künstler?«

»Wusstest du das nicht? Einer der Jüngsten, die je an der Kunstakademie aufgenommen worden sind.« Einen Moment leuchtete aus ihr der Stolz einer verlorenen Zeit. Dann fiel sie wieder in sich zusammen. »Nachdem er die Akademie beendet hatte, lief es allerdings nicht so gut für ihn. Er fand keine ordentliche Galerie, es war schwierig, etwas zu verkaufen. Und trotzdem ... Ich wollte es nicht glauben«, wiederholte sie. »Und seinen Vater mit in den Tod zu reißen? Ich glaubte ganz einfach nicht daran. So sehr konnte er doch gar nicht neben sich gestanden haben.«

Die Tür des Krankenzimmers wurde geöffnet, ein Lichtstreifen zog sich über den grauen Linoleumfußboden. »Sie sagen Bescheid, wenn Sie müde sind?«, fragte die Krankenschwester von vorhin.

»Fünf Minuten«, erwiderte Gitte. »Ich muss ihm nur noch etwas erzählen.«

»Wie Sie möchten.« Die Tür klappte wieder zu.

»Ich fand erst eine Erklärung, als meine Schwester und ich ein paar Monate später seine Wohnung ausräumten. Niklas war sehr ordentlich. Alles bei ihm hatte ein System. Seine Steuerunterlagen, die Versicherungen und Bankabrechnungen. Alles war sorgfältig abgeheftet. In diesem Punkt glich er seinem Vater.« Sie trank noch einen Schluck. Räusperte sich. »Es gab einen Ordner, auf dessen Rücken ›Stipendien‹ stand. Ich blätterte darin. Ganz vorn lag ein langer, mit Computer geschriebener Brief an meinen Sohn. Von Kamille.«

»Von ...?« Dan war auf den Rand seines Stuhls gerutscht.

»Kamille Schwerin, ja. Dieses liebenswürdige Wesen. Du weißt, dass sie die Vorsitzende des Fonds zur Förderung der Gegenwartskunst war? Das ist eine Kommission des Kulturministeriums, die einige recht große Geldsummen vor allem an jüngere dänische Künstler vergibt. Aus den Briefen in dem Ordner ging hervor, dass der Fonds Niklas' Bewerbungen um Arbeitsstipendien wiederholt abgelehnt hatte. Er hat kein einziges Stipendium bekommen, obwohl er sich offensichtlich große Mühe bei seinen Bewerbungen gegeben hatte. In der ganzen Zeit, in der Kamille die Vorsitzende war – und es waren fast fünf Jahre –, hat Niklas nicht eine Krone bekommen. Fünf Wochen vor seinem Tod erhielt er eine weitere Absage, und diesmal reagierte er. Er schrieb einen Brief an die Vorsitzende, in dem er unter Hinweis auf eine Menge Paragrafen um eine Begründung bat, warum man ihn für nicht förderungswürdig hielt. Nach vier Wochen – unmittelbar vor dem Unfall – hat er Kamille Schwerins Antwort erhalten.«

»Ein harter Brief?«

»Sie war eiskalt und tat exakt das, worum er sie gebeten hatte. Ohne jeden schonenden Puffer erklärte sie Niklas in einem langen und detaillierten Bericht, wie talentlos er ihrer Ansicht nach sei. Sie zerpflückte seinen Lebenstraum, sezierte seine Bilder eins nach dem anderen, kritisierte sie in Grund und Boden und teilte ihm ohne Ausflüchte mit, er habe ihrer Meinung nach keinerlei Zukunft in diesem Metier.«

»Autsch.«

»Er hat niemandem von diesem Brief erzählt, sondern ihn einfach abgeheftet. Innerlich muss er am Boden zerstört gewesen sein. Sonst hätte er wohl ...« Sie trocknete sich die Augen mit kleinen, hektischen Bewegungen, ungeduldig gegenüber ihrer eigenen Schwäche. »Ich habe es ebenfalls niemandem erzählt. Ich konnte nicht darüber sprechen. Aber ich habe oft daran gedacht.

Jedes Mal, wenn ich ihr überlegenes, kühles Echsengesicht sah, habe ich daran gedacht. Und ich habe darüber fantasiert, wie es wäre, sie damit zu konfrontieren. Ihr zu erklären, welche Schuld sie auf sich geladen hatte. Diese miese, rechthaberische ...« Gitte leerte das Glas. Atmete ein paarmal tief durch.

»Bist du deshalb vorgestern Nacht zu ihr gegangen?«

Gitte blickte auf und runzelte die Stirn. »Woher ...?«

»Ein Überwachungsband«, sagte Dan.

»Dann weißt du auch, dass ich sie nicht getötet habe?«

»Sie war gar nicht in ihrem Zimmer, als du geklopft hast. Zu diesem Zeitpunkt war sie höchstwahrscheinlich schon tot.«

»Ich hätte es durchaus sein können. Jedenfalls hätte ich es gern getan.«

»Du warst es nicht.«

»Ich wusste, dass es bestimmt ihr letzter Abend im Haus sein würde, ich meine, es gab viele Gründe anzunehmen, sie würde als Erste von uns herausgewählt.«

»So war es ja auch.«

»Ja, das hat Mahmoud heute erzählt.« Sie putzte sich die Nase. »Ich wollte nur mit ihr reden. Ich hatte uns beiden einen Drink mitgebracht. Dachte, sie könne vielleicht auch nicht schlafen, ich wollte diese Geschichte abschließen.«

Wieder durchschnitt ein Lichtstreifen das Linoleum. »Es tut mir leid«, sagte die Krankenschwester, »jetzt müssen Sie wirklich gehen. Gitte braucht Ruhe.«

Dan erhob sich. »Ich komme.«

Der Lichtstreifen verschwand.

»Fährst du zurück auf die Insel?«

»Es ist nach neun. Ich glaube kaum, dass ich noch jemanden finde, der mich hinüberbringt. Ich werde bis morgen früh warten.«

»Und schläfst du zu Hause?«

»Ich fürchte, das würde meine Frau nicht erlauben.«

»Oh ... weiß sie?«

Dan nickte. »Ich habe sie heute Nachmittag angerufen und ihr alles erzählt.«

»Was machst du jetzt?«

»Ich werde mir wohl ein Hotelzimmer suchen.«

»Ich meine, auf längere Sicht.«

»Ich weiß nicht, Gitte, wirklich nicht.« Er beugte sich zu ihr hinunter und küsste ihre Wange.

»Schlaf gut«, sagte sie.

»Gute Nacht«, entgegnete Dan. »Du bist ein Schatz.«

Als die Tür hinter ihm zugefallen war, lächelte sie noch immer.

37

Dunkelheit hatte sich über den Parkplatz des Krankenhauses gelegt, doch es war nicht diese kühle, nach Sonne duftende sommerliche Dunkelheit wie noch vor ein paar Tagen. Die Luft war rau, und in dem kalten Wind lag mehr als nur die Andeutung des nahenden Herbstes. Der feuchte Asphalt glänzte im Licht der Straßenlaternen.

Dan hatte nur ein Hemd an, als er Gitte ins Krankenhaus begleitete, nun fror er. Er zog die Schultern hoch und sah sich nach einem Taxi um. Der Halteplatz war leer. Und auf der Hauptstraße sah es so aus, als sei der Verkehr längst zum erliegen gekommen. Er würde großes Glück brauchen, überhaupt noch irgendwohin zu kommen.

Während des Krankenhausbesuches hatte er sein Handy abgeschaltet, ein Blick der Krankenschwester hatte genügt. Als er es jetzt aus der Tasche zog, fand er viele Nachrichten. Fast alle von Flemming. Variationen über ein Thema: »Ruf mich an.« Ein Anruf von Laura. Kein Lebenszeichen von Marianne. Nichts von Kirstine.

Er rief ein Taxi und beantwortete Lauras Anruf. Sie war gefasst, wütend über sein Verhalten, aber auch nicht mehr. Eigentlich beschäftigte sie eher, ob ihr Vater wirklich einer Frau das Leben gerettet hatte. Dan entdramatisierte die Geschichte und brachte doch ein wenig Heldenmythos darin unter. Eigentlich tat ihm das ganz gut.

»Wir reden, wenn ich von der Insel zurück bin, ja?«

»Mama sagt, du wirst ausziehen.«

»Das mache ich vielleicht auch, Schatz. Jedenfalls ein paar Wochen, bis wir die ganze Geschichte im Griff haben.«

»Bis du weißt, was du willst, meinst du.«

Hier hätte er es sich mit einer klassischen, vor der Verantwortung fliehenden Halblüge leicht machen können, dass es ganz bei ihrer Mutter läge, ob sie ihn nach Hause ließe oder nicht. Das wollte Dan nicht. Trotz allem. »Richtig, Laura«, antwortete er nach einer kleinen Pause. »Bis ich weiß, was ich will.«

»Du kennst diese Schauspielerin ... diese Kirstine doch erst ein paar Tage.«

»Das stimmt.« Und war seit Jahren aus der Entfernung in sie verliebt, wie der Rest der männlichen Bevölkerung Dänemarks, hätte er beinahe hinzugefügt. Er hielt sich jedoch zurück.

»Du bist wirklich ein Idiot.«

»Erzähl mir bitte etwas, das ich noch nicht weiß.«

Als Dan sich auf den Rücksitz des Taxis setzte, spürte er, wie Erschöpfung ihn überkam. Die ehelichen Probleme vernebelten sein Gehirn, und der Mordfall wirkte wie ein unüberschaubares

Labyrinth, dessen Wege sich stets, wenn er den Hauch einer Möglichkeit sah, herauszufinden, neu verzweigten. Vielleicht half es, mit Flemming zu reden.

Der Polizeikommissar war sofort am Apparat. »Wo bist du?«
»In einem Taxi auf dem Weg zum Hotel Marina.«
»Willst du dort schlafen?«
»Allzu viele Möglichkeiten habe ich nicht. Zu Hause bin ich jedenfalls nicht willkommen.«
Pause. Dann: »Du kannst bei mir schlafen.«
»Was? Bist du in Christianssund?«
»Ich hatte hier etwas zu erledigen, deshalb ... Hast du Hunger?«
»Und wie.«
»Ich schmeiße eine tiefgefrorene Pizza in den Ofen.«
Dan gab dem Fahrer die neue Adresse und lehnte sich zurück. Er versuchte ernsthaft, sämtliche Gedanken an Marianne, Kirstine und das Kuddelmuddel, das ihn erwartete, zu verdrängen. Doch etwas nagte an ihm. Er hatte etwas gesehen oder gehört, das in dem Augenblick keine unmittelbare Bedeutung für ihn gehabt hatte, und konnte diesen Gedanken nicht lokalisieren. Hin und wieder ahnte er ihn irgendwo in dem Chaos in seinem Kopf, ebenso rasch war er dann wieder verschwunden. Dan schloss die Augen, um sich besser konzentrieren zu können, und erwachte mit einem Ruck, als der Fahrer sich umdrehte und ziemlich laut wiederholte: »Hundertzweiundfünfzig Kronen habe ich gesagt.«
»Oh.« Dan fummelte seine Kreditkarte aus der Brieftasche und reichte sie dem Fahrer, der mürrisch irgendetwas murmelte, Kreditkarte, das hätte er gleich am Anfang der Fahrt sagen sollen, das sei mal wieder typisch ...«
»Muss ich hier unterschreiben?«, unterbrach ihn Dan.
»Ja.«

Flemming öffnete die Tür, bevor Dan den Klingelknopf drücken konnte.

»Keine Jacke? Na los, nichts wie rein mit dir.«

Dan schaffte es, Gittes Geschichte zu erzählen, während Flemming die beiden ziemlich langweiligen Pizzen im Umluftofen erhitzte. Sie gingen mit ihren Tellern ins Wohnzimmer, beide hatten eine Dose Bier in der Hand.

»Meine Herren!«, staunte Dan. »Hier hat sich aber was getan.«

Vorsichtig ausgedrückt. In den vergangenen vierzehn Monaten, seit Dan das letzte Mal in Flemmings bescheidenem Gelbklinkerhaus zu Besuch gewesen war, hatte die Einrichtung sich vollkommen verändert. Wo alles im Wohnzimmer vorher gebrüllt hatte: »Mann im mittleren Alter nach der Scheidung« – praktisch, langweilig, gleichgültig –, war es jetzt geradezu gemütlich. Das langweilige Sofa war dekoriert mit einem ganzen Haufen Kissen in grünen Nuancen, ein dunkelroter Kokosteppich lag auf dem Boden, und an den Wänden hingen ein paar gerahmte Plakate.

»Ist das Ursulas Werk?«

Flemming lächelte. »Sie hat den ganzen Sommer hier gewohnt. Erst vor zwei Wochen, als das Internat wieder anfing, musste sie …« Er zog bedauernd die Schultern hoch und stellte seinen Teller auf den Couchtisch. »So ist das einfach, solange wir beide unsere Jobs haben. Setz dich doch«, forderte er Dan auf und ging noch einmal in die Küche, um eine Küchenrolle zu holen.

Dan sah sich um. Er war froh, wieder hier zu sein. Und er freute sich, dass es Flemming mit seiner Freundin offenbar gut ging. Sie hatten das beide verdient.

»Übrigens, habt ihr eine Erklärung bekommen, warum Tim Kiilberg Kamille besucht hat?«, erkundigte er sich, als der schlimmste Hunger gestillt war.

»Hm.« Flemming nickte, als er schluckte. »Eine etwas verworrene Geschichte. TV2 hat Tim gefeuert. Oder besser, man hat ihn auf unbestimmte Zeit ohne Bezüge beurlaubt. Er sagt, aufgrund von vollkommen haltlosen Gerüchten.«

»Ah ja?«

»Irgendetwas zwischen ihm und einer Prostituierten in Moskau, für die er offenbar den Sender hat bezahlen lassen. Alles nur ein großes Missverständnis, behauptet er. Er ist überzeugt, dass er seinen Job zurückbekommt, sobald die Rechnungsprüfer ihren Bericht abgeliefert haben.« Flemming trank einen Schluck Bier. »Tim ist überzeugt, Kamille Schwerin hat die Gerüchte über ihn und die Nutte – das war sein Ausdruck – verbreitet. Es sei ihre Schuld, dass er ein paar Monatsgehälter verloren habe. Darüber wollte er mir ihr reden.«

»Weil er davon ausging, dass sie herausgewählt wird, es war sozusagen seine letzte Chance.«

»Woher weißt du das?«

»Ich habe nur geraten. Das war Gittes Argument. Also warum nicht auch das von Tim?«

Eine Weile aßen sie schweigend. Dann sagte Dan: »Die Geschichte klingt verdammt dünn, Flemming, also die Sache mit Tim und der Nutte. Soweit ich weiß, ist es in Moskau nicht verboten, sich Sex zu kaufen, warum sollte man den Mann also deswegen beurlauben? Normalerweise feuert man doch keine Leute, nur weil sie ein bisschen mit den Belegen jonglieren. Jedenfalls nicht, wenn es das erste Mal ist. Sonst heißt es eigentlich immer: im Zweifel für den Angeklagten.«

»Wir überprüfen das morgen bei seinem Chef. Wir hatten heute einfach keine Zeit mehr.«

»Wer ist das?«

»Er heißt Holger Fjennelev. Chef der Nachrichtenredaktion.«

»Mit dem war ich gerade auf einem Kurs. Total vernünftiger Mann.« Dan schob seinen Teller beiseite. »Ich rufe ihn an.«

»Jetzt? Es ist zehn!«

»Holger ist eine Nachteule. Er ist garantiert noch wach, egal, ob er noch arbeitet oder nicht.«

Dan hatte recht. Holger Fjennelev nahm nicht nur das Telefon ab – er lieferte auch ohne großes Theater seine Version der Geschichte. Und die war ein wenig anders als Tims.

»Tja, es ist wohl so«, sagte Dan, als er das Telefonat beendet hatte, »dass Kiilberg mehrfach versucht hat, den Sender seine Besuche bei Prostituierten bezahlen zu lassen. Er ist ein Spezialist im Vertuschen von Belegen, die in den guten, alten Zeiten in Journalistenkreisen als ›Bums-Abrechnungen‹ bezeichnet wurden. So sieht es aus – es ist garantiert nicht das erste Mal, dass der Sender vor dieser Situation steht. Neu hingegen war, dass es um minderjährige Mädchen ging. Soweit Holger es verstanden hat, sind sogar Zwölfjährige dabei gewesen. Aus der Sache kommt er wohl kaum mehr raus.«

»Man kann wirklich nur hoffen, dass ihm das nicht gelingt. Wusste er, woher Kamille die Geschichte hatte? Denn offenbar hatte Kamille der Senderleitung tatsächlich einen Tipp gegeben.«

»So war es, ja, aber er wusste nicht, wo sie die Sache aufgeschnappt hat. Vermutlich über ihren Mann. Er reist ja viel, und es ist nicht undenkbar, dass er Tim Kiilberg irgendwann mal über den Weg gelaufen ist.«

»Wir werden Lorenz Birch morgen danach fragen.«

»Tim Kiilberg.« Dan schüttelte den Kopf. »Der Kerl geht zu weit. Ich hoffe wirklich, diese Geschichte sickert früher oder später an die Presse durch. Und wenn ich es selbst lancieren muss.« Ein Lächeln zeigte sich auf seinen Lippen. »Abgesehen davon: Wie lief es denn mit der Vernehmung von Lorenz?«

Flemming stopfte sich das letzte Stück der Pizza in den Mund und kaute langsam und gründlich. Schluckte. Dann hob er den Kopf und sah Dan an. »Kirstine Nyland und Lorenz Birch sitzen im Polizeipräsidium«, sagte er. »Sie werden morgen früh dem Haftrichter vorgeführt. Wir haben eine Untersuchungshaft von vorläufig vierzehn Tagen beantragt.«

»Wie bitte?«

»Du hast gehört, was ich gesagt habe.«

»Aber …«

»Pia Waage hat den Jackpot geknackt, als sie bei der Wirtschaftskriminalität nachfragte.« Flemmings Tonfall war neutral. »Sie hatten vor ein paar Monaten eine Anfrage der Steuerbehörden, die ernsthafte Unregelmäßigkeiten in Lorenz Birchs Imperium gefunden hatten. Die Abteilung für Wirtschaftskriminalität hat seither so viele Absonderlichkeiten in den Büchern, unter anderem auch bei RC Invest, gefunden, dass eine Verhaftung von Lorenz Birch sowieso kurz bevorstand.«

»Du sagst, Lorenz Birch ist ein Betrüger?«

»Es ist zu früh, es mit Bestimmtheit zu sagen, in jedem Fall ist die Rede von besonders verwickelten Eigentumsverhältnissen, die, nach allem, was wir wissen, so zusammengebastelt sind, dass sie beste Voraussetzungen für Steuerhinterziehung jeder Art bieten. Außerdem haben seine Firmen eine ganze Reihe illegaler Kredite aufgenommen und das Geld auf beziehungsweise von dänischen Konten überführt. Inzwischen hat niemand mehr den Überblick darüber, welche Beträge woher stammen. Wir haben den Verdacht, dass all die riesigen Schenkungen in Wahrheit eine Form der Geldwäsche verschleiern. Aber wie gesagt, es ist es viel zu früh, um

Genaueres sagen zu können.« Flemming blickte auf seine Hände. »All das liegt natürlich in der Verantwortung einer Spezialeinheit aus der Abteilung für Wirtschaftskriminalität. Wir haben weder das Wissen noch die Manpower, um solche Fälle zu bearbeiten. Jedenfalls nicht in dieser Größenordnung.«

»Erklärst du mir bitte, wieso ihr Kirstine festgenommen habt?«

»Es gibt keinen Zweifel«, fuhr Flemming fort, ohne auf die Frage einzugehen, »dass Lorenz Birch ein besonders starkes Motiv hatte, seine Frau zu ermorden. Er hatte seit mehreren Jahren eine Affäre mit Kirstine Nyland. Als wir den beiden ein bisschen auf den Zahn fühlten, räumten sie auch beide ein ...« Er hob den Kopf und wiederholte das kleine Wort: »... beide, dass sie mehr als einmal die Möglichkeiten diskutiert hätten, wie Lorenz aus seiner Ehe herauskommen könnte, um Kirstine zu heiraten.«

»Aber sie haben es nicht getan.«

»Nein. Ich bin überzeugt davon, Birch hat Kirstine verlassen, weil Kamille ihn in der Hand hatte. Sie musste in jedem Fall von einigen seiner Transaktionen gewusst haben, und wenn sie gedroht hat, ihn auffliegen zu lassen, hatte er sicher keine andere Wahl, als bei ihr zu bleiben.«

»Du glaubst also, Kamille wusste von ihrem Verhältnis?«

»Das weiß ich nicht. Wenn nicht, dann spricht sehr viel dafür, dass Lorenz nervös war. Er wusste einfach nicht, was passieren würde, wenn seine Frau den Bereich der Kandidaten verlassen musste.«

»Ja, und?«

»Vielleicht war Kirstine so verletzt, weil er mit ihr Schluss gemacht hatte, dass sie gedroht hat, Kamille von der Affäre zu erzählen. Und wenn Kamille auf diese Weise informiert worden wäre, hätte sie getobt, meinst du nicht?«

»So etwas würde Kirstine nie tun.«

»Das wird sich zeigen. Vorläufig gehe ich davon aus, dass Lorenz Birch auf die Insel gekommen ist, um sich zu vergewissern, seine Frau wolle sich nicht an ihm rächen, indem sie mit ihrem Wissen um seine Finanzen an die Medien ging.«

Dan schüttelte den Kopf, er versuchte, all das zu verarbeiten, was Flemming ihm erzählte. »Aber wie passt der Mord an Kamilles Mutter in diese Geschichte?«, fragte er dann. »Ich dachte, du bist der festen Überzeugung, die beiden Fälle hingen zusammen?«

»Als Ingegerd Clausen ermordet wurde, waren Kirstine und Lorenz zusammen in New York. Lorenz Birch selbst kann seine Schwiegermutter nicht erschlagen haben. Momentan arbeiten wir mit der Theorie, er habe jemanden beauftragt und der Betreffende die beiden Frauen verwechselt.«

»Ein professioneller Killer, der eine Neununddreißigjährige mit einer Dreiundachtzigjährigen verwechselt? Flemming, verdammt …«

»Es könnte auch irgendetwas schiefgegangen sein. Wir finden sicher eine Erklärung, wenn wir bei Lorenz noch ein bisschen bohren. Im Augenblick konzentrieren wir uns auf das Beweismaterial im aktuellen Fall, dem Mord an Kamille. Wir haben in Lorenz Birchs Wohnung ein Paar Timberland-Schuhe gefunden. Es ist genau das Modell, das wir gesucht haben.«

»Entschuldige, bitte,«, unterbrach ihn Dan. »Bereits hier hinkt deine Geschichte. Wenn Lorenz Birch die Schuhe getragen hat, als er seine Frau hier auf der Insel ermordete – wie sind die Schuhe dann bitte nach Christianssund gekommen?«

»Du vergisst, der Mann hatte gestern Nachmittag die Erlaubnis, seinen alten Schwiegervater zu informieren. Er hat gestern Nacht zu Hause geschlafen und kam erst …«

»… heute Morgen auf die Insel zurück. Du hast recht. Punkt an dich.«

»Außerdem wurde Lorenz Birch in der Nacht von mehreren Zeugen beobachtet. Er hat zum Zeitpunkt des Mordes nicht geschlafen, wie er ursprünglich behauptete. Eine Tontechnikerin, die auf die Toilette musste, hat ihn gesehen, wie er in der Teeküche des Produktionsflügels saß und las. Die Technikerin gab sich nicht zu erkennen, weil sie müde war und gleich wieder ins Bett wollte. Als wir Lorenz mit ihrer Aussage konfrontierten, räumte er ein, gegen drei Uhr aufgestanden zu sein, also kurz bevor es aufhörte zu regnen. Er hat angeblich ein paar Stunden gearbeitet und ist dann am Strand spazieren gegangen, wo er gegen halb fünf von einem weiteren Zeugen gesehen worden ist. Auch das hat er erst zugegeben, als wir ihm von der Zeugenaussage erzählten. Flemming fischte eine platt gedrückte Zigarettenpackung aus der Gesäßtasche. »Wir haben Erde auf dem Fußboden seines Zimmers gefunden, sie ähnelt der, die sich an den Leiterabdrücken findet.«

»Ist das alles?«

»Reicht das nicht?« Er pulte eine krumm gebogene Zigarette aus dem Päckchen und versuchte, sie gerade zu biegen, ohne sie zu zerbrechen. »Lorenz Birch hatte ein Motiv, er hielt sich am Tatort auf, er war der Einzige, den Kamille hereinlassen würde, außerdem hatte er eine Komplizin.«

»Diesen Teil glaube ich nicht.«

»Ach Dan, wir wissen, dass Kirstine nicht nur emotional mit Lorenz Birch verbandelt ist. Sie war auch an seinen Geschäften beteiligt. Ihre Unterschrift steht unter mehreren Kreditvereinbarungen und Verträgen, die wir einsehen konnten. Lorenz Birchs Sekretärin …«

»Lisette Mortensen.«

»Genau. Kirstine Nyland war ihr offenbar seit Jahren ein Dorn im Auge, und als ihr klar wurde, Kirstine würde verdächtigt, hatte sie sehr schnell die relevanten Papiere zur Hand.«

»Vermutlich eifersüchtig, die Sekretärin.«

»Kirstine hatte jedenfalls ein Motiv. Schon möglich, dass ihre Beziehung zu Ende war – das bestätigen beide –, aber da sie in eine Geschichte verwickelt ist, die zu einem Betrugsvorwurf führen kann, müssen wir sie als Mitschuldige an dem Mord in Betracht ziehen.«

Dan schüttelte den Kopf, ohne etwas zu sagen.

»Ich weiß, dass du sagen willst, sie hätte dich nicht aus deinem Zimmer gelockt.«

»Das hat sie auch nicht.«

»Sie hatte mehrere Tage, um dich weichzuklopfen, Dan. Und sie hat dich geschickt manipuliert.« Flemming zündete die malträtierte Zigarette an und inhalierte tief und genussvoll. »Niemand kann dir verdenken, in die Falle getappt zu sein. Kirstine Nyland, mein Gott. Welcher Mann würde da schon Nein sagen?«

»So war es nicht.«

»Tja, sie behauptet das auch. Wir werden sie schon dazu bringen, uns zu erzählen, wie das alles zusammenhängt. Wenn die Medien Wind von der Geschichte bekommen, wird es vermutlich ein wenig demütigend für dich. Du wirst es überleben, Dan.«

»Was sagt sie denn jetzt?«

»Sie streitet alles ab. Nein, nicht die Affäre mit Lorenz Birch. Dazu steht sie. Und ihre Informationen darüber – Termine, Orte, Verabredungen – stimmen haargenau, in diesem Punkt haben wir keinen Grund, an ihren Aussagen zu zweifeln.«

»Dann sagt sie vermutlich ganz einfach die Wahrheit. Auch über die Geschichte mit mir.«

»Vielleicht.« Flemming stand auf. Er sperrte das Fenster auf, stellte sich mit dem Rücken zum offenen Fenster und betrachtete Dan aus einigen Metern Entfernung. »Sie sagt, sie hätte sich in dich verliebt, Dan. Ich weiß nicht, ob ich ihr trauen soll, aber wenn sie lügt, ist sie eine noch bessere Schauspielerin, als ich dachte.«

Dan spürte plötzlich, wie seine Augen brannten. Ob es Rührung war, Schock, Erschöpfung oder der Zigarettenrauch, wusste er nicht. Er presste Daumen und Zeigefinger in die inneren Augenwinkel, um die Tränen aufzuhalten. Er sagte nichts. Es war still im Wohnzimmer und still auf der Straße des schläfrigen Reihenhausviertels.

Nach ein paar Minuten wurde es durch das offene Fenster kühl im Zimmer. Flemming bückte sich und griff nach dem Fensterhaken, dabei stieß er einen gedämpften Fluch aus und fasste sich an die Lende.

»Tut's noch weh?«, erkundigte sich Dan, der die Kontrolle über seine Stimme wiedererlangt hatte.

»Ich brauche eine Nacht in meinem eigenen Bett«, erwiderte Flemming und richtete sich vorsichtig auf. »Und ein paar Schmerztabletten. Kannst du das Geschirr in die Küche bringen, dann muss ich mich nicht bücken?« Er zeigte mit dem Kopf auf die Teller auf dem Couchtisch.

»Natürlich. Wo soll ich schlafen?«

»Leg dich in Ulriks Zimmer. Das Bett ist frisch bezogen, er hat nur einmal darin geschlafen. Ist das okay?«

»Ist mir vollkommen egal. Hauptsache ein Bett.«

»Waage fährt morgen um acht auf die Insel. Willst du mit?«

»Ja. Ich muss noch meine Sachen packen. Wann bekomme ich eigentlich all das zurück, was sie mit ins Labor genommen haben?«

»Ich spreche morgen mit Traneby.«

38 Pia Waage übernahm das Debriefing, wie sie es nannte. Und sie machte es gut. In noch nicht einmal einer halben Stunde hatte sie die Zurückgebliebenen der *Mörderjagd* auf den neuesten Stand der Ereignisse gebracht und mehr oder weniger ausweichend eine Reihe von Fragen beantwortet. Abschließend bat sie um Diskretion gegenüber der Presse, dankte für die Bereitschaft zur Zusammenarbeit und teilte mit, dass es im Laufe des Tages mehrere Möglichkeiten zur Rückfahrt nach Christianssund geben würde. Nach dem Meeting breitete sich eine fast übermütige Stimmung im Kandidatenflügel aus, es war beinahe so, als hätte es einige Tage früher Schulferien gegeben, bemerkte Kristian, bevor er nach oben ging, um seinen Koffer zu packen.

Dan konnte der Partystimmung nichts abgewinnen. Er versuchte, den anderen aus dem Weg zu gehen, zumal ihm bewusst war, dass sich alle Gedanken über seine Rolle in dem Drama machten, das mit den gestrigen Festnahmen seinen vorläufigen Höhepunkt erreicht hatte. Einige sahen ihn mitleidig an, andere ganz offen neugierig. Er antwortete kurz angebunden auf Fragen und schloss die Tür des Speisesaals hinter sich, als er Pia Waage folgte.

Pia hatte ein paar Streifenbeamte gebeten, Computer, Drucker, Kabel und Akten in Umzugskisten zu verpacken. Sie selbst nahm die Fotos von dem großen Whiteboard und legte sie sorgfältig aufeinander. Die Nahaufnahme eines Blutergusses an Kamilles Hals, ein Foto der Bettkiste mit der halb nackten Leiche, das Foto des Handtuchs, das am Geländer flatterte. Unvorstellbar, dass das alles erst zwei Tage her war. Dan wandte den Blick ab.

»Kann ich dir helfen?« Pia sah ihn mit zusammengezogenen Augenbrauen an, sie wollte ganz offensichtlich nicht beim Packen gestört werden.

»Ach, ich ...« Dan setzte sich. »Ich weiß nicht recht, was ich mit mir anstellen soll.«

Pias Gesichtsausdruck wurde milder. »Dir geht's richtig beschissen, was?«

»Ich ertrage es nicht, bei den anderen zu sein. Die ganze Zeit stellen sie mir Fragen, und ich ...« Er brach den Satz ab.

»Willst du einen Kaffee, Dan?« Pia wartete nicht auf seine Antwort, sondern ging in die Küche.

Dans Handy piepte. Eine SMS von Jane Krogsgaard: »Können Sie herkommen? Ich möchte Ihnen etwas zeigen. Denken Sie an die Regenjacke.«

Er las die Nachricht mehrere Male. Etwas begann in seinem Hinterkopf zu rumoren. Ein hellblauer Plastiküberzug in der Tasche einer Regenjacke. Blau-weiß gestreifte Gummistiefel in einer relativ großen Größe. Ein Paar muskulöser Hände. Eine Eifersucht, die noch immer Tränen hervorrufen konnte, obwohl die Rivalin steif und tot auf dem Stahltisch der Rechtsmedizin lag.

Dan starrte einen Moment in die Luft, ohne die Beamten zu beachten, die um ihn herum Kisten packten. Jane. Das ist eine Möglichkeit, dachte er. Aber würde eine schwangere Frau mitten in der Nacht eine Leiter hinaufsteigen und den Kehlkopf einer anderen Frau zerquetschen? Zumindest sollte er der Spur nachgehen, sagte er sich und schickte eine SMS zurück: »Komme um halb elf. Bis dann.« Das verschaffte ihm eine halbe Stunde Zeit, um seine Gedanken zu ordnen.

Pia kam mit einem Becher Kaffee zurück. Sie setzte sich ihm gegenüber und legte die Unterarme auf die Tischplatte. »Der Termin beim Haftrichter war um neun«, sagte sie. »Wir bekommen bald Nachricht.«

Dan beschloss, die Ermittlerin nicht in seine Überlegungen einzubeziehen. Er zwang sich, ihr zuzuhören. »Klingt nicht so, als ob sie ohne Untersuchungshaft davonkämen.«

»Das weiß man nie.« Pias Stimme war ruhig. »Ich bin überzeugt, dass Lorenz Birch in Haft bleibt, bei Kirstine ...« Sie zuckte die Achseln. »In Wahrheit ist das meiste doch Spekulation. Es gibt keine Beweise gegen sie.«

Dan blickte auf. »Flemming hat doch gesagt ...«

»Ja, es stimmt, sie hat bei einigen Kreditverträgen unterschrieben. Aber sonst ...« Pia schüttelte den Kopf. »Wir haben nicht die geringsten Beweise gegen sie. Ich habe, ehrlich gesagt, Zweifel, dass der Richter sie inhaftieren wird.«

»Ich verstehe nur nicht ... warum ist ...?«

»Torp hofft vermutlich, sie zu knacken, damit sie von sich aus über Lorenz Birchs Beteiligung an den beiden Morden erzählt. Es deutet jedoch nichts darauf hin, dass sie aussagen wird ... Wir werden sehen. Ich denke, in einer Stunde wissen wir's.« Sie stand auf. »Mein bester Rat an dich ist, such dir in der Zwischenzeit irgendetwas, womit du dich beschäftigen kannst.«

»Ja danke, ich habe tatsächlich noch etwas zu erledigen.« Dan leerte seinen Becher. Er wandte sich der Tür zu. »Übrigens«, sagte er. »Habt ihr das Resultat der Blutprobe schon bekommen? Vom Bett in der Fischerhütte?«

Waage hob eine Augenbraue. »Ja, das war eine Sackgasse, Dan. Du hast diesmal nicht so viel Glück beim Detektivspielen gehabt. Tut mir leid.«

»Was meinst du?«

»Bei dem Fleck handelte es sich nicht um menschliches Blut.«

»Um was sonst?«

»So weit sind sie noch nicht. Flemming hat sie gebeten, andere Dinge vorzuziehen – zum Beispiel die Untersuchung von Lorenz

Birchs Kleidung und Schuhen. Das Blut hat ganz offensichtlich keine Bedeutung für den Fall.«

»Waage, wo soll das hin?« Ein junger Beamter hielt eine Handvoll durchsichtiger Plastiktüten mit einigen kleinen Stofffetzen in die Luft. »Hätten die nicht mit ins Labor gemusst?«

»Tja, wir dachten …« Pia wandte ihre Aufmerksamkeit dem Beamten zu.

Dan ging durchs Foyer. Er hatte noch immer keine Lust, sich zu den anderen zu gesellen, er blieb an der Tür stehen und blickte einige Minuten über den Rasen, während ihm die Gedanken im Kopf herumwirbelten. Jane. Die Schuhüberzieher und Schuhabdrücke. Die Blutstropfen, angeblich ohne Bedeutung für den Fall. Tierblut unter einer sorgfältig drapierten Bettdecke mit aufgespraytem Stern.

Plötzlich wusste er, wie sich zumindest eines dieser Elemente erklären ließ. Er ging zum Produktionsflügel. Hier herrschte keineswegs Feierlaune. Mitarbeiter des Filmteams verstauten ihre Ausrüstung in große, metallverstärkte Transportkisten. Einige nickten Dan zu, die meisten waren zu beschäftigt, um ihn zu beachten.

Er fand Lilly Larsen, die versuchte, den Reißverschluss eines großen roten Koffers zuzuziehen, während ihr kleiner Hund hin und her sprang.

»Ah, gut, dass du kommst«, sagte sie. »Würdest du mir bitte mal helfen?«

Gemeinsam schlossen sie den Koffer und stellten ihn an die Tür.

Dan setzte sich in den einzigen Sessel des Zimmers und betrachtete Gigi. »Ist sie läufig?«, fragte er im interessierten Hundebesitzer-zu-Hundebesitzer-Tonfall.

»Woher weißt du das?« Lilly hob den Hund hoch und prüfte sein Hinterteil. »Es ist nichts zu sehen. Sie hält sich immer so sauber, wenn sie ...«

»Weshalb bist du in der Fischerhütte gewesen, Lilly?«

Sie ließ sich auf das Bett fallen. »Warum fragst du?«

»Komm schon.«

Lilly sah ihn ein paar Sekunden an. Dann zuckte sie die Achseln. »Na ja. Das ist sicher kein Verbrechen ...« Sie setzte Gigi auf den Boden. »Ich habe dort geschrieben. Es fiel mir schwer, mich hier zu konzentrieren. Ich bin es nicht gewohnt, so viele Menschen um mich herum zu haben, so viel Unruhe.«

»Und du hast deinen Computer den ganzen Weg durch den Wald geschleppt?«

»Nein, nein.« Sie lächelte. »Ich hatte nur mein Notizbuch dabei. Ich habe den Entwurf für mein nächstes Buch geschrieben. Die Hütte ist ein fantastischer Ort. So ruhig und so ... stimmungsvoll. Und ich muss gestehen, es hatte eine besondere Faszination, dort zu arbeiten, wo sie so oft ihren Urlaub verbracht hatte.«

»Ingegerd Clausen?«

»Dieses Weib war hinter mir her, Dan. Sie verachtete meine Bücher, und sie verachtete mich, da bin ich mir sicher. Warum hätte sie sonst all die Jahre so über mich schreiben sollen?« Lillys Wangen waren rot geworden. »Ich habe an dem Plot zu einem neuen Buch geschrieben; einem Buch, das sie noch mehr gehasst hätte als alle anderen, die ich geschrieben habe. Es wird nämlich von ihr erzählen, von ihrem hässlichen, unwürdigen, unschönen Tod. Und ich habe mir in ihrem Haus, in ihrem Bett die ersten Notizen dazu gemacht. Es klingt nicht sehr nett, aber ich habe es genossen.«

»Ich glaube, du halluzinierst, Lilly. Es klingt nicht sonderlich wahrscheinlich, dass ein Rezensent einen Autor auf diese Weise verfolgt. Wenn sie deine Bücher nicht mochte, gab es sicher einen anderen Grund ...«

»Sie bestand darauf, meine Bücher zu rezensieren. Jedes Mal. Es schien fast so etwas wie ihre Mission zu sein.«

Dan sah sie an. »Und du bist dir sicher, dass du ihr nie Anlass gegeben hast, dich persönlich zu hassen?

»Ach!« Lillys Gesichtsfarbe wurde noch eine Spur intensiver. »Das war doch schon so lange her.«

»Was?«

»Es ist wirklich lange her. Ich war eine ganz junge Buchhändlerin, als Jørn Clausen eines Tages in unserer örtlichen Bibliothek las. Nach der Lesung stand ich am Büchertisch. Er signierte, hinterher hat die Bibliothek zum Abendessen eingeladen, und na ja ...« Sie hielt inne.

»Du bist mit Jørn Clausen im Bett gelandet?«

Sie sah zu ihm auf. »Seine Frau sollte es nie erfahren. Sie hatten gerade ihren kleinen Sohn verloren, und sie – also Ingegerd – war wohl völlig zusammengebrochen. Das entschuldigt natürlich nichts.«

»Und sie fand es trotzdem heraus?«

Lilly hob die Schultern. »Die Branche ist klein«, sagte sie.

»Was ist dann passiert?«

»Viele Jahre nichts. Ich sah ihn auch nicht wieder. Nur im Fernsehen und so. Zehn Jahre später erschien mein erster Roman.«

»Ingegerd hat sich gerächt?«

»Nach den ersten Verrissen versuchte ich, ihrem Chef die Zusammenhänge zu erklären. Er wolle keine alten Klatschgeschichten hören, sagte er.«

»Sie durfte deine Bücher in all den Jahren verreißen?«

»Es war schrecklich. Sie hatte große Macht, weil sie auch die anderen Rezensenten beeinflusste. Gar nicht zu reden von den Einkäufern der Bibliotheken. Du kannst dir nicht vorstellen, welche Erleichterung es für mich war, als sie endlich aufhörte und in Pension ging.«

»Und deine Rache bestand darin, dass du auf Ingegerd und Jørn Clausens Doppelbett gesessen und über ihren Tod geschrieben hast?«

»Pathetisch, oder?« Lilly versuchte es mit einem Lächeln.

»Und Gigi durfte neben dir im Bett liegen?«

»Ja. Woher weißt du das?«

»Es gab einen Blutfleck. Und es war kein menschliches Blut.«

»Ah ja. Tja, ich habe gar nicht gesehen, dass sie auf die Matratze geblutet hat. Aber eigentlich ist das ja auch egal. Wen interessiert das schon?«

»Hast du andere Personen in der Nähe der Hütte gesehen?«

Sie sah ihn an. »Ich habe versprochen, nichts zu erzählen. Die Hütte ist der einzige Ort auf der Insel, den sie nicht betreten dürfen. Ihnen kann gekündigt werden, wenn es jemand erfährt.«

»War es Jane Krogsgaard?«

»Aber nein.« Sie lächelte. »Der Kahlköpfige Detektiv kann sich auch irren?«

Er runzelte die Stirn. »Mads?«

»Bingo.«

Dan starrte sie ein paar Sekunden an, er versuchte, die neue Information in das Gesamtbild einzufügen. »Hat Mads auch den Stern auf die Bettdecke gesprüht?«

»Das weiß ich wirklich nicht. Als ich sagte, ich fände es passend, dass die alte Hexe nur einen einzigen Stern als Andenken bekommen hätte, lächelte er. Er schien ganz genau zu verstehen, was ich meinte.«

»Das verstehe ich nicht. Wie meinst du das denn?«

Lilly grinste. »Oh, vielleicht ist das auch ein bisschen kindisch. Für mich ist der Stern fast das Beste an der Hütte. In all den Jahren hat Ingegerd Clausen meine Bücher mit einem, zwei, allerhöchstens drei Sternen ausgezeichnet, also dachte ich, es liegt doch eine gewisse poetische Rechtfertigung darin, ihr nur einen einzigen Stern zu geben. Ich weiß selbst, dass sich das total verrückt anhört.«

Wieder starrte Dan sie ungläubig an. »Mads hat das verstanden?«

»Ganz bestimmt. Mads ist ein so netter Kerl, so empfindsam.«

»Verflucht!« Dan sprang so abrupt auf, dass der Hund erschrocken unters Bett kroch. »Verflucht noch mal!«

Er lief aus der Tür und rannte zum Speisesaal. Er war leer. »Wo ist Pia Waage?«, erkundigte er sich außer Atem, als er in dem leeren Raum stand, wo nur noch einer der Polizeibeamten packte.

»Ist zu einem Treffen aufs Revier gerufen worden, kurz nachdem Sie gegangen sind«, sagte der junge Bursche. »Sie musste sofort los. Vielleicht erwischen Sie sie noch auf dem Handy.«

Er ratterte Pia Waages Mobilfunknummer herunter, Dan tippte sie ein. Sie antwortete nicht.

Dan fluchte und versuchte es mit Flemmings Nummer. Ebenfalls keine Antwort.

Natürlich konnte er allein dort rausgehen, doch er hatte Flemming ja versprochen, vernünftig zu bleiben. Er sah den jungen Beamten an. »Wie heißen Sie?«

»Anders Ingmann.«

»Okay, Anders … Würden Sie mir einen Gefallen tun?«

»Na ja, ich bin hier mitten in …«

»Es ist wichtiger. Glauben Sie mir. Ihr Chef würde mir recht geben. Haben Sie Ihre Dienstpistole dabei?«

»Ja, wieso?«

»Nehmen Sie die Pistole und Handschellen mit. Ich erkläre Ihnen alles unterwegs.«

Sie gingen am Ufer entlang bis Aalnacken, wo Krogsgaard über dem stahlgrauen Fjord thronte. Selbst bei trübem Wetter sah der weiß verputzte Hof einladend und idyllisch aus. Rosenbüsche, weidende Schafe, tief fliegende Schwalben.

Zunächst betrachtete Anders Ingmann Dans Theorie sehr skeptisch, doch allmählich begriff der Polizist die Zusammenhänge in dem verzwickten Sammelsurium von Abholzeiten, Schuhüberziehern und Kritikersternen. Er schien zu erfassen, welche Ursache Kamilles verändertes Benehmen hatte, nachdem sie auf die Insel gekommen war. Und er schien zu verstehen, warum sie unmittelbar nach ihrer Herauswahl aus der Show ermordet wurde. Schließlich kapierte er sogar, warum sie nicht auf Verstärkung vom Festland warten konnten. Sie gingen schneller, das letzte Stück zum Hof rannten sie sogar nebeneinander her, ohne ein Wort zu wechseln.

An der Scheunenecke blieb Dan stehen. »Ich glaube, es ist am besten, wenn ich zuerst alleine mit ihr rede.«

»Ich bleibe in der Nähe.«

Dan überquerte den Hofplatz. Er ging so ruhig wie möglich und betete, dass er sich nicht irrte.

39

Dan klopfte an die Tür des Wohnhauses, keine Reaktion. Auch als er den Kopf zur Küchentür hineinsteckte und nach Jane rief, erhielt er keine Antwort. Es war absolut ruhig. Das einzige Lebenszeichen kam von der getigerten Katze, die auf dem Küchentisch lag. Ihre Schwanzspitze bewegte sich in kleinen, aufmerksamen Zuckungen, während sie ihn mit halb geschlossenen Augen beobachtete. Als Dan den Kopf zurückzog, hörte er ein Geräusch, das ihm durch Mark und Bein ging. Ein gellender Schrei, dachte er, bis ihm klar wurde, dass es sich nur um den Teekessel handelte. Die Katze erhob sich und sprang vom Tisch. Dan war mit zwei langen Schritten am Herd, nahm den Teekessel herunter und schaltete die Herdplatte ab. Die Teekanne stand auf dem Tisch bereit, daneben zwei Becher und eine Schale mit Keksen. Jane hatte erst vor wenigen Minuten für ihren Gast gedeckt. Wo steckte sie nur?

Dan sah in dem leeren Eingangsbereich nach und rief noch einmal nach ihr. Erfolglos. Er registrierte, dass sie den Schrank unter der Treppe aufgeräumt hatte. Die vielen Mäntel, Pullover, Mützen und Fäustlinge waren in mehrere kleinere Haufen sortiert. Er öffnete die Toilettentür. Nichts. Daraufhin verließ er das Wohnhaus und lief über den matschigen Weg zu dem großen Stallgebäude. Unter dem Halbdach stand der Traktor noch immer mit offener Motorhaube neben den Strohballen, am Hintereingang lief unverdrossen die Kühlanlage. Durch den Lärm hörte er ein dumpfes Klopfen aus dem Stall. Vielleicht arbeitete dort drinnen jemand.

Durch einen Türspalt sah er, dass der Melkbereich mit dem stabilen Podest für die Schafe leer war. Aus den Augenwinkeln registrierte er, wie Anders Ingmann sich langsam die Mauer entlang auf den zweiten Eingang zubewegte. Er nickte ihm zu und betrat den Stall. Die Klopfgeräusche wurden lauter. Sie kamen aus dem großen Raum mit den Einfriedungen.

Dan schob langsam die Tür auf, bis er den Raum übersah. Er wusste sofort, woher die Klopfgeräusche kamen.

Mads Krogsgaard stand vor der großen Stahltür an der Wand. Er ließ die Arme hängen und stieß den Kopf laut schluchzend gegen das harte Metall. Wieder und wieder. Wie ein Besessener. Dan war sofort bei ihm und zog ihn von der Tür. Er hatte nicht den Eindruck, Mads würde wahrnehmen, was um ihn herum geschah. Er brach zusammen, erst auf die Knie, und als Dan losließ, fiel er ganz um.

In diesem Moment öffnete Anders Ingmann die Tür, er schob sie mit der Schulter zur Seite, seine Dienstpistole schussbereit in beiden Händen, die Augen vor Anspannung weit aufgerissen. Als er den weinenden Mann zusammengekrümmt auf dem Stallboden liegen sah, senkte er die Schusswaffe und blickte unsicher zu Dan. Große Erfahrung im Ergreifen von Mördern scheint er nicht zu haben, dachte Dan.

Er beugte sich über Mads. »Wo ist Jane?«, wollte er wissen.

Mads sah Dan durch zwei schmale Augenschlitze an, Blut lief ihm übers Gesicht, das bereits jetzt bis zur Unkenntlichkeit angeschwollen war. Fort war das schöne, vertrauenerweckende Babyface. Ersetzt durch eine hässliche, verzerrte Maske, deren helle Locken blutdurchtränkt waren. Die Augen glasig vor Schock. An Stirn und Nase gab es großflächige Hautabschürfungen, eine Blase blutigen Schleims formte sich an einem der beiden Nasenlöcher. Mads versuchte, etwas zu sagen, doch er brachte nur unzusammenhängende Laute heraus. Er ließ den Kopf wieder vornüber fallen.

Dan richtete sich auf. »Ich muss seine Frau finden«, sagte er zu dem jungen Beamten. »Bitte rufen Sie alle an, die informiert werden müssen. Ambulanz, Verstärkung … Das ganze Programm, Sie wissen schon.«

»Selbstverständlich. Soll ich ihm Handschellen anlegen?«

Dan sah auf die erbärmliche Gestalt am Boden. »Ich denke, das wird nicht nötig sein«, sagte er. »Sie sind der Polizist, das können Sie besser beurteilen als ich.«

Die Leere des Gebäudes dröhnte Dan in den Ohren. Vorbei war es mit dem gemütlichen Blöken der Gary-Larson-Schafe, das ihn am Vortag über den Hof begleitet hatte.

Der Stallboden war sorgfältig gefegt, nur hatte Mads es offensichtlich nicht mehr geschafft, den Haufen Schafdung und Stroh auf den Misthaufen zu fahren. Die Schubkarre stand neben dem breiten Mittelgang. Dahinter entdeckte Dan etwas Blau-Weißes. Einen gestreiften Gummistiefel.

Er rannte das letzte Stück, obwohl ihm im Grunde genommen schon klar war, dass er zu spät kam.

Jane lag auf der Seite, den Kopf in einem merkwürdigen Winkel nach hinten gebogen. Ihre Augen waren noch immer von klarem Blau, obwohl sie jeden Ausdruck verloren hatten. Ihr Haar steckte unter dem ausgefransten Chiffontuch mit den Leopardenflecken. Sie wirkte jünger als je zuvor; die helle, sommersprossige Haut sah weich und lebendig aus. Mads' Frau war erst seit wenigen Minuten tot.

Dan sank neben ihr auf die Knie. Er hielt Zeige- und Mittelfinger an ihren Hals, suchte nach der Pulsader, legte eine Hand auf ihren kleinen runden Bauch. Vielleicht lebte der Fötus noch. Vielleicht bemerkte er erst in diesem Moment, dass der lebensnotwendige Strom an Nährstoffen und Sauerstoff unterbrochen war. Vielleicht kämpfte er verzweifelt um sein Leben. Vielleicht glitt er auch ruhig in den Tod. Wer wusste schon, was ein fünfzehn Wochen alter Fötus wahrnahm?

Sein Blick fiel auf ein zusammengefaltetes Stück Papier, das von Janes Körper halb verdeckt wurde. Er wusste, dass er nichts anfassen durfte, aber er konnte sich nicht beherrschen. Nach einem raschen Blick auf den Beamten griff er mit zwei Fingernägeln danach und zog vorsichtig, bis das ganze Blatt frei lag. Er faltete es auseinander, überflog es hastig und wusste, dass er das letzte Teil des Puzzles gefunden hatte.

Dan stand auf, ohne die Schubkarre zu berühren. Noch immer hielt er das Papier zwischen zwei Fingernägeln, als er zurück zu Anders Ingmann und Mads ging, der nun an der Wand saß. Es sah auch weiterhin so aus, als würde der verletzte Mann nicht wahrnehmen, was um ihn herum geschah.

Anders sah Dan fragend an.

»Haben Sie angerufen?«

»Die ganze Kohorte ist unterwegs«, erwiderte der Beamte.

»Gut.« Dan blickte auf Mads Krogsgaard hinunter. »Hat er sein Handy dabei?«

»Nein.«

»Okay.« Dan drückte sich aus der Stahltür und ging zum Wohnhaus. Das kostbare Stück Papier trug er mit ausgestrecktem Arm.

»Wo wollen Sie hin?«, rief der Beamte ihm nach.

»Nachsehen, ob ich dafür eine Plastiktüte finden kann. Und ein Handy. Oder vielleicht auch eine Telefonliste.«

»Die Polizei kann die Angehörigen …«

Dan drehte sich um. »Es ist Freitag, Anders. Soweit ich das weiß, sollte Mads heute seine Zwillinge aus dem Kindergarten abholen. Letzten Freitag waren seine Kinder jedenfalls nicht auf der Insel. Ich muss die Mutter erreichen.«

»Ja, sicher, aber wäre es nicht doch besser, wenn wir …«

»Außerdem brauchen wir jemanden, der in drei bis vier Stunden dreihundert Schafe melken kann und der uns bei der Frage behilflich sein wird, was wir mit ihnen in nächster Zeit machen sollen. Vielleicht wollen Sie ja selbst …«

Der Beamte erschrak. »Nee, also ehrlich gesagt nicht.«

»Dachte ich mir doch.«

Der junge Polizist war zu dem Steg bei Aalnacken gegangen, zu dem er Kriminaltechniker, Sanitäter und Rechtsmediziner gelotst hatte. Man sah ihm die Erleichterung an, als er Krogsgaard verlassen konnte.

Dan hatte aus der Küche ein paar saubere Handtücher und ein Glas kaltes Wasser geholt. Er setzte sich neben Mads auf den Stallboden und reichte ihm ein Handtuch, ohne etwas zu sagen. Mads presste es auf die Wunde an der Stirn.

»Können wir reden?«

Mads zog das Handtuch ein wenig zur Seite, er sah ihn durch die Augenschlitze an, schwieg.

»Sie müssen schon einen Ton von sich geben, damit ich weiß, ob Sie mich verstehen. Hier, trinken Sie einen Schluck Wasser.«

Mads trank gehorsam ein paar Schlucke und stellte das Glas auf den Boden. »Ich kann schon reden«, murmelte er dann.

»Es wird jemand kommen, der sich um die Schafe kümmert«, sagte Dan. »Ich habe die Nummer Ihres Knechts gefunden.«

»Søren Hostrup?«

»Ja, er ist unterwegs.«

»Gut.« Mads führte vorsichtig eine Hand zum Kopf und befühlte seine gebrochene Nase. Sie schwoll allmählich auf das doppelte Volumen an.

»Tut's weh?«

»Hm.« Den kleinen Laut konnte man durchaus als Sarkasmus deuten. Es war allerdings auch eine blöde Frage, gestand Dan sich ein.

»Ist sie tot?«, wollte Mads wissen.

»Ja.«

»Das war ich nicht, sie ist gestürzt und ...« Er wandte sein zerschlagenes Gesicht Dan zu. »Ich wollte nie ...«

»Haben Sie sich gestritten?«

»Sie hatte diesen Brief gefunden ... Ich habe sie nicht angefasst, Dan. Wirklich nicht! Sie hatte solche Angst vor mir!« Wieder kamen Mads die Tränen. »Ich wollte doch nur diesen Brief wiederhaben, aber sie bekam Angst, trat einen Schritt zurück und stolperte über den Besen.« Er schluchzte mit einem seltsam rasselnden Geräusch, und eine neue Blase formte sich an seinem Nasenloch. »Es war keine Absicht«, wiederholte er.

Dan ließ ihn sitzen, bis er sich beruhigt hatte. Dann sagte er: »Wenn Sie es schaffen, würde ich sehr gern hören, was eigentlich zwischen Ihnen und Ingegerd Clausen passiert ist.«

Mads zog das Handtuch vom Gesicht und schaute es verwundert an, als versuchte er herauszufinden, woher die großen Blutflecken kamen. Dann blickte er Dan an. »Sie sind kein Polizist, oder?«

Dan schüttelte den Kopf.

»Dann muss ich Ihnen auch nicht antworten.«

»Nein. Ich bin nur neugierig.«

»Sie haben es herausgefunden?«

»Ja«, erwiderte Dan.

»Wie?«

»Ach, es waren diese kleinen Bemerkungen hier und da. Und ein paar merkwürdige Spuren.«

»Von den Schuhen? Die findet ihr nie. Ich habe sie in die Fahrrinne geworfen. In einer Tüte voller Steine.« Plötzlich fing er an zu husten und spuckte blutigen Schleim ins Stroh.

»Wollen Sie mir von dem ersten Mord erzählen?«

»Erzählen Sie mir, was Sie herausgefunden haben.«

»Okay«, sagte Dan. »Also gut.« Er setzte sich bequemer hin. »Ich glaube, alles begann in dem Sommer, als Sie sechzehn und Kamille fünfzehn waren ...«

SO EINE ART FINALE

FREITAG, 29. AUGUST

40

»Flemming hatte die ganze Zeit recht«, sagte Dan. »Der Mord an Ingegerd Clausen und der Tod ihrer Tochter hängen unmittelbar zusammen. Beide Verbrechen hat derselbe Täter begangen, jedoch aus verschiedenen Motiven.«

Sie hatten sich am späten Freitagnachmittag im geräumigen Büro des Hauptkommissars versammelt. Dan sah in die Runde. Flemming lehnte in seiner Lieblingshaltung mit dem Hinterteil an der Heizung. Pia Waage und Frank Janssen saßen auf den Gästestühlen und Hauptkommissar Kjeld Hanegaard hinter seinem sorgfältig aufgeräumten Schreibtisch. Dan hatte sich einen Stuhl vom Konferenztisch herangezogen und umgedreht, sodass er die gekreuzten Arme auf die Rückenlehne stützen konnte.

»Im Grunde waren beide Morde vollkommen verschieden, doch wenn es den ersten nicht gegeben hätte, wäre auch der zweite ganz sicher nicht passiert. Um zu verstehen, müssen wir auf den letzten Sommer zurückblicken, den Kamille Schwerin auf der Seufzerinsel verbrachte.«

»Klingt wie der Anfang eines Schundromans.« Flemming massierte seine Hüfte mit kleinen, ungeduldigen Bewegungen.

»Lass ihn doch ausreden«, sagte der Hauptkommissar.

Dan fuhr fort: »Mads Krogsgaard war ein Einzelkind. Er wuchs im Wissen auf, einmal den Hof zu erben. Oder richtiger: Er würde das Recht erben, den Hof zu führen. Den Besitz hatte der Großvater ja schon vor Mads' Geburt verkauft. Dennoch war der Hof seine Zukunft. Die vierte Generation der Krogsgaards als Wächter über die Seufzerinsel. Mads gefiel dieser Gedanke. Er mochte die Arbeit mit den Tieren, und in vielerlei Hinsicht gefiel ihm auch das isolierte Leben auf der Insel. Dennoch sehnte er sich nach etwas, wovon seine Eltern möglicherweise wussten, das sie aber keinesfalls ernst nahmen.«

»War er schwul?«, wollte Hanegaard wissen.

»Darauf deutet nicht viel hin«, erwiderte Dan. »Nein, Mads sehnte sich nach Kunst. Richtiger Kunst. Und das war fast noch schlimmer – in einer Familie, deren Vorstellung von Kultur sich auf Unterhaltungsserien im Fernsehen und ein gutes Fußballspiel beschränkte. Sie hatten kein Verständnis dafür, dass der Sohn des Hauses seine Zeit damit vergeudete, Gedichte zu schreiben oder Schafe zu zeichnen. Und es gab niemanden, mit dem Mads über das reden konnte, was ihm so durch den Kopf ging. Die Lehrer an der Realschule von Christianssund hatten entweder zu viel zu tun, oder sie waren zu ignorant und zu gleichgültig. Sie bemerkten lediglich, dass der Junge ordentliche Aufsätze schrieb und im Übrigen seine Zeit damit verbrachte, seine Schulsachen ständig mit Zeichnungen zu bekritzeln. Nicht einer von ihnen begriff, dass dieser stille Junge von einem Leben als bildender Künstler träumte. An und für sich kam er mit seinen Klassenkameraden gut aus, doch mit seiner Leidenschaft blieb er allein. Mads kannte ganz einfach niemanden, dem es ähnlich ging wie ihm.«

»Das bedeutete«, fuhr Dan fort, »Mads konnte seine Gedanken auch nicht in Worte fassen. Er wusste, wie sehr er sich für Bücher und Bilder interessierte, und war ein Allesfresser, er las *Nacht der Vampire* ebenso andächtig wie *Catch 22*, eine kitschige Zeichnung beurteilte er nach den gleichen Kriterien wie eine Radierung von

Asger Jorn. Er ging an alles vollkommen vorurteilsfrei heran und vermisste nur jemanden, mit dem er darüber hätte diskutieren können.«

»Komm endlich zur Sache, Dan. Ein paar von uns könnten sich durchaus vorstellen, irgendwann Feierabend zu haben.«

»Okay, dann also zur Sache, Flemming. Der einsame, nach Schönheit hungernde Junge in diesem engen bäuerlichen Milieu spielte jeden Sommer mit dem Ferienkind Rikke, ohne darüber nachzudenken, wer ihre Eltern waren. Er mag sie für etwas wunderlich gehalten haben, immer mit der Nase in einem Buch, nie richtig anwesend. Irgendwann wird er allmählich begriffen haben, dass sie möglicherweise aus dem gleichen Holz geschnitzt waren wie er. Und noch dazu: Sie hatten es zu ihrer Lebensweise gemacht. Er fand heraus, dass Rikkes Vater Dichter war und dass die Mutter tatsächlich Geld verdiente, indem sie Bücher las. Fantastisch! Ihn beschäftigte die kleine Familie mehr und mehr, und als er sechzehn Jahre alt geworden war, verliebte er sich im Sommer in ihre Tochter. Er wird ein bisschen in sie verliebt gewesen sein, aber mein Gefühl sagt mir, dass er sich mindestens ebenso sehr für ihre Familie interessierte.«

»Das sind also alles nur Vermutungen?«

»Mads hat das alles jedenfalls nicht abgestritten. Ihr könnt ihn ja selbst fragen, wenn ihr es für relevant haltet.«

Flemming hob die Schultern und veränderte seine Stellung. Sein schmerzender Rücken quält ihn, dachte Dan. Musste er deshalb gleich unleidlich werden?

»In diesem Sommer hielt Mads sich aus guten Gründen fast ununterbrochen bei der Familie Clausen auf. Die meiste Zeit verbrachte er allein mit Rikke oder Kamille oder wie immer wir sie nennen wollen, er saugte wie ein Schwamm alles in sich auf, sobald sie bei ihren Eltern waren. Es gab kein Fernsehen in der Fischerhütte, deshalb las man sich abends gegenseitig vor. Er kann sich deutlich an Bücher von Peter Seeberg und Klaus Rifbjerg erinnern. Manchmal stand auch Lyrik auf dem Programm, sowohl Jørn Clausens eigene Gedichte wie die seiner Kollegen. Und als sei es die natürlichste Sache auf der Welt, diskutierte man über diese Lektüren. Die Familie kannte ja viele Autoren persönlich, Mads begriff mit einem Mal, dass diese wunderbaren Worte nicht von übernatürlichen Wesen geschaffen wurden, sondern von realen Menschen. Wirklichen Personen, die aßen, atmeten, Kinder bekamen und sich Weihnachtskarten schickten. Und die schrieben, weil es sich um ihre Arbeit handelte, zu schreiben. Mads war wie gebannt. Den ganzen Sommer lang saß er jeden Abend da und hörte zu. Und dann beging er den Fehler seines Lebens. Er beschloss, etwas zur Unterhaltung beizutragen.«

Frank Janssen hob eine Augenbraue. »Woraus hat er vorgelesen? Aus *Fünf Freunde*?«

»Viel schlimmer. Mads trug einige seiner eigenen Gedichte vor. Und er bat Ingegerd Clausen um eine Beurteilung.«

»Wie niedlich«, sagte Pia.

»Niedlich? Tja, vielleicht. Klug war es bestimmt nicht«, erwiderte Dan. »Familie Clausen hörte höflich zu, bis er fertig war. Sie waren ganz still, alle drei. Verzogen keine Miene, so war es immer bei den Lesungen. Man lauschte schweigend – und dann wurde diskutiert. Vielleicht dachte Mads, es würde sich um hingerissene Stille handeln. Nur da irrte er sich. Als er die Lesung seiner vermutlich recht unbeholfenen und sentimentalen Jugendgedichte beendet hatte, entschuldigte sich Rikkes Vater und ging auf die Toilette. Jørn Clausen ist kein gefühlloser Mensch, er wusste vermutlich, was passieren würde; vielleicht hatte er nicht das Herz, sich daran zu beteiligen. Er kannte seine Frau und wusste, wie unbestechlich und kompromisslos sie war. Für Ingegerd spielte es keine Rolle, ob der Autor sechzehn oder sechsunddreißig war. Wenn er Mist geschrieben hatte, sollte er es auch erfahren. Außerdem hatte der Junge ja selbst um ihre Meinung gebeten, nicht wahr? Sie säbelte den armen Mads kurz und bündig nieder und zerriss seine tastenden Gedichte in der Luft, ohne sich sonderlich dabei aufzuregen. Für sie war Literaturkritik eine intellektuelle Übung. Sie war der Ansicht, man müsse auch mit den Reaktionen leben, wenn man sein Werk anderen vorlas.«

»Woher weißt du das alles?«, fragte Flemming dazwischen. Er hatte eine Packung mit Schmerztabletten aus der Brusttasche gezogen und drückte sich zwei Tabletten auf die Handfläche.

»Ich habe mit einem anderen ihrer Opfer gesprochen, obwohl ich mir das schon so gedacht hatte. Viele Details stammen von Mads. Er sagt, dass in diesem Moment sein Lebenstraum zerstört wurde. Seit diesem Abend hat er nie wieder eine Zeile geschrieben. Rikke begleitete ihn, als er ging. Und als sie sich Gute Nacht sagten, machte sie Schluss mit ihm. Sie sagte nicht, warum, aber für Mads war die Sache klar: Sie schämte sich für ihn. Er blieb die ganze Nacht über wach. Wälzte sich im Bett, hörte immer wieder Ingegerds vernichtende Worte in seinem inneren Ohr. Am nächsten Morgen ging er in die Scheune, fest entschlossen, sich an einem Balken hoch oben unterm Dach aufzuhängen. Er holte eine Leiter, aber der Balken war vollkommen morsch. Sobald Mads die Leiter weggetreten hatte und das Seil sich straffte, gab der Balken nach und brach. Mads flog auf den Zementboden, dort fand ihn seine Mutter kurz darauf mit einem komplizierten Wadenbeinbruch. Armer Junge.«

»Und deswegen hat er Ingegerd Clausen fünfundzwanzig Jahre

später ermordet?« Flemming goss sich ein Glas Wasser aus der Karaffe auf dem Schreibtisch ein. »Geht dir da nicht ein bisschen die Fantasie durch?« Er schluckte die Tabletten und spülte mit einem Schluck Wasser nach, bevor er wieder an seinen Platz an dem Heizkörper ging.

Dan ignorierte die Unterbrechung. »Tatsächlich gelang es Mads Krogsgaard, die Erinnerungen an den Abend und seine Folgen zu verdrängen. Ein paar Jahre reiste er durch Europa, und als er zurückkam, hatte er sich scheinbar mit seinem Schicksal abgefunden. Er ging auf die Landwirtschaftsschule, arbeitete jahrelang auf einem Hof außerhalb von Christianssund, heiratete und konzentrierte sich danach auf die Produktion von Schafsmilch. Ich glaube, sein Leben als Bauer hat ihm wirklich gefallen. Auf mich machte er jedenfalls den Eindruck eines ausgeglichenen Menschen. Sicher, er wurde von seiner ersten Frau geschieden, doch das ist heutzutage ja kein Einzelfall mehr. Sie haben sich zumindest über die Kinder und alles andere verständigen können. Und er war sehr verliebt in seine neue Frau – daran zweifele ich nicht eine Sekunde.«

»Warum hat er sie dann umgebracht?«, fragte der Hauptkommissar dazwischen.

»Es war ein Unfall. Ich glaube ihm das«, erwiderte Dan. »Jane hat sich erschrocken, als Mads den Brief von ihr wollte, trat einen Schritt zurück, stolperte über den Besen, der auf dem Boden lag – und schlug mit dem Nacken direkt auf den Rand der Schubkarre. Sie kam so unglücklich zu Fall, dass sie sich das Genick gebrochen hat. So hat Mads es mir erklärt. Und ich glaube ihm. Er war am Boden zerstört, die groteske Selbstbestrafung, deren Zeugen Anders Ingmann und ich wurden, deutet ja auch nicht darauf hin, dass er Jane umbringen wollte, oder?«

»Möglicherweise stützen die Untersuchungen seine Erklärung. Daran arbeiten wir noch. Zwei andere Frauen hat er ganz sicher getötet«, sagte Flemming. »Können wir nicht ein bisschen vorspulen? Was ist im August letzten Jahres passiert?«

»Mads hatte kurz vorher durch einen Zufall herausgefunden, dass Rikke Clausen seit ihrer Jugend Kamille Schwerin hieß und mit Lorenz Birch verheiratet war. Im Laufe der Zeit wuchs bei ihm die Lust, sie aufzusuchen und ihr zu erzählen, dass er inzwischen in seinem eigenen Beruf Erfolg hatte. Irgendwann suchte er sich ihre Adresse aus dem Internet heraus. Vielleicht wollte er auch ein bisschen mit seinen Zwillingen angeben. Er wusste, dass Kamille kinderlos war, und ging möglicherweise davon aus, es könnte sich nicht um eine freiwillige Entscheidung handeln.«

»Das sind alles nur Mutmaßungen«, ging Flemming dazwischen.

»Ja«, räumte Dan ein. »Eigentlich weiß ich nur, dass Mads ernsthaft vorhatte, sie zu besuchen. An einem Dienstag transportierte er dann wie gewöhnlich die Milch nach Christianssund und lieferte seine Kinder im Kindergarten ab, der gleich in der Nähe des Hafens liegt. Wenn man mit Straßenschuhen in einen Kindergarten kommt, muss man sich entweder die Schuhe ausziehen oder Plastikschoner darüberziehen. Es handelt sich übrigens um die gleichen hellblauen Überzieher, die ihr auch benutzt.«

»Bei Tatortuntersuchungen«, sagte Pia. »Natürlich. Wieso sind wir nicht gleich drauf gekommen?«

»Vielleicht, weil ihr keine kleinen Kinder habt.« Dan lächelte ihr zu. »Jane und Mads vergaßen oft, diese Überzieher wieder auszuziehen und zurückzugeben«, fuhr er fort. »Manchmal bemerkten sie es erst, wenn sie den Kindergarten längst verlassen hatten. Sie haben sie in die Tasche gesteckt und vergessen. Mehrere der blauen Schuhüberzieher liegen bei ihnen in der Garderobe im

Flur. Ich habe sie mit eigenen Augen gesehen. An diesem Dienstag hatte Mads auch vergessen, sie auszuziehen. Erst im Laufe des Vormittags schaute er auf seine Füße, entdeckte die Schuhüberzieher und steckte sie in die Tasche.«

Flemming nickte. Langsam ergab es einen Sinn.

»Mads hatte immer ein altes Damenfahrrad in seinem Boot. Er benutzte es, um in Christianssund Besorgungen zu machen. So auch an diesem Tag. Er wollte zum Zahnarzt und zum Optiker, außerdem sollte er für seine Frau ein paar seltene Tulpenzwiebeln abholen. Jane hatte sie bei einem Gartencenter gleich in der Nähe von Kamilles und Lorenz' Haus bestellt, und da er nun ohnehin in diesem Teil der Stadt war, dachte er sich, er könnte doch mal vorbeifahren und schauen, ob Kamille zu Hause ist. Er sah ein Damenfahrrad vor der Tür stehen, ging davon aus, es würde ihr gehören, und stellte sein eigenes daneben.«

»Das erklärt, warum einer der Zeugen so hartnäckig behauptet hat, dass zwei Damenfahrräder vor dem Haus standen«, warf Frank Janssen ein.

»Genau«, sagte Dan.

»Und wie spät war es da? Zwei?«

»So detailliert habe ich ihn nicht gefragt. Mads kann jedenfalls nicht erklären, warum er nicht einfach geklingelt hat. Er tat es nicht. Als er auf der Treppe stand, drückte er die Klinke herunter, und die Tür ging auf.«

»Das klingt weit hergeholt.«

»Ich wiederhole lediglich, was Mads mir erzählt hat. Er ging ins Haus und rief ›Hallo‹ oder so etwas, dann hörte er ein Geräusch aus dem Atelier und ging zu der Tür, die dorthinführte. Mitten im Raum, zwischen all diesen sonderbaren, bizarren Skulpturen stand Ingegerd Clausen. Sie erkannte ihn sofort wieder und fing wohl an, ihn zu beschimpfen. Selbstverständlich sei aus ihm nichts geworden und sie habe schon immer gewusst, dass er als Einbrecher enden würde. Man müsse ihn anzeigen. Sie war ja leicht dement, das haben mehrere Zeugen bestätigt. Mads Krogsgaard erschrak sich dermaßen, dass er überhaupt keine Worte fand. Er blieb einfach stehen und glotzte blöd.«

»Jetzt dichtest du schon wieder«, ermahnte ihn Flemming.

Dan ignorierte ihn. »Sie beschimpfte ihn weiter, und Mads hatte diesen grässlichen Sommerabend vielleicht verdrängt, aber Ingegerd Clausen erinnerte sich in allen Einzelheiten daran, sie zitierte sogar noch aus seinen pubertären Gedichten. Vielleicht war es der Schock, der sie so ausrasten ließ, vielleicht die Demenz, vermutlich wird es eine Kombination von beidem gewesen sein. Jedenfalls hörte sie nicht auf, ihn anzuschreien. Höhnische, ausgesprochen verletzende Beleidigungen. Mads war wie gelähmt, dann wurde er wütend. Schließlich tobte er. Er packte sie bei den Schultern und schüttelte sie, um sie zum Aufhören zu bewegen. Sie sollte ihn in Ruhe lassen. Es wurde nur noch schlimmer. Sie krallte sich an seiner Kleidung fest, lachte hysterisch und kreischte, er sei ein Verlierer, nur einen Stern würde sie ihm geben. Nur einen einzigen Stern, schrie sie wieder und wieder.«

»Sagt er.« Wieder Flemming.

»Ja, das sagt er.« Dan zuckte die Achseln. »Wir haben niemanden außer Mads, den wir fragen könnten. Also werden wir ihm wohl glauben müssen. Schließlich hat er sie verzweifelt von sich weggeschubst, er wollte ihr schwachsinniges Geschrei nicht mehr hören. Er wollte nur noch raus.«

»Sagt er«, wiederholte Flemming. »Denk dran, sie hat ihn wiedererkannt. Wenn sie zur Polizei gegangen wäre und erzählt hätte, dass er ins Haus eingedrungen ist …«

»Ja, richtig. Um eine lange Geschichte kurz zu machen, jedenfalls stieß er sie von sich, und sie fiel und schlug so unglücklich mit dem Kopf gegen eine Eisenstange, die aus einer der Skulpturen ragte, dass sie dabei schwer verletzt wurde. Das stimmt doch exakt mit den Ergebnissen der Spurensicherung überein, oder? Mads hielt sie für tot und geriet in Panik. Wie hätte er erklären können, dass es sich um einen Unfall handelte? Er entfernte seine Fingerabdrücke von den Stellen, von denen er glaubte, sie angefasst zu haben. Dann blickte er auf seine Schuhe. Gummisohlen. Hinterließen die nicht brauchbare Abdrücke auf einem Boden, der so glatt und sauber war wie Kamilles hochglanzpolierter Betonboden? Er meinte, so etwas schon einmal gehört zu haben. Irgendetwas musste er tun, um seine Spuren zu verwischen. Zuerst dachte er daran, die Böden abzuwaschen, dann kam ihm die Idee, dass gründlicher Vandalismus ein noch effektiverer Schutz sein könnte. In seiner Tasche fand er die hellblauen Schuhüberzieher. Er zog sie an, nahm sich einen großen Hammer aus einem Schrank und zertrümmerte eine Skulptur nach der anderen.«

41

Er behauptet also, er hätte alles zerstört, nur um seine Spuren zu verwischen?«

Dan nickte. »Ja. Und wer weiß, vielleicht hat er auch eine gewisse Befriedigung empfunden, an Kamille Rache nehmen zu können? Sie hatte ihn ja nicht gerade freundlich behandelt. Als er fertig war, hockte er sich neben Ingegerds bewusstlosen Körper. In einer plötzlichen Eingebung zeichnete er einen Stern in den Staub neben ihrem Kopf. Einen Stern für die Frau, die seinen Traum zerstört hatte.«

»Dann war das also gar kein Pentagramm?«, fragte Flemming.

»Nein, Es war ein Stern. Ein Kritikerstern. Nichts anderes.«

»Und in der Fischerhütte?«

»Muss auch sein Werk gewesen sein. Wann er das gemacht hat, weiß ich nicht. Der könnte sogar aus Mads' grauer Vorzeit stammen.«

»Das bekommen wir noch raus. Was ist dann passiert?«

»Es verging ein ganzes Jahr. Niemand kam, um ihn zu vernehmen oder abzuholen. Und je mehr Zeit vergangen war, umso erleichterter fühlte sich Mads. Allmählich verdrängte er, was passiert war, genau wie er die Erlebnisse vierundzwanzig Jahre zuvor verdrängt hatte. Ihm gingen sehr viele andere Dinge durch den Kopf. Der Anwalt des neuen Eigentümers der Insel bat ihn, die Produktion von *Mörderjagd* als eine Art Hausmeister zu unterstützen, dazu kam, dass der Anwalt jeder Frage nach einer Verlängerung des Pachtvertrags auswich. Ein einziges Mal passierte das Unerhörte, und ein Repräsentant des Eigentümers, eine gewisse Lisette Mortensen, tauchte auf, um eine Gruppe englischer Ingenieure und Architekten auf der Insel herumzuführen. Mads bekam das unheimliche Gefühl, seine Tage auf der Insel könnten gezählt sein.«

Dan trank einen Schluck Wasser. »Bei den Vorbereitungen für *Mörderjagd* arbeitete Mads wie besessen. Zum einen hoffte er, so dem neuen Eigentümer seine Bereitschaft zur Kooperation zu zeigen, zum anderen fand er es zu seiner eigenen Überraschung unterhaltsam und amüsant. Jane und er kamen mit dem Produktionsteam gut zurecht, alles sah gleich freundlicher aus, und Mads freute sich, Teil eines Fernsehereignisses zu sein. Bis zu dem Tag, als die Kandidaten auf der Insel erschienen. Mads hatte sich ausschließlich auf die praktischen Dinge konzentriert. Er hatte nicht mitbekommen, dass Kamille sich unter den Kandidaten befand.«

»Wie war das möglich?«

»Keine Ahnung. Er liest weder Frauenzeitschriften noch die Boulevardpresse. Jane hatte wohl davon gesprochen, Kirstine Nyland würde teilnehmen, und sie war auch ganz begeistert bei dem Gedanken, Jackie S und Gunnar Forsell kennenzulernen. Sonst beachtete er ihr Gerede nicht weiter. Ihm war diese Art von Promis ziemlich egal, sagte er mir. Als dann plötzlich Kamille vor ihm stand, war er schockiert. Ich stand direkt daneben, deshalb weiß ich, dass dieser Teil seiner Geschichte wahr ist. Er sah aus, als hätte er ein Gespenst gesehen. Was in gewisser Weise ja auch stimmte. Sie nahm ihn am späten Nachmittag zur Seite, und der Schock wurde nur noch größer. Denn Kamille erzählte ihm, dass sie den Stern in der Fischerhütte gesehen hatte und dabei sofort an den Stern dachte, den man am Tatort ihrer Mutter fand.«

»Ach, Dan … das ist jetzt schon sehr dünn.«

»Finde ich nicht. Denk daran, wie intensiv Kamille Schwerin in ihrer Kunst mit Symbolen gearbeitet hat. Auch die Fotos ihres zerstörten Ateliers hat sie sich nicht nur oberflächlich angesehen. Sie hat die Fotos des Tatorts auf Plakatgröße vergrößert und einzelne Elemente von einem Bild ins andere kopiert. Wenn es einen Menschen gab, der dieses Muster auf dem Boden ihres Ateliers wirklich studiert hat, dann Kamille. Ich weiß, dass sie dir, Flemming, erzählt hat, wie sehr diese Kritikersterne sie ihre ganze Kindheit über beschäftigt haben. Kamille musste die Bedeutung der beiden Sterne dechiffriert haben – und sie wusste, welche Schlussfolgerung daraus zu ziehen war.«

»Dass als Täter für den Mord an ihrer Mutter nur Mads Krogsgaard infrage kam?«, sagte Kjeld Hanegaard.

»Genau.«

»Warum ist sie mit ihrem Verdacht nicht zur Polizei gegangen?«

»Weil ...« Dan vermied es sorgfältig, Flemming anzusehen. »Wenn sie das getan hätte, wäre der Polizei gleichzeitig bestätigt worden, dass Ingegerd Clausens Mörder nicht hinter Kamille her war, er hatte keine Drohbriefe geschrieben und auch nicht versucht, sie zu ermorden. Es hätte den Theorien Auftrieb gegeben, die behaupteten, sie selbst stünde hinter diesen Anschlägen.«

Der Hauptkommissar lehnte sich in seinem Bürostuhl zurück und runzelte die Stirn. »Woher wissen Sie von diesen Theorien?« Er sah hinüber zu dem Ermittlungsleiter. »Von dir, Torp? Ich dachte, wir hätten besprochen ...«

»Nein, nein«, unterbrach ihn Dan ruhig. »Ich wusste vorher gar nichts. Als mir dieser Gedanke heute Vormittag kam, habe ich Flemming angerufen. Er hat dann von dieser Möglichkeit gesprochen.«

Der Hauptkommissar sah von Flemming zu Dan und wieder zurück. Dann hob er die Schultern. »Na gut. Wie weit waren wir?«

»Kamille nahm Mads mit zum Strand, wo sie sich ungestört unterhalten konnten. Als sie ihm ihren Verdacht an den Kopf warf, konterte er sofort, er würde sie wegen der fingierten Mordversuche anzeigen. Es gab eine gewisse Wahrscheinlichkeit, dass sie selbst dafür verantwortlich war, so viel konnte er sich ausrechnen – und ihre Reaktion bestätigte seine Vermutung. Wenn sie ihn verriet, würde er sie auch verraten. Und das konnte sie nicht riskieren. Ihr hattet sie in dieser Sache ja bereits vernommen, sie wusste also, dass euch der Gedanke auch längst gekommen war.«

»Wollte sie nicht Aufmerksamkeit um jeden Preis?« Flemming zog einen der Konferenzstühle an den Schreibtisch und setzte sich.

»Es gibt trotz allem Grenzen, Flemming. Denk an den gesellschaftlichen Status von ihr und Lorenz Birch. Denk daran, was es für ihre Kontakte zur Regierung und für Birchs internationale Verbindungen bedeutet hätte, wenn all das öffentlich geworden wäre. Zudem spricht vieles dafür, dass Lorenz Birchs wirtschaftliche Lage nicht so gut aussieht, wie alle noch bis gestern geglaubt haben. Das wusste seine Frau genau. Sein Image als unangreifbarer Ehrenmann durfte keine Kratzer abbekommen, oder? Das hätte die Antennen der Behörden doch sofort in einer etwas unglücklichen Weise auf ihn gerichtet. Eine kriminelle Ehefrau ist nicht gerade ein Garant für einen makellosen Mann, oder?«

»Tja, wahrscheinlich hast du recht.« Flemming nickte, als Dan fortfuhr. Er schien ein wenig aufzutauen, als die Ergebnisse seiner eigenen Ermittlungen über Lorenz Birch anfingen, eine Rolle zu spielen.

»Kamille erschrak, aber es dauerte nicht lange, bis sie einen Plan B hatte. Sie würde nicht zur Polizei gehen, erklärte sie Mads, sondern dafür sorgen, dass er und Jane die Insel verlassen müssten. Sie würde Lorenz erzählen, Mads habe sie belästigt – dann wäre sein Schicksal besiegelt.«

»Das sollte die Strafe dafür sein, dass er ihre Mutter ermordet hatte? Sie wollte ihn vor die Tür setzen? Wäre er damit nicht ein bisschen billig davongekommen?«, wollte der Hauptkommissar wissen.

Dan schüttelte den Kopf. »Nicht wenn man bedenkt, wie sehr Mads an seiner Insel hing – und welch geringe Chancen er gehabt hätte, irgendwo anders etwas aufzubauen, das auch nur annähernd so geeignet war. Abgesehen davon, dass es nicht miet- oder pachtfrei gewesen wäre. Kamille war nicht dumm. Sie wusste, dass Lorenz Birchs Lieblingskind, RC Invest, ein einzigartiges Museum für europäische Kunst auf der Seufzerinsel plante. Die Lage der Insel bot sich dafür an, auf ihr ließ sich ein nahezu perfektes Sicherheitssystem verwirklichen, das es dem Museum erlaubt hätte, die teuersten Kunstwerke anderer Museen auszuleihen. Lorenz Birch hatte Jahre gebraucht, um mit Sponsoren und Museumsleuten auf der ganzen Welt darüber zu reden; er stand kurz davor, sein Pläne der Öffentlichkeit zu präsentieren. Da Kamille formal Inhaberin der Investitionsgesellschaft war, kannte sie dieses Projekt genau. Und sie wusste auch, dass Lorenz noch nicht entschieden hatte, was er mit Jane und Mads Krogsgaard machen sollte. Wollte man Schafherden rund um ein modernes Museum? Möglicherweise schon. Lebende Tiere in einer idyllischen Landschaft sind immer nett. Doch Aalnacken ist die schönste und am höchsten gelegene Stelle der Insel, und der Architekt drängte sehr darauf, genau an dieser Stelle das Museumsgebäude bauen zu dürfen.«

»Woher wissen Sie das alles?«, erkundigte sich der Hauptkommissar.

Wieder blickte Dan hinüber zu Flemming, der beinahe unmerklich nickte. »Flemming musste ohnehin heute Nachmittag mit Lorenz Birch reden, also bat ich ihn zu fragen, was er mit der Insel plante. Ich hatte so ein Gefühl, es müsste große Pläne geben.«

»Lorenz Birch antwortete bereitwillig«, ergänzte Flemming. »Er weiß genau, wie klug es ist, jetzt mit der Polizei zusammenzuarbeiten. Immerhin war er für drei Wochen in Untersuchungshaft.«

»Ist er nicht erleichtert, die Mordanklage vom Tisch zu haben?«

»Natürlich. Trotzdem ist ihm wohl nicht recht nach Feiern zumute. Seine Frau wurde ermordet, seine wirtschaftlichen Verhältnisse werden gerade in aller Öffentlichkeit verhandelt.« Flemming drückte den Rücken durch. »Wenn er seine Strafe bekommen und abgesessen hat, wird er von vorn anfangen müssen. Möglicherweise kann er nicht einmal mehr in seinem Haus wohnen bleiben, und sein Netzwerk wird er sich komplett neu aufbauen müssen. Für ihn wird das alles kein Spaziergang, so viel ist sicher.«

»Weiß jemand, wo Kirstine Nyland ist?«, erkundigte sich Pia Waage nebenbei.

Flemming warf Dan einen Blick zu. »Sie verschwand direkt nach ihrer Entlassung. Du hast nichts von ihr gehört?«

Dan schüttelte den Kopf. »Nicht ein Wort«, sagte er.

»Sehen wir zu, dass wir weiterkommen«, drängte der Hauptkommissar. »Es ist schon spät.«

»Ja, wo waren wir?« Dan riss sich zusammen und schob den Gedanken an Kirstine beiseite. »Ah ja, Kamille sagte also zu Mads, dass sie Birch dazu bringen würde, den Vertrag zu kündigen, sobald sie herausgewählt oder *Mörderjagd* zu Ende wäre.«

»Entschuldigung, das verstehe ich nicht«, sagte Frank Janssen. »Zu diesem Zeitpunkt war Kamille doch noch gar nicht im Kandidatenflügel eingeschlossen. Sie hatte immer noch ihr Handy. Wieso hat sie ihren Mann nicht einfach angerufen?«

»Weil er an diesem Tag an einer großen Konferenz in Rom teilgenommen hat. Sie hat mehrmals versucht, ihn zu erreichen, sein Telefon war abgestellt.«

»Hätte sie ihm nicht auf den Anrufbeantworter sprechen können? Oder eine SMS schicken?«

»Selbstverständlich, doch hier geht es schließlich nicht um die Art von Nachrichten, die man einfach so auf den Anrufbeantworter spricht. ›Hej, ich bin's. Kannst du bitte mal den Vertrag mit diesem Bauern kündigen? Kuss K.‹ Nein, oder? Als sie keinen Kontakt zu Lorenz bekam, beschloss sie zu warten. Und eigentlich, glaube ich, gefiel es ihr sehr gut, Mads eine Weile schmoren zu lassen. So war sie schließlich. Sie liebte es, die Leute in der Hand zu haben und mehr oder weniger unausgesprochene Drohungen zu verbreiten.«

»Wusste Mads Krogsgaard, dass sie warten wollte?«

»Sie sagte ihm an dem Abend, als wir in den Kandidatenflügel gingen, sie würde ihm noch ein paar Tage Zeit geben. Mads war zum Zerreißen gespannt. Als er und Jane an diesem Abend zurück zum Hof gingen, sahen sie durch die offene Balkontür, in welchem Zimmer Kamille ihren Koffer auspackte. Ein paar Stunden später kehrte er zurück, stellte eine Leiter ans Fenster und kletterte hinein. Stellt euch vor, wie erschrocken er gewesen sein muss, als er entdeckte, dass nicht Kamille, sondern Gitte in dem Zimmer schlief. Er flüchtete auf der Stelle und wäre auch nicht bemerkt worden, wenn Gitte am darauffolgenden Morgen nicht auf die Fußspuren aufmerksam geworden wäre.«

»Wieso hast du nicht auf die Spuren reagiert, Dan?« Flemming fragte. »Du wusstest, dass Kamille Drohungen ausgesetzt war, und du wusstest, dass es ursprünglich ihr Zimmer gewesen ist? Ich verstehe das nicht.«

»Ich verstehe es auch nicht ganz. Jetzt. Damals dachte ich, es wären vielleicht Spuren, die zum Spiel gehören. Also zu *Mörderjagd*. Ich maß ihnen keine Bedeutung bei.«

Flemming schüttelte den Kopf.

Der Hauptkommissar sagte: »Wollte er sie in der ersten Nacht bereits umbringen?«

»Er sagt, er hätte nur versuchen wollen, sie zu überreden, ihn in Ruhe zu lassen. Ich weiß nicht, ob man ihm das glauben kann.« Dan räusperte sich. »Am nächsten Tag entdeckte Mads, dass Kamille nun auf der anderen Seite des Flurs wohnte, in einem der beiden Zimmer direkt über dem eingezäunten Garten, in den man von außen nicht kam. Er musste sich damit abfinden, nicht ohne Weiteres mit ihr in Kontakt treten zu können. Für einige Tage verhielt er sich ruhig, doch dann kam der Dienstag, der Tag, an dem die Zuschauer per SMS ihre Stimme über das erste Opfer bei *Mörderjagd* abgeben konnten. Mads Krogsgaard und seine Frau waren in den Aufenthaltsraum des Produktionsteams eingeladen, um die Show zu sehen. Er kannte folglich als einer der Ersten das Ergebnis der Abstimmung und wusste sofort, dass nun auch die letzte kleine Frist verstrich. Sobald Kamille am Mittwoch herauskam, würde sie ihren Mann bitten, den Vertrag zu kündigen, dann wäre alles verloren. Wenn er mit ihr sprechen wollte, war dieser Abend die allerletzte Chance. Doch ausgerechnet in dieser Nacht ging der gewaltigste Wolkenbruch seit Monaten nieder. Es hatte keinen Sinn, bei diesem Wetter vor die Tür zu gehen. Er beschloss zu warten, bis es aufhörte zu regnen.«

»Das muss nervenaufreibend gewesen sein.«

»O ja! Er lag mehrere Stunden wach und hörte dem Regen zu. Seine Frau schlief neben ihm im Bett, während er kein Auge zubekam. Als es kurz nach drei aufhörte zu regnen, stand er auf, zog sich an, ohne Jane zu wecken, und lief zum Sanatorium. Es war stockfinster, doch wenn es sein musste, fand Mads sich mit verbundenen Augen auf der Insel zurecht. Kamilles Fenster war geschlossen, er warf ein paar Steinchen dagegen.«

»Und wie wollte er hineinkommen?«, fragte Frank Janssen dazwischen. »Direkt unter dem Fenster lag doch der Garten, und der war voller Alarmanlagen.«

»Er hat gar nicht damit gerechnet hineinzukommen«, erklärte Dan. »Er wollte am Fenster mit ihr sprechen. Die Entfernung an dieser Stelle beträgt nur ein paar Meter. Er wollte sie nur bitten, die Situation noch einmal zu überdenken, er wollte ihr noch einmal erklären, dass Ingegerds Tod ein Unfall gewesen war. Doch als Kamille das Fenster öffnete, bekam er den Mund nicht auf, sie hat ihm dann selbst vorgeschlagen, er solle eine Leiter holen und durch mein Zimmer hereinkommen. Sie wusste, es stand leer, weil sie mir nachspioniert hatte. Wenn ich zwischenzeitlich zurückgekommen wäre, hätte sie es gehört. Denn Kamille hatte in dieser Nacht ebenfalls nicht schlafen können.«

»Wieso?«

»Das weiß ich nicht. Ich vermute, sie wird schlichtweg eifersüchtig gewesen sein, nachdem ... ihr wisst schon, ich und Kirstine ...« Dan verzog sein Gesicht. »Es deutet jedenfalls einiges darauf hin, dass sie versuchte, ihren Respekt vor sich selbst wiederzugewinnen, indem sie es mir nachtat. Mads behauptet, Kamille hätte es darauf angelegt, als er in mein Zimmer eingestiegen war, und sei deshalb gekommen, weil sie mit ihm ins Bett wollte.«

»Glaubst du das?« Wieder fragte Flemming.

Dan zog die Augenbrauen zusammen. »Klingt ein bisschen weit hergeholt, ganz unwahrscheinlich ist es nicht«, sagte er nach einer kleinen Pause. »Kamille fiel es ziemlich schwer, andere Menschen einzuschätzen, und gleichzeitig hatte sie eine ziemlich verschrobene Sicht auf sich selbst.« Er breitete die Arme aus. »Mads behauptet jedenfalls, dass es sich so abgespielt hat. Kamille hätte versucht, ihn zu küssen. Mads wollte nur reden und wies sie zurück. Sie wurde wütend. Sie sagte ihm, sie hätte Lorenz bereits einen Brief geschrieben, den sie abschicken wollte, sobald sie in den Produktionsflügel verlegt würde. Daraufhin ist er durchgedreht und hat sie erwürgt. Nachdem er ihre Leiche in dem Kasten unter meinem Bett versteckt hatte, ist er in ihr Zimmer gegangen, um den Brief zu suchen, von dem sie gesprochen hat. Er lag in ihrer Nachttischschublade.«

»Und?«

»Er hat ihn in die Tasche gesteckt, ist über den Balkon aus meinem Zimmer verschwunden, hat die Leiter wieder an ihren Platz gehängt und ist am Ufer entlang nach Hause gelaufen. Nachdem er ein paar Stunden später die Schafe gemolken hat, musste er die Milch nach Christianssund bringen. Die Schuhe, die er in der Nacht getragen hatte, hat er in einen Leinenbeutel gesteckt, ein paar große Steine dazu gelegt, den Beutel verknotet und über Bord geworfen, als er sich in der Fahrrinne befand. Den findet ihr nie.«

»Sag das nicht. Wir haben vor, es zu versuchen.« Flemming stand wieder auf und presste eine Hand auf die Hüfte, als er sich aufrichtete. »Und der Brief? Was ist damit passiert?«

»Der steckte in der Tasche des Regenmantels. Leider nicht in dem Mantel, den ich mir geliehen habe … dann wäre Jane Krogsgaard noch am Leben. Als Mads am Vormittag in den Stall ging, um auszumisten, trug er seine Jeansjacke. Die trägt er immer, wenn er nicht im Freien arbeiten muss. Jane hatte den Morgen damit verbracht, in dem Schrank unter der Treppe aufzuräumen, wo das Durcheinander inzwischen ziemlich unübersichtlich geworden war. Sie sortierte Jacken und Mäntel, legte einiges für die Altkleidersammlung zur Seite und hängte den Rest ordentlich auf. Waren die Taschen mit irgendetwas gefüllt – zusammengeknüllten Schuhüberziehern zum Beispiel –, nahm sie es heraus. Den Brief aus Kamilles Zimmer fand sie, als sie Mads' Regenmantel aufhängte.«

»Ja.« Flemming zog eine Plastikhülle mit einem einzelnen Blatt Papier heraus. »Ich habe hier eine Kopie.« Er überflog den kurzgefassten Text. »Kamille schreibt, Mads Krogsgaard habe sie angebrüllt und höre nicht auf, ihr irgendwelche Dinge vorzuwerfen, die fünfundzwanzig Jahre zurückliegen, und dann … ja, hier ist es. Am Ende verlangt sie ganz einfach, Mads und Jane Krogsgaard umgehend vor die Tür zu setzen. Sonst würde sie – also Kamille – ihr Veto gegen den Museumsbau einlegen.«

»Hätte sie das gekonnt?«, fragte der Hauptkommissar.

»Ihr gehörte die Insel. Ja, selbstverständlich.« Flemming legte das Blatt beiseite.

Dan räusperte sich. »Ich bin nicht sicher, ob Jane Krogsgaard überhaupt die volle Bedeutung dieses Briefes begriffen hat. Ich habe eine SMS von ihr bekommen, ungefähr zu dem Zeitpunkt, als sie den Brief gefunden haben muss.« Dan zog sein Handy aus der Tasche und klickte sich zu der richtigen Nachricht: »Können Sie herkommen? Ich möchte Ihnen etwas zeigen. Denken Sie an die Regenjacke.« Findet ihr, das klingt wie eine Frau, die gerade herausgefunden hat, dass ihr Ehemann ein Mörder ist?«

Die anderen schüttelten die Köpfe.

»Ich weiß nicht, was sie glaubte. Vielleicht, dass ihr Mann den Brief zufällig gefunden und zerstreut in die Tasche gesteckt hat. Keine Ahnung. Jane wusste, dass der Inhalt des Briefes Mads vollkommen aus der Bahn geworfen haben musste. Sie hatte keine Ahnung, was sie tun sollte. Deshalb hat sie mir diese SMS geschickt.« Dan machte eine kleine Pause. »Und ich Riesenidiot antwortete ihr, ich könne erst gegen halb elf kommen – ich hätte es auch schneller auf den Hof geschafft. Wäre ich nur etwas früher dort gewesen wäre, könnte sie noch …« Er schluckte. »Vielleicht wurde ihr die Wartezeit zu lang, vielleicht dachte sie plötzlich, dass sie es Mads schuldig war, ihre Entdeckung mit ihm zu besprechen.«

»Sie ging in den Stall?«

Dan nickte. »Er wusste sofort, um welchen Brief es sich handelte, und reagierte panisch. Er wollte ihn ihr aus der Hand reißen, bevor sie ihn anderen zeigen konnte. Jane erschrak über seine heftige

Reaktion. Sie stolperte und schlug auf den Rand der Schubkarre.« Er hielt inne.

»Wir müssen abwarten, was die Obduktion ergibt«, sagte Flemming. »Giersing sagt, es gibt gar keinen Zweifel über den Genickbruch, aber wie es passiert ist und ob ihre Verletzungen mit dem Stand der Schubkarre übereinstimmen, wissen wir erst in einigen Tagen.«

»Ich finde, es klingt ein wenig eigenartig«, meinte Frank Janssen. »Dass eine Frau unglücklich fällt und an den Folgen des Sturzes stirbt, während er mit ihr spricht … okay. Nur, das soll gleich zwei Frauen innerhalb eines Jahres passiert sein? Ich kaufe ihm das nicht ab.«

»Es ist möglich, aber ich muss dir recht geben, Janssen«, stimmte Flemming ihm zu. »Ich kann es kaum erwarten, diesen Mann zu verhören.«

Dan stand auf. Die anderen folgten seinem Beispiel.

»Ich würde mich gern zurückziehen«, sagte er. »Es waren ein paar sehr lange Tage für mich.«

»Mit gleich zwei Krankenhaustouren«, sagte Pia und gab ihm die Hand.

Er nickte. »Ich habe übrigens bei Gitte vorbeigesehen, als sie Mads in die Notaufnahme geschoben haben, um seine Nase zu richten. Es geht ihr gut.«

Kjeld Hanegaard räusperte sich. »Wir haben ein kleines Geschenk für Sie.«

Aus den Augenwinkeln sah Dan, dass Flemming heftig den Kopf schüttelte, doch der Hauptkommissar zog unbeeindruckt eine Schublade seines Schreibtisches auf und holte eine kleine längliche Schachtel heraus. »Ich habe das gestern anfertigen lassen, als Sie zum zweiten Mal sagten, Sie wären unser externer

Berater.« Er überreichte Dan die Schachtel. »Für unseren eigenen Privatdetektiv. So jemanden hat vermutlich kein anderer Polizeibezirk in Dänemark.« Hanegaard lächelte.

Dan drehte sich mit dem Päckchen in der Hand um. Er schaute Flemming an, der aussah, als wäre ihm das alles sehr unangenehm, und ließ den Blick hinüber zu Pia und Frank gleiten, die ebenso breit lächelten wie der Hauptkommissar. Ein Witz also. Aber ein Witz, den sein alter Freund für unpassend hielt. Dan holte tief Luft. Na, egal, so schlimm konnte es nicht werden. Er entfernte die feine Schleife und das Geschenkpapier.

Ein Messingschild. Ein niedliches rechteckiges Messingschild mit dem Text

Dan Sommerdahl

Der Kahlköpfige Detektiv

Tag und Nacht zu erreichen

»Das wird an der Tür der Gørtlergade toll aussehen«, meinte Hanegaard stolz.

Dan nickte. »Ganz bestimmt. Sehr schön.« Er fing Flemmings Blick auf. »Ich muss nur noch herausfinden, ob ich dort noch wohne.«

42

Dan stand am Fenster und starrte über den Fjord. Es dämmerte. Als schwarzer Schatten am Horizont war die Seufzerinsel zu erkennen.

Jetzt war sie fast vollkommen verlassen. Das einzige Leben auf der Insel bestand aus Schafen und ein paar getigerten Katzen. Es sei denn, dass der Knecht sich entschlossen hatte, dort zu übernachten. Dan bezweifelte das. Der Mann hatte geklungen, als fiele es ihm schwer genug, das zweimalige Melken am Tag in seinem ohnehin schon angespannten Stundenplan unterzubringen. Vermutlich fuhr er die kurze Strecke hin und zurück nur, wenn gemolken werden musste. Dan ging davon aus, dass man den größten Teil der Schafsherde in nicht allzu langer Zeit zum Schlachthof schicken würde. Es sei ein hoffnungsloses Projekt, einen spezialisierten Bauern zu finden, der den Bestand innerhalb einer vernünftigen Zeit übernehmen könnte, hatten sie beim Tierschutzbund gesagt. Immerhin wollten sie sich des Falls annehmen und mit irgendeiner Vereinigung der Schafszüchter sprechen.

Erst eine Woche war es her, dass die Kandidaten der *Mörderjagd* zur Seufzerinsel gebracht worden waren. Dan fiel es schwer zu begreifen, dass die kleine Gruppe Menschen nun wieder in alle Winde verstreut war. Vor einer Woche waren sie noch Fremde gewesen. Dann hatten sich ihre Wege gekreuzt, und es blieb ein eigenartiges Gefühl, den anderen noch nicht einmal richtig Auf Wiedersehen gesagt zu haben. Inzwischen waren sie sicher alle wieder zu Hause.

Dan war nicht zu Hause. Er starrte aus einem Fenster des Hotels Marina in die Dunkelheit. In einem sterbenslangweiligen Zimmer mit bordeauxroter Tapete, dazu passender Auslegeware aus Kunststoff sowie einer gesteppten Tagesdecke mit französischen Lilien auf dem Bett. Der Abstieg ist vollkommen, dachte er. Von der Frau herausgeschmissen, von der Liebhaberin ignoriert, von seinen Kindern und seinem ältesten Freund verachtet.

Eigentlich war er herzlich empfangen worden, als er nach der Sitzung im Polizeipräsidium die Tür seines Hauses geöffnet hatte. Da das Empfangskomitee aber ausschließlich aus Rumpel bestand, zählte es nicht. Die gute Stimmung hatte auch nur einige wenige Augenblicke angehalten. Besser gesagt, bis Marianne die Tür zum Wohnzimmer geöffnet und ihn gesehen hatte.

Dan hatte sich hingekniet, um Rumpel zu begrüßen, sodass Marianne sich schon rein physisch über ihm auftürmte, mit verschränkten Armen und einem verbissenen Gesichtsausdruck.

»Wo willst du hin?«, hatte sie gefragt.

»Ich bin … äh, nach Hause gekommen«, hatte Dan ein bisschen dämlich geantwortet und den Kopf in einem anstrengenden Winkel in den Nacken gelegt. »Ich dachte, wir sollten reden …«

»Es gibt nichts zu besprechen, Dan.« Er bemerkte zu seinem Schrecken, dass ihr Tränen in den Augen standen. »Du kannst ebenso gut wieder verschwinden.«

»Aber …« Er stützte sich an die Wand, als er sich erhob.

»Geh! Auf der Stelle!« Marianne trat einen Schritt hinter die Türschwelle, als er nach ihr greifen wollte. »Du kannst dir ein paar Sachen aus dem Schlafzimmer holen, wenn du das möchtest. Aber versuch jetzt nicht, mit mir zu reden.«

Sie wollte die Tür hinter sich zuziehen, Dan hielt die Klinke fest. Rumpel saß auf dem Boden. Die überschäumende Freude war vergessen. Jetzt saß der kleine Hund einfach nur da und schaute von einem zum anderen, es schien ihm völlig klar zu sein, dass die Welt aus den Fugen geraten war.

»Wann reden wir?«

Sie zog hektisch an der Tür. »Vielleicht in ein paar Wochen. Ich rufe dich an, wenn ich dazu bereit bin.«

»Aber Marianne, zum Teufel …«

»Es ist vorbei mit ›aber Marianne‹!« Jetzt liefen ihr die Tränen übers Gesicht. »Geh doch zu der anderen – und finde heraus, was du eigentlich willst.«

»Ich liebe dich.«

Das war zu viel. Sie ließ die Tür los und gab ihm eine Ohrfeige, die so hart war, dass auch ihm Tränen in die Augen traten.

»Du Blödmann!«, rief sie. »Du wirst mich nicht länger anlügen!«

Dan hielt die Hand an seine brennende Wange. »Aber so ist es, Marianne. Ich habe dich immer geliebt.«

»Und sie? Liebst du sie auch?«

Er wusste nicht, was er ihr darauf sagen sollte.

»Kannst du mir in die Augen sehen und sagen, dass du sie nicht liebst?«, fragte sie ihn wieder. Sie gab ihm ein paar Sekunden. »Dachte ich's mir doch. Verschwinde endlich!«

Marianne rief Rumpel. Sie zog die Tür mit einem kleinen, entschlossenen Klicken hinter sich zu. Dan hatte das Gefühl, es physisch spüren zu können, als wäre der Schließmechanismus in seinem Brustkasten montiert.

Er machte sich nicht die Mühe, seine Sachen aus dem ersten Stock zu holen, er hätte es nicht ausgehalten, im Schlafzimmer herumzulaufen, solange er wusste, dass Marianne im Wohnzimmer saß und weinte.

Und wo war Laura? Saß sie mit angehaltenem Atem in ihrem Zimmer? War sie dort oben mit ihrem Bruder? Hatte Rasmus ihr sämtliche Details erzählt? Konnte Dan seinen beiden erwachsenen Kindern je wieder in die Augen sehen?

Er drehte sich um und ging. Vom gegenüberliegenden Gehweg aus betrachtete er für einen Augenblick das Haus, in dem Marianne und er gelebt hatten, seit die Kinder klein waren. Ein klassisches Stadthaus aus dem 18. Jahrhundert, hellgelb mit weiß lackierten Sprossenfenstern und einem roten Ziegeldach. Zwei Granitstufen führten zu der schwarz gestrichenen Eingangstür mit der weißen Acht. So schön würde er nie wieder wohnen.

Diesmal war es keine Ohrfeige, die ihm die Tränen in die Augen trieb, obwohl seine Wange nach dem Schlag noch immer brannte.

Mit seinen Plastiktüten und der Computertasche in der Hand

ging Dan die Algade hinauf. Seine Koffer standen noch immer im Labor der Spurensicherung. Morgen würde er sich ein paar neue Klamotten kaufen müssen. Heute schaffe ich es einfach nicht mehr, dachte er, während er langsam zum Rathausmarkt und dem Hotel Marina ging. Er hatte eingecheckt, ohne zu fragen, welches Zimmer er bekäme; er hatte das Tagesgericht verschlungen, ohne es zu schmecken; er hatte es mit einer halben Flasche Rotwein hinuntergespült und den Rest mit aufs Zimmer genommen. Jetzt stand er hier und starrte über den Fjord. Ein armes Schwein. Krank vor Selbstmitleid.

Dan hatte nicht einmal Kirstines Telefonnummer, und da sie vermutlich sowieso geheim war, konnte er sie sich noch nicht einmal unmittelbar beschaffen. Er überlegte, ihren Agenten anzurufen und ihn um die Nummer zu bitten, verwarf den Gedanken aber sofort. Das war dann doch zu pathetisch. Dans Telefonnummer konnte man mit einem einfachen Klick aus dem Internet ziehen. Wenn sie ihn finden wollte, hatte sie jede Gelegenheit dazu. Wenn nicht ... Tja, dann konnte man auch nichts machen.

Er riss sich von der Aussicht los und sah auf seine Armbanduhr. Es war Freitagabend, fünf nach acht. Wäre Kamille nicht ermordet worden, würde jetzt *Mörderjagd* laufen. Wer hatte die Show eigentlich abgesetzt? Hatte Mahmoud ein Einsehen gehabt oder Flemming die Sendung gestoppt?

Dan schaltete TV3 im Fernseher ein. Der Anblick seines eigenen blöden kahlen Kopfes traf ihn wie ein Schlag in die Magengrube. Er ließ sich mit der Fernbedienung in der Hand auf die Bettkante fallen. Das Geräusch seiner Stimme drängte sich durch die zähe Schicht, die um sein Bewusstsein lag. Er krümmte die Zehen, während er sah, wie er selbstbewusst das Filmteam durch die Fischerhütte führte, die bemalte Bettdecke anhob und auf den Blutstropfen auf der Matratze zeigte. Klang er immer so verdammt sicher? Auch wenn er sich irrte? Es war kaum auszuhalten.

Er sah den Rest der Reportage wie einen langen, unklar flimmernden Verlauf. Gesichter und Stimmen lösten sich ab, flossen zu einem Klangbrei zusammen. Mahmoud und Rasmus in intensiven Gesprächen mit der Pressechefin. Mitarbeiter der Spurensicherung, die sich über die Abdrücke der Leiter beugten. Der Polizeihund Carlos, der mit aufgestellten Ohren und wedelndem Schwanz das Gesicht des Hundeführers im Auge behielt. Schnitt auf Dans letzten Abend im Haus, begleitet von einem Text, der erklärte, warum der Kahlköpfige Detektiv die Nacht auf einem Sofa statt in seinem Zimmer zubringen musste. Jackie und Gitte, die das Frühstück zubereiteten. Flimmernde Spots von Menschen auf dem Weg über den Rasen zu den wartenden Booten; die Bahre mit Gitte, Dan, der nebenherlief; später Lorenz und Kirstine, jeweils von Polizisten begleitet. Die Pressechefin und Mahmoud in Begleitung dieses glatzköpfigen Reporters vom *Ekstra Bladet*. Die morgendliche Sitzung, auf der *Mörderjagd* offiziell abgeblasen wurde. Gunnar Forsell, der seine Koffer packte. Tim, der sich zu seinen Eindrücken über das Drama der letzten Tage interviewen ließ. Kristian, der auf der großen Rasenfläche mit der Blutbuche hin und her ging und dabei ununterbrochen in sein Handy sprach. Mahmoud und Jackie eng umschlungen in dem Boot, das sie ans Festland bringen sollte.

Als schließlich der Abspann über den Bildschirm rollte, wurde er begleitet von den gewohnten Clips aus den acht Präsentationsfilmen der Kandidaten. Niemand hatte daran gedacht, Kamille herauszunehmen. Sie war noch immer dabei, lächelnd, die Schweißerbrille in die Stirn geschoben, einen schwarzen Strich auf der

Wange. Dan spürte einen Stich. Er hatte sie nicht gerade gemocht und fand es nun doch eigenartig, ihr Gesicht wiederzusehen. So lebendig.

Er drückte auf den roten Knopf der Fernbedienung. In der Stille, die darauf folgte, leerte er sein Rotweinglas, stellte es auf den Fußboden und legte sich mit den Händen im Nacken aufs Bett. Er wusste, die Aufnahmen von *Mörderjagd* waren erst wenige Tage alt, einige sogar nur ein paar Stunden. Dennoch hatte er das Gefühl, es sei sehr viel Zeit vergangen. Die Menschen, die bis zu diesem Vormittag so viel Zeit seines Lebens in Anspruch genommen hatten, waren nun ferne Gestalten, an die er sich detailliert nur schwer erinnern konnte.

Natürlich würde er sich Kirstines Gesicht immer in Erinnerung rufen können. Und wenn nicht, ließ es sich googeln. Das Netz war voller Fotos von Kirstine Nyland. Oder besser: von »Anita aus *Weiße Veilchen*«.

Aber konnte er sich auch an *sie* erinnern? Wie war sie? Dan schloss die Augen und versuchte, daran zu denken, was er in der vergangenen Woche über sie gelernt hatte. Sie ... strich ihr Haar hinters Ohr, wenn sie verlegen war. Sie ... hatte eine Schwäche für Patsy Kline und konnte die Texte von sämtlichen Madonna-Hits auswendig. Sie ... benutzte nur unparfümierte Produkte und duftete doch wie ... irgendwie würzig. Und ein bisschen süß. Vanille vielleicht? Was noch? Ah ja. Sie machte sich nichts aus Béarnaise, liebte aber hausgemachte braune Soßen. Sie hatte sämtliche Romane von Jane Austen mehr als fünf Mal gelesen. Sie nahm immer gleich zwei Halspastillen.

Es fing an, einfacher zu werden. Bei jeder Kleinigkeit, die Dan einfiel, tauchte sofort eine Handvoll neuer Details auf. Sie hatte eine halbmondförmige Narbe auf ihrem Knie. Ihr Sternzeichen war Löwe. Sie mochte Pepsi lieber als Coca Cola. Sie ertrug nur Unterwäsche aus Baumwolle. Ihre Mutter war vor über zehn Jahren an Brustkrebs gestorben. Ihr Vater war Pastor, näherte sich allerdings dem Pensionsalter und wollte bald aus dem Pfarrhof ausziehen. Ihre Lieblingsstadt war Baltimore. Sie rauchte Blå Kings – viel zu viele Blå Kings. Wenn sie lächelte, bekam ihre Nase winzige Querfalten. Ihre Haut war so dünn, dass man vorn am Hals ihren Puls erkannte, direkt über dem Schlüsselbein …

Dan setzte sich auf. Genug davon. Er wollte nicht mehr an sie denken. Er sammelte die Rotweinflasche und das Glas vom Boden auf und stellte beides auf den Nachttisch. Schaltete den Fernseher ein, zappte ein paar Minuten durch die Programme und schaltete wieder aus. Legte die Fernbedienung beiseite. Trat ans Fenster und starrte erneut hinaus in die Dunkelheit, die jetzt so dicht war, dass sich die Insel kaum mehr erahnen ließ. Er fand keine Ruhe.

Stand Kirstine irgendwo an einem anderen Fenster und starrte in die Dunkelheit? Warum rief sie nicht an? War ihre Liebe zu Lorenz Birch wieder entflammt? Oder brauchte sie eine Denkpause? Brauchte er eine? Vielleicht war das gar nicht so dumm, dachte er. Eine Auszeit war sicher nicht das Schlechteste, was man sich nehmen konnte.

Dan schaltete sein Mobiltelefon ab, griff nach seiner Jacke und verließ das klaustrophobische Zimmer. Er wollte einen langen Spaziergang unternehmen, am Hafen entlang, hinaus zum Industriegebiet, dann zum Sundværket, vielleicht noch weiter. Er wollte die ganze Nacht über laufen, wenn es sein musste. So lange es nötig war. Gehen, bis er körperlich müde war. Gehen, bis er sicher war, dass er schlafen konnte.

Vielleicht sieht die Welt morgen schon ganz anders aus, dachte er und schloss die Tür hinter sich.

DANKE, DANKE, DANKE

So ist es einmal mehr gelungen, bis ans Ende des Wegs zu gelangen – und wie gewöhnlich schulde ich einer Reihe von Menschen großen Dank, die großzügig sich selbst oder ihren Rat zur Verfügung gestellt haben.

Dank an den Maler *Jesper Christiansen*
 für seine unermüdliche Unterstützung, die guten Diskussionen und eine Menge Wissen über die dänische Kunstwelt.

Dank an den Regisseur *Rune David Grue*
 und die Produktionsleiterin *Hanna Wideman Grue*
 für dramaturgischen Beistand und unschätzbare Informationen über die Film- und Theaterbranche.

Dank an den Executive Producer *Thomas Richardt Strøbech*,
 für eine Menge Fakten über die Produktion von Realityshows.

Dank an den Psychologen *Pil Hartmann Kragenskjold*
 für sein einzigartiges Insiderwissen über das Leben im Big-Brother-Haus.

Dank an den Hafenmeister *Dirck Larsen*
 für nützliche Seefahrtstipps.

Dank an den Kriminalassistenten *Alex Knudsen*
für die Hilfe bei den Ermittlungen.

Dank an den Gutsbesitzer *Peter-Vilhelm Rosenstand*
und den Betriebsleiter *Klaus V. Warming*,
die mich so nah an die Milchschafe von Boltinggaard ließen.

Dank an den Arzt *Claus Bregengård*
für gute Ratschläge.

Dank an *Charlotte Weiss* und *Lene Juul*
von Politikens Forlag für ihre Unterstützung.

Dank an die Agentin *Trine Licht*
für ihren hartnäckigen Einsatz im Ausland.

Dank an meine Facebook-Freunde,
die immer mit ermunternden und guten Ratschlägen zur Stelle waren.

… und natürlich ein Riesendankeschön an *Anne Christine Andersen*, die hübscheste und hartnäckigste Lektorin der Welt, sowie den Agenten *Lars Ringhof*.

Und so geht es weiter: Sommerdahls vierter Fall …

Es bleibt in der Familie

Aus dem Dänischen
von Ulrich Sonnenberg

Atrium Verlag · Zürich

> »They fuck you up, your mum and dad.
> They may not mean to, but they do.
> They fill you with the faults they had
> And add some extra, just for you.«
> *Philip Larkin, THIS BE THE VERSE*

1

24. April, 17:48 Uhr:
Der Glatzkopf verlässt die Wohnung. Er geht zum gegenüberliegenden Bürgersteig und schaut hinauf zum Fenster der Göttin. Da oben steht sie. Sie winken sich zu. Der Glatzkopf geht zum Parkhaus am Israels Plads. Die Göttin entdeckt mich. Sie schickt mir den Code des Tages und lässt das Rollo herunter. Alarmniveau: 6–8.

Mogens schob den Kugelschreiber in die Lasche des roten Notizbuchs und steckte es in seinen gelben Fjällräven-Rucksack, in dem bereits eine Brieftasche, eine Digitalkamera, eine Banane, eine Rolle Kekse, ein Plastikbecher und eine mit Wasser gefüllte Colaflasche steckten.

Am liebsten wäre er nach Hause gegangen, in sein gemütliches Zimmer mit dem DVD-Player und hätte sich eine Folge von *Weiße Veilchen* angesehen. Eine ausgesprochen verlockende Vorstellung. Es war ein langer Freitag gewesen, und er war müde. Andererseits hatte er eine gewisse Verantwortung. Der Glatzkopf war gegangen, also war die Göttin allein.

Mogens musste beweisen, dass man sich auf ihn verlassen konnte. Er ging zur Hundewiese am Nørrevold. Von einer der Bänke aus behielt er die Haustür der Göttin im Auge, ab und an versperrten auf der Straße haltende Busse oder Lastwagen seinen Blick. Er sah auf die Uhr. Eine Weile konnte er hier noch sitzen bleiben und sich ausruhen. Wenn die Göttin ausgehen wollte, würde es mindestens eine Stunde dauern, bis sie sich fertig gemacht hatte. Das wusste er aus Erfahrung.

Er nahm die Banane aus dem Rucksack und aß sie mit kleinen Bissen, die Augen starr auf die etwa fünfzig Meter entfernte Haustür gerichtet. Stundenlang konnte Mogens so sitzen, beinahe reglos, ohne gestört zu werden. Kaum jemand kam auf die Idee, den kleinen Mann mit der Windjacke und dem gelben Rucksack anzusprechen. Mogens sah immer adrett und ordentlich aus, er schnitt sich regelmäßig die Haare und kämmte sie sorgfältig über die kahle Stelle auf dem Kopf. Trotzdem vermittelte er den Eindruck, anders zu sein. Und es machte die Sache nicht besser, dass er hin und wieder halblaut Selbstgespräche führte. Die meisten Menschen hatten ebenso viel Angst vor ihm wie er vor ihnen.

Mit der Göttin war es anders. Die Göttin und er hatten keine Angst voreinander Er hatte sie als Anita in der Fernsehserie *Weiße Veilchen* kennengelernt und sofort gewusst, dass sie ein guter Mensch war. In den vier Jahren, in denen die Serie gelaufen war, hatte er Anitas Lieben und Schicksalsschläge verfolgt – eine Schwangerschaft, eine Todgeburt, eine Scheidung. Er hatte Gefühle für sie entwickelt, wie er sie noch nie für einen Menschen empfunden hatte. Nach dem Ende der Serie hatte er sich sofort die DVD-Box gekauft, sodass er jederzeit von vorn beginnen konnte. Eine Zeit lang hatte Mogens vom Aufstehen bis zum Zubettgehen ununterbrochen *Weiße Veilchen* geschaut.

Nach und nach hatte er verstanden, dass Anita ihm kodierte Mitteilungen zukommen ließ. In der Regel waren es Bitten um Hilfe oder Schutz. Zu gern würde er ihr helfen, nur wusste er nicht, wie. Sie war im Fernsehen und er nicht bei ihr.

Schließlich beschloss er, Anita in der wahren Welt zu suchen, dort, wo sie Kirstine Nyland hieß. Sie stand sogar im Telefonbuch, es war kein Problem, sie zu finden und zu beobachten. Sie um ein Autogramm bitten zu wollen, war eine gute Tarnung für Mogens wirkliches Anliegen, für seine geheime Mission.

Mogens war nicht dumm. Er wusste genau, dass Anita aus *Weiße Veilchen* nur eine Fernsehfigur, Kirstine Nyland hingegen real war. Es waren zwei verschiedene Personen, sagte er sich wieder und wieder. Doch Kirstine hatte sich von Anfang an erleichtert gezeigt, dass ihre Signale endlich empfangen wurden. Sie hatte so freundlich gelächelt, geradezu liebevoll. In seinem Kopf verschmolzen beide Frauen rasch zu einer. Der Göttin. Dem höchsten aller Wesen.

Vielleicht war sie sogar *zu* gut. Denn die Guten waren immer die Opfer. Mogens hatte in seinem bald fünfzigjährigen Leben schon viele Filme gesehen. Es war immer so. Die Guten wurden von den Bösen vergewaltigt, enttäuscht, gemobbt, betrogen, geschlagen, ermordet. Irgendwann würde die Göttin dem Bösen zum Opfer fallen. Deswegen schickte sie ihm die geheimen Signale. Die Göttin brauchte Schutz, und Mogens war dazu ausersehen, über sie zu wachen.

Die Banane war aufgegessen, Mogens stand auf, um die Schale wegzuwerfen. Der Mülleimer neben der Bank war voller kleiner schwarzer Plastiktüten, nicht alle waren mit einem festen Knoten verschlossen. Kotgestank schlug ihm entgegen. Einen Moment lang war er verwirrt, doch dann fiel ihm wieder ein, wo er sich befand. Er ließ den Deckel des Mülleimers zufallen und sprang zurück.

Als er sich umdrehte, sah er, dass zwei Frauen vor der Haustür der Göttin standen. Die eine hatte ein kleines pummeliges Kind im Arm, die andere klappte einen Kinderwagen zusammen. Die Tür wurde geöffnet, und sie gingen hinein.

Mogens beeilte sich. Er hoffte, dass es sich nur um andere Hausbewohnerinnen handelte. Er postierte sich so, dass er durch die Fenster ins Treppenhaus sehen konnte. Sein Blick folgte den Frauen, die Stockwerk für Stockwerk die Treppenabsätze passierten. Nach der dritten Etage waren sie nicht mehr zu sehen. Mit ein wenig Glück mussten sie in die rechte Wohnung …

Das Licht im Treppenhaus erlosch. Mogens hielt den Atem an. Die Gardinen der rechten wie der linken Wohnung blieben einige Minuten lang unbewegt. Plötzlich aber trat die Göttin an eines ihrer Fenster. Sie hielt das feiste Kind im Arm und drückte ihre Lippen auf dessen Schädel. Unvermittelt schaute sie hinüber zu Mogens und sah ihm für einen Sekundenbruchteil direkt in die Augen, bevor sie sich abwandte und nicht mehr zu sehen war.

SOMMERDAHL ERMITTELT

»Bücher, bei denen man vergisst,
im Bus an der richtigen Haltestelle
auszusteigen.«

Annemarie Stoltenberg, NDR

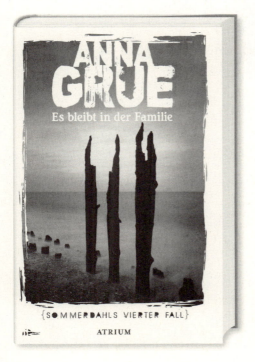

Aus dem Dänischen
von Ulrich Sonnenberg
504 Seiten
19,99 € [D] / 20,60 € [A]
ISBN 978-3-85535-203-6

»Herrlich böse!«
*Elmar Krekeler,
Die Welt*

480 Seiten
19,99 € [D] / 20,60 € [A]
ISBN 978-3-85535-204-3

512 Seiten
19,99 € [D] / 20,60 € [A]
ISBN 978-3-85535-206-7